U0137779

国家社科基金
后期资助项目
GUOJIA SHEKE JIJIN HOUQI ZIZHU XIANGMU

Seamus
Heaney
and
the
English
Poetic
Tradition

谢默斯·希尼
与英语诗歌传统

戴从容◎著

华东师范大学出版社
·上海·

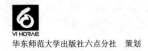

华东师范大学出版社六点分社 策划

国家社科基金后期资助项目"谢默斯·希尼与英语诗歌传统"
（21FWWB025）

国家社科基金后期资助项目
出版说明

后期资助项目是国家社科基金设立的一类重要项目，旨在鼓励广大社科研究者潜心治学，支持基础研究多出优秀成果。它是经过严格评审，从接近完成的科研成果中遴选立项的。为扩大后期资助项目的影响，更好地推动学术发展，促进成果转化，全国哲学社会科学工作办公室按照"统一设计、统一标识、统一版式、形成系列"的总体要求，组织出版国家社科基金后期资助项目成果。

全国哲学社会科学工作办公室

目　　录

希尼主要作品缩写

诗歌：

DN　1966：Death of a Naturalist，London：Faber & Faber

DD　1969：Door into the Dark，London：Faber & Faber

WO　1972：Wintering Out，London：Faber & Faber

N　1975：North，London：Faber & Faber

FW　1979：Field Work，London：Faber & Faber

SI　1984：Station Island，London：Faber & Faber

HL　1987：The Haw Lantern，Faber & Faber

ST　1991：Seeing Things，Faber & Faber

SL　1996：The Spirit Level，Faber & Faber

EL　2001：Electric Light，Faber & Faber

DC　2006：District and Circle，Faber & Faber

HC　2010：Human Chain，Faber & Faber

文论：

P　1980：*Preoccupations：Selected Prose 1968—1978*，Faber & Faber

GT　1988：*The Government of the Tongue*，Faber & Faber

PW　1989：*The Place of Writing*，Atlanta：Emory University

RP　1995：*The Redress of Poetry：Oxford Lectures*，Faber & Faber

CP　1995：*Crediting Poetry：The Nobel Lecture*，Oldcastle：Gallery Press

FK　2003：*Finders Keepers：Selected Prose 1971—2001*，New York：Farrar，Straus and Giroux

译文采用谢默斯·希尼：《希尼三十年文选》，黄灿然译，杭州：浙江文艺出版社，2018 年。

戏剧：

CT　1990：*The Cure at Troy*：*A version of Sophocles' Philoctetes*，Faber & Faber

BT　2004：*The Burial at Thebes*：*A version of Sophocles' Antigone*，Faber & Faber

翻译：

SA　1983：*Sweeney Astray*：*A version from the Irish*，Field Day

SF　1992：*Sweeney's Flight*（with Rachel Giese，photographer），Faber & Faber

MV 1993：*The Midnight Verdict*：Translations from the Irish of Brian Merriman and from the *Metamorphoses* of Ovid，Gallery Press

B 1999：*Beowulf*．London：Faber and Faber

TC 2009：Robert Henryson．*The Testament of Cresseid & Seven Fables*．London：Faber and Faber

访谈：

SS　2008：Dennis O'Driscoll．*Stepping Stones*：*Interviews with Seamus Heaney*．Faber & Faber

绪　论

　　爱尔兰诗人谢默斯·希尼[①]的诗歌思想和艺术价值已经得到国内外的广泛关注。从1965年出版第一本微型诗集《诗十一首》之后,希尼就开始受到评论界的关注,当年就有两篇文章作出评论。《一个自然主义者的死亡》次年出版后,立刻引起热烈的反响,出现了21篇评论文章。玛丽·霍兰德在《观察者》杂志上称希尼是北爱诗坛出现的"最新的明星"[②],道格拉斯·西里也在《爱尔兰时报》上称希尼是新诗人中最具潜力的[③]。此后直到希尼1995年获诺贝尔文学奖之前,就有20余部专著,50余篇博硕士论文和上千篇文章对希尼加以研究,获得诺贝尔文学奖之后更是难以计数。多数研究都按照他的出版顺序,或从传记或从主题或从新批评的角度依次解读,如文德勒的《谢默斯·希尼》[④]等;还有一些则针对特定专题展开讨论,如奥多诺霍的《谢默斯·希尼与诗歌语言》[⑤]等。

　　国内学者从1986年起开始对希尼加以译介,1995年后学术性研究大量出现并呈逐年上升之势。不过目前出版的研究专著只有李成坚的《爱尔兰-英国诗人谢默斯·希尼及其文化平衡策略》[⑥]、欧震的《重负与纠正——谢默斯·希尼诗歌与当代北爱尔兰社会文化矛盾》[⑦]、刘炅的《人性的链条:谢默斯·希尼的诗歌与霍普金斯、叶芝、拉金的影响》[⑧]。此外关于希尼的

---

　　① 由于本书涉及大量的国外诗人和作家,且在不同章节重复出现,为方便查找中译名的英文原文或英文拼写,人物的英文名统一放入正文后所附的《人名对照》中,正文中不再附加名字的英文拼写。

　　② Mary Holland. 'Poets in Bulk,' *Observer* 'Weekend Review' (November 21, 1966): 12.

　　③ Douglas Sealy. 'Irish Poets of the Sixties-2,' *Irish Times* (January 26, 1966): 8.

　　④ Helen Vendler. *Seamus Heaney*. Cambridge: Harvard University Press, 1998.

　　⑤ Bernard O'Donoghue. *Seamus Heaney and the Language of Poetry*. London and New York: Routledge, 1994.

　　⑥ 李成坚:《爱尔兰-英国诗人谢默斯·希尼及其文化平衡策略》,成都:四川人民出版社,2006年。

　　⑦ 欧震:《重负与纠正——谢默斯·希尼诗歌与当代北爱尔兰社会文化矛盾》,北京:中国社会科学出版社,2011年。

　　⑧ 刘炅:《人性的链条:谢默斯·希尼的诗歌与霍普金斯、叶芝、拉金的影响》,北京:北京大学出版社,2000年。

研究文章有一百余篇,主要集中在个别文本的解读、希尼的文化身份和民族观念、希尼的诗歌观念和诗歌艺术、诗中的乡土、政治和伦理主题、希尼的翻译策略,其中"身份"研究占很大比重。

从比较文学角度系统研究希尼对其他英语诗人的接受在国内外仍然较少。在当代多元文化背景下,尤其对像希尼这样生长在文化冲突的北爱尔兰,从小接受爱尔兰和英国文学的双重教育,成年后又活跃于爱尔兰和英美文化圈的诗人来说,仅从国别文学的角度研究他的诗歌显然已经不够了,因此借助比较文学的视角和方法,系统审视不同诗歌传统如何在希尼身上融合并产生新的效果,不仅是必要的,而且有助于理解当代文化的多元融合的特征。当然,希尼所受到的影响并不仅仅局限于英语诗人,俄罗斯诗人奥西普·曼德尔施塔姆、捷克作家米洛斯拉夫·赫鲁伯、波兰诗人兹比格涅夫·赫贝特等都从不同角度影响过希尼,更不用说荷马、维吉尔、但丁这些作为所有欧洲文化根基的古代大诗人了。由于篇幅所限,本课题将只研究希尼与英语诗人之间的关系,不过其他一些语种的诗人也会在谈到希尼与诗歌翻译等问题时有所涉及。

然而,即便只就英语诗人而言,这也是一个非常广泛的领域,除了英国和美国,还有加拿大、澳大利亚这样的重要英语国家,也有印度、南非这样的前英国殖民地,更有英语加勒比地区等世界各地众多用英语写作的诗人。本课题将只研究对希尼产生较大影响的英语诗人。由于希尼一生基本活动于英国、爱尔兰和美国,而且希尼是一个以自我为中心的人,或者说他无论阅读还是写作,都会更关注与他自己的生活有一定交集的诗人,因此他承认的对他有较大影响的英语诗人也主要集中在爱尔兰、英国和美国。本课题将主要关注这三个国家的诗人对希尼的影响。这三个文学传统既在历史上有大规模的交叉,又具有各自独特的文化精髓,希尼作为当代诗歌的代表性诗人,通过自身经历将这三种文化连结在一起,也为比较文学提供了非常好的研究个案。

当然,希尼成名后,在各种文学艺术集会上也与其他地区的英语诗人建立了亲密的友谊,比如1988年希尼与俄裔美国作家约瑟夫·布罗茨基、澳大利亚诗人莱斯利·穆雷和圣卢西亚诗人德里克·沃尔科特一起给BBC电台录制节目,结下了很深的友谊,后来希尼曾撰文评价布罗茨基和沃尔科特的诗歌。希尼认为沃尔科特"他为加勒比海地区所做的正如辛格为爱尔兰做的"(GT 23),而希尼对沃尔科特的关注也主要集中在"他体内的非洲和英国。来自他的教育的人文主义声音与来自他家乡土地的声音"之间的冲突,因为希尼同样面临着体内的爱尔兰与英格兰,所受的英国文化教育与家乡的爱尔兰文化传承之间的冲突。不过鉴于希尼对爱尔兰、英国和美国之外的英语诗人提及得极少,本课题不做专章论述,会在探讨到相关问题时有所涉及。

国内在对希尼的影响研究方面,董洪川的《希尼与爱尔兰诗歌传统》[①]已经关注到了这个方面,但缺少具体的个案研究;何宁的《希尼与叶芝》[②]比较了两位诗人对待爱尔兰传统与现实的不同态度;刘炅的《诗的恩典:希尼与霍普金斯诗歌之比较》[③]在希尼对霍普金斯的评论基础上分析了希尼所受的影响和所做的变化。此外丁振祺的《融谐中爱尔兰魂灿耀》[④]、傅浩的《他从泥土中来》[⑤]、杜心源的《乡土与反乡土》[⑥]、程建锋的《论希尼诗歌人物身上爱尔兰文化的混杂性》[⑦]、袁曦的《希腊神话与谢默斯·希尼的诗歌创作》等也从整体上谈到希尼与不同文化传统之间的关系,还有两篇硕士论文也做了这方面的研究[⑧]。在希尼的翻译研究方面,李成坚对国内外的希尼翻译研究做过述评[⑨],定阳写了两篇文章分析希尼的具体翻译文本[⑩],杜心源通过希尼翻译的《贝奥武甫》提出了"后殖民翻译"的概念[⑪]。但总的来说,国内对希尼受到重要影响的一些诗人如卡瓦纳、奥登、毕晓普等都尚未给予足够关注,希尼与贝尔法斯特诗社的联系更没有专门研究。

在国外研究中,作为爱尔兰的两位主要诗人,希尼与叶芝常被并置和比较[⑫],比如奥布莱恩在1975年就注意希尼与叶芝在英语使用上以及在政治

①　董洪川:《希尼与爱尔兰诗歌传统》,《当代外国文学》,1999年第4期。

②　何宁:《希尼与叶芝》,《当代外国文学》,2010年第1期。

③　刘炅:《诗的恩典:希尼与霍普金斯诗歌之比较》,《外国文学评论》,2010年第2期。

④　丁振祺:《融谐中爱尔兰魂灿耀——希尼诗集〈一个生物学家之死〉评析》,《国外文学》,1996年第3期。

⑤　傅浩:《他从泥土中来》,《诗刊》,1996年第2期。

⑥　杜心源:《乡土与反乡土——论谢默斯·希尼的诗歌对"原乡神话"的超越》,《思想战线》,2008年第6期。

⑦　程建锋:《论希尼诗歌人物身上爱尔兰文化的混杂性》,《河南科技大学学报(社会科学版)》,2017年3月2日。

⑧　陈恒的硕士论文《挖掘的召唤——谢默斯·希尼的爱尔兰文化探寻与自我回归》,复旦大学,2011年4月13日;程建锋的硕士论文《论希尼诗歌中人物形象所体现的文化混杂性》,东北师范大学,2010年12月1日。

⑨　李成坚:《国内外希尼翻译研究述评》,《四川师范大学学报(社会科学版)》,2009年11月10日。

⑩　定阳:《解读译本〈提贝的埋葬〉中的改写策略》,《剑南文学(经典教苑)》,2011年5月25日;定阳:《安提戈涅与爱尔兰——以谢默斯·希尼译本〈安提戈涅〉为例》,《北方文学(下半月)》,2011年3月25日。

⑪　杜心源:《翻译的他性——谢默斯·希尼的〈贝奥武甫〉与爱尔兰语境中的后殖民翻译》,《中国比较文学》,2016年1月20日。

⑫　Shaun O'Connell. 'Tracing the Growth of a Poet's. ' *Boston Sunday Globe* (January 25, 1981): 23; Jon Stallworthy. 'The Poet as Archaeologist: W. B. Yeats and Seamus Heaney,' *Review of English Studies* 33, 130 (May 1983): 158—174; Galway Kinnell. 'Galway Kinnell Introduces Seamus Heaney,' *Envoy* 47 (April, 1985): 1; Stephen Tapscott. 'Poetry and Trouble: Seamus Heaney's Purgatorio,' *Southwest Review* 71 (Autumn, 1986): 519—535.

主题上的相似性,不过他也看到与叶芝相比,希尼显示出"与灾难更紧密的联系"①;弗拉泽尔指出希尼在诗歌中对神话的关注来自叶芝,但他对神话从人类学和语言学方面的关注更来自时代的影响;哈特还注意到叶芝对希尼诗歌的哲学风格的影响②;兰切斯特指出《苦路岛》的第三部分受到叶芝的影响,以艺术家形象出现的斯维尼正是叶芝《驶向拜占庭》中的金鸟③;但是斯密斯认为,希尼要让自己的诗歌才能不被压没,必须"把自己从叶芝、从英语,以及从人们所期待他的公众角色中"解脱出来④。

《出外过冬》出版后,越来越多的评论者注意到希尼与爱尔兰诗人卡瓦纳之间更大的相似之处。两人都写出了爱尔兰的语言和文化,这是理解希尼诗中的力量不可或缺的⑤。布拉德雷将卡瓦纳、蒙塔格和希尼一起称为"后叶芝时代"爱尔兰诗歌中的"现实主义"田园诗运动之代表,认为他们对田园主题的选择和处理都更能"不动感情",在观察上也更"敏锐"⑥;奥格雷迪也认为卡瓦纳和希尼都动摇了对爱尔兰乡村的传统浪漫看法,而赋予其更写实的描述⑦;约翰斯顿则认为卡瓦纳对希尼的影响主要体现在"日常乡村生活的那些闪光时刻",是他教会希尼这些乡村主题也能具有"与众不同的乡愁"⑧;奥图尔敏锐地注意到,希尼在谈到卡瓦纳的时候,只关注了他田园和神秘的一面,却回避了他社会和历史的一面⑨。

事实上,多数西方研究都致力于追溯希尼与爱尔兰诗人之间的关系。本尼迪克特·基里认为希尼对爱尔兰古代修道院里的诗人非常感兴趣,他在天主教环境中度过的童年与修士们的自省和赎罪非常相近⑩;克罗第把

---

① Conor Cruise O'Brien. 'A Slow North-East Wind,' *The Listener* (September 25, 1975): 404—405.

② Henry Hart. ' Heaney Among the Deconstructionists,' *Journal of Modern Literature* 16, 4 (Spring, 1990): 461—492.

③ John Lanchester. 'Book Review,' *Oxford Poetry* 3, 1985: 58—61.

④ Dave Smith. 'Trimmers, Rounders and Myths: Some Recent Poetry from English Speaking Cousins,' *American Poetry Review* 9 (September-Octoer, 1980): 30—33.

⑤ 'Book Review,' *Choice* 10 (November 1973) 1384; Michael Allen. 'Provincialism and Recent Irish Poetry: The Importance of Patrick Kavanagh,' in *Two Decades of Irish Writing: A Critical Survey* ed. Douglas Dunn. Manchester: Carcanet Press, 23—36.

⑥ Anthony G. Bradley. 'Pastoral in Modern Irish Poetry,' *Concerning Poetry* 14, 2(Fall, 1981): 79—96.

⑦ Thomas B. O'Grady. 'At a Potato Digging: Seamus Heaney's Great Hunger,' *Canadian Journal of Irish Studies* 16, 1 (July 1990): 48—58.

⑧ Dillon Johnston. 'Kavanagh & Heaney,' in his *Irish Poetry after Joyce*. Notre Dame: University of Notre Dame Press, 1985, pp. 121—166.

⑨ Fintan O'Toole, ' Public v. Private Property,' *Sunday Tribune*. Dublin, June 12, 1988: 21.

⑩ Benedict Kiely. 'A Raid into Dark Corners: The Poems of Seamus Heaney,' *Hollins Critic* 7, 4 (October, 1970): 1—12.

金塞拉、蒙塔格、希尼和墨菲这几位爱尔兰诗人放在一起,视为第一批接受英格兰-爱尔兰语(Anglo-Irish speech)的诗人①;布里安·约翰也认为他们继承了爱尔兰传统,并用这一传统来理解自己和当代世界②;埃德纳·朗利不仅把希尼与诗人蒙塔格并列,也与爱尔兰小说家伯纳德·麦克埃弗蒂、剧作家布赖恩·弗里尔放在一起,认为他们都深受爱尔兰历史和神话的影响③;德·拉·瓦斯指出爱尔兰诗人约翰·休伊特对一个更理智、强大和自由的爱尔兰的构想影响了蒙塔格和希尼,虽然后者处理的角度不同,但都赞同同情和信任是让爱尔兰政治问题得到解决的必要前提④。

凯里很早就开始在博士论文中研究乔伊斯对希尼的影响⑤;奥凯恩则指出乔伊斯的小说和希尼的诗歌都体现出将自传与神话相结合的特征。他认为爱尔兰的历史不但为种族传记提供素材,而且也是个人传记的材料基础,生活在神话之中是爱尔兰文学的一大特点⑥;著名的乔伊斯传记家艾尔曼认为,希尼在《苦路岛》中追随的典范不是叶芝而是乔伊斯。希尼并不约制自己的表现对象,而是给它们一定的自由,由此显示的是同情,而不是派系思想⑦;科科伦也指出乔伊斯对爱尔兰天主教传统的大胆反叛给了希尼重要启发,当然希尼是从英国统治下的北爱尔兰转向了信奉天主教的爱尔兰⑧。

希尼不仅向传统的爱尔兰作家学习,而且与当代的爱尔兰作家有积极的互动。爱尔兰诗人约翰·蒙塔格早在1972年就撰文对希尼的诗歌加以评价,并注意到希尼的"警句般的简练"和"对自然的感官感受"⑨,后来更是成为希尼的朋友。两人在诗歌语言上的相似性也得到研究者的关注⑩。谢

---

①　Patrick Crotty. ' An Irishman Looks at Irish Poetry,' *Akros* 14, 40: 21—32.

②　Brian John. 'Contemporary Irish Poetry and the Matter of Ireland: Thomas Kinsella, John Montague and Seamus Heaney,' in *Medieval and Modern Ireland*, ed. Richard Wall. Totowa, NJ: Barnes & Noble, 1988, pp. 34—59.

③　Edna Longley. 'When Did You Last See Your Father,' in *Cultural Contexts and Literary*.

④　Gordon John de la Vars. 'A Nation Found: The Work and Vision of John Hewitt,' Ph. D. dissertation, Ohio State University, 1985.

⑤　Mary Pat Kelly. 'The Sovereign Woman: Her Image in Irish Literature from Medb to Anna Livia Plurabelle.' Ph. D. dissertation, City University of New York, 1982.

⑥　Daniel Finbar O'Kane. 'The Myth of Irish Identity.' Ph. D. dissertation, Drew University, 1982.

⑦　Richard Ellmann. 'Heaney Agonistes,' *New York Review of Books* 32, 4 (March 14, 1985): 19—21.

⑧　Neil Corcoran. 'Heaney's Joyce, Eliot's Yeats,' *Agenda* 27, 1 (Spring, 1989): 37—47.

⑨　John Montague. 'Order in Donnybrook Fair,' *Times Literary Supplement* (March 17, 1972): 313.

⑩　Andrew T. L. Parkin. 'Public and Private Voices in the Poetry of Yeats, Montague and Heaney,' *AAA: Arbeiten aus Anglistik und Amerikanistik* 13, 1, 1988: 29—38.

默斯·迪恩也在 1976 年撰文指出希尼已经从早期两部诗集中的私人乡村转向了更具公共性的领域:在《在外过冬》中把自己与那些被排挤和受难的人联系在一起,《北方》则找到了聆听这些人的心声的途径①。两位谢默斯之后也有密切的交往,不过比希尼小一岁的迪恩更多以追随者的姿态出现②,经常撰文对希尼做出评论,比如指出希尼在创作中对霍普金斯、罗伯特·弗洛斯特、特德·休斯、华兹华斯和罗伯特·洛威尔的学习,并指出希尼不是模仿他们,相反从第一部诗集开始,他就展示出个人的声音③。

虽然与爱尔兰诗人有较多的交流,但在去哈佛大学开设诗歌工作坊之前,希尼对诗人的了解其实比较有限,这从他早期的采访中可以看出来,他在采访中提到的除了叶芝外,主要是英国诗人特德·休斯、霍普金斯④,美国诗人弗洛斯特、西奥多·罗特克⑤。不过随着希尼创作影响的扩大,交往范围的增加,不但越来越多的诗人进入他的视野,而且也有越来越多有影响的诗人成为了他的朋友。当然,也有人对希尼的这一转变感到不满,认为他当时关注的"主要是白人男性世界诗歌经典"⑥;但马修斯对希尼从追随华兹华斯的地域诗传统到成为一个公开追随欧洲榜样的诗人则深表赞许⑦。

在英国诗人中,早在 1973 年,希尼就告诉奥布莱恩自己"最近从华兹华斯那里学到很多",这里指的主要是华兹华斯的《序曲》⑧。格拉维尔则认为在希尼的早期诗歌和论文中,无论是他对自然的态度、他把诗人视为预言者、他相信诗歌就是自己与自己争辩,还是他在道德上的睿智,都受到华兹华斯的影响⑨。克罗第认为希尼诗集《看见》中的"方形"深受华兹华斯的诗歌精神的影响⑩。布雷斯林则注意到希尼在《看见》中把死亡视为灵魂的飞

---

① Seamus Deane. 'The Appetites of Gravity: Contemporary Irish Poetry,' *Sewanee Review* 84, 1 (Winter 1976): 199—208.

② Seamus Deane. 'Talk with Seamus Heaney,' *New York Times Book Review* 84, 48 (December 2, 2017): 47—48.

③ Seamus Deane. 'Seamus Heaney,' *Ireland Today* 977 (June 1981): 2—5.

④ Thomas Lask. 'The Hold of Ireland on One of Its Poets,' *New York Times* (April 22, 1979): 63.

⑤ John Haffenden. 'Meeting Seamus Heaney: Interview,' *London Magazine* 19 (June, 1979): 5—28.

⑥ Catherine Byron. '"Incertus" Takes the Helm,' *Linen Hall Review* 5, 3 (1988): 23.

⑦ Steven Matthews. '"When Centres Cease to Hold": "Locale" and "Utterance" in Some Modern British and Irish Poets. ' Ph. D. dissertation, University of York, 1989.

⑧ Darcy O'Brien. 'Seamus Heaney and Wordsworth: A Correspondent Breeze,' in *The Nature of Identity: Essays Presented to Donald D. Haydon by the Graduate Faculty of Modern Letters, the University of Tulsa*, ed. William Weathers. Tulsa: University of Tulsa: 37—46.

⑨ Richard Gravil. ' Wordsworth's Second Selves?,' *Wordsworth Circle* 14, 4 (Autumn 1983): 191—201.

⑩ Patrick Crotty. 'Lyric Waters,' *Irish Review* 11 (Winter 1991/1992): 114—120.

升来自莎士比亚的《罗密欧与朱丽叶》①。

在当代英语作家中，人们常常认为希尼受到霍普金斯和泰德·休斯的影响②。赫尔斯在这两位诗人之外，还提出狄兰·托马斯的影响③；哈特则认为希尼的《苦路岛》除了受到英国诗人华兹华斯和美国诗人罗特克的影响外，也受到英国诗人杰弗里·希尔的影响④；斯雷则认为希尼在艺术手法上的警觉和大胆有 18 世纪末 19 世纪初的英国作家威廉·赫兹利特和查尔斯·兰姆的影子⑤；伯里斯则把希尼的田园诗歌放在斯宾塞、乔治·克雷布和约翰·克莱尔的传统中来考察⑥；巴特尔注意到英国诗人霍普金斯对希尼的影响，特别是希尼诗中越来越突出的头韵和谐元韵所受到的霍普金斯用辅音做重音的诗歌风格的影响⑦。

约翰·普勒斯早在 1969 年就注意到特德·休斯对希尼的影响，认为希尼在对自然的处理上，以及一反华兹华斯的传统，表现自然界可怕的一面上，与休斯最接近⑧。更有评论者将他归入"特德帮"⑨。斯蒂文森把希尼与休斯和彼得·雷德格罗夫放在一起，认为他们克服了当时英国诗歌界提倡的自我牺牲和自我毁灭的原始狂暴力量的风气⑩；洛根则把希尼与休斯和杰弗里·希尔放在一起，认为在拉金去世之后，英国诗歌就主要由他们三个人来代表⑪；不少评论家在希尼和杰弗里·希尔之间发现了很多相似之处⑫；

①　John B. Breslin. 'Seeing Things: John Breslin Interview Seamus Heaney,' *Critic* (Winter, 1991): 26—35.

②　Kate O'Callaghan. 'Seamus Heaney – A Poet of His People,' *Irish America* (May, 1986): 24—30.

③　Michael Hulse. 'Sweeney Heaney: Seamus Heaney's Station Island,' *Quadrant* 30, 5 (May, 1986): 72—75.

④　Henry Hart. 'Crossing Divisions and Differences: Seamus Heaney's Prose Poems,' *The Southern Review* 25, 4 (Autumn, 1989): 803—821.

⑤　Tom Sleigh. 'In Rough Waters,' *Boston Review* 14, 4 (August, 1989): 16—17.

⑥　Sidney Burris. *The Poetry of Resistance: Seamus Heaney and the Pastoral Tradition.* Athens: Ohio University Press, 1990.

⑦　Robert Buttel. 'Hopkins and Heaney: Debt and Difference,' in *Hopkins Among the Poets: Studies in Modern Responses to Gerard Manley Hopkins* ed. Richard F. Giles. Hamilton, Ontario: International Hopkins Association, 1985, pp. 110—113.

⑧　John Press. 'Ted Walker, Seamus Heaney and Kenneth White: Three New Poets,' *Southern Review* 5 (Summer, 1969): 673—688.

⑨　Anthony Thwaite. 'Country Matters,' *New Statesman* (June 27, 1969): 914; 'With or Without Nature?' *Times Educational Supplement*, 2822 (June 20, 1969): 2054.

⑩　Anne Stevenson. 'The Recognition of the Savage God: Poetry in Britain Today,' *New England Review* 2(Winter, 1979): 315—326.

⑪　William Logan. 'A Letter from Britain.' *Poetry Review* 81, 2 (Summer 1991): 12—14.

⑫　Stephen James. *Shades of Authority: The Poetry of Lowell, Hill and Hea-*(转下页注)

马赛厄斯则认为休斯对希尼的影响主要在他的早期阶段,休斯的动物诗使得希尼得以以中立的态度来表现自然世界。但是与休斯不同,位于希尼诗歌核心的往往是人,休斯只为希尼早期的诗歌提供了主题[①];吉佛德认为希尼的《臭鼬》("Skunk")有休斯的《思维之狐》("The Thought Fox")的影子,两个人都认真地探索原型和神话,借此忠实于无论是事物的世界还是精神的世界[②];马丁认为在"能唤起记忆的描述"和"具有隐喻性的生命力"方面,希尼深受休斯的影响[③]。

英国诗人菲利普·霍布斯鲍姆不仅对希尼走入诗坛起过重要的引导作用,在诗歌创作上也影响着希尼[④],并曾撰文评论希尼,认为希尼的叙述技巧与霍普金斯、哈代和弗洛斯特有很多相似之处,而卡瓦纳也是他的指导者,使他的语言本身获得意义[⑤]。

在美国诗人中,不少人将希尼与美国诗人罗伯特·弗洛斯特加以比较[⑥],邓·努内斯直接称希尼为"爱尔兰的弗洛斯特"[⑦]。此外希尼也常会被与洛威尔放在一起[⑧]。斯蒂芬·斯潘德注意到希尼在创造爱尔兰神话的时候,在风格上会仿效美国诗人罗伯特·洛威尔[⑨];伯第恩特注意到《臭鼬》一诗深受洛威尔的影响,即在普通事物中发现神秘[⑩];哈特注意到美国诗人史蒂文斯对希尼诗歌的哲学风格的影响[⑪];考克也注意到希尼的诗集《看见》

(接上页注)ney. *Liverpool*:*Liverpool University Press*,2007;*David Annwn.* Inhabited Voices:Myth andHistory in the Poetry of Geoffrey Hill, Seamus Heaney and George Mackay Brown. *Frome*:*Bran's Head Books Limited*,1984.

①　Roland Mathias. 'Death of a Naturalist,' in *The Art of Seamus Heaney*, ed. Tony Curtis. Bridgend:Poetry Wales Press,1982,pp. 11—26.

②　Terry Gifford and Neil Roberts. 'Hughes and Two Contemporaries:Peter Redgrove and Seamus Heaney,' in *The Achievement of Ted Hughes* ed. Keith Sagar. Athens:University of Georgia Press,1983,pp. 90—106.

③　Graham Martin. 'John Montague, Seamus Heaney and the Irish Past.' *The New Pelican Guide to English Literature* (Vol. 8) ed. Boris Ford. Harmonsworth:Penguin Books,1983,pp. 380—395.

④　Desmond Fennell. *Whatever You Say*,*Say Nothing*:*Why Samus Heaney Is No*. 1. Dublin:ELO Publications,1991.

⑤　Philip Hobsbaum. 'Craft and Technique in *Wintering Out*,' in *The Art of Seamus Heaney* ed. Tony Curtis. Bridgend:Poetry Wales Press,1982,pp. 35—43.

⑥　William Pritchard. ' More Poetry Matters,' *Hudson Review* 29 (Autumn, 1976):457—458.

⑦　Don Nunes. 'Who Is Seamus Heaney?' *Virginian Pilot*,(January 27, 1974):8.

⑧　Stephen James. *Shades of Authority*:*The Poetry of Lowell*,*Hill and Heaney*. Liverpool:Liverpool University Press,2007.

⑨　Stephen Spender. 'Hello, Sailor!' *Sunday Telegraph* (August 24,1975):10.

⑩　Calvin Bedient. 'The Music of What Happens,' *Parnassus*:*Poetry in Review* 8, 1 (Fall/Winter,1979):108—122.

⑪　Henry Hart. ' Heaney Among the Deconstructionists,' *Journal of Modern Literature* 16,4 (Spring, 1990):461—492.

的朦胧风格有着史蒂文斯的影子①；基希多费尔指出动物和动物意象在希尼和伊丽莎白·毕晓普的诗歌中都扮演着重要角色②；奥布莱恩认为希尼的美学和宗教观念与其说受乔伊斯的影响，不如说受美国乡村诗人威尔·卡尔顿的影响③。

　　本书旨在通过系统研究希尼与他所关注和受到影响的英语诗人之间的关系，勾画出希尼在英语诗歌中的谱系。在对第一手资料和现有成果爬梳、剖析与借鉴的基础上，立足文献资料，从多元视角切入，围绕"英语诗歌传统"这一核心问题，聚焦"影响"与"传记"这两个基本研究点，沿着"宏观勾勒到微观探究、纵向考察到横向比较、个案分析到诗学建构"这三条研究路径，建立起诗人希尼与英语诗歌传统的立体研究体系，在系统的个案分析的基础上，总结出希尼通过融汇传统形成自己新的独特风格的方式。

　　第一章将以希尼的生平为主线研究希尼受到的英语诗歌的影响，目的是通过将影响研究与传记研究相结合来增加影响研究的历史维度。不同作家对希尼的影响情况并不一样：有的深刻长久，因此应做全面梳理；也有不少影响是阶段性的，后来被扬弃；有的诗人可能一直为希尼所熟知，但双方思想的碰撞只集中在某个阶段，这些情况更适合针对性的研究。本章将主要依据现有的希尼传记研究、影响研究，以及他自己的著述和访谈，勾勒出希尼所受影响的时间脉络。

　　在第二章希尼与"爱尔兰诗人"中，由于爱尔兰与英国在历史上的交织，明确区分一位诗人属于爱尔兰还是英国并不容易：比如叶芝虽然出生在都柏林郊区，是爱尔兰文艺复兴运动的领袖，却是盎格鲁血统的新教徒；再如划分当代北爱诗人时，简单地根据血统或宗教信仰来区分也会违背希尼主张的民族杂合立场。此外像艾略特生在美国入籍英国或奥登生在英国入籍美国，同样不易划分。此章主要根据当代文学史的一般划分方法将他们放入不同章节，但其实即便单一民族的诗人对希尼的影响也可能是多重的而非单一文化的。

　　由于从小就接受英国教育体系的训练，希尼对英国诗人有全面深入的了解，并从中汲取了大量的思想和艺术养分，很难完全列举哪些诗人对希尼产生过哪些影响，因此第三、四章主要分析那些得到希尼长期关注并对希尼

　　① Hilary Corke. 'A Slight Case of Zenophilia?' *Spectator* 266 (June 8, 1991): 36—37.

　　② Ulf Kirchdorfer. 'Animals and Animal Imagery in the Poetry of Elizabeth Bishop and Seamus Heaney.' Ph. D dissertation, Texas Christian Univesity, 1992.

　　③ Darcy O'Brien. 'Piety and Modernism: Seamus Heaney's Station Island,' *James Joyce Quarterly* 26, 1(Fall 1988): 51—65.

产生过较大影响的英国诗人,或者在主题上具有代表性的英国诗人,如莎士比亚、T. S. 艾略特、奥登、拉金、休斯、北爱诗人休伊特、苏格兰诗人麦克迪尔米德等。

到美国执教后,希尼对美国诗人有了较多的关注和了解,不过因为接触的时间较晚,这些诗人主要是作为希尼思想的呼应得到他的解读的。但也有一些诗人,比如毕晓普,对希尼起过很大的启示作用。第五章将对希尼着重关注过的美国诗人,如弗洛斯特、毕晓普、洛威尔、史蒂文斯对希尼的诗歌思想和创作产生的影响加以研究。

希尼的诗歌表面看起来淳朴单一,其实融合了不同诗人的影响,他的最后一部诗集题为"人链",强调的不仅是人性之链,也是人类传统的链接。在创作初期希尼强调对爱尔兰文化传统的挖掘和继承,但是中期通过对民族冲突的反思,希尼渐渐走出原乡神话,把自我作为寻找传统的立足点。通过自我的逐渐确立以及与外部世界越来越多的接触,希尼渐渐转向文化融合的立场。希尼身上的爱尔兰诗歌传统与英国诗歌传统也从早期的冲突张力关系,转为后期的共存和转化的关系。

希尼早期的诗歌语言主要是英语,后来也试图通过加入爱尔兰的地名、使用爱尔兰元音来摆脱英语的束缚。之后通过乔伊斯、卡瓦纳等爱尔兰作家和诗人的影响,希尼渐渐超越了"原语神话",认识到语言取决于对它的使用。在翻译问题上,希尼也越来越赋予译文与原文同样的重要性,并通过翻译融合不同的文化传统。

在诗歌的表现手法上,希尼从早期让不同的文化意象在诗歌中以张力的形式存在,逐渐发展为让个别的意象承载人类的共同问题,最后到跨越时间、空间和文化差异将不同的诗歌意象和谐地融汇在一起,赋予诗歌丰富的文化内涵。同时,希尼也自如地在不同的诗体之间转换,或者自如地改造传统的诗歌体裁,赋予传统新的生命力。在最后一章中,本书将从"文化之链""语言之链""艺术之链"三个层面,站在更高的层面对希尼在诗歌传统中的继承和超越作出理论性的思考。

第一章　诗人地图与交叉点

　　很久以来,爱尔兰诗人谢默斯·希尼的研究者们就抱怨无法确定希尼的影响来源,不仅因为他从未承认任何诗人对他有决定性的影响,而且无论在他的诗歌还是评论文章中,都显示出他对太多诗人有太多的了解、思考、对话乃至接受。而且用爱尔兰诗人卡瓦纳的话说,希尼"偏好不加说明地引用现代批评和诗歌中的著名段落。……希尼的做法是借助记忆的宝库暗示存在着一个得到公认的文学群体,记忆宝库使其光辉耀眼、万古常青,而他自己正属于这个群体"①。因此除非读者对现代诗歌和评论非常熟悉,否则要从中鉴别出存在哪些引用并不容易。但是,虽然希尼从来没有说明他主要受到哪些诗人的影响,作为一个从北爱尔兰迁居爱尔兰,然后又进入美国文学和世界文学圈的当代诗人,丰富的视域和广泛的阅读使得对其思想渊源的勾勒比传统诗人困难许多,但也因此在这种情况下,把希尼的诗歌思想和诗歌创作视为众多源头在特定场域里的共同作用的结果,或许更接近实际,也更能揭示出希尼作为当代诗人的复杂性。毕竟在现在的多元文化和多重力量的时代,说某个作家只选择了某一个立场或者主要受到某一种文化的影响已经不大可能了,或许含混(ambiguity)和悖论(paradox)正是当代思想的特点。希尼不把自己与某一位甚至某几位诗人放在一起,正显示了他对当代文化的深刻理解。可以说,"介于和之间"(Betwixt and between, SS 381)才是对希尼的思想和立场,也是对当代思想和立场的更准确的概括。

　　而要对希尼在成长过程中受到英语诗人的影响的时段和程度有比较系统和完整的认识,最好的办法是把它们放到希尼一生的整体发展之中来理解。因此从文化影响的角度对希尼的生平加以梳理,可以为本研究提供一个整体的框架。虽然自从希尼 2013 年去世后,为他盖棺定论的传记工作就

---

① Michael Cavanagh. *Professing Poetry*: *Seamus Heaney's Poetics*. Washington: Catholic University of America Press, 2009, pp. 23—24.

开始了,但至今还没有权威的传记出现。不过与此同时,越来越多的材料也在逐渐汇聚,希尼的形象也日益清晰。把希尼的文学创作与他的成长经历和思想渊源放在一起加以理解,也成为目前一个有必要也有价值的任务。

第一节　成长岁月(1939—1956)

希尼 1939 年 4 月 13 日出生在北爱尔兰德里郡一个叫"摩斯浜"(Mossbawn)的农场。希尼家是一幢离主干道近 30 米,狭长、低矮、刷着白粉的木房,前后各有一个小院。门前的主干道是贝尔法斯特通向周边地区的重要道路,因此车来人往,繁杂喧闹。但是如果他的母亲外出购买一家的生活必需品,却必须坐车到一英里半之外的"镇上"。因此希尼家依然可以说地处偏僻的乡村,而这是爱尔兰传统文化能够多多少少留下痕迹的主要环境。

希尼家是典型的农宅,燕雀筑巢梁上,墙边一桶桶的食物和一袋袋的麦子、土豆、化肥和饲料。后院的牛棚里养着奶牛,也养过马。马用来拉车并代替牛做犁地等田间工作。此外还养着鸡。因此家里弥漫着牲畜的气息。当然,清扫牲畜圈也因此成为必不可少的家务。饮用水储藏在缸里,需要接雨水做他用。只有室外厕所,需要烧炉子做饭,蔬菜自给自足,肉类也多来自自家饲养的禽畜。希尼儿时过的正是这种真正的农村生活,因此对乡村有深入的体验,这也决定了他不可能欣赏那些将农村浪漫美化的田园诗,而是一开始就以反田园诗人的身份出现。

希尼家是典型的爱尔兰天主教家庭,装饰有着浓厚的天主教色彩。卧室墙上挂着爱尔兰三位主保圣人圣帕特里克、圣布利吉特和圣哥伦巴的画像,还有带有凯尔特十字架和圆塔的圆形浮雕,以及纪念 1932 年天主教圣体大会的装饰品。此外还摆设着耶稣圣心和圣布利吉特的十字架。希尼的妈妈终日忙于家务,很少和家人共进晚餐;他的父亲也忙于生计,很少在家里。一家人聚在一起就餐的机会主要就是圣诞节等重要时节。但是在希尼的记忆中,一家人的生活仍然充满了日常的温暖和忙碌。或者更有可能的是,这种温暖的记忆源于希尼对日常生活的诸种细节都充满兴趣,能够从别人熟视无睹的地方感受到日常生活的魅力。正是这种对日常生活的爱和感觉造就了希尼诗歌的与众不同,用诺贝尔文学奖评委的话说,"能从日常生活中提炼出神奇的想象"。希尼在诗歌中描写过犁地、做奶油、叠床单、在豆田里迷路,总之最平凡的生活在他的笔下总能散发出幽远的深义和魅力。

在这样不算偏远但也并未完全工业化的乡村,对远古神秘力量的信奉依然存在。希尼儿时,肺结核仍能造成大批的死亡,提它都是禁忌。希尼也记载了儿时弟弟休的皮癣如何借助某次神秘的仪式而痊愈,以及村里一位叫特雷·麦克威廉的妇人可以通过祈祷治愈麦粒肿。爱尔兰的传统不仅存在于这类古老的信仰之中,也存在于耕地、树篱、沟渠和茅草屋顶之中。希尼深刻地指出,等到这些"传统的"东西被清除了,"你就处于一个完全不同的世界了。你在抛弃土地,代之以坐标网"(SS 24)。物体和思想都可以带着自身的时代和文化维度,少了这些,就会变成毫无生命的标签。当希尼的第一个家园摩斯浜被出售和改造,从包含丰富内容和情感的土地,变成地图上一个毫无特色的坐标点后,希尼深刻地感受到事物的不同面貌可以传递出不同的精神色彩,或者也可以说,不同的精神内容会化为不同的形象。摩斯浜的"在家"归属感后来希尼很少再能找到了,这也是他为什么会赋予摩斯浜超出其他地方的重要性,甚至把失去摩斯浜视为他后来诗歌创作的出发点。在失去了现实世界的家园之后,希尼开启了他寻找精神家园的天路历程。

希尼在自己的文章中屡次提起"摩斯浜",不只因为它的农村生活,还有这个地名中包含的爱尔兰文化。比如其中"Moss"的意思是"泥沼",而泥沼是爱尔兰的典型地貌。这一地貌特征后来让希尼对北欧的沼泽人产生了强烈的共鸣,不但在诗歌中大量放入沼泽人形象,而且把比如铁器时代丹麦地区的图伦人的命运作为理解当代北爱尔兰政治的隐喻。"bawn"希尼在文中称是英语,但其实也出自爱尔兰语,指的是爱尔兰城堡的"围墙"或包括壕沟在内的保护性围栏。不过据希尼说当地口语中把"bawn"说成"bann",后者是爱尔兰语"bán"的变体,意思是"白的",因此"摩斯浜"很可能原意是"白色泥沼",当然理解为"泥沼壕沟"也无不可。最重要的是在希尼看来,"摩斯浜"这个词本身就体现了爱尔兰文化与英国文化的交织。

希尼的父亲帕特里克·希尼和母亲玛格丽特共育有7男2女,希尼是长子。大家庭在爱尔兰的天主教家庭并不少见,希尼的父亲就是10个孩子中的老八。希尼的父亲虽然是个农民,但主要做牲畜交易。希尼母亲的族人则大多在当地的亚麻厂工作,或者像她姑姑那样在亚麻厂主家做女仆。父亲家族和母亲家族的不同身份同样被希尼视为分别代表着爱尔兰的养牛传统与北爱尔兰的工业革命传统。希尼认为爱尔兰的农业文化与英格兰的工业文化之间的张力,早在他出生前就已经在他的生命中存在,并且将在他一生中影响着他的创作。

对这两种文化,事实上希尼并没有偏向,即便他的爱尔兰化的名字"Seamus",他也不认为其中包含着任何文化选择。他猜测"Seamus"来自他祖父的"James"。但被问及为什么选择了"James"的爱尔兰形式时,他却不做解释,而是更强调他的父母其实都不是那种强烈主张爱尔兰独立的人,甚至提及在出生证明上,一开始他的名字其实被误写为"Shamus"。当然,这是希尼已经获得世界声誉后的回答,表达的更可能是他此时的世界主义立场。因为他也提到过虽然名字被误写,在他父亲一家看来只不过是一个没啥学问的小职员犯下的笔误,他母亲的族人则视之为英国官方对爱尔兰因素的拒绝。其实在他出生的时代,乌尔斯特的天主教爱尔兰人给孩子起爱尔兰名字,未必真正代表政治上的狂热。希尼举出各种理由来撇清父母一辈与民族政治之间的关系,避免将自己的名字与爱尔兰民族主义联系在一起,倒更显示出希尼后期对爱尔兰民族主义的回避,以及他的世界主义立场和环境。

不过事实上,童年的希尼生活在一个相当温暖与安全的环境中,并没有感受到民族矛盾的压力。这种温暖也来自希尼的姑姑玛丽·希尼。考虑到希尼的母亲总共生了9个孩子,希尼觉得姑姑就如同她的第二个母亲也就不稀奇了。是姑姑给了希尼格外的照顾和陪伴,这也让她出现在希尼的很多诗歌之中,比如《搅乳日》("Churning Day")写的就是姑姑的劳作,诗中盈溢着劳动的快乐和收获的心满意足;诗集《北方》的第一首诗《摩斯浜》("Mossbawn")也是献给姑姑的,将做烤饼和切土豆这些普通的日常活动写得朴素宁静,又充满了爱。其中的"这就是爱"非常容易被误以为写的是母爱,可见姑姑对希尼的重要意义。《纪念弗朗西斯·莱德威奇》("In Memoriam: Francis Ledwidge")一诗,虽然主要是纪念在一战中阵亡的爱尔兰诗人,但姑姑却被用在诗中作为对照,给出了与战争暴力相对的乡村的安宁。此外她栽种的栗子树也在希尼的笔下出现。玛丽·希尼对于希尼来说,代表的是群体、安宁,甚至是北爱尔兰的传统文化。

1945年,希尼到一所兼收天主教学生和基督教学生的小学读书。在通向小学的路上有一个不高的小山丘,天气好的时候,站在山丘的顶端,可以望见斯莱米什山(Slemish),一座火山丘。不过斯莱米什山最有名的,是传说圣帕特里克最初被作为奴隶带到爱尔兰时,就在那里替一个叫米留克的人放羊,因此散发着古老的宗教色彩。

事实上希尼的生活周围充满了爱尔兰和天主教的文化色彩。比如在他上学的路上,越过树丛可以看到吉尔湖中的教堂岛的尖顶,而且每年9月都会有朝圣团去教堂岛,因为传说圣帕特里克曾经在那里祈祷。据说圣帕特里克祈祷时跪着的两块石头磨出了他的膝盖的形状,因此那两个凹槽里积攒的雨水被认为具有治病的奇效。所有这些,都为希尼提供了"一种不可思议的或者说神奇的世界观,作为基础维系着一种逐渐消亡的结构,一种由传说、迷信和半异教半基督教的思想和实践组成的结构"(P 133)。这可以说也为希尼自己的思想和文化体系提供了结构基础,使他即便在英格兰的教育体系下,依然保有着爱尔兰文化的根基。

希尼1951年小学毕业,凭借优异的成绩获得位于德里市的圣哥伦布学院的奖学金。这是一所天主教寄宿中学,希尼在那里度过了6年的中学住宿生涯。1998年获得诺贝尔和平奖的约翰·休姆,以及后来跟希尼保持了终身友谊的诗人谢默斯·迪恩当时也都在这里读书。在住读的第二年,希尼4岁的弟弟克里斯托弗在一次车祸中夭折,这给希尼带来超乎预料的震动。其实早在5岁时,希尼就目睹过美国军队在距离希尼家一英里左右的地方驻扎,为后来的诺曼底登陆做准备。希尼后来将自己当时的感受称为介乎"历史和无知"之间,并称这也是他后来诗歌创作的状态。不过弟弟的夭折是希尼第一次近距离接触死亡,这让他第一次从情感上体会到了生与死。后来在诗集《一个自然主义者的死亡》的《期中假期》("Mid-term Break")一诗中,希尼做了极具震撼力的表现,通过小小的棺木与本应有的漫长岁月的对比,既写出了死亡对生命的无情定格,也写出了死亡让年轻希尼开始对生命的责任有了朦胧的感知。克里斯托弗的死亡应该给希尼全家造成了比较大的伤痛,因为全家人很快就搬去了距离摩斯浜几英里的小镇贝拉希(Bellaghy)。半个多世纪后,在2006年出版的诗集《区与环》中,希尼再次在《格兰莫尔的画眉鸟》("The Blackbird of Glanmore")一诗中提到了这件事。不过值得注意的是,《格兰莫尔的画眉鸟》的感情已经比《期中假期》复杂也丰富得多,诗人的目光也不再聚焦于自己。显然,此时希尼对生命已经有了更豁达也更包容的理解。

乡村生活对希尼未来的创作产生了重要的影响,即便到大学读书或者毕业后执教,在暑假期间希尼都会回家帮助父亲一起干农活。他的父亲并没有指望希尼继承自己的农场和牲畜生意,而且事实上后来他父亲所从事的牲畜生意也随着经济模式的改变而衰落了。但是早年的这一经历深深地积淀在希尼的头脑和血脉之中,成了他精神的根基,一旦他开始从中汲取养分,就会发现里面蕴藏着丰富的内涵,并会结出丰硕的果实。也正是乡村生活为希尼的第一部诗集《一个自然主义者的死亡》,乃至第二部诗集《通向黑暗之门》提供了素材和灵魂,也正因此,很长一段时间人们都把希尼视为一位典型的乡土诗人。

希尼儿时的生活环境并没有独特的文学氛围,据希尼自己说,他6岁开始阅读时,"家中最重要的读物只是些配给性读物——有粉红色衣裙的票证和可换取蜜饯和水果的绿色'小票'"。① 但是生活在爱尔兰这一文学的岛屿,诗歌的熏陶也无处不在。希尼家有一个雇佣的短工叫奈德·汤普森,每周到希尼家一到两次。他是一个矮小驼背的老式人物,有小胡子,抽烟斗,住在一个泥墙泥地的房子里。希尼从他那里听到了不少他的不同主人的故事。不过更重要的是,这个人让希尼熟悉了很多爱尔兰民间歌谣,比如《鲍恩的石头》("The Rocks of Bawn")或《马格瑞费尔特的五月集市》("Magherafelt May Fair")。除了汤普森外,希尼也显然从其他地方接触到爱尔兰民间歌谣,比如他还提到过威廉·阿灵汉姆的充满爱尔兰色彩的诗歌《仙子》("The Fairies"),该诗用山川、溪流、芦苇、岩石遍布的海岸、音乐、游猎和古老的神话传说这些典型的凯尔特文化意象,构筑起爱尔兰民族的抒情想象。

一方面是身边爱尔兰诗人的诗歌,另一方面学校的课本介绍的大多是英国诗人的诗歌,比如希尼提到的华兹华斯的《忠诚》,虽然描写的也是岩石、湖泊、猎犬、牧羊人,但是词语的选择完全不同,充满英格兰色彩,同时旋律也显然更加沉重,有着希尼所说的父性的理性和思辨。当然小时候希尼的母亲也会给他朗诵英国和美国诗人的诗歌,比如济慈笔下苏格兰的,或者美国诗人朗费罗的诗歌,但是相对来说旋律比较优美舒缓。在圣哥伦布学院最后一年的英语课上,希尼已经几乎能够记住《哈姆雷特》中的每句话,《坎特伯雷故事集》序言中所有朝圣者的画像,华兹华斯和济慈的全部诗歌。不管是爱尔兰诗歌还是英国诗歌,60多年后希尼回顾时,这些诗歌对于希尼来说都是一种印记,"唤醒和激发了我身上诗歌那个部分里的某种东西"(SS 35)。

中学时给希尼印象最深的是霍普金斯的诗歌,以至于上大学后希尼写的第一首诗歌也是霍普金斯式的。虽然今天霍普金斯被认为是维多利亚时代最伟大的英国诗人,但是他的风格与同时代的其他英国诗人有很大不同,很多诗歌在生前无法发表,直到1918年才以《诗集》的名字首次出版,并在第一次世界大战之后才得到广泛的关注和承认。霍普金斯与莎士比亚是同乡,也出生在埃塞克斯的斯特拉福,不过他毕业于牛津大学,但是他在牛津大学期间就改信了罗马天主教,成为耶稣会牧师,去世前一直在都柏林大学教希腊语。所以他与爱尔兰有着不同一般的密切关系。虽然这不是希尼把霍普金斯视为诗歌创作楷模的主要原因,但也并非全无干系。希尼自称是霍普金斯的诗歌用其"神经系统里的小小跳跃和连锁反应"(SS 37)给他带来震动。希尼这里谈的应该是霍普金斯特有的"跳韵",以及霍普金斯诗歌对辅音的独特使用。这种对重音的关注,而不是以音节数量本身为韵律的

---

① 希尼:《希尼诗文集》,吴德安等译,北京:作家出版社,2001年,第205页。

依据，带来了现代诗歌的重大变化。

　　当然，在希尼大学毕业开始加入"贝尔法斯特小组"时，通过重音和跳音等手法使诗歌变得"坚硬"，反对传统的流畅抒情的旋律，追求语言的力量和生命的强音，已经成了那个时期英国诗坛的流行看法。但是从接触诗歌伊始希尼就自觉地选择了更具现代性的霍普金斯，而不是爱尔兰传统中那些更偏重优美旋律的抒情诗歌，显示出希尼在文学上有着更独立的追求。更重要的是，霍普金斯既不是爱尔兰人又带有爱尔兰因素这一点，如预言般昭示了希尼一生诗歌创作的特点：从一开始，民族情绪就不是希尼对文学乃至生活的首要选择，但民族因素又总会如幽灵般纠缠着他。民族因素既成就了希尼，又随时可能成为他走向世界舞台的最大障碍，因此希尼与民族情绪之间的关系绝非简单的接受与不接受的关系，这也是希尼既努力否认自己和家人的民族立场，又会不断提起自己生命中的爱尔兰文化的原因。希尼承认民族性但不希望囿于民族性，希尼希望去政治化但又不能否认政治对他的文学命运所起到的积极作用。正是艺术与政治、世界与民族这一对永远存在的张力，成就了希尼诗歌超出常人的重量和厚度，让他避免因"生命中不能承受之轻"而仅仅流于追求诗歌技巧。从这一点说，希尼的成功在一定程度上也是他的历史和环境造就的。当然，跟他处于同样历史和环境中的诗人也很多，希尼之所以能够脱颖而出，更重要的还是能够直面自己内心的矛盾，并有足够的能力捕捉并将其有力地呈现出来。

　　希尼在圣哥伦布学院的第五年，也即高二的时候，他开始接触到"文化政治"这个概念，这主要来自老师向他们推荐的爱尔兰学者和政治家达尼尔·科克里的《被遮蔽的爱尔兰》(The Hidden Ireland)。科克里是爱尔兰语复兴运动的领导人之一，他写的戏剧曾在阿贝剧院上演。《被遮蔽的爱尔兰》是他 1924 年出版的一部研究爱尔兰芒斯特地区的 18 世纪爱尔兰语诗歌的著作，勾勒出在盎格鲁传统下被遮蔽了的爱尔兰语诗人的世界。这些诗人以往只被视为贫穷的天主教农民群体中的一员，而对这一文化群体的勾勒可以说为爱尔兰语民族历史提供了有力的事实基础，很快成为新建立的爱尔兰共和国的经典教材。

　　希尼的老师会带领他们朗诵其中的选段，用希尼自己的话说，他被这些诗歌中包含的哀伤情绪深深打动，"把自己视为这些小屋里的说爱尔兰语之人的继承者"(SS 41)。《被遮蔽的爱尔兰》专章介绍了 17 世纪末 18 世纪初的爱尔兰诗人奥·拉伊利，认为他最早创作了成熟的"幻景诗"。此外还有诗歌"特别具有音乐性"的 18 世纪爱尔兰诗人奥·苏利文，他最有名的诗歌也是描写象征着爱尔兰的女性的幻景诗。幻景诗这一独特的爱尔兰诗歌传统在希尼后来的诗歌创作中得到反复呈现。

此时希尼已经深深感到爱尔兰传统的重要性,只是当时在整个北爱尔兰,在伦敦德里郡的图书馆中,很少有关于爱尔兰语和爱尔兰文化的资料。在爱尔兰诗歌方面,还是中学生的希尼只找到一本罗伯特·法伦的《爱尔兰诗歌教程》(*The Course of Irish Verse*)。该书按照当时爱尔兰诗人和政治活动家托马斯·麦可多纳的说法,提出用英语创作的爱尔兰诗歌其实源于爱尔兰传统。该书非常推崇20世纪上半期的爱尔兰诗人奥斯汀·克拉克,称他的谐元韵继承了盖尔语的用语方式。

作为在英语教育下长大的诗人,英语韵律依然是希尼诗歌旋律的基础;另一方面,在文化和政治上对爱尔兰的忠诚又对诗人提出无法逃避的要求。英语与爱尔兰语,英国文化与爱尔兰传统,两种矛盾的力量相互影响,最终在希尼诗歌中走向平衡,成为正方形中相同长短、完美平行的两条边。希尼明确认识到这种不同力量在自己诗歌中的调和,所以在1991年出版的诗集《看见》中,专门创作了一组以"方形"("Squarings")为标题的诗歌。希尼并非一个政治化的诗人,既无心介入政治,也对政治立场并不敏感。比如在大学时,希尼虽然能够明确感受到行政人员对天主教学生的歧视,但依然坚持在学生和学者层面更多的是跨越了宗教信仰的友谊和联系。而且他认为不仅在他读书的女王大学,很多地方都是如此。在女王大学读书期间,他没有参加什么政治活动。虽然他会在一些爱尔兰聚会上说爱尔兰语,在爱尔兰学会组织的爱尔兰语戏剧中扮演角色,但在希尼自己眼中,他更属于50年代而非暴力冲突的60年代。如果不是北爱冲突升级,政治乃至民族问题未必会成为希尼诗歌的一个重要内容。

不过,虽然北爱的暴力冲突在1968年才正式爆发,其实在50年代,爱尔兰共和军的影响已经日益明显了,也经常可以在贝尔法斯特的街头遇到北爱尔兰皇家骑警队的巡逻队;而在大学和当地举办的爱尔兰舞会(céilís)上,常常会唱秘密的爱尔兰共和军的歌曲,描述一些比如复活节起义的事情。只是希尼并未被这些歌曲唤起民族主义情绪,后来他称那时多数人都有一种迟钝的被动。希尼并不反感这种政治上的迟钝和被动,甚至称之为"被动性之守护天使"(SS 47)。

第二节　贝尔法斯特(1957—1972)

贝尔法斯特女王大学是在1810年创立的贝尔法斯特学会的基础上发

展而成的,是联合王国最古老的 10 所大学之一。希尼于 1957—1961 年期间在女王大学攻读英语文学本科,以优等成绩毕业。在这期间,希尼阅读了大量英语文学作品,其中包括马罗礼的《亚瑟王之死》和《高文与绿骑士》这些中世纪文学、文艺复兴时期剧作家莎士比亚、约翰·韦伯斯特、克里斯托弗·马洛的作品,以及浪漫主义诗人华兹华斯的《序曲》,近代的哈代和劳伦斯的作品等。希尼认为这个阶段的阅读帮他进入了艾略特所说的文学传统,获得了诗歌的历史感。

在大学里,英格兰文学的影响依然占据绝对优势,因此华兹华斯、济慈、霍普金斯、艾略特等人的诗歌对他这个阶段的影响最大,叶芝作为爱尔兰诗人反而被排挤在外。稍弱一点的影响是美国诗人弗洛斯特,再弱一些的是正活跃的爱尔兰诗人卡瓦纳、英国诗人特德·休斯,以及那些二战诗人、当代爱尔兰诗人等。

此外在课本之外,希尼还通过书店了解和阅读了一些爱尔兰现代文学作品,比如莫里斯·沃尔什和坎农·希汉的小说,叶芝和路易斯·麦克尼斯的诗歌。此外他还在二手书店读到一些诗歌选集,也购买了英国诗人丁尼生和爱尔兰诗人哥尔德斯密的诗集。他还用在女王大学最后一年因成绩优异赢得的购书券购买了麦克尼斯的诗集。不过当时他购买的不只是诗歌,也有王尔德和辛格的戏剧。他还去听过一次麦克尼斯的讲座,但是用他自己的话说他还没有准备好,既不熟悉麦克尼斯的作品,也没有达到欣赏所需要的准备,所以并没有留下什么印象。

希尼在贝尔法斯特女王大学攻读文学学士学位的这四年,未来的"贝尔法斯特小组"的创始人菲利普·霍布斯鲍姆尚在谢菲尔德跟随新批评大师威廉·燕卜逊攻读博士学位。一直到 1963 年,希尼才受霍布斯鲍姆的邀请,加入了贝尔法斯特小组。一开始该小组在霍布斯鲍姆家聚会,1966 年霍布斯鲍姆搬到格拉斯哥后,贝尔法斯特小组停止了一段时间。后来在希尼、迈克尔·阿兰和阿瑟·特里的倡议下继续聚会。只不过地点改到希尼家,直到 1970 年希尼去加利福尼亚大学伯克利分校访学。贝尔法斯特小组则一直持续到 1972 年。

1965 年,作为贝尔法斯特小组的成员,希尼和迈克尔·朗利等人得以在贝尔法斯特艺术节出版了自己的微型诗集。希尼诗集的标题为《诗十一首》(*Eleven Poems*),该诗集在当时赢得了一定的关注,现在则拍卖价接近 4000 英镑,签名本则更高。贝尔法斯特艺术节最初是女王大学的学生活动,后来成为一个有较大影响的艺术节。这一背景决定了此次诗集的印刷发行并没有多大困难,但只限于很小的范围。这也是为什么希尼并不将其视为自己出版的第一部诗集。

迈克尔·朗利虽然也出生于贝尔法斯特,并且在都柏林的三一学院读大学,但是他的父母都是英国人,因此此次出版的民族色彩也并不浓厚。但是实际上从1962年开始,当代爱尔兰诗人和作家的作品就不断涌现,比如1962年罗宾·斯凯尔顿就出版了选集《黑暗的窗:诗集》,收录了约翰·蒙塔格、奥斯汀·克拉克、理查德·莫菲和托马斯·金塞拉等六位爱尔兰诗人的诗歌。斯凯尔顿自己也是诗人和作家,虽然出生在英格兰的约克郡,却对爱尔兰文学很感兴趣,是国际爱尔兰文学研究的权威。斯凯尔顿的这部选集被认为是搅动当代爱尔兰文学的第一枪,激起了读者对爱尔兰文学的兴趣,在当时产生了广泛的影响,也让人们对当代爱尔兰文学有了更大的信心。奇怪的是斯凯尔顿的这一选集并没有收入更得到希尼推许的爱尔兰诗人卡瓦纳、麦克尼斯和约翰·休伊特,虽然诗集同样有效地传达出了爱尔兰的独特精神。

1962年,约翰·蒙塔格还和托马斯·金塞拉合作出版了一部题为《史前石碑:爱尔兰作品集》(*Dolmen Miscellany of Irish Writing*)的文集,包括蒙塔格、金塞拉、莫菲、帕西·哈金森以及被视为20世纪后半期最重要的小说家的约翰·麦加亨、小说家詹姆斯·普伦基特、布赖恩·莫尔的作品。该书采用凸版印刷,纸质精美厚重,传递出一种经典作品的庄重感,这对一直处于被排挤和被压抑地位的爱尔兰文学来说,完全称得上是一种文化自觉和文学复兴,也标志着新一代的爱尔兰作家已经自信地走上历史的舞台。那时在都柏林不仅有史前石碑出版社,也有杂志《爱尔兰》(*Hiberia*)。但是,那一年贝尔法斯特的文化复兴尚未到来,贝尔法斯特小组也尚未成立,贝尔法斯特艺术节出版尚未开始,尚没有成群的年轻听众,当代北爱文学的繁荣还有待时日。

那一年希尼开始在贝尔法斯特的圣托马斯中学教书。这是一所职业中学,学生都是来自贫困的天主教家庭的男生,但被教给一种中产阶级的价值观。不过这一经历对希尼来说最重要的是,校长是短篇小说作家米歇尔·麦克拉弗蒂,他向希尼介绍了约翰·麦加亨。据希尼说,一天,他的课即将开始的时候,麦克拉弗蒂带着麦加亨来到教室,介绍他们相识。对于刚刚开始工作,只在大学刊物上发表过几首诗歌的希尼来说,校长的这一举动让他非常紧张,但也因此受到了莫大的鼓舞。正是在麦克拉弗蒂的鼓励和指导下,希尼在《贝尔法斯特电讯》上发表了被他视为自己第一首正式发表作品的《拖拉机》("Tractors"),同时也在女王大学的校园刊物上发表了一些诗歌。第二年春,希尼又在《基尔肯尼杂志》上发表了那首纪念死去的弟弟的

《期中假期》，秋天加入了"贝尔法斯特小组"，正式开始了自己的诗人道路。虽然加入贝尔法斯特小组的时候，希尼已经离开圣托马斯中学，到圣约瑟夫教育学院任英文讲师，但是麦克拉弗蒂对希尼来说就如引领但丁开启精神之旅的维吉尔。希尼的诗集《北方》中的组诗《歌唱学校》第五章就是献给麦克拉弗蒂的，并用了养育（fosterage）这个词。索菲亚·希兰在一篇文章中指出，麦克拉弗蒂对希尼的帮助正如同一位养父①。更重要的是，麦克拉弗蒂帮助希尼开始了解卡瓦纳的诗歌。他借给希尼卡瓦纳的《供出卖的灵魂》（*A Soul for Sale*），其中的长诗《大饥荒》（"Great Hunger"）深深打动了希尼，也让希尼获得了描写自己身边乡村生活的信心。

正是在圣托马斯中学教书的时候，希尼结识了日后的妻子玛丽·德夫林。玛丽也是中学教师，出生在北爱尔兰，对爱尔兰民间文学有深厚的感情，1994 年还出版了一部爱尔兰神话传说集。不过将两人联系在一起的主要还是诗歌。两人相识时玛丽正在写关于爱尔兰诗人麦克尼斯和英国诗人罗卜特·格雷弗斯的文章。两人在女王大学牧师的退休宴上相逢，聊起诗歌。希尼趁机把英国诗人阿尔弗雷德·阿尔瓦雷茨编辑的《新诗选》（*The New Poetry*）借给玛丽，于是有了进一步交往的理由。两个人的恋爱过程在诗集《人链》的《鳗鱼作坊》（"Eelworks"）中描写过。

那个时候，在玛丽·奥莫莉努力下，贝尔法斯特经常上演叶芝的戏剧。玛丽·奥莫莉生活在科克，但丈夫是贝尔法斯特的梅特医院的医生，所以她经常来贝尔法斯特。叶芝戏剧在贝尔法斯特的上演对爱尔兰文学在北爱的发展起着重要的推动作用。在叶芝的凯尔特文艺复兴的影响下，北爱民间文化的复兴潮流也日渐兴盛。虽然希尼不是戏迷，但也常与玛丽去贝尔法斯特的抒情诗剧院和艺术剧院观看。抒情诗剧院移址的时候，奥莫莉还请希尼为新址的奠基写了一首诗歌，这让 26 岁的希尼受宠若惊。在抒情诗剧院，希尼也结识了一批艺术家，比如画家弗拉纳根夫妇，他们是麦克拉弗蒂引荐认识的。特里·弗拉纳根因为姑姑的关系经常去叶芝的家乡斯莱戈，并将斯莱戈优美的风光纳入自己的绘画。他跟都柏林的画廊也很熟悉，经常带希尼去都柏林看画展。因此弗拉纳根夫妇不仅把绘画和画家这一领域引入了希尼的世界，而且也帮他打开了通向斯莱戈的自然和都柏林的社会的大门。

1966 年对于希尼来说可谓未来世界的大门正式打开的重要一年。这

---

① Sophia Hillan. "Wintered into Wisdom: Michael McLaverty, Seamus Heaney, and the Northern Word-Hoard." *New Hibernia Review / Iris Éireannach Nua*, Vol. 9, No. 3 (Autumn, 2005): 86—106.

一年他获得女王大学的讲师席位(多少归功于费伯出版社接受了他的诗集),第一个儿子克里斯托弗出生,不久以后就在诗歌领域的权威出版社费伯出版社正式出版了他的第一部诗集《一个自然主义者的死亡》。他的所有诗集和大部分著作几乎都是由费伯出版社出版的,仅这一点就足以显示希尼诗歌的经典地位。而且这部诗集出版后就获得了"格雷戈里年轻作家奖"和"杰弗里·费伯奖",以后几乎希尼的所有作品都获得这样或那样的奖项。随着希尼在文化领域的成就和交往得到越来越多的关注,希尼也开始为《政治家》和《聆听者》杂志写专栏,并为BBC广播公司和电视台录制节目。

《一个自然主义者的死亡》不仅扩大了希尼的社会影响,而且大大增加了希尼的自信。诗集由费伯出版社出版,这曾让希尼有一种难以置信的感觉,但也让他隐隐意识到,从此以后他的言行就会得到别人的关注,他写下的东西将会有人去阅读,用他自己的话说是一种"文本面具"下暗含的"自传性存在"(SS 61)。作为经典诗人的自觉意识在他创作生涯的伊始就出现了,这对他今后的创作也必然会产生影响:一方面会促使他更加自觉地把自己个人的经验与普遍性的思考结合在一起;另一方面也有可能使他更碍于他人的目光而无法突破一些真正伟大的思想者必须突破的界限。

事实上,等到第二部诗集《通向黑暗之门》1969年出版,叙述者已经从《一个自然主义者的死亡》中的"我"变成了"我们"。希尼自己也指出过这种从"我"诗人到"我们"诗人的转变。当被问及为什么会发生这种转变时,希尼回答说这涉及到"证明艺术的合理性"(SS 89)的问题,或者更确切地说,此时希尼更把诗歌视为一种"公众艺术"。他不再仅仅是自己,也是民族主义背景下的北爱天主教徒的代表。其中的《短发党的必需品》("Requiem for the Croppies")、《沼泽地》("Bogland")尤其是代群体发声,写的是爱尔兰天主教徒的历史。可以说从此时开始,希尼已经清楚地认识到"有必要替那些未得到表达的事情发声"(SS 90)。希尼认为做到这一点的爱尔兰诗人并不很多,蒙塔格是一个。不过作为诗人,希尼最迫切关心的还不是如何从政治的角度表达被压抑的少数群体的不满,而是如何从艺术的角度,把爱尔兰人的经历放进占统治地位的英国诗歌圈,改变以英国诗歌为中心的传统。这一不同的侧重点对希尼诗歌的成长至关重要,它让希尼不是转变为公共知识分子,而是最终成就了他在诗歌领域不可磨灭的成就。

《一个自然主义者的死亡》被费伯出版社接受,也使希尼得以接替霍布斯鲍姆到女王大学英语系执教,开设诗歌和现代文学课程。他讲授的诗人包括爱德华·托马斯、哈代、叶芝、威尔弗雷德·欧文、弗洛斯特、麦克尼斯。显然,希尼对古代的英语诗歌关注不多,他的注意力主要放在当代,并且以英国诗人为主。美国诗人只有弗洛斯特。叶芝和麦克尼斯虽然现在被归为爱尔兰诗人，但是在 20 世纪 60 年代都是被自然而然地视为英国诗人的。更明确地属于爱尔兰诗人的卡瓦纳并不在希尼的讲述范围之内，这或许与希尼自己作为天主教徒的敏感身份有关。虽然希尼不认为女王大学存在任何身份歧视，但是天主教徒和新教徒这种差别永远是一个大家避而不谈或者更确切地说不能提及的禁忌，这反而使整个环境更加敏感压抑，以至于希尼在伯克利大学访学时的联系导师托马斯·弗拉纳根来到女王大学做讲座时，建议希尼越早离开越好。

在希尼的学生中，有一些后来也成了诗人，比如麦古今、保罗·马尔登、奥姆斯比和卡森。对希尼来说，他们已经属于新的一代了。希尼并没有让自己被这新的一代所影响，并且也出于师生身份与他们保持一定的距离。在这些新一代诗人眼中，希尼更属于导师和榜样。相比之下，希尼这一代北爱诗人却是在没有导师的情况下自己摸索出来的，有的最多就是同辈人之间的交流。希尼尤其可以称为保罗·马尔登这位普利策奖得主的导师，因为是希尼将他推荐给杂志和出版社，最终帮他与费伯出版社签约。

从 1968 年起，贝尔法斯特流血事件不断，政治暴力和民族身份进入希尼的诗歌领域。事情的开始是 10 月 5 日，德里工党和德里社会主义青年社的成员示威游行，要求结束天主教徒 50 年以来受到的歧视，为所有人提供工作和住房。示威者遭到了北爱尔兰皇家警察队的殴打，由此引发了天主教工人阶级的普遍愤怒。其实这一事件一开始点燃的不满情绪更属于经济和阶级问题，而非宗教问题，有很多解决的方向和可能，但是却被英国政府引导为天主教徒与新教徒之间的矛盾，于是北爱尔兰多处开始出现教派冲突。而政府和警察对天主教徒加以压制，使得从民权要求转为安全防御的天主教徒开始成立准军事组织，原本已经被解除武装丧失了战斗力的爱尔兰共和军重新壮大。在这种局势下，新教徒也开始成立自己的准军事组织。于是北爱问题从民权示威最终升级为 1969 年 8 月德里伯格赛德的武装战斗。

1968 年 10 月 5 日的游行爆发后，一向对政治感兴趣的《聆听者》编辑卡尔·米勒就劝说希尼写了一篇题为《动乱》的政论文章。总的来说希尼这篇文章依然是克制客观的，并不认为在北爱存在鲜明强烈的派系歧视。事实上，希尼一生都在思索诗歌与政治之间的关系，尤其在 1960 年代，在北爱紧张逼迫的政治气氛中，任何处身其中的诗人都不可能不受到政治的影响。在这个时期，爱尔兰诗人麦克尼斯、休伊特等对民族身份的思考都曾引起希尼的关注。不过希尼并不完全赞同他们处理英爱双重身份的方式。对希尼来说,更重要的不是是否面对民族政治的问题,而是如何不要让民族政治完全主宰了个人的存在。换句话说,重要的是个人如何在政治力量的挤压中保持艺术的独立判断。对希尼这样自觉地追求经典性的诗人来说,独立并不是唯美主义者那种完全无视政治、道德和功利的存在,而是在现实地面对民族政治的同时,如何坚持艺术自身的空间和选择。

事实上一开始,希尼对政治与艺术的这一矛盾关系处理得并不很好,一度让政治主宰了自己的艺术思考和想象。希尼这个阶段在《新政治家》杂志的"走出伦敦"专栏里写的介绍贝尔法斯特的文章,关注的更是政治而非文化。又如在 1968 年的 10 月,希尼为《聆听者》杂志写了一首题为《老德里城墙》("Old Derry's Walls")的诗,直白地对示威者表示同情。此外他还在"爱尔兰之声"电台的编辑希恩·奥里达的要求下,写了一首题为《克雷格的龙骑兵》("Craig's Dragoons")的讽刺歌谣用于广播,以反讽口吻颂扬英国皇家龙骑兵 1798 年屠杀数万爱尔兰起义者的行为。这些政治立场过于简单鲜明的诗,希尼后来并没有收入自己的诗集之中,但是这种政治思考在他的诗集中却不时以这样那样的方式呈现。希尼出版的第一部诗集《一个自然主义者的死亡》的第一首诗《挖掘》,就把自己手中的笔想象成枪,似乎显示了希尼对未来的暴力冲突的预见①。

有时诗歌的含义可以随着环境而改变。比如《短发党的必需品》其实写于北爱尔兰冲突加剧之前,背景是 1798 年爱尔兰人在法国革命鼓舞下爆发起义,但惨遭英军镇压,7 万多人被处死。希尼的诗歌描写的是其中 6 月 2 日发生的醋山战役,该地当时为威克斯福德地区爱尔兰反抗者联盟的总部。战争爆发不久英军就用大炮持续轰击,造成大约 400—1200 名起义者死亡,包括受伤后被烧死的战俘。英军还强奸了总部里的女性家属。希尼在诗中大量描写了起义者简陋的装备,这既是他们失败的原因,也是他们被压迫的悲惨生活的写照。一开始希尼并未想隐喻未来天主教徒的反抗,希尼说自己写这首诗,只是为了让这段被英国官方文本回避的历史能够得到应有的承认。他确实表达了天主教徒被压迫时的愤怒,但是并不想唤起新的战争。不过因为希尼在诗歌结尾让阵亡的起义者衣服口袋中的麦粒在掩埋着尸骨的战场发芽,因此这首诗很快被视为对反抗的宣传,甚至被爱尔兰共和军用作征兵宣传。因此在 1972 年"血腥的星期天"事件爆发后,希尼就不再朗读这首诗了,因为诗中破土而出的麦芽在当时的政治环境下很容易被阐释为对武装反抗的隐喻。

---

①　不过后来被问到这一点时,希尼却说他选择"枪"这个词,只是出于韵律上的考虑。

但也就在希尼参加了"血腥的星期天"被射杀者的葬礼后，歌手路克·凯里（Luke Kelly）请希尼写首诗给自己演唱，于是希尼写了《通向德里之路》（"The Road to Derry"）一诗，旋律舒缓优美，充满悲伤的政治情绪。这首诗与他这个时期的很多政治诗歌一样，最终没有被希尼收入他的任何一部诗集。

在朋友的要求下写后来被他视为政治宣传的诗，但却不收入自己的诗集，不希望这类诗歌被记忆，这正是希尼在现实的需要和诗歌的需要之间维持平衡的一贯做法。并不是说希尼想在北爱的政治冲突中置身事外。事实上在那样的环境里，用希尼的话说，熟人中有人或者因为偶然事件，或者因为随意扫射，或者因为有目标的瞄准而死亡。街上有警察干涉，不时这里或那里发生爆炸或枪击。在这种情况下，只要生活在贝尔法斯特，没有人会不感到难过，不感到一种难以描摹的情绪。但另一方面，希尼也确实没有卷入这些游行示威或政治行动。希尼说他不是一个行动主义者，他不喜欢政治行为中的狂热、义正辞严和战功。他支持这些民权运动所诉求的正义，但是不喜欢这些运动本身。希尼有的时候也会参加贝尔法斯特的一些民族主义活动，但是无论参加还是不参加，他都不喜欢激进和极端的做法。所以有时他虽然会跟朋友们一起参加民族主义活动，但总会在结束前就离开回家，继续他的研究或照顾孩子。希尼的朋友中也有很多政治人物，希尼可以跟他们友好相处，甚至在希尼的诗歌朗诵等活动上会有很多政治人物到场，但与此同时，希尼又能够跟他们保持足够的距离，并不让自己被政治所裹挟。这种平衡的能力是希尼的突出特点，不只在政治上，而且在方方面面，比如日常与神奇、历史与现在、诗歌与思辨，希尼都能够不放弃任何一方，并保持两者的平衡。

阅读希尼的诗歌可以注意到，在1969年之前他的政治诗歌还是很具有煽动性的。比如第一部诗集中的《码头工人》（"Docker"）一诗，新教徒甚至被写得会拿榔头砸在天主教徒的头上。而这之后，希尼在遣词造句上都谨慎很多。不是说他避开了暴力，他很多诗歌更直接表现双方的冲突，甚至可以说这是他的诗歌大受欢迎的部分原因，但是他对这些敌对情绪的处理却更加平和稳重，更从良心而非冲动出发。这让他那些在描写甚至略嫌恐怖的冲突时，却能让人平心静气地接受和反思。

1968年，希尼与迈克尔·朗利和歌手大卫·哈蒙德等朋友一起在北爱尔兰做了名为"回归韵律"（Home to Rhyme）的音乐与诗歌巡行，在这个过程中希尼结识了很多熟悉爱尔兰传统音乐的人，也进一步扩大了自己诗歌的读者群。希尼的幸运在于他始终有诗歌来为他提供另外一种生活，一个空间,可以与身边逼仄的政治生活保持平衡,甚至可以帮助他在繁杂的日常生活之外保持平衡。

这个阶段希尼与特德·休斯成了好朋友,两个人经常一起钓鱼,在树林、岸边游荡,休斯甚至曾建议希尼从事鳗鱼生意。也正是这段时期,休斯经历了与西尔维娅·普拉斯从幸福到悲剧的婚姻,1963 年普拉斯在他们的七年婚姻后自杀。希尼虽然也在 1966 年和 1968 年相继有了 2 个儿子,1973 年又有了一个女儿,也有过普拉斯式的生活琐事与诗歌创作之间的矛盾,但是作为男性,希尼显然更能在诗歌与生活之间找到平衡点。

有了两个儿子之后,1969 年希尼又不受影响地在费伯出版社出版了第二部诗集《通向黑暗之门》。这里的"黑暗"并不具有消极的意思。这扇门的现实原型就是位于贝尔法斯特希尔黑德街的铁匠铺的门。店主巴内·德夫林不仅是铁匠,也是一个保留着传统并传递传统的人。比如他有一只声音悦耳且传播很远的铁砧,继承自他的祖父。在 1999 年的跨世纪之夜,他用这个铁砧敲了 12 下,并用手机让自己在加拿大埃德蒙顿的儿子听到。这里的"黑暗"更指向那些被遮蔽了的,但是却孕育着生命中更多可能性的世界。就像诗集的第一首诗《夜篇》("Night-Piece")中黑暗的马厩,马虽然被束缚在屋檐下,却有着躁动的生命,传递着潜伏的野性力量。这个"黑暗"也是最后一首诗中的沼泽地:沼泽下是黑暗混沌的深渊,却蕴含着无尽的历史。因此通向黑暗之门的后面不是黑暗,而是未知的可能性。希尼说他是在一天早晨穿裤子,把腿伸进裤管的一瞬间想到这个意象的,而且觉得自己因此打开了一个新的空间。就像裤管只是一个通道,这里的黑暗同样是一个通道,是"达向某种可信赖的光或看到现实"(SS 95)时必须经历的。

希尼其实相当活跃开朗,愿意把自己向更大的世界敞开。离开贝尔法斯特之前,希尼常在家中举行聚会。除了贝尔法斯特小组的聚会,还有卡尔·米勒等编辑和特德·休斯等作家的聚会,《爱尔兰时报》的编辑约翰·霍根和《新黑修士》的编辑赫伯特·麦克凯伯都曾是他家的座上客。希尼在《九月之歌》中描绘过这类聚会,"哈蒙德、甘恩和麦克阿伦/ 放声大叫,直到黎明一起响应/ 漫不经心又别有用心"。这首诗后来收入《田野工作》中。

诗中的哈蒙德指的就是与希尼一起做"回归韵律"音乐与诗歌巡行的大卫·哈蒙德,希尼在同一诗集的《歌者之屋》中也写过他。哈蒙德并不写诗,但是很喜欢与作家交朋友。希尼也通过他认识了不少歌手和音乐人,这让他的生活天地得以更加开阔。希尼很喜欢扩大自己的生活空间,也喜欢灵魂的自由。哈蒙德这类超越狭隘拘束的社会环境,行为自由不羁的灵魂正是希尼所倾心的。在希尼心目中,生活空间的扩大也意味着生命品质的提升。

第三节　爱尔兰共和国(1972—1981)

20 世纪 70 年代初是希尼人生中重要的几年。1970—1971 年,希尼到加利福尼亚大学的伯克利分校访学,美国相对宽松的环境让希尼第一次认识到还可能有不同的生活方式,也让他有了新的眼光来看待贝尔法斯特的政治氛围,并让他和妻子萌生了离开令人窒息的贝尔法斯特的想法。以前希尼夫妇经常去爱尔兰共和国的基尔肯尼郡拜访艺术家巴里·库克和索尼娅·兰德维尔。他们都没有固定的工作,却可以自给自足,打鱼、种地、绘画、制作陶器。他们的生活为希尼夫妇提供了一种新的可能和希望。而且由于那里住着很多艺术家、音乐家、手工艺人,有一种创造性的空气,吸引着希尼夫妇产生了移居基尔肯尼郡的想法。

离开贝尔法斯特并不等于离开爱尔兰文化。相反,希尼在伯克利访学时,在联系导师汤姆·弗拉纳的鼓励下,开始更关注爱尔兰的文化和作品。1972 年夏天正式移居格兰莫尔之前,希尼在英格兰的西南部游历了很多地方,看到了韦斯特伯里的白马图、多塞特郡的梅登城堡、多尔切斯特的古代工程、哈德良长城……这些罗马-凯尔特时期和古盎格鲁-撒克逊时代的遗迹,让希尼对英国和爱尔兰的历史有了更深切的感受。早在 1969 年,希尼就购买了丹麦考古学家格洛伯的《沼泽人:铁器时代的遗骸》(*The Bog People: Iron-Age Man Preserved*)一书。不过该书打动希尼的主要是其中的插图,图中人物泥棕色的头让希尼想起摩斯浜的乡民。即便没有北爱的宗派屠杀,希尼也可以感受到沼泽人的生活与爱尔兰传统生活之间的相似,因此他决定用沼泽人的死亡来赋予身边的派系屠杀更普遍也更深远的含义。

其实 20 世纪 70 年代初《沼泽人:铁器时代的遗骸》出版后,沼泽人就在世界各地引起了人们极大的兴趣,出现了很多相关的研究和作品,比如英国诗人和外交官理查德·赖恩就在这段时期创作了"沼泽之果"系列诗歌,美国诗人路易斯·辛普森也创作了关于图兰人的诗歌。希尼真正参观图兰人是在丹麦的锡尔克堡。1973 年在丹麦的奥胡斯市的博物馆里,希尼还看到了格劳巴勒人(Grauballe Man),以此为题写的诗后来也收入了诗集《北方》。此外在都柏林的爱尔兰国家博物馆,希尼也看过维京时期的都柏林展,大多是从都柏林的伍德码头(Wood Quay)出土的文物,这也构成了《北方》中的《维京时代都柏林：三部曲》（"Viking Dublin：Trial Pieces"）。

1972 年对希尼尤其重要。首先，这年 8 月，希尼从女王大学辞职，结束了他称为"朝九晚五"的工作，开始尝试一种诗人的生活，也即一位自由撰稿人或者说全职作家的生活方式。之后希尼的收入主要来自自由写作，不仅写诗，也有为爱尔兰广播电视每周写书评，为《聆听者》等刊物写书评，以及在 BBC 电台的学校频道做广播。此外还有一些不定期的诗歌朗诵带来的收入。刚开始成为自由职业者时，希尼的生活非常规律，孩子们被送到学校和接回家之间的时间都是希尼的创作时间。但是后来各种书评、专栏等任务不断出现，希尼就又开始了与过去类似的忙碌混乱、充满焦虑的生活。

希尼喜欢做广播栏目，那时他已经在 BBC 做过不少，有艺术节目，有学校广播，因此有丰富的经验。每周送来让他在节目中做书评的不仅有诗歌和小说，还会有传记和非虚构作品。他会读过之后写好草稿，然后到都柏林去做广播。这让他在写诗之外还有丰富和固定的文化生活。

希尼并不会每天专门留出写诗的时间。诗歌就像突然插入他的生活一样，给他带来神奇的变化。此时他也依然相信那种传统的突然获得神灵启示的"灵感"诗歌观，这也使得希尼从未把诗歌变成一种手艺和职业，或者让自己成为"职业"诗人。他的诗歌写作与日常生活是不固定地交织在一起的，诗歌更来自一种神启。

当然他也并不是不做准备。即便是去读诗，或者去做更常规和影响不大的事情，他也会至少提前几个小时做准备，在心里想好要读的诗歌，对所做项目的次序、勾连和整个轮廓做出考虑。在希尼看来，即便是同一首诗，在不同的情况和场合下也有不同的目的，因此有不同的表达，需要做不同的准备。

1972 年对希尼尤其重要的第二个原因，是希尼全家在爱尔兰东南部的威克洛郡的格兰莫尔向安妮·萨都迈尔租住了一间小农舍，自此迁居爱尔兰共和国。安妮长期住在加拿大，但是因为研究爱尔兰剧作家辛格，会不时回到爱尔兰，所以保留了这个住处。听到希尼夫妇在寻找住处后就主动提出租给他们。

从贝尔法斯特到格兰莫尔，从城里的公寓到乡村的房屋，从中央供暖系统到烧柴取暖，从大学的环境到与农家为邻，希尼的生活发生了很大的改变。格兰莫尔城堡 1804 年建造，在魔鬼谷附近，是一处风景名胜。不过希尼搬到格兰莫尔时，这里已经因为不断转手而被拆散，只剩散落各处的别墅，但依然有旧日的感觉。农舍在楼上有一个起居室，希尼就在那里读书写作，窗外石墙在路边绵延数公里。在这里他能获得一种华兹华斯所说的得到祝福的感觉,让他获得新的信心,开始新的工作。但与此同时,他也会有一种焦虑感,知道这里不可能长久。一则因为安妮一直提到会卖掉这里,二则这里也太小。不过总体来说,生活在爱尔兰共和国,希尼再不用承受在北爱时的那种异化感,他获得了直接的灵感,而不像前两部诗集那样从童年的记忆中汲取诗歌的素材。

他并不是孤独地隐居在这里的。除了与诗人朋友往来,去都柏林和其他地方参加诗歌活动外,他也常会去爱尔兰艺术的重要赞助人加奇·布朗家参加派对。布朗在 20 世纪 70 年代初期非常活跃,常宴请诗人。此外托马斯·金塞拉夫妇也多次到格兰莫尔拜访,诗人伊文·博兰夫妇也来拜访过他们。当然,诗人的世界并不只有诗歌,更与隐逸相距甚远,甚至同样难免妒忌和憎恨。希尼曾称“与(诗歌)沙龙的内部交易相比,金融市场都是干净的”(SS 206)。诗人的名气并不只来自诗歌创作,也受到社会关系的影响。希尼在相互矛盾的领域里维护平衡的能力对他的诗人生涯不无助益。

移居爱尔兰也引来了一些人对希尼的攻击。除了匿名的威胁电话外,还有一些公开的攻击文章,比如伊安·佩斯里就在《新教徒电讯》上发表文章,骂希尼是罗马教皇的吹鼓手,称他会腐蚀北爱年轻人的思想,称希尼回到他自己的教皇共和国,倒正好让北爱摆脱了他这个包袱。

第三,当年 11 月,他的第三部诗集《在外过冬》出版,这部诗集出现了一个不同于前两部的转变,即更加关注词语的声音。声音开始与题材一起,成为希尼诗歌的主题。在希尼自己看来,自此他才真正结束了诗歌创作的实习期,真正找到了自己的声音。也正是从格兰莫尔时期开始,希尼才能够把诗歌创作当作每日的主要工作。

除了作为诗歌重要部分的韵律节奏外,这里的声音也指乌尔斯特方言开始在希尼的诗歌中出现。比如诗集的第一首《草料》(“Fodder”)。希尼一开始就在诗中说“或者,就像我们说的/ fother”(WO 13),这里的“fother”是北爱人说“草料”(fodder)时的发音。在第一章第一句就把北爱口音放入诗中,标志着希尼开始意识到,即便北爱尔兰人在几百年的殖民统治下只说英语而不是爱尔兰语,地域性的发音却可以在看似铁板一块的语言上打上地域的烙印,变成这个地域自己的语言,同时也可以跨越宗教把同一个地域的人联系在一起。比如希尼就提出,在北爱,无论天主教徒还是新教徒都把“fodder”读成“fother”,这让他们成为一个不同于英国其他地方的群体,而且是同一个群体。希尼将这样的诗称为“语言诗”(language poems),这些诗中有不少属于爱尔兰的一种特殊的诗歌体裁:“地名诗”。

地名诗(dinnseanchas)在爱尔兰早期文学中大量存在,主要是叙述地名的来源,尤其是与地名相关的英雄故事或事件。在希尼看来,这种词源学式的诗歌更重要的是名字对该地域的古老传统的召唤。这些地名有力量穿越重重历史遮蔽,回溯爱尔兰语和古老的爱尔兰,是一种把记忆与爱尔兰神话融汇到一起的东西。因此地名不仅仅是一个名字,更是爱尔兰民族的传统和文化。不过,"地名诗"只是希尼的"语言诗"中的一部分。希尼在当代北爱人使用的英语中同样看到了地域的力量,那就是它的读音。

当然,《在外过冬》中的很多诗歌其实创作于贝尔法斯特时期,比如其中著名的《图兰人》("The Tollund Man")其实创作于1970年,那时希尼并不知道他不久将迁居明媚和安宁的爱尔兰南方。"在外过冬"既指将成年的牛冬天在外放养过冬,也指北爱人的心情有如寒冬,就像在外过冬的牛群,缩在树篱边,浑身湿漉漉黏糊糊,用一双忍耐的大眼睛望着过路的人,接受遭遇的一切,并等待温暖季节的到来。诗集的标题更像一种"冬天来了,春天还会远吗"的预言。

这时的贝尔法斯特确实如临寒冬,"血腥星期日"和"血腥星期五"还会将北爱的政治环境带入更艰难的处境。伴随着这种紧张的政治气氛而来的,是电台中越来越多的节目邀请各界人士谈自己的看法,希尼就应邀在BBC电台的北爱频道发表见解。但实际上多数人都不敢对局势做出判断,与此同时却又都知道自己正在见证一个关键性的历史时刻。约翰·蒙塔格就曾建议希尼记日记,记下这个时期的大大小小各类事件,但是希尼当时不想让自己的情绪被过度卷入政治,没有记录,这后来让他非常后悔。这个时候在希尼眼中一个敏感的、也是不可避免的问题就是,诗歌是否应该,以及在多大程度上为政治代言。而在希尼和当时大多数的北爱诗人看来,诗歌确实应该成为讲真话的场所,但不应该成为鼓动杀戮的场所。希尼曾在一次讲座中说,诗歌的作用正是向粗糙、暴躁的现实注入精致和忍耐,接纳文化、宗教和政治上的不同传统和倾向。

此外,希尼还通过诗集《在外过冬》中的男仆、哑剧演员等人物,揭示出北爱并不像人们一贯描绘的是一个美好的地方,相反这个家园中有失落,也有不幸。同样,北爱的天主教群体和新教群体之间也不像人们想象的那样泾渭分明,不相往来。虽然两个群体之间的通婚极为鲜见,但是像希尼的父亲,或者他们的邻居那样在不同群体之间游走的越界者却为数众多。拿希尼的父亲来说,作为牲畜商人,他关心的其实只是生意,而不是宗教或政治派别。当然希尼的家人也会在那些政治性过强的场合采取略带政治性的行为,比如看电影时在最后的《上帝保佑女王》的音乐响起前离开,或者从来不把德里市称为伦敦德里。不过这更近似以赛亚·伯林所说的"消极的自由",只是维护自己的身份。

在格兰莫尔的第一年,希尼开始翻译盖尔语诗歌《斯维尼之疯》(*Buile Shuibhne*),也即1983年出版的《迷途的斯维尼》(*Sweeney Astray*)。希尼是在杰克逊的《凯尔特文集》(*A Celtic Miscellany*)里读到斯维尼的故事的,这个故事让他产生了把早期爱尔兰作品翻译成当代英语的想法。而且斯维尼与希尼押韵,因此选择翻译斯维尼的故事,在一定程度上也是希尼在写自己的故事。

1975年,希尼出版了诗集《北方》,在北爱之外赢得了广泛的赞誉,加州大学圣克鲁兹分校的约翰·约丹教授和哈佛大学的海伦·文德勒教授都对此诗大加赞誉。当然《北方》也遭到不少批评,但是希尼有足够的自信。他说记得庞德的告诫:无需在意那些自己没有创作出引人注目的作品的人的批评。希尼这里指的可能是另一位北爱诗人卡森。卡森曾经是希尼的学生,他称希尼为"描写暴力的桂冠诗人——一个编神话的人,一个研究杀戮仪式的人类学家"[1]。对于《北方》,卡森说每个人都期盼着这部诗集是部杰作,"但最终证明它不是,但不管怎样它被当作一部杰作,被弄成……艰难时世中可以存身的善的展览"[2]。在这个阶段,希尼被很多人视为一个表现北爱暴力的政治诗人。

同年,希尼还出版了一本题为《站点》(*Stations*)的散文诗集。散文诗这种体裁很大程度上受到英国诗人杰弗里·希尔(Geoffrey Hill)的启发,希尼1971年在美国访学时读到杰弗里·希尔出版的一组名为《莫西亚赞美诗》的散文诗,该诗的体裁给希尼带来新鲜的刺激,于是回到爱尔兰后他也写了《筑巢之地》《英格兰的难处》和《隐居》等。希尼将这样一种体裁视为乔伊斯式的"神启"(epiphany),一种可以让他捕捉和写出那些多年沉积的记忆的方式,因此他的散文诗写的也大多是童年之事。

该年10月,希尼入职卡里斯弗德学院英语系,这是一个位于都柏林的教师培训学校。在教学过程中,希尼重温了自毕业后就再未接触的英国诗人托马斯·魏亚特爵士、安德鲁·马维尔,此外他也更深入地阅读了叶芝,尤其是叶芝中期的诗歌。在重温这些诗人的时候,希尼不再只单纯地从其他诗人那里吸收养分,而是对他们的诗歌做出更客观的判断,通过他们逐渐建立起自己的诗歌理念。叶芝的诗歌引领希尼去欣赏和喜爱一种朴素的风

---

① Suman Gupta & David Johnson eds. *A Twentieth-century Literature Reader*: *Texts and Debates*. Routledge, 2005, p. 271.

② Suman Gupta & David Johnson eds. *A Twentieth-century Literature Reader*: *Texts and Debates*. p. 271.

格。他也因此开始追求不那么完全的韵律。

1976 年，希尼全家迁居都柏林，并于该年 11 月买下了位于斯传德街（Strand Road）的房子，一个预言者曾告诉他他会永远住在这里。在都柏林他结识了一些新的作家朋友，比如住在《爱尔兰时代周刊》编辑部对面的新闻界人士约翰·霍根和多纳尔·福利，以及希尼 1973 年进入艺术委员会时认识的爱尔兰诗人肖恩·奥图马，后者与希尼相处得非常融洽。

1979 年出版的《田野工作》开始引起人们对希尼诗歌中的形式的关注，因为诗集里既有十四行诗、《神曲》的三行体、押韵的四行诗，也有不规则的五行诗节。这一变化标志着希尼的创作越来越从田园乡村、北爱政治，转向了诗歌艺术本身。现在他已经不是先有故事，然后为故事寻找形式，他甚至先是"发现一个形式，然后认识到可以在此基础上建造，以此释放出整个逐渐积累起来的感受"（SS 191）。

不过，《田野》中的《横祸》（"Casualty"）一诗依然是希尼对一直犹豫和回避的北爱政治做出的一个至此时为止最深刻的表达。该诗写的是希尼岳父的酒店的常客路易斯·奥涅尔，一个小农场主和鳗鱼商。希尼与他有比较亲密的关系，他们曾一起一大早去内伊湖捕鳗鱼。在《通向黑暗之门》中，希尼对内伊湖的捕鳗有过非常生动的描写，不管描写的是否是与奥涅尔一起捕鳗那次，至少希尼与奥涅尔的交往应该能带给他比较多的快乐。因此奥涅尔被爱尔兰共和军的炸弹炸死，给希尼造成很大的震动。奥涅尔横死是因为英军射杀了 13 名天主教示威者，爱尔兰共和军实行宵禁准备报复，而他不顾宵禁去酒吧喝酒，结果被自己人炸成碎片。不过希尼对这一事件的理解和表达超越了他在"血腥的星期日"后写的那些情绪激昂的政治诗，现在希尼已经更进一步，看到了北爱社会里个人在保持政治忠诚与个人精神的彻底独立之间所面对的矛盾，也看到了奥涅尔的不遵守宵禁这一选择中包含的乔伊斯式的"不伺候"的独立精神。奥涅尔本应该服从"我们宗族的共谋"（FW 23），却坚持对个人快乐的追求。在诗中，希尼非但没有从群体的角度指责主人公的行为，反而称"我和他一起品味着自由"（FW 24）。有的评论者称希尼这里的转变是"为他的诗歌找到一个新的非政治的范式"。① 此时希尼对北爱冲突的理解已经超越了不同派系谁是谁非的政治评判，而正是因为对现实有了超出政治的更深刻的理解，《横祸》一诗才呈现出令人难忘的深刻性。

---

① George Cusack, "A Cold Eye Cast Inward: Seamus Heaney's *Field Work*", in *New Hibernia Review*, 6:3（2002）: 53.

在这个阶段,除了奥涅尔被爱尔兰共和军的炸弹炸死,希尼的一个表兄在派系冲突中被忠英派的准军事组织射杀;希恩·阿姆斯特朗,希尼的一个大学朋友,在家中被射杀,希尼在《来自北安特里姆的明信片》("A Postcard fromNorth Antrim")中描写了此事;还有希尼认识的一位叫威廉·斯特拉森的店老板,英国皇家骑警队半夜把他叫到店铺,在店门口杀了他。此外还有一些希尼虽然不认识他们本人,但是与他们的家人或朋友认识的人,也在这样或那样的情况下遭遇横祸。可以说,政治冲突和政治暴行一直离希尼不远。事实上,1979 年 5 月从纽约回爱尔兰后,在一列到贝尔法斯特的火车上,一个明显属于爱尔兰共和军的人质问他,"他妈的,你什么时候/ 为我们写点儿东西?"(SL 29)这件事被他记录到了后来的诗歌中。面对这些身边的冲击和压力,他可以像萨特那样直接介入,但是希尼最终做了另一种选择,即通过诗歌,把对政治事件的理解推向更高的层面。

这在希尼这里同样是一个逐渐发生的改变。比如对于威廉·斯特拉森之死,希尼一开始在诗中更偏向于把英国皇家骑警队描绘成派系斗争的刽子手,并未想到去思考斯特拉森一家人的感受和想法。而现在,希尼再次表现这类屠杀的时候,他并不是用自己的诗歌去"控诉"比如英国皇家骑警队,"我并不是要为政治宣传大战提供弹药"(SS 248)。如果说在 20 世纪 60 年代他确实做过控诉,提供过弹药,那么到了 70 年代,希尼更愿意从情感和人性的角度对这类事件加以反思。

在 1981 年的一次反英绝食抗议中,希尼邻居家的一个青年死去了,当时希尼正在哈佛。不过他说即便他当时在都柏林,他也不可能赶去德里郡参加丧礼,因为他深知这样做可能包含的政治含义。对于这类政治行为,希尼此时不但深知其中包含的复杂性,而且认为任何一方都不能说是绝对正义的。因此这已经不是简单地选择支持哪一方的问题:出场,意味着支持爱尔兰共和军的武力立场;沉默,当越来越多的绝食抗议者死亡时,沉默会意味着对撒切尔内阁的认同。在这种环境下,个人的艺术自由会与现实的政治需求产生矛盾。在哈佛被优待,享受着体面社会生活的希尼会觉得内心的矛盾和一种背叛式的愧疚。他将自己此时的处境等同于宪政民族主义者(Constitutional Nationalists),"爱尔兰的政治领袖活动于两种忠诚体系之间,爱尔兰的作家回应着两种文化环境,爱尔兰的场域在两套不同的命名体系下发出召唤"(RP 188)。分隔北爱和爱尔兰共和国的不仅是地理边界,而且已经进入了想象世界,希尼称之为"同时栖居两地之谜"(RP 190)。而对艺术家来说,最常面对的挑战就是"既在社会上担起责任,又在创作上保持自由"(RP 193)。

不过希尼还是用《死亡之船》("A Ship of Death")表达了他对在贝尔法斯特的梅兹监狱(Maze prison)因绝食而死去的爱尔兰共和军成员的哀悼。这是希尼翻译的《贝奥武甫》中的片段,这首译诗1987年希尼出版《山楂灯》时又被收录其中,显然希尼并不把它仅仅视为《贝奥武甫》的翻译,而是有着独立的主题和寓意。这个寓意与希尼在"沼泽诗"中表达的主题相近,用希尼后来在《贝奥武甫》序言中的话说,诗中女性的哀歌"是对那些在创伤性的甚至恐怖性的事件中幸存之人的内心所做的噩梦般的一瞥,这些人如今面对着缺乏安慰的未来。我们立刻意识到她的困境和她极度的悲痛,而我们如此充分地、带着尊严和无情的真理把它们表达出来,这让我们变得更好"(B XVII)。

第四节　走向世界(1982—2013)

1982年1月,希尼开始了与哈佛大学为期5年的合约,每年在哈佛大学教授一个学期。早在1979年,希尼就作为罗伯特·洛威尔的接替者,在哈佛大学英语系开设了一个学期的诗歌工作坊,得到了学生和同事的一致好评,也因此带来了这一兼职工作。那时希尼还是卡里斯弗德学院英语系的系主任,工作非常繁琐,除了要做讲座,办工作坊,还需要批改论文和试卷,带研究生,学校的排课和行政会议也需要参加。而哈佛大学的合约则除了要他在春季学期开设诗歌工作坊外,其他时候都是自由的,不会影响希尼的诗歌创作。

希尼抵达哈佛的第一天,就得到海伦·文德勒等熟人的欢迎。希尼与文德勒1975年就在斯莱戈的叶芝夏令营和基尔肯尼的诗歌艺术周相识,当时文德勒听到希尼朗读沼泽诗,她对此的高度赞扬让希尼深感遇到知音。此次文德勒也对希尼照顾有加,介绍他结识了约翰·布林宁等美国诗人,帮助他很快融入了美国的艺术圈。在文德勒等朋友的帮助下,希尼在美国的生活并未局限于哈佛的教师们,而是与周围的作家和活动家也来往密切。这些人中有洛威尔生前的学生,诗人弗兰克·比达特。通过比达特,希尼又认识了诗人和评论家罗伯特·品斯基、诗人阿兰·威廉姆逊,后者也是洛威尔的学生,在哈佛英语系学习。此外由于弗兰克·比达特又是伊丽莎白·毕晓普的朋友,所以希尼夫妇经常参加毕晓普在哈佛大学宿舍或家里举办的晚宴。此外还有很多来自其他大学、其他地区、其他作家群体以及爱尔兰群体和爱尔兰研究群体的朋友。总之,如果说第一次的美国经历改变了希尼对命运的想象,那么这一次的美国经历则大大扩大了希尼的生活空间。与谨慎保守且喜欢批评的英国人相比,美国作家更热情,也更愿意肯定和帮助希尼。难怪希尼自己后来也不敢相信,他竟然在哈佛一直呆了 15 年,直到 1996 年辞去哈佛大学的教授职位,那时希尼已经获得诺贝尔文学奖,成了世界共同关注的作家了。或许美国朋友圈的扩大,声望的扩大,对希尼最终获得诺贝尔文学奖也有一定的帮助吧。

即便希尼在 1996 年辞去了哈佛的教授职位,他仍然接受了校长提供的驻校作家的身份,这个身份的工作更轻松,只需要每隔一年呆几个星期,做些讲座和诗歌朗诵,与学生见见面。这样,希尼与哈佛大学的关系实际一直保持到 2007 年,直至他的身体不再适合奔波劳碌。可以说,希尼最终走向世界,内心获得解放,确立世界主义的立场的过程,是与他在哈佛的经历相伴相生的。至少在生活上,哈佛的经历让他获得了萨伊德或霍米·巴巴笔下那种后殖民时代的游走于不同文化之间、既有定所又无定所的感觉:每年都要收拾行李,打开行李,把书放到书架上,再把书拿下来带走。

希尼在哈佛大学是博尔斯顿教授,这是哈佛大学里倍受尊敬的几个教授席位之一,是修辞与演说教席。在课上,希尼向学生们讲授 15 世纪以后的各种诗歌,包括各种诗歌体裁:十四行诗、圣诞颂歌、赞美诗、颂诗、挽歌等等,讲授苏格兰诗人威廉·邓巴、英国诗人华兹华斯、英美诗人奥登,当然也有爱尔兰诗歌,尤其是叶芝的诗。此外这个席位还要求席位教授每年必须组织博尔斯顿演说大赛。该大赛注重的是让文字被大声说出时能够增加美感,因此这个教席在过去 50 年里都提供给作家,美国诗人罗伯特·菲茨杰拉尔德就是其中之一。希尼曾写过《纪念:美国诗人罗伯特·菲茨杰拉尔德》一诗。罗伯特·菲茨杰拉尔德曾劝希尼慎重考虑是否接受博尔斯顿教授席位,因为他觉得这个职位要承担的责任太多,限制太多。罗伯特·菲茨杰拉尔德对希尼的另外一个影响是,认识他后,希尼开始重读他翻译的《伊利昂纪》和《奥德修纪》,这让希尼开始重新熟悉古典文学。

1983 年希尼出版了第一部翻译作品《迷途的斯维尼》,不少人认为其中的叙述有自传的成分。希尼也承认自己写下这些翻译的词句的时候,感到是在释放自己。这首诗更像戏剧独白,里面的抄写员的经历是希尼"闯入"爱尔兰共和国时一些人对他感到的憎恨的写照。其中的"大师"则是以波兰诗人米沃什为原型,对应着希尼与米沃什在伯克利的一家饭店共进晚餐,在诗里这变形为斯维尼在一座古塔边停下来向"大师"请教。其中的"艺术家"则是法国画家塞尚。希尼非常喜欢塞尚,他买的第一本艺术书就是关于塞尚的。他翻译《迷途的斯维尼》的时候,正在读诗人里尔克与塞尚的通信。

塞尚对里尔克在诗人的使命问题上的影响，无疑也影响着希尼。

1988 年希尼接受《星期日泰晤士报》文学奖时，比过去更强烈地批评英国政府在北爱的政策，称"疏远所正当地引发的谨慎是有局限性的"（SS 258）。这一评论的起因是之前两名英国士兵驶入贝尔法斯特佛尔斯路上的葬礼人群，结果被劫持和杀死。凶手虽然是爱尔兰共和军，在希尼看来却并不是爱尔兰人的错误，即便《星期日泰晤士报》和英国的大多数媒体都唾沫四溅地批评爱尔兰。希尼说他之所以要说出那些强硬的话，是因为他不可能站起来接受英国人的奖项，却不表明自己对英国那种仇外态度的立场。但这样的声明在希尼这里其实很少，因为用希尼的话说，他从来都不喜欢成为领袖式的人物。他说当他因为自己的诗歌在 1982 年被收入《企鹅当代英国诗歌》（*Penguin Book of Contemporary British Poetry*），因此写了《公开信》（"An Open Letter"）的时候，"我感觉的更多是尴尬而不是义愤"（SS 259）。

这段时间希尼正在进行诗集《苦路岛》的写作，而这段时间北爱矛盾也正日益激化，10 名爱尔兰共和国囚犯在北爱的绝食抗议中死去，死者中有希尼的来自德里郡贝拉希镇的邻居弗兰西斯·休斯，这让希尼对自己未能直接参与到政治活动之中，帮助改变局面，感到深深的自责。这种自责的情绪不仅贯穿"苦路岛"组诗，也出现在《苦路岛》中的《契诃夫在库页岛》（"Chekhov on Sakhalin"）、《留作纪念的垫脚石》（"Sandstone Keepsake"）、《抛开一切》（"Away from it All"）等其他诗歌中，赋予了《苦路岛》前所未有的沉重感。当然，希尼也知道绝食抗议中包含的政治宣传因素，因此小心避免参与其中。希尼知道，如果他想采取契诃夫那样的政治姿态，他应该去监狱探视绝食抗议者，记录下发生的事情，而他最终选择的却是"抛开一切"，而且是现实行动上的：他离开都柏林，到法国度假去了。他此时的心态可以用他在《抛开一切》中描绘的："我在几乎／一动不动的沉思／与积极地介入历史／之间拉扯"（SI 16）。另一方面，虽然希尼认为绝食是一种政治宣传，但是这并不影响他对绝食者个体的勇气的肯定，因此他参加了第八位绝食而死的托马斯·麦克艾尔维的守灵。那是一个阳光灿烂的 8 月下午，希尼说麦克艾尔维的家人知道他不是爱尔兰共和军的支持者，但是他们也明白这一守灵行为是超越政治的。因此虽然在政治介入和艺术疏离之间的挣扎让希尼倍感沉重，但他始终坚持自己并没有从政治的角度来参与这类行为。

随着 1982 年之后希尼每年到美国授课，美国文学界对希尼的影响逐渐增强。同年，《企鹅当代英语诗歌》将他作为英国诗人收入，于是希尼发表了《公开信》，对此表示抗议。不管这样做是否得体，至少显示出希尼对自己的爱尔兰身份的自信。《公开信》引起了较大的反响，对此希尼多少感到后悔，后来将它笑为是一时的奇思异想。这种犹豫不定倒也是希尼常见的性格。

从1989年到1994年，希尼受聘于英国牛津大学，工作之余则往返于爱尔兰和美国。此时的希尼已能自信地断言哪些才是当代最优秀的诗人，既用他们的创作证明自己的观点，也通过诗歌评论为这些诗人确立经典的地位。

这个阶段希尼的世界性身份逐渐凸显，诗歌也逐步超越地域性，显示出对全人类共同命运的关注。这个时期希尼根据索福克勒斯的悲剧改写的《特洛伊的救治》以及对其他非英语诗人的关注，也是这种世界性的体现。1986年希尼开始提出"英语诗人感到不得不把目光转向东方，一直被鼓励承认宏伟的宝座已经离开了他们的语言"（GT 38）。在《看见》的《方形》组诗中，希尼就谈到中国诗人寒山的"寒山诗"（Cold Mountain poems）。

1988年，希尼参加了在爱尔兰敦劳费尔召开的作家会议，第一次与俄裔美国作家约瑟夫·布罗茨基、澳大利亚诗人莱斯利·穆雷和圣卢西亚诗人德里克·沃尔科特在一起。他们在BBC电台三套一起录制节目。四个人相互欣赏，相互喜爱，因此相处轻松愉悦。穆雷夫妇1977年曾在希尼在都柏林的家中住过几夜，此次更是亲近希尼。在广播里，希尼将穆雷的诗歌描绘为既民主又博学，此外还有新颖、固执、炼字、恣肆等。对于沃尔科特，希尼认为他的友善多过讽刺。希尼在20世纪60年代就读过他的诗歌，不仅敬佩其广博的艺术才华，而且对他本人也倍感亲近。希尼1980年在纽约待过几天，沃尔科特曾托人转过来口信，批评诗人阿尔·阿尔瓦雷斯，因为阿尔瓦雷斯在《纽约书评》上抨击英语文学机构总会为爱尔兰诗人留出一席之地的做法。希尼于是打电话给沃尔科特，约他在皮特酒吧见面。希尼评阅了沃尔科特的《星苹果王国》（*The Star-Apple Kingdom*），并作出了很高的评价。希尼认为其中的《飞翔号帆船》（"The Schooner Flight"）堪称里程碑。沃尔科特家在加勒比海岛国圣卢西亚的首都卡斯特里，虽然小却绿意葱葱，生活富裕舒适。希尼认为正是这样的生活环境赋予了沃尔科特创作上的自信，以及对于殖民问题的时而义愤填膺，时而漠不关心。可以说圣卢西亚给了希尼一个近乎"别处"的生存空间的榜样。

在这个阶段，希尼的诗歌表现出对社会的更多关注。此时的现实与其说是一种困扰希尼并需要他去面对和解决的问题，不如说越来越成为希尼寻找精神世界的通道。这个阶段其他诗人与其说是他的启示者，不如说是他自己诗歌观念的佐证。日趋缓和的北爱冲突也使希尼的注意力的转向成为可能。一直到1994年爱尔兰共和军停火，迫切的外界现实压力可以说基本解除。而 1984 年和 1986 年母亲和父亲的相继去世,则把生死和来世这些精神世界的问题凸显了出来。

1987 年出版的《山楂灯》更像寓言诗,虽然这些诗歌更显出希尼早期受到的宗教文化的影响,但是这首诗写的更是信仰的丧失。丧失的不仅有宗教信仰,如《泥幻景》("The Mud Vision")和《鱼饵钩》("The Spoonbait"),还有所谓的爱国主义,如《沃尔夫·堂》("Wolfe Tone")和《正在消失的岛屿》("The Disappearing Island")。诗集中还有对语言背后是否有真实存在的思考,如《谜语》("The Riddle")。希尼虽然并没有阅读德里达,但是在 1980 年代的哈佛大学英语系生活,德里达的影响无处不在,因此希尼觉得自己也无疑在德里达的影响下对事物的真实存在有了动摇。但另一方面,他也不愿意完全否认存在的真实性,因此面对德里达带来的词语的消解,他更愿意选择沉默,就像《石刑》("The Stone Verdict")一样,宁肯选择"无声的土地"。这也是典型的希尼式选择,在两个极端之间选择平衡。

此时北爱的政治纷争仍然激烈,甚至连"绿色"在某些地区都成了需要忌讳的字眼。而《山楂灯》则呼唤着所有人去反思,无论是诗人、修士还是专业人士,或者那些喋喋不休的政客。诗里有着对北爱尔兰的自甘矮弱、思想狭隘的失望,但同时诗里也存在一丝快乐和希望。因此对希尼来说,《山楂灯》更类似一本复苏的书,是为了重新为快乐而写作;同时也是一本追寻的书,《奥德修纪》和《古舟子咏》的精神求索也都遍布该诗集。

对希尼来说,除了作为北爱人必须面对的那些政治问题外,作为天主教徒还有另外一个负担,那就是宗教。可以说希尼从小就生活在天主教这一相信神圣超验力量的氛围之中:弥撒的礼仪、面包和酒是基督的血肉所化、罪恶的赦免、基督的复活、来世的生活、从天堂到地狱的整个宇宙构成、超验生命的存在、善与恶的区分,等等。在 1991 年出版的《看见》中,希尼描绘了对超验世界的想象。希尼并不像乔伊斯那样把宗教视为必须挣脱的精神枷锁。在他的时代,宗教的束缚已经越来越小,希尼觉得自己的宗教信仰也是渐渐失去的。在《看见》《山楂灯》和《水平仪》中,希尼虽然重新思索超验世界,其中的《方形》尤其带着希尼的天主教信仰的影子,但他并不像叶芝那样试图重构一个超验的世界。在他看来,自己就像乔伊斯笔下的斯蒂芬·狄达勒斯一样,必然抛弃天主教的世界,但同时也明白抛弃的是可能达到的最好的超验体系,因此也完全没有必要用一个临时搭建起来的体系来代替这一伟大和谐的体系。《看见》出版的时候希尼已经 52 岁,他觉得这本书标志着一个新的开始,"在 50 岁的时候,生命开始了,或者说再次开始"(SS 324)。

《看见》是在希尼 1988 年买下原先租住的格兰莫尔农舍之后创作的。这个在妻子玛丽眼中只是周末休闲别墅的农舍，对希尼却有着重要的精神作用，是他能够获得创作力量的地方。他觉得正是这个地方拯救了他的写作生涯，因为他能够不时从都柏林的家中消失，摆脱那些电话和旅行安排，获得独自的空间，并在诗歌中思考"别处"的可能性。

1995 年获得诺贝尔文学奖最终确立了希尼在世界诗坛的地位，希尼邀请美国评论家海伦·文德勒参加了颁奖典礼。希尼觉得自己一生中没有比她更珍贵和更真心的朋友了。文德勒既喜欢希尼的诗歌，又喜欢希尼一家人，而她的正直友善更是希尼一家人的后盾。

希尼说那一年他对获得诺贝尔文学奖并未抱奢望："我根本不抱希望。有一些传言，但那时我刚 56 岁。我确实觉得，没戏。我知道，可能，我在某个名单上，但我没想过，唔，今年会不会有？看看那些还没得到诺贝尔奖的人。"[1]甚至对于诺贝尔文学奖希尼多少心存戒惧，因为诺贝尔文学奖往往意味着一个作家已经达到他的巅峰，之后的作品不但很难超越，而且可能受到更加苛刻的评价。而让他吃惊的是，他第二年出版的《水平仪》和 1999 年翻译的《贝奥武甫》都大受好评。《贝奥武甫》是用古英语写的盎格鲁-撒逊史诗，希尼的翻译则带着盖尔语的痕迹。可是这并不影响他的译本销量惊人，并且获得当年的惠特贝瑞图书奖[2]。

在诺贝尔文学奖的颁奖典礼上，希尼提到北爱暴力冲突曾经给他的艺术创作带来的压力。不过新教徒和天主教徒联合组成的北爱地方政府在 1999 年开始运作，次年希尼将《贝奥武甫》译成现代英语，在一定意义上显示了希尼超越民族仇恨、建立人类共同文化纽带的愿望。在这个阶段希尼甚至突破了时间界限，自如地将不同时期的诗人放在一起，既强调不同地区和不同时代的诗歌所具有的共性，又强调不同时代和不同地区自身的个性的重要意义。

《水平仪》最初的标题其实是《层层岩石的海岸》，指的是高尔威南边濒临大西洋的海岸。在《水平仪》的最后一首《后记》中希尼写道，"有时让时间向西横扫/沿着层层岩石的海岸，进入克莱尔郡"（SL 82）。这个标题有着更强烈的历史感。但是最终他选择了《水平仪》，这个标题也可以译为《灵魂水平线》。《灵魂水平线》这个标题不但可以与之前的《看见》相呼应，而且延续了"从《北方》的黑暗，到《田野工作》的愈合，到《苦路岛》的忏悔和重新开始，

---

　　① James Campbell. 'The Mythmaker'. https：//www. theguardian. com/books/2006/may/27/poetry. hayfestival2006. 2018 年 8 月 5 日。

　　② 该奖项为英国一项重要的文学奖，2005 年改名为科斯塔图书奖。

到《山楂灯》的真理晨曦,到《看见》的天启"①这条发展脉络。

1996 年出版的《水平仪》中的《称重》("Weighing In")其实创作于 1992年,强调平衡在生活的诸方面都具有的重要性,这也是《水平仪》一书的核心主题。这一平衡同样适用于此时希尼对北爱问题的看法。在《称重》中希尼对《新约》所提倡的爱和忍耐精神,以及《旧约》所提倡的血债血偿精神都做了同等的呈现。希尼写《称重》一诗的时候,北爱的局势正处于黎明前的黑暗。1993 年,希尼在《休姆-亚当斯倡议书》上签字,这是新芬党领导人亚当斯和社会民主党领导人休姆所做的停火努力。1994 年 8 月临时派共和军宣布停火,9 月希尼写了一篇题为《光明终于照进黑洞》的文章,对这一历史事件表示肯定。《称重》和《水平仪》都表达了力量平衡的重要性,也显示出希尼对北爱政治问题的重新关注和对解决方式的思考。

1995 年获得诺贝尔文学奖将希尼推到了世界舞台的聚光灯下,不但彻底改变了希尼在世界的地位,而且也改变了希尼与世界的关系。比如现在希尼会更考虑周围的目光,在被采访的时候会特地加一件外衣,因为记者们不喜欢他穿着白衬衫拍照,会反光②。诺贝尔文学奖宣布那天,希尼还在希腊跟妻子和两个朋友一起度假,并没有收到消息,所以至今也没有那一天的照片。那天是星期五,希尼早晨给一位以前的学生写了封信,因为她把自己的第一本诗集献给了希尼。她也是一位古典学者,所以希尼觉得从希腊写信给她会让她不介意自己的迟复。然后他们在码头吃了午餐。因为之前已经参观了迈锡尼和雅典,所以这一天希尼没有太多的活动。下午他洗了一个热水澡,这个澡后来被他赋予了一种象征性的色彩,好像宗教上的涂油礼。之后他打电话回国给儿子克里斯托弗,儿子的第一句话是,"爸爸,我太骄傲了"。听到获得诺贝尔文学奖的消息后,希尼也非常激动,甚至不敢亲自把这个消息告诉妻子,而是让儿子转告,因为他更希望自己一个人静静地待着,不去打破这一快乐的幸运。

获得诺贝尔文学奖对于希尼来说也意味着他将面临在自己所属的群体和作为作家的责任之间进行协调。他非常明白,一方面他得到了认可,另一方面这种认可也意味着对社会对个人权力的"掠夺"③,而这是希尼自始至终都在思考的问题。作为诺贝尔文学奖获得者,首先需要面对的就是接连

①　Rand Brands. "Seamus Heaney's Working Titles: From 'Advancements of Learning' to 'Midnight Anvils.'" Berenard O'Donoghue ed. *The Cambridge Companion to Seamus Heaney*. Cambridge University Press, 2009, p. 30.

②　Mark Lawson. 'Turning Time Up and Over'. *The Guardian*, April 30, 1996: T2.

③　Mark Lawson. 'Turning Time Up and Over': T2.

不断的社会活动,这些活动既有无法抗拒的名利诱惑,又有难以拒绝的社会压力。不少得奖者就是在数不胜数的社会应酬中丧失了自己的创造力的。希尼的幸运之一是《水平仪》在他获奖前就已经完成并且进入了出版程序,这至少保证了他获奖后可以有比较长的时间适应新的身份,并积累新的素材和作品。不过他取消了原本计划在哈佛大学开设的诗歌课程,生活模式多少还是因为这次获奖而被改变了。不过完全可以说,选择他的听众已经不仅仅是大学的学生,整个世界都期待着坐在下面听他讲课了。他的世界将更加扩大,不仅仅是从爱尔兰到英语国家,而且是从学校到整个世界。

遗憾的是,1996 年 2 月 9 日,共和军撤销停火,在伦敦金丝雀码头地区引爆一个重达半吨的炸弹,炸死两人;6 月 15 日的曼彻斯特爆炸案更是摧毁了市中心的一大部分。这让希尼 2001 年出版的新诗集《电灯》也充满了悲剧的色彩。

2006 年,希尼出版了诗集《区与环》,突破了之前的写作范围,将注意力转向日常生活。同年,希尼和妻子参加剧作家布赖恩·弗里尔的妻子 75 岁生日时,希尼出现了中风,多亏朋友们把他的巨大身躯抬下楼,抬上救护车。这件事后来在诗集《人链》的《奇迹》("Miracle")中得到记载。他的妻子玛丽在救护车上陪着他,"灵魂中爱的奥秘增加 /但躯体才是他的书"(HC 14),这一夫妻的心有灵犀,以及医院的救治过程在《奇游歌》("Chanson d'Aventure")中有比较详细的记载。希尼承认他那时喊着要爸爸,承认了他对死亡感到恐惧。

不过身体恢复后,希尼又以积极的心态投入到生活和创作之中。当年他就《区与环》的出版接受了罗伯特·麦克拉姆的采访,在《观察者》杂志上发表了题为《韵律人生》("A Life in Rhyme")的文章。此外很少拒绝邀请的希尼依然奔走在世界各地,比如英国的斯特拉福、格拉斯米尔、爱丁堡、荷兰的鹿特丹、美国等,进行各种诗歌朗诵,其中还包括 2006 年的香港国际文学节。

当然,希尼的积极态度的最大体现是他依然坚持创作,并最终在 2010 年出版了诗集《人链》。这部诗集虽然根据目录只有 29 首,不过很多都是组诗,因此整部诗集其实包含 97 首短诗。这部诗集以希尼自己的人生经历为主,大多是他对过去的回忆和记录,有的就是近几年发生的事。比如《阁楼里》("In the Attic")记录了他随着年纪的增长,越来越记不住名字,开始走路不稳。又比如长子克里斯托弗与妻子珍妮生下女儿安娜·罗斯,希尼写下《110 路》("Route 110")纪念此事。次子迈克尔(Michael)与妻子艾默(E-mer)生下女儿艾维安(Aibhin),希尼用《人链》中的最后一首诗歌《给艾维安的风筝》("A Kite for Aibhin")记录此事。

　　2013 年 8 月 31 日 0 点 24 分,希尼突发疾病,于都柏林布莱克罗克医院逝世。希尼去世后,爱尔兰政府在都柏林郡邓尼布鲁克市(Donnybrook)的圣心教堂(Church of the Sacred Heart)举行了盛大的葬礼,爱尔兰总统希金斯赞扬了希尼"对文字、良心和人性的共和国的贡献"①。希尼葬于北爱尔兰伦敦德里郡的家乡贝拉希镇,不远处是希尼纪念馆。

---

① Margalit Fox. 'Seamus Heaney, 1939—2013; He Wove Irish Strife and Soil Into Silken Verse.' *The New York Times*. (Aug. 31, 2013): A1(L).

第二章　希尼与爱尔兰诗人

第一节　爱尔兰的元音

评论者们很早就注意到了希尼诗歌中浓厚的地域色彩和爱尔兰文化，尤其前几部诗集刚出来的时候，很多人都将其视为地域诗人，把他与北爱诗人谢默斯·迪恩、约翰·蒙塔格放在一起，分析他们诗歌中地域与叙述之间的联系，指出他们把乌尔斯特的历史、精神、文化和环境用到了自己的创作之中。希尼将诗歌的背景放在家乡，并非因为生活空间狭窄从而限制了想象，相反他坚定地立足于爱尔兰，正反映了他想象的深刻①。比如在诗集《北方》中，希尼写了很多地方：美国的伯克利、西班牙、爱尔兰的威克洛、英格兰的英语，但他成长的德里郡一直贯穿着全书。由此可见，描写和思考爱尔兰是希尼的一个自觉的选择②，即便后来成为世界性的诗人，他也一直坚持着自己的爱尔兰色彩。

一、地理空间

希尼在诗歌中常选用方言中的词语，包括爱尔兰英语、乌尔斯特的苏格兰语和凯尔特语，以及北爱德里郡南部的一些地方词汇。虽然这些词汇不少可以在字典里查到，但只有熟悉这些方言的读者，才能从中获得到浓郁的地域感。比如在爱尔兰方言中含义为"住房前面或后面的院子"的"street"、用于树木时指"柳树"的"sally"，显然只有当地人才明白。而像那些已经成为字典中常用词的"turf"（泥炭）、"trig"（整洁）、"moss"（泥沼），非爱尔兰读

---

① Thomas D. Redshaw. ' 'Ri' as in Regional: Three Ulster Poets. ' *Eire-Ireland* 9, 2 (Summer 1974): 41—64.

② Conor Cruise O'Brien. 'A Slow North-East Wind. ' *The Listener* (September 25, 1975): 404—405.

者可能一带而过,未必能从这些词语中感受到独特的爱尔兰文化。不过希尼诗中那些爱尔兰文学中才有的词语,那些用爱尔兰语书写的地名,无疑能让人立刻感受到爱尔兰文化的存在。此外如 1972 年 7 月 21 日临时派爱尔兰共和军在贝尔法斯特发动的炸弹袭击被英国媒体称为"动乱"(the Troubles),但被爱尔兰人称为"血腥星期五"(Bloody Friday),这类用词上的微妙差异乃至其中包含的立场选择,都是希尼诗歌中虽未明说却萦绕其间的爱尔兰光晕。

希尼读书时北爱的官方语言是英语,爱尔兰语并不是必修的课程,但爱尔兰语也在教学大纲里,而且是教育部考试的选项,显然当时爱尔兰语与英语并未被赋予过于沉重的政治含义。那时的爱尔兰更与田园生活连在一起,而不是与民族主义政治连在一起。希尼觉得自己属于的那个爱尔兰世界就是与古老传统相连的,夹在对传统的尊敬和与现代化的冲突之中。他的英语也是被爱尔兰变形了的,不过并不是被爱尔兰语变形。

希尼说在《跟随者》("Follower")一诗中,他在第一行写父亲用马拉的犁工作时,一开始"工作"一词用的是乌尔斯特方言"wrought",但正式出版时改成了标准英语的"worked"。在乌尔斯特方言中,"wrought"指用工具工作,而且包含着专心致志的意思,是当地人经常使用的。但是希尼说,他"第二次考虑"的时候,改用了标准英语,因为"一旦你对当地的用法做第二次考虑,你就与这种用法疏远了,你使用它的权力就会遭到官方语言审查者的异议,你的另一个部分与这个审查者秘密地沆瀣一气"。(RP 63)就像弗洛伊德所说的他我,第二次考虑就意味着他我的介入,使用者从下意识进入到自我检查的层面,追求被认可。虽然可以指责希尼的妥协,但他的感受和选择正是当时大多数北爱尔兰英语诗人的本能选择:

> 我们的语言可能确实是我们的世界,但是我们的写作,除非我们恰好属于乔伊斯或莎士比亚那样多才多艺的天才,或者那些我们可能称为单语天才的人,比如约翰·克莱尔,我们的写作永远不可能完全与那个世界一样广阔。(RP 64)

希尼这里对语言的世界和写作的世界的区分,正对应着他认为存在的两种地域(place):一个是天生所属的、无意识的、本能的地域,一个是后天习得的、有文字的、有意识选择的地域(P 131)。这两种不同意义的"地域"对理解爱尔兰文学和北爱文学有着重要的意义和影响。

爱尔兰一直存在一种被称为"地名诗"(dinnseanchas)的文体,该爱尔兰词的意思是"地名的传说",指爱尔兰早期文学中的一类诗歌或者传说,讲述地名的最初含义以及与此相关的故事,从而成为爱尔兰的词源神话。在这里,地名不仅仅指向某个地点,而且指向爱尔兰的历史,因此其实是爱尔兰的时间和空间的交叉点,这类文体的存在正是为了强调爱尔兰的空间的历史性和叙述性。希尼对这类文体的重新挖掘和强调也正是为了不让爱尔兰的空间被简单地扁平化为地图上的一个记号。

此外地点在希尼看来并不仅仅是生命寄寓的场所,也是生命意义的来源,是生命意义的一部分。因此通过地名诗,希尼实际上强化了个人与地域之间的联系。希尼在20世纪六七十年代写下《地点的感觉》("The Sense of Place")一文时,他的文学名望很大程度上正来自对他所生活的北爱乡村和政治的描写,因此探索文学与地域之间的历史呼应和意义,既是北爱尔兰文学复兴的需要,也是他自己文学创作的需要。

如果说爱尔兰是希尼无意识地寓居的空间,那么希尼要寻找的则是一个能承载爱尔兰历史记忆的时空,一个有意选择地有文字记载的但又能够承载无意识与生存本能的地域,因为希尼认为他所说的两个地域是可以"在意识和无意识的张力中共存的"(P 131),因此他主张"我们必须找回盖尔传说下面的基础层面,以便读出名字的全部含义,并用其上的人类积淀使地志记录获得血肉。"(P 132)这句话不仅表明了希尼对历史的文学坚持,同时也表明了他在北爱这个爱尔兰和英格兰相争之地的政治选择:他从创作伊始就有了自己的一个用文字书写的有意识选择的空间,这让他可以不必纠缠于当代北爱尔兰复杂的政治纠葛,获得一个坚定且厚重的时空立足点,从而可以更加轻松地面对社会与艺术的矛盾,为自己的艺术而非自己的政治寻找更属于自己的也因此更有说服力的答案。

在北爱这一复杂的现实政治环境中,希尼这一简单但有效的地域选择与乔伊斯有着异曲同工之处:当年乔伊斯也是对无论爱尔兰的天主教传统还是英格兰的殖民文化都断然说出了"不伺候",远赴巴黎的同时,又把自己的文化之根追溯回更古老的爱尔兰乃至古希腊的过去,离开当代政治染缸的旋涡,为艺术寻找一片更加自由的天空。正是这样的选择让希尼和乔伊斯都不同于同期一些爱尔兰作家,后者的艺术独立性在政治的纠缠中渐渐迷失,虽然对当代政治可能做出更有针对性的回应,却无力为读者提供更高远的视野,这里面也包括对希尼产生很大影响的卡瓦纳。从这一点说,希尼诗歌对地域的强调,既是对现实世界的回归也是离开,与传统意义上的寻根文学并不完全一样。

此外希尼还注意到爱尔兰存在的另外一种地域,即那些"存在于想象之中,它们全都在单纯的视觉之外搅起我们对其他方面的回应,它们全都受到一位诗人的灵魂和他的诗歌的鼓舞"(P 132)的地域,比如被叶芝的优美笔触改变了的因尼斯弗利岛或利沙德尔宫。这种想象中的地域名字把读者带入的与其说是地理的空间,不如说是一个精神的世界。因此这里不是空间与时间的交织,而是现实空间与精神世界的交织,希尼称之为"地理之国与头脑之国的平静结合"(P 132)。当然对多数非文学的人群来说,这个精神世界更多的不是文学传统,而是宗教信仰,他们从地点中看到的更多是神仙和善恶因果。

另一方面,希尼认为叶芝等爱尔兰民族文艺复兴运动者恢复爱尔兰神话的努力,是为了让爱尔兰的地理空间"更玄幻而不是更物质,避开从社会和政治的角度来解释社会,而偏爱从传说和文学的角度对种族加以想象"(P 135)。这种视角与其说是回避政治,不如说是为叶芝他们在当时伦敦主流的文学模式之外提供了一种文学他者,一种政治力量角逐中的新的立足点。叶芝的想象世界与希尼的传统世界一样,都是有意识地让自己生活的自然空间获得一个更清晰、简明,但也更坚实、纯粹的文化空间以及政治空间。因此叶芝从空间中获得的想象世界也并不是一种逃避,相反是"把爱尔兰气候的氛围带入英国诗歌,改变那一诗歌的大气层"(P 136),最终依然是一种政治的诉求。

不管是与历史的联姻,还是与精神世界的联系,其最终作用都是赋予了地理空间以更丰富立体的意义层面。当然,希尼并非完全无视北爱的地缘政治格局,事实上即便在今天,当年民族派/共和派和联合派/保皇派的冲突依然在贝尔法斯特的多处"和平墙"以及不少墙面涂鸦中依稀可见,更别说希尼在贝尔法斯特生活的时代,正是天主教徒和新教徒激烈冲突的年代,两者被分隔的地理空间不可能不被希尼注意。事实上,这一政治地理在希尼的诗歌中得到反复呈现和深入思考,而坚持从历史和人性的角度而不是现实政治的角度来审视这一被分隔的地理空间,正是作为诗人的希尼为困于现实政治中的人们提供的一个出路,一个望向更广阔的世界的可能性。

与地域问题密切相关的还有另外一个问题,即如何进入自己所处的场域,无论是历史的场域还是想象的场域。是像爱尔兰文艺复兴运动中的很多作家那样,将书本中记载的爱尔兰传说重新放回到这片土地,还是像比如诗人卡瓦纳那样从自己的生活出发去理解爱尔兰这片土地上的生活?希尼认为卡瓦纳关注的是他自己所处的当下的时空,而非叶芝那样转向其他时间和空间,来赋予现在的爱尔兰以神话中的民族奥秘。对卡瓦纳来说,他的地域的深度就是他自己的生活的深度。此外在这个问题上,希尼还对比了卡瓦纳和蒙塔格两位诗人处理他们的爱尔兰家乡的不同方式。希尼认为卡瓦纳直接进入他周围的生活，用平常心看待身边的日常世界；蒙塔格则是从他获得的有关爱尔兰的知识出发，借助于他先得的认识，来赞美他生活的土地上的一草一木。"蒙塔格问他是谁的时候，他不得不寻找与历史和传承的联系；在他确定个人的身份之前，他先假定一个民族身份，而且他的地域和群体提供了这一身份的生命线。卡瓦纳则逃离抽象的民族主义，无论是政治的还是文化的。为了找到自己，他让自己离开而不是附着于群体。"（P 143—144）蒙塔格对地域的认识是群体的，基于文化，卡瓦纳的则是个体的，基于生活。

不过两个人的不同只是切入点的不同，两者的最终结果都是与自己的地域建立起情感联系，而且是地域赋予了他们稳定的立足点和视野。在这方面希尼是开放的，认可各种不同的进入和理解地域的方式。但不管何种方式，地域对于文学的重要性是希尼在这些诗人身上共同发现的，并化为了自己诗歌创作的重要部分。同时希尼也从这些诗人的创作中明白，地域在诗歌中有时并不仅仅是一个空间，而是附着了各种其他时空和想象，以及诗人的情感和选择。因此有的时候地名其实更是一个象征符号，指向更大的人类记忆和人类群体。

二、对地域的超越

希尼在创作诗歌时，就已经有了明确的读者意识，他的诗歌写的是他个人生活中的物和事，但绝对不是只写给他自己看的，他要让自己的诗歌传达出普遍的感受。这是文学的基本追求，但是从创作伊始就能有意识地把个人经历升华为普遍经历的作家并不多。比如希尼著名的诗歌《挖掘》，写父亲的田间劳作和自己的纸上耕耘，用钢笔来继承父亲的锄头。希尼后来在访谈中说，他当时的感觉是必然会有成百上千的同代人，尤其是那些原本生活在乡村的北爱天主教家庭，都会像他一样，随着社会结构和生活方式发生了变化，很多人也从田间工作转型为文案工作。因此他在写《挖掘》一诗的时候，他说大多数与他有相似经历的人都肯定会理解这首诗所写的内容。《挖掘》一诗之所以看似简单却打动了很多读者，因为它写出了那个时代，那段历史，写出了处身其中的一代人与传统和当代之间千丝万缕的联系，以及复杂的情绪。

《挖掘》一诗结尾处化成手枪的钢笔，当然也传递了当时北爱尔兰天主教徒所面对的政治冲突。但另一方面，希尼又不愿意成为北爱天主教群体的代言人，他希望能够保持自己作为诗人的独立性，不被政治面具化。因此后来被问到这首诗时,他都否认自己创作这首诗歌时明显意识到了自己作为北爱天主教徒的身份。可是北爱当局当时在医疗、就业、市政等方面对天主教徒明显的歧视,作为天主教徒的希尼不可能不有明确的身份感,以及那种作为他者和被取代者的伤痛感,这种感觉也不可能不在诗歌中流露出来。所以那些爱尔兰元素,可以说并不是希尼有意选择的,但同时也是必然存在于希尼的创作之中的。

希尼之所以不愿意成为北爱天主教群体的代言人,一方面是因为希尼并不认同天主教徒与新教徒、爱尔兰与英格兰、我们与他们这样的二元对立划分。不过更重要的,是因为在政治和艺术之间,希尼希望获得艺术和思想上的自由。所以在《苦路岛》中,是爱尔兰小说家乔伊斯而不是诗人叶芝来引导希尼获得信仰的自由,因为叶芝作为爱尔兰文艺复兴运动的领袖,依然把自己的身份困在了爱尔兰文化这个标签之上。

苦路岛位于爱尔兰共和国多尼戈尔郡的德格湖(Lough Derg),苦路岛的朝圣是爱尔兰天主教徒的朝圣传统,整个朝圣包含一套严格的仪式,包括完成设定的行为,不断重复地祈祷,坚持只有干面包和红茶的斋戒,光脚绕着长方形大厅和墓床走。现在苦路岛已经对访客关闭,但是从希尼诗中的细节描写看,他应该熟悉这一朝圣仪式。不过,希尼的诗集《苦路岛》与其说是一次宗教忏悔,更不如说是一次良心的检视,一种内心法庭(SS 234)。希尼和乔伊斯一样出生在天主教家庭,乔伊斯却最终勇敢地拒绝了自己的这一被划定的身份,并且通过艺术,探索出了有效的超越身份固化的策略。因此在希尼看来,"乔伊斯比大多数诗歌作者更有资格作为诗人。他通过进入、探索和超越语言,进入、探索和超越了他自己"(SS 249)。《苦路岛》里描写诗人通过考验进入新的独立境界时,乔伊斯成为希尼的引导者,"乔伊斯的战斗在相当多的斗争之后取得了胜利。就像洛威尔说的,他给灵魂留出了一个出口,其他人发现了这个出口并尾随而过"(SS 250)。

虽然在《苦路岛》中是詹姆斯·乔伊斯给了希尼最终的答案和解脱,但是诗中这一精神历程是由 19 世纪的爱尔兰诗人和小说家威廉·卡尔顿开启的。希尼读到卡尔顿的《自传》(*Autobiography*)后觉得自己完全理解了他。希尼是为《守卫者》杂志写书评的时候读到这本书的,此外他还读了汤姆·法根研究爱尔兰小说家的著作中关于卡尔顿的一章。卡尔顿与乔伊斯不同,乔伊斯不会同意走过 19 世纪那些天主教的道路,忍受那些流言和罪恶,相反,卡尔顿与希尼一样,是一个出生在北爱的天主教徒,和希尼一样看到和经历过北爱派系斗争的丑恶一面,最终改信了英国国教,打破了"我们部族的共谋"(FW 23)。希尼虽然没有改信新教,但是卡尔顿的选择本质上与他的经历和精神探索更相契合。卡尔顿也是生长在天主教农民家庭，而且他比希尼更接近北爱社会的底层，他小学就读于各种"树篱学校"（hedge school）。希尼在诗歌中也描写过树篱学校，这是给贫穷的爱尔兰农民子弟提供的基础教育。他曾经希望获得学位从事神职工作，但是一个预兆性的梦让他打消了这个念头。他也曾参加过爱尔兰常见的宗教朝圣，而正是这个朝圣之旅让他放弃了进入天主教教会服务的想法，最终改信了新教。卡尔顿对爱尔兰的整体情况有更广阔的理解，对北爱的各个方面也有更紧密的联系，他的一生都处在天主教徒和新教徒的冲突之中，他对这一问题的深刻感受和思考无疑适合开启希尼的这一精神历程。

此外 18 世纪爱尔兰克莱尔郡的诗人布赖恩·梅里曼也以另外一种方式对希尼的文化解放起到了一定的辅助作用，即如何在英爱的对立中既为爱尔兰争取文化权力，同时又保持精神上的自由。这样一种超越模式对于处身英爱政治冲突焦点的希尼可能更有帮助。虽然布赖恩·梅里曼并没有在同代人中获得卓著的名声，但是这并不影响他在整个诗歌史上里程碑式的地位，被希尼认为是"起着史诗创作的核心作用"（RP 38）的诗人。布赖恩·梅里曼的主要成就是 1780 年用爱尔兰语创作的"*Cúirt an Mheán-Oíche*"，现在翻译成《午夜法庭》（*The Midnight Court*）。该诗的背景是 17 世纪后英国给爱尔兰制定的一系列《刑法》，旨在迫使爱尔兰罗马天主教徒和当地新教异议者接受英国圣公会所制定的规则，并由爱尔兰教会实施。这些刑法禁止爱尔兰的天主教徒获得高等教育，获得较高的职位，而且也对他们的财产权有很多限制。这种种族隔离的法律在 1778 到 1793 年间逐渐废除，这其中《午夜法庭》也起了一定的推动作用。不过希尼称之为史诗，显然不只因为它的政治作用，用希尼的话说，"它是心碎的和形式上的爆发，一次痛苦的嚎叫，一次修辞的胜利。它也是几乎最后一次宣告盖尔秩序的完整性的诗歌，也宣告了诗歌在这一秩序中的天命位置，在这个位置上，个人的声音与群体的声音取得更强的一致性"（RP 39）。

但是《午夜法庭》如果只是像众多同时代的文学作品一样止于控诉英国的殖民暴政，哀叹爱尔兰的悲惨遭遇，也不会得到希尼的高度推许。该诗有 1026 行，"用一种吵吵闹闹的方言，轻松欢快的对句写成，这首诗在一定程度上是对传统盖尔语诗歌的某些品质的戏仿，也在一定程度上是它们的变形"（RP 40—41）。它以一种梦境的形式，写诗人睡着后出现在格拉内湖边上，被一个女法警带到费科村的法庭。法庭正在进行午夜审判，主审官是芒斯特省的仙后艾贝尔，爱尔兰神话中达奴族的守护女神，同时也是女性权利的维护者。但这首诗写的并不是浪漫的爱情，而是对典雅爱情的戏仿，抒发的是 18 世纪女性对性的要求,一种性欲上的平等。这一题材希尼认为是一种民间的中世纪体裁的延续,他引用荷兰语言学家和历史学家约翰·赫伊津哈的话说,"与文学的宫廷风格并肩齐驱,有着相当晚近的起源,这些性欲生活的原始形式保留了它们的全部力量"(RP 44)。《午夜法庭》在希尼看来就是集合了这些古老、性欲和写实于一身,而它"在语言使用上的绝对精力充沛"(RP 48),无论在爱尔兰语原版还是现代英语翻译中都可以清晰地感受到。"事实上,《午夜法庭》取得创造性的成就,就在于它让人感到彻底的无拘无束。"(RP 50)它标志着爱尔兰诗歌不是对现实世界的屈服,而是一种创造性的胜利。

　　《午夜法庭》中身材高大的女法警则被希尼视为对爱尔兰幻景诗传统中象征着爱尔兰的被欺凌的女性的戏仿,"她是作为文学上和政治上对自我欺骗的纠正出现的"(RP 48)。因此《午夜法庭》既是对典雅爱情的颠覆,也是对幻景诗传统的颠覆,它的意义正在于带来了一种"自由主义的和对抗性的立场,反对那些年月里弥漫在无论爱尔兰公共生活还是私人生活中的压制性环境"(RP 53)。布赖恩·梅里曼不是用直接的政治对抗,而是用狂欢化的内容和形式,开启了诗歌与社会的新关系。希尼认为不管后代的评论者怎么看待这首诗中的两性关系,布赖恩·梅里曼"他的目的是去嘲笑,挑衅那些谨小慎微的人,刺激审查机构"(RP 56)。而正是通过它大胆的语言,"《午夜法庭》在建设一种值得期待的文明上占有一席之地"(RP 57)。在这一新的文明中,"人类的世俗的完美"(RP 62)在迈步向前。

　　由此可见,希尼在政治和艺术的矛盾之中最终获得的精神上的自由实际上都来自他自己的文化传统,从古代到当代,爱尔兰诗人在探索民族出路的时候,一直没有放弃艺术的自由和精神的自由,希尼最后离开英国与爱尔兰的直接的政治冲突,转而探寻人类共同的精神解放,不是对传统的背叛,正是对传统的继承。

　　不仅对英国与爱尔兰的对立如此,对爱尔兰南北方的对立希尼在同样持超越的态度之外,甚至希望能推动双方的交流。1972 年,希尼与迈克尔·朗利和詹姆斯·格雷西一同出版了新爱尔兰诗歌集《声音种种》(Soundings)。詹姆斯·格雷西在七十年代初是贝尔法斯特利嫩厅图书馆的助理图书员,后来开办了黑员工出版社,那时正在艺术委员会工作。希尼在这里既放入了北爱的诗人,如西伦·卡森、奥姆斯比,也放入了爱尔兰共和国的诗人,如彼得·法伦、杰拉德·范宁、哈里·克里夫顿、德莫·希利、格雷戈里·奥多诺休、帕特里克·金。希尼希望以此打破南北双方的疏离。因此在希尼的眼中,至少在诗歌领域,并不存在南方和北方的区分,政治上的分歧并不影响两者在文化和艺术上，乃至在思想和情感上的相似相近。

三、王尔德的启示

在19世纪的爱尔兰诗人中，詹姆斯·克拉伦斯·曼根以其诗歌的广度和陌生性得到希尼的喜爱和尊敬，此外两位米斯郡的诗人弗朗西斯·莱德维奇和邓萨尼爵士也得到过希尼的关注。莱德维奇和邓萨尼爵士都出生在19世纪末，活跃于20世纪头十年，不过在希尼看来，他们都属于那类只能偶尔瞥见爱尔兰未来的小作家（P 202）。希尼对他们的兴趣更在于两个人的友谊和他们的反差：莱德维奇出生于一个有9个孩子的贫困家庭，而且5岁丧父，一边打着各种各样的工，一边自学成才；邓萨尼爵士出生在伦敦，但是邓萨尼家族作为爱尔兰第二古老的贵族，生活在米斯郡著名的塔拉山附近。邓萨尼爵士自小在家族城堡中长大，交往的是叶芝和格雷戈里夫人等名人，是爱尔兰手枪射击冠军，四处游荡狩猎。两个生活世界有着天壤之别的人，却在1912年莱德维奇致信邓萨尼爵士，自荐作品之后成了朋友。邓萨尼爵士不但成了莱德维奇的保护人，还把他带入了叶芝等人的都柏林文学圈。但是即便都成为活跃诗人之后，莱德维奇和邓萨尼爵士也截然不同：虽然两人都希望成名，但对莱德维奇来说，名气代表着通过艺术上的努力而取得成功；而对邓萨尼爵士来说，名气之所以值得追求是因为它能够带来金钱。所以邓萨尼爵士对待文学持的更是一种玩票的态度，不关心让自己的作品尽善尽美，可以一个下午就匆匆写好剧本，晚上演出。然而吊诡的是，邓萨尼爵士在世的时候就出版了90多部著作，在20世纪初期曾一度被视为英语世界活着的最伟大的作家，虽然希尼认为这有一部分来自他巨大的自吹自擂的能力，以及他的自我戏剧化的行为。莱德维奇却是用生命写作，他被称为"农民诗人"和"战士诗人"，即便在战场上，在受伤期间，莱德维奇依然认真写诗。他的诗歌曾经被收入爱尔兰的小学课本，后来沉寂了一段时间，但是现在又引起了人们的兴趣。

这两种不同的对待诗歌的态度，在19世纪得到希尼高度推崇的爱尔兰诗人奥斯卡·王尔德身上交织在一起，不过艺术如何才能真正实现它的社会目的，王尔德对希尼的启示更为独特。

希尼第一次读到王尔德的《里丁监狱之歌》（*The Ballad of Reading Gaol*）是在20世纪60年代他刚刚大学毕业，刚开始诗歌创作的时候。他是在一本由贝弗里·尼古拉斯编辑的《古代歌谣集》（*Book of Old Ballads*）中读到的，当时希尼被其潜在的音乐性和悲痛的力量深深打动。虽然后来他渐渐认识到这首诗的局限性，但是初读时的震撼依然印象深刻，尤其是这首诗与王尔德本人从偶像到魔鬼的惨痛经历密切相连,把事实与虚构、艺术与生活连接在了一起,而这也是希尼诗歌的艺术特色。

这首诗发表的时候,作者处写的不是王尔德的名字,而是"33 号囚犯",显然王尔德创作这首诗的时候,依然站在同性恋以及其他被社会视为罪人的人一边,替他们发声。后来叶芝对这首诗歌进行了删改,主要是删除了那些王尔德为自己辩护和为自己提供道德高地的部分,包括那些被读者喜闻乐见的诗句,如

> 然而每个人都杀死自己的所爱,
> 　让这件事传遍四方,
> 有些人是用冷漠的目光杀死所爱,
> 　有些人用花言巧语
> 懦夫用吻来达到目的
> 　勇敢的人用的是刀剑!(RP 88—89)

对于这一删改,希尼认为,"叶芝的版本相对客观和直接,是一个权威的社会诗人、一位诺贝尔文学获奖者的作品……王尔德最初的歌谣更带有补偿性和倾诉性,是一个正在逃离英国社会的前犯人的作品,这位作者的最新作品是写给阿尔弗莱德·道格拉斯爵士的一封被称为《自深深处》(*De Profundis*)的自哀自怜、自我辩护的长信"(RP 89)。希尼认为《里丁监狱之歌》实际是《自深深处》的补充,因为王尔德知道信里对两人关系控诉式的细节描写,最终会杀死两人的爱情,因此在诗歌中王尔德表现出更大的克制。但与此同时,王尔德在诗里继续了他对那些指控的反驳,诗歌中那个因妒忌而杀死妻子的死囚的哀号,正是王尔德自己抑制不住的哀叹。希尼认为,作为诗人的王尔德完全知道诗歌应该精炼,《里丁监狱之歌》不免冗长松散,但这出自曾为阶下囚的恋人王尔德无法克制的倾诉和辩解的欲望。用文学来宣泄情感,呼吁同情,这与王尔德的"为艺术而艺术"的唯美主义美学观是相悖的,这一矛盾暴露出王尔德对审美的绝对力量的信心已经动摇。但另一方面希尼也承认,虽然叶芝修订版的《里丁监狱之歌》对社会和人性做出了深刻的批判,但是"王尔德写的歌谣,尽管更加纵情发泄、吐露心声,却加入了一层恳求,产生了一种特别搅动人心的同情力量"(RP 102)。

《里丁监狱之歌》的同情力量还来自诗人与那些囚犯,尤其是那位死囚的同情共存。虽然诗歌努力提供救赎的方法,比如模仿但丁的《炼狱》,比如在结尾处呼唤基督,但是叙述者与死囚始终作为被社会遗弃的人,不可能抹

掉已经打上的罪的烙印。而这一经历让王尔德领会到了过去在上层社会不可能看到的社会的无情和残暴，领会到了那些陷入绝境之中的人的恐惧，正是这些动摇了他的唯美主义审美信仰。他在监狱里看到3个孩子因为捕猎兔子缴不起罚金而入狱，看到半疯的水手因为被认为装病而被鞭打24鞭。狱中接触到的残酷现实无疑会深化王尔德的伦理考虑，这是他在自己入狱后遭受各种不人道更不审美的待遇时，必然已经感受到的。所有这些都无疑会动摇他的唯美主义立场。希尼认为这也是为什么《里丁监狱之歌》的情感甚至大过了审美，因为王尔德试图以此来打破人与人之间冷漠的坚冰，获得团结和互爱。

只是无论诗歌中的现实主义描写还是浪漫的情绪化呼吁都并不能打破这层坚冰，希尼认为真正达到了这一效果的是他的《谎言的衰朽》(*The Decay of Lying*)或者《真诚的重要性》(*The Importance of Being Earnest*)这样的戏剧，因为"他出色的悖论、他在拷问事物的深层本质时的超常夸张，他用错误的韵脚达成的正确效果、所有那些亢奋中大胆的词语游戏、所有那些以其特有的个性去冒犯和狂喜的自由——这才是王尔德实现团结互爱的真正途径"(RP 97)。换句话说，希尼认为正是王尔德的那些审美层面的游戏真正实现了他的伦理目标，而不是他在《里丁监狱之歌》里直接的伦理叙述。他说王尔德走在空中的时候，反而走了坚实的大地上；而当他尝试脚踏实地地去帮助那些受难之人的时候，他艺术的感染力却丧失了。这或许也是希尼的自述，因为希尼最终也是选择用"走在空中"的审美创作来帮助他自己的北爱同胞，而不是去直接发出感情的呼吁。

四、托马斯·金塞拉的荒芜地域与重生地域

托马斯·金塞拉跟王尔德一样都出生在都柏林，是得到希尼关注的当代都柏林诗人。希尼初见金塞拉是1963年金塞拉在女王大学的英文学会朗诵自己的诗歌，希尼尤其记得金塞拉对自己的《顺流而下》("Downstream")一诗做了自嘲。一两年后，希尼又在贝尔法斯特的抒情诗剧院揭幕式和巴立里的叶芝塔楼的揭幕式上见到金塞拉。1972年，希尼负责评阅金塞拉的《来自亡者之土的笔记》(*Notes from the Land of the Dead and Other Poems*)，希尼称之为金塞拉的第一部庞德式著作。同年，蒙塔格、金塞拉和希尼三人在一个读书俱乐部又聚在一起，进行诗歌朗读。当时蒙塔格读的是描写1969年在德里爆发冲突的《一次新围攻》("A New Siege")，该冲突导致了自由德里区的建立。金塞拉读的是《屠夫的决斗》("Butcher's Dozen")，用讽刺的笔法抨击这一年英爱冲突导致的"血腥的星期天"。希

尼觉得这首诗非但不像一些评论者说的那样毫无助益,而且充满一触即发的怒火。在一篇评论叶芝的文章中,希尼给了金塞拉很高的评价,认为是金塞拉真正继承了成熟期的叶芝对那正消失事物的爱和激情。

金塞拉从 1960 年代开始就专注于对个人身份和民族身份的探寻,并且他的探寻有着与叶芝类似的直面现实的力量。因此希尼说,金塞拉"他的许多作品的主题都是不断冲刷着生活或目标的棱角的绝望和空虚,然而作品的音调却正相反,雄浑有力"。(PW 57)希尼认为,只有那些勇敢地直面生命的基础价值的崩塌,同时却又勇敢地坚持到底的作品才是成熟的和必不可少的,而金塞拉的作品正具有这一品格。

希尼详细描述了金塞拉的诗歌艺术的发展过程,比如在金塞拉 1960 年出版的诗集《道德》(*Moralities*)中,全部诗歌被分为四个主题:信仰、爱、死亡、歌。在这一对人生做整体描述的过程中,金塞拉已经意识到爱之中可能包含着怀疑,生命中同时包含着丰盈和空无,两者之间既永远存在着斗争,又相互渗透。无论是肉体的还是心灵的枯竭和重生,金塞拉全都作为"考验"加以接受。对于金塞拉来说,生命只是不断地深入、前行,不会因为冲突的暂时解决而止步,因此只能继续锻造,寻找道路。不过如果说爱尔兰传统诗歌更倾向于在艰苦的生活中发现体现着神的存在的自然生命或片刻愉悦,那么金塞拉的诗歌就更倾向于表现生命在严酷的存活斗争中的以自己为食,就像他的《食叶毛虫》("Leaf-eater")一诗一样。这是一首短诗,写花园中央的灌木里,一片边叶上的一只毛毛虫,由于在可及范围内都找不到叶子,于是转身吃起了自己栖身的叶子。

希尼认为,金塞拉的早期诗歌还主要像传统英语诗歌那样把生命视为一个单纯的循环,把诗歌重心放在思索和智性的表述上,但是到后来,尤其在 1968 年的诗集《夜行人及其他》(*Nightwalker and Other Poems*)中,金塞拉转向一种现代主义的、开放的诗歌传统,"拒绝传统诗节表述的庄重严肃,接受了流动性和片断性,但从不把这一方法中包含的随意性误认为可以放松对诗歌目的的智性掌控"。(PW 59)这里诗歌叙述的开放性和主题的统一性之间的辩证关系,被希尼视为一种解决当代爱尔兰的混乱状态的有效方式。

金塞拉在后期的诗歌《大地尽头》(*Finistère*)中,尤其把爱尔兰的早期神话作为他自己对世界和存在的思考的基石。在重写爱尔兰传说中的早期诗人阿默金的诗句的时候,"金塞拉再一次重现了在枯竭中重生这一主题"(PW 60)。希尼之所以看重这一主题,除了其本身的认识深度外,还因为它正符合希尼认为文学的想象性空间所具有的"虚无既可以是空无一物,也可以孕育新生"(PW 60)这一点。金塞拉的诗歌表达了对当代社会,对独立后的爱尔兰,乃至对自身的失望,但另一方面,金塞拉的诗歌又总在虚无之中包含着复原的可能性,"荒芜的地域、重生的地域,以及写作的地域在他的诗歌领域里相连相通"(PW 62)。

这种空壳与丰饶角的共存之所以重要,是因为希尼认为这是爱尔兰诗歌的特点,因为"觉得受誓言制约,并认识到这一约束的力量可能空虚无用,这些事情困扰着所有的爱尔兰作家"(PW 63),而金塞拉正是"爱尔兰诗人的代表"(PW 63)。他和叶芝一样,都努力重建历史想象。因此对于金塞拉来说,虽然爱尔兰当代的文化陷入枯竭,但是可以通过像吃自己处身之所的毛虫一样,回到自身的文化,靠自己的养分从枯竭中获得新生。

事实上,在如何对待爱尔兰当代政治以及爱尔兰传统文化的问题上,爱尔兰的很多诗人都给了希尼非常有价值的启示。这让希尼最终勇敢地离开看似激烈复杂、其实空洞贫瘠的现实政治冲突,转向爱尔兰文化和文学艺术,来寻找而且最终找到了让爱尔兰文化获得新生的道路。

第二节　爱尔兰神话和早期诗歌

希尼说他的"第一次文学'触电'经历(灵感)"[1]是在学校里上的一堂爱尔兰历史课。在回忆中,希尼谈到了他在这次课上读到的从"达奴神的子民"到诺曼人入侵爱尔兰之前的爱尔兰神话和传说,其中布里安·布鲁手持长剑检阅军队、达戈达神在托利岛上的黑暗城堡打败"恶眼"巴勒,以及库胡林和弗迪亚的故事都给希尼留下了深刻的印象。事实上由于数百年里沦为英国的殖民地,凯尔特的早期神话在爱尔兰民间并不是家喻户晓的内容,更何况在希尼从小长大的比较偏僻的乡村。因此爱尔兰神话和传说对于希尼来说不但不是最早的文化熏陶,反而更属于后天习得的内容。不过凯尔特神话优美生动的想象依然可以被视为希尼第一次接触的文学性叙述。

除了神话外,有人认为埃文斯的《爱尔兰民间生活方式》(*Irish Folk Ways*)一书也影响了希尼的早期诗歌创作,但是遭到了希尼的否认。希尼反而认为他在乌尔斯特民俗博物馆听到的一个关于爱尔兰民俗剧的讲座给他留下了深刻的印象,特别是其中提到的《布朗医生》,因为希尼的父亲就很喜欢,能够背诵下来,其中的韵律感给希尼留下了比较深刻的记忆(SS 92)。

---

[1]　希尼:《希尼诗文集》,吴德安等译,北京:作家出版社,2001 年,第 207 页。

这是一首最早起源于 13 世纪的圣诞节打油诗,直到今天依然在北爱尔兰安特里姆郡东部非常流行。安特里姆郡的首府安特里姆市距贝尔法斯特不过 22 英里,几乎可以说就在希尼的家乡边上。圣诞节打油诗是北爱民间文学的一个传统,打油诗人也被称为"假面诗人"(Mummers),化自德语的"Mumme",意思是"面具"。他们常常十多个人一起,戴着面具或"假面",穿着稀奇古怪的服装,在圣诞节前的晚上在乡村巡演。有的剧团的穿着会很考究,但大多数只不过穿着破旧的衬衫,用爱尔兰的玉米口袋剪出头和胳膊的洞。有的戴面具,有的只是用烟煤把脸涂黑。裤脚管会用草绳扎住。不少人喜欢戴一项用纸板做的圆锥帽,上面饰以彩纸做的飘带。剧团会到人们家里表演,所以《布朗医生》一般从敲门开始。之后一个叫做"屋子·屋子"的人进来,拿着一根棍子假装为后面来的表演者扫清舞台。然后会有一个接一个的演员诗人相继上来。其中最主要的情节是乔治王子杀死了土耳其战士,然后布朗医生让他复活。诗剧以诙谐幽默的风格为主,当魔鬼或魔王上场时也会将气氛尽量做得恐怖。不过到后面就会一个接一个地要钱,克伦威尔也会出来。由于清教革命中克伦威尔出征爱尔兰期间对爱尔兰天主教徒实行奴役和种族灭绝政策,因此他统治爱尔兰的时期被爱尔兰人称为"克伦威尔的诅咒"。显然不同历史时期的因素都会被加入诗歌,并增加诗歌的情感层次。但是总体上诗句诙谐简洁,韵律流畅自如,在重复中却自由变化。这样流畅而又充满变化的韵律在希尼的诗歌中也可以找到很多。

　　在高二的时候,老师向他们推荐了达尼尔·科克里的《被遮蔽的爱尔兰》。这也让希尼对爱尔兰历史上那些爱尔兰语的诗人有了一定的了解,而《被遮蔽的爱尔兰》对爱尔兰诗歌传统如"幻景诗"的介绍,也让希尼将这些民族诗歌传统运用到后来自己的诗歌创作中。

一、斯维尼与树上的神

　　在《树上的神:早期爱尔兰自然诗》中,希尼特别强调了早期爱尔兰诗歌与诺曼征服之后的英国诗歌,以及与整个欧洲诗歌之间的不同。"自诺曼征服之后,英语的温度被来自地中海的一股暖气流微妙地提高。但是爱尔兰语没有经历同样的罗曼司影响,事实上,早期爱尔兰自然诗记录了某些感觉,以一种其他任何欧洲语言都无法媲美的方式从某些情绪中制作出了泉水般的音乐。"(P 182)

　　另外希尼还发现,很多爱尔兰的自然诗是从中世纪的隐修士传统中衍生出来的,作者往往是教堂里的修士,这让异教的野性大自然与基督教的精神和书写原则以及宗教召唤融合在爱尔兰的自然诗中。事实上,正是这些自然诗中描写的"树上的神"从基督教的层层包裹中透出了传统凯尔特的另一个世界,用希尼的话说,"凯尔特的另一个世界的力量就盘绕在那里"(P 186)。一直到罗马人统治高卢的时代,这些自然神才有了人的外形。而这之前,它们都包裹在石头或树木之中,以"绿人"(green men)或"叶饰头"(foliate heads)的形态保存在基督教教堂的装饰之中。这也是为什么希尼翻译和创作疯子斯维尼的传说,因为 6 世纪被圣若南诅咒而变成一只能栖居在树上的鸟时,斯维尼代表的正是凯尔特的自然神在基督教的冲击下被禁锢、被抹除时留下的不多的凯尔特"树上的神"的痕迹。

爱尔兰的早期文学有四大叙述体系:神话体系(the Mythological Cycle)、乌尔斯特体系(the Ulster Cycle)、芬体系(the Finn Cycle)和列王体系(the Cycle of the Kings)。神话体系保留了前基督教时代爱尔兰的地方神话,不过其中的神和英雄大多被化为一代接一代的民族领袖,其中最有名的当然是关于达奴神族的故事;乌尔斯特体系顾名思义是讲述爱尔兰北部乌尔斯特地区的神话传说,其中最有名的是红派中的英雄库丘林;芬体系讲的是爱尔兰传说中的芬尼恩战士,尤其是其中的巨人英雄芬·麦克尔和他的儿子莪相;列王体系相对松散,有超过 140 本著作记载不同时代不同的爱尔兰国王的故事,最早的国王是拉布雷德·洛克,最后一位国王是布里安·布鲁,其中亚瑟王、大卫王、所罗门王等非爱尔兰国王也被收入,成为学者们争论的内容之一。

在如此众多丰富的神话体系中,希尼却选择了中世纪一个并不起眼的小国王斯维尼,显然是有他自己独特的考虑。斯维尼的故事应该在 10 世纪就已经出现,成形于 13—14 世纪,不过现存的手稿完成于 1671—1674 年,被称为《斯维尼之疯》(*The Buile Shuibhne*)。斯维尼(Sweeney 或 Suibhne)是乌尔斯特地区达纳拉迪(Dál nAraidi)国的国王,即今天安特里姆郡内伊湖附近。一天他被教堂的钟声吵得睡不着觉,发现是主教若南·芬恩(St. Rónán Finn of Magheralin)的一座教堂里的钟声。斯维尼怒气冲冲、赤身裸体冲到主教那里,一把夺过他手里的经书扔到了湖里。他本计划杀掉若南主教,可是这时他需要率军参加罗斯战役(The Battle of Mag Rath),这场发生于 627 年的战役被认为标志着达纳拉迪人独立的结束。本来出征前若南祝福过军队,但是斯维尼嘲笑了圣水,还杀死了主教的一位随从,甚至用矛掷向主教本人,不过掷到钟上,把钟打破了。于是主教诅咒斯维尼会被任何响声弄疯,他自己也会死于矛尖。斯维尼上战场后被战场的喧响弄疯,也有一种说法是他看到了天空中的异象而发疯。总之他逃离了战场,身上生出羽毛,像鸟一样从一棵树跳到另一棵树,甚至从一个山头跳到另一个山头,像鸟儿一样生活在树上。这样流浪了7年后,他被卡洛郡的圣莫林(St. Moling)收留在修道院中,圣莫林的妻子每晚都给他送去一罐牛奶。后来有谣言说两人有私情,于是圣莫林在妒忌中用矛刺杀斯维尼。斯维尼死在教堂的门口,但灵魂获得安宁,被圣莫林安葬。

希尼出版过关于斯维尼的诗集,即 1983 年的《迷途的斯维尼》(*Sweeney Astray: A version from the Irish*)和 1992 年的《斯维尼的逃离》(*Sweeney's Flight*),此外在诗集《苦路岛》的第三部分还有系列组诗"复活的斯维尼"("Sweeney Redivivus")。斯维尼的故事吸引希尼的显然不是基督徒诅咒的力量,而是斯维尼与自然之间的亲密联系。

> 我将快乐地生活
> 在常青藤丛中
> 高踞某个枝干缠绕的树上
> 永不出来。
>
> 云雀飞跃
> 到它们的高空
> 让我在沼泽地的树桩上方
> 啼转和跳跃
>
> 我的雀跃
> 把斑鸠赶出鸟巢。
> 我追上它,
> 我的翅膀挥动,
>
> 因受惊的丘鹬
> 或者一只画眉的突然
> 啼叫
> 而大吃一惊。(SA 41—42)

在序言中希尼说,"我曾经生活在一个有着树林和山丘的乡村,记得斯维尼所代表的树篱的绿色灵魂最初对我来说由一家修锅匠所体现,他们也叫斯维尼,常常在我最初上学的学校路边的沟渠背上宿营"(SA"Introduction")。对于生活在乡村的希尼来说,斯维尼就是他童年所熟悉的那个绿色的爱尔兰世界的象征。

　　如果说《迷途的斯维尼》还主要是对盖尔语的《斯维尼之疯》的翻译和改写，还比较受制于他人的叙述的话，《斯维尼的逃离》就更是希尼对这一神话故事的自由阐释了。这是一部与摄影师雷切尔·吉斯合作的诗画著作。如果只看书中的摄影作品，会以为这是一部风景画集，全部摄影都是爱尔兰的自然山水花鸟，没有任何人迹。显然，希尼更倾心于已经化为飞鸟的斯维尼，愿意展示的是斯维尼神话中爱尔兰的自然传统。整部诗集，无论配诗还是图片，教会从未出现。原来诗歌中莫林神父向上帝祈祷，斯维尼从昏厥中醒来走进教堂，灵魂升上天堂的部分都被希尼省略了。虽然斯维尼的墓地位于教堂，但在《斯维尼的逃离》中，站在墓前的"我"想到的只是山泉和大片的水田芹，称"它们的泉水就是他的纪念碑"（SF 78）。

　　《斯维尼的逃离》是以斯维尼的口吻叙述了作为鸟时的斯维尼在大自然中的感受以及对人的戒备。斯维尼一开始感到孤独和生活的艰辛，但是渐渐地他爱上了大自然的花草树木。

> 我爱古老的常青藤树，
> 叶子苍白的黄华柳，
> 桦树嘶嘶作响的旋律，
> 庄严的紫杉树。（SF 36）

　　即便如此，在自然世界的生活依然是艰辛的。希尼并没有一味做浪漫的讴歌，而是如实地描写了斯维尼的恐惧、沮丧，无处栖身，但是即便这样：

> 你尽管享受你的咸肉
> 和宴会厅里新鲜的肉类；
> 我会心满意足地生活在别处
> 在一簇簇的绿色水芹上。（SF 75）

　　如果说在《迷途的斯维尼》中斯维尼会走向教会并在基督教中找到灵魂的解脱，那么《斯维尼的逃离》则在斯维尼表达了对纯净清凉的山泉的喜爱后戛然而止，他至死都是一个自然的灵魂。而"我"站在斯维尼的墓边：

> 我请求一个祝福，来自斯维尼的坟墓
> 他的记忆在我的心中升起。

　　他的灵魂栖息在爱之树上

　　他的躯体沉入它的泥穴之中。(SF 78)

　　除了自然之神所包含的古代凯尔特神话传统外,有研究者认为斯维尼故事的吸引力还在于"它提供了深入认识一种'显然陷入新占统治地位的基督教精神与更老的不肯驯服的凯尔特气质的张力之中'的文化的机会,因此提供了进入两个彼此冲突的叙述传统的交叉点"①。"复活的斯维尼"就是放在诗集《苦路岛》中,作为"苦路"朝圣的一部分的。苦路原本就是一个极其浓重的基督教词语,是基督上十字架之前被迫背着沉重的十字架走过的路,其中停下来休息的十四处就被称为"十四苦路"。

　　不过问题是虽然身为天主教徒,希尼早就失去了对神的信仰。失去信仰的过程是一个缓慢的过程,当希尼终于认识到这一点时,他其实感到很难过,却不可能欺骗自己。因此《苦路岛》更属于一次良心的检视,而不是一次宗教的忏悔。(SS 234)事实上就像在第二部分"苦路岛"组诗中希尼终于摆脱了民族责任的重负,找到了自我一样,"斯维尼的复活"写的也不是斯维尼在宗教中复活,希尼甚至认为"攀登天堂"真正需要的是"迷信"(SI 120),迷信在这里指的并不是中文语境下的贬义性含义,而是像希尼由衷赞叹过的卜水者一样的爱尔兰乡村信仰。希尼肯定知道传统斯维尼故事中基督教的制衡作用,但是却更愿意接受爱尔兰神话中基督教之前的自然元素。

　　此外在爱尔兰,斯维尼常被视为诗人的象征,一种流离失所的局外人,内心充满悔恨,通过言语来与自己和解。希尼认为,"也可以把这部作品读为创造性想象与宗教、政治和家庭责任的限制之间的一种争辩"(SA"Introduction")。希尼一直希望自己可以获得斯维尼那种自由,可以走入他的声音,也让他的声音填满自己。斯维尼的逃亡有一种经历炼狱的色彩,但最终把他带向可以自由地讲述自己的故事的境界(SS 236)。因此与在自然和宗教的张力中更倾心爱尔兰的自然神话一样,在创造和责任之间,希尼最终选择的同样也是自由的创造。

二、地名诗

　　早期的爱尔兰诗歌中还有一类表达对某地的热爱,以及背井离乡的痛苦的特殊文学体裁,地名诗,通过地名来绘制当地的语言和文化地图。希尼

①　Andrew Murphy. "Heaney and the Irish Poetic Tradition". *Cambridge companion to Seamus Heaney*, p. 140.

曾说在爱尔兰有一个稳定的因素——土地，一个不稳定的因素——人。"我们必须从稳定因素——土地本身那里寻找连续性。"（P 149）这也是为什么土地在希尼的诗歌中占据着重要的位置，无论是乡村还是沼泽，摩斯浜还是格兰莫尔，土地对希尼来说都是他在北爱动荡不安的环境中获得连续性和安全感的因素。直到晚年，北爱问题基本和平解决，希尼迁居爱尔兰共和国，希尼自己的生活模式也基本定型，他才在诺贝尔文学奖的颁奖典礼上写出"走在空中"这样的话。正是对土地的需要和关注，让希尼成为最早重新发现爱尔兰诗歌传统中的"地名诗"的诗人之一。

"dinnseanchas"在字典上被解释为地形学（topography），不过从词源上，"dinn"在爱尔兰语中的意思是"名胜之地"，"sean"的意思是"古老"，尤其指那些当地的讲故事人，即可以提供古老知识的人，"cas"的意思是"扭曲"，可以指绳子的缠绕和编织。因此直译就是"编织关于名字的古老知识"，是一种古老的神话叙述体裁，指用文学故事对某地名的相关知识加以叙述。可以讲述地理面貌、风土人情、历史事件，也可以讲述个人经历、家族记忆等所有跟当地有关的内容，不过最多的是讲述地名是如何获得的。这里的"地"可以指居住地，也可以指战场、聚集场所，还可以指山川河流等自然地貌，前者会更偏向历史，后者则常指向神话。

地名诗不仅有诗歌，也有非诗体的神话、小说。事实上早期地名诗集就是一系列的散文短篇，篇后常常有一首四行诗，有时是几首四行诗。最早的地名诗集被认为是 19 世纪末惠特利·斯托克斯的《牛津大学地方志》（*The Bodleian Dinnshenchals*），其中收录的大多是公元 10 到 11 世纪爱尔兰中古时期的民间故事，以及 10—12 世纪的诗歌。而且最重要的是，就像斯托克斯说的，"这些文献构成了爱尔兰古代民谣的宝库，就我所知，完全没有受到任何外国因素的影响"。[①] 因此与爱尔兰的其他文学体裁相比，地名诗保留了更大比例的早期爱尔兰历史和文化。

早期的地名诗大多以口头的形式流传，这也意味着 10 世纪之前的神话故事保留下来的并不多，而且保存下来的最初目的也不是成为独立的文学作品，而是与神话大量交织在一起。当然也有关于宗教人物的神话，这里有趣的是，与爱尔兰的主保圣人圣帕特里克有关的地名诗并不多，只有一个关于梅奥郡卡拉湖的地名神话。按照该神话的说法，当圣帕特里克来到卡拉时，一群鸟儿来迎接他，它们的翅膀把湖水拍得像牛奶一样白，因此今天的卡拉湖最初就叫"Findloch Cera"，意思是"卡拉的白湖"。

---

① James Carney ed. *Early Irish Poetry*. Cork：The Mercier Press，1965，p. 62.

目前保存下来的诗体地名诗大多是匿名创作的,有的则归给神话传说中的英雄,比如传说中的爱尔兰巨人芬·麦克尔,或者6世纪的爱尔兰基督教圣人圣哥伦巴。有的署名的诗人寂寂无名,现在已无从考证生平与创作,不过也有几首的作者是10或11世纪的著名诗人。有一首诗的作者是9世纪的爱尔兰著名诗人穆鲁,他887年的辞世在《乌尔斯特编年史》中得以记录。

比如这样一首关于埃塔弯道(Bend Etair),即今天都柏林郊区的霍斯角的地名诗:

> É'tar, étan ri dílind,
> in clár cétach tuath Cualaind,
> ni fail aslaig ar Hérind
> congair glas-muir ria gualaind
>
> A gualu dess ri Dothra,
> Ruirthech ria chness co feochra,
> fachta tuili, tond aitlzbe,
> aichre ri trachta trethna.
>
> (埃塔,阻挡洪水的眉棱
> 库阿鲁北面百倍强劲的屏障,
> 爱尔兰的任何一处都不可动摇
> 灰色的大海在它的肩头咆哮。
>
> 它的右肩是道德尔
> 利菲河在它旁边狂野冲击,
> 涨潮之始,退潮之浪
> 大海激烈地冲刷着海滨。)

从这首诗中可以看到,地名诗以传递知识为主,因此有的研究将地名诗称为一门关于地域知识的科学,也是不无道理的。事实上这类文体没有一般诗歌所有的强烈情感或政治立场,甚至很多地名诗都缺少诗歌的优美。因此很多地名诗的真正作用不在于叙述的内容,而在于名字的被提起、被传唱、被记忆,在于对土地的呼唤中获得的稳定感。而在当代,对古老地名及其传说的记忆更包含着对传统的召唤,具有时间和空间的双重根基。

　　希尼自己也创作了不少地名诗,如诗集《北方》中的《摩斯浜》和《贝尔德格》("Belderg")、诗集《在外过冬》中的《土摩》("Toome")①、诗集《域与环》中的《莫约拉》("Moyulla")等等。其中 1971 年出版的诗集《在外过冬》中的《安娜莪瑞什》("Anahorish")和 2006 年出版的诗集《域与环》中的《1944 年的安娜莪瑞什》("Anahorish 1944")都写了同一个地方。"安娜莪瑞什"是希尼出生之地的山丘,在盖尔方言中意为"清水之地",希尼的小学就是在安娜莪瑞什小学上的,那是一所天主教和基督教学生混读的小学。

> 我的"清水之地"
> 世界第一山
> 那里泉水奔涌
> 冲刷着亮晶晶的绿草
>
> 和河道底部
> 发黑的鹅卵石
> 安娜莪瑞什,辅音的
> 柔软的斜坡,元音的草地,
>
> 冬夜里
> 灯笼的余辉
> 从院子中摇曳而过
> 伴随着提桶和手推车
>
> 那些土丘上的住户
> 在齐腰的雾中
> 去打碎井中和粪堆上的
> 薄冰。(WO 16)

　　在这首诗中,希尼并没有去追溯安娜莪瑞什的历史故事,只是从盖尔语的含义中包含的地理风貌出发,描写了当地的风光和当地居民的生活,而且

---

　　①　后来希尼还创作过《田野工作》中的"土摩路"(The Toome Road)和《电灯》中的"在土摩桥"(At Toome Bridge)。

对生活内容的选择也是与这一地理风貌一致的：晨雾中的薄冰突出了此地的清水和山丘的特点，黎明中摇曳的灯笼则烘托出此地的偏远和静谧。

如果说地名诗大多数是讲述某地的神话传说，从而将文化维度纳入地理空间，赋予空间以历史、文化乃至政治的厚度，那么希尼则选取了地名诗中自然地理那一类，回到地理因素本身，描写地理地貌对人类生活的影响。前者是人类的历史赋予地理空间以意义，后者是地理空间决定人类历史的面貌。爱尔兰是一个有着丰富神话和宗教传说的国度，叶芝领导的爱尔兰文艺复兴运动正是认识到了这一点，从而把复兴凯尔特的神话和传说作为自己的重要使命。可是有趣的是，在希尼所有的地名诗中，他都没有去追溯该地的神话和历史含义，或者更确切地说，希尼都没有去选择那些有着取自神话和文化故事的地名，而是回到了土地本身。希尼的地名诗更多描写的就是《安娜莪瑞什》式的地理特征与当地生活之间的互动，人在这里不是与神话，而是与地理文化联系在一起。强调地名的地理特质而不是文化特质，但同时又执着地使用地名诗这一传统文化体裁，显示了希尼对传统不同于爱尔兰文艺复兴运动的解读。正如希尼说的，人是不稳定的，土地是稳定的，要赋予动荡的现在以历史的稳定，真正应该作为根基的是土地本身。

《1944 年的安娜莪瑞什》实际上并非地名诗，在这首诗里，希尼反倒记述了历史事件：

> 美国人到来时我们正在杀猪。
> 一个星期二的早晨，阳光，地沟里的血
> 在屠宰场外面。从大路上
> 他们就能听到尖叫声，
> 然后听到叫声停了，并看到我们
> 戴着手套，系着围裙，走下山。
> 他们排成两列，肩上扛着枪，行军前进。
> 全副武装的汽车、坦克和敞篷吉普车。
> 晒黑的双手和双臂。不为人知，没有名字，
> 向诺曼底行进。
> 并不是我们那时知道
> 他们要去哪里，我们像孩子一样站着
> 他们像我们抛来口香糖和一管管的彩色糖果。（DC 7）

这首诗以一个回忆者的口吻记录了 1944 年美国援军出发去参加 1944

年 6 月 6 日开始的诺曼底登陆战。虽然诗中没有说具体的日期，不过根据传记是在希尼还是儿童的时候，那时"我们"尚不知道军队要去的地方。在历史记载中英国、美国和加拿大部队是从英国南部的若干港口出发，渡过英吉利海峡登陆诺曼底的，爱尔兰在其中所起的作用几乎没有记录。希尼则用当地人的"回忆录"这一历史叙述形式，做了这一历史的见证。希尼并没有站在战争胜利者的"正义"一边表达敌我立场，而是用杀猪的意象暗示了即将发生的人类大规模杀戮和伤亡，表面的平静友爱下流淌着血腥和杀戮的不安。

对比《安娜莪瑞什》和《1944 年的安娜莪瑞什》，可以看到历史的记忆并不能带给希尼平静，给他稳定感的反而是土地本身。安定感并不取决于是哪个地方，真正决定性的是对土地的态度。地名诗在希尼的眼中是对土地的依恋，或者说从骨子里希尼始终是那个生活在乡村的少年。

三、幻景诗

《被遮蔽的爱尔兰》这本书对希尼产生了深远的影响。希尼的老师会带领他们朗诵其中的选段，用希尼自己的话说，他被诗歌情境所包含的哀伤情绪深深打动，"把自己视为这些小屋里的爱尔兰语诗人的继承者"（SS 41），是他们的后代听众。

《被遮蔽的爱尔兰》中有一章专门讲述了爱尔兰特有的一种诗歌体裁"幻景诗"（Aisling），也称"梦幻诗"（Vision Poem）。被认为最早创作了成熟的幻景诗的 17 世纪末 18 世纪初的爱尔兰诗人奥·拉伊利在《被遮蔽的爱尔兰》中有专章呈现，而幻景诗传统同样在希尼自己的诗歌创作中得到相当充分的展示。

幻景诗产生于 17 世纪末 18 世纪初。当时的爱尔兰文化尽管在英国殖民者的压制下一贫如洗，毫无希望，但是幻景诗却在那个时期形成一股强劲的文学传统，音乐性极其丰富，而且并无粗鄙之感。那个时候，除了文学和音乐，贫弱的爱尔兰没有其他任何艺术形式，因此幻景诗可以说汇集了那个时代爱尔兰艺术家的精华，诗歌和音乐几乎成为爱尔兰人表达自我，抒发情感，为自己争取一席之地的唯一领地。在这个过程中，倾诉爱尔兰所遭受的蹂躏和经受的苦难无疑会成为表达的主要内容。可是在 18 世纪之前的爱尔兰，在英国的殖民统治之下，民族苦难和民族反抗无法直接进入文学，于是爱尔兰诗人就把这一主题化身为受难的女性，用爱情故事来掩盖民族主题：女主人公遭受的蹂躏和痛苦正是爱尔兰民族的痛苦，而女主人公对英雄的呼唤也是爱尔兰人对争取民族独立的勇士的呼唤。因此爱尔兰的幻景诗是一个具有高度民族政治内容的文学传统,叶芝在戏剧《胡利痕的凯瑟琳》中运用的也是这一文学传统。希尼在北爱问题最激烈的时候,也在《北方》等诗集中使用了这一诗歌传统。

幻景诗一般采用古英语诗歌和民间诗歌所用的重音韵律(stressed meters)①,而非之前占主导地位的法语诗歌的音节韵律,也非后来经典英语诗歌大多采用的音节重音韵律。鉴于很多古英语诗歌属于凯尔特文化体系,因此幻景诗采用重音韵律可以说是对凯尔特文化的继承。而且这种相对不受限制的韵律模式正与爱尔兰创作幻景诗的那些四处漫游的行吟诗人的生活状态和精神状态一致。

幻景诗可以说是从传统的梦幻诗延伸出来,最后形成独立传统的一个诗歌体裁。比如《爱尔兰历史》的作者,诗人杰弗里·基廷(1570—1650)就有一首诗歌描写一个人在斯拉尼河边漫步的时候坠入梦乡,梦见一位温柔明媚的年轻少女悲伤地哭泣,醒来之后这个人就变成了出口成篇的诗人。不过这首诗里的少女还不是后来幻景诗中普遍存在的爱尔兰的化身,而是爱尔兰神话中爱与美的女神克莱娜,克莱娜在一些神话中也被描绘为报丧女妖(Banshees)的首领。不过这一梦中女性的模式开始了后来的幻景诗传统。

最早使用"aisling"一词的则是 18 世纪初的盖尔语诗人拉伊利,而且是他第一个描写幻景中的女性恸哭詹姆斯二世党人的流亡。从这里开始,幻景诗被与詹姆斯党人结合在了一起,幻景诗成为詹姆斯党人的诗。18 世纪的幻景诗一般都有一个共同的模式:一位诗人为爱尔兰所陷入的悲惨境地感到悲伤,陷入睡梦之中,在梦中一位明媚如女神的女子走向他,经过询问后女子告诉诗人,她就是爱尔兰(Erin),她因为自己真正的伴侣流亡欧洲大陆而悲伤。

这个逃亡欧洲大陆的配偶既可能指 1607 年最后两位重要的盖尔天主教首领蒂龙伯爵休·奥尼尔和泰尔康奈尔伯爵罗里·奥唐奈,两人的流亡欧洲大陆意味着天主教反对者退出北爱尔兰,导致了所谓的"乌尔斯特殖民";也可能指 1690 年詹姆斯二世在博因战役彻底失败后,次年爱尔兰所有的天主教军队在指挥官萨斯菲尔德的率领下在利默里克投降,萨斯菲尔德和他的数千名部下流亡法国,加入路易十四的军队,后被称为"野鹅"。这次流亡奠定了北爱新教徒对天主教徒的胜利。不论是哪一代流亡者,其背后

---

① Daniel Corkery. *The Hidden Ireland : A Study of Gaelic Munster in the Eighteenth Century*. Dublin: Gill and Macmillan, 1924, 1996 version, p. 128.

的历史事件都是北爱的丧失和北爱天主教徒的失落。因此爱尔兰的幻景诗一般主题是哀悼爱尔兰自己的国王已经逝去,爱尔兰民族的纽带已经断裂,爱尔兰的土地被暴徒所侵占,爱尔兰的子孙流亡于世界各地。在这样的背景下,这一诗歌体裁对陷入北爱冲突的漩涡中的希尼无疑是非常具有吸引力的。

但是希尼不可能将幻景诗作为自己创作的主要体裁,甚至不会将其作为描述北爱政治处境的诗歌的主要体裁,因为正如幻景诗是与詹姆斯党的政治活动密切相连的,在詹姆斯党人的复辟活动失败,主要成员流亡欧洲大陆后产生的幻景诗也更多是表达一种无助绝望的悲伤情绪,不像复辟诗那样还有作为希望基石的国王。幻景诗主要以哀叹为主,很少希望。也正因为如此,达尼尔·科克里说,"它们没有感动我们,它们让我们迷惑。或者如果有人竟然被感动的话,也不是因为或为了他们所吟唱的事业"。[1] 之所以迷惑,科克里说,一是因为诗中的愤怒情绪,二是因为这样的才华竟然浪费了,三是因为在这样贫瘠的土地上竟然还会有如此多的听众。之所以认为诗人的出色才华竟然被浪费了,是因为幻景诗的内容非常简单,但与此同时,诗歌的表达与诗歌的内容又截然相反,充满诗意,使一段原本不成为文学的文字变成了诗。之所以惊叹如此贫瘠的土地上还有这么多的听众,因为幻景诗作为对逝去的历史的哀叹,而不是用悲痛化作力量,号召人们争取更加幸福的未来,其实宣泄性远大于实用性。但是另一方面,对于在贫瘠且被剥夺的土地上挣扎的爱尔兰乡村居民来说,当他们光着脚在田里聚集在一起的时候,这样的宣泄性诗歌可能更能够被他们所理解和需要。

在《北方》中,希尼专门写了一首题为《幻景诗》的短诗:

> 他向她献着殷勤
> 用已经朽败的甜言蜜语
> 就像风的元音
> 吹过榛树林
>
> "你是黛安娜……?"
> 他曾是亚克托安
> 他高声的哀叹

---

① Daniel Corkery. *The Hidden Ireland : A Study of Gaelic Munster in the Eighteenth Century*, p. 132.

牡鹿渐渐消逝的铃声？（N 48）

　　这首诗用了古希腊神话的典故。黛安娜是奥林匹斯主神中的月亮女神，也是贞洁女神，曾发誓永世不嫁。一次她在洗澡时被猎人亚克托安无意中撞见，恼羞成怒的黛安娜将亚克托安化为鹿，被自己带来的猎犬咬死。意大利著名画家提香就有一幅名画叫《黛安娜与亚克托安》，讲述这件事情。

　　这里希尼显然修改了故事的细节，亚克托安的无意之举变成了花花公子的有意戏弄，这样，黛安娜对亚克托安的惩罚就不像神话故事中那么残忍，亚克托安也不像提香画中表现得那么纯洁无助，令人同情。而这里希尼对男女双方关系的修改，正符合幻景诗中女性象征被凌辱的爱尔兰这一传统。幻景诗除了哀叹恋人的离去外，有的也会描写一位女性被男性抢夺或强暴。这个女性当然依然是爱尔兰的化身，而这个男性就是英国殖民者。因此在这里希尼看似重新讲述着历史神话，其实讲述着幻景诗传统中男性的英国对女性的爱尔兰的调戏和玩弄。但与此同时，在这里希尼看似重新讲述着幻景诗的故事，诗中的女性却获得了幻景诗中未曾有过的力量和主导地位，并且最终像黛安娜惩罚亚克托安一样，让英国男性的钟声消亡。无论神话还是幻景诗在这里都被改动了，但同时却又留下了叙述的传统痕迹。通过这样使用幻景诗体裁，希尼不仅避免了詹姆斯传统的幻景诗那种一味地感伤哀叹，还用神话修改了这一传统。换句话说，希尼通过这样的叙述指出，历史存在着不同的叙述方式，重要的是选择如何叙述。

　　事实上，希尼也在很多非幻景诗的标题下，继续了被男性英国欺凌的女性爱尔兰的故事，其中一个重要的系列就是《北方》中的沼泽诗。沼泽（Bog）作为爱尔兰的标志性地貌，无疑会被希尼选为爱尔兰的象征。借助幻景诗传统，希尼塑造了"沼泽女王"这一形象（N 32—34）。沼泽诗是希尼对爱尔兰与英国的关系模式的有意识的改变。通过大获成功的沼泽诗，希尼使得作为爱尔兰代表性地貌的沼泽在语言和知识层面凸显出来。希尼甚至用《沼泽地》一诗作为《通向黑暗之门》的结尾，因为它实际上开启了许多过去被屏蔽在黑暗之中的历史、文化与生活，用希尼的话说"新的坐标已经被建立"（SS 90）。希尼在诗中赋予沼泽地的形容词"无底的"对于希尼来说有着重要意义，因为沼泽并不是希尼所要寻找的东西本身，它是一个通向爱尔兰文化的通道。此外，沼泽的"无底"也代表着希尼对爱尔兰文化的界定：这不是一个单一固定，可以挖掘到底的文化，在爱尔兰的问题上不但没有结论，相反，意想不到的事情永远可能。沼泽对希尼来说"让我们的过去不朽，

这样一次又一次,铲起的一块草皮就打开了通向一个不同时间的大门".①

对于 19 世纪的爱尔兰文艺复兴运动,希尼认为"从本质上说起源于纠正文化帝国主义的高压这一正当的愿望"(PW 38)。但另一方面,希尼也清楚在对凯尔特文化的提倡中多少包含着逃避现实的幻想因素,甚至其中包含的种族姿态最终成为爱尔兰共和军等种族分裂主义者的工具。希尼称前者为"一种补偿性的幻想"(PW 38),后者是它的政治同等物。事实上到了 20 世纪后半叶,爱尔兰的诗歌领域已经越来越不愿意再使用 19 世纪那些"拔高、敦促和告诫"的语言,被爱尔兰文艺复兴运动奉为圭臬的凯尔特神话传说同样不是希尼所要回归的。希尼要呼唤传统,也恢复着传统,但是另一方面,他在使用这些传统文体时又不囿于传统。虽然希尼没有像今天更多的人那样,意识到凯尔特文化自身不过是一个虚构的民族叙述,但是他凭着诗人的自由心灵,坚持在传统中用自己的方式发声。

第三节　叶芝

希尼读大学期间,叶芝并没有对他产生很大的影响。一直到 1963 年到圣约瑟夫教育学院任教,以及后来到女王大学任教,希尼才开始阅读叶芝,这主要是讲课的需要。希尼说他真正认真阅读叶芝要到七十年代,不过那时他不仅阅读叶芝的诗歌,还阅读他的散文作品和传记,因为"那时我最需要他"(SS 191)。在爱尔兰诗歌领域,如果说卡瓦纳在希尼开始创作时对他产生了影响,那么叶芝就是在他需要继续提高时影响了他。对于叶芝的诗歌和各类叙述,希尼几乎可以说烂熟于心,写文章的时候会经常引用叶芝的词句来论证自己的看法,更不用说直接通过分析叶芝和他的诗歌来阐述自己对诗歌的理解了。比如用叶芝的"艺术/不过是现实的幻象"来证明诗歌与修辞和抒情的不同(PW 37)。在一篇评论叶芝诗集的文章中希尼说,"当我们想到叶芝,一座塔就竖起,一个语言石碑之梦,四方、笔直、主宰一切"②。

一、想象与现实的矛盾

在希尼的眼中,叶芝呈现出非常复杂,乃至相互矛盾的形象,这种矛盾

---

① Mary Leland. 'Holy Ghosts, Early Voices.' *Irish Times* (July 7, 1975): 3.

② Seamus Heaney. 'A New and Surprising Yeats.' *The New York Times*, March 18, 1984.

的诗人形象在希尼的笔下是不多的。比如叶芝非常在意外表,他曾经把袜子破洞处的脚涂黑,以便跟袜子一个颜色。据苏格兰神智学家邓洛普说,他去拜访叶芝的时候,叶芝家里的墙上挂着威廉·布莱克和其他艺术家的作品,叶芝的前面放着荷马史诗,叶芝坐在扶手椅上抽着雪茄,再加上随处可见的书和纸,给邓洛普一种献身于美的天才艺术家的感觉。邓洛普这样说的时候,不无对叶芝在装腔作势的暗示。叶芝的反对现代性,叶芝喜爱"大房子"的势利,叶芝的反民主倾向,这些都曾被人诟病。希尼深知叶芝一生,以及他去世后都不断受到批评,指责他在信仰上刚愎自用,在行为上疏远冷漠,在概念的使用上古怪反常(P 101)。

但另一方面,希尼指出,叶芝的作品中有着某种达到完美的东西。叶芝的诗歌在希尼眼中有一种内在的全面考虑、对自我的忠实、对个人生活和历史生活中的结局的清醒,而且所有这些从未消减。在希尼看来,叶芝年轻时代做的所有努力,从艺术追求到民族热情,从回到传统到走向社会,"最终目标是服务,把个人所做的努力运用到更大的群体工作之中,成为一个整体"(P 106)。对叶芝的这一追求希尼完全认同,因为"我们时代的精神是更认同那种民主要求的"(P 106)。这种高傲与民主的矛盾,深深镌刻在叶芝的言行之中,而且更重要的,镌刻在叶芝的艺术之中。

与人格相比,希尼更强调叶芝的艺术,因为他清楚地看到叶芝的人格最终也服务于他的艺术。叶芝从来不会满足于活着,因为他需要词语,需要姿态,需要戏剧,需要超越。"他的事业伊始之际,叶芝就强调和认识到了艺术不同于生活,戏剧不同于行动,到最后,他活动于他看事情的模式之下,就像活动于某个看不见的影响和防御圈"(P 99)。他的《长腿蝇》("Long-legged Fly")一诗显示出坚信艺术活动"具有某种绝对的合法性。……艺术可以睥睨历史,想象一旦孵出和掌握了事件背后的秘密,就可以蔑视事件"(P 99)。正是这种信念让"叶芝的艺术想象常常处于一种只能用阴茎崇拜来准确形容的状态"(P 100)。不过对于这种状态,希尼说,"就个人而言,我在这一立场的坚定不移上找到很多可崇拜的地方"(P 100)。

希尼认为在艺术性上,叶芝诗歌的艺术结构其实始终稳健如钟,在叶芝的诗中能看到"结构的意图性,音乐下面流动着思想的坚定驱动力"(P 87)。希尼认为,地点对于诗人,就如支点对于阿基米德:有了合适的支点,阿基米德可以撬动地球;找到了适合自己的空间,诗人的灵感就会被激发。在叶芝这里,这个地点就是他那位于高尔威郡的巴里利塔(Thoor Ballylee)。但是希尼也注意到,"诗歌想象在其最强烈的表现中是把它的想象加到地域之上,而非接受来自地域的想象"(PW 20)。这一点在叶芝 50 岁后尤其突出,因为此时在叶芝与他所处地点的关系中,想象更占主导位置,可以说是他创造了一个想象的空间。希尼将叶芝与他的地点的这种变化关系更精确地概括为乡村创造了这一想象的头脑,头脑转而又创造了诗歌,而诗歌又创造了想象中的这一乡村。此时的乡村固然与最初的乡村有所不同,但是很难说就不是这个空间,因为空间原本就不仅仅是一个地理位置,而是包含着想象①,只不过叶芝更加大了这个空间的想象维度而已。不过这种用想象再造空间的方式并不是艺术家只能拥有的唯一方式,哈代与空间的关系就是接受的而非赋予的,是被动的而非强制性的,"承载着被赋予的生活而非压服它"(PW 21)。即便在哈代自己在多塞特郡设计建造的马克斯门别墅(Max Gate),也只是与周围建筑浑然一体的一个普通住宅,丝毫不凸显居住者的独特身份或独特想象。

在诗集《塔》中的同名诗《塔》中,巴里利塔在作为传统的象征和贵族价值的代表之外,还被赋予了另外一层空间含义:一个通过表述而获得存在的场所。希尼认为,"那种听见之物里面的庙宇、无可否认的听觉建筑、写下来的穹顶、诗歌形式的坚固、到位和不可能不入住的感觉,这是叶芝给我们这个世纪的伟大礼物之一"(PW 32),换句话说,在叶芝的诗中,空间形式与诗的声音和诗的语言交融在一起,使得叶芝的诗歌获得空间才具有的坚定和容纳的感觉。而所有这些,希尼认为,都得恩于巴里利塔。其实巴里利塔在被叶芝书写之前什么都不是,是叶芝的想象让它成为"被书写之所"(PW 32)的同时,也成为"书写之所"(place of writing)。

不过对于场所,叶芝深刻地明白这个场所并没有地基,或者说叶芝怀疑地基是否存在,这个地基可以被称为终极价值或终极信仰。这种怀疑并非因为巴里利塔是被想象的,而是因为这个世界的中心已经瓦解。希尼曾经在《消失的岛屿》("The Disappearing Island")一诗中用航行者圣布伦丹(Saint Brendan the Navigator)的故事来表现这种场所根基的瓦解。圣布伦丹是爱尔兰5世纪末6世纪初的基督徒,8世纪的《布伦丹游记》中记载了他当年与其他几位修士在大西洋航行,寻找并抵达"上帝应许之地"的冒险故事。在记载中,布伦丹一行曾登上一块荒芜的岛屿,并在那里搭灶生火,准备长期在此苦修。结果第二天一早,这个岛屿就翻了个个儿,原来他们登上的只是一个巨大海怪的脊背。在《消失的岛屿》结尾处,希尼说,"支撑着我们的岛屿似乎坚固可靠/ 只是当我们在绝境中拥抱它的时候/我相信在那里存在的一切却不过是幻影"(HL 50)。

---

① 巴什拉:《空间的诗学》,张逸婧译,上海:上海译文出版社,2013年。

　　事实上巴里利塔只是叶芝一家的夏日别墅,而且也只住了 10 年,之后就再没去住了。但是在叶芝的心目中,巴里利塔与高格调、仪式感是联系在一起的,同时也与盎格鲁-爱尔兰传统联系在一起。甚至也就是在他不再去巴里利塔居住的那一年,叶芝出版了诗集《塔》,5 年后又出版了《旋梯》。这意味着巴里利塔即便不再是住所,也已经深刻地刻入了叶芝的想象,成为他的想象的重要部分。巴里利塔始于中世纪的悠久历史赋予了这个地点不同于日常生活的想象维度,巴里利乡间古老但如画的风景也让巴里利塔不同于中产阶级的常见世界,而且在巴里利塔的设计和装修上,叶芝都倾注了自己的想象和期望。因此希尼认为,巴里利塔对于叶芝来说与其说是他的住所,不如说是他内心世界的外部符号,"建筑的姿态呼应着他要获得的姿态"(PW 24—25),巴里利塔早就是一个被叶芝想象和塑造了的空间,之后又作用于叶芝的情感和想象。

　　但是叶芝的出生地其实是都柏林的山狄蒙特街,这个住处与周围的中产阶级住宅别无二致,因此也没有被叶芝赋予特别的意义,在叶芝的想象乃至今天都柏林的文化阅读中都没有凸显出来。叶芝的巴里利塔之外的其他住处同样如此,它们"从来没有成为象征符号。它们是叶芝用来安置自己那未被书写的自我的地方"(PW 22)。叶芝所生活的时代,其实是一个贵族衰微的时代,叶芝也清楚地认识到新教徒在爱尔兰的主导地位必将随着爱尔兰的独立,让位给天主教传统。但是他为凯尔特文化的复兴不遗余力地摇旗呐喊的同时,在内心情感上,尤其在价值观念上,他却自觉地站在新教一方,对骑士精神和贵族价值的丧失感到失落。不过与那些顽固的保守主义者不同,叶芝对这一变化所抱的态度更为平静,无论后代是否能够避免古堡的倾圮,甚至古堡是否落入邻居的手中而被更改,他都能够平静地接受,因为就像叶芝在《内战时期的冥思》("Meditations in Time of Civil War")一诗中说的,"不管如何繁荣或衰落/ 这些砖石依然是他们的也是我的纪念碑"。值得注意的是,叶芝在这里虽然以一种安于天命的态度接受即将发生的变化,他依然将自己归入那即将消失的传统和群体,同时把忙于赚钱、忙于玩乐,以及"与傻瓜结婚"都归于城堡衰败的造因之中。他高扬着乡村文化的旗帜,但是与此同时,大多数乡村平民其实是傻瓜。这里的矛盾性也是他为人的矛盾性的折射。

　　因此叶芝一方面坚定地相信艺术创作的价值,一方面也"随时准备质疑它的有效性"(PW 33)。希尼清楚地感受到叶芝在对世界和艺术的绝望与信任之间的矛盾挣扎,而且认为正是这种冲突中包含的真实赋予了叶芝的艺术创作以不可否认的意义。希尼将叶芝的这种绝望和努力形象地比喻为一个中空的轮子上的辐条,虽然是空的,但是必须努力向前滚动,就像贝克特笔下的人物一样,"继续去拒绝继续"(PW 34),或者概括地说,就是"心灵那不可战胜的积极肯定的冲动,与头脑那将那些冲动讽刺挖苦为只满足自己需要的虚构,两者之间存在的辩证法"(PW 34)。

正是因为看到了叶芝的这一矛盾,虽然希尼承认叶芝用想象将巴里利塔构筑为创作之所,一个在崩塌的世界里牢固防守的空间,但是希尼的深刻之处在于,他并不像很多评论家那样,天真乐观地宣扬诗歌的想象空间可以对抗真实的世界,相反希尼深刻地看到构筑这个诗性空间的叶芝对这个空间所守护的价值的怀疑。因此希尼指出巴里利塔在叶芝这里绝非心灵的象牙塔,相反它是"荒诞性的代表"(PW 35)。不过希尼并不认为这种与乐观的象牙塔正相反的怀疑是一种失败,相反他认为正是因为叶芝并不逃避到象牙塔中,而是直面可能的虚无,才让"诗歌真正是对现实的洞察,创造性的想象真正具有寻找真实和增加真实的能力"(PW 35)。

事实上,在北爱冲突时期,生活在贝尔法斯特的希尼同样面临着在一个崩塌的世界里为自己构筑一个想象的空间的问题,而且正像叶芝坚持修造巴里利塔一样,希尼坚持在外部的政治冲突中,坚守自己的艺术世界。但是也正像叶芝一样,希尼并不简单地用艺术的象牙塔来碾压现实,回避现实,相反他像叶芝一样痛苦地思考这个艺术空间本身的价值和力量。诗人确实常会处于所写的一切都可能是幻景,有着并不可靠的主观性这一怀疑之中,但另一方面,正是梦境般的幻景让诗歌超越了日常世界的苍白乏味,并且"要求那被唤醒的想象力对它的认同"(PW 55)。对于这种"将梦幻置于真实之上"的立场希尼并不反对,只不过他坚持想象的空间都必须直面真实的空间,而不是一个完全虚幻的逃避之所。希尼承认现实更像一头猪,诗歌不是被动地接受现实,而是必须用想像去碾压现实,或者用爱尔兰作家乔伊斯的话说,在他的艺术的熔炉里锻造出爱尔兰人还未被锻造出来的良心。因此希尼指出,就像乔伊斯的创作一样,虽然写作之所是被想象的,但是这个想象依然立基于对现实的巨细无遗地直视、表现、拷问和锻造之上。正是因为坚持"寻找真实和增加真实",希尼的诗歌才没有变得空洞、虚幻,而是始终毫不回避地正视生命中的冲突,并在冲突中寻找意义,从而使得他的诗歌有了重量和力量。

二、艺术家走入群体与保持距离

叶芝诗歌中的矛盾,本质上是艺术家个体与大众群体之间的矛盾。七十年代北爱冲突的加剧,以及希尼当时在诗歌中努力寻找自己在所处时代和环境中的位置和立场,让他对叶芝作为一个异议者和一个市民所具有的情感和疏离,以及对叶芝诗歌中巨大的力量有了深刻的洞察,也开始欣赏并学习叶芝把日常生活中的碎铁锻造成洪钟的能力。对于七十年代的希尼来说,叶芝起到了音叉的作用,希尼《田野工作》的《横祸》一诗在韵律上就是模仿叶芝的《渔夫》。此外,叶芝在爱尔兰动乱期间的经历,也让经历过北爱动乱的希尼产生共鸣,并对诗歌所具有的将心底的复杂情绪表现出来的作用更加有信心。希尼经常引用叶芝的话说,诗人即便在最自在的时候,也不会是"一堆偶然和凌乱的东西,坐在那儿吃早饭;诗人会在诗中新生为一种理念,某种有目的的完整的东西"(P 100)。叶芝对待艺术和生活之间的矛盾的态度尤其启发了希尼,叶芝曾说:

> 人类的智慧不得不选择
> 生活的完美还是工作的完美
> 如果选择后者就必须拒绝
> 天堂般的别墅,在黑暗中抓狂。(P 100)

希尼觉得叶芝最让他倾慕的是他并没有让两者势不两立,他把修辞继而转化为了行动。他会去宣传、演讲、筹集资金、领导并从政,但又都是为了让他的想象世界更加丰满。他不满足于把想象世界只变成文学爱好者阅读的书籍,而是把这个世界带入那些不读文学的人那里。用希尼的话说,"我仰慕叶芝那种用自己的观点来呈现这个世界,界定哪些领域是他可以商量的,哪些是不可以商量的;那种他从来不接受其他人在争论中提出的条款,而是提出自己的条款。我觉得这种专制,这种看起来的傲慢,是艺术家所特有的,他坚持自己的语言、自己的视阈、自己的权限范围,是合理的,甚至是必须的"。(P 101)叶芝既是艺术家,又是神秘主义者,又是凯尔特文化的拥护者,又是一个宣传活动家,而所有这些身份非但没有造成身份的困扰,反而相辅相成,这也让希尼觉得深受启发和鼓舞。显然,叶芝不仅启示了希尼如何写诗,更启示了他如何做一个诗人,启示了他如何处理艺术原则与社会要求之间的矛盾,而这个矛盾是夹在北爱的政治冲突中的希尼正困惑和痛苦的。

希尼主张诗歌必须超越诗人个人的经历和思想,作为天线捕捉和传达集体的声音,叶芝同样强调诗歌所唤起的"非个人的、扮演的、面具式的表述"(GT 149),这尤其体现为叶芝的"人格"(persona)理论。对叶芝来说,诗人就是声音通过他而传递出来的人,也即"人格"一词的词源"personare"

所具有的"声音透过"(GT 149)这一含义。诗歌所获得的不可动摇的风格代表了对主体性的胜利,也代表了被原型声音所占有,这样,全体人类所获得的知识和经验就潜存到了诗歌之中,得以被大家分享。这里诗歌所获得的,是它具有的普适性,而这正是它的合法性所在(GT 149)。希尼认为叶芝的《长足虻》表现的就是"生机勃勃的宇宙……在他的内心深处共鸣"(GT 163)。这首诗已经超出了诗人的控制,与更大的力量建立起直接的联系。

　　《长足虻》显然带给希尼非常大的触动,经常被希尼提起。这首诗把人类思想在静寂中的滑动比喻为一只长足虻的舞步,不过由于人类的场景跨越面对战图的凯撒、跳舞的少女和艺术创造的米开朗基罗这些不同的时代和背景,这让希尼认为这首诗的每个部分都同时包含字面和象征两种含义。它的声音有着石头般的清晰,意象则深深刺入。不过最主要的,对希尼来说,这首诗卓越地捕捉住了"个体生命中的创造性时刻,与这一孕育时刻对整个历史的影响之间的关系"(P 77)。而这对思索着诗歌如何产生、诗歌何为的诗人希尼,有着重要的启示作用:创造者的头脑一方面接受历史事件的喧嚣,一方面又承认静止时刻所具有的绝对性,承认在历史的洪流这一背景下,静止的躯体中运作的头脑所具有的毋庸置疑的力量。

　　叶芝曾经对英国诗人托马斯·史特格·摩尔说,自己的一切艺术理念最终都可以归结为"让神话扎根于土壤"(PW 47)。叶芝年轻时代住在斯莱戈时,从祖父的仆人那里听到了关于仙女们的故事。成为诗人后,他希望为自己的文化寻找身份标记,一个可以使他与英国其他文化区别开来的地方,最后他转向的就是那些农村人嘴里的魔幻世界,"这是一种有意识地对抗维多利亚后期英国的理智主义和物质主义的反主流文化"(P 101),他称之为凯尔特的曙光。叶芝出版了好几部爱尔兰民间传说、故事和神话集,而且会反复强调这些故事是他从某位爱尔兰乡村居民那里听来的,而且讲述者真的相信故事中的那些神仙鬼怪。叶芝就像爱尔兰的蒲松龄一样,收集着这些口口相传的故事。他这样做是因为"人们听到看到的都是千丝万缕的生活"①,或者更确切地说,是爱尔兰的生活。

　　叶芝之所以提倡和复兴爱尔兰未受教育的阶层所熟知和吟唱的那些神怪故事,努力让那些受教育的阶层也接受和熟悉这些故事,一方面是因为他希望提倡一种将文学与音乐、舞蹈和讲话结合在一起的艺术形式,他称之为

---

① W. B. Yeats. *Writings on Irish Folklore*, *Legend and Myth*. Robert Welch ed. Penguin Books, 1993, p. 108.

"应用文学艺术"（the applied arts of literature）；不过更重要的是，他希望借此加强民族情感，赢得所有从艺术家到劳动者的普遍认同。他甚至在一篇论述 19 世纪爱尔兰诗人塞缪尔·弗格森的文章中说，每一个爱尔兰读者都有义务学习他自己国家的伟大传说。他尤其呼吁爱尔兰的年轻人来学习和宣传爱尔兰的神话传说，他将这些年轻人称为无私的有理想的年轻人，并且有意将社会上那些既得利益阶层排除在外，更不要说那些亲英的爱尔兰人。叶芝的这种提议无疑已经带有政治鼓动宣传的成分，这种圈队伍和用不同形容词暗示优劣的叙述手法已经完全是政治宣传的手法了，不过希尼对此倒无异议，认为这体现了叶芝更注重实际的一面，"朝着他的理想目标推进"（P 105）。

另一方面，希尼清楚地看到，虽然这是一个文化思想的奠基者应该有的想法，但是当文化已经扎根，需要繁衍壮大的时候，叶芝的立场就未必合适了。在这个问题上，希尼表现出更明确的时代意识，也正是这种时代感让他提出"如果诗歌的一个可知功能是通过书写让地域获得存在，那么它的另一个功能就是擦除这一存在"（PW 47）。希尼指出，像先知一样直接改变现实其实并不是叶芝和乔伊斯的艺术想象的主要目的，他们的艺术力量在于"将历史环境提升为一种象征的力量……让个人的力量穿越审美的距离"（PW 55），在这个过程中他们的作品会成为经典。在这一过程中，新的艺术想象和创作不但会擦除之前的作品，甚至会擦除自身，这既指艺术家可能在这个过程中用尽自己的想象力，也指诗歌会进入到另外一种存在状态，被活着的人修改，还可能指作品"作为一种知识挑战着诗人，迫使他依照它所揭示的真相去生活"（PW 56）。

在 1991 年出版的《看见》中，因为母亲和父亲的相继离世，希尼似乎表达了对超验世界的想象，他甚至讲了中世纪爱尔兰最大的修道院克隆麦克诺伊斯的一则故事。一天，一艘空中的船的锚钩住了寺院塔楼，搁浅了。寺院长老赶紧带领僧人们帮助这艘船摆脱困境，重新驶入天空。因为长老认为正如人在海中要淹死，天空之人在地面也会淹死。希尼对这则传说的叙述跟叶芝在《凯尔特的曙光》中的叙述一样，仿佛一切故事都是真实的。但是，与叶芝不同，希尼《看见》中对灵魂问题展开询问的"方形"系列，大多数叙述都立足于现实。希尼并不想像叶芝那样用民间神话传说去重构一个超验的世界。在他看来，虽然他像乔伊斯笔下的斯蒂芬·狄达勒斯一样，必须抛弃天主教的世界，但是同时也明白自己已经抛弃了可能有的最好的超验体系，因此完全没有必要用一个临时搭建起来的体系来代替这个伟大和谐的体系。

希尼发现,在《1913 年 9 月》("September 1913")一诗中,叶芝对这一神话体系显示出的疏离更大于年轻时的投入。一个原因是那时爱尔兰的局势已经发生了变化,叶芝所倾向的浪漫主义文学在爱尔兰已经日渐衰退。作为阿贝剧院的经理,当时的叶芝更是充满对中产阶级的伪善和庸俗务实的轻蔑,并且更亲近贵族阶层的仪式和优雅。希尼认为他的《自我与灵魂的对话》("A Dialogue of Self and Soul")一诗显示出"一个盎格鲁-爱尔兰新教徒与爱尔兰天主教社会的思想之间的巨大矛盾。一个重塑他的自我的人,一个寻找一种风格对抗他的环境,而不是一种与环境合作的风格的人"(P 106)。

《1913 年 9 月》出自叶芝 1913 年 10 月在他的妹妹们的库阿拉出版社个人出版的诗集《沮丧中写下的诗:1912—1913》(*Poems Written in Discouragement*, 1912—1913)。诗集只印了 50 本,收录了因爱尔兰艺术收藏家休·洛讷爵士而引发的论战。当时洛讷提议在都柏林建立一个现代艺术画廊,遭到都柏林市议会的反对。该诗集的最后一首诗《致阴影》("To a Shade")完稿于 10 月 4 日,后来却被改为完稿于 9 月 29 日,有人认为这样做就是为了与前面的《1913 年 9 月》相呼应。根据乔治·莫尔在《欢迎与告别》(*Hail and Farewell*)中的记载,他有一次在自己的讲座前介绍了市议会对洛讷的提议的反对。在他的讲座结束后,刚从美国回来不久的叶芝就大踏步走上前,开始激烈抨击中产阶级,跺着脚,越说越激烈,内容就是中产阶级满身铜臭,庸俗务实,毫无艺术情趣,不肯出钱资助洛讷提议的画廊。"我们环顾四周,用我们的目光相互询问,到底叶芝从哪里捡来这种奇怪的想法,相信只有贵族头衔、乘坐马车的家伙才能欣赏绘画。"①

但是希尼对叶芝此时的行为倒既理解又肯定,认为他当时身披的毛皮披风这一贵族外衣不过是他反抗他自己所属的那个中产阶级的外套,因为叶芝希望中产阶级在经济上居于领先的同时,也能在文化上起领导作用。希尼把叶芝对他的中产阶级的反抗视同于乔伊斯对他自己所处的社会的反抗,虽然行为的决然程度有所不同,"为了飞离他自己阶级的法利赛观念,以及另外一种信仰的虔诚的无知,叶芝重塑了自己,将自己与那种冷酷、蔑视的形象连在一起,查尔斯·斯图亚特·帕涅尔是这一形象的原型,《渔夫》是它的图式"(P 108)。希尼认为叶芝后期的诗歌《马戏团里动物的背弃》("The Circus Animal's Disertion")写的正是叶芝的这一转变。诗中马戏

---

① George Moore. *Hail and Farewell*. New York: D. Appleton and Company, 1914, p. 170.

团的动物象征着叶芝年轻时的想象,而经历了现实之后的老年叶芝则被马戏团的动物遗弃,只能列举自己年轻时创作过的主题。希尼把此时的叶芝与《克拉普的最后的录音带》时的贝克特相比,他们都"把承载着年轻人对爱和超越的可能性的坚信的丰饶角举到有了成熟经历的耳边,却只听到空壳里越来越弱的重播"(PW 66)。同样主题的还有叶芝的戏剧《鹰之井》(*At the Hawk's Well*)。在这出剧里,老年人同样向年轻人描绘了自己如何曾经献身于幻景,拒绝"社会现实所提供的残酷事实和标准"(PW 69)。就像叶芝在《黑塔》("The Black Tower")中写的,想象中的塔象征着具有想象力的诗人的写作世界,但诗中老骨头的颤抖和摇摆,表明叶芝最终却走向了对自己的创作的怀疑。

三、掌控诗歌与诗歌的掌控

希尼曾经写过《叶芝是榜样吗?》("Yeats as an Example?")一文,那是1978 年在萨里大学主办的"第四届大学诗歌讲座年会"上做的报告,当时希尼 39 岁,正是"人生的中途",而希尼恰恰认为叶芝是"渐趋中年的诗人的理想榜样"(P 110),显然他自己此时从叶芝那里学到很多。

希尼认为叶芝值得学习的:

> 他提醒你,如果你想得到满意的成品,修改和持之以恒的努力是你可能必须经历的;他不断给你建议,如果你曾做到用你自己的方式写一种诗歌,你应该抛开那一方式,转向你人生经历的另外一个领域,直到你学会一种新的声音来贴切地表达这一领域。他鼓励你去体验来自诗歌形式本身的能量的灌输,揭示了音步上的挑战可以如何扩大声音的资源。他证明深思熟虑可以强烈到成为灵感的同义词。最重要的,是他提醒你艺术是有目的的,是文明本身的创造性推动力的一部分。(P 110)

从希尼自己的诗歌创作看,显然他自己从中获益良多。比如希尼自己的诗歌创作就在 70 年代经历了从乡村主题和政治艺术矛盾主题向包括对生命的思索、对其他文化的思索等更多人生内容的转变,1984 年的《苦路岛》出版则更表明了与过去的坚决告别。此外在诗歌的形式上,希尼在 70年代后也进行了更多的尝试,最明显的就是《看见》中的"方形"组诗,这组诗共 48 首,分成四组,每组是 12 首 12 行的诗。构成四个正方形。这一形式上的尝试,无疑是希尼希望从诗歌形式本身获得能量。

对于叶芝的这一创作观,希尼在《制作音乐:对华兹华斯和叶芝的反思》("The Makings of a Music:Reflections on Wordsworth and Yeats")一文中,通过将叶芝与华兹华斯对比,做了更明确的诠释。希尼认为如果华兹华斯是那类让自己被灵感般获得的意象和韵律所控制,允许诗句自己喷涌的诗人,那么叶芝就是那种"试图去规训它,约束它的能量,以便驱使他头脑中的其他部分一起运动……试图掌握住耳朵,而不是让其陷入魔咒,用力地逆它的形式潮流而上"的诗人(P 61—62)。叶芝像华兹华斯一样喜欢吟出自己在创作的诗句,但是如果说在这个过程中华兹华斯是顺从自然冲动的,那么叶芝就是控制它的。希尼用叶芝的父亲对叶芝在吟诵中作诗一事的描述,来证明叶芝"无疑按照自己的口味操控音长"(P 71)。希尼甚至假设叶芝会在创作中尝试不同的声音,然后决定哪个他听起来最有共鸣。叶芝自己也讲过自己如何扮演不同的角色,想象他们会说的话,但是这个过程在希尼看来"叶芝没有听进去而是表演出来"(P 72),音乐也不是催眠而是惊醒。

比如《塔》("The Tower")一诗,

> 面对这样的荒诞我怎么办——
> 哦心,哦苦恼的心——这幅漫画,
> 那已缚上了我的衰弱的老年,
> 就像缚上了一条狗的尾巴?
> 　　　　　我从未有更加
> 激动的、热情的、狂热的
> 幻想,眼睛和耳朵也从未这般
> 期望过那不可能的事物——
> 不,甚至在童年,当我带着钓鱼竿,
> 假蚊钩,或差一些的虫子,爬上布尔本
> 山背,要度过漫长的夏日,也不是如此。
> 似乎我只能吩咐缪斯女神走得匆匆,
> 只能选择柏拉图和普罗提诺斯作伴侣,
> 直到最后,耳朵、眼睛、幻想
> 能够满足于论点,并且处理
> 抽象的事物,或者被鞋踵旁的
> 一把破水壶嘲笑不已。①

---

① 叶芝:《丽达与天鹅》,裘小龙译,桂林:漓江出版社,1987年,第170页。

希尼认为,在这首诗里,"诗歌的激情来自说话者压下了暴力或疯狂——压下,歇斯底里的激情。一切都依赖于是否彻底压下,依赖于下面的动物性骚动"(P 72)。叶芝自己也曾经批评那些认为好的诗歌就是应该大声读出来或唱出来的诗人,称这种一直强调突出抒情性的诗歌是"娘娘腔"(P 73)。在《困难之事的魅力》("The Fascination of What's Difficult")一诗中,叶芝虽然描述的不只是诗歌创作,但是写出了艺术创作中不断的挣扎和对困难的克服。比如叶芝也抱怨过戏剧虽然可以有 50 种写法,但对他来说这不是一种可以因此随心所欲的自由,反而是他必须克服的诅咒,因为"对叶芝来说,创作不是在平静中回忆,不是分娩那个黑暗胚胎,而是一种控制,一种处理,一种朝向最大表述的努力"(P 75),就像他自己在《亚当的诅咒》("Adam's Curse")中说的"要获得美,我们必须辛苦劳作"①。在叶芝这里,思想不是从一个流出,再流入另一个,思想是被诗人捶打到一起的。

因此叶芝属于那种把创作视为辛苦锻造打磨的劳作型诗人,这与赫西俄德那样一觉醒来,诗歌自然喷涌而出的传统灵感型诗人截然相反。看起来更笨拙,但其实却是一种现代的诗歌创作观念。叶芝反对彭斯那种如民谣般优美流淌的诗歌,而追求诗歌词句的高度浓缩、深意和力量。叶芝晚年发表的《对我工作的总体介绍》("A General Introduction to My Work")再次强调了这种劳作观。这篇写于 1937 年的文章并未发表,希尼却依然能够信手拈来般引用,足见他对叶芝的熟稔。希尼指出,正是因为这种创作观,在叶芝的代表作,比如《死亡》("Death")中,"辅音的节奏和短小的诗行反抗着元音的任何共谋,辅音和断句成为强制性因素,一个韵脚接一个韵脚地用力推出高潮"(P 76)。而让读者产生反应的,也正是这种在运动中积聚的压力,以及在压力下面被克制的激情。

在希尼眼中,叶芝是真正的诗歌艺术家,"他会花很长时间打磨一首诗,推敲和检验诗行,直到它被压出最大的语意密度,从前面和后面的诗句中导出正确的音乐张力"②。这从叶芝的手稿中可以直接看出来,当然更能够从诗歌本身感觉到。

此外,希尼认为叶芝的榜样性还在于"叶芝对生死这一自然循环的胸怀宽广、真心实意地认同,他承认……艺术权威在生死之谜前的谦卑"(P 110—111)。对生死之谜的探索成为希尼在《苦路岛》之后的主要主题之一,

---

① William Butler Yeats. *The Collected Poems of W. B. Yeats*. Southern Pines: Scribner, 1996.

② Seamus Heaney. 'A New and Surprising Yeats'. *The New York Times*, March 18, 1984.

或许这一转变正是叶芝的启发，也或许希尼此时是借叶芝说出了自己的诗歌构想，是希尼自己的观念的借壳表达。希尼通过分析叶芝的《得到安慰的库丘林》（"Cuchulain Comforted"）明确提出了自己的生命观。希尼认为这首诗展示了叶芝或库丘林，艺术家或英雄，如何"必须将自己盛气凌人的声音融入生者和死者的平凡声音，将他的英雄主义与他同类的怯懦相融合，把他白发斑斑的头颅放在死者布满灰尘的胸膛之上"（P 113）。这种艺术的谦卑，将艺术的声音与普通人性和平凡者的声音相融合，正是希尼自己的诗歌的最好注释。希尼不仅诗歌如此，为人也谦和平易，从来没有因获得各种奖项而盛气凌人，他的《人链》完全可以说是一个平等地对待自己的同类的人才会写出的作品。

　　希尼认为叶芝终其一生都在思考着死后灵魂是否存在的问题，"叶芝总是充满激情地敲着这个物理世界的墙，好得到来自另外一侧的回声"（RP 149），这也包括叶芝对神智论的痴迷。希尼认为叶芝并非天真的浪漫主义者，而是完全明白肉体的衰老带来的卑微，以及死亡所具有的消抹一切的力量，"但是他有意拒绝肉体对灵魂的统治"（RP 150）。而且这一拒绝似乎对叶芝最终产生了影响，因为根据多萝西·韦尔兹利的回忆，当叶芝晚年被问及死后会发生什么的时候，他说首先灵魂会有 20 年左右的半梦半醒状态，然后经历一个涤罪的阶段，长短根据每个人在尘世所犯的罪业决定，然后灵魂会回归上帝。其实叶芝 60 岁出版《灵视》的时候，还是坚持理性的主宰，把那些不可思议的奇迹视为另外一种形式的经验。希尼认为到了晚年，叶芝一方面对超验存在依然心存怀疑，但是同时也确实乐于相信这一存在。而且"正是因为叶芝对两种看法都不离不弃，拒绝排除任何一个，我们才认为他是一个取得了最高成就的诗人"（RP 151）。

　　因此对于死亡这个文学中经常出现的主题，叶芝思考的常常不是缺席和虚无，而是对于超验存在的狂喜。希尼认为《冰冷的苍穹》（"The Cold Heaven"）这首常被人们认为灰暗绝望的诗歌，实际上传达了叶芝对诗歌想象应该具有戏剧性和英雄主义的要求。一些人认为这首诗描写的是叶芝在毛德·岗出嫁之后的绝望，希尼则称之为"是对意识的一阵爆发的尤其生动的表现，此时意识向华莱士·史蒂文斯曾称之为我们的'灵魂的高度和深度'的所有层面敞开"（RP 148）。希尼认为叶芝先后跟毛德·岗和奥利维亚·莎士比亚的恋爱虽然并不顺畅，在叶芝这里却变成了其他领域的动力。比如在这首诗中，失恋转化为"顿悟"，领悟到"无处躲避，人类的个体生命无法逃避宇宙的冰冷"（RP 148），诗人由此进入对生命的更深刻的感悟。苍穹在这里已经丧失了历史上曾经温暖过人类的"天堂"之意，冷冰冰的纯物质的天空现在只是乌鸦的乐园,而人类无论在想象还是心灵上,感觉还是理智上,都不得不放弃浪漫,面对生命在无限的宇宙中只是孤独的存在这一现实。但与此同时,虽然上帝已经消失,"然而叶芝的诗歌依然传递出一种直接遭遇的强烈感觉,灵魂依然经受着面对某个在那儿的存在之物,能够得到回答的感觉,能够负责的感觉"(RP 148—149)。希尼认为在这首诗中,现实感与想象力经常同时存在,虚无与坚持再次同时出现。比如"riddled with light"(被光刺得千疮百孔),此处的光既是现实的光,也是灵魂的启迪。这一手法,以及诗歌的韵律、节奏和包含狂喜的语调,在希尼看来,"制造了一种能量和秩序,并由此让人觉得那里存在着一个更加伟大的、包围着我们的能量和秩序,我们自己正生活其中"(RP 149),因此生命依然有整体的目的和意义。这或许也是希尼自己为什么在生命的最后时刻,摆脱了对死亡的恐惧,获得了一种几乎戏剧化的平静,留给世界的最后一句话是"别怕"。这种冰冷不是恐惧的寒战,而是一种超越了温情的坚强和无畏。

希尼认为叶芝的诗歌,比如《人与回声》("The Man and the Echo")、《在本·布尔本山下》("Under Ben Bulben")中,都在表明尘世的生命是有目标的,即"人类的世俗的完美",而诗歌正是达成这一目标的重要因素。因为在诗歌中,现实并不仅仅是按照既有的时间和空间机械地呈现,诗歌必须对现实加以变形。因此即便在生死面前艺术必须谦卑,但是"真正具有创造力的作家,通过加入他或她的看法和表达,会使境况发生改观,从而带来我一直说的'诗歌的纠正'"(RP 159)。拿塞缪尔·贝克特来说,他并不是镜像般地再现存在的荒凉,而是用一种变形的方式来表现它。而希尼认为,正是因为这一艺术上的变形,作为作家的贝克特的生命也就比现实中作为市民的贝克特更加丰富。希尼认为希尼的《人与回声》这首诗事实上在勇敢地直面人类生命的有限。虽然在诗中叶芝也表现了死亡带来的痛苦和伤害,但同时也坚持灵魂和智力依然要完成"伟大的工作"。希尼指出,在这首诗歌中,历史事件被放入冷漠无情的自然界宇宙来理解,但是也正是因为用人性的内容来对抗非人性的内容,用头脑的积极努力来对抗自然暴力和历史暴力带来的荒芜,才使得叶芝的诗歌让人类的思想依然具有活力,也依然可以信赖。

第四节　帕特里克·卡瓦纳

爱尔兰诗人帕特里克·卡瓦纳(1904—1967)可以说是当代爱尔兰诗人中重要性仅次于谢默斯·希尼的一位,他也得到谢默斯·希尼、约翰·蒙塔格、谢默斯·迪恩等众多当代诗人的推许,被认为对当代爱尔兰诗歌的影响甚至超过叶芝①。爱尔兰诗人保罗·马尔登就称"不了解卡瓦纳,你就无法真正了解谢默斯·希尼"②。卡瓦纳以对爱尔兰日常事物准确深刻的呈现,以及精准地捕捉住爱尔兰生活的灵魂而著称,并得到爱尔兰读者的广泛认同。卡瓦纳也对自己融入生活之地的能力颇为自豪③。遗憾的是在这个全球化的时代,卡瓦纳浓郁的乡土气息,以及缺少国际化所需的广泛联系和文化背景,让他即便现在也未能在爱尔兰之外得到应有的重视,中国读者对他更是知之甚少。④

一、爱尔兰的农民诗人

卡瓦纳是一个典型的爱尔兰名字,实际是爱尔兰姓 Caomhánach 的英语变体,按照爱尔兰语的发音应该译为"库瓦讷克斯"。帕特里克·卡瓦纳1904 年出生于爱尔兰东北部莫纳亨郡的小村镇,该地靠近北爱尔兰,但属于爱尔兰共和国,是一个相对落后的"偏远"地区。卡瓦纳的父亲是农民和鞋匠,一共生了 10 个孩子,其中 7 个都离开农村,或者成了老师,包括一位大学教授,或者当了护士,还有一位出家做了修女。卡瓦纳却在 12 岁时就结束了学业,成了 10 个孩子中子承父业的那个,不但跟着父亲在家务农,还学会了修鞋,日后奠定了他的名声的文学都是自学的。这与同样出生在农村却 12 岁就离家到城市住读学习的希尼完全不同,这种教育上的欠缺也最终成为阻碍他像希尼那样步入世界舞台的一个重要原因。

正是在这样的乡村生活背景下,卡瓦纳开始尝试诗歌和小说创作,并勇敢地四处投稿。幸运的是,他的诗歌得到了爱尔兰文艺复兴运动的领导者之一乔治·威廉·拉塞尔的赏识。拉塞尔一向不求回报、不遗余力地推荐羽翼未丰的年轻艺术家,这次不但发表了卡瓦纳的诗歌,还鼓励他继续创作。这让卡瓦纳非常激动,步行 50 公里去都柏林拜访拉塞尔,拉塞尔也把卡瓦纳推荐给了都柏林的文化圈。卡瓦纳拿给都柏林文坛的则是立足于他

---

①　Michael Allen. 'Provincialism and Recent Irish Poetry: The Importance of Patrick Kavanagh,' in *Two Decades of Irish Writing: A Critical Survey* ed. Douglas Dunn. Manchester: Carcanet Press, pp. 23—36.

②　Earl G. Ingersoll & Stan Sanvel Rubin. "The Invention of the I: A Conversation with Paul Muldoon."*Michigan Quarterly Review*, Volume XXXVII, Issue 1, Winter 1998.

③　Michael Allen. 'Provincialism and Recent Irish Poetry: The Importance of Patrick Kavanagh'.

④　目前只有刘晓春在 2006 年的硕士论文中做过专门研究,并发表了 3 篇论文,如刘晓春:《卡瓦纳长诗〈大饥荒〉中的反田园》,《当代外国文学》,2017 年第 3 期,第 98—103 页。

自己的农村生活的《犁地人及其他诗歌》(*Ploughman and Other Poems*,1936),当时他已经 32 岁了。那时英语文学界在描写农村的时候,依然遵循田园诗的传统,充满浪漫的美化。当然,卡瓦纳的这些早期诗歌同样不可能完全摆脱田园诗的影子,同样渲染宁静的自然景色、纯洁的爱慕和思念,把草地、牛群、山风、黄昏变得优美抒情,但是他诗中的日常口语以及对真实生活的不加修饰的展现已经有了他后来的主要特点。这个特点在一百年后为他赢得了荣誉,可是当时却不被更喜欢文雅雕琢的英国文坛接受,没有产生很大的影响,评价也多是有保留的。

卡瓦纳真正引起评论界的广泛关注是 1938 年出版的自传《绿野傻瓜》(*The Green Fool*),其中对爱尔兰乡间的风俗和语言的细致入微的描写得到了普遍肯定。不过在这本书中卡瓦纳也描写了自己作为农民的窘态,比如他描写自己拜访拉塞尔时,因自己的平头钉靴和膝盖上的补丁而羞愧。这不但打下了他农民诗人的名声,甚至有的评论者尖刻地说"他是用爱尔兰农民的眼光来写他的书……他感兴趣的与其说是诗律不如说是土豆。"①虽然农民诗人这一说法最初让他赢得了爱尔兰评论界的关注,但到后来卡瓦纳更希望摆脱这一标签,因此极少再谈及此书。

1939 年卡瓦纳移居都柏林,这让他终于得以进入爱尔兰的主流文化圈,但同时那些上层社会文人把他当乡下人对待的傲慢态度也让他多少与爱尔兰的文化圈保持着距离。后来卡瓦纳称移居都柏林"是我一生中最大的错误"(P 122)。事实上,卡瓦纳的农村身份和举止不仅影响了其他爱尔兰和英国诗人对他的态度,也影响了不少人对他的诗歌的看法。麦克吉尼斯就说,"在叶芝的幽魂依然笼罩其上的时候,像卡瓦纳这样的人,12 岁就离开学校,由于住在偏僻的莫纳亨郡而无法经常接触到书籍,在那里一直住到 26 岁,不可能建立起对'诗歌'的充分系统的理解。他能够坚持诗歌创作,并且能够不是仅仅为当地描颜绘色,确实应该得到充分肯定。但是如果希望他拥有技巧,拥有敏锐的智慧,以及叶芝般的想象,完全是滑天下之大稽"②。确实,卡瓦纳的那些朴素直感的诗歌与新批评推崇的那种精心构造的诗歌有很大不同,这也让他难以被多数同代人认可,除了希尼这样独具慧眼的诗人兼评论家。用他的传记者约翰·耐莫的话说:"卡瓦纳的观点首先来自他对生活的回应,那是情感的而非智力的……不同于那种

---

① Fletcher Pratt. "Patrick Kavanagh." *Saturday Review of Literature*, see https://www.poetryfoundation.org/poets/patrick-kavanagh. accessed 7 June 2018.

② Arthur E. McGuinness. "John Nemo, 'Patrick Kavanagh'(Book Review)". *The Yearbook of English Studies* (Jan 11 Vol. 1982), Cambridge: 358.

引导了艾略特、叶芝这些诗人的创造性想象的逻辑,卡瓦纳的创造力依赖于灵感和直觉。在艺术上,他回应而不是行动。与许多现代诗人不同,他的诗歌不是像当代雕塑那样一件件组合而成,而是整个从创造的子宫中孕育出来。"①

卡瓦纳不仅因为农村身份被文人社会视为异己,在他迁居都柏林前,他也因为诗人的身份被农村社会视为异己。永远生活于群体之外,这让卡瓦纳的诗歌里也有了一种对世界的愤世嫉俗和对外界评论的嗤之以鼻。而他因此养成的性格上的孤傲怪癖也成为阻碍他成为成功诗人的另一个重要原因。虽然之后卡瓦纳通过散文、随笔、书评、影评等形式写了大量有关爱尔兰作家,尤其是都柏林作家的文章,甚至在1952年自己出版了期刊《卡瓦纳周刊》(Kavanagh's Weekly),但他对都柏林文化圈满怀失望,认为爱尔兰文坛的总体成就都很低,而且净是相互吹捧,阻碍了优秀作品的诞生。因此他的评论有时也不免尖刻直露,因为他坚信只有这样才能打破都柏林文坛的一潭死水。但也正因此,他也难免四处树敌,他的评论也被《泰晤士报文学副刊》称为"小肚鸡肠"。卡瓦纳也尝试过用诗歌讽刺爱尔兰的作家和文艺圈,但是无论诗歌自身的价值还是所取得的效果都并不好。

此时的卡瓦纳不仅无法接受都柏林的文化圈,事实上移居都柏林后,他同样回不到那个他曾经熟悉的乡村了。在小说《泰里·弗林》(Tarry Flynn)中,卡瓦纳塑造了一位农民诗人,其实是以他自己年轻时的经历为原型的,因此常常被视为又一部自传。不过小说的背景却换到了卡文郡。更重要的是小说流露出了早期自传《绿野傻瓜》中没有的孤独感,主人公因为自己的艺术才华同样无法被他的农村亲友们所接受。而这种孤独感又让卡瓦纳的性格中增添了更多的愤世嫉俗,也让他更成为爱尔兰文化界格格不入的怪人。

1954年卡瓦纳因肺癌住院手术,在不少人盼着他死去的时候他却神奇地痊愈了,只切除了一片肺叶。九死一生的经历似乎让卡瓦纳看淡了既往的冲突,他的性情和诗歌都发生了很大变化。当初曾作为对手让他失去官司的律师约翰·卡斯特罗与他成了朋友,推荐他去都柏林大学出任讲师。卡瓦纳的诗歌也呈现出过去所没有的宁静,开始关注身边的细微生活,他的诗歌也开始赢得评论界的肯定。可惜的是1960年后,卡瓦纳的身体越来越不好。不过在一家爱尔兰广播电台的帮助下,卡瓦纳在1964年,即他辞世

---

① https://www.poetryfoundation.org/poets/patrick-kavanagh, accessed 19 September 2018.

3 年前,录制了一套题为《自画像》的节目,成为他最被广泛认可的自传。

二、两个爱尔兰人的不同命运

卡瓦纳的诗歌属于自己的世界,而不像希尼那样融入了国际诗歌的主流话语。但是正是卡瓦纳笔下独立的世界,让年轻的希尼开始创作时,认识到他自己的北方乡村生活完全可以成为诗歌的主题。1962 年希尼在圣托马斯中学校长麦克拉弗蒂的推荐下读到卡瓦纳的诗歌时,正是他自己的诗歌创作开始萌芽的时期,希尼自己说这一影响对他极为重要。

麦克拉弗蒂跟卡瓦纳来自同一个郡,他借给了希尼卡瓦纳 1947 年出版的诗集《供出卖的灵魂》(*A Soul for Sale*),由此希尼读到了卡瓦纳的《大饥荒》。当时希尼自己只有四首诗待发表,更遑论出版诗集了,诗歌的世界对他来说还是一个充满未知的世界。卡瓦纳的诗歌中,比如《给土豆撒水》("Spraying the Potatoes"),让希尼第一次意识到他自己如此熟悉的农村生活细节,诸如墙边一只蓝色的洒水壶,竟然可以进入诗歌,印成铅字,而这之前他觉得根本是与高雅的文学世界毫不沾边的。而且事实上,不但后来希尼的诗歌中出现了大量类似的细节,至少在初期,也正是这些细节赋予了希尼的诗歌动人的表现力。这或许可以说是卡瓦纳对希尼的最大影响,"重建其个人经验的真实性"(GT 14)。

1964 年希尼得到了卡瓦纳 1960 年出版的诗集《来与基蒂·斯托布灵一起跳舞》(*Come Dance with Kitty Stobling*),那时希尼并没有购买很多在世诗人的文集,而且那时的贝尔法斯特也没有什么文学氛围,更不要提诗歌朗诵会之类的了。至于纯粹的爱尔兰文学更是边缘里的边缘。希尼在女王大学英文系读书的四年,没有一位爱尔兰或者北爱尔兰的老师,也没有人介绍爱尔兰或者北爱尔兰的文学。不过在这个阶段,希尼自己逐渐接触到一些爱尔兰文学,包括《史前石碑:爱尔兰作品集》。

不过直到 1967 年希尼才见到卡瓦纳本人。那年夏天希尼在都柏林的三一学院教暑期课,英国诗人和外交官理查德·赖恩介绍希尼认识了卡瓦纳。当时卡瓦纳的《诗选》(*Collected Poems*)刚刚出版。卡瓦纳曾说自己的诗歌永远不会得到英国出版社和评论家的青睐,他对英国出版界的敌对态度让希尼对自己是否会被卡瓦纳认可也毫无把握,因为希尼此时正在成为费伯出版社的宠儿。因此两人的初次见面都比较客气拘谨,但也都彼此承认了对方。

虽然当时卡瓦纳大希尼 35 岁,而且已经出版了 6 部诗集,希尼却只正式出版了一部诗集,但是从希尼的自述来看,希尼对卡瓦纳并没有晚辈对长辈,或者新人对大师的仰视感。这或者是因为卡瓦纳只是爱尔兰文化圈的一个无足轻重的另类,或者是因为《一个自然主义者的死亡》在费伯出版社的出版和获奖已经为希尼赢得了一定的声望。希尼倒是觉得卡瓦纳对自己的态度有点高高在上的权威感,他将之形容为"像叶芝一样不肯直说又不容置疑"(SS 73)。不过即便在那时,希尼也觉得跟叶芝相比,卡瓦纳的诗歌对爱尔兰更重要。

虽然希尼欣赏卡瓦纳的诗歌,但是从两人当时作为诗人在英国社会所取得的社会地位来说,希尼更属于成功人士,所以希尼希望得到卡瓦纳同样的尊重也情有可原。希尼甚至记得几天后两人都参加都柏林一家书店的诗歌朗诵会后,希尼开着自己的甲壳虫车送卡瓦纳夫妇回家,卡瓦纳的妻子在车上对卡瓦纳说:"帕迪(卡瓦纳的昵称),你也能成为一个诗人,有辆车"(SS 73)。这里可以看出两人的不同境况,以及英国社会对两人的不同态度。

但是希尼毕竟是一位优秀的诗人和诗歌评论家,能够透过地域的和性格的差异看出卡瓦纳的才华,因此即便并不完全投缘,在六十年代中期当希尼从贝尔法斯特来都柏林的时候,依然常会到位于公爵街的贝利酒吧去见卡瓦纳及其同伴。虽然与希尼随和亲切的性格不同,愤世嫉俗的卡瓦纳让很多人不愿意去深思他的作品,希尼却明白,对于一个作家来说,一开始性格和风格可能会对其接受度有一定影响,但是最后决定一个作家的价值的,是他的作品在"面对尘世的失望时,坚持艺术家内心的自由,一种不可侵犯的尊严"(GT 12)。也正因此,入世的希尼完全能够理解拒绝群体价值的卡瓦纳。希尼在贝尔法斯特小组朗诵自己喜欢的诗歌时,就朗诵过卡瓦纳的诗。他出版的不多的诗论文章中(书评除外),有两篇是专门分析卡瓦纳的,足见卡瓦纳在希尼心中的重要性。

不过 1960 年代中期在给《爱尔兰》杂志写诗歌评论的时候,希尼的第一篇文章是评论当代爱尔兰诗歌的,第一句就是"在爱尔兰目前没有大诗人",而就在这之前不久,《竞技场》杂志还发文称"克拉克和卡瓦纳是大诗人"(SS 108)。希尼后来辩解说他的这一评论并不是针对克拉克或卡瓦纳本人,主要因为他那时深受英语诗歌的影响,并且认同艾略特关于大诗人和小诗人的划分。事实上在 1960 年代,希尼虽然生活在天主教群体之中,接受的教育却是英国的,对于诗歌的判断标准也是英国的,心仪的诗坛也是英国的。卡瓦纳对爱尔兰的深刻描写那时虽然也给希尼带来触动,却与他推崇的诗歌模式有较大不同。不能不承认,在最初与卡瓦纳接触的时候,虽然希尼是一个生活在北爱尔兰的天主教徒,却依然有着一种英国人的优越感。

那个时候,当代爱尔兰对他还是一个陌生落后的他者。

卡瓦纳因肺癌而与社会和解后,希尼认为卡瓦纳获得了聪明和谦和的新生,他可以理解之前的卡瓦纳,但是更喜欢现在的卡瓦纳,认为此时的卡瓦纳更自信也更能做到泰然自若。这种因找到了方向而获得的充盈,而非对未来的焦虑,被希尼视为"真正具有创造性的写作。它的确源自剧烈感情的自发流溢,但这一流溢不是对外部世界的某个刺激物的回应"(GT 13),后一句其实指的就是卡瓦纳早期的讽刺文学是对外部世界的抵抗。在希尼眼里,卡瓦纳后期的创作与他自己的一样,都是"漂浮于生长之地之上,飞行在他自己的梦想之所的空中,而不是束缚于字面之域的地上"(GT 13)。

因此希尼认为存在着两个卡瓦纳,一个是"未受教育的自我,局限于小丘、落地于多石的灰土",另一个是"受教育的自我,渴望着'王者之城/ 那里艺术、音乐和文字才是真实的'"(P 137)。希尼曾经说,"与我们自己争辩的是诗歌,与他人争辩的是修辞"(P 34),认为正是两个卡瓦纳之间的争辩成就了卡瓦纳的诗歌。与叶芝说自己在恢复爱尔兰民族文学其实却出于政治目的挖空了爱尔兰地域性不同,卡瓦纳"拒绝任何民族大业,任何对爱尔兰是'一个精神实体'的信念"(P 137),而正因此,卡瓦纳比叶芝更深入地触及了大多数爱尔兰人的灵魂,或者更确切地说,他给了大多数爱尔兰人"一个他们自己的形象,该形象滋养着他们对自我的认识"(P 137),因为他自己像大多数爱尔兰人一样地生活了三十年,将自己紧紧地与他的生活之处联系在一起,同时却又保持着自己的独立和感悟,是"群体生活的代言人,却有着强烈的个人意识"(P 138)。

希尼认为卡瓦纳"有真正的技艺(technique),但是技巧却时好时坏(craft)"(P 47)。希尼在这里对技艺和技巧的区分,代表着他对诗歌的一个重要看法,即如何遣词造句和使用音韵格律等可习得和训练的技巧,这固然是诗歌写作中不可缺少的,但是对于诗来说,真正重要的是语言中流淌的情感、思想,以及诗人的自我和他对世界的态度,后者才是真正的大诗人所必需的。缺乏专业训练的卡瓦纳在技巧上无疑并不完美,但是因为他诗歌中具有不同寻常的技艺,在希尼看来他依然可以毫无愧色地与那些大诗人并驾齐驱。

三、不同的爱尔兰书写

卡瓦纳最著名的诗歌是 1942 年发表的《大饥荒》。在这首诗中,卡瓦纳不但冷静地反思爱尔兰的农村生活,而且对爱尔兰文艺复兴运动中一味美化爱尔兰乡村的虚假矫情的做法加以批评。在长诗中,主人公帕特里克·

马圭尔忠实于天主教的道德和家庭的需要,辛苦劳作,放弃了自己的幸福追求,结果却让他的一生孤独闭塞,没有希望。这种乔伊斯曾经用散文探索过的精神和心灵的桎梏再次被卡瓦纳用长诗更集中尖锐地表现了出来。

卡瓦纳曾制造了"公鹿蹦跳"(buck lepping)一词,来描写那些模式化的爱尔兰行吟诗人们夸张的姿态和具象的语句,他也曾把叶芝的朋友,诗人弗雷德里克·希金斯称为"寻欢作乐的诗人",并对他身上集中体现的爱尔兰诗人的特点做了无情剖析,"几乎有关希金斯的一切事情……都需要加上引号"(PW 37),并把这种"爱尔兰性"称为反艺术的,是不努力成为艺术家却装作艺术家的结果。对于爱尔兰文艺复兴运动,卡瓦纳同样做了一针见血的批评,称之为"彻头彻尾的英国人培育的谎言"(PW 38),提倡乡下那些充满异域和田园风情的东西,却对真正的天主教信仰和文化衰落视而不见,代之以幻象中的异教的英雄式复兴。

希尼认为卡瓦纳对于爱尔兰文化的重要价值不只在他的诗歌和小说,还有他对爱尔兰传统的重新理解。卡瓦纳不会像约翰·克莱尔和斯蒂芬·达克这类英国田园诗人那样美化爱尔兰那些不如人意的方面,也不会去费心搜寻那些湮没在历史泥沙中的诗歌韵律,"那些'爱尔兰的东西',无论是神话的、历史的还是文学的,都未曾成为他素材中的重要因素"(P 115)。换句话说,卡瓦纳的诗歌并不在意追随历史和当代爱尔兰文学中既有的传统,而是毫不留情并一针见血地把那些埋藏在过去中产阶级诗人小说家如歌如画的民间风情描写之下的苦涩现实暴露在人们的目光之下。卡瓦纳清楚地认识到,"尽管农民从字面意义上是指在田地里耕作的人,事实上一个农民是那些生活在一定意识层面之下的人类群体。他们生活在无意识的漆黑山洞里,当看到光的时候他们会尖叫。"①在这方面,希尼无疑认为卡瓦纳追随着乔伊斯的道路,因为他说"通过在《大饥荒》和《泰里·弗莱恩》描写那种生活,卡瓦纳为他的绝大多数国人锻造了与其说良心不如说意识,用天然存在于他人格中的'不伺候'来刺穿乡村天主教观念中的虔诚"(P 116)。这里的"锻造良心"和"不伺候",都是乔伊斯笔下人物迪达勒斯的人生原则和艺术追求,是爱尔兰文学史上的重要理念。认为卡瓦纳和乔伊斯一样具有绝不奴颜婢膝的人格,无疑是看到卡瓦纳诗歌的独立性;而说他不是在锻造"良心"而是"意识",虽然暗示着卡瓦纳的境界略逊于乔伊斯,但也显示出与乔伊斯相比,卡瓦纳更踏踏实实地立足于爱尔兰乡村的社会现实。

虽然卡瓦纳对希尼来说就像一个走在田间的旧式农民,带着一种天真

---

① https://www.poetryfoundation.org/poets/patrick-kavanagh,accessed 1 October 2018.

无知的天命诗人的自信,这份自信里还包含着蔑视和挑战,但是希尼反对用"农民诗人"这个常用的称呼来给卡瓦纳贴标签。卡瓦纳给希尼的启示:一个诗人如果不站在属于自己的土地上,就不可能有长足的发展,如果不用自己的母语发出有力的声音,就永远找不到正确的旋律。如果说叶芝坚持通过认真地模仿和琢磨来获得艺术风格,那么卡瓦纳就让希尼在开始诗歌创作的时候,相信自然才是艺术风格所应该追求的。在一定程度上,正是在卡瓦纳的影响下,希尼早年才更追求艺术的无艺术性,至少是自发地直接陈述,就像卡瓦纳的《大饥荒》一诗一样。

与完全写实的诗歌内容相应,卡瓦纳的诗歌也更具有口语性而非书面性。与书面诗歌的精雕细琢相比,卡瓦纳的诗歌直白到有时可能略显松散。但是希尼认为卡瓦纳显示出的是技艺而非技术,他用卡瓦纳自己的话称技艺为"一种精神品质,一种头脑状态,或者是一种能够激发特定的头脑状态的能力……一种进入生命的方式"(P 116)。这可以说是对卡瓦纳诗歌的最高肯定,因为在之前的文章中,希尼专门对技艺和技巧做了区分。并且认为技艺才能创造真正具有预言能力的诗歌,而诗歌如果失去了预言的力量,就会丧失很多魅力。而且对于卡瓦纳这样缺少学院派训练的天然诗人来说,透过他的诗歌缺少技术的表面,发现其中包含的更本质和更重要的技艺,是非常弥足珍贵的。

希尼同样看到了地点和时间在卡瓦纳诗歌中的重要性。在分析卡瓦纳的《七月傍晚于因尼斯基路》("Inniskeen Road,July Evening")一诗时,希尼敏锐地注意到卡瓦纳对于自己的出生地因尼斯基,既眷恋又失落的复杂心情,一种弥漫全诗的挥散不去的孤独感,萦绕在三三两两经过的村民们那些推推搡搡、挤眉弄眼的亲密之中。希尼不仅从诗中看出了诗人的孤独,而且看到了因尼斯基路的寂寞,因为卡瓦纳对无人的道路的描写传递的不是满足的宁静,而是没有了人影和没有了足球砸在石头上之后的失落感。而在这首变体十四行诗的后六行中,"我"既拥有了一个"王国",同时又是一个被遗弃和流放了的王国。这既是一个地理的王国,又是一个诗歌的王国。诗人与家乡的关系与诗人与自己的创造世界的关系被巧妙地交叠在一起,而卡瓦纳作为乡村诗人的矛盾心态也尽现其中。

卡瓦纳在周围由习俗而构成的束缚与作为诗人的特立独行之间的矛盾,在渴望融入社会与渴望独立自主之间的矛盾,同样体现在诗歌的形式之中。该诗使用的是类似莎士比亚十四行诗的尾韵,但是却又像彼得拉克体的十四行诗那样分成八行诗和六行诗两部分,这一变化可以视为一种在规则之中挣脱规则的努力。不过总体上说,此时的逾矩尺度并不很大,作者尚未做到大学时的乔伊斯那样卓尔不群,目标鲜明地建立一套自己的艺术观,因此全诗的气氛更是一种淡淡的哀伤,渴望融入群体却被孤独地遗忘的伤感。

对于卡瓦纳的代表作《大饥荒》,希尼给予了高度的认可。不仅因为这首诗的客观性和记录性,以不容置疑的真实感写出了爱尔兰穷人的痛苦,也不仅因为这首诗显示出深刻的洞察力,希尼还别具慧眼地看出了这首长诗在风格上的恢弘:

> 并不追求毫不松懈的得体,而是各种类型的杂糅,高雅的与低俗的,从而容纳他的双重视野:悲剧的与萌芽的喜剧。在从开放的形式到诗节形式之间调节,努力在人物真实的直接叙述与精心选择的诗歌自己的叙述语言之间做出细致的区分,并让人物的叙述得到强化。卡瓦纳这里的技巧上的成就是去找到一种爱尔兰的调子,既不依赖于向后回望爱尔兰传统,也不是巧妙地从其他人的声音里找回诗歌策略,而是在爱尔兰人说的英语中,仪式般地勾画出一种流转和重音的模式。(P 122—123)

用希尼在其他地方的话说,卡瓦纳虽然是用英语创作,但是却找到了爱尔兰的调性,从而为爱尔兰找到了自己的语言。与乔伊斯不同的是,卡瓦纳并不想挣脱爱尔兰的重负,通过像鸟儿一样的飞离,找到一片艺术家的自由天空,相反他是要深深地进入爱尔兰的黑暗心脏,在那里捕捉住大多数贫困的爱尔兰人的精神和灵魂。

卡瓦纳的这一信念与叶芝更加接近。希尼清楚地看到卡瓦纳的这一点,但并不完全认同这一点。希尼在诺贝尔获奖词中将自己描绘为"走在空中",超越地域的束缚即便不是希尼一直追求的目标,也是他最终实现了的目标。不离开爱尔兰农村的土壤,既成就了卡瓦纳,也多少阻碍了他走进当代世界的舞台。不过卡瓦纳或许对此并不后悔,就像他在《医院》("The Hospital")一诗里说的,"说出这些东西的名字就是爱的体现和爱的誓约"[1]。在希尼看来,虽然卡瓦纳笔下的爱尔兰世界是贫瘠的,但是卡瓦纳的语言与这个世界结合在一起,"传递了一种无处不在的丰盈感"(P 125),这种丰盈感一定程度上是因为卡瓦纳并不是单纯地批判爱尔兰农村。就像他在很多诗歌中流露出来的一样,他既爱着爱尔兰乡村,认为这是他生命的

---

[1]　Patrick Kavanagh. *Collected Poems*. London: Martin Brian & O'Keeffe, 1972, p. 153.

源泉,又渴望挣脱乡村的束缚,发展起自己独立的人格和人生。因此在叙述中他会将爱尔兰乡村不同的方面都纳入到同一首诗歌之中,贫瘠的与丰饶的、亲密的与单调的,也会将对爱尔兰乡村不同的感情纳入到同一首诗歌之中,压抑的与满足的、眷恋的与疏离的。所以即便在《大饥荒》中,主人公麦圭尔像孔乙己那样应为自己的悲剧命运负责,但他的无奈和无助同样也值得同情。而在希尼看来,卡瓦纳最成功也是最重要的地方,就是"这是一首属于自己的空间和时间的诗,将过去的悲痛——其标题无疑指向 19 世纪 40 年代的大饥荒——转换进现在的痛苦,其对于爱尔兰世界的重要性就如同哈代的小说对于英国世界,既忠实于它的社会,也忠实于一种更大的、更属灵的爱的信念,他认定这个爱的作用不是向后看,而是'向前看'"(P 126)。

卡瓦纳反对辛格和叶芝他们的浪漫化的民族文艺复兴,斥之为"彻头彻尾的英国生产的谎言";他也反对用那些简单化的速成语言来给爱尔兰做社会和宗教上的划分;他推许《尤利西斯》《白鲸》这样的文学坐标,追求那些反思生活的艺术作品,反对过去那种缺少质疑的态度。希尼认为这些反思和批判精神与卡瓦纳成长于爱尔兰最压抑的 20 世纪 30 年代有关,这让他的文学不是去传播理想,而是去反观现实。卡瓦纳的早期诗歌在他的家乡莫纳亨孕育而成,包含着莫纳亨的灵魂,至少对这一灵魂有深刻的理解。但另一方面,莫纳亨那时也是卡瓦纳唯一和全部的世界,他的认识存在于这一时空之中,也被限制于这一时空之中,虽然事实上他的灵魂远不只这些。

而从 50 年代开始,卡瓦纳的诗歌出现了明显的变化,重要的一点是卡瓦纳自身的视野和思想凸显出来,不再受困于周围的时空。希尼指出,"现在当他描写某地的时候,它们是他头脑里的透明空间。它们作为背景、作为纪实性的地貌的性质被掏空了,相反成为变形了的意象,成为头脑透射其自身力量的场所。"(GT 5)拿他的《回忆母亲》("In Memory of My Mother")一诗来说,这里的母亲其实有两个,一个是在现实中已经去世的母亲,一个是想象中永远在那里的母亲。虽然这只不过是重心的小小转换,从沉重的外部现实转向想象中的内部现实,但是希尼认为这让卡瓦纳的诗歌呈现出的特质从《大饥荒》中现实的沉重,到"'举重若轻'——一种他在自己的一篇诗章中推崇的品质——而不是厚重:但这并不是说它放弃具体"(P 119)。有趣的是,这种转变,从外部矛盾到精神世界的转变在希尼的父母去世后,也出现在了希尼的诗歌之中。当然希尼转变得更坚定、更清晰、更彻底,这或许与卡瓦纳的开拓性启示不无关系,当然,也可能希尼原本就是用卡瓦纳来说自己。

对于卡瓦纳在当时的爱尔兰诗歌界中做出的成就,希尼称之为是"单枪匹马取得的"(GT 9)。这一评价非常公允,因为在其他爱尔兰诗人向英国诗歌学习,向世界诗坛靠拢的时候,卡瓦纳却立足爱尔兰的土地,将身边的日常事物,如结霜的土豆、排水沟渠、挤奶的奶牛等都纳入诗歌。虽然那个时候在贝克特的影响下,并且在爱尔兰诗人安东尼·克罗宁的力主下,将爱尔兰乡村风情作为文学表现内容被视为一种媚俗的做法,不过贝克特他们的批评主要是针对那种虚假地美化乡村生活的文学作品,卡瓦纳则在希尼刚开始步入诗歌的殿堂时,就带给了他不同的乡村视野,为希尼提供了一个更高的起点。当然希尼也承认,在一开始的时候,他并没有完全看出卡瓦纳的看似退回乡村的描写中包含的"叙述方式上的解放性和颠覆性"(GT 9),相反他和他的同伴们更注意的是诗歌的内容,并且对是否应该满怀感伤地描写这些熟悉的身边事物心存怀疑。不过卡瓦纳的诗歌还是给了他很大的信心,因为卡瓦纳让他认识到,原先他以为自己所属的那个边缘的、孤独的世界,完全可以成为世界诗歌舞台上重要的一部分,用希尼自己的话说,"卡瓦纳让你得以毫无文化焦虑地栖居在你生活中那些寻常的地标之中。在边界的另一头,在被当地 BBC 电台的明显英格兰口音统治的北爱尔兰,他传播了一种不会被其他口音吓住的完全属于自己的声音"(GT 9)。而且这一声音希尼认为,即便卡瓦纳自己并不一定有意如此,却传递出一种"民族身份、不列颠之外的文化他者,以及追求一种对抗主流传统中英国中心主义的有品格和品质的文学"(GT 10)。希尼认为虽然卡瓦纳并不赞同爱尔兰文艺复兴运动,却实现了爱尔兰文艺复兴运动所追求的爱尔兰文学,因此希尼认为,卡瓦纳"赤手空拳从文学的无物中撕扯出他自己的语言。这个语言最具表现力的时候,声音仿佛从长期被压抑的沉寂中爆发出来"(P 116)。

希尼同样注意到卡瓦纳用词上的地域性,比如卡瓦纳常用"headland"(海岬)这个属于方言的词。将当地的日常口语纳入诗歌同样是希尼后来尝试的一个方面,而且他也像卡瓦纳而非那些爱尔兰文艺复兴支持者一样,追求的是对英语的地域性使用,而非一味地恢复爱尔兰语,从而像他在其他文章中说的那样,创造了属于爱尔兰的爱尔兰英语。比如在《七月傍晚于因尼斯基路》中,"经过"一词卡瓦纳用的并不是英语中常用的"pass by"或"go past",而是更属于当地用法的"go by"。此外诗中的"盛开"(blooming)一词,希尼也以其诗人的敏感,注意到这里既有一般英语的用法,指开花和繁盛,也有当地方言中的用法,包含一种不耐烦的情绪。由于这些词语使用的完全是常见的词汇,而非比如特意用爱尔兰语或者日常英语中极少用到的方言词汇,因此这里对英语的地域性使用完全是自然的,"因尼斯基英语并不是被用作装饰性的习语,而是作为作者自然的语言,而这又再次显示出卡瓦纳与爱尔兰文艺复兴运动作家们的本质不同"(P 138)。而且卡瓦纳在使用不合语法的句子来呈现当地人的用语习惯的时候,完全是一种平等自然的呈现,不像某些黑人文学会特意把黑人的错误用语突显出来,作为不同的社会群体的标签。

第三章　希尼与北爱尔兰诗人

北爱尔兰包括安特里姆、阿尔马、德里、唐、弗马纳、蒂龙六郡和贝尔法斯特郡级市、伦敦德里郡级市。人口中新教徒占三分之二，天主教徒占三分之一。北爱尔兰原本是爱尔兰的四大省之一①乌尔斯特省，随着 18 世纪爱尔兰的天主教徒和新教徒之间的冲突加剧，1920 年 12 月英国议会通过了英国首相劳合·乔治提出的地方自治修正法案，规定爱尔兰实行自治，但新教人口占多数的北方六郡不归都柏林议会统辖，北爱问题自此产生。

直到 1937 年爱尔兰共和国成立，北爱的归属问题依然是当地的天主教徒群体与新教群体之间难以解决的矛盾，并日益紧张。1972 年的"血腥星期日"将 70 年代早期北爱尔兰天主教徒和新教徒之间的关系引向了动荡不安，一年就发生了上千起枪击和爆炸事件，近 500 人死亡，5000 人受伤。"一个民族的痛苦总会驱策那个民族的诗人"②，很多爱尔兰诗人都在 1970 年代发表了与北爱爆发的激烈的派系冲突有关的诗歌，比如约翰·蒙塔格的《粗糙的土地》(*The Rough Field*)、托马斯·金塞拉的《屠夫一打：一堂威杰里的八行诗课》(*Butcher's Dozen: A Lesson for the Octave of Widgery*)、德雷克·马洪的《滑雪派对》(*The Snow Party*)、伊文·博兰的《战马》(*The War Horse*)和希尼自己的《北方》。北爱诗人们都"不仅是要为乌尔斯特的困境找到表现形象，而且或许还得与争辩中的这方或那方表示同仇敌忾"(RP 193)。但是效果有好有坏。希尼是其中严肃且有才华的一位，尤其是他能用一种来自历史的视角从更高的和中立的层面审视这一冲突③，比如把北爱的困境与爱尔兰历史上的维京人和盎格鲁-撒克逊人入侵联系起来④。不过沃特曼把由此出现的所谓的"乌尔斯特文学复兴"称为

---

① 爱尔兰最早分为 5 个省，近代形成四大省康诺特省(Connacht)、芒斯特省(Munster)、乌尔斯特省(Ulster)、兰斯特省(Leinster)。

② Joan Forman. 'A Sense of Life,' *Eastern Daily Press*, Norwich, Norfolk (July 25, 1975)：10.

③ Keith Brace. 'Poet's View of Ulster,' *Birmingham Post* (July 5, 1975)：10.

④ 'Book Review,' *Choice* 13 (July, 1976)：663.

"诗歌的墙纸"①,大多数诗人都不具有希尼那种独特的用词语来实现自己的主题的能力,只是把诗歌变成政治的装饰。

第一节　贝尔法斯特小组

1978 年在《诚实的乌尔斯特人》(*Honest Ulsterman*)上发表的《小组》("The Group")一文中,希尼高度肯定了贝尔法斯特小组(The Belfast Group)对包括自己在内的 60 年代北爱诗人的影响,认为是小组让这些北爱诗人从"怯懦的乡巴佬"变成了"名副其实的乡土诗人",从相互批判走向"创造性的友谊",成为"一个独特的,甚至是非凡的"群体(P 29)。

不过,贝尔法斯特小组到底在希尼诗歌的创作和北爱诗歌的发展中扮演了怎样的角色,至今仍然众说纷纭。有人认为正是小组带来了北爱诗人的兴盛②;有的则视之为普通的文人聚会,被大肆宣扬不过是为了迎合英国媒体的需要③;有的甚至称如果不是因为有了希尼,贝尔法斯特小组根本不会引起人们的注意④。目前国际上对贝尔法斯特小组的研究刚刚起步⑤,国内研究尚未展开,只在分析希尼或小组另一位诗人朗利时有非常简短的提及⑥。

一、并不牢固的小组

虽然希尼大学时就已经在正式刊物上发表诗歌,但他认为真正铺垫了

---

①　Andrew Waterman. 'Ulsterectomy.' *Best of the Poetry Year* 6, ed. Dannie Abse. London: Robson, 1979, pp. 42—57.

②　Heather Clark. *The Ulster Renaissance*: *Poetry in Belfast* 1962—1972. Oxford: Oxford University Press, 2006, pp. 1—2.

③　Nicholas Wroe. "Review: A life in Poetry: A Sense of Place", in *The Guardian* (22 July, 2006): 13.

④　Robert McCrum. "As English as Irish can be: Michael Longley's Remarkable 'Britannic' Voice Sings Out through 40 Years of Poetry", in *The Guardian* (29 October, 2006).

⑤　参见 Heather Clark, *The Ulster Renaissance*: *Poetry in Belfast*, 1962—1972; Ashby Bland Crowder. "Seamus Heaney and the Belfast Group: Revising on His Own." *Estudios Irlanderses* (11 November, 2016):184—189; Stephen Enniss. "Seamus Heaney and the London Origins of the Belfast Group", in *Essays in Criticism*, Volume 67, Issue 2 (2017): 195—209; Norman Dugdale, et al. "The Belfast Group: A Symposium", in *The Honest Ulsterman* 53 (November/December 1976): 53—63. 另见贝尔法斯特小组网页 https://belfastgroup.ecds.emory.edu/。

⑥　如李成坚:《作家的责任与承担——论谢默斯·希尼诗歌的人文意义》,《当代外国文学》2007 年第 1 期,第 129 页;夏延华:《宗教杀戮与文学拯救——论迈克·朗利诗歌中的民族文化情愫》,《西华师范大学学报》2013 年第 1 期,第 54 页。

自己未来的诗歌创作和评论之路的,是他 1960 年代在贝尔法斯特小组的经历。贝尔法斯特小组最初是英格兰诗人和评论家菲利普·霍布斯鲍姆以女王大学为核心,在北爱尔兰首府贝尔法斯特召集的一群刚刚开始诗歌创作的年轻人,他们通过定期聚会"积极投入、据理力争地"谈论诗歌,其中的思想碰撞用希尼的话说,"不可能不在我们全体人员身上留下印记"(P 13)。不过,贝尔法斯特小组到底专指霍布斯鲍姆建立的文学社团,还是像有些学者提议的指 60 年代贝尔法斯特出现的一个诗人群体①,至今尚无定论。同样存在争议的还有小组的人员组成,乃至小组的运行方式、指导思想、在社会上引起的反响等,都有不同说法。即便小组成员自己的回忆,有时也恰恰相反②。

霍布斯鲍姆在文学上的最大成就就是通过各种诗社对当代英语诗歌产生影响。霍布斯鲍姆的导师是英国著名文学批评家利维斯,因此他的诗歌观深受新批评的影响。早在剑桥大学唐宁学院读书时,霍布斯鲍姆就出于对学校里朗诵诗歌的方式的不满,与托尼·戴维斯和尼尔·莫里斯一起组织了"剑桥诗社"。该诗社第一期共有 8 人,每个星期五晚上聚会。诗社一开始主要关注诗歌朗读,但很快就转向了用文本细读的方法进行诗歌批评和相互间的点评帮助。霍布斯鲍姆到谢菲尔德后,又同样在本科生中成立了"作家社",并开始出版期刊《谢菲尔德诗歌》,除了发表他们自己的诗歌,也发表其他诗人的作品。

1962 年来到贝尔法斯特女王大学后,霍布斯鲍姆开始组织当地的年轻作家每周聚会,这就是后来的"贝尔法斯特小组"的基础。霍布斯鲍姆首先邀请了他在女王大学的若干同事,如语言学家阿瑟·特里和英文系主任哈维,之后还邀请了他的硕士生斯图尔特·帕克、当地诗人詹姆斯·西蒙斯、参加他的劳动者教育协会成人班的琼·沃顿③等。当然小组中后来最有影响的无疑是希尼、迈克尔·朗利和德雷克·马洪,前两人都是因为评论霍布斯鲍姆的诗歌或所编诗集与其结识的。后来保罗·马尔登、弗兰克·奥姆斯比、米歇尔·福利、西伦·卡森和特雷弗·麦克马洪等也陆续加入,其中不少人后来都在诗歌界或其他文学领域颇有建树。除了这些作家,批评家

---

①　Heather Clark, *The Ulster Renaissance*: *Poetry in Belfast*, 1962—1972, p. 6.

②　对此达格代尔有过详细描述,参见 Norman Dugdale, et al. "The Belfast Group: A Symposium", in *The Honest Ulsterman* 53 (November/December 1976):53—63。

③　Bernard MacLaverty, Iris Bull, Maurice Gallagher, Norman Dugdale, John Pakenham, Brian Scott, J. K. Johnston 也参加过,Brian Scott 和 J. K. Johnston 在霍布斯鲍姆走后就离开了。参见 Stephen Enniss, "Seamus Heaney and the London Origins of the Belfast Group", in *Essays in Criticism*, Volume 67, Issue 2 (2017): 198。

埃德纳·朗利、迈克尔·阿兰、翻译家路易丝·慕因泽尔也都是这一诗社的成员。但这依然是一个不完全的名单,实际上小组的成员并不固定,不断有人离开,有人加入。比如斯图尔特·帕克和琼·沃顿第二年就去其他地方任教了,同时在斯兰米里教育学院任教的哈利·钱博斯和在北爱尔兰 BBC 电台工作的约翰·博伊德则加入进来。所以贝尔法斯特小组其实是一个非常松散的聚会,也没有遴选机制,几乎欢迎各类有兴趣的人参加。在诗歌观念上,小组也没有统一的要求,霍布斯鲍姆就直接写文章否认小组成员有任何共同的法则,称小组更应该被视为一个致力于诗歌批评的文学论坛①。小组的核心人物是霍布斯鲍姆、希尼和迈克尔·朗利②,霍布斯鲍姆 1966 年离开后,聚会就由希尼、阿瑟·特里和迈克尔·阿兰共同召集。

　　希尼与霍布斯鲍姆是在 1963 年结识的,当时他是霍布斯鲍姆与爱德华·露西-史密斯合编的《诗社选集》的评审,两人因此见了面。因为希尼在评审意见中说类似的诗歌小组在贝尔法斯特会大受欢迎,而那时霍布斯鲍姆正留心在贝尔法斯特成立一个与剑桥诗社类似的团体,所以主动向希尼发出邀请。当然霍布斯鲍姆如此看重希尼的评论还有一个原因,即那时《诗社选集》正遭到其他评论者的攻击,比如朱利安·西蒙斯就质疑"诗歌是个人的艺术,……合作而成的诗歌观能有什么用?"③但是希尼清醒地看到群体对于初出茅庐的诗人的重要性,至少可以让他们更容易得到关注。事实上这同样是希尼自己需要的。霍布斯鲍姆后来回忆他和希尼的见面说,"他似乎对自己被注意、被接纳、被对话感到无比兴奋。他一直在笑,那时我还不太能理解这一情绪,但我想是因为他高兴得到了承认"。④

　　贝尔法斯特小组一开始在位于费兹威廉街 5 号二楼的霍布斯鲍姆家聚会。最初是每星期二晚上,后来改到星期一晚上 8 点开始。参加者一般提前 5 到 10 分钟到,此时霍布斯鲍姆已经坐在客厅的椅子里了,其他人则围坐成一圈,就像研讨会一样。大家通常会先讨论一位诗人的作品,这些作品已经在上一次聚会时分发给大家,因此与会者都应该读过。材料是女王大学英文系的秘书西拉·克雷格或霍布斯鲍姆的妻子韩娜准备的,目前保存在女王大学或美国埃默里大学的共有 94 份。聚会的气氛严肃认真,好像上

---

①　Stephen Enniss, "Seamus Heaney and the London Origins of the Belfast Group", in *Essays in Criticism*, Volume 67, Issue 2 (2017): 202.

②　根据贝尔法斯特小组网站的数据统计。

③　Julian Symons, "Smartening Up", in *Spectator* (10 May 1963): 606.

④　Michael Parker, Seamus Heaney, *The Making of the Poet*, Basingstoke: Macmillan, 1993, p. 50.

课一样。诗人先朗读自己的作品，每首诗霍布斯鲍姆都会有简短的介绍和点评，然后大家一起讨论，历时大约一到一个半小时。然后是 10 到 15 分钟的咖啡和茶点，之后是随意朗诵任何自己喜欢的诗歌，并说出喜欢的理由。朗诵的诗歌一般不是自己的，而是自己欣赏的，可以是翻译的，也可以是刚发表的。希尼朗诵过英国诗人特德·休斯和爱尔兰诗人卡瓦纳的诗，也朗诵过美国诗人约翰·兰姆森的作品，比如《约翰·怀特萨德的女儿的丧钟》（"Bells for John Whiteside's Daughter"）和《死去的男孩》（"Dead Boy"），但显然更因为题材而不是诗歌艺术，因为这些诗歌与希尼自己的《期中假期》一样，都描写了儿童的夭折。

　　关于霍布斯鲍姆对小组的影响，希尼在《小组》中做过详细的描绘：

> 　　他在小组中传播着活力、慷慨和信念，对那些偏狭的、拙劣的和未发表的东西表现出信任。他急躁、武断，在文学上冷酷无情；然而对那些他信任的又非常耐心。他会出乎意料地受到众多彼此迥异的诗歌和人品的影响。他非常焦虑我们这里恶化了的社会和政治环境必然破坏文学的文雅得体。如果他的绝对让一些人抓狂，而专横又让其他人受伤，他却用他的热情让同样多的人信服。（P 29）

不过与希尼不同，德雷克·马洪觉得霍布斯鲍姆与小组成员的关系并不像导师与学生的关系，"一般的说法是我们这些战战兢兢的乡下门外汉需要某个来自剑桥的人带路。但我们早就在路上了。菲利普是个不错的家伙，他会给我们威士忌，有时我们会喝。但他的做法是利维斯式的，这种方式在爱尔兰背景下就是行不通，我怀疑他从我们这里学到的，要比我们从他那里学到的更多。"[1]不过有一点马洪和其他人回忆时都一致承认，那就是在霍布斯鲍姆的影响下，小组的讨论始终坦率直接，毫无保留，即便有时可能有些尖锐，对彼此却都是非常好的锻炼，至少让大家保持着对诗歌和语言的敏锐感觉。

　　当然像所有群体一样，贝尔法斯特小组成员之间也不可避免地存在着矛盾，用迈克尔·朗利的话说，"我们之间的竞争比我们现在可能记得的还要残酷"（SS 77）。但同时他们也有惺惺相惜，相互向出版社举荐。朗利就曾在写给一位评论家的信中说，"如果有一位名叫德雷克·马洪的年轻爱尔兰诗人向你递交诗集，看在上帝的份上别拒绝他。"[2]詹姆斯·西蒙斯也曾

---

①　Nicholas Wroe，"Review：A life in Poetry：A Sense of Place"，p. 13.

②　Gavin Drummond，"The Difficulty of We：The Epistolary Poems of Michael Longley and Derek Mahon"，in *The Yearbook of English Studies*．Vol. 35 (2005)：32.

向自己的出版商推荐朗利。朗利和马洪之间的交流尤其频繁,他们在书信中交换对对方诗歌的看法,尤其是诗歌的体裁、技巧和风格等的看法,并在这个过程中受到对方的影响。

　　不过由于贝尔法斯特小组特殊的地理和政治位置,他们自身的内在矛盾其实远远超过小组成员之间的冲突。1984 年 8 月在"彼得·拉弗纪念演讲"上,希尼做了题为《在场与移位:当代北爱诗歌》的报告,指出北爱诗人其实"同时位于两个地方。每个乌尔斯特人首先住在现实在场的乌尔斯特,然后又住在这个或那个头脑中的乌尔斯特。"①从地理空间来说,乌尔斯特属于爱尔兰岛,是爱尔兰不可分割的一部分;但在政治身份上,乌尔斯特人又不属于爱尔兰共和国,是英国的公民。这不可避免地会造成北爱人的内心冲突。正是这一矛盾身份,让"位置"(place)成为所有北爱诗人都清晰地意识到并无法回避的问题。这也是为什么保罗·马尔登 1971 年在贝尔法斯特出版的第一部作品的标题就是《知道我的位置》(Knowing My Place)。同为贝尔法斯特人,希尼清楚地看到这个标题中包含的双关,一方面是"少数群体所被希望的"能够知趣,另一方面这个标题也"衷心地赞同万事万物都有它的位置"。不过这一演讲中更有价值的,是希尼卓有见地地指出了"诗歌技巧与历史环境之间的深刻关系"②,尤其指出北爱诗人虽然被那些积极参加政治行动的人视为逃避现实,但他们诗歌富有多重含义的语言,却像马尔登的标题一样,用自己的方式提供了与政治示威一样的表达异议的空间。这在一定程度上也可以说是希尼对自己的辩护,因为不少人也指责希尼在政治问题上逃避,而希尼同样用富有多重含义的意象,在描写日常事物的同时也深刻指向北爱的现实。

　　1966 年霍布斯鲍姆去了格拉斯哥后,希尼成了召集人,这多少也是霍布斯鲍姆的安排。事实上 1964 年左右,由于伦敦的诗歌小组不断受到攻击,霍布斯鲍姆已经对诗歌小组这种形式心生退意,在当年写给露西-史密斯的信中就说他会自然地离开,而希尼会成为他的接替者。不过希尼似乎比霍布斯鲍姆能更成熟地把握诗人的独立与群体的合作之间的关系。在他召集小组的时候,聚会不再像霍布斯鲍姆时那样有条不紊,而是松散随意的,比如地点常会变,有时就在学校里的办公室,有时在酒吧,也在希尼家聚会过几次;同时霍布斯鲍姆时期聚会的仪式感和严肃感也随之消失,聚会变成一种介乎沙龙和酒会之间的形式;参加的人员也不再固定,过去的成员和

---

　　① Seamus Heaney, "Place and Displacement: Recent Poetry of Northern Ireland". in *The Wordworth Circle*. XVI. (Spring 1985): 49.

　　② Seamus Heaney. "Place and Displacement: Recent Poetry of Northern Ireland": 51.

新写诗的学生都会不定期地来。等到有了 1970 年秋到美国伯克利大学访学这个契机后，希尼就将小组聚会彻底结束了。

二、小组的烙印

希尼不仅积极参加小组的活动，而且在小组的朗诵和讨论中拿出不少自己创作的诗歌，其中包括《啊，勇敢的新公牛》（"Oh Brave New Bull …"，发表时改为《罪犯》"The Outlaw"）、《期中假期》《群体栋梁》（"A Pillar of the Community"）、《麦肯纳的周六之夜》（"MacKenna's Saturday Night"）、《被观看的火鸡》（"Turkeys Observed"）《不屈不挠的爱尔兰社会》（"The Indomitable Irishry"）、《讣告》（"Obituary"）、《挖掘》（"Digging"）、《谷仓》（"The Barn"）、《一位自然主义者的死亡》（"Death of a Naturalist"）、《岛上风暴》（"Storm on the Island"）、《老住户的独白》（"Soliloquy for an Old Resident"）、《作家与教师》（"Writer and Teacher"）、《年轻的大学生》（"Young Bachelor"）、《脚手架》（"Scaffolding"）等。希尼第一次把诗歌交给霍布斯鲍姆挑选小组讨论的篇目时，几乎已经够一部诗集的数量了。霍布斯鲍姆也对这些诗歌赞不绝口，立刻写信给一位编辑称这些"了不起"的诗歌"全都达到了很高的水准"[1]。

希尼自己也说"我甚至没有努力就提高了（小组的）整体水准"（SS 77），可见他对当时的自己的定位是高出贝尔法斯特小组其他成员的，当然后来的成就也证实了这一点。1966 年霍布斯鲍姆离开后，聚会数次改到希尼家，说明希尼当时就已经取得了小组里的领袖地位。当然希尼在小组中也遇到一些贬低他的人，比如詹姆斯·西蒙斯在 1968 年创办文学刊物《诚实的乌尔斯特人》后，一直发表文章贬低希尼的诗歌。这种抨击不会影响两人见面时的友好相处，但西蒙斯文章中的敌意也因此更令希尼困惑。后来希尼得出的结论是由于自己对西蒙斯的诗歌一向看不上眼，西蒙斯是在报复自己。好在希尼谨记美国诗人庞德的话，不要留心那些自己写不出值得关注的作品的人的评论，所以他并未受到很大的影响，但这也可以看出希尼与小组其他成员的关系的复杂性。

贝尔法斯特小组的经历无疑对希尼影响很大。首先，正是贝尔法斯特小组的经历给了希尼从事诗歌创作的信心和信念。1963 年收到霍布斯鲍姆发出的参加邀请时，希尼只有 24 岁，用他当时告诉亨利·寇尔的话说，那时的他只"觉得自己有一定的文学潜力，但是并没有真正的信心"[2]，后来当

---

①　Hobsbaum's letter to Lucie-Smith, 5 Nov. 1964, Lucie-Smith Collection, Ransom Center.

②　Henri Cole, "Seamus Heaney: The Art of Poetry LXXV", in *The Paris Review* 144. (Fall 1997): 92.

他有了较多的文学成就和声望后,希尼更明确地承认 1963 年时他对"成为一个作家完全没有信心"①。加入贝尔法斯特小组时希尼只是一名中学教师,能够通过小组迅速结识一群年轻的贝尔法斯特作家,有机会与别人分享自己的创作,找到一处诗歌的空间,对他来说是一件幸事。小组出现之前,贝尔法斯特的文学圈相当沉寂②,马洪甚至称之为"文化沙漠"③,称当时贝尔法斯特的主流文人不过是"市侩"④。因此小组无疑为才露尖尖角的希尼们提供了一个充满活力和鼓励的平台,更别提霍布斯鲍姆本身的热情"在那些否则可能陷入沉寂的人身上激发的动力"⑤。

其次,至少对希尼来说,贝尔法斯特小组对写作有真正的"严肃感"和"仪式感"(SS 74),代表着对写作这一价值的认可,甚至给了它的参与者写作的神圣使命感。后来在文学评论中,希尼一次次重申诗歌在当代社会的重要意义和作用,赋予诗歌以开启心智、纠正社会、维持公正、拯救命运的神圣功能,这在一个文学的社会和政治意义日益淡薄的时代,贝尔法斯特小组的诗歌信念无疑是希尼这一诗歌神圣观的重要群体基础,从而能够支撑他即便在没有同道的环境中也可以把自己的信念坚持下去。

不过贝尔法斯特小组的经历对希尼诗歌创作的更重要的影响还在于,与同代诗人的交流为他提供了大学毕业后的一个重要的学习机会,听霍布斯鲍姆和其他人点评诗歌其实也是一个学习理解诗歌的过程。贝尔法斯特小组的诗歌批评主要遵循新批评的诗歌原则,对语言有很高要求。因此在把诗歌拿出来供群体讨论后,希尼也随之对原稿做了不少修改,"他加以修改,以便更清晰、语法更准确,避免粗劣,创造更真实生动的形象,并增加心理现实主义因素。"⑥《谷仓》是其中一首修改得比较多的诗。该诗收入《一个自然主义者的死亡》时,第一句已经从一年前发表于《时尚》刊物上的"Clean corn lay piled like grit of ivory"改为了"Threshed corn lay piled like grit of ivory"(打好的谷子堆积如一粒粒象牙)。第一个词从"Clean"(干净)改为"Threshed"(打谷)赋予了诗歌动态的生动性,并且只一个字就

①　Frank Kinahan, "An Interview with Seamus Heaney", in *Critical Inquiry* 8. 3, (Spring 1982): 407.

②　贝尔法斯特在 1961—1966 年间,人口一直在 40 万上下浮动,而 1966 年女王大学的全部学生人数不过 5371 人。

③　Derek Mahon, "Poetry in Northern Ireland", in *20th Century Studies* 4 (1970): 90.

④　Derek Mahon, "Poetry in Northern Ireland": 89.

⑤　Derek Mahon, "Poetry in Northern Ireland": 91.

⑥　Ashby Bland Crowder, "Seamus Heaney and the Belfast Group: Revising on His Own", in *Estudios Irlanderses*, (Number 11, 2016): 185.

立刻将读者的想象直接带入了乡村。这些细节上的推敲无疑对希尼未来的诗歌创作有重要帮助。克劳德教授通过对比希尼在小组讨论前后不同的诗歌版本，有力地论证了贝尔法斯特小组在希尼那些最成功的诗歌修改中所起的重要作用。正是这些修改让希尼的早期诗歌更清晰准确，也更生动深刻。这些变化虽小，对希尼未来诗歌的创作却"不是无足轻重的"①。可以说新批评对诗歌细节和形式的关注，给刚刚开始创作的希尼打下了扎实的诗艺基本功，让他的诗歌无论怎样变换主题，都显示出"想象的激情、细致入微的语言、精雕细琢的形式这些优秀品质"②。

　　除了出色的诗歌才华外，与其他成员相比，希尼一开始就有明确的发表意识，很早就向大学刊物投稿，为了写投稿文章，还租了一台便携式打字机。希尼将自己投稿的举动描绘为向外部伸出触角，是一种不满足于当地爱尔兰天主教徒的狭小天地的欲望，一种对更广阔的世界的追求。因此可以想见，在进入贝尔法斯特小组前，希尼的发表范围就已经不再局限于贝尔法斯特了。1962 年在《贝尔法斯特电讯》上发表诗歌后，第二年春他就在爱尔兰的《基尔肯尼杂志》上发表了《期中假期》，在《爱尔兰时代》上发表了《学术的进展》和《渔夫》。虽然数量不多，但在没有任何联系的情况下仅凭自己的才华就被不同地区的杂志和群体认可，这无疑让希尼获得比熟人圈中的名望更大的自信，不但是对自己的诗歌才能的自信，还有对自己有能力迈向更广阔的天地的自信。

　　这一追求在与来自伦敦的霍布斯鲍姆结识后进一步发展，也决定了他不可能把自己的诗歌创作局限于爱尔兰乡村，乃至爱尔兰文化。贝尔法斯特小组虽然以北爱诗人为主，诗歌理念却是世界的。可以说正是这一世界主义的定位最终成就希尼走向了世界文坛。希尼曾向在伦敦发行的《新政客》和《聆听者》投稿，却屡屡被退。值得指出的是，这并没有使希尼像爱尔兰诗人卡瓦纳那样认为自己诗歌的爱尔兰色彩决定了自己永远不会被英格兰读者所接受，并彻底转向爱尔兰，相反，希尼坚持不懈地调整自己的表达，坚持继续投稿。而正是因为霍布斯鲍姆把他推荐给露西-史密斯，露西-史密斯又推荐给《新政客》的编辑卡尔·米勒，最终在 1964 年圣诞节前，《新政客》接受了希尼的三首诗歌《挖掘》《岛上的风暴》和《脚手架》。这次发表意味着希尼开始进入更大的伦敦文学界，而且正是这之后，希尼的诗歌发表开

---

① Ashby Bland Crowder, "Seamus Heaney and the Belfast Group: Revising on His Own": 188.

② Richard Rankin Russell, *Poetry and Peace: Michael Longley, Seamus Heaney, and Northern Ireland*, Notre Dame: University of Notre Dame Press, 2010, p. 28.

始渐渐走向坦途。

事实上,希尼的第一部诗集《一个自然主义者的死亡》也是因霍布斯鲍姆的推荐,费伯出版社才向希尼要手稿,并最终接受了这部诗集的。如果没有霍布斯鲍姆,希尼完全可能走向一条类似于卡瓦纳的地域化之路,而不是一开始就被世界经典出版社所接受。因为事实上希尼之前已经将《一个自然主义者的死亡》的手稿寄给了都柏林的史前墓石出版社(The Dolmen Press)。这是 1951 年成立的出版社,旨在支持爱尔兰的诗歌和艺术,被认为是在爱尔兰出版的黑暗时期出现的一座灯塔,因此有着鲜明的民族色彩。如果一开始是史前墓石出版社出版了希尼的诗集,希尼的诗歌必然会被更紧密地与爱尔兰民族文化联系在一起,希尼也更会被英国读者视为代表着爱尔兰文化的复兴,而不是表达了普遍的情感和思想。因此实际上希尼一开始的起点就绝非像很多人认为的那样,立足于爱尔兰传统,相反,希尼正是因为既立足于又超越了爱尔兰的空间,才最终走向了世界。在这个过程中,贝尔法斯特小组的作用不可低估。

希尼自己选择的也是世界而绝非仅仅是爱尔兰。在等待史前墓石出版社的消息时,希尼收到了费伯出版社索要书稿的信。希尼的决定是写信给史前墓石出版社要回了手稿,当然前提是史前墓石出版社还没有确定接受他的诗稿,因为毕竟那时费伯也没有决定。希尼的做法也可以说同时向两个出版社伸出了橄榄枝,这其实也是希尼后来一直的态度:他并不愿意成为一个纯粹的民族主义者,但也希望与自己民族保持联系。民族和世界,是他的天平不可或缺的两端。这一次,费伯出版社通过接受他的作品,把世界的大门向他打开了。

希尼交给史前墓石出版社的诗集与交给费伯出版社的诗集在选诗上有很大变化,因为费伯出版社的编辑查尔斯·蒙太斯在信中提到自己很喜欢《挖掘》和《一个自然主义者的死亡》这两首诗,于是希尼的整个选择就聚焦在家乡摩斯邦的世界。原先摩斯邦只是诗人视角中的自然背景,而为了获得英格兰编辑的青睐,摩斯邦被突出聚焦成了一个被注视的他者。从这一点说,《一个自然主义者的死亡》中的摩斯邦其实是对现实生活中的摩斯邦的异化。

这里尤其值得一提的是《卜水者》(The Diviner)一诗,这是希尼到伦敦去见查尔斯·蒙太斯时带过去加入整部诗集中的最后一首。事实上,《卜水者》虽然没有表明诗人对这一民间"迷信"的态度,但全诗既客观又肯定的语气,让读者很容易觉得希尼跟那些爱尔兰乡民一样是多少相信的,这对 20 世纪的读者来说无疑是"落后"的。但是如果明白《卜水者》的读者对象其实是英格兰人,爱尔兰在他们的想象期待中依然是"迷信的"和非科学的,那么这首诗也可以被视为被殖民文化面对殖民读者时常会采取的策略:展示自身文化非现代性的一面,肯定其中神秘的可能性,从而为自己在英国科学之外赢得一个话语权,因为这是英格兰读者最愿意接受的。

三、小组诗人的不同方向

同样重要的是,贝尔法斯特小组向作为天主教徒的希尼提供了真正深入理解新教徒们在北爱尔兰的困境的可能。希尼身边也有客气往来的新教邻居或同事,贝尔法斯特小组的不同之处,则不仅在于这是一个新教徒与天主教徒友好交流的亲密群体,而且更重要的是,作为诗人,他们有能力反思自己的处境,用诗歌把内心深处的感受毫无保留地写出来,并经由小组这个渠道相互交流,从而为获得相互理解。小组活动的时期,也是以土生土长的爱尔兰人为主的天主教徒与以英国殖民者的后代为主的新教徒,双方在北爱尔兰的冲突愈演愈烈的时期,两个群体之间的差异被放大到了相互敌视的程度。希尼在《另一边》中就描写过一位新教徒由于社会偏见,以为天主教邻居不读圣经、精神贫瘠,傲慢地与他们保持距离,直到有一天听到"我们"一家的餐前祷告,才意识到大家有着共同的信仰。显然,萨伊德所说的"强调一部分人与另一部分人的差异"①的话语体系将被殖民群体简化为他者的做法,同样是北爱尔兰冲突的重要原因。萨伊德主要呼吁殖民者对被殖民者的理解,但理解其实是双向的,在北爱尔兰这个双方力量并不悬殊的地方尤其如此。

正是小组里新教诗人对北爱尔兰新教徒困难处境的深刻描写,让希尼认识到双方都在派系隔阂中受到伤害,他才能在被希望充当北爱尔兰天主教群体代言人的政治压力下,依然坚持描写北爱尔兰天主教徒与新教徒之间的友爱互助,从沼泽献祭这一普遍人性暴力的角度来言说当下的冲突。理查德·罗素就认为,由于希尼刚开始诗歌创作时所在的贝尔法斯特小组让希尼学会了如何理解和接纳不同的,乃至敌对的立场,因此奠定了他的诗歌超越政治派别,融合其他立场的基础,因为"尽管接受的是天主教传统,使用的是天主教的冥思技巧,希尼的诗歌总是向其他文化的影响敞开,因此更能向当地同时存在的众多文化提供具有统一力量的意象和语言"②。

贝尔法斯特小组解散后,希尼继续与其他小组成员保持联系并相互影

①　Said, Edward. *Orientalism*. Routledge & Kegan Paul, 1978, p. 45.

②　Richard Rankin Russell. *Poetry and Peace: Michael Longley, Seamus Heaney, and Northern Ireland*. University of Notre Dame Press, 2010, p. 178.

响。一般认为小组成员中诗歌成就最大的是希尼、迈克尔·朗利和德雷克·马洪，他们在小组聚会中提供的朗读作品也远远超过其他人，因此也被称为"紧密的三角联盟"，"组成了贝尔法斯特小组的分组"①，如今学术界也常把他们三人放在一起研究②。不过在朗利看来，马洪和保罗·马尔登都与希尼一样优秀，"我觉得他（指希尼）创作了伟大和不朽的诗歌，但是德雷克·马洪也如此。保罗·马尔登同样如此。"只是诺贝尔文学奖将希尼变成了圣人，从而"在某种程度上，谢默斯的巨大声誉扭曲了诗歌。"③朗利指的是人们越来越因为希尼的声誉而赞美他，却不再关心其诗歌本身的美。希尼同样对朗利、马洪和马尔登有特别的关注。在《在场与移位：当代北爱诗歌》中，希尼就称赞在表现爱尔兰诗歌中普遍存在的强烈地域感时，这三位诗人更坚持个人的经历而非群体文化。因此马洪笔下的安特里姆、朗利笔下的爱尔兰西部，马尔登笔下的阿马市等都是这些诗人的个人思考的承载，而非加在个人经验之上的群体传统。希尼始终肯定他们不是让自己融入大的神话和象征体系，而是让自己超越了自己的环境，地域被用来成就他们个人的神话。这一评价同样可以视为希尼的自况。（P 148）

与希尼不同，朗利和马洪都是生活在北爱的新教诗人。不过，北爱的地域政治问题带给他们的困扰并不比出身天主教家庭的希尼少。朗利的《亚麻布工人》（"The Linen Workers"）就是写 20 世纪 70 年代初期 10 位新教的亚麻布工人被爱尔兰共和军截住射杀。亚麻是北爱尔兰的主要产业，因此亚麻布工人这一身份更凸显了他们的本地性，也让他们被当作异己枪杀更具有悲剧色彩。希尼对朗利的这首诗有高度的认同和评价，称虽然主题是北爱尔兰诗中常见的政治冲突，朗利却不仅通过罗列地上散落的"眼镜、/钱包、零钱，还有一副假牙：/血、食物颗粒、面包、红酒"④组成一出"令人震惊的情景剧"（PW 51），而且通过插入朗利父亲的假牙达到了"惊人的独树一帜、超出预期"（PW 50）。朗利的父亲也是出生在北爱尔兰的新教徒，二战时参加过英国军队，若干年后因战争时的旧伤恶化成癌症而去世。在朗

---

① Heather Clark, *The Ulster Renaissance*：*Poetry in Belfast*，1962—1972，p. 57.

② 比如美国埃莫里大学英语系研究生科克伦的博士论文《死亡之船：谢默斯·希尼、德雷克·马洪和迈克尔·朗利的挽歌诗学》（Brendan W. Corcoran, *Ships of Death*：*The Elegiac Poetics of Seamus Heaney, Derek Mahon, and Michael Longley*，UMI Microform 3103784，Copyright 2003 by ProQuest Information and Learning Company）。

③ Michael Longley，"Being 77 and Three-quarters Is the Best Time of My Life". *The Irish Times*.（17 June, 2017）. https://www. irishtimes. com/culture/books/michael-longley-being-77-and-three-quarters-is-the-best-time-of-my-life-1. 3097831.

④ Michael Longley. *Collected Poems*. London：Jonathan Cape, 2006，p. 118.

利看来,北爱尔兰冲突与世界大战带给个人的伤害都是一样的,无关宗派。这样,个人的痛苦与群体的痛苦交织在一起,写出了北爱尔兰新教徒与天主教徒一样的困境:政治冲突给所有派别带来一样的困扰和死伤。正因为有了这样的认识,希尼才最终用《人链》来命名他的最后一部诗集,希望爱和帮助能够像赈灾食物一样,超越民族,在人与人组成的人链中传递。

现在朗利常被与希尼放在一起研究的,主要是他们都对古典文化有兴趣,并运用到自己的诗歌创作之中。这种相似性在研究者们看来不仅是一种文化兴趣,而且更重要的是"它也暗示着一种可能的价值,即对历史的神话理解有可能解开循环复仇的局面,因为它们提供了一种意识上的跃迁,该跃迁是摆脱与复仇共生的就事论事的僵化做法所必需的,并能转而在隐喻和多元的层面进行思考,重新去想象现实和造成这一现实的人类。"[1]因此研究两人的古典取向,与其说是寻找他们的文学渊源,不如说是揭示两人作为北爱代表诗人,如何为北爱错综复杂的政治纠葛提出新的想象空间和出路。因为神话会帮助人们认识到,眼前看似非此即彼的僵硬选择其实并不像看上去的那么善恶分明,比如北爱的派系仇杀并不仅仅是天主教和新教孰是孰非的问题,神话中类似的种族杀戮暴露的是人性本身的残暴,因此北爱冲突双方都应该检视自己,也都有责任改变现状。

德雷克·马洪虽然常被与希尼和朗利相提并论,但他否认自己是贝尔法斯特小组的成员,"我不是菲利普·霍布斯鲍姆那讨厌的贝尔法斯特小组的成员。我住在另外一个城市。我属于都柏林我自己的小组。我去过菲利浦的小组一次,然后再没去过。"[2]这也是有人认为贝尔法斯特小组的含义更加宽泛的一个原因。马洪比希尼小 2 岁,有"贝尔法斯特的济慈"之称,希尼则称之为"贝尔法斯特的斯蒂芬·迪达勒斯"(PW 48)。1982 年马洪的诗集《夜猎》(*The Hunt by Night*)出版时,希尼称"这些诗歌有着只有在最优秀作品中才能发现的丰盈和激情"[3]。希尼分析过马洪的《乡愁》("Nostalgias"),认为这首诗表现的是北爱新教群体的矛盾心态,"他们的安全感越不可否认地被动摇,他们的天选感越明确地得到肯定"(PW 48)。

马洪和朗利虽然是新教徒,但他们同样与爱尔兰文化有着密切的联系,甚至相比之下更不愿意加入英国,因此"作为诗人,他们理解他们自己群体

---

① Iain Twiddy, "Visions of Reconciliation: Longley, Heaney and the Greeks", in *Irish Studies Review*, 21:4, (2013): 426.

② James Murphy, Lucy MacDiarmid & Michael Durkan, "Q and A with Derek Mahon", in *Irish Literary Supplement*, 10.2, (Fall 1991): 28.

③ Nicholas Wroe, "Review: A life in Poetry: A Sense of Place", p. 13.

的团结一致,也理解有必要颠覆这个群体。"(PW 49)这让他们对北爱新教群体的书写变得尤其困难。希尼认为马洪的《韦克斯福德郡的废弃小屋》("A Disused Shed in Co. Wexford")典型体现了北爱新教徒的这种尴尬处境,并且称这首诗是划时代的。该诗描写的是在一个因火灾废弃的旅馆小屋的钥匙孔附近,生长着上千只蘑菇,诗人想象它们那被遗忘的孤独生活,以及希望得到救助的呼唤。

> 它们在求我们,你看,用它们无声的方式,
> 做些什么,替它们说话
> 或者至少不要再把门关上。
> 特雷布林卡和庞培被抛弃的人们!
> "救救我们,救救我们,"它们似乎要说,
> "愿上帝不要抛弃我们
> 我们在黑暗和痛苦中走到了现在。"①

希尼指出这群蘑菇正象征着马洪那些"在贝尔法斯特的祖先"(PW 49)。长期以来人们以为他们作为新教徒在北爱尔兰耀武扬威,其实他们因为宗派隔离而困在北爱尔兰的小片区域,被更大的群体遗忘。

另外一个得到希尼评述的小组成员是保罗·马尔登,而且虽然与小组的多数成员交好,希尼只专门撰文评论过马尔登。这是 1978 年在爱尔兰广播电视台播出的一篇广播稿,后来被收入了 1980 年出版的第一部散文集《全神贯注》。马尔登比希尼小 12 岁,1969 年到女王大学读书后加入了贝尔法斯特小组,那时霍布斯鲍姆已经离开,希尼成为小组的核心人物,不过小组其实已经快要解散了。因此虽然马尔登说小组经历对他非常重要,小组其他人对马尔登的影响却应该是有限的。但另一方面,马尔登在女王大学英语系读书时,他的导师就是希尼,马尔登写过一首题为《公文包》("Briefcase")的诗献给希尼。他在小组中与希尼的关系有些像当年希尼与霍布斯鲍姆的关系。当年是霍布斯鲍姆帮助希尼的诗歌出版,马尔登也正是在希尼的推荐下,诗集《新气象》(*New Weather*)1973 年由费伯出版社出版,而在费伯出版社出版无疑为他跻身经典诗人之列奠定了重要基础。这部诗集被认为"奠定了马尔登作为爱尔兰最优秀作家之一的地位,并帮助他建立起英语诗歌界富有创新精神的新诗人这一名望"②。后来马尔登也获

---

① Frank Ormsby ed. *Poets from the North of Ireland*. Blackstaff Press, 1979, p. 167.

② "Paul Muldoon", in *Poetry Foundation*. https://www.poetryfoundation.org/poets/paul-muldoon.

得了普利策诗歌奖和 T·S·艾略特诗歌奖这些诗歌界大奖,也像希尼一样
担任过为期 5 年的诗歌教授,显然希尼对他的关注与他自身突出的诗歌才
华更有关系。

希尼称马尔登为"这个时代真正的独创者之一"(FK 431),为马尔登的
第一部诗集《新气象》和 1994 年出版的诗集《智利编年史》(*The Annals of
Chile*)都专门写过书评,并且评价非常高。对于《新气象》,希尼称它带给读
者"与众不同的感受力、柔和的内心音乐、一首坚持它的特有生命的诗"(P
211)。不过希尼在文中更加推崇的是马尔登的第四部诗集《骡子》
("Mules"),他用诗集中的《异族婚姻》("The Mixed Marriage")一诗为例,
指出该诗集最大的特点就是不同风格的交织:"最重要的是聆听那介乎拉拢
和轻蔑之间的微妙语气,以及那在游戏和辛酸之间的娴熟转换,"(P 211),
就像该诗描写的当地通俗文学与学校里的经典文学之间的相互交织一样。
对于马尔登的《智利编年史》,希尼同样认为这本诗集足以让马尔登当之无
愧地被称为"大诗人"(FK 432),其中不少诗歌都体现了马尔登特有的将
"异质因素结合到一起"(FK 430)的能力。比如在《超声波扫描》("The
Sonogram")中,马尔登将古代历史、卫星技术和亲子之爱都融合在了一起。
这部诗集尤为独特的是一首 180 页的长诗《蓍草》("Yarrow"),在这里马尔
登尽情展示了他的用典、幻想和后现代的手法。诗人母亲的去世与诗人思
想的成长构成交响乐,叙述不断在个人记忆、童年阅读和文化历史之间快速
转换,不仅在内容上展现出"乔伊斯式的将日常与博学结合"(FK 431),而
且诗歌的速度和结构都是现代的,对家庭的关注却又是传统的。对于马尔
登的这种诗歌风格,希尼甚至创造了一个词来概括,即"muldoodles",mul
作为前缀指"多元的",与 doodles"乱写乱画"一起正指出了马尔登的杂糅与
创新,同时又模仿马尔登的名字 Muldoon。

希尼认为在叶芝的民族主义和浪漫主义诗歌传统之外,是马尔登为爱
尔兰诗歌指出了一个新的方向。希尼特别提出马尔登 1987 年出版的诗集
《会见英国人》(*Meeting the British*)①中的长诗《密达街 7 号》。这是一首
由一系列人物独白组成的长诗,包括虚构的诗人奥登、路易斯·麦克尼斯、
画家达利等著名人物的独白,这些人都曾经住在美国布鲁克林地区的密达
街 7 号。不过希尼特别提及其中"奥登"的独白,或者更确切地说,马尔登在

---

① 其中的同名长诗《会见英国人》从印第安人的视角记叙了 1763 年北美洲爆发的印第安土
著反抗英国殖民者的庞蒂亚克战役。这一战役是历史记载的第一次使用生物武器的战役,英国人
引入了当地所没有的天花。在诗中,染有天花病菌的毯子是当地人与英国殖民者第一次会面时,英
国人作为礼物送给印第安人的。

这里借奥登之口,对叶芝在《人与回声》中提出的诗与政治的关系问题做了嘲讽,对诗歌可以对一个民族的生活起示范作用不以为然。马尔登更认可的是怀疑而非奉献,更认可世界主义而非民族主义,希尼认为这让他"在诗歌上做到了同样走在空中"(PW 52)。马尔登并没有像周围的人期望的那样直接写北爱冲突,但事实上马尔登也是在写北爱,只是他是通过写北美印第安人、美国南北战争,乃至美国布鲁克林地区混杂的欧洲人来写北爱。希尼认为马尔登虽然似乎离北爱很远,却"能够传递出过去二十年历史所特有的热烈、污秽和无药可救的自以为是之心"(PW 52)。而这种书写北爱的方式也正是希尼自己后期的书写方式,"走在空中"也是希尼在诺贝尔文学奖获奖词《归功于诗》(1995)中的自况(CP 9)①。马尔登不仅受希尼影响,也影响着希尼。

贝尔法斯特小组作为20世纪北爱尔兰文学史的重要一环,不但为希尼等小组诗人在并不有利的社会环境里提供了成长的平台、共同体的力量,帮助他们超越现实地域纷争,走向世界,而且如果葛兰西意义上的认识即权力("或多或少地深刻地认识它们……就已经改变了它们"②)是正确的话,这些来自不同群体的诗人通过交流理解所获得的更多元开阔的视野,也用自己的方式,为1998年北爱尔兰问题的和平解决做出了贡献。

第二节　北爱尔兰诗歌

北爱诗人之间不仅有宗教和政治身份的差别,而且对各自的表现区域也有心照不宣的划分,比如希尼曾经描写过一位邮递员在厄恩湖群岛中递送圣诞邮件时陷入雪中被冻死,米歇尔·福利爵士就在《诚实的乌尔斯特人》中抱怨希尼越界,厄恩湖和费马纳郡应该是弗兰克·奥姆斯比的描写范围,因为奥姆斯比出生在该地区。希尼也承认,如果有人先于自己写了德格湖或者表现了苦路岛,他也会有些气闷,但是他觉得其实这种越界的情况也很正常,并且也有不少案例。

因此事实上,即便有贝尔法斯特小组,北爱事实上也不存在统一的诗歌群体,即便贝尔法斯特小组的诗人们,在身份、立场、主题和艺术上也各不相同,构不成统一的文化力量。北爱文学的主要特征是分散而不是聚集,矛盾

---

① 此处的"走在空中"是个双关,也有"洋洋自得"的含义。

② 安东尼奥·葛兰西:《狱中札记》,葆煦译,北京:人民出版社,1983年,第36页。

而不是统一,与其政治和社会面貌一致。因此即便在北爱,希尼与其他诗人的互动也因人而异。

一、麦克尼斯

希尼在女王大学读大学期间就熟悉了路易斯·麦克尼斯的作品,他最后一年因成绩优异赢得购书券后,就购买了麦克尼斯的诗集。毕业后他到圣托马斯中学教英文,在教四年级学生的时候,他带领他们阅读莎士比亚《第十二夜》和麦克尼斯的诗歌,还带学生们去看麦克尼斯在《卡里克弗格斯》("Carrickfergus")一诗中描绘的卡里克弗格斯镇和诺曼城堡。

麦克尼斯出生于贝尔法斯特,父母都来自天主教文化较浓厚的爱尔兰西部。但是麦克尼斯的父母都是新教徒,他的父亲更是英国国教会里爱尔兰圣公会的主教。这或许也是为什么麦克尼斯在《卡里克弗格斯》一诗中说,"我是教区长的儿子,生来属于英国国教/ 永远被禁止点燃爱尔兰穷人的蜡烛"[1]。麦克尼斯在英格兰的英格舍伯恩市预科学校读书时,接受了正统的古典文学教育。18 岁去牛津大学读书时,他甚至放弃了用到现在的名字弗雷德里克,脱离了爱尔兰圣公会,甚至也彻底放弃了他的爱尔兰口音。因此希尼认为麦克尼斯存在"双重立足点"(RP 195):一方面因为他的教育,他被视为英国文学界重要的一员,是奥登诗歌小组的成员;另一方面因为他的出身,他又被视为地道的爱尔兰人,因而名列爱尔兰诗歌经典之列。这样的双重身份在很多北爱尔兰人身上都存在,单纯的民族观是无法承载这样的现实的,甚至无论叶芝的爱尔兰文艺复兴还是乔伊斯的世界主义都无法承载北爱尔兰这样双重复杂的身份。用保罗·马尔登的话说,"在英国,他是一个无法完全适应的爱尔兰诗人。在爱尔兰,他是一个无法完全适应的英国诗人,并多少被奥登遮蔽。"[2]在《重访卡里克》("Carrick Revisited")一诗中,麦克尼斯也承认了自己的这一双重立足点。麦克尼斯去世后一年,希尼和贝尔法斯特小组的米歇尔·朗利、德雷克·马洪都不约而同地去拜访了他的墓地,并且都写了一首纪念麦克尼斯的挽歌。几个星期后三个人见面,马洪先读了他的挽歌。希尼读完自己的就扔了,因为觉得马洪的挽歌已经为麦克尼斯定了音。朗利则干脆不读了[3]。

---

① Frank Ormsby ed. *Poets from the North of Ireland*. Belfast: Blackstaff Press, 1979, p. 45.

② Earl G. Ingersoll & Stan Sanvel Rubin. 'The Invention of the I: A Conversation with Paul Muldoon.' *Michigan Quarterly Review*, Volume XXXVII, Issue 1, (Winter 1998).

③ Clíodna Ní Anluain. *Reading the Future: Irish Writers in Conversation with Mike Murphy*. Dublin: Lilliput Press 2000, p. 123.

1939年,麦克尼斯曾在 BBC 广播电台的北爱尔兰分部与诗人弗雷德里克·希金斯讨论诗歌,希金斯所主张的民族主义倾向让麦克尼斯颇不以为然。在这之前出版的自传体长诗《秋季刊》(*Autumn Journal*)中,麦克尼斯曾称爱尔兰"既是讨厌鬼又是母狗",不给她的子民们可以顺应外部世界的教养。因此对希金斯夸大爱尔兰的文化,处处强调爱尔兰文化的重要性和超过英国文化之处,他直接表达了反感,称自己很少从种族角度来考虑诗歌,相反更愿意从一种平常的视角,把诗歌视为记录任何打动诗人的思想和情绪之事的敏锐乐器。对于麦克尼斯与希金斯的这场争论,希尼认为希金斯的立场多少包含着种族主义和民族沙文主义的成分;相比之下,麦克尼斯的立场更倾向一种怀疑主义而不是一种献身的姿态,属于世界主义而不是民族主义,有着一种轻灵的疏离而不是沉重的依附(PW 42)。希尼这里对麦克尼斯的"轻灵"(lightness)的评价,也是希尼自己诗歌的追求;而希尼对民族立场和诗歌立场的选择,与麦克尼斯有不少相似之处,显然至少受到过麦克尼斯的启发。

希尼称麦克尼斯"可以被视为一位具有英格兰中心主义倾向的爱尔兰清教作家,他试图忠实于自己的乌尔斯特遗产、爱尔兰情感和英格兰偏好"(RP 200)。希尼这样说的时候并不是指责麦克尼斯有着类似休伊特的亲英倾向,无视北爱存在的盖尔语传统,相反,在希尼看来,麦克尼斯"有能力在爱尔兰属性、英格兰属性、欧洲属性、地球属性、生物属性等所有这些多重可能性之间进行变化"(RP 200)。希尼虽然对自己所生活的地域有着强烈的依恋,但是他也认同麦克尼斯这种在不同文化之间转换的能力,甚至越到后来越接受这样一种世界主义的立场。因此,在《方形》中,希尼称"一切都流动。甚至一个坚实的人"(ST 85)。在《高背长椅》("The Settle Bed")中,他描写了爱尔兰特有的一种可当床用的高背长椅,描写他躺在上面时,感到北爱新教和天主教的宗教历史如潮水般从头上流过。但是希尼接下来写道:

> 所有被给予的
> 总能被重新想象。
> ⋯⋯
> 你就像那个守望者一样自由,
> 那个远眺的爱开玩笑的人高居于浓雾之上,
> 此时宣布他要下来了
> 真正的船已经被从他的脚下偷走。(ST 29)

后期的希尼正如他在诺贝尔文学奖获奖词《归功于诗》中说的,终于"走在空中",而且是诗歌"使这一太空行走成为可能"(CP 9),这无疑也是一种"轻灵"。

不过希尼认为,麦克尼斯也具有一种乡土情调,不过这是"一种英格兰的乡土情调"(PW 43)。不过有趣的是,虽然希尼这样说,他却依然把麦克尼斯归入爱尔兰诗人的那些诗歌选集,显然希尼自己对爱尔兰性的理解也是开放的、包容的,"爱尔兰性不再局限于那些跳动着民族血脉的人,而且也扩大到包括那些在爱尔兰出生,并且希望有权拥有所有对他们的记忆和传承不可或缺的其他领域的人"(PW 43),后者无疑不仅包括在爱尔兰出生的新教徒,也像乔伊斯笔下的布卢姆那样在爱尔兰出生的犹太人和其他各种身份的人。因此对希尼来说,麦克尼斯实际揭开了民族问题的复杂性和多面性。虽然这会给民族身份的认证上带来不少不便,但希尼认为这种不便在诗歌上是值得的,而且也正是这种立场的复杂性和多面性让麦克尼斯的诗歌呈现出内在的复杂感和含混感。

在麦克尼斯的诗歌想象中其实也包含着与叶芝类似的爱尔兰西部乡村的光晕,也有城市化和政治分裂之前的爱尔兰,这个爱尔兰也始终在吸引着他的想象。当然麦克尼斯也深知这一浪漫想象中包含的政治分裂的可能性,因此也一直坚持一种反讽的和防卫的态度。这个空间在麦克尼斯的诗歌想象中与他读书时的英格兰,此外还有属于他的童年世界的、新教徒的北爱尔兰同时并存。这三种空间在他的《重游卡里克》一诗中都得到了呈现,诗歌也从童年单纯的记忆逐步进入现在因接触不同的文化传统而获得的复杂视角和沉稳。因此希尼认为,"麦克尼斯提供了一个榜样,显示了距离如何可以用作乌尔斯特艺术创作中的推动性因素,无论是现实的、流亡的、跨海峡的各种变化产生的距离,还是想象的、自我重新开始的、跨历史和跨文化那类的距离"(PW 46)。而且希尼认为,就像阿基米德凭借支点撬动地球一样,用力者的距离越远,越有可能推动爱尔兰世界。这或许也是为什么希尼在后期也将自己的活动领域拓展到美国,让自己立足世界文学舞台的一个原因。

如果说叶芝是爱尔兰民族文学的奠基者,追求的是用写作使地域获得存在,那么麦克尼斯就更多的是相反,用一系列诗歌,如《风笛乐》("Bagpipe Music")、《花园里的阳光》("The Sunlight on the Garden")、《交汇点》("Meeting Point")等丰富地表现了一种"迁移和不安的状态"(PW 47)。他对流动主题的痴迷可能来自于他天生就无法安身于任何一种身份,但他的这种跨界和流散的民族观则更具有后现代文化的特征。因此年轻的北爱诗人保罗·马尔登就非常推崇麦克尼斯,认为 20 世纪后半叶爱尔兰诗歌中任何有趣的东西都可以追溯到卡瓦纳和麦克尼斯。在牛津的第三场题为《越界》的讲座上,希尼也指出像保罗·马尔登、奥唐奈、杜兰这一代年轻的爱尔兰诗人与历史的联系不如他自己的那代诗人或者更早时期的爱尔兰诗人多,新一代爱尔兰诗人更乐于通过"越界"拒绝时代的重量。这或许正是为什么马尔登说不了解麦克尼斯,就无法理解像德雷克·马洪那样的很多当下的爱尔兰诗人。

二、约翰·蒙塔格

在《一个自然主义者的死亡》之后,希尼越来越将自己认同于北爱尔兰的天主教群体,并认为诗人有必要替那些被压抑的群体发声。在这方面他认为爱尔兰的诗人做得并不好,只有约翰·蒙塔格在诗集《被毒害的土地》(*Poisoned Lands*)和《获选之光》(*A Chosen Light*)中有所表现。

事实上蒙塔格并不是土生的爱尔兰人,他 1929 年出生在美国纽约。他的父亲詹姆斯·蒙塔格是北爱中西部蒂龙郡的一个天主教徒,在蒙塔格出生 4 年前到美国谋生。可是当时正值美国经济萧条,倍感压力的父亲把三个孩子都送回爱尔兰家乡蒂龙郡由亲戚照顾。蒙塔格在蒂龙郡的农场长大,而且他后来的诗歌也更把自己塑造为一个蒂龙郡诗人。不过在希尼看来,蒙塔格与蒂龙的关系更类似于从书本进入现实,用想象去塑造并突出自己所生活的世界。因此爱尔兰乡村的地名在蒙塔格的诗中"更属于声音传输线,是用来探测那日益缩减的共同文化的深度的木棍。……蒙塔格的地名中最洪亮也最被珍惜的是它们潜含的族群词源意义"(P 141)。

蒙塔格致力于寻找一个被遮蔽的北爱尔兰,而他生活的那个蒂龙郡的文化却是由几层文化积淀而成:首先是史前墓石组成的异教徒文明,比如位于蒂龙郡库克斯敦市的门形墓石莫内尔墓石(Murnell Dolmen),也称"德莫特与格拉尼娅之床",是一处新石器时代的石冢,连接的是古代爱尔兰的芬尼亚神话系列;其次是中世纪诺曼人入侵爱尔兰时期的蒂龙的奥涅尔王朝(O'Neill),他们的王朝统治在 1542 年结束,接受亨利八世加封为伯爵。奥涅尔王朝的加冕石就在蒂龙郡库克斯敦市南面的图拉霍格镇(Tully-hogue),因此连接的是被殖民时代的爱尔兰。不过蒙塔格很少去区分两者的差别,而笼统地都视为凯尔特时期的爱尔兰文学,并且视自己为"那几乎已失去的文化的零余者、贮存者、承载者和守护者"(P 142)。

1972 年蒙塔格从法国回到爱尔兰,在科克大学任教,他和希尼也开始通信。通过交流,两人生出一种共同承担起北爱尔兰的命运的感觉。但是当罗伯特·洛威尔因为希尼的《北方》而称希尼是"叶芝之后最好的爱尔兰诗人"后,洛威尔的这一偏向让蒙塔格和希尼产生了一定的芥蒂。1972年,希尼出版了《在外过冬》,蒙塔格出版了《坎坷的原野》(*The Rough Field*)。蒙塔格跟希尼说,1972年将因为《坎坷的原野》而被记起,言下之意《在外过冬》将被遗忘。

蒙塔格这样想也不是没有原因,因为他比希尼成名要早。蒙塔格1958年就出版了诗集,1967年的《获选之光》中已经汇集了很多诗人给他的诗歌写的评论,而希尼1966年才出版《一个自然主义者的死亡》,在诗坛崭露头角。在希尼开始创作的阶段,蒙塔格的一些诗确实对希尼产生过重要影响,他也买了蒙塔格的第一部诗集《被毒害的土地》,不过希尼并不是非常喜欢,觉得其中的诗性与他喜欢的那类诗歌差距较大。希尼比较欣赏那些沉静的、融入的诗歌,而蒙塔格的诗歌在他看来却昂首阔步,双目大睁,就像他的《晴天》一诗中所说的,

> 说出某事的唯一方式
> 说得尽可能光芒四射。
>
> 不是那种古老的历史语言
> 积累而得的丰富——
> 那种帘幕重重的味道![1]

希尼说自己是一个背负着层层裂隙的人,蒙塔格则把玻璃擦干净好让阳光照进来。

一方面蒙塔格像叶芝提倡的那样,始终相信那个被压迫的爱尔兰,相信这个爱尔兰还没有得到充分的描写,因此愿意把爱尔兰的过去永远地在语言中保存住;另一方面他又不满足于这一注定的命运,被推动着摆脱历史和地域强加的要求。一方面是成为传统的吟唱者,一方面是写作现代主义的诗歌,两者在蒙塔格身上并存。在诗集《坎坷的原野》中的《源头》一诗中,诗人走向水的源头,发现这里并没有传说中的大鳟鱼,但同时又孕育着生命。空壳与丰饶角在蒙塔格笔下,像在许多爱尔兰诗人笔下一样,结合在一起。而这也同样是希尼诗歌的一个重要特征[2]。

---

[1] John Montague et al. *Chosen Light*: *Poets on Poems by John Montague*. Loughcrew: The Gallery Press, 2009, p. 44.

[2] 戴从容:《从"丰饶角"到"空壳"——谢默思·希尼诗歌艺术的转变》,《山东社会科学》,2014年第8期,第59—67页。

早期希尼追求用复杂的、具有张力的诗歌来表现世界的复杂性,反对那些明确表达某种观点的诗歌。在他看来,只有那些含混的、暗示性的诗歌才具有启发心智的力量。但是到了 80 年代后期,现实中真正发生的事情渐渐在希尼的眼中变得只有"微乎其微的重要性"(PW 55),相反希尼在叶芝和乔伊斯的后期创作中找到了进入"想象性现实"的榜样,用他的话说需要"将历史细节提升到具有象征的力量"(PW 55)。希尼认为在经历了这样的飞跃之后,艺术家会进入另一种创作需要,一种新的辩证逻辑。希尼将那种追求历史细节的作品与那种追求象征力量的作品分别命名为"丰饶角"和"空壳"。丰饶角里盛着各式各样现实的东西,而名为"空壳"则是因为后一种写作方式来自诗人认识到现实本身的荒芜,以及诗人追求在清晰的一瞥之中看清现实的安排。用希尼引用的爱尔兰诗人约翰·蒙塔格的《山鹰》一诗中的话说,现在山鹰已经不是遍览群山,现在"一种不同的命运摆在他的面前:成为高山的魂魄"(PW 71),众人都在关注着他,敬畏着他,追随着他,此时诗人必须"获得一种完全象征性的力量"(PW 71)。

希尼认为蒙塔格的《山鹰》虽然是一个"空壳",却更加"自由而丰富地排演着依恋和热爱的主题,又同样自由地弹奏着疏离和颠覆的乐曲"(PW 71)。山鹰在诗中象征着诗的命运,希尼认为蒙塔格笔下的山鹰,正是通过自我否定从而获得象征的力量。希尼这里说的不只是蒙塔格的诗,因为对历史的想象和现实的苍白在希尼看来是爱尔兰诗人的普遍命运,因此从承认虚无中获得新生的力量,对爱尔兰诗人尤其重要,这一点也是希尼对爱尔兰当代诗歌的一个重要看法。

三、休伊特

事实上在 20 世纪四五十年代,约翰·休伊特曾是北爱的文化和思想标杆,是一位具有权威性和斗争性的左翼新教徒。希尼与休伊特的初次见面是在 1965 或 1966 年,当时休伊特回贝尔法斯特度假。之前休伊特在 1957 年拒绝接受乌尔斯特博物馆馆长的任命,全家去了考文垂。希尼是与北爱艺术家弗拉纳根夫妇一起见到休伊特的,弗拉纳根夫妇对休伊特赞不绝口,但也喜欢模仿休伊特断然的口吻和在交谈中置对方于无立足之地的做法取笑休伊特。后来一直到七十年代初希尼与休伊特都保持通信,休伊特也会来贝尔法斯特看希尼,希尼也会在考文垂见他。休伊特在《贝尔法斯特电讯》上发表过《一个自然主义者的死亡》的评论,给予相当高的评价,甚至在自己当馆长的赫伯特艺术馆组织过希尼的诗歌朗诵会。无论在信件还是在交往中,休伊特都给希尼很大的支持。在 2012 年 7 月于北爱尔兰阿玛市举办的"2012 约翰·休伊特国际暑期学校"正式上课前,诗人和作家们齐聚贝尔法斯特的乌尔斯特博物馆,阅读他们最喜欢的休伊特的诗歌。希尼朗读了休伊特的《观察者》("The Watchers")。此外希尼也对休伊特的《被塑造的头》("The Modelled Head")评价很高,认为这是一首"极其动人的有关自我检查和揭露的诗"(P 209),在诗中休伊特决心不要让态度僵化成姿态,希望自己回到"不确定"。他追求诗人的权威,但是应该是没有教条的权威。

1968 年休伊特的《诗选》出版前,他的作品在市面上的其实并不多,但是休伊特已经送给希尼几本自己印制的手册了。不过这之前希尼已经在费伯出版社出版的当代爱尔兰诗集中读到过休伊特的诗歌,后来在 1962 年为乌尔斯特的文学期刊写文章的时候,希尼不仅读到休伊特的诗歌,也读到过他的地方分权主义,以及他呼吁为乌尔斯特人建设乌尔斯特文学的文章。希尼觉得《诗选》中休伊特的诗让他对休伊特的努力和对诗歌的付出肃然起敬,但同样让他遗憾的是休伊特把诗歌只视为一种技术,把诗人视为制作者,这让他的诗歌过于经济,而缺少想象性。因此希尼否认自己在语言风格上受到休伊特的任何影响。

休伊特虽然生长在贝尔法斯特,但是他们一家是新教卫理宗教徒,他的父亲曾任贝尔法斯特阿格尼斯街国立小学的校长。休伊特自称是北爱人、爱尔兰人、英国人和欧洲人。这一含混的、调和的身份选择也带来了休伊特自己诗歌中的身份冲突。虽然休伊特称自己为爱尔兰人,但是他也承认他无法完全体会爱尔兰人对他们的地域的神圣情感,无法体会他们那种"古老的树木魔法的魔力"(P 147),因此希尼认为休伊特的地域观也是"双重焦点的"(P 147)。虽然与蒙塔格一样,休伊特也把墓石作为自己的地域文化的象征,但是与蒙塔格笔下的墓石只是爱尔兰蒂龙郡古爱尔兰的神话墓石不同,休伊特笔下的墓石有两处,一处是北爱安特里姆郡的"莪相之冢"(Ossian's Grave),还有一处是英国牛津郡的罗尔莱特石群(Rollright Stones)。这两种文化的矛盾被希尼称为"他那文明的头脑从英国的政治、文学和宗教传统获得自己的脾性,但他的本能、他的眼睛耳朵却受着乌尔斯特风光的熏陶"(P 148)。因此休伊特一直处在两种力量的张力之中:是回到庄重雄辩的主流英国文学,还是走向变化复杂同时也在消退之中的爱尔兰经验,这两个相反的方向让休伊特的诗歌在追求平实的同时又偏重韵律,在表现粗糙的现实的同时又追求内省和思考。

从 20 世纪三四十年代开始,休伊特就试图写出北爱新教农场主们既与周围的环境格格不入,又相信自己拥有天赋权利来统治北爱这种复杂的感觉,以及这些农场主们为此有意强调北爱新教历史的殖民性质。不过休伊特要做的是把乌尔斯特作为立足点,把它既作为大英帝国的一个省份,又作为古爱尔兰的乌尔斯特省,因此可以同时容纳北爱尔兰的天主教徒和新教徒。从政治上来说这当然不失为一个解决办法,而且目前北爱尔兰也正是这样定位的,但是在文化上,这"无法完全调和联邦主义者的不列颠迷思和爱尔兰民族主义者的盖尔血统优越感"(RP 195)。此外希尼更深刻地指出,休伊特的这种调和主义本质上更符合那些已经进入内阁、掌握统治权力的新教联邦主义者的利益,而非那些无论在就业、读书还是居住、福利方面都被歧视和边缘化了的天主教徒的利益。

　　事实上,虽然休伊特是一个民主主义者,主张人人平等和民权,他骨子里却把在北方的天主教徒以及爱尔兰因素依然视为"他者"。他从理论上尊重天主教徒并会为他们争取权力,却并不会从心底里偏向他们。事实上,休伊特把爱尔兰文化在北爱的式微当作既成事实来坦然接受,他对待北爱身份的态度非常类似于罗伯特·弗洛斯特对待 20 世纪美国文化的态度,认为经过时间的洗刷,美国的那些英格兰人已经没有必要再忠实于英国,而应该坚持自己在美洲土地上的权利,忠实于美洲这个场域,将身份从英国人转换为美国人。不过与美国不同,北爱现在不是一个独立的国家,而是英格兰的一部分,因此休伊特也更强调北爱与英格兰之间的联系,并强调所有北爱人,无论是天主教徒还是新教徒,无论是民族主义者还是联邦主义者,无论说盖尔语还是英语,现在都在英国女王的统治下成为一个群体的组成部分。作为女王制下的公民他们是平等的,他们的身份统一在一个身份之下,即英国公民。通过这种非历史主义的做法,休伊特其实抹掉了北爱这片土地上曾经有过的爱尔兰历史和文化。这种用政治身份取代文化身份,用当下的处境遮蔽历史的处境的简化做法,对于那些因此获得好处的人来说或许可以接受,但是并不是所有人都愿意忘记历史和放弃另一种可能性。文化的痕迹可以超过个体和时代继续传递,彻底抹除这些痕迹会像大风将石头化为砂砾那样漫长而艰难,不是一个方案就能够解决的。

　　另一方面,休伊特同样深刻地意识到,其实那些最初的英格兰殖民者也已经逐渐被北爱尔兰的水土所改变,渐渐变成了当地人,"我们在首都会格格不入/ 这里也是我们的国家,不是其他某处"(P 208)。休伊特的诗歌同样与爱尔兰的地域和文化联系在一起,并从中获得养分。在 1943 年发表的长诗《租地》("Conacre")中,他在自己生长的城市空间与爱尔兰的乡村空间之间犹豫不决,而他对爱尔兰乡村的想象则多少带有理想化的色彩。北爱存在的文化、历史和宗教分裂的问题同样进入休伊特的诗歌,但都是从个人遭遇的角度来表现的,而不是抽象为某种政治结论。休伊特在诗中虽然会坚持自己的爱尔兰身份和传统,与此同时却也"坚持承认存在着不同的起源和思维模式"(P 208)。出于这样的认识,休伊特同时与英格兰和爱尔兰保持着距离。希尼最认可休伊特的就是他作为诗人,完全清楚这种疏离立场的代价,并将与这种代价相连的复杂情绪毫不回避地写出来。

这种情感上的代价在休伊特的《国王的马》("The King's Horses")和《本土诗人》("A Local Poet")中有非常动人的表现。《国王的马》写我在乌尔斯特的乡村时,总是听到马蹄声从小路的尽头通过,"皮肤黝黑的男人们带着他们古代的技艺离我们而去",然后若干年后"我"又在伦敦听到马蹄声,匆忙从窗口望去却发现那是国王的马,"忙着国王的事情,与我无关"①。在这里诗人"我"永远只能是一个旁观者,无论是爱尔兰的传统文化还是英格兰的当代事务。《本土诗人》则以更忧伤的口吻写了过去的光荣传说的离去,以及被现实生活困住的艺术:

> 打消了他的勇气的退休金
> 会给他带来每日的面包,
> 而他则哀伤着他那彬彬有礼的诗句
> 留下那么多没有说。②

现代的北爱诗人不得不为了生存而放弃诗人说话的权利。休伊特明白北爱问题是一种殖民困境,他的《殖民地》一诗就是一个诗人对现实的重要介入,休伊特甚至还在诗中把自己在考文垂的日子写成一次失落。因此1972年退休后,休伊特回到了贝尔法斯特,不过那时希尼正好去了威克洛郡,两人没能见面。

休伊特所面临的矛盾,同样是希尼所面临的矛盾,他自己称为英国的辅音和爱尔兰的元音。休伊特在诗中探索个人身份,固执地坚持自己属于爱尔兰,同时又始终知道存在着另外的根源和思想传统,这一点对北爱尔兰人来说尤其普遍存在,希尼称之为"同时栖居两地之谜"(RP 190)。因此希尼认为休伊特始终面临着两种拉力,这使得休伊特的诗歌总是在平实与节奏性、宣扬与内省、思想与事实之间摇摆,所求与所得之间会出现不一致。

事实上休伊特始终渴望有一个完整的归属,他甚至渴望自己能够更随

---

① Frank Ormsby ed. *Poets from the North of Ireland*, p. 34.

② Frank Ormsby ed. *Poets from the North of Ireland*, p. 41.

和些,可以变得像那些有完整文化归属的人一样,无论是英国新教徒还是爱尔兰天主教徒都行。不过休伊特并未简单地选择某一种立场,即便他决心不要把态度简化为姿态,这一立场也是在诗中不无调侃地表达出来的。

希尼认为,休伊特在诗歌艺术上"强调诗人是一个制造者,关心在对形式的把握上具有专业水准,不相信任何未通过在传统模式里辛苦磨练就获得的自由和铺张"(P 207)。对休伊特来说,只有在诗歌技巧中经过了长期的浸润磨练的诗人,他的诗歌才是有价值的。休伊特非常强调处理诗歌的形式时达到专业水准,任何不是通过在诗歌传统中苦苦修炼而呈现出的自由和恣肆都会遭到休伊特的质疑。他尤其关注对格律、节奏、诗节的处理,喜欢使用双行体、十四行诗体、素体诗。休伊特提出这一点也不无原因,在贝尔法斯特这样的凯尔特文化占主流的城市,人们天性就擅长语言表达和现场发挥。把诗歌视为激情的爆发而非苦苦推敲的"诗人"很多。在这种情况下,休伊特提出"爱尔兰诗人,学学你的专业"(P 207)就并非只是个人的感慨了。在休伊特看来,任何在技巧上不够锤炼的诗歌都是有问题的,正像任何避开引用的诗歌评论都不是好的评论一样。希尼说后面这一条也是对他自己的诗歌评论的提醒。不过休伊特是一种说教型的诗人,会告诉读者应该如何思考和感觉,在希尼看来,休伊特缺少济慈所说的那种"否定的能力"(negative capability)。

四、布赖恩·弗里尔

北爱戏剧家、短篇小说家布赖恩·弗里尔虽然不是诗人,但是希尼为他创办的户外日剧院公司(Field Day Theatre Company)翻译改写过几部索福克勒斯的戏剧,因此与希尼的诗歌创作有间接但重要的联系。希尼在1980年进入了该公司的董事会,与弗里尔结下了终身友谊。

布赖恩·弗里尔出生于北爱中西部的蒂龙郡,也曾在德里市的圣哥伦布中学读书,不过那时他和希尼并不认识。弗里尔1962年出版了第一部短篇小说集《百灵鸟的茶碟——爱尔兰故事》后,希尼很快就购买并阅读了,几年后希尼和妻子还开车造访了《百灵鸟的茶碟》故事中提到的位于威克洛郡的德国墓地。希尼之所以关注弗里尔,一个重要原因是弗里尔作为北爱本土作家所描写的爱尔兰故事得到了广泛的赞誉。此外希尼还在60年代后期收到弗里尔写来的评论他的《一个自然主义者的死亡》的信,也听过弗里尔的《费城,我来了》(Philadelphia Here I Come)等剧的广播。

1969年10月5日,英国警察驱散北爱民权协会游行后的第二天,希尼在德里的一个群众聚会上第一次见到弗里尔。当时弗里尔给希尼留下印象的是他坚定的民族自治立场和对政治活动的积极参与，同时又有着更广阔的知识分子和艺术家的视野。1967 年弗里尔移居爱尔兰共和国，这也对后来希尼移居爱尔兰共和国有很大启发。到了 70 年代，两人开始了密切的联系和交往，他们会彼此交换出版的作品，有时会相互点评。希尼把《苦路岛》献给弗里尔，弗里尔则把《志愿者》献给希尼。当希尼开始创作德格湖组诗时，弗里尔给了他很大的鼓励，读了希尼的开头部分后就立刻写信让他写下去。弗里尔在 1974 年 10 月把《志愿者》的手稿送给希尼，里面的古老内容促发希尼立刻打出已有的沼泽诗和关于维京时代都柏林的诗。结果到了周末，希尼就已经有了下一部可以出版的诗集了，那就是献给弗里尔的《北方》。此外诗集《电灯》中的《真正的名字》（"The Real Names"）也是献给弗里尔的。得到希尼如此多的献诗的，应该说非布赖恩·弗里尔莫属了。

　　1975 年，希尼为《泰晤士报文学副刊》写了一篇评论布赖恩·弗里尔的戏剧《志愿者》（Volunteers）的文章，在文章中希尼除了分析了《志愿者》，也提到弗里尔的另外一出 1964 年的戏剧《费城，我来了》。《费城，我来了》是弗里尔的代表性剧作之一，曾经让他在爱尔兰、英国和美国一举成名，艺术成就超过《志愿者》。当然给《志愿者》写剧评未必是希尼自己的选择，也可能是报纸的约稿。不过也不能不承认，与《费城，我来了》相比，《志愿者》更贴近希尼所关心的北爱问题，以及希尼当时正在思考的北爱诗人的内心矛盾和双重身份，这也正是为什么希尼从《志愿者》中读出的是"这出戏剧不是与他人争吵，而是弗里尔自己与自己争吵的工具，最简单地说，是他的心与他的头之间的争吵"（P 216），并由此推出弗里尔自身存在的与希尼相似的矛盾性："作为一位剧作家，他总是着迷于公共自我与私密自我之间的冲突，着迷于游戏与伪装"（P 215）；以及希尼将最终高举的双重性："双重话语和双重场景、时间转换、灵活的对话和细致的揭示，这些是他的戏剧的生命，但是时不时人们能够感受到视角和形式之间的张力，就好像一个适合写自由诗语言的人被迫用格律诗来实现自己。"（P 215）希尼这里所说的弗里尔的张力更属于他自己的。在 1975 年，希尼还没有摆脱身份冲突，还在为自己的双重性愧疚，努力挣扎，他笔下的弗里尔也因此呈现出矛盾性。希尼真正摆脱内心的矛盾，要到 80 年代后期的《苦路岛》之后了。

　　希尼也曾在美国埃默里大学的"理查德·埃尔曼讲座"中比较详细地分析过弗里尔的《信仰疗法师》（Faith Healer）。在这出戏剧中，一位爱尔兰信仰疗法治疗者一直挣扎于对自己的天赋使命的自信，与对自己只是装腔作势的怀疑之间，而这位信仰疗法师在神秘的沟通与苍白的现实之间的困境，正反映了爱尔兰面临的古老的神话历史与神话已经消亡这一现实困境。

最终,这位信仰疗法师决心抛弃过去的运气,抛弃过去那些让他因不确定而忐忑不安的所谓信仰治疗,承认自己无法治疗一个残疾人,因此愿意面对可能由此而来的死亡。希尼认为,弗里尔的《信仰疗法师》与贝克特的《克拉普的最后录音带》、叶芝的《鹰之井》一样,是经历了成熟的生活磨砺后,却只听到越来越弱的重播(PW 66)。在贝克特和叶芝那里,包括叶芝的诗歌《马戏团动物的遗弃》,都同时存在着年轻的丰富梦想与年老的苍白空洞。但贝克特愿意接受空壳,叶芝却执着地用诗歌寻求重生,即便这可能毫无意义。

还有一位北爱诗人、小说家、评论家和历史学家谢默斯·迪恩也与希尼有很深的渊源。迪恩小学毕业后到圣哥伦布中学读书,与也到这里读书的希尼正好同一个年级。但是在 6 年的读书生涯中,两个人并没有成为好朋友。一直到之后两人都回校修读一年的 A-level 课程,彼此才逐渐熟悉。之后两人又一起到女王大学读大学,不过大学里迪恩主要跟德里市的学生们住在一起。在迪恩和希尼之间存在着城市孩子与乡下孩子,住读学生与走读学生之间的差异。但是那时他们就已相互写信,交换诗歌了,因此还是结下了较深的友谊。

那时迪恩显示出更坚定明确的诗歌创作的意愿和能力,希尼倒不那么自信,觉得迪恩在写作方面超过了自己和其他人。在献给迪恩的诗歌《恐怖部》("Ministry of Fear")中希尼就引用了迪恩写给华莱士·史蒂文斯的诗中的话。那时迪恩也显示出更强的抽象思考能力,对政治也更关心。这也解释了为什么后来他会成为一位学者,在美国波特兰市的里德学院任教,后来到加州大学伯克利分校教书。此外迪恩在北爱问题上也更情绪激动,更坚定地站在爱尔兰共和国一边,从没有任何新教徒的朋友,不像希尼那样会在两个阵营之间维持平衡。因此迪恩笔下的北爱也更情绪激昂,更像速记和新闻报道。有趣的是希尼并不反感迪恩这种激进的政治立场,反而觉得迪恩唤醒了自己,让自己更自觉地理解自己的北爱经历,并从中汲取养分,得到扩大。至于希尼,他说自己从来没有对学术有兴趣,也无意成为学者。

虽然 1972 年之后希尼就移居爱尔兰共和国了,但是北爱的经历和文化已经在他的身上打下了不可磨灭的烙印,在他诗歌形成期直接影响他的主要是这些北爱诗人。遗憾的是,他们最终都没有取得像希尼一样高的成就。是希尼最终走出了北爱,走入了世界,这改变了希尼的视野,也拓展了希尼诗歌的境界。但是应该承认,是这些北爱诗人为希尼的成熟打下了基础。

第四章　希尼与英国诗歌

1982 年被英国诗人布莱克·莫里森和安德鲁·牟森收入《企鹅当代英语诗歌》之中时,希尼发表了一封《公开信》,对被当作英国诗人表示抗议。但是从小生活在属于英国的北爱,在英国的教育体系下长大,深受英国文化的熏陶,英国文化已是他自身的一部分。而作为被殖民者的希尼如何对待影响了他的殖民文化,对当今曾经有过殖民经历的文化和文学,都有一定的启示意义。

第一节　英国的辅音

在一篇文章中希尼说,"我把个人的爱尔兰的虔诚当作元音,把英语滋养的文学意识当作辅音"(P 37)。早在中学读书时,希尼就从教科书中接触了很多英国文学。那时他就可以背诵《坎特伯雷故事集》的《序言》,他尤其喜欢《序言》中赦罪僧的故事,他觉得其中有乔叟的声音,打动他,但是并不很深,因为太遥远了。希尼可以把它从文学史的角度来讲,但是却无法使其成为自己诗歌创作的模型。此外他还喜欢莫里斯·沃尔什的《黑公鸡的羽毛》中的沼泽和树林的气息,布来克莫尔的《洛纳·杜恩》中生动的细节描写,威廉·约翰斯笔下的"比格尔斯系列"中的帝国版图,以及里奇马尔·克朗普顿笔下的威廉系列故事。当然随着阅读能力的提高,他也从这些流行故事逐渐进入到了哈代的《还乡》这样的经典作品,曾经彻夜一口气读完。

希尼移居爱尔兰共和国后,彻底明确了自己对爱尔兰身份的选择,但是事实上这更是政治上的,在文化上希尼并不否认也不拒绝英国文化的影响,甚至面对北爱传统的文化征服与解放、附属与独立这一博弈,希尼提出了"艺术的共和国"(RP 201)这一概念。在这里希尼提倡一种独立的心灵,在艺术面前的平等,把艺术而不是身份作为最终的评判标准。这里希尼并不是回避政治,而是要求身份上的平等,比如在北爱境内爱尔兰身份可以享有不受歧视的全部自由。希尼认为造成文化冲突的关键是身份歧视的存在，而对北爱尔兰来说，重要的是相互理解：那些因与英国的联系而获得优势的人，学会理解被歧视的天主教徒在北爱的居住权利；那些爱尔兰天主教徒学会"放弃我们自己对爱尔兰性的要求，从而把爱尔兰性理解为一个灵活的定义"(RP 202)。在这种环境下，"人类能让超过一种的文化身份和谐共存"(RP 202)。因此希尼主张以一种理解和开放、接纳和平等的心去看待各个文化，包括英国文化。他呼吁所有的北爱尔兰人，不论是作为少数的天主教爱尔兰血统的人，还是占多数统治地位的新教英国血统的人，都能拥有一种"双重思维"(two-mindedness)，"我要建议北爱的大多数人做出相应的努力，获得双重思维"(RP 202)。而且对于个人来说，同时拥有两种以上的文化观也并非不可能，希尼认为自己就是出生在爱尔兰天主教家庭，同时又接受英国教育，因此拥有这种"双重思维"。在希尼看来，文化之间确实存在边界，但是文学正是用来跨越这些边界的。

一、早期英语诗歌的启示

希尼创作的时候，当时的英国诗坛正被一种过于文雅考究的风格所笼罩，对此英国诗人阿尔弗雷德·阿尔瓦雷茨在他编辑的《新诗选》的序言中深表不满，该序言的标题就是《新诗或超越典雅标准》①。不过在北爱尔兰，尤其是在天主教爱尔兰群体中，英格兰的典雅并不流行。用相对直白的词句开门见山，直入主题更被希尼和他的学生们所接受(SS 64)。

希尼是一个关注当下的诗人，他虽然会回到凯尔特和盎格鲁-撒克逊文化的源头，却很少会写长文评论古代的诗人。他深受莎士比亚影响，会不时引用莎士比亚的词句，却没有著文专门论述过莎士比亚，更别提乔叟或斯宾塞这些早期诗人了②，但希尼会经常用莎士比亚戏剧中的话来表达自己的观点。作为英语文化的奠基者，这也是莎士比亚经常被引用的方式，因为通过日常传播和基础教育，莎士比亚早已化入爱尔兰人的日常语言和日常思维。但是与普通读者把莎士比亚用成了陈词滥调不同，希尼会对莎士比亚的诗句做出细致但独抒己见的发现和分析，并用一些尚未成为陈词滥调的诗句来概括自己的思想，比如用《雅典的泰门》中的"火石中的火"来概括霍普金斯的诗歌(P 79—97)。

---

① Alfred Alvarez. *The New Poetry*; *Selected and Introduced by A. Alvarez*. The Penguin Poets, 1962.

② 他描述过斯宾塞，但是是把他当作英格兰与爱尔兰的民族关系的一个模式，与斯宾塞自身的诗歌无关。

亨利·哈特曾称济慈是"希尼最初的诗歌之父"①，但是除了在《垫脚石》中提到年轻时曾经广泛阅读济慈的作品外，希尼并未专门评论过济慈，也很少有评论和研究直接把希尼与济慈联系在一起。亨利·哈特的依据是希尼在正式发表诗歌前，常写些模仿济慈的诗歌。此外也有研究者指出了希尼文章中一些引用济慈却不加说明的地方，比如在他 1984 年的演讲《位置与位移：近期北爱诗歌》（"Place and Displacement：Recent Poetry of Northern Ireland"）中就用到了济慈的"消极能力"，虽然在使用时略作变形。此外还有一些地方他明确地引用济慈的诗句或分析他的诗歌②。不过总体来说，希尼在各种文章和诗歌中对济慈的提及远远小于与济慈同期的华兹华斯。济慈可能在希尼年轻时用充满感官厚度的词语影响了希尼对英语的敏感，但是希尼成熟后的诗歌理念却与济慈有很大差异。

早期英语诗人中的约翰·克莱尔也被希尼在不同的地方提及。克莱尔的原始手稿没有标点，保留着地方性拼写，这在希尼看来代表着"另外一种社会观念。它们没有标点，不受标准拼写的束缚，承载着口语的涟漪，变成一种民族语言，拒绝官方标准那种打磨成的文雅。"③正是在这个意义上，希尼称克莱尔为用后殖民时代的民族语言写现代诗的先驱（RP 80）。希尼说克莱尔的这些诗歌只有那种具有不同立场，或者不满官方立场的英国人才能写得出来，因为这"让他们在文化上或者在政治上与那些掌控着规范的'官方标准'的人格格不入"（RP 81），从而转化为在艺术形式上的不受约束。克莱尔拒绝接受任何自觉的或外部的语言审查，让自己无意识地在语言的空间自由驰骋。

克莱尔不仅使用民族语言，而且使用民谣体，希尼认为民谣体对克莱尔非常合适，可以使他立足于他的世界的中心，"给了他一个向前迈进的传统曲调"（RP 77）。而且民谣体使得克莱尔的诗句显示出"没有任何选择或筹划的痕迹"（RP 67）的流畅自由，希尼坚信"任何艺术作品的成功出品都依赖于一种看起来的毫不费力和毫不迟疑"（RP 66）。另一方面，克莱尔回到民间并不是回到原始者的无知的淳朴，相反希尼注意到，克莱尔的诗歌就像马拉美的任何一首诗歌一样确切无疑地是存在于词语层面的，在词语的表

---

①　Henry Hart. *Seamus Heaney：Poet of Contrary Progressions*. Syracuse：Syracuse UP, 1992, p. 129.

②　Richard Rankin Russell. "The Keats and Hopkins Dialectic in Seamus Heaney's Early Poetry：'The Forge'", ANQ：A Quarterly Journal of Short Articles, Notes and Reviews, 2012, 25：1, pp. 44—45.

③　Tom Paulin ed. *The Faber Book of Vernacular Verse*. London：Faber and Faber, 1990, p. xix.

现力上达到了当代的深度。在这一点上,希尼认为克莱尔有着跟法国象征主义诗人一样的语言自觉性和先锋性,"来自他站在写作的前沿,位于他所生活的明确可感的世界与另外一个世界之间的缝隙中,后一个世界只有被唤醒了的语言才能触及和通达"(RP 68)。正是因为克莱尔既像传统民族文学一样,扎实地立足于现实,同时又超越了传统写作,有着现代主义诗歌"在写作上深入梦境的在场与广角的全神贯注的结合"(RP 67),所以克莱尔的诗歌无论在内容还是艺术上都达到了"少有的精美和完整"(RP 67)。

1. 克里斯托弗·马洛

希尼很少专章分析早有定论的古代诗人,却写过文艺复兴诗人克里斯托弗·马洛。当然一个原因是因为马洛逝世 400 周年纪念。但这并不是最主要的理由,因为希尼完全可以写一篇纪念短文,而不必在牛津讲座中用一堂时间来讲,更别提各类诗人的诞辰和逝世纪念多如牛毛,马洛不过沧海一粟了。马洛引起希尼的特别关注,就像希尼在牛津讲座中同样花专门时间讲述王尔德一样,更在于马洛"似乎全力以赴打破所有禁忌,大肆超越宗教和性的界限——这个人物,在他 20 岁后期如同一颗明星,一种奥斯卡·王尔德和剪刀手杰克的杂交,带着炫目的不朽和政治危险的光环向前迈进"(RP 19)。这里至少从侧面反映了看似极少逾矩的希尼,对超越规范的认同。

当然希尼关注的绝不只是行为上的逾矩,他通过马洛更要看到的,是艺术上的逾矩,是"诗歌对世界的回答……也表现在它需要在情感上和艺术上'越界',超越既定的标准"(RP 25)。在诗体上,马洛丝毫不受当时流行的十四行诗的束缚,大刀阔斧地使用素体诗。让这种诗体闪光的不是十四行诗那种对规则的精湛掌握,而是诗歌本身的巨大的能量,巨大的思绪激扬,可以说是一种军事上的激越,是一个将对抗大队军马的文化所具有的激越,扫清一切。这种文艺复兴时期的"云淡风轻"(sprezzatura)不但可以使诗歌充满格调,而且也有一种拔剑起舞的冷傲决断。而这,正是他认为"在马洛这里,就像在普拉斯那里,作品的大胆以及作品中包含的越轨正是在他们死后第一个被强调的。它的反讽和复杂性则被相对忽视了;被突显出来的地方,正是与被作者的极端行为催生出来的当下期待相吻合的地方"(RP 19)。

希尼在讲座中分析的是马洛的《赫洛与勒安得耳》(*Hero and Leander*)。希尼认为这首诗虽然没有他的《帖木儿大帝》(*Tamburlaine the Great*)那样恢宏,没有《浮士德博士》(*Doctor Faustus*)那么可怕和悲痛,但是"在《赫洛与勒安得耳》中他的所有力量和颠覆性似乎都转为风味和技巧"

（RP 27）。马洛的诗句大多充满力量,这种力量不仅来自节拍中的能量,还有来自叶芝曾称之为"激情有力的句法"的额外推动。不过最重要的,是这首诗把我们带向的大脑"既知道生活的惩罚,也知道它的诱惑,这个大脑更接近狂欢精神,而不是宣传鼓动的震动手段"(RP 30)。这首诗显示出马洛独特的"放松的智慧与感官的放纵的结合"(RP 32),这样的效果希尼认为只有乔伊斯三百年后在《尤利西斯》中莫莉的床上随想中取得过。它的自由不是通过胁迫恐吓做到的,而是通过诱使读者接受一种更宽容的态度达到的。拿诗中作为核心的性欲来说,一方面性问题上的通常态度被调侃,与此同时不同的可能性又被暗示。

如果按照美籍犹太裔诗人约瑟夫·布罗茨基的说法,"一首诗的抑扬顿挫——不只是在一首诗中——代表着灵魂的运动"(RP 33),那么希尼认为,《赫洛与勒安得耳》的韵律就是灵魂朝着解放和天福而去,但同时又受到潜在的"克制和约束"的制约。"这一辩证法在形式上通过柔软的声音在严格的声律模式中的共存来实现,在音调上通过一种始终在油腔滑调和如泣如诉之间调和的音符来实现"(RP 33)。希尼认为马洛这种随意挥洒与精湛技艺的结合,是出自他内心快乐的自由。此时的马洛与其说在战战兢兢地争取着观众的掌声,不如说在挥洒着一场炫耀性的表演。诗句充满了真正的即时发挥和激情,这让他达到了比他开始舞台生涯时宽广得多的表达尺度。正是这种活力盈溢的节奏和韵律上的高超绝妙,成功地超越了循规蹈矩的理性,"让头脑和身体的愉悦限度都达到完满和提高"(RP 37)。希尼认为这种表达尺度的逾越带来的愉悦可以帮助读者"认识你自己",或者更准确地说,认识到自己身上原先被自动压制了潜力和潜能。这是希尼认为像马洛的诗歌这样伟大的诗歌应该也能够带给读者的。当然,希尼自己这样的诗歌并不多,他是一个更倾向于谨慎思考,而不是张扬恣肆的人,但是显然希尼并不惧怕也努力追求这种越界。或许正是马洛和王尔德这类诗人的启示,让原本谨小慎微的希尼在诗歌里有了更大的维度,也有了更多层次的诗歌空间。

2. 华兹华斯

近代人中得到希尼高度关注,也对希尼产生了重要影响的是华兹华斯,这从他对华兹华斯的熟稔和经常提及上就可以看出来。希尼充分认同华兹华斯的诗歌理念和诗歌创作,并不因艾略特对华兹华斯的"情感理论"的批判以及他自己同样受到的新批评诗歌分析的训练,就轻视华兹华斯的思想和创作。希尼对华兹华斯的推崇可以说不下于对莎士比亚的推崇。

希尼曾经用华兹华斯在《序曲》(*Prelude*)中一段关于"我能力的藏身

之处"的诗歌,来证明"诗是预言,诗是向自己揭开自己,是把文化交还给自身;诗歌是延续的纽带,带着考古发现的光环和可信,被掩埋的碎片的重要性不会因被掩埋的城市的重要性而减少;诗是挖掘,挖掘那些终将长成植物的东西。"(P 41)正是由此出发,希尼提出了一个重要的诗歌观点,即真正的诗歌不仅需要技巧,更需要技艺,一种将情感、洞见、自我融入文字的东西,而不仅仅是文字游戏。在这个过程中,诗歌创作具有一种"占卜、预言、神谕的功能"(P 49)。希尼认为,在英国诗歌经典中,华兹华斯的《荆棘》("The Thorn")一诗就充分展示了这一点。

《荆棘》描写了一位被抛弃的已有身孕的女子,后来孩子不见了,女子发了疯,经常到山顶哀叹。那里有一株爬满苔藓的荆棘,边上有一个小土包,还有一个长年不干的小水洼。有人怀疑孩子被女子生下来就杀死,埋在土包里。他们想挖出尸骨好惩罚这个女子,但是

> 那时这个美丽的土包
> 开始在他们眼前移动;
> 方圆整整五十码里
> 野草在大地上摇摆。①

当然希尼认为这首诗中同样存在更属于技巧而非技艺的地方,比如最初华兹华斯描写那个小水洼的时候,用的是"曾经把它的各边都量了一下/三英尺长两英尺宽"。但是20年后,华兹华斯将这一句改成了"虽然覆盖的范围很小,而且暴露在/干渴的阳光和烤人的风中"。希尼并不赞成这一修改,认为是用技巧取代了技艺。如果对照希尼自己在《期中假期》中对自己被汽车撞死的4岁弟弟的棺材的描写,"四英尺的盒子,一岁一英尺"这句可谓全诗点睛之笔的震撼力来看,华兹华斯这一修改看似增加了文学性,却失去了最初自然语言中包含的情感强度。

不过希尼认为这并不影响整首诗的成就。华兹华斯在晚年告诉他的朋友伊莎贝拉・芬维克说,他是在一个暴风雨天在山顶上看到了一丛荆棘,并且受到触动,决定让这个荆棘作为一个触动人心的艺术对象永远留存下来。希尼指出,此时华兹华斯感受到的是"以一种神奇的方式对自然世界做出回应,把现象解读为神迹,解读为需要占卜的遭遇"(P 51)。正是这种超验的感觉让华兹华斯想起了民谣中关于杀死婴儿的母亲的故事,在那类故事里

---

① Stephen Gill ed. *William Wordsworth*. Oxford: Oxford University Press, 2010, p. 24.

也常有坟墓上长出的荆棘。而且华兹华斯不但准确地选择了这个"传统面具"(P 51)，也准确地采用了民谣这种方式，使他最初在荆棘中感受到的那种神秘性完美地进入到文字之中。因此在希尼看来，与其说是这首诗的内容，不如说是这首诗的创作过程，表达了华兹华斯直觉感受到的一种神秘存在，这个神秘存在要求通过荆棘，或者更确切地说，通过诗歌表达出来。荆棘以及杀婴的民谣是华兹华斯为这一神秘直觉找到的客观对应物。

华兹华斯相信那些能够触动他的神秘情感，认为诗就是情感的自然流露。这里的情感并非有意为之或者诗中常见的触景伤情、对月感怀，而是对自然和人生的一种超验感触，是湖边起舞的水仙，是道边废弃的丁登寺，不是某个事物，而是神谕(P 49)。他的第二部诗集的标题"通向黑暗之门"中的门，指的就是诗歌语言，"黑暗"则是"那埋于深处的情感生活"。希尼坚信诗歌的词语就是门"向后进入根部和关系的一个分枝，向前进入感觉和意义的澄明"(P 52)。希尼这里的情感与华兹华斯的情感有着异曲同工之处，无法简单地用喜悦或沧桑来定义，无法清醒有意识地去描绘，而且过于清醒有意识地去描绘反而可能失败。情感在华兹华斯那里是人与宇宙的相通，希尼则将所有那些他感到但尚且无法理性归类的生活都用华兹华斯的"情感"一词来概括，或者用他另外会用的"占卜""预言"等超验词汇来描述。他的《卜水者》《水精》等看似迷信的诗歌都是早期对这一诗歌观的呈现，而到了后期的诗集如《看见》或《水平仪》，则是对这种超验情感更加巧妙可信的表现了。

不仅华兹华斯的诗歌理念更接近最初的灵感说，而且华兹华兹走来走去吟诵诗句的做法在希尼看来也更接近诗歌"verse"一词的本义：耕牛耕完一垄掉回头再耕另一垄。如果说一垄就是诗歌的一行，那么华兹华斯转回来向前走的距离也很可能就是他的一行诗的韵律长度。希尼因此建议将华兹华斯称为"行者诗人"(pedestrian poet)，而且"他的诗歌音步重复他的脚步，地球好像就是他转动的一部脚踏车；巨大的每日旋转通过诗歌节拍被感知，世界在他声音的瀑布下像水车一样运动"(P 68)。华兹华斯自己说因为他经常在散步的时候这样喃喃自语，所以他会让狗跑在他的前面，有人来时惊醒他，省得别人把他视为疯子。但是他的声音太大，会吸引路人跑到他的屋子跟前去听他发出的奇怪声音。有时他的声音会把孩子们吓得半死。在亲朋的口中，写诗时的华兹华斯几乎陷入迷狂状态，听不见叫他吃饭的声音，只有敲水壶或者摔盘子才能把他从梦游般的世界里拉回来。这种迷狂或许与浪漫主义诗歌本身对神秘性的追求相连，并且被诗人自觉或不自觉地付诸现实。比如英国评论家和散文家威廉·赫兹利特就记载了他听华兹华斯和柯尔律治读诗,"他的脸就是一本书,人们可以从中读到奇怪的东西"(P 64)。而且在读诗的时候,华兹华斯会用一种"预言的"口吻来讲述诗歌主人公的经历。赫兹利特觉得华兹华斯和柯尔律治朗诵诗歌时给人一种朗诵圣歌的感觉,好像在对听众施加咒语,解除了他们的判断力。

在分析西尔维娅·普拉斯如何从一个天才诗人变成一个成熟诗人的时候,希尼也使用了华兹华斯的《曾有个男孩》("There Was a Boy")作为诗人成长的三阶段的寓言,或者更确切地说,印证。第一个阶段是"学会如何交叉他或她的手指,这样口哨能正确地吹出来"(GT 154),即学会了作诗的规则。第二个阶段是"对他自己所具有的生命的精髓欢欣鼓舞,乐于思索在宇宙的运行中所体现出来的意志和激情"(GT 159),也就是说,在个人的主体和情感与普遍的主体和情感之间取得沟通和一致,为那种常被想到却未能表达出来的普遍情绪找到完美的个人表达。第三个阶段是"诗歌的绝对任务是对诗歌的洞察力和诗性知识的不懈追求"(GT 163)。在这个阶段,技巧已经被彻底抛开,诗人被烙印上所有这个世界的旋律和象形符号。就像华兹华斯自己在《序曲》中说的,"这个生机勃勃的宇宙……在他内心深处共鸣"(GT 163)。诗歌已经超出了诗人的控制,成为一种浮现或降临的礼物。

在《制作音乐:对华兹华斯和叶芝的反思》("The Makings of a Music:Reflections on Wordsworth and Yeats")一文中,希尼将华兹华斯归入那类获得灵感启示后,或者说某个"赋予诗行"(the given line)如灵感般在脑海出现后,会"向它交出自己,允许自己被其最初的韵律暗示裹挟,在它的邀请下进入梦游状态……催眠般,与它的形式潮流一起漂游,而不是逆水而行"(P 61)的诗人。对这类诗人来说,最重要的是"聆听",聆听那让他兴奋起来的自己的声音,以及头脑内部声音的回声,后者尤为重要。处于梦游状态的华兹华斯甚至会把诗吟诵出来,应该就是他在聆听自己的声音。与一味把诗歌创作当作词语的奇妙组合来谈的奥登相比,华兹华斯的诗歌创作观更被动,更强调聆听,更接近传统的灵感艺术观。诗歌在一定程度上是不由自主地产生的,而不是主观意图明确缔造的。这在很大程度上也是希尼的诗歌观,是他在《卜水者》这样看起来迷信愚昧的诗歌中要表达的。

华兹华斯的妹妹多萝西记载了 1802 年 4 月 29 日她如何与华兹华斯在一片小树林躺下来,闭上眼睛,聆听周围的水声和鸟声。华兹华斯觉得如果死亡就是这样静静地躺着,听着大地的声音,也是很美好的。希尼敏锐地从这段叙述看到华兹华斯在与周围自然世界的关系中显示出来的"聪明的被动"(wise passiveness),并且让耳朵获得权力。虽然周围的自然世界填满胸膛,诗人依然要等自己的声音与自然的声音达成一致,听到的才能具有可信性。但是就像华兹华斯在《德文特河》（"The River Derwent"）中坚持的，首要的是聆听。希尼将华兹华斯的这种认识观概括为"他作为作者的巨大力量和原创性首先来自他对自己经历的有效性的信心，来自他勇敢并有远见地决定**建立个人印象的法则**"（P 69）。

因此希尼认为在《德文特河》中诗人声音的底部，是河水流淌的声音和意象，背景中是催眠般地流淌的河水，前面是一个静静的聆听者，处于半梦半醒之间。希尼继而指出，在华兹华斯的其他诗歌中，比如《序曲》第四卷，诗人聆听的对象更加呈现出声音与沉寂、动与静、说话与出神的矛盾结合。此时的声音希尼称之为"第一声音"（first voice），这是诗人向自己说话的声音，"一个从他自身孕育，而他必须找到词语来描述的事物"（P 70）。与"第一声音"相对，当然就有其他的声音，在这些声音里华兹华斯知道自己的存在，但分享身边其他人的情感。《彼得·贝尔》（"Peter Bell"）、《痴儿》（"The Idiot Boy"）和《荆棘》就是这种声音。在这里诗人的声音被占据，叙述里有一种源于同情的温暖，沉入到一种招魂般的状态。但是无论是第一种声音还是第二种声音，华兹华斯都是在灵感的状态下，表达着"一种黑暗的胚胎"（P 70），只有在这个时候，华兹华斯才是那个在《荆棘》中写下"曾经把它的各边都量了一下／三英尺长两英尺宽"的诗人，当理性让华兹华斯把这一句改为"虽然覆盖的范围很小，而且暴露在／干渴的阳光和烤人的风中"的时候，在希尼看来，反而是诗人的失败。

二、20 世纪英格兰诗人

在对希尼产生较大影响的 20 世纪英格兰诗人中，希尼认为奥登属于盎格鲁-撒克逊和北欧的语言传统；菲利普·拉金代表法语化了的英语，更加轻灵悦耳，在价值上则转向诺曼征服和文艺复兴时期的人文主义；杰弗里·希尔则属于盎格鲁-撒克逊传统中被地中海的词汇和中世纪早期拉丁文以及它们所包含的价值修改了的那一传统，因此希尼称之为"盎格鲁-罗马化"，同时又受到基督教的多音节用语的影响，还有那些野蛮文化的影子。（P 151）

杰弗里·希尔出生在英国中西部地区，那里被认为主要受中世纪英国文化的影响，既受到威尔士的凯尔特神话的影响，也受到欧洲的教会文化和军事文化的影响。在他 1971 年出版的诗歌《麦西亚颂歌》（*Mercian Hymns*）中，杰弗里·希尔的想象力落足在 8 世纪英国七国时代麦西亚国王奥法的传说上。奥法在位期间为抵御威尔士人的入侵，沿着西部边界修建了著名的防御工事奥法堤。杰弗里·希尔的诗歌将当代的景色和生活经历交织进古老传统的阴影之中,比如在第 24 章中,用三角墙上的石雕唤出基督教教义和神话传统,从而让诗歌成为浓重的传统文化的载体。希尼指出,对于历史传统,杰弗里·希尔的诗歌中有两个视角:一个是儿童的视角,主要是收集和了解历史;一个是历史学家和研究者的视角,不断追问着意义,让过去和现在相互影响。叙述方式则是"一种词语建筑,一种庄重强健的罗马化英语"(P 160)。与此同时,在这一帝国拉丁语的沉重优雅之下,又涌动着被认为野蛮人的凯尔特文化的蕨类和常春藤组成的漩涡形结饰,多音节与单音节交织,拉丁英语与当地方言交织。(P 160)

对出生在英格兰东北部约克郡东边海港城市赫尔河畔金斯顿的女诗人史蒂维·史密斯,希尼的评价与其说集中在她的诗歌本身,不如说集中在她的诗歌表演。希尼甚至既诙谐又讽刺地说,如果诗歌按照奥登的说法是"记得住的话语"的话,那么史蒂维·史密斯的诗歌就是"记得住的声音"(P 199)。希尼曾经听过史蒂维·史密斯朗诵自己的诗歌,称"她的声音在争吵和痛哭之间摆动,她古怪的存在既邀请观众无条件地喜欢她,也让观众带着一丝嘲讽无法靠近"(P 199)。希尼也因此把诗歌分为两种:"写给眼睛的诗"和"写给耳朵的诗"(P 199),史蒂维·史密斯的诗歌无疑是后一种的典型代表。希尼不喜欢她朗诵时的乏味和尖刻、略有差别的轻描淡写,以及有意设计的抑扬顿挫,称她的诗歌为"奇怪的韵律切分的多愁善感的诗歌"(P 200)。希尼很少完全批评一个诗人,但是却对史蒂维·史密斯相当尖刻,认为虽然史蒂维·史密斯写的都是死亡、孤独、残忍、信任这类人生的核心问题,她的文学材料却不足以达到深刻的认识。她的诗体经常源自克莱里休四行打油诗(clerihew)和滑稽讽刺,这也让她的诗歌在形式上无法达到她想让听众听到的大型交响乐的效果。显然,希尼认为真正的诗歌不在于戏剧性的情绪表演,而更应该是冷静深刻地思索辨析和水乳交融的艺术语言。

1. 奥登

奥登出生在约克市一个英国圣公宗下的盎格鲁-天主教教派家庭,该教派是英国国教中更强调天主教传统的教派。在牛津大学基督堂学院英语专业毕业后,奥登除了在中学教英语,还曾到冰岛和中国游历,撰写相关游记。之所以去冰岛,是因为奥登认为自己的祖先来自冰岛,因此他也对北欧神话的冰岛传说非常感兴趣。1939 年,奥登和自己的同性恋男友、小说家依修午德一起持短期旅行护照进入美国并定居下来,在 7 年后加入美国国籍,这被英国读者视为一种叛国行为,对他的声誉产生了一定影响。

奥登从 23 岁出版第一部作品《诗》(Poems)起就引起了广泛关注,两年后出版的散文体和诗体交杂的长诗《演说家们:英国研究》(The Orators:

An English Study)更是被视为现代主义英语诗歌的重要作品。他的 1947
年获得普利策诗歌奖的长诗《焦虑的时代》(The Age of Anxiety)则成为一
个流行语,用来描绘现代社会。奥登的诗歌在主题上涉及政治、道德、爱情、
宗教等广泛领域,在内容上有着百科全书式的广博,从脚上的鸡眼到原子和
星空,从个人的哭喊到社会的演变无所不包。在形式和语调上也千变万化,
既有朦胧晦涩的现代诗,也有清晰流畅的民谣、打油诗,还有俳句、维拉内尔
诗等。事实上他的诗歌最引人注目的就是诗歌的风格和技巧,既有流行歌
曲式的陈词滥调,又有哲学般的复杂沉思。奥登出版了约 400 首诗歌,包括
7 首长诗,其中 2 首本身就是一部专著。他不仅写诗,也写戏剧、电影剧本、
散文、书评、游记等。奥登在政治上左倾,在性取向上是同性恋,在宗教上他
自述 1933 年在英国伍斯特郡莫尔文山区的邓斯小学任教时,经历了"圣爱
幻景"(Vision of Agape),突然感受到对他的同事的毫无条件的爱。

　　希尼提出诗歌具有一种他称为"诗之权能"(poetic authority)的力量,
即"加在声音上的权力和分量"(GT 109),这一权能不仅因为诗歌一直讲述
了真相,而且还因为诗歌的声调本身可以对思想和人性产生影响。希尼在
论证诗歌的声音所具有的权能时,就是以奥登的诗歌作为例子的,因为奥登
很早就注意到了诗歌具有的双重性:一方面,"诗歌可以被视为具有魔力的
咒语"(GT 109),简单地说就是声音以及声音对人的思想和身体所具有的
影响力;另一方面,诗歌也制造意义,这个意义是睿智的和真实的,能够智慧
地探究和处理人类的经验,从而可以赢得读者的认同。前者被希尼归入诗
歌的"美/魔力部分"(GT 109),代表着诗歌让人着魔的力量。不过,读者虽
然需要迷幻来对抗现实存在,但这部分也可能让诗歌陷入自我欺骗。因此
必须同时存在诗歌的另外一个部分,"真/意义部分"(GT 109),这部分让问
题、痛苦、混乱和丑陋的东西进入诗歌。对两者哪个更重要,奥登没有做过
评判,他自己在《俄耳甫斯》("Orpheus")中也问过:"诗歌求的是什么……
是迷惑和快乐,/还是首要的是生活的知识?"①

　　不过奥登在谈到诗歌创作的时候,总是用"音步、诗节形式、文字学的术
语来处理,总是把诗是'词语的奇妙装置'这种观念放在我们面前"(P 63)。
希尼曾专门著文谈论奥登的诗歌权威与他的诗歌声音之间的关系。是奥登
让希尼有信心强调诗歌通过发声所获得的权力和分量,不仅因为诗歌讲述
真理,更因为诗歌能够用语调对听众深层的思想、情感和品性产生影响。

---

①　Edward Mendelson ed. W. H. Auden: Selected Poems. New York: Vintage Books,
1979, p. 55.

在诗论《吟诵奥登》("Sounding Auden")中,希尼分析了奥登的《夏夜》("A Summer Night")一诗,该诗写的是夏夜乘凉时在周围夜景中感到的爱:

> 出来躺着以草地为床,
> 织女星在头顶闪烁光芒,
> 在那无风的六月之夜,
> 树叶经历一天劳碌,
> 渐渐聚拢,我的脚尖
> 指向那轮升起的明月。①

希尼指出,这首诗流畅悦耳的音调"就像唱诗班的余音在教堂中回荡"(G 121),减少了读者心中的焦虑,带给人们"在家的感觉和对世界的信任"(G 122)。不过相比之下,奥登早期创作的《分水岭》("The Watershed")更得到希尼的推崇。希尼分析了"站在擦痛的青草中潮湿的路上"②一句中的"擦痛"一词,这个词的摩擦音一方面带来山坡上风擦过草尖时的声响,同时该词所暗示的被损坏、被磨伤的含义又使这个声音变成一种沙沙作响的不安的骚动。此外如"这片土地,被隔绝,无法沟通,/别帮凶似的满足于那/漫无目的地追求他处而非此地面孔的人"③等句子在诗中造成的大量的节奏断裂,以及相应带来的叙述元素的支离破碎,这些在希尼看来反而"唤醒了一种新的现实"(G 120)。《夏夜》的声音就如同温柔的摇篮曲,用流畅优美的旋律将人们摇入生活的童话;《分水岭》刺耳的擦音和节奏则如同刮击闷屋子的铁条,执拗地要让人们在不安中醒来,从而实现诗歌所追求的"祛魅和解毒"(G 122)。

奥登自己也意识到,有必要与习以为常的东西决裂,逃离那些被给予的,用他的话说,"诗歌关心的不是告诉人们去做什么,而是扩大我们对善恶的认识,或许可以使付诸行动的必要性变得更加紧迫,使得行动的本质更加清晰"(PW 44)。不过希尼认为他的这一自我解放的追求"只不过暴露了它们最终虚幻的许诺"(GT 110)。希尼对奥登诗歌的声音处理感触颇深,但是对奥登诗歌所表达的思想则并不非常认同。

---

① Edward Mendelson ed. *W. H. Auden*: *Selected Poems*. New York: Vintage Books, 1979, p. 29.

② Edward Mendelson ed. *W. H. Auden*: *Selected Poems*, p. 1.

③ Edward Mendelson ed. *W. H. Auden*: *Selected Poems*, p. 1.

2. 菲利普·拉金

希尼与拉金的初次相识是 1965 年 8 月 6 日在费伯出版社的办公室,当天正是希尼的新婚蜜月第一天,他与查尔斯·蒙蒂斯相约在办公室见面,因此与拉金一出一进,只握了握手。过了一些年,希尼在女王大学的院子里遇到拉金,但也只是擦肩而过。两人经常见面要一直到 1980 年做阿尔文诗歌大赛的评委的时候了,当时除了他们,还有特德·休斯和查尔斯·考斯利。他们会相互开玩笑,拉金称希尼为"高利贷人"(The Gombeen Man),含义里同时有夸张和小气之意。希尼则认为拉金怕自己比别人显得太神圣,结果走到了另一个极端。拉金 5 年后去世,希尼在《爱尔兰泰晤士报》上发表了给拉金的悼词,说拉金的诗歌"弥漫着在超验世界里安眠的渴望"(SS 339),并且认为这是拉金不得不反对的,不得不跟自己争斗的一面,并被他不断打磨直至发光。

总体上来说,希尼觉得拉金是典型的英伦三岛上的岛国人,只对他自己群体的声音做出回应,一旦离开了熟悉的环境就倍感不适。他说话的声调总是彬彬有礼、教养良好。20 世纪 50 年代拉金曾到过贝尔法斯特,在那里他感到格格不入,好像一个陌生人,用他在《异地的重要性》("The Importance of Elsewhere")中的诗句说就是"那不是家"。

在《欢乐或黑夜:W·B·叶芝与菲利普·拉金诗歌的最终之物》("Joy or Night: Last Things in the Poetry of W. B. Yeats and Philip Larkin")中,希尼把拉金与叶芝作为截然相反的两个诗人来对照分析。尤其在死亡这一问题上,与叶芝的浪漫倾向相比,拉金更强调现实冷酷无情的一面,"因此对他来说,人类的智慧就是在生命的范围内发挥作用,并且压制住任何虚假的对超越或蔑视必然性的希望"(RP 147)。

在《高窗》("High Windows")中,拉金将这种死后的虚无写得冰冷且无可回避,人生就像在高楼里将目光望向窗外:

> 在那之外,是深湛的空气,昭示着
> 虚无,无有,无穷无息①

正因为死后一切都将寂灭,拉金才在诗中把目光落向年轻人的寻欢作乐,不再对神父或者新教的伦理战战兢兢,"无论正义还是不义都无法在天空中找

---

① 菲利普·拉金:《高窗:菲利普·拉金诗集》,舒丹丹译,上海人民出版社,2016 年,第 201 页。

到,空间既不提供启迪,也不提供终结"(RP 152)。希尼说,面对这种冰冷的虚无,唯一的温暖是"人的友善"(RP 152),这或许是希尼在辞世前最后出版的诗集标题为《人链》的一个原因。死亡与生命的关系也是希尼诗歌的一个重要主题,因为希尼深知"当代任何有智慧的人都无法逃过我们这个世界必须担负的虚无、荒诞和反意义之压力,所有这些都是我们存活其中的智识世界的一部分"(RP 153)。但另一方面,拉金转向的人类之间的友爱和支持也是希尼寻找到的一个安慰,也是他一直坚持用诗传递的。

拉金虽然也在《割草机》("The Mower")中提过"我们早该彼此/当心,早该心怀仁慈/ 当一切还来得及"①,但拉金总会有更悲观的诗歌来让人生的空虚无处可逃。希尼认为《晨歌》("Aubade")一诗就是拉金对传统上人们假装的灵魂永生的彻底拒绝:

> 我整日工作,夜里喝得半醉
> 四点钟醒来,我凝望着无声的黑暗。
> 窗帘的边隙变亮为时尚早。
> 是什么一直在那儿,那时才能看清:
> 不安的死亡,又更近了一天,
> 使所有的想法变成不可能,除了何时
> 何地怎样我将丧命。
> 无趣的问讯:然而死亡的
> 恐惧,与死亡的情景,
> 再一次掠过,将我惊骇地抑止。②

就算读者一开始已经认同了生命最终的虚无,这首诗达到的情感深度和决绝也是超乎读者的预期的,"它把他们留在那里像不知情的冲浪者那样,悬在巨大的虚空之上,然后运送到比他们所期待的还远的空无之中"(RP 156)。希尼认为拉金这里呼吁的是一种普通人抱团取暖的温情,面对死亡的无情,英雄的勇气毫无助益。希尼通过比较指出,拉金的这种包含着巨大恐惧的死亡感与之前悲剧中英雄面对死亡的勇敢无畏完全不同。由此可以看到,拉金这首诗的巨大感染力,主要在于死亡第一次被从普通人而非英雄的视角呈现,也是从丧失了天国的现代人而不是那些相信灵魂不灭的传统

---

① 菲利普·拉金:《高窗:菲利普·拉金诗集》,第 299 页。
② 菲利普·拉金:《高窗:菲利普·拉金诗集》,第 294 页。

视角呈现的。后者是勇敢地承受死亡,前者则更是普通人在死亡面前的恐惧和啜泣。用米沃什的话说,《晨歌》是"用一种符合20世纪后半叶的感觉的方式"(RP 157)来处理死亡这个主题。诗人不再是种族记忆和神话的编织者,只是现实世界里一个真实存在的人。拉金拒绝那种浪漫主义灵感和激情,有时显得谨小慎微,所以希尼说如果拉金看月亮,也是在半夜解手后摸回床的时候看一下。

不仅个人的生命,英格兰所代表的整个人类社会在拉金眼里都在不可避免地走向死亡。帝国地位已丧失,经济命脉岌岌可危,在欧洲的影响力日益下降,所有这些都带来了对英国的重新评价,这或许是拉金悲观情绪的一个原因。但是拉金更悲观的是古老传统的死去,现代人在商业贪婪中改变了一切。在《离去,离去》("Going, Going")中,拉金描绘了英国这一不可避免的改变:

> 那将是消逝的英格兰,
> 阴影、草地、乡间小路、
> 市政厅,雕刻的唱诗班的圣坛。
> 还会有书;它会在美术馆里
> 苟延残喘;但留给我们的一切
> 将会是混凝土和轮胎。
>
> 大多数事物绝非注定。
> 这件事也不是,很有可能:但贪婪
> 和垃圾抛撒得太厚,
> 现在已无法扫清,也无法捏造
> 借口使它们全都成为需要。
> 我只是想它会发生,很快。①

跟其他诗人相比,否定性词语在拉金的句子中也更为常见。

不过米沃什对拉金的这个角度不以为然,坚持"诗歌在本质上永远站在生命的一方。相信生命永存会伴随着人类走过漫漫岁月"(RP 158)。希尼同样站在与米沃什相似的立场,主张"只要诗歌的韵律存在,只要一个形式自我衍生,只要一个韵律将意识带入新的姿态,就已经站在生命的一方了"

---

① 菲利普·拉金:《高窗:菲利普·拉金诗集》,第208—209页。

(RP 158)。希尼坚信诗歌本身就能超越生命,拒绝有限。不过希尼也承认,拉金的诗歌虽然完全站在生物法则和肉体朽败这一边,却有着震撼人心的真实和美。

拉金不使用方言,不使用那些市井口语,他的语言更像都铎王朝时代和18世纪上半叶奥古斯都时代的英语。两个时代都希望美化自己的用语,把它变得优雅纯净。希尼认为,当拉金的诗歌像都铎王朝诗歌的时候,更像骑士抒情诗,有着考究的音步,有如歌曲,各方面达成优美的平衡;而在像奥古斯都时代的诗歌的时候,则有一种“装饰性的感伤情绪,若隐若现的礼节,朦胧的旋律”(P 166),在语言上有着难以遗忘的甜美,既沉静又悲伤。不过希尼认为还存在着“丁尼生式的拉金”“哈代式的拉金”和“意象派的拉金”,还有“霍普金斯式的”拉金或“莎士比亚式的”拉金,甚至还有“海边明信片式的拉金”,后者指的是直面文明里的粗俗的拉金(P 166)。总之拉金的诗歌语言和诗歌风格其实有着众多的变化,但总体来说依然是贵族化的英格兰风格,是被诺曼贵族征服之后的英格兰,而不是《贝奥武甫》时代粗粝坚硬的英格兰。

事实上,拉金笔下的英格兰也正对应着他的英语所属的那个法国化的英格兰的风貌,“他的树木花草既非灵怪,也没有被模糊记忆中的德鲁伊传说奉为神灵,代表着变易无常。在它们身后是行吟诗人和宫廷诗人的敏感。”(P 152)他所描写的不是英国的古老传说,而是文明时代的市民社会。在拉金笔下,城市景观和田园风光相互交织,诗人是社会服务体系里一个有教养的成员,“月亮不再是他苍白的女神,而是他诗歌的道具,是意象而非偶像”(P 152—153)。正是因为立足于轮廓清晰、意义明确的现实世界,拉金的语言给人的感觉也是“在文学对话中被洗磨干净的词语所具有的那种明亮感”(P 164),韵律和用词都相当理性。“拉金是一个具有理性之光的诗人,这种光有其自身的美丽光芒,但是也会把那些它所照耀的真相清清楚楚地暴露出来。”(P 164)

三、威尔士诗歌

虽然出生在威尔士,威尔士诗人乔治·赫伯特却一般被视为英格兰诗人,因为他的诗歌被认为传递了英格兰通过殖民力量希望让其他民族和文化具有的那种礼仪和信仰。希尼对这位17世纪的诗人非常推崇,认为他的诗歌典型体现了诗歌的纠正功能,体现出诗歌的想象性与现实经历的复杂性之间的协调关系。赫伯特的诗歌是完全从基督教的宇宙观和神学观的角度来表现存在的二元对立性的,但是赫伯特在表现这种存在的二元对立性时，不是从教义和教条的角度来呈现，而是直接表现情感上的两难困境。而且希尼认为赫伯特骨子里就是处于既上且下、既前又后的思想状态，这让他诗歌中的二元对立张力如此自如，以至于整首诗歌获得一种放松和自然的效果。从运动到静止，或者从静止到开始，在赫伯特那里都自然天成。这样，个人的运作与基督教的观念自然而然地达成了和谐。

威尔士诗人 R. S. 托马斯在 1960 年代对希尼也有过比较大的影响。希尼一开始很喜欢托马斯诗歌中自觉的克制。原本放荡不羁的灵魂却用一种严格自律的语言来约束，这种矛盾性正是希尼诗歌的特征。因此希尼也在托马斯的影响下写了一些以麦克坎纳（MacKenna）为主人公的诗，模仿的是托马斯笔下的著名人物伊阿古（Iago Prytherch）。不过到了 80 年代，希尼转而更欣赏那些关注语言和灵魂的诗，对托马斯的热情也随之消退了。

狄兰·托马斯

希尼深知狄兰·托马斯那不下于拜伦的戏剧性人格对他的诗歌地位的影响，不过希尼只关心作为诗人的狄兰·托马斯，而且希尼说，这也是他们那代人在学校的时候传说的狄兰·托马斯。在希尼的时代，学生们成群结社地阅读狄兰·托马斯，对他们来说，狄兰·托马斯代表着某种"现代的、难懂的诗歌"（RP 124）。在年轻的希尼眼中，狄兰·托马斯是一个"拥有直接魔法力量的诗人"（RP 125）。只是到希尼在牛津大学做关于狄兰·托马斯的讲座的时候，希尼已经 52 岁，自己也是一个成熟的诗人了，而狄兰·托马斯已经去世 38 年，不但已经渐渐被人遗忘，就连他的诗歌风格也被认为过时了，所以希尼的讲座的题目是《流芳的狄兰？论狄兰·托马斯》（"Dylan the Durable? On Dylan Thomas"）。

从性格上来说，狄兰·托马斯有着威尔世人典型的过于活泼，喜欢夸张的性格，甚至有些哗众取宠，有些孩子气，有些不守规则，包括他巨大的活力和对诗歌热情洋溢的爱，都是英格兰人对凯尔特人的典型看法。这些品格在英格兰人眼中也往往与不负责任、鲁莽冒失连在一起。但另一方面，跻身英语诗坛的狄兰·托马斯又没有给英语诗歌真正带来威尔世色彩，没有像叶芝那样改变英语诗歌的发展轨迹。狄兰的成就只在于创作了若干匠心独具、与众不同，但又引起广泛共鸣的诗歌。希尼对狄兰·托马斯的这些诗歌有着肯定的评价，认为它们"将他对语言的夸张理解提升为一种肉体上的感觉，一个接收动物间的暗示、宇宙的进程，以及性冲动的场所"（RP 126）。当然，所有这些，最终都会变成具有强大冲击力的诗句。希尼认为狄兰的诗歌与那些模仿者的诗歌之间的本质差别是狄兰诗歌之中的"锐气"。

狄兰的早期诗歌《在我敲击，肉体得以进入之前》（"Before I Knocked

and Flesh Let Enter")、《通过绿色茎管驱动花朵的力》("The Force That through the Green Fuse Drives the Flower")和《心灵气候的进程》("A Process in the Weather of the Heart")中,是激情和冲动在获得音乐的形式。狄兰也坚信他的诗歌是对人类之爱、对上帝之爱这类激情的产物。换句话说,狄兰·托马斯更属于那类灵感的诗人,而不是反复推敲的诗人,所以他承认自己的诗歌中有"粗糙、犹豫和混乱"①但他把这些状态视为激情下的正常状态来接受,不受当时新批评评论家的诗歌观念的制约。狄兰·托马斯不认为词语是诗歌的目的,而是更接近传统的诗歌观念,把词语视为工具,用他自己的话说,他和新批评诗人的差别,就是"在词语的基础上写作"(from words)和"以词语为目的的写作"(towards words)之间的差别②。

希尼认为狄兰·托马斯在诗歌韵律方面,通过内在韵律的流动,会有一种转换变化的声音共鸣。在吟诵时,"你再次在你的骨头和关节里感到一丝你初次阅读时它紧紧抓住你的感觉"(RP 133)。对于狄兰·托马斯诗歌显示出的完整性、积极性,以及不时出现的晦涩片段和华美篇章,希尼希望自己能够毫无保留地给予肯定。但与此同时,希尼也清楚地知道,"我希望的,事实上,是回到诗歌的伊甸园"(RP 133)。在这一点上,希尼几乎给了狄兰·托马斯极其崇高的位置,"在我的心里,托马斯渐渐代表一种人们渴望的、人类堕落之前的完整"(RP 133)。在狄兰·托马斯代表的诗歌艺术里,对自我的歌咏是大家一起唱出来的,是对其所在的世界的完美匹配。这种诗歌与后现代那种反讽的和自省的诗歌完全不同,昭示着诗歌的另外一种可能性。

不过这些都是希尼从狄兰·托马斯的诗歌可能性中读出来的,更现实的是狄兰·托马斯的诗歌与其说是浓缩不如说是冗长,与其说是积极不如说是夸夸其谈,与其说慷慨不如说故作姿态,与其说诚实不如说炫耀。总而言之,狄兰·托马斯越到后来越失去了真正能够带给他诗歌语调的品格。真正动人的诗歌语调需要一种饱经沧桑的认知,并从痛苦中挤压出一种表达,而到后来,狄兰·托马斯面对的痛苦日益减少,同时他对技巧的自觉运用又日益增加,这让他早期诗歌所具有的那种情感力度和真诚的语调被削弱。希尼以他的《一个冬天的故事》("A Winter's Tale")为例,这首诗的技巧极其娴熟,相比之下叙述却显得过于单薄;词语过于恰到好处,反而缺少

---

①　Dylan Thomas. *Collected Poems*;1934—1952. London: J. M. Dent & Sons LTD. 1952, note (vii).

②　Paul Ferris ed. "Dylan Thomas to Charles Fisher". *The collected letters of Dylan Thomas*. London : Dent, 1985.

了早期诗歌那种不可抑制的力量。

希尼认为狄兰·托马斯有一种"反智主义"（RP 140），对他的艺术最终产生了消极影响。他更类似早期那些口头行吟诗人，通过说唱诗歌表演来施加诗歌的魔法，迷住听众。希尼借助柏拉图对说唱诗歌的批评指出，这类诗歌通过感官来起作用，而不是通过智慧来认识现实，因此更多的是传递幻觉而非真实。因此希尼认为狄兰·托马斯的错误在于，"他始终对语言的塑造力抱着过于无知的信任，他过分强调故事的浪漫、积极的一面，夸大了竖琴留住或逆转自然进程的能力。"（RP 144）到了后期，他早期的那种"创造性的破坏、破坏性的创造"（RP 141）力量开始衰退，这使得狄兰·托马斯后期诗歌的质量很不平衡。比如对于《在暮光中朝向祭坛》（"Altarwise By Owl-Light"）和《丧礼之后》（"After the Funeral"），希尼认为人为的感觉已经远远超过早期对世界的发现，甚至已经用思辨代替了激情，叙述和情感之间未能达成和谐。而像《十月诗歌》（"Poem in October"）和《蕨山》（"Fern Hill"），希尼则认为有一种"令人赞叹和着迷的坦率"（RP 142）。但即便这样，这些诗歌在情感上也稍显单薄。希尼认为比如像《蕨山》这类诗歌所缺乏的，"正是'养成哲思的岁月'会带来的一种语调"（RP 143）。对此希尼有一个非常形象的比喻，说此时狄兰·托马斯所做的，就好像希腊神话中的俄耳甫斯变老后，不再去完成他最主要的任务，即用琴声打动冥王，让人起死回生，而是回到他更年轻时的任务，让世界充满音乐。希尼说，后一个任务更快乐，但是在拯救世界方面却不如前者。

但是对于狄兰·托马斯最后阶段创作的《不要温顺地步入那个良宵》（"Do Not Go Gentle into that Good Night"），希尼给予了高度的赞扬，称之为"有关死亡的分界性诗歌"（RP 138）。该诗所用的维拉内拉体本身就是一种反省式的诗歌形式，与诗歌情感上的反省正相呼应；诗歌标题中的"good night"显然是一个双关，良宵和晚安，致意和道别，不可避免的悲痛和对不可避免之事的接受，在这里取得了完美的平衡。诗歌既是一个儿子对父亲的吁求，也是作为新手的诗人向一个已经功成名就的诗人的吁求。维拉内拉体本身就充满了交织和替换、转向和重新转向，因此是一个将父与子、生与死、青春与年老、上升与衰落这些对立因素结合在一起的很好的诗歌形式。希尼认为这首诗体现的不是狄兰·托马斯自己坚持的诗歌从词语出发，而恰恰是他反对的，即诗歌最终走向了词语。这显示出狄兰·托马斯也开始渐渐超越早期的那种原始冲动，开始追求修辞上的效果。在艺术上这首诗既直截了当、家常亲切，又清醒地认识到现实压力，同时努力不让自己屈服，正是这些内在的张力让狄兰·托马斯可以流芳后世。

第二节　艾略特

希尼曾说:"阅读艾略特和关于艾略特的作品同样都是我们这代人的成长经历。"(GT 91)不过艾略特对希尼来说更为特殊,用他的话说,"艾略特是一个我进入了他,他也进入了我的诗人"(SS 127)。希尼认为艾略特有着比卡瓦纳更大也完全不同的智慧:他的批评能力更精警,这也使得他的诗歌与卡瓦纳的诗歌相比更严格也更考究。卡瓦纳帮助希尼把视野集中在爱尔兰的生活,艾略特却启发了希尼创作现代诗歌。

希尼对艾略特有着极高的评价,称:"在 20 世纪 50 年代,你并不需要拥有什么特别的文学知识,就能够知道艾略特是道路、真理和光,知道除非你找到他,否则你根本就未踏入诗歌的王国。"(FK 29)希尼是在十五六岁还在德里市的天主教会学校圣哥伦布中学读书时开始接触到艾略特的,那时艾略特的《空心人》(*The Hollow Man*)和《三圣贤之旅》(*Journey of the Magi*)都被作为北爱尔兰高中教育文凭必读书目中的内容。在被艾略特不同于之前读到的所有诗歌的异样性震惊之后,希尼请姑妈给自己买了一本艾略特的《诗合集 1909—1935》(*Collected Poems* 1909—1935)。这本书被希尼称为禁书,是他的天主教世界所禁止的。不过对于希尼来说,这本书真正超出了他的世界范围的是它的文学深度,所以"在很长时间里,那本书对我来说代表着我与神秘性的距离,以及我作为读者和作者与它所代表的志业的不相称"(FK 28)。28 岁时希尼在贝尔法斯特女王大学给本科生讲授艾略特的《灰星期三》(*Ash Wednesday*),再次感受到了这种无能为力,因此称"那次授课是我生命中最不知所措的四十五分钟授课之一"(FK 32)。虽然他找来了不少参考书籍,却没有办法把它内化为自己的东西。在女王大学期间,希尼也反复熟读了艾略特的《传统与个人才能》(*Tradition and the Individual Talent*),以及论玄学诗人、论弥尔顿、论丁尼生的《悼念》、论诗歌的音乐性的文章。这些论述给希尼留下最深刻的印象的,也是希尼觉得最重要的,就是艾略特所说的"听觉想象力"(the auditory imagination)了。希尼认为"听觉想象力"是艾略特的那些批评术语中"最精确最有启示性的之一"(P 150)。

一、听觉的想象

"听觉想象力"这个词艾略特最早是在 1932 年在一次论马修·阿诺德

的诺顿演讲中使用的,有研究者认为这个词很可能来自埃杰顿·史密斯1923 年出版的专著《英语诗歌的规则》(*The Principles of English Verse*),《泰晤士报文学副刊》刊发过这本书的书评。在书中史密斯解释了为什么抑扬格的诗歌会倾向于使用五音步,是因为"听觉想象力可以不需要过度用力,就将五音步控制在自己的罗盘中"①。不过这个术语广为人知是艾略特1936 年发表的一篇论弥尔顿的文章。在这篇文章中艾略特斥责了乔伊斯等其他视力不好的诗人,说他们的听觉想象力得到异乎寻常的提高,但是是以视觉效果为代价的。

在对马修·阿诺德的批评中,艾略特提出了他对"听觉想象力"的最著名的定义,也是被希尼反复引用的定义:

> 他[指阿诺德]偶尔拙劣的失误让人不禁怀疑:就我所知,他在自己的评论中从未强调诗歌风格的价值,这一根本性的;我称为听觉想象力的东西,是对音节和韵律的感觉,深深刺入思想和感觉的有意识层面之下,赋予每个词语以活力,潜入那些最原始和被遗忘的,回到本源,把某些东西带回来。②

艾略特使用这个术语主要是"提醒人们提防如今广泛存在的一种错误,即把解释(explanation)误认为理解(understanding)"③,强调诗歌在意释之外还存在的直接诉诸于感官的意义,尤其是诗歌的韵律能够给读者带来的意义。这是马修·阿诺德在从事文学批评时忽略了的层面。

艾略特的这一诗歌观后来成了希尼自己的诗歌评论中最常被提及的观点,并且希尼常用这一观点分析其他诗人。事实上,希尼自己的诗歌创作也可以被认为是这一诗歌观、词语观和音韵观的体现。从这个方面说,艾略特可能是影响希尼最大的诗歌理论家,或者说是与希尼最契合的诗歌理论家。在希尼看来,艾略特这所指的是"一种不断邀请读者进入它的回声和壁龛的诗歌"(P 81),"它实际上肯定了一种自然倾向,把我自己变成这首诗的声音的回音室。我被鼓励去在一个节奏的格式内部寻找意义的外形"(FK 37)。

---

① Egerton Smith. *The Principles of English Verse*. Oxford: Oxford University Press, 1923, p. 133.

② T. S. Eliot. *The Use of Poetry and the Use of Criticism*. London: Faber & Faber, 1934, pp. 118—119.

③ David Pascoe. "A source for the 'auditory imagination'?" *Notes and Queries*, Vol. 41, no. 3, (1994): 374.

　　希尼对《荒原》的解读就是遵循着"听觉想象力",不仅在叙述的内容中,而且在节奏中获得诗歌的意义。比如在"水里的死亡"一章,一般的解读都会扣紧"水"在西方文化中具有的象征意义,以及诗中腓尼基人弗莱巴斯的溺亡与后面雷霆象征的复活中包含的神话原型结构。尤其是艾略特自己也在注释中承认了深受魏登女士《从祭仪到神话》一书的启发,从而使直到今天,对《荒原》这一部分的解读也是以神话和象征批评为主的。于是今天谈及《荒原》就要说到现代欧洲文化的死亡和复活,但基本也止于此。希尼则"在这首诗的音乐的重力和慷慨赠予中,我想我猜测到一种听觉上的对等物"(FK 37),即伦敦城里那些天天只关心商业社会的盈利与亏损的人,他们也是艾略特在诗歌开头描写过的那些天天走过伦敦桥的死魂灵。因为这一章波浪起伏的节奏,散开和收紧交替的声音让希尼仿佛看到众多现代人的阴魂在伦敦桥上构成的一种有节奏的流动。

　　正因为相信艾略特诗歌的声音中包含的意义,相信"生命的呼吸却是在声音的肌体中"(FK 37),希尼说理解诗的方法就是"静静坐着"(FK 38),听诗歌的声音,然后,"我所听到的有了意义"(FK 38)。希尼说他从 1960 年代开始就喜欢静静地坐着听艾略特的诗歌在浅层中包含声音。只有静静地聆听,而不是忙碌于意义的解释,才能让艾略特的地下运作产生作用。有趣的是,在评论界强调艾略特的晦涩,强调艾略特的诗歌中包含着大量的用典,因此是一个学院化的诗人,只有具有了大量的知识储备才能读懂艾略特的诗歌的时候,作为当代最杰出的诗人之一,希尼眼中的艾略特却是一个具有高度音乐性,在诗歌的声音内涵方面取得了高超成就的诗人。艾略特的诗歌在希尼眼中就是"那种象征主义者在 19 世纪末写的诗歌,以及那些渴慕象征主义的 20 世纪诗人所要求的诗歌:'诗应该可以触摸但无声……没有词语/如同鸟的飞翔……诗不应意指/仅仅存在'"(P 81)。

　　20 世纪 60 年代,希尼读到新西兰诗人斯特德所著的《新诗学:从叶芝到艾略特》(*The New Poetic*)一书,认为这一新的诗歌和诗歌评论潮流随着 1922 年艾略特的《荒原》(*The Waste Land*)的出版达到高潮。在这本书中,斯特德描述了艾略特如何与当时的流行诗歌做了彻底的决裂,后者只是把那些老生常谈翻来覆去地以不同的形式重复。比如英国女诗人安娜·朋斯顿的《上帝与人之歌》(*Song of God and Man*)等。这类诗歌在叙述上诉诸于常识,在诗律上追求的是流畅感伤这种被大众欣赏的旋律,朗朗上口、易于理解,因此一度老少咸宜。相比之下,《荒原》就反常得令人困惑不安,"即便被视之为精神失常,一般读者都很难接受它。"(GT 91)对于那些认为《荒原》依然像传统诗歌一样在讲述某个主题,只不过讲得太蒙太奇这一点,斯特德的反驳是,"任何一味关心'含义'的评论家,都不可能触及这一早期诗歌的真正'存在'"(GT 92)。斯特德之所以这样说,是因为他认为包括《荒原》在内的新诗歌是一种"由意象、肌理和暗示"组成的诗歌,是一种"灵启"的诗歌,是一种"书写诗歌自身"的诗歌;它源自"潜意识的深处","标志着意志的失败";虽然它不蔑视"智力",但是却不让智力主宰一切,相反"它必须等待一段音乐呈现出来,等待一个意象发现自己"(GT 92)。因此理性结构在《荒原》中并不适用,《荒原》更近似艺术家的白日梦,受到无意识的影响。

继《荒原》之后发表的《空心人》则是希尼在中学读书的时候就跟着老师一起读过的,但是希尼记得那时读《空心人》,老师对诗歌的节奏并没有多大留意,而是老生常谈地谈诗歌主题所包括的"理想破灭、失去信仰、精神冷漠、现代世界"(FK 30)。当年还没有进入诗歌殿堂的希尼并没有发现这样阅读有什么问题,但是却不得不承认,当年学到的《空心人》并没有打动他,没能让他多年后在大学课堂上讲授这首诗时,能让学生被感动。因此希尼要说的,就是虽然这样的阅读"解释"了这首诗,却没有"理解"这首诗。主要原因就是老师没有"作出什么努力使我们听听意义而不是读懂意义"(FK 30),而希尼认为《空心人》的魅力正在于"它们音乐的音高、它们那神经末梢似的震颤、它们在耳轮中的音高"(FK 30)。

希尼还分析过艾略特1930年发表的《玛丽娜》(*Marina*)一诗。该诗是莎士比亚的戏剧《泰尔亲王佩利克里斯》的衍生,原剧写的是泰尔亲王佩利克里斯的女儿玛丽娜于船上出生后不慎遗失,亲王以为她已经死亡。后来玛丽娜长成一位美丽的姑娘,并奇迹般地回到佩利克里斯身边。希尼引用了《玛丽娜》的倒数第二段,指出在这里耳朵可以听到一种节奏,这个节奏只跟诗歌本身相呼应,他以此来证明艾略特自己在《诗的三重声音》(*The Three Voices of Poetry*)中阐述的诗歌观念:"自我与自我共谋,孵化出的不是一个情节,而是一个意象。声音回归到自身,不争论任何东西。"(P 82)

希尼还分析过艾略特的《四个四重奏》中"燃毁的诺顿"的开头几行,指出其中"时间""现在""过去""将来"这几个词的重复、回荡、环绕、交织构成了"转动和静止的效果"(FK 39),而这个效果"如果只是视读其意义却会变得令人困惑不解"(FK 39),只有感受它们的声音结构构成的效果,感受"它那主题和词句、意释和重奏的管弦乐,它所预示的将会弹回到开始的结尾"(FK 39),才能领会其中包含的时间的循环往复,以及诗人对拯救失去的时间的信心。

希尼对艾略特的"听觉想象力"的论述其实也是对自己诗歌的论述。希尼的诗歌深深扎根于他所生活的北爱乡村世界,与土地有着深厚的联系。而希尼的很多早期诗歌都是从感官上来表现这一生活,不仅从意象上,比如井水,而且从声音和诗歌的韵律上。这些声音除了自然界的声音,还有当地的方言,地名,以及语言中爱尔兰的发音。"对乡村背景的这一呼应继而包含了听觉想象力"①。

在收于《一个自然主义者的死亡》的《游戏教学》("The Play Way")一诗中,希尼描写了如何通过音乐让学生理解诗歌的过程。诗歌从一间典型的英国教室开始,阳光透过窗户,照在牛奶、吸管和面包屑上。这次教学不同的是教师没有像传统那样照本宣科,而是"音乐大步迈进发出挑战"(DN 56),教师播放贝多芬的第五钢琴协奏曲。这一全称是"降E大调第五钢琴协奏曲"的作品是贝多芬所有的钢琴协奏曲作品中规模最为庞大的一部,常被称为"皇帝"协奏曲。虽然显然该曲的王者风范不是教师选择的原因,但是该曲的高超技艺象征着希尼希望将最好的诗歌艺术教授给学生们。可是1960年代的北爱学生很少能听到这样宏大的音乐,他们能够接触的不过是些街头流行音乐,因此有学生提出来,"我们能不能跳摇摆舞?"(DN 56)值得注意的是,希尼这里用的"jive"一词也有"假的""欺骗"的含义,因此暗示学生过去接受的东西很多是虚假的。当真正的音乐奏响,学生们在协奏曲巨大的声响下安静下来,学生们"静静坐着",与音乐产生了共鸣:

　　　更高
　　　更坚定,每个具有权威的音符
　　　把教室像轮胎一样的气充得紧绷

　　　在那些大睁的眼睛后面
　　　向每个人施展着魔力。他们已经忘了我
　　　只这次。笔忙碌着,唇无声地说着
　　　他们笨手笨脚地拥抱这个自由的

　　　世界。一种带着甜蜜的沉默
　　　在迷失的脸上中止,那里我看到
　　　新的面容。然后音符像圈套一样拉紧。他们跌倒

---

　　①　Harmon, Maurice. "Seamus Heaney: Overview."*Reference Guide to English Literature*, D. L. Kirkpatrick ed., St. James Press, 1991.

不知不觉间跌入自己的内心。（DN 56）

　　这首诗描写的是希尼1962年或1963年在圣托马斯中学教授创意写作的经历。不管希尼是否真的在课堂上播放了贝多芬的第五协奏曲,这里描写的音乐对学习诗歌写作的学生的感官然后是直觉的影响,显然是对诗歌的音乐性所具有的感染和表意能力,以及可以最终让学生"懂得"诗歌的肯定。这正是艾略特所说的:"诗歌就应该是原创的……只有在完全必须说出他必须说的时候;只有在被说出来,不是被思想——因为并不存在思想——而是被那个他体内存在的幽暗胚胎的本质,这个胚胎逐渐获得诗歌的形状和语言。"(P 82)

二、回到本源

　　那么听觉想象力为什么会具有如此超越理性和在潜移默化中打动人心的力量? 希尼认为,"听觉想象力"不仅是对诗歌的表意方式的描述,而且包含着诗歌的一个重要的意义功能,即提供比那些明显含义和直接韵律导体所能提供的还要"更古老更深层的能量"(GT 148),也即艾略特所说的,诗歌的听觉想象力能够"潜入那些最原始和被遗忘的,回到本源,把某些东西带回来"。希尼认为艾略特这里说的是所有词语和韵律都潜含的文化深度。在这种情况下,诗歌的听觉效果不再只是愉悦耳朵,甚至不是个人的遭遇,而是身心深处人类的共同际遇;词语也不再只是单词或声音,而是"人类历史、记忆和依恋的表征"(P 150)。

　　希尼通过分析艾略特的《荒原》得出的诗歌"从前意识的深处产生的无法反驳的和散发着象征光芒的东西"(G 92),有些像荣格所说的集体无意识,但与荣格认为每个人都具有的集体无意识又不相同。希尼更强调诗人所具有的艺术的直觉如同"捕捉世界的各种声音的天线",能够"在我们的本性和我们居住的现实的本质之间建立起未曾预料的和未被编改的交流"(G 93),从而帮助读者透过表层看穿社会的本质。因此这里的意识并不是心理学意义上的无意识,而是人类群体文化共同积淀下来的群体的本性和群体的声音,这里姑且称为集体文化意识。在诗歌创作中,直觉是诗人所特有的,但是之所以诗人的直觉能够产生广泛的共鸣,是因为它们探入了神秘地存在于人类内心深处的集体文化意识。因此斯特德在《新诗学》中说,"艾略特是一位信任潜意识能量之'黑暗胚胎'的诗人……一位远比各种评论让我们相信的更为直觉型的诗人"(FK 39)。

　　希尼主张诗歌必须超越诗人个人的经历和思想,作为天线捕捉和传达集体的声音,而艾略特的诗歌观正是他这种想法的重要来源和体现。希尼认为艾略特的听觉想象力遵循的也正是这个原则。在艾略特这里，诗歌的目的绝不只是抒发情感，而是触及人心深处，向前与最古老的智力，向后与最现代的智力连接在一起，向外与最大范围的读者，向内与内心深处的集体文化意识连接在一起。于是虽然抒情诗歌的主语常常是第一人称单数，诗歌的表达领域却远远超出个人，覆盖最大的领域。

希尼将艾略特视为"黑暗胚胎"型诗人，并与霍普金斯相对比，区分出诗歌的"女性模式"和"男性模式"，其中诗人意志的作用成为主要的区分标准。在希尼眼中，艾略特是一种与霍普金斯完全不同的诗人。对艾略特来说，诗人"成为天线，捕捉这个世界的声音；成为媒介，表达他自己的前意识和集体的前意识"（GT 93）。也就是说，在希尼心中，艾略特的诗歌完全代表那种自我衍生和自我存在的诗歌。这种诗人用当代的理论说，是受到无意识和前意识的支配；用古代的理论说，则是受到神灵的启示，诗是灵感的产物。与之相对，在肯定艾略特的这种诗歌观的时候，希尼把霍普金斯放到"社会的和个人的压制"（GT 96）的位置，认为霍普金斯曾经为了宗教使命放弃诗歌创作，是因为霍普金斯把诗歌的带有随意性的快乐创造视为淫荡或邪说。不过希尼注意到在诗歌史上，17 世纪的英国诗人乔治·赫伯特在让自己服从宗教信仰的框范的同时，却能让自己的诗歌与教条相安无事。他的思想是不受约束、不会被削弱的，但同时他又用外部的要求和期待来衡量自己，在自发和服从之间达成"心理的和艺术的平衡"（GT 97）。赫伯特的这种状况希尼认为同样可以用来描绘创作《四个四重奏》（Four Quartets）时的艾略特。

希尼认为到了《四个四重奏》时，艾略特已经与创作《荒原》时的艾略特有了很大不同。如果说创作《荒原》时的艾略特相信过程和意象，那么创作《四个四重奏》时的艾略特就更加推崇说理和思想，因此也变得更加庄重沉稳，也更接近创作《神曲》的但丁。创作《荒原》时的艾略特在诗中传递的是困惑和梦游的感觉，是印象主义场景的流淌；而在《四个四重奏》中，艾略特则从象征主义转入了"哲思和宗教传统更严格的苛求。那个灵启的、自发的、本质上抒情的舌头作为管辖者，被一个功能更像悲伤的伟大领主的器官所取代，富于沉思、具有权威，但只是略有惆怅地意识到自己失掉了活力和逍遥"（GT 98—99）。艾略特是在 1929 年遇到中年精神危机[①]的时候转向

---

①　此时一方面艾略特的婚姻陷入困境，他的妻子维维恩·海伍德精神有问题，这让两人的关系常处在紧张状态，这段婚姻于 1933 年以离婚告终，维维恩最终死在精神病院。在宗教上，1927 年艾略特从唯一神教派转而皈依英国国教，不过他的这一转变更多的是因为他移民英国，需要一个教会来寄托，同时也需要与英国社会和英国文化建立起更多的联系。因此这个阶段称为艾略特在信仰上的一个痛苦的转折阶段，其间经历了信仰上的失落、空虚乃至绝望。

但丁的,在那年发表的文章中但丁也呼唤一种新生。此时的艾略特也"更关心可以从一部艺术作品中提炼出来的哲学的和宗教的意义,它的真理指数而不是它的技巧/美的指数,它的文化和精神之力的光环"(GT 98)。

转向哲思和宗教后的艾略特的诗歌变得更加晦涩难懂,这与其说是其中的哲学和宗教观更加复杂,不如说是因为艾略特的诗歌更加指向那些无法用身边的现实事物来描述的事物,因而显得陌生、神秘,但同时也更加诉诸集体文化意识。拿《灰星期三》这首艾略特皈依英国国教之后写的第一首长诗来说,它描述的是一个丧失信仰的人将会面临的挣扎。诗歌不再像过去那样有很多人物,描写人物之间的对话,而是更加集中于对精神世界的思考和艾略特自己的基督教信仰。希尼认为《灰星期三》的丰富性正是要让那种"追随感官写作"(sensuous writing, FK 31)所具有的美感不再顺理成章。希尼分析了诗中那些古老的意象,如五月世界、山楂树、长笛、蓝色和绿色带给他的愉悦和安慰,一切都是熟悉的,场景是平静的,语言是诗意直接的;然而与此同时,诗中又出现了豹子、骨头、紫罗兰和紫罗兰色的东西。学生时代读到这首诗时,希尼感到的是惊骇、"窘迫"(FK 38)。不过成熟之后,希尼对这首诗所包含的净化和皈依主题已经非常熟悉、信手拈来了。希尼称这首诗的单薄干燥的曲调,这首诗武断、脱离日常体验的幻象,对于已经年近五十的他比当年教授此诗时三十岁的他更容易理解。如果说当年这首诗的不在场的感觉让希尼惊慌失措,那么到老年,恰恰是感到自己"秘密参与一种如此高洁地发明出来、如此勇敢和出乎意料地写出来的气氛"(FK 33),希尼获得了一种愉悦感。因为现在希尼已经明白这些突然出现的豹子和骨头并非某种具备了基础知识才能理解的博学密码,相反,"它们在诗人创作的心灵中轻飘飘地升起,然后怡人地把自己再创造出来,带着某种好玩的和连自己也吃惊的圆满性"。(FK 34)这是在中年心灵中冒出来的,自然而然地从《神曲》中涌出的意象。希尼非常强调,对艾略特诗歌中包含的这些"想象力的陌生性、形式上的独特性和本质上的差异性"(FK 35)应该去直接感悟,而非用那种学院式的正统思想把这些异质因素同化掉。

至于《三圣贤之旅》希尼同样反对那种把艾略特笔下的意象读成对《圣经》故事中的细节的象征的做法,比如把诗中的三棵树理解为象征着骷髅地的十字架,把掷骰子赌银子的手理解为象征基督故事中罗马士兵在十字架下掷骰子赌谁可以拿走耶稣的长袍。因为希尼认为艾略特"一直都是坚持诗歌的诗歌性先于作为哲学的身份或理念的身份或任何其他东西的身份"(FK 36)。希尼这里所说的诗歌性,就是诗歌对集体文化意识世界的呈现。

那么这个集体文化意识世界又是什么? 希尼说上大学前,他就已经从词语的拉丁词根和前缀后缀，以及母亲向他吟诵的歌谣中，认识到"词语是历史和神话的载体"（P 45），但是是艾略特的"客观对应物"以及魏尔伦等其他一些诗人的诗歌，让初窥诗歌堂奥的希尼认识到"具体呈现"（concrete realization）在诗歌创作中的重要性。希尼说正是通过阅读艾略特，他才"确信存在着一种难以言说、也正因为难以言说所以更具穿透力的诗歌现实"（FK 30）。

艾略特诗歌的难以言说性虽然会带来阅读上的困难，但同时也会将读者带向内心中更隐蔽的人类共同的文化源泉。希尼在《向艾略特学习》（"Learning from Eliot"）一文中详细描述了他中学刚接触到艾略特时那种触电般的感觉。而且他认为自己经验艾略特的方式也是人们最初遭遇诗歌时的方式。一开始诗歌呈现为一种完全陌生的文化事实，初次遭逢可能会有一种得不到回报的痛苦，但也会引发一种走向了解和克服其陌生性的需要。但是随着时间推移，诗歌会被内化为阅读者的"第二天性"（FK 30）。艾略特也是如此。最终希尼与艾略特的关系变成"我进入了他，他也进入了我"（SS 127）的关系。此时艾略特变成了"内心一条熟悉的小径，一条纹理，沿着这条纹理你的想象力愉快地往后打开，朝向一个本源和一个隐蔽处"（FK 30）。这样的一个阵痛般的过程艾略特也描绘过，艾略特自己曾说："他陷入所有这些麻烦，不是要跟任何人交流，而是从剧烈的不适中解脱。当词语最终被放置到合适的位置……他可能经历一阵精疲力竭、一阵缓解、一阵解脱、某种非常接近寂灭的东西，这个东西无法描摹。"（P 82）希尼将艾略特的这种诗歌观称为"象征主义者诗歌创造的形象……通过无法描摹的阵痛摆脱那无法定义之物，在这个阵痛中诗歌作为一次神圣降生的象形文字保留了下来"（P 83）。

希尼深信诗歌具有这种进入内心深处神秘的也是神圣的领域的能力。在《个人的赫利孔山》（"Personal Helicon"）一诗中，希尼就用望向井中来描绘诗人这种探向内心幽深之处的能力。诗歌写我从小就喜欢向井中探望，大人们根本无法把我从井边赶开。我喜欢水桶落到井里砰的声音，喜欢水草、霉菌、阴湿的苔藓的气息，喜欢这种"黑暗中的坠落……那么深，你在里面看不到倒影"（DN 57）：

> 其他的有回声，穿回你自己的喊声
> 里面带着一种清澈的新音乐。有一个
> 很吓人，因为那里，从蕨草和高高的
> 毛地黄中，一只老鼠拍打过我的倒影。

现在,刨根究底,手指沾上稀泥,

睁大眼睛纳西修斯一样地盯向,某个泉水

已经不合乎任何成人的尊严了。我用韵律

来看我自己,来让幽暗之处发出回声。(DN 57)

显然对希尼来说,长大之后写诗是童年本能的一种代替,但是都是要深入自己内心的潜意识深处,并且从中找到个人和集体相互应和的那些声音。

正是在艾略特的启示下,虽然希尼相信灵感,但是与古希腊诗人赫希俄德那类完全依赖神灵启示而从懵懂无知一变而为无所不知不同,希尼更强调灵感所需要的文化基础。一个像艾略特那样博学的诗人通过诗歌进入的世界,将比一个知识贫乏的诗人理解以及从而传递得更多更丰富。希尼的《来自冰岛的明信片》("A Postcard from Iceland")一诗就描述了知识对诗歌创作的重要性。该诗描写"我"用手去试从温泉里流出的水的水温,此时除了泥水汩汩的流动声外,"什么也听不到"(HL 37)。然后"我"身后的向导告诉"我",英语"微温"(lukewarm)一词中的"luk"就是古冰岛词语中的"手",于是"我"在一瞬间感觉到水的手掌压在"我"的手掌上。"我"这里从最初将自然之水视为无生命的客体,到最后感觉到水的生命,自我的脉搏与宇宙的脉搏在片刻间的汇通,无疑与向导告诉他的词源学知识有重要关系。

由此也可以理解希尼诗歌中著名的图兰人为什么不是在爱尔兰,而是在丹麦锡尔克堡的泥炭沼中发现的公元前 400 年的古尸;而且希尼最早也不是亲眼见到这具古尸的,他是从格洛伯的《沼泽人:保留下来的铁器时代的人》[①]一书及书中插图得来的知识。仅仅根据书中的图画和描述,"诗人就对沼泽人做出了极其精确的描写"[②],而且正是来自书面知识的沼泽人帮助希尼在古代献祭仪式与当下"爱尔兰的政治殉道传统"[③]之间建立起跨越时空的联系,使希尼获得"一种真正的跨越界限的感觉,感到我的整个存在都融入了宗教感——根基感,感到与某种东西连在了一起"(P 57)。因此对希尼来说,最重要的是当下生活背后的文化与传统,正像从书本中有关图兰人和献祭仪式的知识,希尼把对身边发生的政治事件的理解深化到了整个人类传统,图兰人也由此"向诗人揭示出艺术的命运"[④]。

---

① Peter Vilhelm Glob, *The Bog People*: *Iron Age-Man Preserved*, London: Faber, 1969.

② Robert Buttel, *Seamus Heaney*, Lewisburg: Bucknell University Press, 1975, p. 76.

③ Elmer Andrews, *The Poetry of Seamus Heaney*: *All the Realms of Whisper*, Houndmills, Basingstoke, Hampshire: Macmillan Press, 1988, p. 64.

④ Elmer Andrews, *The Poetry of Seamus Heaney*: *All the Realms of Whisper*, p. 65.

三、非个人化

1942 年，艾略特在创作《小吉丁》(*Little Gidding*)的时候，从战火中的伦敦给英国戏剧导演 E·马丁·布朗写信表达了自己在社会的群体行为和自己的个体创作之间所处的两难困境。这类困境也是让希尼在北爱冲突时期痛苦不堪的。作为诗人，希尼希望能够在个人的空间从事超乎政治的艺术创作，但是作为北爱被压迫的天主教群体中的一员，而且有了代表群体发声的能力之后，社会更希望希尼能够参与到屋外的政治斗争中去。这曾经让希尼纠结了很多年，即便移居爱尔兰共和国后，也会半夜醒来，在镜子中看到死去的血淋淋的北爱亡魂，在背后指责自己逃避了社会责任。但是对此艾略特说，虽然在群体的灾难前你会怀疑自己的创作是否有价值，是否能够劫后余生，但是"与这一常常看起来毫无意义的孤独劳作相比，外面的或者社会的活动更是一种毒品"(GT 107)。

可以说正是艾略特所主张的诗歌是对集体文化意识的表达，让希尼可以在社会的活动和个人的诗歌创作之间，最后坚定地回到自己的诗歌创作，因为艾略特让他明白，表面看来诗歌毫无用处，"没有一首诗阻止过一辆坦克"(GT 107)；但另一方面，诗歌创作这一看似完全个人的行为却绝对不只是个人行为，诗歌相反是最先在老生常谈之外把握住群体本质和世界本质的天线，它本身就既是个体的又是群体的，只不过它的群体性并不表现为直接对那些控告的人或者对那个无助的被告说话。诗歌所做的是召唤出对存在的认识，让人们从这一认识出发，做出更真实的选择。这也是为什么希尼说诗歌"与其说是道路，不如说是门槛"(GT 108)。

从艾略特对诗歌的这一既个体又群体的特点的肯定出发，就可以理解为什么艾略特会在强调"原创性"，强调文学的"自足性"的现代主义文学潮流中，发表《传统与个人才能》这样的文章，提出他著名的"非个人化"理论。事实上，希尼借自艾略特的诗人是捕捉世界的各种声音的天线这一观点，正是《传统与个人才能》中艾略特所说的：

> 诗人的头脑实际就是一个捕捉和贮存无数的感受、短语、意象的容器，它们停留在诗人头脑里直到所有能够结合起来形成一个新的化合物的成分都具备在一起。[1]

---

[1]　托·斯·艾略特：《艾略特文学论文集》，李赋宁译注，南昌：百花洲文艺出版社，1994 年，第 7 页。

在《传统与个人才能》中比较容易被读者所理解的是一开始的共时性历史意识，即诗人必须被放到其前、其后以及同时代的所有文学和历史背景中去理解；诗人自己在创作的时候，也应该把所有时代所有地区的文学放到一个同时存在的体系中，形成一个超时间的与有时间的相结合的历史意识。这样的一种共时性的历史意识似乎是人们理解历史的一个常用方式。但是很少有人注意到这里面包含的集体文化前意识的可能性，即人类的认识完全可以打破历史发展的模式，过去和未来的感受都可能在现在体现出来。这就为诗人称为超时代的天线提供了条件：诗人既能够唤起人们内心长期积淀的共同感受，把它表达出来；这一表达出来的共同文化意识也具有预示未来的能力。这也正是为什么希尼喜欢并坚持用卜水者来象征诗人。希尼在《卜水者》中描写的卜水者更像一个巫师，拿着榛木棍在地面移动，探测水源。如果有水，榛木棍就会"带着明确的震动向下拉"，然后泉水就"突然用空中的一条绿线／宣告自己秘密的处所"(DN 36)：

> 旁观者会要求试上一试。
> 他一言不发把棍子递给他们。
> 它在他们的抓握中一动不动，直到不动声色地
> 他握紧期待的手腕。榛木震动了。(DN 36)

这里显然希尼赋予了卜水这一已经被视为迷信欺骗的行为，以一种崇高的神秘性。事实上希尼并不相信真正能用一根榛木棍子探测到水源，希尼这里是用卜水者象征诗人。希尼用标题将卜水者称为"Diviner"，这个词指的是通过神秘的迹象预言未来的预言者。因此这里卜水者的棍子也就是诗人的诗，既指向地下的水源，或者说人内心的集体文化意识，也指向空中，预示着未来的发展轨迹。

由此也就可以明白，为什么在这一节之后，艾略特在《传统与个人才能》中用了更多的篇幅来写诗人作为一个化合物的功能。艾略特这里对于诗人的化合功能的描绘同样带给读者卜水者似的神秘感。虽然艾略特举了不少例子，但是最后他只能用比拟的方式，借助化学里的化合作用，来说明诗人的这一发挥作用的方式。之所以如此，正因为他所要说的，就是诗歌创作是诗人个体的意识与集体的文化意识之间的结合。

也正是因此，艾略特才会强调诗人的非个人化，因为在这样的诗歌发生和作用的过程中，诗人的确更像一个媒介：

　　　　诗人有的并不是有待表现的"个性",而是一种特殊的媒介,这个媒
　　　介只是一种媒介而已,它并不是一个个性,通过这个媒介,许多印象和
　　　经验,用奇特的和料想不到的方式结合起来。①

也正因此,艾略特才会提出"诗歌不是感情的放纵,而是感情的脱离;诗歌不
是个性的表现,而是个性的脱离。"②这里艾略特说的并不是有些人误认为
的那样指的是零度情感的写作,或者照相机似的叙述,艾略特这里说的是诗
人表现的并不是自己个人的经历,或者个人的感受,除非这个经历和感受能
够进入集体文化意识。在艾略特这里,进入集体文化意识的最好方式是诗
人能够让自己的意识跨越时空界限,进入过去现在未来此地他地无地,能够
"把一大群经验集中起来"③,让各种各样的感受形成新的组合。

　　　与艾略特不同,希尼是到各种事物上去寻找连接过去和未来的方式,比
如井。希尼诗歌中著名的沼泽系列和沼泽人是他找到的连接爱尔兰集体文
化意识的著名方式。沼泽(Bog)是爱尔兰特有的地理面貌,不仅在爱尔兰
大量存在,而且其中保留着几百年上千年的遗迹,因此是向下探向幽深的历
史过去的最好意象。希尼把沼泽视为爱尔兰的"历史轴承"(N 33),在他看
来向沼泽深处的挖掘正是向爱尔兰之根的挖掘,而且沼泽像人类的集体无
意识一样"无底"(P 35)、"潮湿的中心没有底"(DD 42)。

　　　除了沼泽和井这样通向地下的意象,普通的事物同样可以被希尼赋予
作为历史的载体的功能。拿《水平仪》中的《磨刀石》("Sharping Stone")一
诗来看,该诗首先描写了一个已过世的药剂师朋友的抽屉,在那里发现了
"我"送给他的一块磨刀石,石头"也唤醒了某些东西⋯⋯"(SL 70)。接下来
诗歌描写了"我们"夫妇二人静静靠在木头上,听着雨声,锯木工人的锯子躺
在旁边。"我们"凝望天空,直到天空好像潮水将"我们"裹走。第三章写明
信片上画的伊特鲁里亚人的一只赤土雕塑,是石棺上斜躺着的一对夫妇。
第四章写这位药剂师朋友八十岁丧偶后过起了年轻人放荡不羁的生活。最
后一章写应该把磨刀石装在抽屉里放入化冻的潮水中,明年春天会被人在
河岸发现。

　　　诗歌联想的起点是一块毫无诗意的普通磨刀石,但下一章第一句"煤渣
的厚度,密不透气"(SL 70)与"也唤醒了某些东西"(SL 70)点出了磨刀石与
过去的联系。从后面忆起夫妻在伐木工人已经离去的寂静的树林里,双双

---

① 托·斯·艾略特:《艾略特文学论文集》,第9页。
② 托·斯·艾略特:《艾略特文学论文集》,第11页。
③ 托·斯·艾略特:《艾略特文学论文集》,第10页。

躺在潮湿的树干上听雨,显然那两棵感动诗人的被锯倒的湿漉漉树干,是由磨刀石那"煤渣的厚度"引出的。从树干到煤到磨刀石,这一悠远的历史演化过程将人的世界与大自然的世界联系在了一起,由此在日常事物之上打开了一扇通向原始森林和原始野性的时间之门。由此也就不难理解为什么第三章会进入古希腊罗马时代的世界,几千年前斜倚着的夫妇与记忆中躺在树干上的诗人夫妇的相似,使诗人感悟到时间不停地向前流淌,生命却周而复始地不断重复。

由此可见,由于希尼和艾略特一样把诗歌视为对人类传统文化的探寻和表达,把赋予身边的现实世界以历史文化的深度为诗歌的重要职能,因此他也像艾略特一样,很少用诗歌去抒发自己的情绪。虽然他也用诗歌写过愤怒、困惑、内疚、思念,但是在书写的时候,他都像艾略特一样,去描写客观对应物,而不是去描写自己的情绪,并且将自己的感受放到更大的普遍层面来思考,从而获得一种非个人化的效果。虽然希尼的用词和意向原比艾略特平实、家常,但是他诗歌的普遍性、客观性和文化深度却并不逊色,而这种对希尼的成功具有重要影响的书写方式,应该受到艾略特的一定影响。正像希尼所说的,"如果艾略特没有帮助我写作,他也帮助我学习到阅读意味着什么。他的诗歌经验是一种异乎寻常的纯粹的经验"(FK 40)。希尼的诗歌风格从表面看确实与艾略特有很大不同,但是希尼对诗歌的认识却深深受到艾略特的影响。"艾略特依然是一位罕见人物,其音符之独特是超乎普通音阶的,如同一个微小纯粹的信号,它也许并不适宜覆盖我们天性中大范围的世俗区域,却有能力像柏拉图那般深远地探索精神世界。"(FK 39—40)

第三节　霍普金斯

希尼在从事诗歌创作前,就在《企鹅英语诗歌》中读到了霍普金斯(Gerard Manley Hopkins)的《犹如翠鸟扑火》("As Kingfishers Catch Fire")和《斑驳之美》("Pied Beauty")。霍普金斯诗歌中的尖锐感觉、小小跳跃,以及在神经中引发的连串反应,都给希尼一种有如"词语鸡皮疙瘩"(SS 37)的震撼。也正因此,若干年后希尼作为大学生开始创作诗歌时,一开始就是模仿霍普金斯的语气来叙述的。这种模仿既有自觉也有不自觉。比如希尼承认他的《十月诗思》("October Thought")一诗就是对霍普金斯的自觉模仿;而他21岁在学生杂志《蛇发女妖》(Gorgon)上发表的第一首诗歌《压紧》

("Compression"),就有着受霍普金斯影响的影子。希尼甚至明确说"第一个塑造了我的听觉习惯的是杰拉尔德·曼利·霍普金斯。霍普金斯是古英语大厦上掉下的一块碎片,我在学生时期发表的最早的诗行与其说是模仿盎格鲁-撒克逊诗歌,不如说是模仿霍普金斯"(B XVIII)。希尼说他后来的诗歌创作也从未放弃对这一诗歌效果的追求,与弗洛斯特相比,霍普金斯在他的诗歌形成过程中,对他的"诗歌声音有重要影响"(SS 454)。

一、身心的共鸣

　　霍普金斯1844年出生在埃塞克斯郡的斯特拉福德,现在已经被并入大伦敦区。他的父亲成立过一家保险公司,出任过夏威夷驻伦敦总领事,也担任过伦敦汉普斯特德圣约翰教堂的教堂执事,同时也是一位诗人,出版过三部诗集。霍普金斯是长子,下面有8个弟弟妹妹。他的母亲同样来自文化世家。霍普金斯的舅舅和阿姨都曾教过他素描,霍普金斯也一度想成为画家,并且将素描的爱好保持了一生,而且一般认为他的绘画爱好对他的诗歌创作产生了一定的影响。他的弟弟妹妹中有不少艺术家,其中中国读者或许有人知道的是莱昂内尔,他是一个汉学家,研究中国甲骨文,1874年到过中国,1902年至1910年间出任驻直隶和山西的英国总领事,居住在天津。霍普金斯8岁时,全家搬到伦敦附近的汉普斯特德。济慈曾在这里生活过,霍普金斯也因此接触到济慈的诗歌,并且在济慈诗歌的影响下,创作了他的第一首长诗《艾思科里亚人》("The Escorial")。

　　19岁时,霍普金斯进入牛津贝利奥尔学院学习古典学,英国文学评论家瓦尔特·帕特曾是他的导师,并且一直到他1879年离开牛津都与他保持亲密的关系。在帕特的影响时期,霍普金斯的诗歌追求的是感性而不是思想,追求语言的华丽丰荣。不过他此时在生活上追求的是禁欲主义,还创作了他最禁欲主义的诗歌《习惯完美》("The Habit of Perfection"),并转而皈依了罗马天主教。1867年毕业后不久,霍普金斯就正式成为耶稣会修士,并且烧掉了之前的诗歌,之后差不多7年未再写诗,因为他觉得诗歌影响他的宗教信念。但是1872年读到中世纪苏格兰经院哲学家邓斯·司各脱(Johannes Duns Scotus)的著作让他改变了想法。司各脱在众多宗教观念上都影响着霍普金斯,霍普金斯还专门写过《邓斯·司各脱的牛津》一诗。也是司各脱让霍普金斯相信诗歌与宗教并无冲突,因为司各脱认为这个世界上人类能够直接认识的只是单独的客体,只有通过每个客体的此在,人类才能认识上帝的本质。而且事实上他再次提笔创作诗歌,也正是因为他的教区长要他写一首纪念1875年在泰晤士河口沉没的德国船只,这就是他的代表作之一《德国号的沉没》(*The Wreck of the Deutschland*)。在这次沉船中，5名流亡的德国修女遇难，该事件的报道触动了霍普金斯。他提及此事时，教区长表示希望有人能就这件事写点什么，于是霍普金斯再次提笔。据他说当他创作的时候，耳边一直回响着一个新的韵律，即这首诗歌开始使用，后来成为他的标志的跳韵(sprung rhythm)。

霍普金斯后半生基本一边在大学里任教，一边在教堂里服务。他曾先后执教于切斯特菲尔德的圣玛丽学院、谢菲尔德的圣玛丽山学院、兰开夏的斯托尼赫斯特学院、都柏林大学等。不过或许由于禁欲的生活，或者对教学工作的不适，或者工作的繁重，或者日渐衰弱的身体，霍普金斯后来越来越趋于悲观，这一阶段的诗歌被称为"可怕的十四行诗"(terrible sonnets)。这里的可怕指的不是诗歌艺术，而是霍普金斯对世界的看法。他45岁去世前几度陷于抑郁。不过有趣的是，他的临终遗言是"我太高兴了，我太高兴了，我爱我的生命"，因此有人认为他患有双极性精神紊乱。

希尼认为霍普金斯所面临的困境，不是在生活和艺术之间的选择，而是如何使两者趋于一致，而这恰恰也是希尼自己早期面临的主要困境。此外，虽然希尼不认为他选择霍普金斯是受到了霍普金斯的天主教徒身份的影响，但是后来他也承认，他生活的环境充满着天主教的氛围，他的学校老师们经常提起霍普金斯，谈到霍普金斯的神学思想和教义。因此希尼和他的同学们觉得霍普金斯被老师们称为"霍普金斯神父"很好笑，但是早在小学阶段，霍普金斯的思想就进入了希尼的世界，而到了中学更是系统化了。霍普金斯在性格上的谨慎小心，他在思想上的宗教考虑，都会在每天接受着宗教教育、睡在单人铁床上、用冷水洗脸的年轻希尼的感情上产生共鸣。所以希尼再被问及霍普金斯对希尼的影响是不是跟天主教有关的时候，希尼说，"是的，你说得对，不仅仅是语音学上的接受……事实是，霍普金斯的理解力的高度和深度跟我自己的匹配"(SS 38)。这也是为什么即便到女王大学读书的时候，希尼也经常带着旧的企鹅版的霍普金斯诗集，其中不仅有诗歌，还收入了霍普金斯的书信和笔记，因此对霍普金斯的性格也有所呈现。这让希尼对诗人的生活与其文学创作之间的联系也有了比较深入的认识。此外位于"霍普金斯的思想核心本身"(SS 40)的神学受难观、奉献观，包括十字架和献出生命的思想，都起到过帮助年轻的希尼理解身边的苦难的作用。可以说霍普金斯的诗歌对于早年的希尼来说，不仅仅是文学上的启迪，也是一次次的宗教课。

霍普金斯在神学上深受16世纪的西班牙神父圣依纳爵·罗耀拉的影响，尤其是罗耀拉1522年至1524年创作的《神操》(*Spiritual Exercises*)，霍普金斯的诗歌创作也深受《神操》的影响。《神操》认为宗教沉思包括三个阶段：首先是"构造场所"，沉思者应该在自己的想象中尽可能栩栩如生地重造其沉思主体的细节；第二个阶段是运用"三种能力"：记忆、理解和意志，意志是用于把思索转化为行动；第三个阶段是在思考的问题上达成与上帝的对话。米歇尔·帕克认为，《神操》的前两个阶段都非常类似希尼早期诗歌的创作方式，"在把诗歌转向某种哲学或诗歌沉思之前，用生动的感官细节构造一种场所感，从记忆中找回那天真的时刻"①。当然这种相似是霍普金斯的间接作用还只是偶然，很难有明确的证据。不过希尼肯定熟悉罗耀拉的著作，因为他的《圣凯文与乌鸫》（"St Kevin and the Blackbird"）一诗中圣凯文的祈祷词"劳作而不寻求回报"就是出自罗耀拉的《慷慨祈祷词》（"Prayer for Generosity"）中的"主啊，请教会我慷慨。/ 教会我像你应得的那样服侍你；/给予而不计算付出，/战斗而不在意受伤，/操劳而不寻求休息，/劳作而不要求回报/ 除了可以知道我服从了你的意志。"对于希尼这样的天主教学校的学生来说，罗耀拉的《神操》"必然呈现出与诗歌行为明显的类似"②。

在 1974 年写的文章《把感觉带入文字》（"Feeling into Words"）中，希尼谈到有些诗人的声音会经过耳朵，在听者的大脑产生共鸣，让听者全身的每个毛孔都如沐春风。之所以会如此，是因为这个诗人所说的其实就是听者自己想说的，正是听者自身的一部分，因此这些声音会流入听者的内心，产生影响，并被听者自觉或不自觉地模仿。希尼说早期这样影响了他的诗人之一就是霍普金斯。"在中学里读到霍普金斯的结果，就是生出了创作的欲望，而当我在大学里第一次落笔纸上，笔下流出的正是流入的东西，霍普金斯诗歌中典型的忽高忽低的头韵旋律，报告般的声调和跳跃的辅音。"（P 44)希尼觉得霍普金斯这种口音极重的辅音旋律与北爱口音所特有的地方风格正好相应，因为北爱人似乎不喜欢那种柔糯的声音，觉得娘娘腔，而是更喜欢声音中那些突出的辅音，比如摩擦音、断音和拱起般的声音。北爱的口音更饱满有力、生硬笨拙、棱角分明。霍普金斯的独特韵律正与希尼自己的口音有异曲同工之处，因此在他诗歌创作初期对他产生了强烈的影响。

此外霍普金斯的用词方式同样对希尼产生了影响。霍普金斯不但推崇

---

① Michael Parker. *Seamus Heaney: The Making of the Poet*. Iowa: University of Iowa Press，1993，p. 19.

② Henry Hart. "Seamus Heaney's Poetry of Meditation: Door into the Dark (Cowinner of the 1987 TCL Prize in Literary Criticism)"，*Twentieth Century Literature*，Vol. 33，No. 1，(Spring，1987，1—17): 2.

和学习古英语,而且深受古英语的影响。他的诗歌不但使用古词和口语,而且会自造词,也会将形容词用连接号连成一个词。最后一种用法也被希尼接受和模仿,用到自己的诗歌之中。比如《区与环》中的《萝卜切片机——致赫伊·欧唐纳古》就大量使用这种连接号:

在两手空空和
生铁的时代

挤压式的绞肉机,
双转轮的水泵,

它把它的踵插在木桶
和污水槽之间,

在夏天比身体的温度
还热,在冬天

像冬天的铠甲一样冰冷,
一副宽敞的胸甲

站岗放哨
在四只被撑起的胫甲上。

"这是上帝看生活的方式",
它说:"从播种机到削片机",

随着把手转动
芜菁头就掉下来成了

润湿了的内部刀片的食物
"这是芜菁环",

当它掉下它那被切成片的生东西
一桶接着闪亮的一桶。(DC 3—4)

其中"挤压式的绞肉机"(clamp-on meat-mincer)、"水泵"(water-pump)、宽膛的胸甲"barrel-chested breast-plate""播种机"(seedling-braird)、"芜菁头"(turnip-heads)等在诗中大量出现,有的原本完全可以不用连字符,比如"水泵"。这首诗源于希尼在一次现代艺术展上看到的英国画家赫伊·欧唐纳古的一幅画,画的是在榨汁机发明前农村使用的一部手动的芜菁削片机。希尼在描述这架大约 20 世纪中期的削片机的时候却把时代追溯到 19 世纪生铁时代,把它与那时的绞肉机和水泵联系在一起。诗中绞肉机和水泵并置,将毁灭与滋养这两个截然不同的生命境遇并置,暗示了生命的矛盾,以及生命正是由矛盾组成的。大量使用连字符连接的两个单词的复合词,正与生命的矛盾组合相呼应。当然,希尼在不少诗中大量使用连字符,比如第一部诗集《一个自然主义者的死亡》中的《谷仓》,这种用法几乎从始至终就是希尼的习惯,不一定与主题有关。

二、男性模式与女性模式

希尼认为霍普金斯的诗歌与那种艾略特所说的"幽暗胚胎"(dark embryo)式的诗歌完全不同。艾略特的"幽暗胚胎"表达的是诗歌语言只缘起于自身,并且自我繁衍,霍普金斯则正相反。希尼通过分析霍普金斯的短诗《拥有天堂:一个修女成为修女》("Heaven-Haven:A Nun takes the Veil"),指出这首诗展示的是事物如何被精美地造就,纯洁的意象与贞节之誓这一观念通过找到相应的词语而被结合在一起。希尼认为在这个过程中,词语是被锻造的而非自动涌现的,服务于先于诗歌的观念。这个观念独立于诗歌,甚至诗歌服务于这个观念。因此《拥有天堂》是被思想从语言上撞飞出来的辅音之火。

因此霍普金斯的诗歌与在他之后的艾略特截然相反,甚至也不同于在他之前的济慈。济慈依然将孕育与元音结合在一起,随时准备着向母体回归,霍普金斯则用辅音头韵来制造分离,词语相互呼应但并不指向最初的起点。在霍普金斯的诗歌中,元音总是被明确地限定的。霍普金斯将自己的这种用词法称为诗歌上的"男性力量"(the masculine powers)。希尼通过比较两人描写孕育的诗句指出,"济慈拥有的是群集的生活,流动的、融合的;霍普金斯的是设计的蜂巢,明确的、承载的。在济慈那里,韵律是麻醉性的,在霍普金斯那里则是思想的刺激物。济慈哄我们去接受,霍普金斯则警醒我们去感知"(P 85)。

针对这两种不同的诗歌理念、创作过程和语言特征,希尼特意提出两种模式,称它们为"男性的和女性的"(P 88),对这一观点的详细描述就出现在他分析霍普金斯的文章《燧石中的火：论杰拉尔德·曼利·霍普金斯的诗》（"The Fire i'the Flint：Reflections on the Poetry of Gerard Manley Hopkins"）中：

> 我设置了两种模式，分别叫做男性化和女性化——但是没有霍普金斯和叶芝使用这些概念时可以发现的维多利亚时代性别歧视的意味。在男性模式中，语言是一种陈述，一种断言或命令，而诗歌活动必须有意识地压制和控制材料，一种塑形工作；文字在变成其他东西之前不是音乐，也不是在它们无意识的睡眠中昏昏欲睡，而是运动的，能干的，展示着感觉的肌肉。而在女性模式中，语言的作用与其说是陈述不如说召唤，而诗歌活动则不是那么一种设计工作，而是一种占卜和启示的行为。女性模式下的词汇发挥作用时带着情人的诱惑，而不是运动员的表演，它们所构成的诗歌在它被承认构建成形之前，像肌理一样美味怡人。（P 88）

不过其实男性模式和女性模式这种划分，希尼并不只是用来描述霍普金斯，他也用男性模式来指英语文学，用女性模式来指爱尔兰文学。在希尼心中被称为"男性模式"的诗歌中，语言是一种塑形；音乐性绝对不是词语的首要目的，也不是像当代一些诗歌中的词语那样，来自潜意识深处朦胧难辨的存在，而是充满力量、充满能量、充满理性。"女性模式"的诗歌的语言则更是招魂而非演说。不同于男性模式的诗歌，女性化诗人写诗时不是在构思设计，而是在预言和天启；词语也不是展示力量，而是吸引情人，它们构成甜美的肌理，而不是坚硬的构造物。在这个方面，希尼其实不完全与霍普金斯相同，他是男性和女性模式兼备的。正如他自己所说的，英语是他诗歌的辅音，爱尔兰语是他诗歌的元音。其中这个重力的辅音，或许一部分就来自霍普金斯。

另一方面，霍普金斯的诗歌有着丰富的音乐性，词语具有惊人的表现力，但是不论在何种情况下，希尼认为都可以看到霍普金斯对语言学和修辞学的自觉服从，看到"深思熟虑的头脑的自觉推动"（P 85）。因此正与象征主义诗学相反，霍普金斯的诗歌"关注的是陈述而非情绪状态"（P 85），推崇的是掌控、规则、修改，如何让事物更合适。霍普金斯的这种写诗方式体现的是"积极有力的思考"（P 86），这使他与济慈，甚至与莎士比亚的诗歌创作和诗歌风格有很大差别。

瑞恰慈、燕卜逊、利维斯认为在霍普金斯这里，诗歌词语的意指只在词语本身,即希尼所说的诗歌的女性模式。而希尼认为霍普金斯更接近诗歌的男性模式,是修辞性的。希尼用霍普金斯诗歌中的意象手法来证明自己的这一看法,指出霍普金斯的意象表现的是"智识的和情感的复合体"(P 89)。希尼所用的例证是《德国号的沉没》,在其著名的第 4 节中,霍普金斯化动词为名词,用"提议"一词来描述"福音",从而将被动接受化为接受使命的迫切和决心,不是被召唤而是自觉的塑形。因此该诗的结构和论述将生命沉落时的恐惧,化作接受神恩降临时的镇定和坚持。而且全诗的声音和情感都让读者更能理解诗中的"inscape"(内在本质),即基督在人类生命中的神秘作用。希尼在分析的过程中,还从细微处辨析出了霍普金斯在写出这些诗句前就具有的意图和智力活动。

希尼认为霍普金斯在这里赋予了基督教的神秘与诗的神秘相同的结构,两者在结构上的相似也正为霍普金斯将自己的宗教追求与艺术追求结合在一起提供了基础。事实上,在希尼看来,霍普金斯的想象一直几乎神经质地与他有关创世主的观念处于协调之中,他的诗歌想象之下潜存着他对神的认识,他的情感和思想都受此认识的影响,这让他的诗歌创造更类似于从燧石上打出火花,而不是像艾略特所说的"幽暗胚胎"。正是因为这一认识,希尼将自己论述霍普金斯的另一篇文章题名为《燧石中的火:论杰拉尔德·曼利·霍普金斯的诗》。霍普金斯的宗教观不是来自外部的召唤,而是从他自己的内心中点发出,从他的心击出火花,并且让他发光,认识到基督存在于他自己的生活之中,因为基督要求他的造物完全服从自己,只是为了让造物可以成为完美的自己。

希尼发现霍普金斯用来描写他的宗教世界的主要意象与用来描写他的诗人生活的主要意象之间存在"惊人的一致"(P 94)。比如他的《致 R. B.》("To R. B.")一诗,既是描写诗歌创作的过程,也是描写基督诞生的过程。在霍普金斯的笔下,两者的结构都是由刺入、孕育和诞生组成的。不过希尼特别强调的是霍普金斯描述中"男性的火焰刺入"(P 94):作为主宰者的上帝带着闪电和霹雳棒,"重重地/刺入,像吹火管中的火焰一样生机勃勃,急速前刺"(the strong/ Spur, live and lancing like the blowpipe flame)。因此希尼提出,"艺术家的行为在霍普金斯那里是男性的锻造,而不是女性的孵育,带着随之而来的全神贯注,而不是风格上的诱惑。他所认为的造物者自己作为父亲和抚弄者这一观念,决定着他作品在修辞上的掌控、设计而得到的修辞,以及对细节的抚弄"(P 97)。希尼认为霍普金斯在早期还没有显示出这种有意识的男性力量,但是在他成熟后,他的诗歌就显示出掌控和穿透的力量:"他自己的音乐强行推入、蜂拥而至,是被锻造的。词语就是这样

相互击落，就是这样被钻入，前进和后退。"(P 87)

不过毕竟霍普金斯的诗中同样存在女性的孕育意象，以及类似艾略特的"幽暗胚胎"的直觉，因此后来希尼也多少修正了对霍普金斯的界定，不再是一个纯粹男性模式的诗人，而是"男性气质在女性潜能上的划过"(P 95)。表现在他的诗中则是"对成为父亲的展望与对自然生活的感性理解，两者在最狂喜的状态下结合"(P 95)。比如霍普金斯的《茶隼》("The Wind-hover")一诗就被希尼认为是"精神与美进行交配"(P 96)，因此"诗歌创作本身是由男性的快感刺激引发的爱的行为"(P 97)。

希尼深受霍普金斯的"男性力量"的影响，男性模式和女性模式成为希尼诗论中的重要概念，不仅用来分析其他诗人，也用来分析自己，尤其用这种模式来理解英国诗歌传统与爱尔兰诗歌传统。当然，这一观念也与爱尔兰诗人长期将爱尔兰比喻为女性有关。不过希尼专门撰文论述了霍普金斯的男性模式，指出他与艾略特所代表的女性模式诗歌观的不同，除了用霍普金斯的诗歌和观念来印证自己的这种两分法，还有一个目的是在传统分析只注重霍普金斯诗歌形式上的变革之外，指出霍普金斯的现代诗歌语言和形式中包含的有力的思考和主宰性的思想。将自觉的思考与诗歌的语言完美地结合在一起，正是希尼的诗歌所追求的，而不是像当代很多诗歌那样，被诗歌语言本身所主宰。霍普金斯诗歌中内在思想的有利作用，正体现在他提出的"内在本质"和"内在力量"这两个概念中。

三、内在本质

霍普金斯自己的"男性力量"的诗歌是有意识地培育起来的 。同样有意识地建立的还有他的"跳韵"，以及他自创的诗歌概念 "instress"（内在力量）和"inscape"（内在本质）(P 86)。"内在本质"被认为是一个与乔伊斯的"神启"(epiphanies)类似的宗教概念，揭示的是事物所具有的无法完全用言语界定的特质，不仅使事物区别于其他事物，呈现其独有的存在，而且对"内在本质"的领悟可以带来对生命和存在的更深刻的感知。霍普金斯认为，诗的本质和根本目的就是捕捉和传递这种"内在本质"。"最触动我的东西在音乐中是曲调、旋律，在绘画中是构思，因此构思、模式或者我习惯称为'内在本质'的东西，是我在诗歌中首先追求的。"(P 87)"内在力量"则相当于"内在本质"的载体，霍普金斯将其定义为将内在本质汇聚在一起的力量，或者将内在本质传递进接受者头脑的能量。

文德勒通过分析霍普金斯诗歌中强强韵所模仿的"震惊"效果，指出其韵律上的震惊正是"攻击性的内在本质所带来的那些震惊……它又随之引发情感上的内在力量"①。而这些感官上的震惊又会通过"二级内在力量"变成"道德的和智识的"②。不过文德勒所勾勒的霍普金斯诗歌的形成过程与希尼的略有不同,文德勒认为,"广泛地接收,然后在头脑中凝缩;在接收中伸展,然后把感觉敲打出智识的形状;这是霍普金斯全部存在的规则。"③霍普金斯在《道德之美做何用?》("TO What Serves Mortal Beauty")一诗中,直接描绘了从感官之力到宗教或智识上的劝诫,到上升为宗教上的洞察之力的过程。在这里,即便是神恩也是存在从低到高的渐进过程。从包括道德之美在内的仪式上的美,到恩慈这一更高的美,再到上帝这一至高至善的美,这里的从感官到智识再到最高存在的过程,同样是霍普金斯诗歌的认知过程。

文德勒这里所说的强强韵即后来一般称为的"跳韵"。对跳韵以及对词语的超乎习惯用法的使用,则让霍普金斯通常被认为是现代主义诗歌的先驱,跳韵尤其被视为从传统诗歌韵律到自由体诗的过渡。传统的中世纪和现代英语诗歌是建立在不断重复的音步之上的,各音步的音节和重音都应该相似,霍普金斯称之为"流水韵"(running rhythm),传承自诺曼人的诗歌传统。霍普金斯抛弃流水韵传统,不仅因为希望有所改变,更因为他觉得流水韵过于柔顺规矩。而跳韵的出发点则与自由体诗相似,是模仿自然说话的节奏。在押跳韵的诗中,音步中的音节数是可以不一样的,音步的一致之处只是重音在第一个音节,而该音步中后面的各音节则不发成重音。这样,传统的抑扬格、抑抑扬格等音步规则就被打破了。但是与自由体诗不同,霍普金斯非常留心让诗中每一行的重音数是一样的,在这点上又似乎维护了传统诗歌韵律,这也是为什么他会被认为是从传统向现代过渡的诗人。但是事实上霍普金斯这样做,并不是一般人那种"不彻底的改革"的结果,霍普金斯绝对不是那样踟蹰犹豫的人。希尼清楚地看到,他的跳韵的出发点,主要是希望回到英国人自己的盎格鲁-撒克逊诗歌传统,即以重音打拍子,而不是法语诗歌那样以音节打拍子。这种盎格鲁-撒克逊诗歌传统的代表就是《贝奥武甫》。

比如《茶隼》一诗,霍普金斯就给出了诗中重音的位置,因此虽然每行的音节不一,但依然是 5 音步,依然被视为十四行诗:

---

　　① Helen Vendler. *The Breaking of Style*：*Hopkins*，*Heaney*，*Graham*. Cambridge & London：Harvard University Press，1995，p. 15.

　　② Helen Vendler. *The Breaking of Style*：*Hopkins*，*Heaney*，*Graham*，p. 20.

　　③ Helen Vendler. *The Breaking of Style*：*Hopkins*，*Heaney*，*Graham*，p. 20.

I caught this morning morning's minion, king-

dom of daylight's dauphin, dapple-dáwn-drawn Falcon, in his rid-

ing

Of the rólling level úndernéath him steady áir, and stríding

High there, how he rung upon the rein of a wimpling wing

In his ecstacy! Then off, off forth on swing,

As a skate's heel sweeps smooth on a bow-bend: the hurl and gli-

ding

Rebuffed the big wind. My heart in hiding

Stirred for a bird,—the achieve of, the mastery of the thing!

Brute beauty and valour and act, oh, air, pride, plume, here

Buckle! and the fire that breaks from thee then, a billion

Times told lovelier, more dangerous, O my chevalier!

No wónder of it: shéer plód makes plóugh down síllion

Shine, and blue-bleak embers, ah my dear,

Fall, gáll themsélves, and gásh góld-vermílion.

　　美国评论家文德勒认为霍普金斯发明跳韵,是出于他对美的看法:"美是危险的、不规则的、双重的"①,美正来自"规则与不规则,相似与差异的复杂联系"②,美的斑驳正是上帝造物之丰盈的体现。至于跳韵中重音的强度和非重音的轻盈则构成美的双重性,成为霍普金斯诗歌韵律的主要构成因素。通过重音在诗中的突显,构成一种可以不完全准确地称为"跳跃强强韵"(sprung Spondee)的诗歌韵律,在文德勒看来模仿的是"一个由持续出现的不规则震惊组成的宇宙……这些强强韵表达的是一个诗人的印象,他把日常生活中的刺激视为一系列不可预见也令人不安的威胁"。③ 因此跳韵体现了霍普金斯对变化、存在的神学认识。

　　与文德勒对霍普金斯的完全肯定不同,在《舌头的管辖》("The Government of the Tongue")一文中,希尼又把霍普金斯作为该文所推崇的诗歌的自发创造性的反面提出来,对霍普金斯的诗歌观进行了反思。在希尼这里,霍普金斯的《习惯完美》("Habit of Perfection")一诗被视为"拒绝舌头的自主权和许可权"(GT 96)的"修道院的和禁欲式的严厉"(GT 96),因为它"命

---

①　Helen Vendler. *The Breaking of Style*: *Hopkins*, *Heaney*, *Graham*, p. 9.

②　Stephen Regan. *The Sonnet*. Oxford: Oxford University Press, 2019, p. 151.

③　Helen Vendler. *The Breaking of Style*: *Hopkins*, *Heaney*, *Graham*, p. 15.

令眼睛被'遮住',耳朵朝向沉寂,舌头知道该呆的地方"(GT 96)。霍普金斯放弃诗歌转向宗教被希尼视为显示了另外一种世界,在那里"流行的价值和必要性留给诗歌一个相对低下的位置,要求它处于一个次于宗教真理或国家安全或公共秩序的位置。它暴露了一种社会的和个人的压制环境,在那里想象的漫无目的的享乐游戏在最好的情况下被视为奢侈或放荡,在最坏的情况下被视为邪说或叛国"(GT 96)。显然到了后期,希尼逐渐摆脱了早期天主教学校教育时的自我克制,用希尼自己的话说进入女王大学后,新的世界逐渐向他打开了。这样,希尼也从早期对霍普金斯的由衷认可,转而反思他的诗歌中的禁欲色彩。事实上在这篇文章中,希尼就是把霍普金斯作为他非常推崇的曼德尔施塔姆的对立面来提起的。宗教的约束在这里被放到了诗歌的自由的对立面。

但也就是在这篇文章中,希尼用后来同样成为神父的 17 世纪诗人乔治·赫伯特的例子,指出了诗人如何能在服从宗教信仰的框范的同时,又在不受约束的思想与外部的要求和期待之间达成"心理的和艺术的平衡"(GT 97)。因此虽然赫伯特的《敲击物》("A Knocker")一诗主张用诗歌的道德伦理代替它的享乐和流畅,希尼却看到,这首诗正是用感官意象让读者接受了其中的道德阐述的。"这里的是一首关于敲击物的抒情诗,它却宣称抒情诗是不可接受的。"(GT 100)赫伯特通过悖论找到的诗歌的出路,也可以说是霍普金斯的出路,也是希尼自己在艺术的快乐和政治的要求之间的出路。同样情况的还有美国诗人伊丽莎白·毕晓普。毕晓普生来就是一个遵守规则的人,与艾略特所主张的诗歌的自发性主权并不一样,但是毕晓普之所以能写出优秀的诗歌,是因为她遵守自己的"观察的习惯"(GT 102),这个习惯被希尼认为与霍普金斯的修士习惯是类似的,本质上都是习惯性的重复。这种行为"讨厌那种通过使用主观性而取得的压倒一切的效果,满足于一种辅助性的存在,而不是专横的施压"(GT 102)。有趣的是,希尼作为例子分析的毕晓普的《地理Ⅲ》("Geography Ⅲ")用的正是教义问答体,一种修道院的文体。

比较一下希尼在第一部诗集《一个自然主义者的死亡》和在最后一部诗集《人链》中都写到的"钢笔"这一主题,就可以看到希尼在诗歌韵律上从霍普金斯的男性韵律到后期更加灵活多变的韵律的转变,那就是《挖掘》("Digging")和《康惠史都华》("The Conway Stewart")。有趣的是,《康惠史都华》中描写的康惠史都华牌钢笔其实是希尼 11 岁的时候收到的礼物。按照北爱的习俗,孩子成长到 11 岁可以上中学后,父母要送给孩子一个礼物,标志着他通过了考试,可以进入新的人生阶段。希尼这里描绘的康惠史都华牌钢笔就是这个礼物。康惠史都华牌钢笔是一个至今已有100多年历史的老牌英国钢笔，1905年由加奈尔和贾维斯（Thomas Garner and Frank Jarvis）设立，之后很长一段时间因其手工制造的"英国味"和质地而闻名于世。但是1960年后，由于派克51以及犀飞利PFM等的强力竞争，康惠史都华公司被迫生产低价低品质的笔。因此希尼收到这支钢笔应该并不贵，但是又有比较好的口碑。

《挖掘》是希尼最著名的诗歌之一，也是希尼早期诗歌的代表作之一。诗歌头两句虽然没有使用霍普金斯的跳韵，但是以单音节词语为主，尤其是第二行，字字有如子弹般坚硬。诗歌无论在意象还是在音韵上都具有诗歌的"男性模式"特征：

> 在我的食指和拇指间
> 粗短的笔呆着，温暖如枪。
>
> 在我的窗下，清脆的摩擦声
> 当锹插入碎石地
> 我的父亲，挖着。我向下看（DN 13）

笔虽然待着，却"squat"。这个词既可以作为形容词指"矮胖"，也可以作为动词指"蹲坐"，而"蹲坐"有一种隐蔽待发的作战感。同样，"snug"有"温暖舒适"的意思，也有"蜷伏"的意思，与"蹲坐"呼应。这样，表面呆在屋中的舒适惬意下是一位战士的整装待发。"窗下"（under）、"向下看"（look down）虽然可能是如实地描写在二楼书房里的希尼看着在一楼挖地的父亲，但是反复强调从上向下看，让诗人"我"更像一位狙击手，同时也有种君临世界的控制感。虽然是子与父的关系，诗人这里却更多地显示出"男性力量"。

相比之下，《康惠史都华》就柔和许多：

> "中号"，14克拉的笔尖，
> 拧紧的螺旋笔帽上三道金环，
> 杂色的笔管里是竹片状的、细细的
>
> 压动式杠杆
> 售货员
> 展示，

　　　　打开笔盖
　　　　让笔尖做第一次深航
　　　　在新打开的墨水瓶里，

　　　　水沟般、鼻涕般，
　　　　然后让它处于一个角度
　　　　吸入，

　　　　给我们时间
　　　　一起看看，然后离开
　　　　我们那晚得做的，分别

　　　　第二天，用我的字
　　　　"亲爱的"
　　　　给他们。（HC 9）

　　在这首诗里，希尼不仅使用了很多多音节词，比如"竹片状的"（spatu-late）"展示"（demonstrated）、"水沟般"（guttery）、"鼻涕般"（snottery）等；而且使用了很多连字符的词，如"拧紧"（clip-on）、"14 克拉"（14-carat）、"螺旋笔帽"（screw-up）、"压动式枪机"（pump-action）、"墨水瓶"（ink-bottle），而在《挖掘》中则一个连字符也未使用。虽然这些连字符正是霍普金斯的影响，但是与《挖掘》相比，这首诗的节奏舒缓很多。

　　而且，最主要的，与"我"在《挖掘》中处于画面中的控制位置不同，这首诗里的"我"与售货员之间处于被动的关系，与父母处于一种不分彼此的群体关系（together）。而且更不同寻常的是，应该属于主动态的行为，即第二天写信给父母，诗中却完全没有使用动词，而是用了两个介词"to"将写的内容"亲爱的"包裹在中间，主动行为被进一步限制。

　　笔的形态也从《挖掘》中的枪，通过"pump-action"一词变成了水泵，又通过"snorkel"一词变成了船。水在这里通过墨水、墨水瓶，通过钢笔管的出水和吸入等一系列意象得到强调，带有了女性的滋润和孕育的成分。诗歌末尾作为儿子的"我"与父母的分离，也隐喻着这是一次离开母体的分离，是一次精神意义上的"分娩"。

　　由此可见，虽然到了后期希尼依然会带着霍普金斯的影响痕迹，使用霍普金斯偏爱的连字符，但是希尼比早期柔和了许多。如果早期的希尼与外部世界的关系是霍普金斯式的严肃的、思辨的，那么后期的希尼则变得更加富有感情，更加包容。从霍普金斯开始，希尼通过对其他文化因素的吸收，最终超越了霍普金斯的影响。

第四节　特德·休斯

希尼早在中学就接触到了特德·休斯的诗歌，那是在 BBC 用来在学校宣传他们广播节目的小册子里，该册子名为《听与写》系列，由莫伊拉·都林编辑。之后希尼对休斯的风格一直非常喜欢，甚至在 1962 年底仿照休斯的《看见一口猪》（"View of a Pig"）写了《被观看的火鸡》，很快就在《每日电讯》上发表了，是他最早发表的诗歌之一。希尼认为休斯的诗歌里有布莱克的不顾一切，是关于活生生的现在的诗。希尼说他开始创作的时候，从休斯那里学到很多，甚至他的每个关节都知道休斯的诗歌。

但事实上，自从英国权力下放，英国国会把部分内务权力赋予了苏格兰议会、威尔士国民议会和北爱尔兰议会之后，英国一直存在着作为盎格鲁-撒克逊征服者的英格兰文化与其他地区原住民的凯尔特文化之间的冲突。在文学上，休斯被认为代表着英国北方的撒克逊文化，强硬、自信、坚决、权威，他由撒切尔夫人授予桂冠诗人称号更加深了这一点。而相反，作为北爱天主教徒的希尼往往被认为代表了凯尔特文化，在政治上并不自信，表现出更多的包容性和变化性，而且希尼也通过委婉的方式拒绝了桂冠诗人的称号。事实上，在献给休斯的《抛与收》（"Casting and Gathering"）一诗中，希尼也强调了两人之间的差异：

> 我相信对立。
> 一年年过去了，我无法变动
> 因为我看到一个人抛出，另一个就收回
> 然后反过来，并不改变立场。（ST 13）

该诗描写了希尼和休斯两个人分别站在河的两岸钓鱼，一个抛出钓鱼线，一个收回钓鱼线。一个用否定来表达友谊，一个乐于鼓励和赞扬。但是虽然两个人截然不同，并且立足点并不一样，却并不影响两个人的友谊，也不影响他们一起取得世界瞩目的成就。

这样截然不同的两位诗人，却产生了深远的友谊，相互影响，为研究不同文化的共存和交流提供了非常好的案例。

一、不同文化的友谊

休斯出生于英格兰约克郡的小镇米索尔姆洛伊德,和希尼一样也是在农场和荒野中长大的,不过他似乎比希尼更喜欢野外生活,钓鱼、打猎、野泳、野餐都是他的最爱。这也影响了休斯对动物的喜爱,并且后来以动物诗闻名于世。休斯在剑桥读书时认识了西尔维娅·普拉斯并结婚,一度移居美国,只是后来又回到伦敦。普拉斯自杀前两人常在英美之间旅行,之后休斯大多数时间依然是住在约克郡,并逝世于此,因此可以说是一个典型的英格兰人。

希尼与休斯很早就有了直接联系。据希尼说,他自己 1970—1971 年到美国访学一年后考虑搬离贝尔法斯特,休斯就建议他考虑从事鳗鱼生意。休斯经常跟希尼一起钓鱼,而且希尼妻子玛丽的祖父就是鳗鱼运输商,她的父亲也做过一段时间的鳗鱼生意,因此希尼诗中对捕鳗鱼的精彩描写虽然没有提及休斯,但或许也会有休斯的影子。

希尼对休斯的进一步亲近是 1974 年在伦敦举办的一次大型国际诗歌活动中。当时希尼从荷兰诗人赫兹伯格那里听到,休斯建议赫兹伯格留意希尼的诗歌朗诵,尤其是其中的沼泽诗部分。这让希尼非常感动,用希尼的话说,"只是被你尤其尊敬的诗人平等对待就可以对你产生无可估量的影响。它让你感到自信,让你觉得更有创造力"(SS 190)。更何况这位诗人还向别人推荐自己。不过,虽然 70 年代中期希尼和休斯会有书信往来,希尼会在去信的时候附上自己的一两首诗歌,休斯也会在回信的时候附上他的,但是那时两个人还没有成为亲密的朋友。

之后两个人相处得非常融洽,彼此信任,思想合拍,希尼说休斯对自己诗歌的产生和形成方式有着从直觉出发的理解。希尼与休斯只相差九岁,而且接受的都是传统的英国教育。按照希尼的说法,两人在学校里接受的文学理念都是马修·阿诺德的,相信文学文化是用来"普遍传播蜜和光"①的。那时教育依然被认为是一种高等的行为,不带功利,受到广泛尊重,所以两人年轻时的思想都依然是文艺复兴时代的人文主义思想,他们所学的

---

① Seamus Heaney. "Saturday Review: Essay: Bags of enlightenment: Two decades ago, Seamus Heaney and Ted Hughes collaborated on a landmark poetry anthology. Six years ago - a year before Hughes died - they renewed their partnership. Together, Heaney says, they hoped to wake the sleeping poet in every reader, and to combine learning with pleasure." *The Guardian* (London, England). Arts and Entertainment. (Oct. 25, 2003): 4.

文法也依然是四百年前的文法，并且希望能遵循前贤。从这一点看，希尼和休斯虽然分别属于爱尔兰文化和英格兰文化，但其实有着共同的教育基础，这应该是希尼更容易融入英国和美国诗歌界的一个重要原因。

休斯的作品以及休斯在这个世界的存在方式让希尼感到熟悉和安全，这让他们的友谊某种程度上超出了个人的得失。1982年和1997年，尤其是1997年，那时休斯依然因妻子之死饱受诟病，而希尼1993年已经获得诺贝尔文学奖。人人都想高攀的时候，希尼与休斯一起编辑了诗集《哐啷包》（*The Rattle Bag*）和《书包》（*The School Bag*）——两部供儿童阅读的诗集。他们并不想将其做成教科书，而是把诗歌做成一次快乐的巡行，希望能对孩子有所影响。而且希尼甚至谦和地说，在这两次合作中，休斯更像希尼的指导者，尤其是在口语和书面语方面，用希尼的话说，"特德对这种约克郡的差异，这种南方和北方的差异高度敏感。想想《公牛摩西》（"The Bull Moses"）：'升了起来，我可以靠在/高处半扇门的上端'。真棒！这种原汁原味的语言扑面而来，没有花哨韵脚。我的意思是说我同样也喜欢花哨韵脚，听着舒服，但是用这种更有力的方式写作的时候，我觉得更像我自己。"①

虽然两人年龄相差不大，但是在希尼眼中，休斯的诗歌充满了魔力。希尼在休斯还活着的时候，就写了后来收入《电灯》中的《他那些英国口音的作品》（"On His Work in the English Tongue"）来描写休斯，那是在休斯的《生日信札》（*Birthday Letters*）正式出版前一两个月，费伯出版社的人给了希尼一份手稿。当时希尼在去牛津的路上，准备在莫德林学院工作一段时间。但是到了牛津后，希尼多数时间都是躺在床上读这一手稿，有种盗得文学火炬的感觉。也就是这段时间，希尼写下了《他那些英国口音的作品》的大部分内容。1998年，希尼将这首诗歌送给了休斯，也寄给过《纽约客》，因为《纽约客》曾请他写《生日信札》的书评，不过很快希尼就后悔了。

《生日信札》更多地被视为传记材料，但是希尼认为其中的许多诗歌依然具有作为诗歌的重要力量。其中的《乔叟》（"Chaucer"）、《陶头》（"The Earthenware Head"）、《比目鱼》（"Flounders"）、《灵启》（"Epiphany"）和《言说的自由》（"Freedom of Speech"）等诗都令人记忆深刻。《生日信札》的出版引起很大反响，大家都一致认为作为诗人，休斯的长久沉默必须被打破，

---

① James Campbell. 'The Mythmaker'. https://www.theguardian.com/books/2006/may/27/poetry.hayfestival2006. accessed 5 August, 2018.

他有权从情感和艺术的两难困境中最终得到解脱。多年来他都因为普拉斯的死亡而被仇视，无论写还是不写两人的经历都会遭到指责。《生日信札》出版于 1998 年 1 月 29 日，在之前的夏天休斯就被查出患有肠癌。不过到 6 月希尼在都柏林再见到休斯，他的头发已经长出来，精神也很好。9 月末希尼去哈佛后听说，休斯的癌细胞再度出现。10 月底休斯病逝，希尼回到北陶顿参加了休斯的葬礼。

《他那些英国口音的作品》并未直接评价休斯和休斯的诗歌，主要是引用《贝奥武甫》中的故事，来探讨"被动的痛苦"（passive suffering，EL 14）是否可以成为文学的主题。当然，希尼用《贝奥武甫》中对高特国王雷泽尔的痛苦的描写给出了肯定的答案。雷泽尔的二儿子在一次狩猎中误杀了大哥赫尔巴，雷泽尔万分痛苦，却无法为长子之死复仇。然后希尼用一节，也是这首诗中最长的一节，重复了《贝奥武甫》中对雷泽尔的痛苦的描写：

> 仿佛一位老人，眼睁睁看着亲生儿子
> 年纪轻轻犯了死罪，在绞架上晃荡。
> 他，只有忍，
> 只有呻吟和挽歌，当儿子吊在高处
> 做了乌鸦的食物，而他
> 垂暮之年，拿不出一点办法。
> 每天清晨醒来，雷泽尔的心头
> 便重新萦绕起对长子的怀念。
> 他不再希望，也无心等待第二个继承人
> 在城堡里长大，因为第一个
> 已经做了惨剧的牺牲。
> 他满怀忧伤，看着长子的大厅
> 日渐荒芜，卧房内
> 凄风代替了欢笑：骑士睡了，
> 英雄黄土，再没有竖琴的歌谣，
> 宫廷的飨宴，当年的热闹。
> 于是他回到卧房，一个人
> 为儿子唱着哀歌。田野、居室，
> 一切都变得那么空旷。
> 　　　　就这样，

　　风族的护主心中翻滚着哀思，

　　没有一点办法

　　替赫尔巴向凶手报还一箭之仇①

　　希尼在诗中用《贝奥武甫》中的原文作为自己的诗句，与其说要证明文学描写的力量，不如说让读者感受到这种"被动的痛苦"的承受者内心的伤痛。因此希尼的这首献给休斯的诗并不是要把休斯的现代英语与《贝奥武甫》的古英语相比，也不是像标题很容易让读者以为的，要谈论休斯的英语或者他诗歌中的盎格鲁风格。这首诗事实上是要用雷泽尔的"被动的痛苦"来写休斯的"被动的痛苦"。在普拉斯自杀后，休斯面对公众的指责百口莫辩。之后第二个妻子阿霞也以同样的方式自杀，与她一起死去的还有他们四岁的女儿，这让休斯遭到普遍的口诛笔伐，一度停止创作，只能保持沉默。因此希尼在诗的最后一节写道：

　　　　灵魂有它的顾虑。没有说出的事。

　　　　用来保存的事，能让琐碎的时光

　　　　敞开、沉静地注视之事。为了上帝的赞许以及

　　　　为了诗的事。这是，就如米沃什所说，

　　　　"出自我们自己的股息"，支付的贡品

　　　　用我们一直忠实于的东西。一件被认可之事。（EL 76）

　　由此也可以理解希尼为什么后来会后悔把这首诗发表，因为这首诗触及了休斯的内心世界。这些微妙的情绪、无声的痛苦只有一个老朋友才能体会和说出，虽然希尼是要为休斯辩解，但是这种将朋友的内心暴露于世却可能鲁莽。从希尼最终将这首诗收入诗集看，他应该得到了休斯的允许。在休斯被世界抛弃的时候，戴着世界桂冠的希尼站出来为休斯说话，而且不是站在一定的距离之外，对休斯的诗歌艺术做些"客观中允"的分析。不同文化背景的学者可以跨越文化的隔膜，建立起如此深厚的信任和友谊，证明了在不同的文化之下，还有共同的人性和理解。

　　二、作为传统的原始

　　在《区与环》的《船尾：忆休斯》中，希尼描写了休斯与艾略特的相遇，之

---

　　① 《贝奥武甫》，冯象译，生活・读书・新知三联书店，1992 年，第 149—150 页。

所以把他们放在一起，是因为希尼认为，休斯是那种符合艾略特的"听觉想象"诗歌模式的诗人。对休斯来说，英语是"文学和历史过去的沉积层中的沉淀物"（P 151），他的诗歌"回到了源头，带回了某些东西"（P 150）。在这个意义上，休斯是一个回到传统的诗人，只不过这个传统并非只是盎格鲁-撒克逊文化。

休斯的这种诗歌观也反映在他的妻子西尔维娅·普拉斯身上。休斯曾描述过普拉斯如何从一开始笨拙地练习诗歌的语言和规则，到如何在写作收于诗集《巨像》（Colossus）中《石头》（"Stones"）时，实现了进入更深层的自我的突破。从这首诗开始，普拉斯"在艾略特所谓的'神话法'（the mythic method）这一被公认的程序，与她自身的心理和家庭现实的可怕压力之间，坚持快乐的平衡"（GT 160）。休斯对普拉斯的这一诗歌发展过程的描述，可以说是用他自己的诗歌理念所做的解释。希尼深刻地看到了这一点，并且在介绍休斯对普拉斯的诗歌评注时，看到普拉斯一些后期诗歌的主题其实是休斯设定和启发的结果。比如休斯看到普拉斯写的《月亮与紫杉》（"The Moon and the Yew Tree"）第一稿时感到很不满意，因为普拉斯用月亮和紫杉来象征她的母亲和父亲，写她自己在矛盾的家庭关系中感到的困惑。而休斯则认为如果诗的陈述不是来自那主宰生活的力量、来自内心的终极的苦难和决定，那么没有诗能成为诗。正是在休斯的影响下，作为自白派诗人的代表，普拉斯的自白却避免了简单的自我宣泄，而是"允许她自己与神谕等同，交出她自己变成一个供占有的载体"（GT 149）。最终普拉斯像休斯一样受到了类似于艾略特所说的"听觉想象"的支配，她的那种直接演说风格因声音中兴奋的和自发的音调而获得活力。希尼甚至认为普拉斯自杀前写的演讲稿（他称之为"对生命的告别"）是"剥除她自己，进入词语和回声"（GT 149）。在创作《爱丽尔》（Ariel）时，普拉斯同样达到了这一将自身变成个人的潜意识和集体无意识的天线的变化，因此她的诗歌也让读者感到了"不可抗拒地注定如此"（GT 151）的感觉。这种诗歌背后的"绝对命令的压力"（GT 151），正是休斯和普拉斯诗歌中都具有的深层的传统力量。

至于休斯所遵循的传统，希尼在《头脑的英格兰》（"Englands of the Mind"）一文中把休斯与英国另外两位诗人杰弗里·希尔和菲利普·拉金放在一起比较，指出其中休斯代表了英语中的北方积淀，即英语诗歌中的盎格鲁-撒克逊和北欧因素。他的诗歌显示出渴望"保存地方传统，让想象的给养线一直向过去敞开，接受盎格鲁-撒克逊对祖先的肯定，在星期六表演、赛马大会、海滨郊游的仪式中，在教堂活动和圣灵降临节婚礼的仪式中来审视，在教堂礼拜仪式消亡后产生的表达必要中审视，用这些连续不断的群体方式来审视,以及肯定这一受到威胁的身份"(P 151)。休斯所继承的这一盎格鲁-撒克逊语言特色后来演化成中古英语的头韵传统,然后继续影响着民间诗歌、民谣,也影响了莎士比亚和其他伊丽莎白时代诗人更加奔放的风格。

同样具有典型的盎格鲁-撒克逊语言特色的还有休斯诗歌大量使用的头韵和句式上的重复,相比之下,希尼的诗歌就显示出更多的凯尔特诗歌的元音和循环特征。比如在休斯的《赫坡通斯多老教堂》("Heptonstall Old Church")一诗中,休斯对于一只大鸟的描述将诗歌分成两个部分,在一句对大鸟的描述后各有三节,而每部分的这三节的句式是相似的,甚至同一节诗句的两个分句的结构也是重复的。比如:

　　　一只巨大的鸟停在这里。

　　　它的歌把人们引出岩穴,
　　　从沼泽和石楠中出来的活着的人。

　　　它的歌带来光,带给山谷
　　　还有长长的荒野中的操劳。

　　　它的歌带来太空的水晶
　　　并把它放入人们的脑海。

　　　然后鸟死了。

　　　它巨大的骨头
　　　变黑,变成一个谜。

　　　人们脑海中的水晶
　　　变黑,碎成齑粉。

　　　山谷走出去。
　　　荒野脱了缰。①

----

① Ted Hughes. *Collected Poems*. Paul Keegan ed. New York: Farrar, Straus and Giroux, 2003, p. 490.

这首写教堂的诗在结构上有盎格鲁-撒克逊古代诗歌的特点,在内容上则带有原始文化的味道。从标题看,大鸟有可能象征基督,通过大鸟降临和大鸟死去的对比,写出的是人类从接受基督教到丧失信仰的变化。在这个过程中人类文明经历了上千年的变化,特别是工业文明的冲击是基督教信仰丧失的一个重要原因。但是休斯将所有这些现代文明的过程都省略了,山谷、荒野和人类这些单纯的意象构成了一种前文明时代异教文化的原始感,从而使大鸟的象征也变得含混多义。尤其是大鸟所带来的是太空中的水晶,而不是传统基督教所说的天堂,更加深了这种原始感。

事实上,这种原始感正是休斯的传统的另一个重要方面,希尼认为休斯"也从原始神话和世界观的相关系列中汲取能量"(P 151)。休斯的语言是与原始风景连在一起的:乱石林立、四野空旷,这些原始自然元素让头脑更易于接受宗教,上帝由此诞生,天使如星光般巡行其中,清澈无染的水流淌在万物的根基。"那是李尔王的荒野的英格兰,现在变成了约克郡的沼泽,那里羊群、狐狸和鹰隼让'无处容身的人'相信他是一个可怜的赤裸的被叉在叉子上的东西,不是处在生物链上的亲族,而是与动物们一起呆在一个生命星球。……诗人是废墟中的游荡者,因为灾难而无法得到安慰和哲思。"(P 152)

正是这一原始传统使休斯的感知力具有异教文化的特点,缺乏基督教文化和城市文化的温文尔雅。希尼觉得连休斯诗歌的标题都带有人类的动物属性,比如《卢波库尔》("Lupercal"),这个词源于拉丁文的"母狼"(lupa),让人联想起德国作家黑塞在《荒原狼》中所说的人性中的狼性;同时这个词是罗马帕拉蒂尼山西南山脚的一个山洞的名字。在罗马神话中,罗马建立者罗慕路斯与雷穆斯就是在这个洞里被一只母狼发现并哺育,直到他们被牧羊人发现。后来罗马人每年2月都会在这里庆祝牧神节,会献祭山羊和狗,因此牧神节被叫作 Lupercalia。有人认为,在罗马神话中,牧神卢波库斯就是古希腊神话中牧神潘的对应。希尼说,休斯的语言与这一节庆的语言相似,充满感官性,"散发着鲜血、肾上腺、青草和流水的气味"(P 153),因此休斯就好像"一个文明人在品尝和检验着原始事实"(P 153)。

休斯的诗歌也充满了苏格兰风笛的荒野、石头、风、树、海水等意象,因此希尼用"岩石"来象征休斯的诗歌,因为"岩石让他的想象维持、存活、延续、持久,并得到内容,正如它也是语言的岩床,在其上休斯找到了他的那种存活和延续"(P 159)。此外还有的诗歌充斥着"上帝的胚胎""星星俯身"这样的宗教意象或表述,比如《风笛曲》("Pibroch")中的"死者""天堂""宇宙""天使""千万年"这样的词语。

休斯诗歌的原始性也影响了他的诗歌形式:"清晰的轮廓和内部的丰盈。

他的发音以辅音为主,像锋利的刀刃一样划破空气,标记和刻画出快速明晰的形状。但是在那些形状内部却暗示着神秘和仪式。"(P 153—154)希尼认为休斯诗歌的力度都来自他的那些辅音,而他对辅音的用法是基督教之前北欧人和诺曼人的方式,"乱砍、圈住和砸下元音的充盈、奢侈和可能的色情"(P 154)。比如《思维之狐》("The Thought Fox")开始时以元音为主,但是越到后面辅音就越来越起着限制作用,一直到最后一节更是由大量辅音凸显的单音节词语组成。

在休斯的另外一首著名短诗《蓟》("Thistles")中,该诗不但辅音依然突出,而且对于休斯来说,"Thistles"一词本身就是英语方言中使用的后喉音的代表,而这种发音则是北欧维京人的血统在英语中的体现。休斯在1971年接受《伦敦杂志》(London Magazine)采访的时候,把这一发音传统列为自己的语言传统的源头之一。休斯自己觉得,"在这个方言里的,是你自己的童年自我,那可能是你真实的自我或者自我的核心……没有它的话,我都怀疑我会不会写诗"(P 156)。这也让希尼认为休斯的诗歌与像《高文和绿骑士》("Gawain and the Green Knight")这样的中世纪英语诗歌的距离,要比与休斯同时代其他诗人的诗歌的距离更近,因为两者在头韵、形式以及自然生活与神话生活的交织方面更加相似。尤其是英格兰和苏格兰边境处长期存在的"边境歌谣"(border ballad),休斯可以说就是它的主要继承者。用休斯自己的话说,"一些苏格兰边境歌谣依然比任何最近四十年写出的东西都刻下更深的烙印"(P 156)。

这些家乡的方言和诗歌形式在休斯的诗歌中不仅起到继承传统的作用,而且休斯正是通过释放出方言的能量,为"内心自由"找到了存在的基础:"自由、自然、家在休斯的批评词汇里常是肯定性的,它们与个体诗人的真实可靠和语言本身的天赋都密不可分。"(P 156—57)休斯自己在评论英国诗人基思·道格拉斯的时候,对其中包含的丰富仪式、流畅的散文、直抒的情感,以及随意的对话大加赞颂,而希尼认为休斯夸奖别人的这些特点就是对他自己的诗歌,比如《卢波库尔》的描绘。同样,休斯早期的其他诗集如《雨中的鹰》(Hawk in the Rain)、《野人》(Wodwo)和《乌鸦》(Crow)都有一种夸张和怪诞。而在《卢波库尔》中,像《梭鱼》("Pike")、《栖息的鹰》("Hawk Roosting")、《公牛摩西》("The Bull Moses")和《水獭》("An Otter")则更呈现出"自信、迅捷和全力以赴地娴熟"(P 157)。

三、撒克逊文化与凯尔特文化

与休斯相比,希尼更敏锐地感受到了撒克逊文化与凯尔特文化之间的冲突,他的沼泽诗比较突出地表现了这一冲突。当然也有学者提出,在对凯尔特文化特征的理解上,希尼接受了英国主流话语对凯尔特文化的描述,例如"多愁善感和不思进取"①,希尼诗歌中的凯尔特生活只不过是希尼用想象带回来的。休斯则被视为撒克逊文化的代表,虽然他自己认为他的祖先来自萨克逊征服之前的更早的民族。在希尼眼中,休斯的诗歌充满了约克郡的地方风光,有着盎格鲁-撒克逊传统的坚硬和厚重。

希尼的性格并不刚硬,诗歌也以"三思"著称,对事情会反复斟酌。但有一些诗歌却非常坚硬,显然受到了休斯的影响,在他原本柔和的文化中注入了约克郡的力量。希尼说,他在《一个自然主义者的死亡》中的不少作品都受到休斯的影响,尤其是枪、子弹、炸弹那些预示着 1968 年之后的暴力冲突的词语,都与休斯作品的高压措辞(high-voltage diction)不无关系(SS 82)。希尼这里指的可能是他自己的《清晨射击》("Dawn Shot")一诗。这首诗写了"我"和唐纳利清晨埋伏在洞口,射杀出来的小动物,可能是野兔,诗歌并没有明说。而且正因为没有明说,这次的清晨射击才更显恐怖,尤其是这首诗紧接在《期中假期》的死亡叙述之后,更有了暗示北爱暴力冲突的意味。

而且与这部诗集中大多数诗歌简明流畅的词语和句式相比,这首诗使用了不少大词、实词,语句也很长,甚至用到了跨行,使得诗歌变得沉重、强硬。尤其是诗前两节,第一节 14 行,使用了不少跨行,第二节 8 行,虽然跨行不多,但是每行都较长,造成阅读上的紧迫、沉重。这跟希尼更常用的口语体风格有很大差异,显然是在特殊的影响下创作的:

> 乌云推着它们潮湿的迫击炮,用石膏把黎明
> 涂灰。石头锋利地咔哒作响
> 如果我们没踩到枕木,不过大多
> 无声无息,我们走向铁路
> 那里现在只有蒸汽以漏斗状从篱笆那边
> 坠卧于臀部的牛群处发出,
> 反着刍、看着,并且知道。
> 铁轨划刻出牛眼似的靶心通向桥
> 洞眼。一只秧鸡发出挑战
> 出人意料像一个声音嘶哑的哨兵那样
> 还有一只鹬在侦察中火箭般地离开。

---

① Chris Saunders. "Hughes and Haney Saxon and Celt?" *The English Review*. 12. 2. (Nov. 2001): 16+.

橡胶鞋,扎皮带,紧张得如同两个伞兵,

我们爬上铁门,然后跳

入草地六英亩的金雀花、荆豆和露珠中。(DN 29)

如果只是猎野兔,如此多的军事用语和军事形象会给人一种小题大做的诡异感,与整部诗集的田园诗风格也并不匹配。但是如果考虑到休斯的高压措辞对希尼的影响就可以明白了。虽然《一个自然主义者的死亡》出版于1966 年,再次激烈的北爱冲突要到 1968 年,但是 1956 年到 1962 年期间,爱尔兰共和军针对北爱的作战行动造成了 19 人被杀,"'旧的秩序发生变化'的程度也已相当明显"①,新的狂热已经出现,动荡的局势已经完全可以被作为大学教师的希尼所感知。不过即便是在武力冲突的背景下,用打猎来隐喻即将到来的风雨,在猎兔中使用大量的军事术语,也完全可以算得上"高压措辞"。

　　休斯诗歌的力量不仅来自盎格鲁-撒克逊传统,更来自他自身的坚强品质,这也在一定程度上给了希尼坚强的勇气。休斯的生活和诗歌确实受到来自外界、也来自自己内心的很大撞击和伤痛。在普拉斯自杀后,恰逢女权运动兴起,休斯几乎陷入千夫所指的困境,无论解释还是不解释都会招来指责,这让休斯承受了巨大的压力,有 7 年没有再出版诗集。但是希尼认为,休斯的《乌鸦之歌》("Cave Birds")和《高黛特》("Gaudete")都不但显示了休斯所受到的创伤,更显示了休斯对创伤的坚强控制。希尼对《生日信札》这部常被视为传记,但主要是休斯每年在普拉斯生日为普拉斯所写的诗歌的肯定,也体现出希尼对休斯的诗歌战胜困难的力量的肯定。希尼说,休斯的诗歌不仅致力于战胜个人的创伤,而且休斯相信诗歌具有强大的力量,能够制造一种精神,可以帮助国家整合各种矛盾,预示新的政治可能。

　　希尼同样相信诗歌的力量,他的论文集《诗歌的纠正》就直接肯定了诗歌的这种社会功用。诗歌正是去干预现实,纠正错误(不过这里的"纠正"并非传统的扶正除恶的"诗歌正义")。在这方面希尼有一个非常巧妙的比喻,即把社会比喻为一架天平,社会中的各种力量使这架天平左右摇摆,而诗歌的作用就是在轻的那端加上分量,使天平保持"某种超验的平衡"(R 3)。事实上正是在分析普拉斯的文章《不倦的蹄音:西尔维亚·普拉斯》中,希尼强调了诗歌的力量。在这里他把诗歌创作分为三个阶段:在第一个阶段,"诗

---

① 　罗伯特·基:《爱尔兰史》,上海:东方出版中心,2010 年,第 272 页。

歌创作本身就是它的目的和焦虑所在"(GT 163);第二个阶段是诗歌的"社会联系和情感说服"(GT 163)阶段,即诗歌的社会功用;第三个阶段被希尼称为"诗歌的洞见和诗歌的认知"(GT 163)阶段,在这个阶段"世界的所有旋律和符号在他身上打上烙印;宇宙生机勃勃的运作……在他身体深处回响"(GT 163)。在第三个阶段,诗歌的社会功用和个人功用相融合,诗歌的救治力量达到了浑然天成的高度。

当然事实上,希尼说他最喜欢的休斯的作品是《牧神节》(*Lupercal*)。《牧神节》中对动物的描写同样可以在希尼那里看到影子。这部诗集出版于1960年,与三年前出版的《雨中鹰》(*The Hawk in the Rain*)相比,在风格上发生了很大的变化。如果说《雨中鹰》的韵律和声音还是狂暴的,那么《牧神节》就转向了一种更单纯简洁的风格。休斯对这一变化作过描述:"有意努力去找到一种简单实在的语言,没有哪个字我没有完全掌控的;一种有限的语言,但是对我来说真真实实。"①这或许可以解释为什么深受休斯影响的希尼最终却没有转向《清晨射击》那样的"高压措辞",而是最终坚持了简洁流畅的口语风格。事实上休斯自己的拥趸中不少对《牧神节》感到不满,甚至休斯自己也担心这部诗集"缺少自然的流淌和事物的灵魂"②。但是希尼却非常喜欢,他觉得休斯的叙述里充满了各个时代和各个国家的诗歌,并与自己读到的一切都会建立起一种一对一的亲密关系。

或许两个人对这部诗集的不同看法正体现了两人最终风格的差异,坚硬强烈的休斯在这里遇到了轻柔克制的希尼,也可以视为盎格鲁·撒克逊的诗人与凯尔特诗人的相遇。然而休斯和希尼的情况表明,首先,这种划分不是绝对的,任何文化的诗人都可能写出不同于自己文化传统的作品,吸收其他文化的影响或向其他文化靠拢,无论强势文化还是弱势文化都有这种可能性。其次,不同文化风格的诗人不仅会出现学习、影响的情况,也完全可能平等交流,相互扶助,成为患难与共的朋友。所以文化差异不是不可逾越的障碍,缺乏沟通和理解才是。

第五节　苏格兰诗人

在希尼的众多诗歌评论中,有两篇是专论苏格兰诗人休·麦克迪尔

---

① Ekbert Faas. *Ted Hughes：The Unaccommodated Universe*. Santa Barbara：Black Sparrow Press, 1980, p. 209.

② Neil Roberts. *Ted Hughes：A Literary Life*. London：Palgrave Macmillan, 1996, p. 54.

米德的：一篇于 1972 年发表在《爱尔兰》上；一篇写于 1992 年 10 月，收在希尼的最后一部散文集《诗歌的纠正》中。1972 年发表的是对格利伍和斯各特编辑的《休·麦克迪尔米德选集》（*The Hugh MacDiarmid Anthology*）的书评，显然这又是一次约稿之作。不过在书评中，希尼对麦克迪尔米德评价之高令人瞩目。在这篇书评中，希尼将麦克迪尔米德直比华兹华斯，认为两人"都很早就找到了将个人才能与浸润其中的传统联系在一起的方式；都有意使用一套与流行模式不同的措辞；都在短时期的创造力大爆发中写下经典抒情诗，然后又把自己在抒情诗上的发现转向更雄心勃勃的目标，创作长篇冥思诗，将个人的诗歌世界与公众世界交织进一种主要的艺术形式"（P 195）。希尼将麦克迪尔米德的《醉汉看着蓟草》（*A Drunk Man Looks at the Thistle*）与华兹华斯著名的长诗《序曲》（*The Prelude*）相提并论，认为都代表了两人创作的巅峰和大成。1992 年希尼还写了《召唤》（"An Invocation"）一诗，纪念早已辞世的麦克迪尔米德，发表在都柏林三一学院出版的学术期刊《赫耳墨雅典娜》（*Hermathena*）上，后来又收录到 1996 年出版的诗集《水平仪》中。在诗中希尼承认，"我低估了你那走在时代前沿的唠唠叨叨的天赋"（SL 32）。后来在《电灯》中的《书架》（"The Bookcase"）一诗中，希尼列举那些从他诗歌创作初期就吸引了他的诗人时，将麦克迪尔米德与叶芝、毕晓普、哈代和狄伦·托马斯并置。

　　由此可见，希尼从创作初期到后期都一直关注着麦克迪尔米德的创作，两篇专论在希尼的诗歌评论中也是不多见的，也显示出麦克迪尔米德在希尼心目中的重要性。麦克迪尔米德常常被英语诗歌的研究者忽视，英国诗人菲利普·拉金就很不喜欢麦克迪尔米德，称麦克迪尔米德的诗歌在道德上令人反感，在美学上枯燥无趣。他曾经在给丹·达文的信里说，"我对他的作品非常反感，几乎看一眼他的作品都不行"（RP 121），因此在他主编的《牛津 20 世纪英语诗歌》中没有收入麦克迪尔米德的作品。对此希尼的回应是："我总说当我遇到麦克迪尔米德时，我遇到了一位伟大的诗人，他（指拉金）说'哦'。我觉得更有信心了。……这个单音节词里有一种世界观，几乎可以这样说。"①拉金和麦克迪尔米德这样两个完全不同的人都可以得到希尼的理解，希尼从两个人那里都有所借鉴，这足以见出希尼的包容和兼收并蓄的能力。

---

① James Campbell. 'The Mythmaker'. https://www.theguardian.com/books/2006/may/27/poetry.hayfestival2006. accessed 8 May 2018.

希尼早在 1967 年就在都柏林三一学院的法律教授卡德·阿斯马尔家见到了麦克迪尔米德,那天他们都参加人权纪念日的诗歌朗诵会。希尼后来还拜访过麦克迪尔米德在拉纳克郡比加镇的家。在希尼看来,麦克迪尔米德"从小的说对苏格兰的创作历史,从大的说对近 50 年的苏格兰文化,都有着不可估量的影响"(RP 104),因此希尼明确提出,麦克迪尔米德"最好的诗歌的品质,以及他的全部作品的历史意义,表明麦克迪尔米德在他家乡苏格兰之外的其他地区,应该得到比他已经得到的更多的关注"(RP 103)。

应该说,麦克迪尔米德在英伦三岛还是得到了一定的关注的。在他去世前一年,伦敦发行的《经济学人》就在 1977 年 10 月号上称这个时代可以被称为"麦克迪尔米德时代"[①]。当然类似的说法在苏格兰之外依然有限,更别说被普遍接受了。在国内,解放前,麦克迪尔米德作为一位坚持共产主义道路的苏格兰民族文艺复兴的倡导者,曾经得到过一定程度的关注,但没有深入的专门研究。文革后,除了王佐良先生曾撰文专门论述之外[②],麦克迪尔米德大多都是在研究苏格兰文学或者其他苏格兰作家时被顺带提及。

一、平行的同路人

麦克迪尔米德原名克里斯托弗 · 格里弗(Christopher Murray Grieve),休·麦克迪尔米德是他 1922 年开始使用的笔名。麦克迪尔米德不仅是诗人,也写了大量的散文作品,包括新闻和政论,篇幅远远超过诗歌,希尼对麦克迪尔米德在苏格兰文学中的评价是"麦克迪尔米德在苏格兰文学和文化中的地位在很多方面都等同于叶芝在爱尔兰的地位"(RP 103)。但另一方面,麦克迪尔米德又因为很多个性上的问题影响了人们对他的看法,比如他傲慢、酗酒、抄袭、过于政治化,既是民族主义者,又是社会主义者,或者更确切地说,在西方人眼里,他是斯大林的拥趸和沙文主义者,还是一个仇英分子。但是希尼认为麦克迪尔米德的这些言行并不影响他整体上的成就,更不应该影响他作为诗人的形象。

虽然出生在苏格兰南部邓弗里斯郡兰厄姆镇的一个邮递员家庭,母亲

---

① P. H. Scott & A. C. Daviseds. *The Age of MacDiarmid*:*Essays on Hugh MacDiarmid and His Influence on Contemporary Scotland*. Edinburgh:Mainstream,1980,p. 9.

② 如王佐良:《读诗随笔之七:麦克尼斯 · 司各特 · 麦克迪尔米德》,《读书》,1986 年 4 月 16 日,第 62—69 页;张鑫、胡亦丹:《"苏格兰文艺复兴"与麦克迪尔米德的诗歌创作》,《浙江外国语学院学报》,2012 年 3 月第 2 期,第 47—51 页。

是农民,但是麦克迪尔米德用他自己的话说读完了当地图书馆的所有书籍,因此中学时因行为不端退学后,他就为多家报纸、杂志和出版社工作过。与此同时他依然如饥似渴地阅读,并向《新时代》(*The New Age*)杂志投稿,这个杂志也是他后来发表作品的一个主要杂志。也正是通过与这家杂志的编辑们的交往,麦克迪尔米德接触到尼采和伯格森的哲学,这被认为是他后来在文学和政治上反抗主流观念,坚持个人主张的一个思想来源,当然也让他走上后来的思想宣传之路。阅读广泛的麦克迪尔米德其思想来源还远不止这些,列宁的社会主义和惠特曼的自由主义等都对他有直接的影响。此外希尼还指出,虽然“列宁的乌托邦思想无疑启发了他,但是在这个苏格兰边区《圣经》传播地的孩子的意识深处,基督要求人们彼此相爱的训诫无疑同样强大”(RP 123)。

　　这些思想激进的人在他身上留下的一个深远烙印,就是面对苏格兰语,他不是一个沉痛的怀旧者,努力去恢复过去的传统,相反是一个信仰坚定的革命者,挥舞着传统的大旗去开拓出一片新的天地。这最终决定了他不是像爱尔兰的盖尔语协会那样追求完全还原古老的爱尔兰语,相反他在古苏格兰语的基础上,创造出了自己的苏格兰语。正因为有着强大的自我意识,作为现代人的麦克迪尔米德不可能匍匐在传统之后亦步亦趋,不可能一味回到过去,必然要为苏格兰寻找一个新的方向。在创造中,麦克迪尔米德努力把苏格兰生活中的盖尔语传统囊括进自己的想象之中,在诗歌《哀悼伟大的音乐》(“Lament for the Great Music”)和《小岛葬礼》(“Island Funeral”)里,他浓墨重彩地描写了苏格兰文化中的盖尔语和苏格兰高地的天主教。虽然在苏格兰,在英国更直接的殖民统治之下,凯尔特文化的影响已经日渐式微,麦克迪尔米德却坚持凯尔特文化是苏格兰的全部不同可能性中的一部分(RP 196),而且认为只有承认和接受这一文化,苏格兰才会有一个更包容的未来。这也是为什么今天,麦克迪尔米德被视为苏格兰民族复兴的主要推动力量之一。

　　1992年,在第一篇麦克迪尔米德专论之后整整二十年,希尼已经能够清楚地看到这一点。而麦克迪尔米德为苏格兰文学复兴寻找的新方向,无疑正与希尼为北爱尔兰文学寻找的新方向不谋而合,才让他并不多见地为这个并不像他评论的很多诗人那样名动世界的苏格兰诗人,再次写了一篇专论,比第一篇长了很多。希尼不仅是在说麦克迪尔米德,也是在说自己。这也解释了希尼为什么在自己的诗歌中插入爱尔兰词语,却并不完全回到爱尔兰政府正在大力推行的爱尔兰语;为什么使用传统诗歌格律,却又往往有自己的变化。他和麦克迪尔米德都不是向后退的人,他们清楚自己所生活的时代,"在这种冲动里不存在任何向后看,因为麦克迪尔米德自觉地组织着一场新的文学运动,展示着一个实验者的雄心"(RP 111)。无论麦克迪尔米德还是希尼要寻找的,都不是纯粹的过去。因此希尼准确地看到,"如果麦克迪尔米德有怀旧,也是那个曼德尔施塔姆拥抱的,一种'对世界文学的怀旧'"(RP 113)。

对希尼来说,诗歌的最终目的从来都不只是为了宣传自己的思想,或者单纯地抬高自己的民族和文化,而是推动"朝着想象所渴望的更光辉更丰盈的生活转变和进化"(RP 115)。希尼从自己的这一诗歌观出发来理解麦克迪尔米德的苏格兰文化复兴,是否准确地反映了麦克迪尔米德的思想倒不是那么重要,因为希尼的文学评论向来善于借他人案例阐述自己的诗歌观,而且希尼其实深知麦克迪尔米德的民族主义和政治思想的局限性——他的主张不但并未实现,甚至并未被普遍接受,但是希尼认为麦克迪尔米德的诗歌仍然取得了改变社会现状的"诗歌的纠正"的效果。

麦克迪尔米德的作品颇丰,但这也造成了他的创作存在鱼龙混杂的情况。麦克迪尔米德旺盛的精力让他的作品充满力量,但同时那些多余的精力确实也造出了不少码字之作。对麦克迪尔米德来说,"更重要的是激发,让人们去思考,争论,而不是去准确论断(麦克迪尔米德会说这是英国人的一个可怕的美德)"①。区分他的优秀诗作与连篇废话,是所有麦克迪尔米德的研究者都必须面对的问题。麦克迪尔米德的研究者必须面对的另一个重要问题是他的抄袭,因为麦克迪尔米德不仅会模仿别人的艺术构思,有时甚至把别人的作品原封不动地夹入自己的创作之中。

二、合成苏格兰语

麦克迪尔米德创作的时候,正是苏格兰在英格兰的主导力量影响之下文化日益衰微之际。对此麦克迪尔米德不是把自己尽可能地英格兰化,而是以一种语言学家的热情努力通过自己的诗歌复兴自己生活地区的语言。麦克迪尔米德曾说,英国文学一直维护着"一种狭隘的优势传统,而不是让自己广泛地立足于所有不同的文化因素和优秀的语言和方言变体之上"(RP 74),因此他认为苏格兰语、爱尔兰语、威尔士语等英语方言有权力也有义务打破英语文学的封闭性和单一性。

但同时麦克迪尔米德也不是完全恢复历史中的苏格兰方言,复兴一套像盖尔语那样的完全不同因此需要专门学习的语言系统。相反,他提

---

① "One pound Scots: prickly genius." *The Economist*, 15 Aug. 1992, p. 76 + .

倡的是一套他称之为"合成苏格兰语"（synthetic Scots）的语言，这种语言通常被称为"Lallans"（拉兰语）。拉兰语传统上曾被苏格兰诗人彭斯用来统称苏格兰低地的方言，但是在麦克迪尔米德之后，更常被用来指称麦克迪尔米德所领导的苏格兰文艺复兴运动中建立起来的一种以进入世界文学为目的，同时又整合了苏格兰古语和口语的苏格兰语。这种苏格兰语使用苏格兰词，但是用的是标准的英语语法结构，而且这些苏格兰词更接近苏格兰东北部日常口语发音的拼写，不少词汇依然是英语词汇，而不像盖尔语那样与英语词汇截然不同，因此这种词语比其他苏格兰方言更呈现出英语的影响[①]，可以视为苏格兰传统与英国影响的融合，或者是苏格兰语的人为现代化。希尼称麦克迪尔米德的这一诗歌语言把"苏格兰语与拉丁化英语在一阵能量的倾泻中卷在一起"（P 196）。不过麦克迪尔米德所用的词语也并不是全部来自现代苏格兰方言，有的其实出自 1808 年出版的《贾米森苏格兰语词典》（*Jamieson's Dictionary of the Scottish Language*）。

其实麦克迪尔米德开始创作的时候用的也是标准英语，然后有一天他读到了詹姆斯·威尔逊爵士撰写的《珀斯郡斯特拉森低地区使用的低地苏格兰语》（*Scotch as Spoken in the Lower Strathearn District of Perthshire*）[②]一书，大受启发，不但写下了自己的拉兰语系列诗歌的第一首，而且也正是从这时开始使用麦克迪尔米德这个笔名，可谓彻底地脱胎换骨。希尼认为正是因为这本书唤醒了麦克迪尔米德记忆中童年时代的语言和生活，让他"认识到他的作家身份的权力，依赖于他能够一直更加深入地进入到他自己和国家记忆中的那些原生的语言层中"（RP 107）。这一觉醒在他的第一首拉兰语诗歌《淡淡彩虹》（"The Watergaw"）中有明确的表述。该诗描写的是父亲临终前望着天边模糊的彩虹，从父亲的目光中，"我觉得最终我可能明白了／你那时的目光的含义"[③]。正像希尼的《挖掘》从父亲挖地的姿态中明白了自己对祖先的继承，麦克迪尔米德也从父亲的注视中顿悟了自己与自己的根的联系。因此彩虹在这里是一种对苏格兰传统的隐喻，这个传统虽然在英格兰文化的侵蚀下变得模糊

---

① David Crystal. *The Cambridge Encyclopedia of the English Language*. Cambridge, UK：Cambridge University Press，1995，p. 333.

② Sir James Wilson，K. C. S. I. Lowland. *Scotch as Spoken in the Lower Strathearn District of Perthshire*. Oxford University Press，1915.

③ Hugh MacDiarmid. *Collected Poems of Hugh MacDiarmid：Revised Edition with Enlarged Glossary Prepared by John C. Weston*. New York：The Macmillan Company，London：Collier-Macmillan Limited，1967，p. 7.

不清,却依然在那里召唤着苏格兰人。但是与希尼父亲手中切实可握的铁锹不同,彩虹与现实之间隔着想象的距离。生活在天主教文化之中的希尼觉得爱尔兰文化是坚实存在的,生活在英格兰化了的环境中的麦克迪尔米德却必须重新找回对他们来说已经陌生和虚化了的苏格兰文化,因此希尼说在这首诗中有"词语创造出的一种陌生与熟悉相结合的感觉"(RP 108)。

　　不过希尼清楚地看到,麦克迪尔米德并不只是要回到过去,"合成苏格兰语"并非仅仅想让读者沉醉在自我之河中,因为那会走向多愁善感和自我放纵,这是麦克迪尔米德也要从苏格兰文化中一起清除出去的。他的出发点也不是宣布地方语言有着比标准现代英语那些折中妥协的表达具有更高级的生命力。多愁善感和自我放纵可能是他的努力难免产生的,但是他的努力的核心是要让被历史打断的语言重新开始,就像道格拉斯·邓恩所称的,"让它进入到现代的运作体系之中"(RP 111)。

　　麦克迪尔米德创造的这种融合古代与当代、地方性与国际化的拉兰语得到了埃德文·缪尔、威廉·索塔尔等苏格兰诗人的响应,并产生了一定影响。但是1933年麦克迪尔米德迁居苏格兰以北隔海相望的设德兰群岛,与苏格兰文学圈的联系困难之后,随着苏格兰文艺复兴的领导权转向小说家尼尔·岗之后,用拉兰语写作的作家逐渐减少,因此今天这一语言更成为一个历史事件,而非当代苏格兰文学创作中普遍使用的语言。事实上麦克迪尔米德1930年代以后自己创作的作品也大多用英语而非拉兰语书写了,只不过会掺杂着苏格兰词汇以及不少科技术语。

　　显然希尼也并不能完全识别麦克迪尔米德所用的词语,但是希尼认为"在这里的是一种在被理解前就交流了的诗歌,此处听觉想象完全能够刺入词汇之乐所表达的基本含义,不管词汇本身有多么陌生"(P 196)。希尼将麦克迪尔米德的这一语言与创造了《芬尼根的守灵夜》(Finnegans Wake)的语言的乔伊斯相比,并指出麦克迪尔米德在1933年出版的诗集《解放的苏格兰语及其他》(Scots Unbound and Other Poems)中的《水之音乐》("Water Music")一诗,就在召唤着乔伊斯,那时乔伊斯的《芬尼根的守灵夜》还在创作之中。实际上,麦克迪尔米德1955年出版了诗集《悼念詹姆斯·乔伊斯》(In Memoriam James Joyce),用标准英语更明确地表明了对乔伊斯的继承。但是希尼认为麦克迪尔米德在《水之音乐》中避开了乔伊斯的实验主义和世界主义,而是更专注于乔伊斯同样关注的地方性,以及与地域特征相连的口语色彩和地方用语。因此如果说乔伊斯要通过罗列全世界的河流名称来把世界纳入自己的创作,麦克迪尔米德则要通过地方空间和地方词汇来"征服"世界。

当然有时希尼也觉得麦克迪尔米德不免疯狂,因此将其比作从来不在乎其他人的看法的另一位苏格兰诗人麦戈纳格尔。虽然麦克迪尔米德的词语像《芬尼根的守灵夜》一样变化莫测,他却缺少乔伊斯的喜剧感和对经典的滑稽模仿,这让他的词语创造有时更像精神失常的词典编辑,让诗歌变得枯燥单调。希尼认为造成这种降格的一个原因,是麦克迪尔米德所追求的是"一种充满博学、专业和狂喜的诗歌"①,他的过于严肃的马克思主义社会政治追求和现代文学实验观让他的诗歌失去了天才的不羁精神而滑向庸常。但有时,这种认真又会取得极其感人的效果,比如他的《小岛葬礼》("Island Funeral")就具有动人的艺术效果。因此麦克迪尔米德的诗歌有好有坏,但是希尼认为他"与我们时代那些值得纪念的作品站在同等的高度"(P 198)。

希尼同样敏锐地看到,在《醉汉看着蓟草》中,麦克迪尔米德用醉于苏格兰威士忌的主人公,塑造了一个浪漫主义的诗人形象,"一个有着生机勃勃的感受力、超出常人的热情和温柔,有着充分洞悉人性、充满理解力的灵魂的男人,一个对自身拥有的生命精神满怀喜悦,并欣喜于体会生生不息的宇宙中显示出来的类似意志和激情的男人"(P 197—198)。

如果说麦克迪尔米德在语言上的大胆革新是受到了乔伊斯的启发,那么叶芝等其他爱尔兰文艺复兴作家则影响了他的苏格兰文化民族主义。对于麦克迪尔米德在苏格兰文艺复兴的贡献,希尼同样高度称赞为:

> 麦克迪尔米德一个人就为苏格兰做到了盖尔语联盟和文艺复兴两者的努力加在一起为爱尔兰做到的事情:首先,他带来了对这个国家两种方言的态度的改变,即高地和岛屿的苏格兰盖尔语,以及边境和低地的苏格兰口语。其次,麦克迪尔米德也在一定程度上单枪匹马地用这些语言之一创造了一种文学,并且成为其他语言中那些要改变诗歌方向的诗人的启示者。(RP 103)

希尼认为即便到了他撰文评论麦克迪尔米德的 20 世纪八九十年代,苏格兰作家如阿拉斯达尔·格雷、汤姆·伦纳德、利兹·洛赫希德、詹姆斯·科尔

---

① Hugh MacDiarmid. *Collected Poems of Hugh MacDiarmid*; *Revised Edition with Enlarged Glossary Prepared by John C. Weston*, p. 334.

曼等依然受到麦克迪尔米德的影响。

三、回归英语

一般认为麦克迪尔米德最优秀的作品是他用合成苏格兰语写的,但是后期他从合成苏格兰语转向合成英语(synthetic English),这一点颇得希尼的推许,甚至可能正是麦克迪尔米德的这一点引起了希尼的关注①。不过希尼也承认,"这些用合成英语写成的后期诗歌通常不具有那些用苏格兰语写成的早期作品的强度,或奇特性,或不可思议的必然性"(RP 121)。

1933 年麦克迪尔米德与第二任妻子瓦尔达·特里维廉移居设德兰岛,这件事被希尼视为麦克迪尔米德的又一次"重生"(RP 116)。通过这次隐居,麦克迪尔米德改掉了酗酒的习惯,摆脱了政治上的喧闹,缓解了其他人对他的敌意,甚至多少减轻了经济上的压力。但与此同时,在这个转变过程中,麦克迪尔米德越来越说教,对苏格兰之外的事情越来越不安,而且越来越习惯于照抄。他在政治上的极端态度给麦克迪尔米德的民族主义和国际主义努力抹上了污点。希尼并非认为麦克迪尔米德的那些政治立场本身有错,比如即便他的反英格兰立场,希尼认为也可以称为积极的反帝国主义的策略,以及苏格兰文化复兴的助力,而且当麦克迪尔米德的世界主义视野占上风的时候,确实可以呈现出积极有益的一面。但是有的时候,这种反英态度却可以在麦克迪尔米德的诗中走向民族沙文主义,甚至极端偏执的政治宣传。在 1936—1939 年期间,麦克迪尔米德沉迷于一种极端的共产主义信仰,以至坚信法西斯主义才能最终清除资本主义。对法西斯主义的危害这个问题,他的辩解是法西斯主义的存在时间不会很长,因此没有必要一定要维护已经腐朽的财阀民主,而反对法西斯主义这种虽然更残酷但其实会很短命的资本主义②。

对于麦克迪尔米德后期的诗歌,希尼认为具有一种"神秘的美、有益晦涩的词语"(RP 119),可以带来"多重的精确性和迷幻的丰富性"(RP 120)。希尼称麦克迪尔米德这样做是为了"用相对应的丰饶角般的词语来匹配现象的丰富多样"(RP 120)。不过希尼也看到,"如果麦克迪尔米德要继续作

---

① Marco Fazzini. "'At the back of my ear': A note on Seamus Heaney and Scottish poetry", *Journal of European Studies* 2016, Vol. 46(1): 56.

② Sorley MacLean. "MacDiarmid 1933—1944", p. H. Scott & A. C. Davised s. *The Age of MacDiarmid: Essays on Hugh MacDiarmid and His Influence on Contemporary Scotland*. Edinburgh: Mainstream, 1980, p. 20.

为他伟大时代的标志进行探索和实验，他就必须超越他自己的杰出成果的阻碍。他必须找到一种方言，不是把地方变成崇拜物，而是能够把教区的转换为星球的。因此他奋力寻求一种包容一切的表述方式，创作一种结构松散、东拉西扯、满是离题的诗歌，往往倾泻五花八门的信息和观点，总是被令人不安的和断然的语气转换打断。"（RP 121）

麦克迪尔米德深信里尔克所说的诗人必须无所不知，诗歌必须无所不包，因此他在后期的诗歌创作中致力于追求一种百科全书式的效果。为了突破自身英语的限制，他参考钱伯斯 20 世纪英语词典，这让他的后期诗歌难免出现"佶屈聱牙的韵律、异乎寻常的措辞、百科全书式的引用、纯粹的单调——麦克迪尔米德无疑给了他的诋毁者们很多的攻击机会"（RP 120）。这也解释了麦克迪尔米德的《康沃尔英雄曲》（*Cornish Heroic Song：For Valda Trevlyn and Once in a Cornish Garden*）和《怀念詹姆斯·乔伊斯》等"巨大的史诗创作"最终为什么会"失败"（RP 120）。

麦克迪尔米德有大量的诗歌无人阅读和接受，这些诗歌作品希尼认为是麦克迪尔米德多余的政治精力的溢出，"他体内的记者和活动家无法平静下来，当没有散文作为发泄渠道的时候，它们就毫无顾忌地侵入诗歌。"（RP 120）但是希尼认为正像华兹华斯的后期诗歌一样，麦克迪尔米德的巨大精力也终将从他的那些社论和通告中解放出来，"他的事业将凝练为天才诗歌中一系列自足的、自立的诗节。"（RP 120）希尼认为麦克迪尔米德像叶芝一样追求一个更高的世界，因此并不为了迎合听众而把自己的诗歌变得浅显易懂，"当他在自己的艺术高峰的时候，他诉诸的是一个想象的权威，一个有着更高的精神成就和更透彻的理解力的法庭，远超过他能在周围找到的那些。"（RP 122）另一方面，他自己一生都在寻找一个能够解释所有人类生存的智力体系和道德体系，这也是他最后狂热地追求马克思主义的一个原因。

四、其他苏格兰诗人

对希尼有深刻影响的苏格兰诗人不只麦克迪尔米德，不少苏格兰诗人都给希尼在诗歌策略和语言表述方面给予了启示或指点。希尼在 1997 年曾经写过一首题为《如果他们再多留一会儿》（"Would They Had Stay'd"）的诗，后来收入诗集《电灯》中，同时纪念了在 1996 年去世的三位苏格兰诗人诺曼·麦克凯格、索利·麦克里恩和乔治·麦克凯·布朗。诗歌的标题取自莎士比亚的《麦克白》。班柯问麦克白那三个女巫是不是消失了，麦克白说她们都消失在空气里，呼吸融入风中。在诗中，希尼提到自己创作前期受到了这三位诗人的影响，此外还有当时还在世的伊恩·史密斯，希尼在诗中用的是他的盖尔语名字（Iain MacGabhainn）。

对于诺曼·麦克凯格，希尼描写的是他属于鹿的部落，因此有着鹿的羞怯，"那些吃惊的动物静静地站在豹纹蝶的土地上"（EL 68），而且希尼把幼鹿的形象放在红衣的英国兵背景下，突出诗人所处的历史背景；对于伊恩·史密斯，希尼描述的是"伊恩的诗歌里/悲痛只坐在那里摇来摇去"（EL 69）；对于索利·麦克里恩，希尼的描述是"海市蜃楼。桥上的牡鹿/烧坏的坦克上方的西方沙漠"（EL 69），这里描写的显然是第二次世界大战时北非的场景；对于乔治·麦克凯·布朗，希尼看到的是"支离破碎的人类灵魂"（EL 69）。

希尼曾跟别人说他与诺曼·麦克凯格是好朋友，他一直想向麦克凯格表达敬意，但是一直没能做到。早在 1960 年代的一次 BBC 学校广播节目上，希尼就读到了麦克凯格的《夏日农场》（"Summer Farm"）一诗，对其描写稻草的诗句颇为赞赏。两人的初次见面是 1973 年在圣安德鲁斯，后来 1975 年又在基尔肯尼艺术节上相逢，逐渐熟稔起来。希尼曾记载有一次他和麦克凯格一起在爱丁堡参加一个拥挤的聚会，麦克凯格把他拉到一个角落，给他吹一首苏格兰风笛曲的片段。像很多苏格兰风笛曲一样，麦克凯格的旋律传递出内心的孤独，也好像承载着古老神秘的讯息，用希尼自己的话说，"在那里，在离开现代化和英格兰的内地，那里存留着挫败和流散的雏形，失落和创伤的语言"①。不过在意大利作家马可·法齐尼看来，希尼对麦克凯格的欣赏不仅在于麦克凯格诗歌的深刻，而且在于"英语语言与它对苏格兰景色的呈现之间的冲突，甚至更在于英语与苏格兰民族语言，尤其是与苏格兰语和盖尔语之间的冲突"②。旧日苏格兰世界的消失是麦克凯格诗歌中经常出现的沉重主题，而希尼同样关注爱尔兰世界的消失。希尼曾为麦克凯格的意大利语诗集写序，该篇文章收在他的散文集《发现者保存者》（Finders Keepers）中。

希尼同样为索利·麦克里恩的散文集写过序。在这篇文章中，希尼盛赞麦克里恩对苏格兰的山水走兽的描写和对苏格兰名称的使用，称"麦克里

---

① Seamus Heaney. "Prefact", in *Norman MacCaig. L'Equilibrista: Poesiescelte* 1955 - 1990, ed. M Fazzini. Grottammare: Stamperiadell' Arancio, 1995, p. 13.

② Marco Fazzini. "'At the back of my ear': A note on Seamus Heaney and Scottish poetry", p. 53.

恩作品中的地方志因素和神话因素是那么纯然诗意、那么非程序化,完全摆脱了学者挑灯夜战的臭气"①。

　　除了这些当代诗人外,希尼还翻译了苏格兰中世纪诗人罗伯特·亨利逊的《克瑞西德的遗嘱》(*The Testament of Cresseid*)以及7首改写自伊索的动物寓言。英国诗歌之父乔叟的著名长诗《特洛伊罗斯与克瑞西德》写了特洛伊预言者卡尔克斯预见到特洛伊城的毁灭,把女儿克瑞西德送到希腊军营做人质,结果她很快抛弃在特洛伊的恋人特洛伊罗斯,转而与希腊将领狄俄墨德斯偷情。《克瑞西德的遗嘱》写的就是乔叟在诗中未再触及的克瑞西德之后的经历。亨利逊在诗中改变了传统上克瑞西德的脸谱化的"不贞、淫荡"形象,赋予了她更丰富的性格。在《克瑞西德的遗嘱》中,狄俄墨德斯不久也抛弃了克瑞西德,克瑞西德在希腊军营中沦为妓女,最后回了父亲家。在那里她终日藏身于小礼拜堂哭泣,抱怨爱神给她安排的凄惨命运。她的抱怨触怒了奥林匹斯诸神,他们让她患上麻风病,身体变形,双目失明,因此被送到麻风隔离区。在那里她遇到一个麻风女子鼓励她不要抱怨无法改变的命运。克瑞西德最终也振作起来,加入乞讨的行列。在乞讨的路上她偶遇特洛伊罗斯,虽然两人都没有认出彼此,特洛伊罗斯却将身上的所有财物都给了她。克瑞西德后来也通过同伴们的描述认出了特洛伊罗斯,她对自己过去抛弃特洛伊罗斯的行为追悔莫及,在临终前写下了遗嘱。

　　希尼是在英国国家图书馆展览中看到罗伯特·亨利逊的这部中世纪的手稿的,手稿所使用的语言与北爱尔兰中部所用的语言非常相似。希尼从小就非常熟悉这种乌尔斯特苏格兰语,于是这一让他有回家之感的"感觉的声音"(TCxiv)让他产生了强烈的与其共吟的冲动,诱惑他将其化为自己的语言。与爱尔兰语一样,苏格兰语也是希尼文化传承中那既被压抑,又丰富幽深的部分,亨利逊的中世纪苏格兰语与爱尔兰语尤其接近。虽然罗伯特·亨利逊的长诗对当代英国读者来说并非完全无法阅读,但是却未必会有很多人花时间去阅读苏格兰语的作品,因此希尼称自己的翻译是对苏格兰文本的"理解之旋律"②,因为他的翻译可以把读者带入原文那既丰富又精练的音乐,同时又不会因为古老的语言而将他们

---

　　① Seamus Heaney. "Introduction". RJ Ross and J Hendry. *Sorley Maclean*: *Critical Essays*. Edinburgh: Scottish Academic Press, 1986, p. 5.

　　② Sean O'Brien, "Love's favours lost: Seamus Heaney's translation of Robert Henryson's Testament of Cresseid brings to life the full horror and humanity of the original", *Sunday Times* (London, England). (June 14, 2009): News: 47.

拒之门外。从这里可以看出,希尼不仅致力于探索和介绍爱尔兰语言文化,同属凯尔特传统的苏格兰的语言和文化也让他有一种回家般的亲切感。

第五章　希尼与美国诗人

希尼对美国诗人有较多的关注和比较深入地了解主要是从到美国执教后开始的，不过因为接触的时间较晚，这些美国诗人主要是作为希尼思想的呼应得到他的解读。但也有一些诗人，比如毕晓普，对希尼起过很大的启示作用。

第一节　彼岸世界

希尼诗歌成长期的 60 年代正是美国流行音乐和诗歌兴盛的时代，甲壳虫乐队、垮掉的一代、2016 年获得诺贝尔文学奖的美国歌手诗人鲍伯·迪伦，加拿大歌手诗人里奥纳德·科恩等都活跃于这个时期。不过，此时的希尼依然喜欢那些通过严格的韵律和含蓄的词语而获得的浓度和重量，对自由的韵律和直白的表达持怀疑态度。他并不是认为这样的创作有什么问题，只是不属于自己所处的诗歌世界罢了。因此他也没有收藏过他们的歌曲磁带。可以理解，当时希尼的诗歌环境与美国迥然不同，爱尔兰与英国的冲突已经足够他关注和思索的了，他那时还无暇对大洋彼岸正轰轰烈烈的文学反叛给予很多关注。

一、伯克利分校访学

1970—1971 年到伯克利分校的访学给希尼的人生带来了转折性的变化，用希尼自己的话说，到了这一年结束的时候，他"更高，也更自由了"（SS 137）。这不仅因为政治环境的变化，以及经济上得到了的保障，希尼认为更来自伯克利大学里人们智力上的出色、充满活力的氛围，以及希尼结交的诸多新朋友，让希尼对生命和生活有了不同的理解和期待。在伯克利大学期间希尼结识的朋友除了他的导师汤姆·弗拉纳根夫妇外，还有加州大学伯克利分校的教授，垮掉派成员之一的马克·肖尔、共产主义女作家杰西卡·

米特福德、美国著名左翼作家丽莲·海尔曼、爱尔兰作家和著名公共知识分子考纳·克鲁斯·奥布里恩、爱尔兰诗人和爱尔兰语活动家玛丽，以及伦尼·迈克尔斯等。在伯克利，他可以参加聚会，喝着香槟，吃着汉堡，一直到早晨8点，然后9点回去工作。这样无拘无束地生活在女王大学是无法想象的，而且有着一种反对既定秩序，与古板拘谨的英国文化不同的自由和自我意识。虽然希尼性格中的天主教徒的因素依然存在，但是在道德和行为上都已经不像过去那么拘谨保守了，获得了一种威廉·卡洛斯·威廉斯式的豁达，希尼自己说"这种放松的风格非常具有吸引力"（SS 138）。不过《在外过冬》的最后一首《风向西吹》（"Westering"）被认为流露出了希尼对家乡的思念和关切。

当然，这样一种不受约束的行为方式也有其负面之处。希尼的妻子玛丽有一晚步行去不远的朋友家接孩子，就遇到了抢劫，有人把她拉向一辆开着门的面包车，威胁她如果发声就杀死她，但是她依然又踢又叫，奋力挣扎，幸运地逃了出来。这件事也让希尼看到了这个嬉皮世界的黑暗一面。

这些人中希尼认为对他影响最大的是他的导师汤姆·弗拉纳根，他称其为自己的"文学养父"（SS 142），称他改变了自己的思想。因为到美国之前，希尼虽然熟悉爱尔兰的文学和历史，但将爱尔兰文学其实主要定位于英国文学的坐标系之中，完全是本科教育的思维模式。而在美国的这一年，由于弗拉纳根把爱尔兰文学视为独立的文学，这让希尼也重新审视叶芝和乔伊斯这些爱尔兰作家，以及整个爱尔兰文学的成就。他也开始更把自己视为一个与爱尔兰岛联系在一起的北爱作家。因此希尼把《在外过冬》中的《传统》（"Traditions"）一诗献给弗拉纳根：

> 我们的喉音缪斯
> 很久以前就被
> 头韵传统牛霸了，
> 她的小舌音
>
> 日益退化，遗忘
> 如尾椎一般
> 或者布里奇特的十字架
> 在某个外屋发黄
>
> 而习俗，那个"最

主宰一切的情妇"
让我们躺在
不列颠的岛上。（WO 31）

该诗完全可以说是爱尔兰语和爱尔兰文学的一次宣言,诗中的结论是对弗拉纳根一部论爱尔兰小说的著作中的观点的呼应,在那里弗拉纳根借助对乔伊斯的《尤利西斯》(*Ulysses*)中布鲁姆关于民族的声明指出,出生之地就是一个人的民族。这种定义民族的做法抛开了上百年来困扰北爱人的身份问题,而且可以对当时的北爱冲突做出更简洁明确的回答。

事实上当时美国也正在兴起对美国本土历史的重新寻找和重新书写,出现了如狄·布朗的《魂归伤膝谷》(*Bury My Heart at Wounded Knee*)、罗腾伯格的《圣技者:非洲、美洲、亚洲、欧洲和大洋洲诗集》(*Technicians of the Sacred:A Range of Poetries from Africa*,*America*,*Asia*,*Europe and Oceania*)这样的作品。当时美国全社会都在呼吁社会平等,美国非洲人和印第安人的民权运动此起彼伏。此外,美国当时也不是完全离开政治的,比如那时越南战争也是美国知识分子关注的一个焦点,希尼也参加过不少反战活动,在活动上朗读诗歌。但他没有参加过任何游行示威,甚至对是否有示威都毫不关心。不过与北爱的反抗活动不同的是,希尼发现美国人对未来充满信心,相信通过努力,事态就能够被扭转。相反,欧洲人更容易从越南战争和北爱冲突这类政治问题上,看到人性的黑暗和人类意志的软弱,会把事情看得更加复杂,会有更多的自责。因此对于美国的反战运动,希尼更关心的与其说是这一政治事件本身,不如说是对美国文化的理解,并由此反思英国文化。此外,此时对希尼来说,疏离与参与、诗人与宣传者之间的矛盾依然存在,这种矛盾不论在英国还是美国,都是希尼一贯需要面对的问题,而洛威尔等美国诗人们的做法则给了他很好的启示。

此外在美国期间,希尼还不时可以遇到当地的一些作家,如希尼所在的英文系的学者型诗人约瑟芬·迈尔斯、该校修辞学系的诗人伦纳德·纳山,以及小说家伦纳德·米歇尔等。此外他也多少了解了当时影响很大的垮掉派和黑山诗派的诗歌,阅读过《威廉·卡洛斯·威廉斯选集》和《查尔斯·奥尔森选集》。他还遇到过著名的后殖民理论家爱德华·萨伊德,并告诉了萨伊德贝尔法斯特发生的事情。萨伊德的睿智和对北爱事件表现出的义愤和同情都给希尼留下了深刻印象。

希尼在伯克利分校访学的时候,还通过自己的联系导师汤姆·弗拉纳根结识了也在伯克利教书的美国著名诗人和批评家路易斯·辛普森,那时候辛普森早因为 1963 年出版的诗集《公路尽头》(*At the End of the Open Road*)拿了普利策奖。希尼很早就读过他的诗歌,据希尼说,《通向黑暗之门》的最后几首诗受到了辛普森的影响。此外希尼为儿童主编的诗集《哐啷包》和《书包》中都收入了辛普森的战争诗《卡朗唐,啊,卡朗唐》("Carentan O Carentan")。他非常欣赏辛普森将文化传统与口头因素同等对待并纳入诗歌的做法,以及对生活的生动展示。辛普森获得普利策奖的一个原因是他"不断思考美国的国民性",但是希尼觉得他骨子里有英国传统,只不过摆脱了限制。辛普森来英国的时候,希尼还开车从贝尔法斯特机场送他去乌尔斯特大学进行诗歌朗诵,恰好路过希尼老家,恰好希尼的父亲也要同行,于是这一多少有些奇特的经历被希尼写入了《陌生》("Making Strange")一诗,后来收入《苦路岛》。

　　该诗描写了辛普森与希尼父亲有些尴尬的相遇,正象征着旧世界与新世界的相遇:

> 我站在他们中间,
> 一个带着他那周游世界的智慧
> 和浅棕色的皮肤
> 他说话就像弓弦砰砰,
>
> 另一个,胡子拉碴,一脸困惑
> 穿着高筒的惠灵顿皮靴,
> 朝我笑着希求帮助,
> 面对着这个我带给他的陌生人。(SI 32)

这里的辛普森与希尼的父亲可以说正代表着当时作为世界大国的美国和在动乱中偏居一隅的北爱尔兰,希尼父亲的尴尬也可以说是第一次走出北爱尔兰,远渡重洋来到一个开放的文明世界的希尼自己的尴尬。但是正如始终来自田野的声音告诉诗人的:

> 走出可以依赖的领域
> 所有这些不断恳求再恳求的,
> 这些眼神、泥潭和石头,
> 记住你曾多么大胆

当我第一次拜访你
你正无法反悔地离开。（SI 32）

于是诗人发现自己开车载着这位陌生人穿过自己的国家，

自在地
说着方言，用我所知的一切
讲着我的骄傲，这开始让
同一种讲述变得陌生。（SI 33）

希尼在面对陌生文化的时候没有采取一种自我防护的姿态，或者退缩回自己熟悉的空间，他选择的是勇敢对话：一方面骄傲地立足于自己的民族传统，一方面让这传统接受完全不同的陌生文化的凝视。而且从最后一句看，在与美国传统交往的过程中，爱尔兰传统在希尼眼中也发生了变化，现在希尼也以一种新的目光来注视它，而在这一新的注视中，显然希尼对自己熟稔到习以为常的传统也有了新的认识。

事实上，希尼与辛普森相遇的时期，正是英国诗坛开始国际化的时期，当然英国与美国等英语国家的交流早已存在，这里说的国际化指的是大量翻译诗歌的出现，更多的非英语诗人被介绍到英国，伦敦有了国际诗歌艺术节，1965 年休斯和达尼尔·魏斯伯特在伦敦创办了《现代译诗》，企鹅丛书也出版了"现代欧洲诗人"系列。总之 60 年代是英国的诗坛开始将目光转向世界的时期。虽然美国诗坛对英国诗人来说并不完全算国外，很多诗人都行走于英美两国之间，但是这样一个开放的国际气氛对初入诗坛的希尼来说，无疑会推动他更自觉地把目光放到英爱两岛之外。

在这段时间，因《身体周围的光》（*The Light around the Body*）而在 1968 年获得美国国家图书奖的美国诗人罗伯特·布莱和"垮掉的一代"的代表作家盖瑞·施耐德也都活跃于加利福尼亚，并在当地有很大影响。作为诗人的希尼同样关注着他们的诗歌。在希尼看来，他们诗歌中的宗教沉思，以及使感悟变为可能的诗性内核，都对希尼颇具吸引力。而且他们诗歌中的田园景色，比如布莱笔下光着脚走在铺着稻草的木板上，或者施耐德笔下铺着碎石的小路，都与希尼自己的乡村世界有相似之处。多少正是因为布莱的散文诗的影响，希尼才开始尝试后来收到 1975 年乌尔斯特人出版社出版的《站点》（*Stations*）中的那些散文诗。希尼听过施耐德朗诵自己的作品，对其中的音乐性感触颇深。正是在他们的诗歌的影响下，希尼创作了

《苦路岛》中的一些早期诗歌,以及《在外过冬》中的《大雨的礼物》("Gifts of Rain")、《男仆》("Servant Boy")、《北方》中的《摩斯浜,阳光》("Mossbawn, Sunlight")等诗歌,在这些诗中希尼也开始使用现代主义的象征手法。

二、哈佛大学诗歌工作坊

希尼的前三部诗集都没有在美国产生影响,但是1975年《北方》出版后得到了当时在哈佛大学执教的美国著名诗歌评论家海伦·文德勒的热情赞颂。文德勒非常欣赏希尼的沼泽诗。罗伯特·菲茨杰拉尔德也在《新共和国》上发表了一篇赞扬性的评论。希尼和文德勒是之前在爱尔兰斯莱戈举办的叶芝暑期学校上结识的,后来两人也都参加了北爱尔兰的基尔肯尼艺术周,这或许是文德勒会关注到希尼诗歌的一个原因。菲茨杰拉德曾任美国桂冠诗人(全称"国会图书馆作为诗歌顾问的桂冠诗人",不过罗伯特·菲茨杰拉德任职时还只称为"国会图书馆诗歌顾问"),除了从事诗歌创作外,罗伯特·菲茨杰拉德最为人推崇的是他对古希腊和古罗马诗歌的翻译。《北方》的第一部分以古希腊神话巨人安泰俄斯的故事开始和结束,多少可以解释菲茨杰拉德对这部诗集的青睐。文德勒和菲茨杰拉德的称赞让希尼在七十年代中期受到美国各处的邀请,主要是不同学校的赞助邀请他去读诗,所以虽然社会的反应平淡,他却得到很多大学热情的欢迎。希尼对两人的帮助也铭感于心,第二次去美国后跟文德勒成了好朋友。文德勒1998年还出版了一部专著《谢默斯·希尼》(*Seamus Heaney*),指出希尼诗歌从思想到艺术上具有的"三思"(second thought)的特点,对奠定希尼在世界诗坛不可动摇的地位以及最终获得诺贝尔文学奖都起了重要作用。希尼则在1987年的诗集《山楂灯》中发表了一首题为《悼念:罗伯特·菲茨杰拉尔德》("In Memoriam:Robert Fitzgerald")的诗,让世界上更多的人知道并记住了这位学者型的美国诗人。

他们的肯定带来更广泛的影响,不但邀请希尼去读诗的场合明显增多,而且很多诗集或者诗歌朗诵活动都要求收入希尼的单篇诗歌。1976年希尼应邀作为贝克曼讲座教授在斯坦福大学教书和做讲座期间,也越来越多地结识了英美诗人,开始步入世界主流诗歌圈。英国诗人唐纳德·戴维在斯坦福的家中举行晚宴,也邀请希尼参加。希尼在这里遇到了美国诗人托姆·冈恩。冈恩从旧金山过来,希尼喜欢冈恩的抑扬格诗歌,尤其喜欢他的第一部诗集《战斗术语》(*Fighting Terms*),两人也由此结识。到了1979年《田野工作》出版,美国著名评论家哈罗德·布鲁姆在《泰晤士报》、爱尔兰著名评论家丹尼斯·多诺霍在《纽约时报》上都分别撰文称赞,这给希尼在美国带来了更大的声誉。

在《田野工作》之前，也是在 1979 年，希尼收到哈佛大学的邀请，开设为期一个学期的诗歌工作坊。创作的专业化和学院化始于美国，写作中心星罗棋布。之后创作的职业化也渐渐影响到英国和爱尔兰，大西洋两岸的人都越来越接受了这种创作观，越来越多的诗人和作家接受学校和地区组织的聘任，职业性和技术性越来越融入到创造性行为之中。虽然希尼觉得这种把写作变成职业的趋向对创作会有不良的影响，但是他这次所受的邀请却带给了希尼人生中一个重要的转变。

1977 年，洛威尔在看望前妻的路上心脏病突发辞世，同年，在哈佛教书的毕晓普因年纪原因退休，哈佛大学因此需要物色一位可以接替洛威尔的诗歌教授。1979 年希尼在哈佛大学开设的诗歌工作坊让哈佛教师们渐渐把他视为同事，菲茨杰拉德也把办公室借给希尼使用。学生们对工作坊的热烈反响也无疑相当于为希尼提供了很好的推荐。希尼初到哈佛时，虽然海伦·文德勒当时还在波士顿大学执教，不是哈佛的正式职员，但是与哈佛大学的诗歌学者们都非常熟悉。她在希尼到来后热情地作为希尼的向导，请希尼一家吃饭，把他介绍进哈佛学者圈，其中包括传奇性的诗人和评论家约翰·马尔科姆·布林宁，他写过不少有关重要诗人的评论文章。这段经历，用希尼的话说，"所有那些人，还有更多，在 1979 年开始的一段时间进入了我们的生活。仅仅 5 个月，但是建立起了终身的友谊"（SS 269）。

正是因为有了 1979 年打下的扎实的同事、教学和学生基础，1981 年希尼无需评审，就与哈佛大学签订了为期 5 年的合约，每年来哈佛教授一个学期的诗歌。之后希尼作为哈佛大学的博伊尔斯顿教授（Boylston Professorship）一直做到 1996 年。1989 年，这一模式又被牛津大学采用。在两大顶尖世界大学的诗歌教授席位可以说彻底奠定了希尼作为当代世界顶尖诗人的地位。1996 年希尼从哈佛大学辞去教授职时，经校长和院长的邀请，又作为爱默生驻校诗人（Ralph Waldo Emerson Poet-in-Residence）一直做到 2007 年。当然后一个职位要求不多，只需要每两年来哈佛几个星期，不用上课，只需做些讲座和朗读，与学生见见面即可。

1981 年的合约既是哈佛给希尼的荣誉，也是希尼给哈佛的荣誉，那个时候希尼在美国已经获得了很高的声望。据采访他的弗兰克·基纳汉记载，1981 年圣帕特里克日前一周半的某一天，希尼应邀在芝加哥大学朗读诗歌。当基纳汉提前 10 分钟抵达会场时，已经有一队人肩并肩地排着队，从三楼的旋转楼梯一直排到一楼室外。"我从来没有看到诗歌朗诵的听众有这么多、这么热切。"①会上希尼朗读了著名的《挖掘》之后，又朗读了《横祸》一诗。选择这首诗，或许希尼明白，美国读者不仅感兴趣他的诗歌，同样希望看到他对可以说当时世界热点问题的北爱冲突的看法。《横祸》写的是被称为"血腥星期日"的 1972 年 1 月 30 日的事，当时北爱尔兰伦敦德里市英国军队向正在游行的市民开枪，造成 14 人死亡，13 人受伤。不过这首诗更动人的地方，在于把群体的灾难跟个人的灾难并置在一起，写了两场葬礼：一个是被枪杀的 14 位普通市民，一个是希尼认识的一个渔夫，他不顾宵禁去酒吧喝酒，结果被自己人炸成碎片。他本应该服从"我们宗族的共谋"（FW 23），却坚持对个人快乐的追求。希尼并没有从群体的角度指责这位渔夫的行为，反而称"我和他一起品味着自由"（FW 24）。有的评论者称希尼这里的转变是"为他的诗歌找到一个新的非政治的范式"②。不过希尼并没有在诗中明确说出自己的评价，更没有像一般政治诗那样对英国的暴政做出抨击，但是"虽然这首诗很难，也狡猾，即便反复研究也很难把握住。可是通过他口才上的绝对力量，希尼使得它对芝加哥的听众来说，即便在1981 年也能够有所理解"③。

美国的经历不仅让希尼获得了更大范围的听众，也被世界上更多的地区所理解和接受，而且这一经历也改变了希尼对自己的"位置"（place）的想象。首先，一直以为是扎实根基的爱尔兰文化乃至在爱尔兰的住所都开始因这种年年的两地奔波发生了松动。用希尼自己的话说，"年复一年，我抵达并打开行李箱，把书摆到书架上，散步到书店，之后去当地饭店的吧台，'一个土豆两个土豆'"（SS 270）。与此同时，希尼开始越来越能够接受美国的诗歌风格，并且受到这种风格的影响。

很早以来希尼一直觉得美国诗歌总体上过于轻飘，词语缺乏爱尔兰和英语诗歌所具有的重量，与现实的联系较少，约翰·阿什伯里尤其如此。希尼甚至忍不住苛刻地说阿什伯里的诗歌就像"中央加热的白日梦"，"也很忧伤，因为它知道自己不能胜任"（SS 281）。希尼觉得在美国，他在跟那些审美观跟他完全不同的人成为一个群体，如约里·格拉姆、路丝·布鲁克-布洛多、威廉·库贝特、詹姆斯·泰特等。但是另一方面，美国的这种"稀松的

---

① James Chandler. "Around 1980, Seamus Heaney in Chicago." *Critical Inquiry* 41 (Winter 2015): 475.

② George Cusack, "A Cold Eye Cast Inward: Seamus Heaney's *Field Work*", in *New Hibernia Review*, 6:3 (2002): 53.

③ James Chandler. "Around 1980, Seamus Heaney in Chicago." *Critical Inquiry* 41 (Winter 2015): 477.

话多"风格也多少对希尼产生了影响,希尼自己就说他的《电灯》中有的诗歌就是这种"稀松"的作品。不过要在具体的诗歌中和在具体的风格或内容上找到直接的美国影响也很困难。希尼自己觉得他从《水平仪》中的《一往直前》("Keeping Going")开始,就有了对这种较为松弛的风格的尝试。希尼认为自己是在读了美籍波兰诗人米沃什之后受此影响的。米沃什从1961年起一直流亡美国,一直到90年代初才回到波兰,与希尼在美国有很多接触。希尼这个阶段的风格与美国诗坛的风格确实有很多相似之处。

其次,在大西洋两岸和爱尔兰海两岸不断往来,也使希尼的生活空间越来越国际化,从而面临着如何使自己的民族身份适应这个新的形势的问题。在文化融合这一大的趋势下,固守文化的本原和差异不再可能,但完全放弃个人的特性而接受一个杂合的后现代身份,同样会在趋同中丧失个人的价值和力量。在1996年出版的诗集《水平仪》中,希尼用《航线》("The Flight Path")一诗描写了这种在世界各地飞来飞去的生活:

> 起飞和离开。摆脱责任后的轰鸣,
> 黑色丝绒。波旁威士忌。空中的爱情书信。
> 曼哈顿的太空漫步。重新进入。
>
> 然后是加利福尼亚。悠闲的蒂伯龙。
> 萨姆家的汉堡包、甲板桌和香槟,
> 外加一只晒干了的、眼白很大的海鸥在旁边看着。
>
> 然后重新进入。元音重新发出元音。然后离开——
> **以退为进**,在一年里的
> 回来,与其说长别不如说离岸。(SL 27—28)

这里有趣的是"摆脱责任后的轰鸣",这里的责任显然是他离开的在爱尔兰的责任。由于希尼在爱尔兰并没有固定的工作,因此这个责任只能是他对爱尔兰民族的责任,是他在该诗第4章通过一位爱尔兰同胞问出的责任:"他妈的,你什么时候/ 为我们写点儿东西?"(SL 29)。这样的指责在1984年的《苦路岛》中曾让希尼充满痛苦,祈求宽恕,但此时的希尼则毫不迟疑地回答:"如果我写东西,/ 不管是什么,我将只为我自己写。"(SL 29)显然,正是在大西洋两岸年复一年频繁地飞行,改变了希尼对民族性和民族责任的看法。正如希尼在诗中说的,"对那些飞越海洋的人来说,天空改变了,无所谓"(SL 28)。

可以说,正是哈佛大学的经历帮助希尼终于完成了乔伊斯告诫他的"让别人去悲切忏悔。/ 放开手,飞起来,忘掉它。"(SI 93)至此希尼在自我与民族、艺术与政治的矛盾中挣扎了几十年后,终于在大西洋的另一边找到了内心的平静和自信。这种内心的力量在乔伊斯看来也正是爱尔兰民族需要的。事实上,只为自己并不等于不为别人,就像离开爱尔兰的乔伊斯却用笔重构了爱尔兰和它的文化。只有找到真正的自我的人,才能真正地与他的民族结合在一起。这个自我,乔伊斯称为"良心"①。

值得一提的是,希尼在 1987 年出版的诗集《山楂灯》中也用《来自良心共和国》("From the Republic of Conscience")一诗探讨了良心的问题,而这首诗也正是受到美国诗人理查德·魏尔伯的《羞耻》("Shame")的影响。魏尔伯也在哈佛大学执教,1987 年正好当选为美国第二届桂冠诗人。魏尔伯把羞耻用隐喻的手法化身为受束缚的小国家。在他的启发下,希尼也用一个想象中的国家来寓指一种思想或情感状态。在他笔下的良心共和国是一个静寂的地方,移民局的人拿出"我"祖父的照片,海关的女子让"我"用"我"的传统魔咒来治疗喑哑,对抗压迫,说明这是一个把传统作为根基的地方;"没有搬运工。没有翻译员"(HL 12),说明这是一个自我的隐私和个性获得尊重的地方;"没有出租车。/你扛着你自己的重负"(HL 12)则说明这也是一个人需要为自己负责的地方。

> 盐是他们珍贵的矿物。海贝
> 在出生和落葬时举到耳边。
> 所有墨水和颜料的基础材料是海水。
>
> 他们神圣的象征是一艘有着艺术风格的船。
> 耳朵是风帆,倾斜的笔是桅杆,
> 船身是嘴的形状,龙骨是睁开的眼。
>
> 在他们的出航典礼上,民众领袖们
> 必须发誓支持不成文的律法,并哭泣着
> 为他们担任公职的傲慢赎罪——(HL 12—13)

---

① James Joyce, *A Portrait of the Artist as a Young Man*, edited by Richard Ellmann. New York: Viking Press, 1964, p. 228.

艺术是这个共和国的根本,而艺术的资源来自于自然生活。人们并不受人为法则的束缚,因为他们遵循的是他们的良心。在这个共和国里,人很难不获得自知和自省。而且显然,希尼认为每个人的自由言说的权力是最重要的,但同时权力必须受到监督:教会受到质疑,领袖需要对自己担任公职的傲慢加以忏悔。对希尼来说,良心代表的是每个人的自我判断、权利和义务。个人、自我在这里的分量和权能超过了民族和群体政治。

三、其他美国诗人

希尼喜欢谈论有过亲身交往的诗人。在未曾谋面的美国诗人中,希尼则最推许庞德、华莱士·史蒂文斯和罗伯特·弗洛斯特。希尼主要倾心于庞德的早期诗歌,尤其喜欢庞德《诗章》(The Cantos)的第一乐章。希尼说,从一开始,庞德作为意象派诗歌原则的制定者,以及作为沉重的五音步的摧毁者,对他就有着重要的意义。庞德提醒诗人要小心抽象主义,这对希尼的诗歌也有影响。

至于史蒂文斯,希尼曾引用史蒂文斯对诗歌的定义,"诗歌在一个精雕细琢的层面创造出一个虚构的存在"(P 81),来论证诗歌不是表达已有的情感,而是通过暗示让读者去观察。史蒂文斯说,上帝离开了,但世界在沿着变化的沟渠走下去,如果人类要呆在轨道上不被碾压,想象是不可或缺的。弗洛斯特曾说史蒂文斯的诗歌都是些小古董,但希尼认为史蒂文斯的东拉西扯和无所不谈掩盖了一个感到不适应的人看到的一片荒凉。在内心深处,史蒂文斯像写《晨歌》的拉金一样冷肃,看不到任何希望,除了他决心用自己编织的尘世之歌来代替宗教。换句话说,史蒂文斯的诗歌是有意建造起来的防护栏,类似掩体或臭氧层。它作为一种来自内部的强力,让诗人自己和接受它的人能够保持疏离和做出反抗。因此希尼认为史蒂文斯的诗歌有着一种对任何幻觉和共谋都毫不妥协的态度。这种决不让步在他的诗歌和散文中都存在,甚至有些张扬和过度。希尼认为这正是诗歌开始之处,并且让史蒂文斯的诗歌有一种永不停歇的需要,要对事物的真正状态有毫不模糊的认识。

希尼认为史蒂文斯的诗歌有着华丽的叙述与骨子里对"事物的平常性"的认识这两者的结合,而且这种结合本质上有智力上的强度(SS 384—385)。不过对希尼来说,史蒂文斯对他的影响不像弗洛斯特那样深刻。虽然希尼每次读到史蒂文斯的《康涅狄格河中的一条》("The River of Rivers in Connecticut")和《事物的普通感觉》("The Plain Sense of Things")时,会被它们那种普通的神秘性,事物与概念叠加在一起的方式所吸引,但是即便这样,希尼受到的吸引也不如弗洛斯特对他的吸引大。事实上希尼很晚才理解了史蒂文斯诗歌中那种坚硬而干净的诗意合成,但那个时候他自己的诗歌风格已经成型了,因此史蒂文斯并没有在他的诗歌形成过程中起到非常重要的作用。

西奥多·罗特克早在 1960 年代就深受希尼喜爱。当时罗特克的诗集《远方的田野》(*The Far Field*)在 1964 年出版,《诗选》(*Collected Poems*)在 1968 年出版,在英语诗歌界引起很大的反响。希尼在《评论季刊》(*Critical Quarterly*)上读到了《牡蛎河沉思》("Meditation at Oyster River"),被该诗的宽厚和奉献所打动。他也喜欢罗特克那些花房诗。不过最让希尼感兴趣的是罗特克矛盾的诗人人格:"他写了那些惠特曼式的大起大落的大诗,然后,在另外一种风格下,写了一些韵脚非常紧凑的韵律诗,维拉内拉诗和其他什么的。"(SS 85)希尼觉得自己与他有着相似的矛盾人格。

在创作于 1968 年的《尘世的雅歌:西奥多·罗特克》("Canticles to the Earth:Theodore Roethke")一文中,希尼认为罗特克最值得注意的,是他不但对自己的诗歌创作本能有充分的自信,而且他的创作激流从来没有"最终的河床和路径"(P 191),在形式上也有时遵守严格的诗歌韵律要求,有时却又是开放的形式。在罗特克这里,自然力量清晰可见,同时形式感也自然存在,随性和规则自然而然地共存于罗特克的诗歌之中。在希尼看来,罗特克的诗歌存在着惠特曼式的解放与传统诗歌的统一之间的分裂,但另一方面,他的诗歌也是完全按照自己的方式走向成熟的,"是一种真正的成长"(P 194)。

希尼认为罗特克诗歌中写的最好的主题是童年、死亡和爱。当然,成长、人生瞬间和各种各样的生活同样在罗特克的笔下得到呈现。与希尼一样,罗特克也写过身边的自然风光,但是不同于在比较拥挤的北爱乡村长大的希尼,罗特克的自然是他的做花木生意的父亲在巨大的温室花房中营造出来的,与外面密歇根真正寒冷的气候并不一样。不过虽然是人工营造的,整整 25 英亩的温室在罗特克的童年记忆中还是充满了自然界的力量,同时又有着不同于自然的秩序和安宁。因此如果说在希尼这里,自然主动将其野蛮混乱的 一面在年幼的希尼面前揭开,那么社会的野蛮混乱则是在罗特克的父亲去世后,以与童年伊甸园截然不同的面目展现在长大了的罗特克的面前的。这也是为什么罗特克始终怀念着童年的秩序与和谐,这也成为他诗歌中始终若隐若现的声音。

因此在一定程度上,罗特克对传统诗体和韵律的回归也可以视为对童年的秩序与和谐的回归:"爱和抒情诗是在混乱中站稳,将空虚挡在外面的方式。在诗歌的玻璃墙内,可以假装依然存在着某些旧日天堂的和谐。"(P 193)因此希尼认为罗特克诗歌中的和谐统一是一种圣方济各会式的对万事万物的爱,是"尘世的雅歌"。正是这种与他周围人不同地看待世界的方式,让罗特克无法被归入哪个文学运动或文学流派。

希尼诗集《电灯》中的《奥登风》("Audenesque")一诗纪念的是俄裔美籍诗人约瑟夫·亚历山德罗维奇·布罗茨基。希尼认为布罗茨基是一个坚持形式的人,他纪念艾略特的挽歌完全是奥登的韵律的回声,所以希尼将自己的诗命名为"奥登风":

> 约瑟夫,是的,你知道节拍。
> 威斯坦·奥登的韵脚
> 朝它行进,非重音和重音,
> 将威廉·叶芝埋葬。
> 因此,约瑟夫,在这一天
> 叶芝的百年纪念日,
> (被欺骗和走向死亡的日子,
> 一月 28 号),
> 我再次踏上它那被测量过的道路
> 四行诗接着受限制的四行诗
> 分配悲伤和理性
> 就像你说一首诗应有的样子。
> 扬抑格、扬抑格、落下:就像
> 就像悲伤和韵律命令我们的。
> 重复是法则,
> 在我们学校里学到的诗句上纺织。(EL 64)

希尼对布罗茨基的最初印象来自 1972 年伦敦的国际诗歌节,在当时希尼的印象里,布罗茨基是一个与他年纪相仿的人,有些紧张,像他自己一样目光中既跃跃欲试又满腹疑惧,是所有年轻诗人在重要的诗歌朗诵场合都会有的表情。那次两人都彼此留心。之后在马萨诸塞的一次诗歌活动上两个人热切地交谈起来。布罗茨基既严格又幽默,非常有乌尔斯特人的特点。之后他们又在安娜堡见过几次,也渐渐建立起了友谊。而且希尼说跟布罗茨基的友谊加固了他与诗歌之间的关系。希尼最后一次见布罗茨基是布罗茨基去世前三个星期,当时希尼夫妇去参加布里安·弗里尔的戏剧《摩莉·

斯维尼》(*Molly Sweeney*)在纽约的上演,却遇到了那年最大的暴雪。曼哈顿那晚好像停顿了,没有车,当然更没有出租车。第二天雪小一些后,布罗茨基从布鲁克林走到希尼与朋友吃午餐的咖啡厅,气喘吁吁、狼狈不堪,而且因为他的心脏不太好,没法安静地坐着,不断出去抽烟。他只是过来打声招呼,这也是希尼与他的最后一次相遇。

对于希尼来说,布罗茨基更像一个明星,一种愉悦,他可以使希尼的诗歌才情得到提升。在诗歌观和诗歌标准上,不过到很晚希尼才给布罗茨基看自己的诗歌,一直到 1994 年 9 月在芬兰,他们都参加赫尔辛基的一个节日,一起坐火车去芬兰南部的坦佩雷。这段旅程在《奥登风》里做了描绘,说布罗茨基"喝酒、抽烟,就像一列火车"(EL 65)。在路上希尼给布罗茨基看了一些后来收入《水平仪》的诗歌,布罗茨基尤其喜欢其中的《薄荷》("Mint")和《砾石步道》("The Gravel Walks")这些押韵的规则的四行诗。

布罗茨基固执傲慢。他的行为很大程度上受制于他所相信的精神和灵魂上的高低等级,拒绝希尼任何关于脱韵和适当不押韵的建议。不过希尼曾指出布罗茨基的翻译中的跨行韵过于生硬。那是一个周六的上午,布罗茨基从霍利约克开车来希尼家,突然他开始呼吸急促,一边手放到心口处,一边说"行,行,继续,继续。"然后他忍不住了,开始用他那俄国重音读诗歌的句子,根本不考虑英语中不同的发音所包含的情感和韵律。事实上确实有不少读者指出布罗茨基在韵律上的问题,而布罗茨基的辩解常常依据的是俄语重音,而非英语。不过希尼对此倒不介意,他喜欢斯拉夫风格中不同的优美旋律。不过希尼觉得印出来的词句,尤其是那些厚重的长句子,效果并不好,因为在英语中这些衔接有些过于急促,并且有些脱臼。

布罗茨基生于列宁格勒一个犹太知识分子家庭,但是他几乎没有接受多少正规教育,15 岁就辍学干各种工作,甚至做过医院太平间的运尸工,因此他的诗歌完全是自发的,而非一步步接受正统社会的认可,这也是为什么他成名后被称作"街头诗人"。他的诗歌受到苏联著名诗人阿赫玛托娃等人的赏识,后来他们一起被称为"彼得堡集团"。但是由于他的诗歌不同于传统,而是大胆、开放、批判政府、推崇阿赫玛托娃,他成为有关部门监视的对象,屡次入狱,还被关进监狱的精神病院。1964 年对他的审判和判刑最出名,这次审判让他引起了国内外的广泛关注和对苏联当局的抗议。最终在 1972 年他被剥夺苏联国籍,驱逐出境。本来是想将他送到以色列,但布罗茨基要求去维也纳,因为他崇拜的奥登在那里。奥登不但热情地接待了他,而且为他筹措资金,将他推荐给众多作家。最终他被美国密歇根大学聘为驻校诗人,37岁加入美国国籍,47岁获得诺贝尔文学奖。

希尼说布罗茨基好像是诗歌中的武士,思维敏捷、技艺专精,既让人目眩,又具有挑战性,对诗歌充满信任和毫无畏惧。也正是这种性格和对诗歌的坚信,让布罗茨基在苏联受到审判时依然对当局毫不屈服。布罗茨基说:"一个读者如果有深厚的诗歌经历,就不大可能受到政客们的煽动言辞的影响。"(SS 380)希尼对此深以为然,称"一个通过诗歌对语言敏感的人,就不大可能在大众媒体的煽风点火中摇摆⋯⋯优秀的诗歌可以超越一小撮人的推动,进入它自己的自足的语言和想象轨道"(SS 380)。

希尼在美国结识的另外一位美裔非英语诗人是美籍波兰诗人米沃什,他们的交汇点可以说是加州大学伯克利分校。米沃什1960年移居美国,成为加州大学伯克利分校斯拉夫语言文学系教授,1970年加入美国籍。其时希尼正好到伯克利访学。即便那时他的名望还不足以结交米沃什,他完全应该在这里知道了米沃什并开始留意他的作品。所以希尼在回忆时说,他在70年代就被米沃什的诗歌震动了。

米沃什在1980年做的诺贝尔文学奖致辞也给希尼留下深刻的印象。希尼早在自己的多处文章中提及和推许米沃什,后来在聚会上相遇时,共同的天主教背景让两人在神圣、罪恶等问题上找到很多共同话题(SS 300)。两个人曾互到对方家中做客。在哈佛期间,希尼也去听米沃什的讲座,这些讲座文稿后来集结为《诗的见证》出版。1992年在一次诗歌朗诵会上,希尼还担任米沃什的介绍者。希尼极其尊重米沃什,因为米沃什宁愿茕茕独立也要坚守自己的良心。米沃什与天主教西多会中特拉普派的神父托马斯·默顿的通信尤其体现了这一点。希尼说米沃什的写作就是一次精神上的朝圣之旅。

希尼1994年10月去波兰参加他的一部诗歌选集的波兰译本发布会,译者是斯坦尼斯劳。在出版商杰兹·伊尔戈家的聚会上,希尼不但结识了维斯拉瓦·辛波丝卡、布洛尼斯劳·马耶等波兰诗人,当时远在伯克利的米沃什也打来电话祝贺,并告诉希尼他遇到的这些波兰人都很出色,足见两人的亲密。

事实上希尼原本就对波兰诗人有很强烈的亲近感,不仅因为他认识其中的一些诗人,而且波兰与爱尔兰共同的被殖民历史也让两国的诗人在对若干问题的思考上有更多的相似之处。比如兹比格涅夫·赫贝特就深得希尼敬重。希尼读了他的诗歌几十年,在希尼的心目中,赫贝特就像古典拱廊。希尼深知战后东欧诗人所面对的双重压力,一方面是脱轨的时代,一方面是诗歌所必需的内在性,希尼对他们的这一困境感同身受,因为希尼生活在动乱之中的北爱尔兰,自己也经历过这个极其不舒服的阶段。

　　虽然希尼与米沃什是在美国结识并结交的,将米沃什视为美国诗人确实有些勉强,不过本章侧重的主要是美国带给希尼的影响,所以将米沃什放在这里也不是完全没有理由。说勉强,是因为米沃什49岁才到美国,之前已经出版过几部诗集,他作为见证者的描写华沙犹太人起义的著名诗篇《菲奥里广场》早在1943年就写就,他的诗歌风格和名望也早在来美国之前就奠定了。而且他30年后又返回波兰居住,因此美国只占他人生的三分之一,更像一个中转地。

　　希尼在1999年写了《世纪和千年的米沃什》("Secular and Millennial Milosz")一文,对米沃什做出高度的评价,那时米沃什已经88岁高龄了。在这里,希尼将米沃什与古罗马诗人维吉尔加以比较,认为两人都从早期自信地抒情,转向了成熟期表现"战争与人"这一主题中让人"心酸落泪"(FK 445)的感受,语调也越来越悲痛。希尼举了米沃什的《世界:乡土诗》("The World:A Native Poem")为例。从这首诗的标题上就可以看出诗歌的对照效果:一边是有着"树林、水、旷野和小巷"(FK 446)的平静和谐的乡土桃源,一边是儿童游戏所暗示的被纳粹占领的华沙种充斥的战火和死亡。正是乡村此刻的平静纯真让战争的阴影带给读者一种"心碎的提醒"(FK 446)。

　　不过对于希尼来说,米沃什更重要的意义在于"在相对主义的时代让个人责任这一理念保持活力"(FK 447)。希尼这里所说的个人责任主要指诗人所肩负的提醒人们保持清醒的责任。而且米沃什很清楚人类主体具有不稳定性,知道人类的意识是一个不同的话语相互争斗的场所。在这方面米沃什不是一个天真的理想主义者,但是正是在让人落泪的辛酸现实面前,米沃什坚持诗歌必须维护人类的生存和尊严。"他诗歌中很多伟大的精彩片段是为了努力在文学的整个音域范围里被听到;它们承认艺术家和高瞻远瞩者所做的工作看起来脆弱,然而它们继续用这一工作去对抗由军队和其他形式的专横势力所做的事。"(FK 448)在米沃什的诗歌理念中,最打动希尼的应该是他对"什么是诗歌,如果它不能拯救/国家或人民?"这个问题的发问,因为这个问题也是希尼一直问自己,并且在一篇又一篇文章中不断回答的。

第二节　弗洛斯特

　　美国诗人罗伯特·弗洛斯特在他88岁(1963年)去世之前,可以说已经是人才辈出、百花齐放的美国文坛里最受喜爱的诗人了。而在美国诗人中，弗洛斯特对希尼的影响也可以说是最大的。弗洛斯特是从希尼创作初期就影响着他的诗人之一。希尼最早接触到弗洛斯特的诗歌是 20 世纪 50 年代后期在女王大学读书的时候。约翰·德维特回忆说，他曾和希尼一起背诵过很多弗洛斯特的诗歌。① 对于年轻的希尼来说，弗洛斯特对新英格兰地区宁静乡村的描写打破了过去的田园诗传统，带给他描写自己生活的北爱乡村的信心和启发，"他让我觉得我内心中某个迟钝的、被压下的东西有了发声的空间"②。而且即便之后，"在大约四十年里，弗洛斯特是希尼诗歌和批评中一个持续不断的、在许多方面典范性的存在"。③ 有研究者认为，"在所有当代爱尔兰诗人中，希尼和马尔登是受弗洛斯特影响最大的"。④

希尼写过一篇关于弗洛斯特的专门文章⑤，其余都散见于其他文章之中。这与其说是因为弗洛斯特对希尼的影响很小，不如说这一影响更加潜移默化。当然，还有一个原因是，弗洛斯特是一个难以把握的多面诗人。在一次访谈中希尼就说过，"存在着一个令人眼花缭乱的弗洛斯特，也存在着一个令人高山仰止的弗洛斯特。我所连接的是那个令人高山仰止的弗洛斯特，至少在我的创作中是如此。那个写出《家庭墓地》（"Home Burial"）、《面向大地》（"To Earthward"）、《被摧残的花》（"The Subverted Flower"）、《熄灭吧，熄灭——》（"Out，Out—"）的弗洛斯特。……与此同时，作为读者的我，作为鉴赏者，从那个巫师般的弗洛斯特那里获得愉悦，那个创作了《四目相对》（"Two Look at Two"）、《山坡融雪》（"A Hillside Thaw"）的迷宫制造者，那个创作了《摘罢苹果》（"After Apple-Picking"）的梦幻冲浪人"。⑥ 在希尼眼中，弗洛斯特既是深沉写实的，也是浪漫梦幻的。前一个弗洛斯特在他的创作早期产生了决定性的影响，并且塑造着希尼的主要诗歌特征；后一个弗洛斯特虽然更打破传统，更为独特，却与希尼自己的创作风格有很大差距。

---

① David Mason. "Robert Frost, Seamus Heaney, and the Wellsprings of Poetry" *The Sewanee Review*, Vol. 108, No. 1 (Winter, 2000): 42.

② John Brown, *In the Chair: Interviews with Poets from the North of Ireland*. Cliffs of Moher, Co. Clare: Salmon, 2002, p. 80.

③ John Devitt. "Mischievous and Playful Elements in the Poetry of Robert Frost and Seamus Heaney." *Irish Journal of American Studies*, Vol. 13/14 (2004/2005): 99.

④ Elmer Kennedy-Andrews. "Bringing It All Back Home: The Inflluence of Robert Frost on Seamus Heaney and Paul Muldoon." *English*, Vol 56 (Summer, 2007): 189.

⑤ Seamus Heaney. "Above the Brim: On Robert Frost." *Salmagundi*, No. 88/89, 25th Anniversary Issue (Fall 1990—Winter 1991): 275—294.

⑥ John Brown, *In the Chair: Interviews with Poets from the North of Ireland*, p. 80.

或许正因为如此,希尼将谈论弗洛斯特的文章的标题就定为《满溢而出:论罗伯特·弗洛斯特》("Above the Brim：On Robert Frost"),这个标题可以说将弗洛斯特的既打破传统界限,又非有意离经叛道结合在了一起,这种水到渠成的自然突破,既是对弗洛斯特的准确描写,也是对希尼自身的写照。

一、书写家乡

弗洛斯特出生在美国著名的大城市旧金山,但是 11 岁时父亲去世,他就跟母亲一起搬到了新英格兰马萨诸塞郡的劳伦斯市。虽然 20 岁的时候弗洛斯特就发表了第一首诗歌,但是第一部诗集的出版却等到了 40 岁。在这期间,弗洛斯特的谋生手段除了到学校教书,就是经营农场,那是他的祖父在新罕布什尔州为他购买的。农场经营虽然最终失败了,却给了弗洛斯特重要的诗歌素材,让他有了"新英格兰的农民诗人"之名。之所以这样称呼,一个原因是弗洛斯特最早出版的两部诗集,也是成名诗集《少年的意志》(A Boy's Will)和《波士顿以北》(North of Boston),对农村生活的成功描写。美国诗人庞德在英国出版《少年的意志》时称这部诗集"充满新罕布什尔树林的味道,它恰恰具有这种绝对的真诚。这不是后弥尔顿式的,或后斯温伯恩式的,或后吉卜林式的。此人有很好的判断力来自然地言说,描绘事物,就如所见"。美国女诗人艾米·洛威尔则在《新共和国周刊》上发表评论称,在《波士顿以北》中,"他用旧格律写,但写的方式却让所有更老学派的诗人们咬牙切齿;他用旧格律写,并且随心所欲地使用倒装句和陈词滥调,那些手法是最新的一代忍无可忍的。他走自己的路,毫不在意其他任何人的规矩,由此产出的作品则有着不同寻常的力量和真诚"。[①]

希尼在 1950 年代读到弗洛斯特诗歌的时候还是名喜爱诗歌的学生,正在寻找自己的表现空间。希尼正是在弗洛斯特的诗歌世界里找到了自己童年家乡的感觉。弗洛斯特笔下的新英格兰的农场生活、人群、习惯用语,弗洛斯特对自己的乡村家乡的真切描写,启发了在乡村长大的希尼表现自己的身边世界的方法。"弗洛斯特向希尼证明了一种现实主义的乡土诗歌的可能性,这种诗歌扎根于土地,讲述着乡间传说和乡村的实际劳作。"[②]后来的希尼也和弗洛斯特一样,用细致和写实的笔触描写耕地、割草、采草莓等乡村劳动,描写乡村的技艺,以及村民对自己的技术的自豪。比如希尼的

---

① https://www.poetryfoundation.org/poets/robert-frost,accessed 27 Aug. 2020.

② Elmer Kennedy-Andrews. "Bringing It All Back Home：The Inflfluence of Robert Frost on Seamus Heaney and Paul Muldoon." p. 190.

《搅乳日》("Churning Day")对乡村常见的搅乳劳动的快乐和收获时的心满意足的细致入微的描写,如果没有对描写乡村劳动的信心,是很难想象初出茅庐的希尼敢选择这么不起眼的题材,又能够以如此写实的手法来呈现的。希尼早期的成名诗集《一个自然主义者的死亡》《通向黑暗之门》等都可以看出明显的弗洛斯特的影子。事实上,"弗洛斯特让希尼有了信心来相信他自己的语言,克服北爱作家常常对自己的文化传承会有的一种文化上的畏缩"①。

弗洛斯特对农场生活的描写并不是高度文学化的诗人那种"为我所用"式的任意改写,而是让乡村世界像自己所是那样得到表达。他真正熟悉农场生活,并在诗中以一种对乡村的自信把劳动的细节原原本本地描述出来,比如《原则》("The Code")中有一段描写了如何堆干草垛可以让干草容易被卸下来。希尼自身的类似经历肯定会让他对此产生共鸣,并受到启发。弗洛斯特描写的生活正是一种他所熟悉的生活,而弗洛斯特描写的精确和内在的亲密不仅能让希尼感到愉悦,也指点了他如何处理自己类似的生活。

此外,与弗洛斯特同样存在共鸣的是,希尼当时正接受大学教育,并准备到学校教书。大学所教授的高雅文学如何与民间的乡村生活有机地结合在一起,也是希尼需要学习的。弗洛斯特在这个方面同样可以成为完美的典范,因为除了那9年的农场生活外,弗洛斯特的主要工作也是在学校教书,而这完全不影响他在高雅文化中优游自在的同时,用笔把读者带回到童年记忆里贮藏的那些熟悉的,几乎可以直接闻到它们气息的东西,比如《原则》中的那堆干草。"他诗歌中简单、敏锐的智慧让他独树一帜,一个有着惠特曼的'粗糙'的人,一个有着坚韧的外皮、操劳的双手、乡下人的体面的边远地区的先锋大诗人。"②这个评价中农民与智者的自然结合也正是希尼的写照,虽然希尼后期的生活和创作基本离开了农场生活,但是弗洛斯特在他早期的乡村诗歌中留下的观看和叙述方式却贯穿着希尼诗歌创作的始终。

这首先体现在两人面对乡村现实时都显示出的摆脱多愁善感的田园诗传统,以及叙述上的冷静客观。比如两人都曾用写实到触目惊心的笔触描写过乡村杀戮。在《原则》中,弗洛斯特写了村里一个人因为不满意另外一个人颐指气使的行为方式,在卸干草时用干草把他压在下面。而且弗洛斯特将这种不动声色推到令人震惊的极限的是,无论杀人者还是被谋杀的人

---

① Elmer Kennedy-Andrews. "Bringing It All Back Home: The Inflfluence of Robert Frost on Seamus Heaney and Paul Muldoon. " p. 192.

② Alice Entwistle. "Laureates on Frost. " *The Cambridge Quarterly*, Vol. 27, No. 3 (1998): 265.

都沉默地接受了这个一时冲动的谋杀。希尼也在《码头工人》("Docker")中以极其平静的口吻写过一个在船坞工作的新教徒工人,暗示他可以没有任何不安地锤死一位天主教徒。虽然跟弗洛斯特相比,希尼的描写更侧面和隐晦,且包含更多的政治考量,但是那种冲动谋杀和对死亡的麻木一样写得入木三分。此外在《提早除掉》("The Early Purges")中,希尼还不动声色地描写过乡下淹死猫仔、诱捕兔子、射杀乌鸦、捕杀老鼠这些"杀戮",以及它们给孩子造成的冲击和对这种生存规则的逐渐习以为常,并且冷静地指出"生存赶走虚假的多愁善感"(DN 23)。此外像《在外过冬》中的《灵薄狱》("Limbo")和《再见,孩子》("Bye-Child")中父母杀死或抛弃私生子时的自私无情,也是抛弃过去田园诗虚假的温情脉脉后的直面真实。

当然,如果只写这些反"自然主义"的乡村事件,一样会掉入另外一种虚假。希尼出版《一个自然主义者的死亡》的时候,爱尔兰诗坛已有一股反田园诗的潮流。《一个自然主义者的死亡》之所以能在众多的反田园诗中脱颖而出,产生深远的反响,与其说是因为其中描写的内容,不如说是因为描写这些内容的方式。而这个方式则与弗洛斯特的影响密不可分。

弗洛斯特在描写乡村的时候,除了在内容上写乡村的生活和劳动,还能够抓住乡村居民在那种略拘谨的关系中日常对话的语言特点。弗洛斯特并不像很多乡土诗人那样依赖于方言(dialect)来制造地域感和乡村感,其实这只是一种粗浅的策略,得了农村生活之形却未必能得其神,弗洛斯特使用的多是日常的"简单大白话"(easy vernacular)①,却通过对细节的准确把握,生动传递出村民之间的关系。比如《雪》("Snow")中一对夫妻想劝来拜访自己但要半夜冒雪回家的传教士留下来过夜。虽然他们满怀热忱,劝说的言辞和方式却拘谨而礼貌。等传教士冒雪回家后两人又担心牵挂,可是跟传教士妻子打电话时依然是礼貌含蓄的;再如《恐惧》("The Fear")中以前有过矛盾的邻居偶然在夜晚相遇,那种紧张的戒备和简单的对话入木三分;再如《修补墙壁》("Mending Wall")中修固两家之间的石墙的邻居简短地说"只有好栅栏才能促成好邻居"②。对话简单朴实,却又通过精准的细节准确抓住乡村人的精神状态和乡村生活的真实面貌。这里不仅有艺术家的观察力,更重要的是对普通生活细节的自信和把握力,对简单的诗歌语言的自信和表达力。

这种细节的精细入微,语言的平实却精准,乃至乡村生活的那种拘谨的礼貌也都在希尼的诗歌中得到呈现。比如《另一边》("The Other Side")就

---

① Rachel Buxton, *Robert Frost and Northern Irish Poetry*. Oxford: Oxford University Press, 2004, p. 50.

② Robert Frost. *Complete Poems of Robert Frost*. London: Jonathan Cape, 1956, p. 53.

用非常平实的语言和对话描写了清教徒邻居对天主教希尼一家的傲慢,但是这种傲慢只用比如邻居说希尼家那边的土地"那块地,像拉扎勒斯①一样穷"(WO 34),或者说"你家那边,我觉得,根本就不受《圣经》的管辖"(WO 35)。而当他听到希尼一家的餐前祷告,希望与希尼一家和解交流时,也只是非常简单的大白话:

> 然后有时玫瑰经
> 在厨房里悲伤地徘徊的时候
> 我们会听到山墙边他的脚步声
>
> 虽然不会等到祈祷结束
> 会过来敲门
> 随意的口哨在台阶
>
> 吹响。"夜晚真不错,"
> 他会说,"我在附近逛逛
> 然后想,我不妨打个招呼。"(WO 35)

此时"我"有些犹豫,拿不定是该掉头走开,还是

> 上前拍拍他的肩
> 聊聊天气
> 或者草种的价格?(WO 36)

　　诗中所用词语都是识字不多的普通人通常使用的日常简单词语,对话也都是毫无修饰的日常简单对话,没有特别使用方言或某种刻意标示双方的村民身份的特殊词语,却将北爱乡村那种微妙、局促又并非剑拔弩张的"紧张关系"表现得淋漓尽致。"弗洛斯特和希尼都在诗中使用口语,用至少在一定程度上不属于文学的材料来让韵律和套话获得鲜活感。"②他们会用普通的词语描写日常的现象,但是因其精准地抓住了那一瞬间的感受,抓住了现象最打动人的地方,而使他们的书写充满魅力。

---

　　① 《圣经》中的穷人,后成为穷人的代称。
　　② David Mason. "Robert Frost, Seamus Heaney, and the Wellsprings of Poetry." pp. 42—43.

　　这种简单的大白话在表现积极关系的时候同样被广泛采用。比如诗集《北方》的第一首《摩斯浜：两首献诗》（"Mossbawn：Two Poems in Dedication"）中描写母亲午后做烤饼，宁静朴实的生活中包含着爱时，希尼会用最直白的话说"这就是爱"（And here is love, N 9）。用语风格与弗洛斯特非常相似。弗洛斯特的诗歌可能会在韵律上更加节制，但是使用的则同样是口语而非书面语。

　　不过这些看似普通的日常细节其实并非只是日常状态的简单再现，事实上，弗洛斯特描写的很多乡村场景都非常具有戏剧性，通过这种聚光式的戏剧性独白和对话，把常常被人忽略了的细节突出出来。比如《家庭墓地》通过一对丧子的夫妻的对话，把丧子之痛造成的夫妻关系的紧张，夫妻内心无法传递的痛苦，以一种非常戏剧化的表现方式，带着更大的张力呈现了出来。这种戏剧化的手法同样在希尼的诗歌中被大量使用，而且跟弗洛斯特一样，即便再戏剧化的内容，在用词上希尼依然选择简单常用的词语。比如《妻子的故事》（"The Wife's Tale"）中农夫的妻子说：

> 但是我把手插进装了一半的袋子里
> 袋子都挂在插槽钩上。硬硬的像子弹，
> 数不胜数、凉凉的。袋子的口张着
> 斜槽向后滑向静止的滚筒
> 耙子斜插在地上
> 就像投枪会标示失败的战场一样（DD 15）

　　这样的细节刻画极具戏剧语言的特征，但是用词又极其口语化。通过这种看似悖论的手法，希尼把那些通常被忽略了的乡村感觉，用极其乡村化的语言，通过文学的策略生动地呈现了出来。事实上这种戏剧性的高光与乡村化的语言正是希尼乡村诗歌的一个重要魅力。

　　弗洛斯特的诗歌是精雕细琢的，但是却不影响他大量使用口语，这让他的诗歌在高度戏剧化的同时又平易直白，朗朗上口，堪比中国的白居易。比如他的《未选择的路》（"The Road Not Taken"）中"I shall be telling this with a sigh/ Somewhere ages and ages hence"（也许多少年后在某一个地方/ 我将轻声叹息把往事回顾）[1]、《牧场》（"The Pasture"）中的"I shan't be gone long. —You come too."（我不会去太久的。——你也来吧。）[2]等等，

---

[1]　Robert Frost. *Complete Poems of Robert Frost*, p. 129.

[2]　Robert Frost. *Complete Poems of Robert Frost*, p. 21.

都有如脱口而出。而希尼在比如《伤亡》(Casualty)中写"Puzzle me/ The right answer to that one"(这个的正确答案/令我困惑,FW 23)时,口语的精准与弗洛斯特不相上下。这种异曲同工很难完全排除弗洛斯特的影响,至少用一位研究者的话说,"在关于弗洛斯特的文章中,希尼推崇的(弗洛斯特的)一些品质也能在他的作品中找到"①。

二、技艺而非技巧

希尼曾用弗洛斯特对诗歌的描述,来论述什么才是真正的有着技艺而非仅仅有技巧的诗歌,"诗一开始是喉咙里的肿块,一种乡思,一种情意。是它找到了这一思绪,然后思绪找到了词语"(P 49)。希尼这里说的弗洛斯特从喉咙里的肿块到自然而然化为词语,也是从艺术的层面对弗洛斯特诗歌的自然感的总结和升华。弗洛斯特在希尼看来代表着那种认为诗歌如灵感般自动产生,有着自己的生命力和自己的价值的现代诗歌观。希尼非常认同弗洛斯特自己所说的,诗歌"它始于愉悦,趋于冲动,它追随写下的第一行诗的方向,它在幸运中奔跑,终于生命的澄明——不一定达到伟大的澄明,就像那种作为教派的或崇拜的基础的澄明,而是暂时摆脱了混乱"(GT 93)。

拿弗洛斯特的《牧场》来说,这首诗初看有些突兀:

> 我要出去清理牧场的泉水;
> 我只停下来耙掉落叶
> (我可能,等着看到泉水变清);
> 我不会去太久的 — 你也来吧。
>
> 我要出去领回小牛
> 站在母牛身边的那只。它太小了
> 她用舌头舔它时它都站不稳
> 我不会去太久的 — 你也来吧。②

全诗有一种对诗歌来说几乎过于随便的语气,在韵律上也与弗洛斯特喜欢的格律体不同,可以说也相当随便。但是这里面却有一种"让人驻足的自信,让人安慰的流畅的形式"③。这是一种自然天成的叙述和韵律。诗中的

---

① David Mason. "Robert Frost, Seamus Heaney, and the Wellsprings of Poetry." p. 47.

② Robert Frost. *Complete Poems of Robert Frost*, p. 21.

③ Alice Entwistle. "Laureates on Frost." p. 265.

"你"水到渠成般自然地出现,仿佛表明诗歌与读者有一种契约,从而让诗歌变得公开,触手可及。看似简单直白,却"终于生命的澄明",诗歌的力量正来自这种生命的力量的自然而然地呈现。

这首诗歌中的"你"只是诗歌力量的最终聚集,而诗歌之前的叙述已经显示出向外敞开的视角,向外部群体发出邀请,与外部世界对话的心境,正是这首诗歌与那些单纯描述乡村事务的诗歌的不同之处。

希尼主张诗歌必须超越诗人个人的经历和思想,超越诗人的自我,而正是在这样做的时候,诗歌的"声音和含义会像潮水一样从语言中涌出,带着个人的表述一起,在超乎个人期待的更大更深的潮流中前行"(GT 148)。弗洛斯特将这种诗歌现象称为"意义的声音"(the sound of sense),视这种独创的韵律为其诗歌的前提。这个"意义的声音"并不是完全由诗人自己凭空创造出来的,希尼将其比喻为好像一个人在语言的人流中走,最终步子自然而然地跟大部队的节奏达成了一致。弗洛斯特强调声音在内容和表达的含义之前就有了预先注定的轮廓,他称之为"句音"(sentence sounds)和"音调"(tones)(GT 148)。弗洛斯特的诗歌看似随便,其实非常注意让诗歌与这些语言规范达成一致。弗洛斯特相信诗歌的旋律要确切无疑地打动读者,就必须在自己的旋律中展现这一"意义的声音"。

在希尼唯一一篇专论弗洛斯特的文章《满溢而出:论罗伯特·弗洛斯特》中,希尼强调的同样是弗洛斯特的声音与情感的这种天然契合:

> 我称之为情感涌现,但这是一种出色的非韵律的情感涌现,一种通过整个神经器官的耳朵获得的勃勃生机:博尔赫斯所说的"几乎物质性的情绪"。声音的撞击从一开始就确定无疑。诗节的短暂停留被从内部筛除,词语从自身内部奔涌而出。①

这是希尼对弗洛斯特的《遗弃之地》("Desert Places")的评价,这首同样是弗洛斯特的典型的平实又动人的诗。弗洛斯特在《诗歌创造的形象》("The Figure a Poem Makes")一文中提出:"想象力在寻找形式时所做的完全超然的认知过程中,渊博的智力所做的任何干预都是对诗歌的有意破坏,是对表达本身所具有的立法权和执行权的冒犯。"(GT 93)希尼同样反复强调诗歌的声音来自日常生活,而不是根据韵律规则所做的反复推敲。《山楂灯》中"清空"(Clearances)组诗的开篇诗章就描写了如何学会倾听普

---

① Seamus Heaney. "Above the Brim: On Robert Frost." p. 279.

通的砍柴动作中的声音。乡村技艺与"意义的声音"的结合,赋予毫不起眼的乡村活动以自然的诗意,将劳动技术与诗歌技艺相呼应,这也正是弗洛斯特所擅长的和曾经启发希尼的。

不过比弗洛斯特更进一步的是,一直试图在断裂中找到传统的希尼赋予了这一乡村技艺传统以持续性,对砍柴之乐的倾听是妈妈教会"我"的,而她又是从她的叔叔那里学来的:

> 她教会我她的叔叔曾经教会她的:
> 最大的煤柱很容易劈开
> 只要你找到纹路,锤子角度正确。
> 那种自在的声音诱人地响起,
> 它那被盖住的应和回声,
> 教会我如何击打,如何松开,
> 教会我在锤子和煤块之间
> 直面音乐。教会我现在开始聆听,
> 在黑色煤线的后面敲打出富藏。①

因此无论在希尼这里还是在弗洛斯特这里,词语和韵律的自然涌现都不意味着完全脱离传统的个人行为,并不像人们一般认为的,只有经过了专门的"技艺"训练,接受了系统的人文教育的人才会强调一首诗的韵律。事实上,在希尼看来,要让一首诗歌在听觉上也产生诗的效果,仅靠传统诗歌格律法中的元音、辅音、重音、音步,甚至词语、句法都是不够的。诗歌的韵律是在语境的气氛中,在意义的流淌中自然获得的。弗洛斯特就曾说,"古人以及许多人如果依赖于格律来获得所有旋律,他们依然很贫乏"②。因此弗洛斯特坚持的是一种不同于古代韵律传统的韵律观,而正是这种现代韵律观对希尼产生了重要的影响,希尼在《把感觉带入文字》中对"技艺"和"技巧"的划分并非只是表面上看起来的匠人和诗人、人工和天然的区别,并非只是诗歌才华的高下,这里实际上包含着古代和现代两种相对立的诗歌观。在这个意义上,可以说在希尼诗歌创作初期,是弗洛斯特带领希尼避开了汗牛充栋的古代诗歌规范的诱惑,直接进入了现代诗歌世界。对希尼来说,弗洛斯特是一扇必须经过的重要的大门。因此他说:

---

① 这里的直面音乐(face the music)和敲打出富藏(strike it rich)都是双关,在习语中分别指"勇敢地面对困难"和"发横财"(HL 24)。

② Robert Frost. "The Figure a Poem Makes".

　　针对诗歌的音乐生命的讨论不可避免地将我们引向注意到弗洛斯特的"意义的声音"的理论。这个理论，正如弗洛斯特在多年来的访谈和书信中说的，的确符合和补充了我们对他的诗歌运作所具有的独特性的认识，包括其在口耳中的形态、它那语气语调的不变的戏剧性。"意义的声音"呈现为一种技术的指示，正式宣告弗洛斯特即便与现代实验主义者决裂，却依然是一位属于那个决定性的 20 世纪早期阶段的诗人，与意象派所做的完全一样，关心的是把诗歌艺术从它后退到 19 世纪音乐感的拉力中拔出来。①

　　从这一论述中可以看出，希尼完全清楚弗洛斯特的看似直白简易的诗歌和诗歌理念所具有的高度的现代性。这或许也是为什么初入诗坛，希尼就敢于选择这么看似唾手可得的诗歌写法。因为这不是倒退，不是放弃艺术性，这是真正的现代诗歌艺术。"如果一个人想要成为诗人，他必须学会用所有有规律的节拍上的不规则来巧妙地打破意义的声音，从而获得节奏。这构成了弗洛斯特的诗学的主旨。"②希尼明白，他从弗洛斯特这里学到的不仅仅是技巧，而且是一种诗学。

三、丰富的弗洛斯特

　　如果说一开始希尼被弗洛斯特笔下直白平易却直入骨髓的乡村诗歌所吸引，那么读弗洛斯特越多，对弗洛斯特越了解，希尼也就越认识到弗洛斯特的杰出才华，也越来越欣赏弗洛斯特的艺术中的丰富和复杂。

　　事实上，弗洛斯特本人留给大家的印象也是多样的：

　　　　严肃的道德家的弗洛斯特，坚定的现实主义者的弗洛斯特，忧郁的悲剧诗人弗洛斯特，搜肠刮肚的一丝不苟的学生，所有这些都是关于他和他的作品的传记和评论研究中大家熟悉的形象。但他也是一位大师，对自己掌握了各式各样的形式和技巧感到高兴。③

正是因为弗洛斯特有着不同的侧面，让研究者很难简单定义弗洛斯特的诗歌。在希尼眼中，弗洛斯特的诗歌既有"令人高山仰止的"，也有"令人眼花

①　Seamus Heaney. "Above the Brim: On Robert Frost." pp. 281—282.
②　Seamus Heaney. "Above the Brim: On Robert Frost." p. 282.
③　John Devitt. "Mischievous and Playful Elements in the Poetry of Robert Frost and Seamus Heaney." p. 99.

缭乱的"。希尼归入"令人高山仰止的弗洛斯特"的诗歌，是反思现代社会的不确定性和怀疑主义的诗歌，而归入"令人眼花缭乱的弗洛斯特"的，则是含混的、游戏性的诗歌。

拿被希尼称为"梦幻冲浪"的《摘罢苹果》一诗来说，诗歌的场景依然是曾经带给希尼重要启示的田间劳作——摘苹果。这首诗完全可以像希尼的《搅乳日》一样写成一曲对乡村日常劳作的赞歌。但是弗洛斯特却赋予了摘苹果这一行为以复杂的情绪感受。诗歌开头，用来摘苹果的梯子穿过树枝，直指天空。本来这是一个积极向上的意象，就像童话《杰克与豌豆》中的豌豆藤一样，能够将主人公带入天堂，满载而归，从此过上幸福的生活。然而几行之后诗人却说，"但是现在我已经干完摘苹果的活了"①，这里的"done with"可以指"做完"，也可以指"受够了"。这样，一种不同的情绪被加了进来。本来摘苹果是在果实圆熟的秋天，充满了丰收的喜悦，也充满了丰收的气息，就像济慈的《秋颂》一样。弗洛斯特的诗中也写到了苹果醉人的香气，但是在香气中入梦的诗人梦到的却是"一个草枯霜重的世界"②，是饮水槽里的冰。获得与失去，双重的感受在这里造成一种复杂的情绪。然后诗歌描写胀大的苹果一桶又一桶往地窖里送，可是诗人由此想到的不是收获，而是那些掉在地上的苹果将变得一钱不值。到底是成功还是丧失，在这里变得模糊不清。诗歌结尾处诗人与土拨鼠，人与动物的对比，更将诗歌从情绪到寓指都推向复杂模糊。

这显然是一首更接近当代的诗，拒绝单一，承认复杂。希尼虽然说他自己受到影响的是那些"令人高山仰止"的诗，而不是这样"令人眼花缭乱"的诗，但事实上，希尼的诗歌很多也同样具有这种情感和意义的复杂性。

拿《通向黑暗之门》中的"内伊湖系列"组诗来说，这组诗描写的是内伊湖边渔夫捕捞鳗鱼的生活，同样是对乡村日常劳作的描写。该组诗包含七首短诗：第一首《岸上》写内伊湖每年都会淹死人，但是上游捕捞鳗鱼的渔夫们从公平竞争的原则出发从不学习游泳，正像鳗鱼无法学习走路一样。第二首《越过百慕大》用人称称谓"他"来写鳗鱼，写他如何越过大西洋，在星星的引力下冲进陆地，饥渴地随着每次海潮的起伏而起伏。第三首《饵》写渔夫们如何在夜晚点着灯笼诱惑"他"从泥土中出来。第四首《布线》写渔夫们在海鸥环绕下撒下鱼线，在这个过程中鳗鱼"他"无声地划出弧线。第五首《收网》写鱼线带着泥被收起，鳗鱼被摔晕在桶里。第六首《返航》用女性人

---

①　Robert Frost. *Complete Poems of Robert Frost*, p. 89.

②　Robert Frost. *Complete Poems of Robert Frost*, p. 89.

称"她"来称呼雌鳗鱼,描写她产卵后洄游,潮水携带着一团团的鱼卵。第七首《幻觉》写小时候人们告诉叙述者如果不仔细梳头,虱子就会连成线把他拖到水里。后来他看到了一条随风飘摆的缆绳,若干年后的某个夜晚他站在同一处地方看着鳗鱼在他脚下滑过,让他再次记起了那条可怕的缆绳。

捕捞鳗鱼原本是人类主宰自然的一项劳作,但是在这里鳗鱼和人的关系变得复杂模糊。诗中的大自然凸显出神秘幽邃、有着超乎人类控制力的力量,另一方面人类也并非弱者,而是能够用自己的智慧找到捕捉鳗鱼的技巧,征服鳗鱼。人和鳗鱼之间这种力量的较量既是大自然与人的力量的博弈,也是大自然与人之间的互动,而非简单的征服与被征服的敌对关系。这也是为什么鳗鱼虽然每年都会被捕捞,却年复一年地一次次来到人类的生活区域,雌鳗鱼依然会产下一团团的鱼卵。同样,由于鳗鱼需要在夜晚捕捞,夜晚人类在自然的神秘力量面前会感到害怕,组诗结尾处叙述者恍惚间觉得脚下滑过的鳗鱼就是试图把他拖进水里的缆绳,更强调了这一点,但这也不能阻止人们年复一年驶入自然的领地去获取食物。人与自然的关系既不是对抗的也不是顺从的,既不是粗暴的也不是柔情的。这是生命的既相互依存又相互争斗,彼此之间有敬畏有痴迷有恐惧。通过对这种复杂的关系的揭示,生命的奥秘既在希尼的笔下得到表现,又没有被简化为单一的规律,反而获得了复杂性、神秘性。

与捕捞鳗鱼相比,《摘罢苹果》中人与自然的关系更加简单,自然的对抗性更小,人类完全可以像传统的田园诗歌中经常描绘的那样,尽情品味劳动的喜悦,感受人作为大自然的主宰者的喜悦。但是弗洛斯特却出人意料地在这种单纯的活动中说出了不同的情绪,这也让一些评论者认为摘苹果只是一个隐喻,象征着人生对困难的征服和向高处的攀登。这样诗中的厌倦、担心乃至恐惧也就可以理解了,是人生前进过程中经常遇到的。但是,如果把《摘罢苹果》只读成对人生的寓言反而将弗洛斯特的诗歌读浅了,就像他著名的《未选择的路》固然因为人生总是面临不同的选择而不断被人拿来隐喻,但是就诗歌本身而言,其情感是复杂的,要表达的含义也是复杂的。摘苹果的复杂心态既是隐喻,更是写实,其更大的美学价值正在于对复杂性的承认和接受。

事实上,正是这种复杂性赋予了当代诗歌更多的欣赏和解读空间,也让个人的感受与更多人的感受,与群体的感受相融合。希尼主张诗歌必须在个人的主体和情感与普遍的主体和情感之间取得沟通和一致,为那种常被想到却未能表达出来的普遍情绪找到完美的个人表达。这个个体经验与宇宙普遍规律达成一致的时刻,希尼认为就是弗洛斯特所说的"一次澄清"(a clarification)和"对抗混乱的片刻驻足"(a momentary stay against confusion)(GT 159—160)这里的澄清不是单一,而是诗歌在人们困惑的时候提供的暂时驻足,通过捕捉住生活中普遍存在的困惑和混乱的时刻,诗歌向人们提供了观察、思考、认清,乃至解决的时刻。希尼一直坚持诗歌应该做的是"加入复杂性"(RP 3),比如通过描写德国士兵与他人一样的内心世界,通过揭露越南战争的帝国主义霸权企图,让人们对看似简单的事情做出更深入的思考。诗歌使问题更加复杂,而不是简单。这种复杂和简单并不只是从个人的意义上说的,这里更指诗歌为那些未能得到表达的普遍情绪发声。

　　弗洛斯特的复杂性来自一种发达智慧所具有的严肃性和悲伤。希尼说弗洛斯特是一个高度艺术化的人,却保留了很多秘密,任何试图进入弗洛斯特的人都会遇到他的魅力、智慧和圈套。弗洛斯特的人缘不是很好,因为他对人们很严厉,会伤害别人。但是希尼觉得弗洛斯特应该自己知道这一点。正像《家庭墓地》里失去孩子的夫妇相互伤害也受到伤害,弗洛斯特的生命里有伤害、痛苦、失去、孩子夭折、自杀,但他说出来的却是一切正常,这让他的诗歌具有一种海明威的冰山式的复杂深度。希尼指出:"当弗洛斯特严厉地处理伤害之时,他依然努力达到诗歌的高度。"①《家庭墓地》其实取自弗洛斯特自己的经历,1900 年他和妻子埃莉诺的第一个孩子死于吐泻病,那是一个不到四岁的男孩。这样的丧子诗非常容易写成充满感伤的悼亡诗,事实上父亲的悲伤也可以从该诗的细节中看出来,比如他把孩子埋在屋边,透过窗户就可以看见,显然是怕孩子在地下孤单,以此希望终日守卫着孩子。但是诗歌没有描写这些伤痛,相反写的是夫妻间的相互指责又相互依赖这种丧子之后的复杂情绪。整个叙述是戏剧式的夫妻对话,丈夫试图跟妻子交流,但是陷入痛苦之中的妻子不能原谅他亲手埋葬了孩子,并且埋完之后没有表现出多少伤痛。两个人的对话不时被相互指责所打断。两个人既互相伤害又互相需要,诗歌末尾丈夫说的"你想去哪儿? 得先告诉我是哪个地方。/我会跟着你,把你拽回来。我会的——"②虽然不无专制,却也流露了对妻子的关心。可是所有的爱都被相互的伤害所遮蔽,同时伤害又因爱而变得克制。这让伤害已经超出了丧子这件事本身,具有了悲剧性。无论是单纯地表现伤害还是单纯地渲染陪伴,都无法达到这首诗所取得的人与人之间的相伤相伴的悲剧效果。

---

① Seamus Heaney. "Above the Brim: On Robert Frost." p. 285.
② Robert Frost. *Complete Poems of Robert Frost*, p. 75.

　　弗洛斯特对希尼的影响不只在诗歌,希尼也仰慕弗洛斯特的教育能力。弗洛斯特既是教师,又是农民,或者说成功地做到了从农民到教师和诗人的转变,这正是年轻的希尼希望学会的。而且弗罗斯特在学校工作的时候,他能够把教育所需要的简化与诗歌所需要的复杂结合在一起;既能把诗歌讲解得简单易懂,让人们能够理解和进入,又不会背叛诗歌的复杂性和严肃性。弗洛斯特能够通过对其他诗人的评论来艺术地谈论诗歌是什么。纵观希尼自己的大学教学和讲座,以及希尼自己的诗论,走的正是同样一条道路。希尼极少离开诗歌去谈论问题,谈论诗歌的时候也极少离开评论其他诗人来谈论诗。这些相似之处虽然不能说完全是弗洛斯特的影响,至少可以说受到了弗洛斯特的启发。

第三节　洛威尔

　　希尼有两篇文章专论美国诗人罗伯特·洛威尔(1917—1977),一篇是收于《舌头的管辖》的《洛威尔的命令》("Lowell's Command"),另外一篇是收于《入神》的《正面像:罗伯特·洛威尔》("Full Face:Robert Lowell"),当然后一篇是在洛威尔去世不久后发表的,评论洛威尔在去世同一年出版的诗集《日复一日》(*Day by Day*),带有一定的纪念性质。此外希尼诗集《田野工作》中的《挽歌》("Elegy")也是专门哀悼洛威尔的,而且应该写于洛威尔辞世十日之内,因为诗中说"我们都坐着,十天前,跟你在一起"(FW 31)。接下来希尼称洛威尔为"挽歌大师/英语的焊接者"(FW 31),以这样直白的方式在正式发表的诗歌中评价另一位诗人,在希尼这里并不常见。希尼称诗歌的力量和广度取决于诗人个体,在这个方面"罗伯特·洛威尔在他的献身诗歌和取得的成就方面是典范性的……他实现自己的艺术理想的真诚和激情从来都是确切无疑的"(P 221)。总之,虽然希尼觉得洛威尔的诗歌艺术良莠不齐,却对洛威尔有着非常积极正面的评价。显然,洛威尔给希尼留下深刻印象不仅因为诗歌,也因为洛威尔的人格。

　　希尼初识洛威尔是 1972 年在奥威尔的遗孀索尼娅·奥威尔举办的一个派对上,那时希尼 33 岁,洛威尔 55 岁,两人在一起聊了半个小时,分享彼此对一些诗人的看法。一两年后,希尼应邀评论洛威尔的《海豚》(*The Dolphin*)和《为了莉齐和哈莉特》(*For Lizzie and Harriet*),洛威尔写信给希尼表示感谢。因此在 1975 年夏天,希尼邀请洛威尔在基尔克尼艺术周朗诵一首诗,把洛威尔从机场接到了格兰莫尔。艺术周之后希尼把自己的"格兰莫尔十四行诗"拿给洛威尔过目。第二年希尼获得达夫·库伯奖时,洛威尔正好住院,结果他专门瞒着家人从医院里溜出来,睡衣外面罩着夹克外衣,赶到伦敦大学来给希尼颁奖。次年,洛威尔在生命的末期,还和妻子在都柏林拜访了希尼夫妇两三次。因此难怪在《挽歌》("Elegy")中希尼将他与洛威尔的关系描写得有如父子关系。

不过,在认识洛威尔之前,在还是本科生的时候,希尼就读过洛威尔的《南塔基特的教友会墓地》("The Quaker Graveyard at Nantucket"),在他的心目中洛威尔是真正的经典诗人。六十年代希尼读了大量洛威尔的诗歌,他的《人生研究》(*Life Studies*)、《仿制品》(*Imitations*)、《献给联邦死难者》(*For the Union Dead*)、《大洋附近》(*Near the Ocean*)等。贝尔法斯特小组的成员们也很喜欢洛威尔的诗歌,霍布斯鲍姆尤其喜欢洛威尔的《人生研究》和《仿制品》,这对希尼也产生了一定影响。

一、诗歌需要勇气和需要勇气的诗歌

洛威尔在哈佛大学读书期间出现了精神问题,他的精神病医生梅里尔·莫尔也是诗人,于是将他介绍给诗人和新批评代表评论家艾伦·泰特,洛威尔甚至在泰特家的院子里搭帐篷住过两个月。此外他还曾师从新批评的另一位大师兰色姆,这使他的早期诗歌深受新批评的影响。事实上,虽然洛威尔最为人所知的是作为自白派创始人之一的身份,但自白诗只是洛威尔诗歌风格的一部分。洛威尔创作了各种体裁和风格的诗歌,所以希尼说"他的创作从始至终都上演着文体的戏剧"(P 221)。

洛威尔不是一个循规蹈矩、安分守己的诗人。他一方面熟知古典的、英国的、欧洲的、美国的诗歌经典,一方面却努力用"完全属于他自己的背离"(GT 132)来超越他的同代人,无论在教义层面、政治层面,还是传统层面。在教义层面,洛威尔最终皈依了罗马天主教会;在政治层面,他1943年因拒不服役而入狱,这些逆潮流而行的选择都是他思想和人格的特立独行的折射。所以对自己的文化传统,洛威尔也会毫不避讳地大量使用他父母家族的故事作为诗歌题材,或者按照自己的意图使用美国的历史和文化内容。希尼对洛威尔在诗歌中大胆使用自我经验是赞许的,而没有用希尼同样推许的另一位诗人艾略特所主张的客观对应物来要求他,显出了希尼的包容性。

洛威尔与普拉斯等一起开创了自白诗派,开启了一个经常痛苦地自我检视的时代。对于自白派来说,勇敢是一个重要素质,他们必须克服社会的禁忌,描写那些可能不但让他人感到不安,也可能给自己带来伤害的人生经历。所以希尼说洛威尔:

你是我们夜晚的渡船
在巨大的海中搏击，

全部船舷响着
枪械师的音乐
航程故意选择穿过
不受控制的危险重重的地方。（FW 32）

希尼对洛威尔这种"故意选择穿过不受控制的危险重重的地方"的勇敢是高度肯定的，因为希尼自己也认为诗歌的一个重要作用就是把那些不为人知的或者被禁忌的地方大胆地展示出来。希尼曾在《增加字母：论克里斯多弗·马洛的〈海洛与利安德〉》中借用南非作家安德烈·布林克的比喻指出，在一个压制性的社会里，特别在种族、宗教和性等问题上，人们往往只能使用字母表中的部分字母，比如从 A 到 M 的部分。这种限制有时并不是政府强加的，而是人们由于教育、环境、视野等的原因缺乏更多的词汇。而诗歌的作用正是把人们的表达资源从 M 扩大到 N 甚至 V。在这个过程中，诗歌"既有（对社会的）冒犯，也有（对读者的）启蒙"（RP 28）。

希尼清楚这种"增加字母"的行为中包含的危险，他描绘过马洛的被杀和王尔德的被囚。但是与希尼笔下其他的挑战者不同，洛威尔在希尼这里从未以殉难者的崇高形象出现。相反，希尼说他是"他那代人中吵闹的诗人—挑战者、一个高视阔步地走入历史名册的胜利者，寻找着对抗，制造着骚动，为他自己和身边的每个人都带来巨大的麻烦"（RP 167）。在纪念洛威尔的诗歌《挽歌》的第一句希尼就说，"我们活着的方式，/胆怯还是大胆/会塑造我们的生命"（FW 31）。显然，在希尼看来，洛威尔的胆识是他生命的重要一部分。诗中的洛威尔似乎无所畏惧，与诗中略显胆怯的希尼正成对比。洛威尔甚至会笑希尼的怕水，当然是善意的；也会充满自信地跟希尼说自己会为希尼祈祷。《挽歌》中的洛威尔大胆到甚至有些专横：

你为美国干杯
就像心中
钢铁的伏特加

传播艺术那
有意且专横的

爱和傲慢。

你的眼睛看到你的手所做的

当你把俄语变成英语

当你威吓出

让心怦怦跳的无韵十四行诗

讲着对莉齐和哈莉特的爱(FW 31—32)

这种傲慢专横希尼在同时期也说过,他说为了让诗歌在社会上产生影响,诗人不但要提高声音,甚至要把对诗歌的信心提升到"傲慢自负和坚信必胜"(P 217)的程度。这篇文章是1974年纪念俄国诗人曼德尔施塔姆的,不过那个时候希尼也与洛威尔有比较密切的交往,与已经去世且未曾谋面的曼德尔施塔姆相比,洛威尔应该更是现实中给他榜样和鼓励的人。洛威尔是希尼笔下少有的毫无畏惧、坚定自信的诗人。而且这种坚定自信不仅体现在生活中,也在洛威尔的创作中显示出来。

　　希尼认为,"言语表达的坚定性"(GT 139)这句话最能概括洛威尔全盛期诗歌的音乐特征,这里既包括表达的自由有力,也包括诗歌表达能够揭示现实,或者使现实更加丰富。希尼认为洛威尔的《人生研究》《献给联邦死难者》《大洋附近》都是如此。在希尼看来,这些诗歌的主题并不是最重要的,重要的是让诗歌本身成为一个事件,在这个过程中把诗歌的形式和能量投射出来。就像洛威尔在其著名的诗歌《海豚》中说的:"这本书,一半是虚构,/是人为了跟鳗鱼战斗所做的鳗鱼网。"①这首诗里的自信、坚定、力量和能量与希尼描写捕捞鳗鱼的"内伊湖系列"组诗截然相反。希尼这组诗的副标题倒是"致渔夫",但是希尼非但没有像一般描写劳动者的诗歌那样赞美渔夫的力量和勇气,反而在最后一首中写小时候"我"对鳗鱼的恐惧。无论在洛威尔还是在希尼笔下,鳗鱼都象征着外界神秘的力量,但是希尼的诗歌是内敛敬畏的,洛威尔则用"跟鳗鱼战斗所做的鳗鱼网"把诗歌本身变成一个事件,一个武器,表达的是无所畏惧的力量。

　　洛威尔的大胆并非无知,他知道可能存在的伤害,所以他也在《海豚》中说,"也许太过随意地安排我的生活,/没有避免伤害别人,/没有避免伤害我自己——"②。这种勇往直前是洛威尔自己的选择,包括对自己的毫不留

---

　　①　Robert Lowell. *Collected Poems*. ed. Frank Bidart & David Gewanter. London: Faber and Faber, 2003, p. 708.

　　②　Robert Lowell. *Collected Poems*, p. 708.

情,不仅在个人生活上,也在诗歌创作上。希尼认为洛威尔实现了波兰女诗人安娜·斯沃所说的作家应该承担的两个责任:创造自己的风格;以及摧毁自己的风格。希尼认为洛威尔在整个诗人生涯中两次摧毁了自己之前的风格。他这样做的时候不无痛苦,但是他自觉的诗人意识让"诗歌发展"(GT 138)成为他的本能。

1959年《人生研究》发表前,洛威尔已经42岁,也已获得普利策诗歌奖。可是在听到金斯堡朗诵的《嚎叫》之后,他却抛弃了早期让他功成名就的风格,转向"垮掉的一代"使用的自白体诗,因为他意识到他的大多数创作观念对他都构成了障碍,他过去的作品太僵硬严肃,那些笨重的风格让他步履维艰。正是这一次转向,让他创作出了获得美国国家图书奖的《人生研究》。在洛威尔的诗歌中,希尼关注最多的也是洛威尔1959年发表的《人生研究》。而且正是在这部诗集的获奖演说中,洛威尔提出了他著名的"熟的"诗人和"生的"诗人这一两分法,这一用语也曾被希尼借用于诗歌评论中。

在《人生研究》为洛威尔奠定了自白诗的开创者和领军人物这一不可动摇的地位之后,自1973年的《历史》开始,洛威尔又转而创作十四行诗。在这之前他也创作了一些十四行诗,但是被称为"十四行诗三部曲"的《历史》《致莉齐和哈莉特》和《海豚》却是对十四行诗的一次大胆革新。这些诗歌虽然有着十四行诗的称谓,有着十四行诗的一些元素,却比传统的十四行诗在格律上自由很多,完全没有传统严格格律可能带来的笨重,反而可爱、轻灵,与此同时又同样体现出诗人强大的意志和趋于完善的风格。希尼称"这些新的、不入调的、嵌入的形式是对1960年代作品那经典的抑扬顿挫的有意非难"(GT 141)。

然后在1977年洛威尔去世前出版的《日复一日》中,这种"松散的十四行诗"的模式又被彻底放弃了。诗歌散文和韵文交杂,包含着各式各样的章节模式,属于自由体诗,但是却并非全无韵律,而是根据发音的效果,"自由但并不轻浮,跟着声音的运动,有时一本正经,大多数亲密随和,偶尔唠唠叨叨。但是读者一直感受得到血和肉"(P 222)。希尼将这部诗集的感觉比喻为挂满"异质画家"皮尔·波纳尔的画的房间,"声音来自枕边而不是讲台,放纵却并不上当,因相同而接受规训,却并不是被规训得相同,更倾向于嘲讽而非哀婉"(GT 141—42)。希尼最喜欢的是其中的第五章,从传统的华美乐章开始,却像荷马那样戛然收尾,其间则是万花筒般的小的诗歌断片。

《日复一日》中最著名的当然是《尾声》("Epilogue"),也被希尼称为这部诗集的"最佳诗歌",达到了洛威尔自己在诗中祈求的"精确到优雅"(P 223)。此外希尼也非常推许《尤利西斯和瑟西》("Ulysses and Circe")和

《婚姻》("Marriage")这两首诗,前者他认为"将他所有的狂暴和爱引导进一个虚构故事之中,或者沿着一个意象所提供的暗示"(P 222),后者描绘了尼德兰画家扬·凡·艾克如何在《乔凡尼·阿尔诺芬尼夫妇像》中将婚礼上那种天堂降临的惊喜,化为日常生活中夫妇生活的神圣感。希尼认为,"在那一书写的背后有一种被公认的文学语言在闪光,它的简洁和丰富让人想起庞德的格言:自然之事总有丰富的象征。感情,作为所表现事物开出的花,并不必须被说出来,或者反复说"(P 223)。

希尼称洛威尔的这些后期诗歌"凌乱,友好得纠缠不休,无法预测却令人舒服"(GT 142)。诗歌的语气同样不是那种熟稔的个人叙述,而是一种有点做作的戏剧化自说自话,对妻子、儿子、朋友,乃至他自己,同时在叙述时又不时随意插入非个人的神谕。在这里,真理不再像早期那样通过韵律和用典来传递,而是通过拐弯抹角和怪异感(GT 143)。事实上,希尼对洛威尔后期的这种不同审美效果的组合非常欣赏,比如"中心处中立的沉静与表面某种更宽容和迷人之物的结合"(GT 144),让希尼认为传递出来自表层之下的力量的感觉。与此前的诗歌相比,这里的情绪虽然依然充满戒备和焦虑,却"不那么凶猛或者被严格导向的"(GT 146)。因此希尼认为到后期,洛威尔虽然依然在"命令",在向社会和时代发出自己的要求,但他的"命令"的方式发生了改变,而这个方式是希尼真正关注的。后期的洛威尔不再是强势逼人的,他的命令反而存在于自我否定之中,存在于让他的洞察像谜一样地自我呈现出来,等着读者去发现其中的真理。至此,洛威尔大胆地完成了从自我展示到自我突破再到自我否定之中的自我展示这样的螺旋上升过程。洛威尔并不是在外界的困境中被迫完成这一自我升华的,而正是出自他自己的无所畏惧和勇往直前。如果想到洛威尔从创作伊始就受到精神问题的困扰,一生因为担心自己出现问题而心怀忧惧,那么他的这种大胆的自我超越和自我否定就更加令人敬佩了。

从洛威尔再反观希尼,这种大胆的自我超越和自我否定正是困在北爱的政治漩涡中的希尼所需要的。由于缺少洛威尔的坚强个性,希尼一开始也被环境裹挟,在编辑和周围人的要求下写一些后来让他后悔的诗歌,比如《克雷格德龙骑兵》《恫吓》。这些诗歌看似反英立场鲜明,有着政治上的勇敢,其实却是对身边压力懦弱妥协的产物,缺少一个诗人所应有的独立的思考和深入的判断,所以后来希尼都没有将它们收入自己的诗集。六七十年代的希尼希望有自己独立的选择,但又内疚于没有与自己的族人同仇敌忾。事实上,希尼内心的挣扎一直到1984年《苦路岛》出版时才最终完成,那时洛威尔已经辞世7年了。但是从希尼对洛威尔的勇气的反思和肯定来看,洛威尔应该是推动希尼最终获得内心的独立和自信的力量之一。

二、生的还是熟的：介入的还是艺术的

洛威尔不仅是诗人，他还是当时已经很少的同时属于学院和社会的诗人；他在哈佛有家，在市区也有家；既出入鸡尾酒会，又参加政治抗议；既有权威，又受到大众喜爱。他最为人知的是在第二次世界大战期间出于道义原因而拒服兵役，被关入康妮狄格州丹伯里市的联邦监狱数月。然后在1943年9月7日，他写信给当时的美国总统罗斯福，解释了自己拒绝服兵役的原因。他说在珍珠港被日军偷袭之后，他已经准备参军保卫美国了。但是他不久就读到了美国要求德国和日本无条件投降的条款，他觉得其中苛刻的条件会让德国和日本永远陷入贫困境地。

在这个问题上，洛威尔不是站在胜利的"正义者"一方，而是为被视为"恶魔"的失败者说话。洛威尔在这方面所选择的道德立场，跟希尼在《诗歌的纠正》一文中谈到的诗歌应该发挥的社会平衡作用正若合符节。在这方面希尼有一个非常巧妙的比喻，即把社会比喻为一架天平，社会中的各种力量使这架天平左右摇摆，而诗歌的作用就是在轻的那端加上分量，使天平保持"某种超验的平衡"（RP，3）。在社会各种力量的斗争中，顺从有力的一方，或者顺从社会的压力，远比对抗这一压力容易得多。但希尼认为诗歌的责任和作用却正是与强势者和主导力量唱反调，比如在全世界痛斥德国法西斯的时候为德国士兵辩护，在西方舆论高呼消灭越共势力的时候揭露出兵背后的霸权企图。希尼所说的这些，正是洛威尔作为一个社会诗人做的两次抗议，可以说是洛威尔为希尼树立了诗歌伦理的榜样。

写信给美国总统抗议对德国的压榨是洛威尔的第一次公开的政治抗议，而到了1960年代中后期，洛威尔积极参加反越战的活动，并于1965年因为美军在越南的轰炸，拒绝了时任美国总统约翰逊发出的参加白宫艺术节的邀请，而且把拒绝信在《纽约时报》上刊登出来。他在公开信中说自己现在对美国的外交政策有着最大的沮丧和不信任，因为美国通过越南战争，正越来越成为一个沙文主义国家，美国因越战而爆发的狂热的爱国情绪有可能把世界带向核战争。

由于"他在六十年代后期和七十年代初期度过个人的和公共的伤痛时的诚实和大胆，他把它们写出来的勇气"（P 222），使得洛威尔在六十年代后期被不断要求做演说或者参加反战请愿演讲，但是都被洛威尔拒绝了。因为洛威尔同样不认同当时走向政治极端的"和平运动"。虽然他参加了1967年在华盛顿举行的"向五角大楼进军"的示威活动并发了言，但是在肯

尼迪总统遇刺后,他很快离开了这种群体狂热行为。因此洛威尔虽然主动介入政治事件,不反对成为一名公共诗人,却并不让自己被社会和公众裹挟,始终坚持自己作为诗人的独立。

希尼认为洛威尔"用政治抗议行动抚慰了他的道德存在,用在毫无诗意的监狱世界的服务赢得了他的诗歌权利"(GT 166)。希尼专论洛威尔的文章题为《洛威尔的命令》,其中的"命令"指的就是要求"将审美本能与在公众行为领域提供道德的和重要的见证这一责任结合在一起"(GT 133)。无论洛威尔向包括罗斯福总统在内的美国政府的抗议,还是叶芝在奥凯西的《犁与星》首演上对观众的斥责,都是这种命令。"应该承认,无论叶芝还是洛威尔都不是来自直接参与政府或公共事务的家庭,但是他们却呼吁一种对他们的国家,他们的文化,对国家和文化的未来的责任感。"(GT 134)

这里希尼更强调的是洛威尔的另外一种参与公共事务的方式,既不仅采取政治行动,而且将自己的这些经历写入诗歌,化为永久性的艺术事件。比如洛威尔拒服兵役而被捕入狱后,写了《西街和莱坡克的记忆》("Memories of West Street and Lepke")一诗,后来在《人生研究》中发表。在这首诗中,洛威尔不仅回忆了自己的狱中生活,也写了狱中一位素食主义的反战人士,连鞋带都是用绳子充当,水果只吃从树上掉下来的,却被警察打得鼻青脸肿。还有一个囚犯,充满了对生活细节的热爱,牢房里堆着各种小的生活用品,却无法摆脱电椅的困扰。通过赋予囚犯以他们的个性和人性,洛威尔提出对高压的社会机器的质疑。1964 年,洛威尔正式出版了诗集《献给联邦死难者》,1965 年在拒绝约翰逊总统的邀请不久,又发表了《星期日一大早醒来》("Waking Early Sunday Morning")一诗,这些诗都显示出更加入世,更加介入政治事件。《献给联邦死难者》描写了波士顿联邦死难者纪念碑上的黑人,他们为了信念而献出生命,现在却越来越被人们忘记,世界变得越来越像水族馆鱼缸里"黑乎乎地繁殖着的鱼和爬虫的王国"[1]。

不过更加值得注意的是《星期日一大早醒来》,该诗表达了对战争和人类相互屠杀的痛惜,其中包含的对弱小者的同情呼应着美国诗人西奥多·罗特克所说的"所有生物之间自然存在的同情"。而现在的美国,洛威尔说,已经没有了真正的柔情。"只有坐立不安/贪得无厌,渴望成功",因此洛威尔说:

> 只有人类消减他的同类

---

[1]　Robert Lowell. *Collected Poems*, p. 376.

整个安息日中午的声音,修枝机

盲目的剪除,他的刀口

在生命之树周围忙碌……

怜悯这个星球,所有快乐离去

从这个甜蜜的火山锥

让我们的孩子在一场小战争紧跟着一场小

战争中倒下时获得宁静——直到时间结束

来监管地球,一个幽灵

永远盘旋不去,迷失在

我们单调乏味的崇高中。①

希尼认为,洛威尔这首诗的政治性"建立在他那成功艺术的神奇魅力之上,而不是他的祖先,或者他可能愿意发起的任何公共辩论的正义性上"(GT 139)。希尼认为在这个阶段,洛威尔超越了他之前那种胜利的声音和主宰的冲动,《星期日一早醒来》的语气已经不再像中期的那么断然。虽然对人类的杀戮提出抗议,但是整首诗的叙述交织在他对自己生活的描述中,而诗中对生命的理解也更回到日常生活,"所有生命的宏伟/是夏天与女孩的什么事"②。在诗中,就连总统的政令也被描写成"对他那些代笔的修辞/感到厌烦",总统更愿意星期日一早脱光了游泳,随意地跟他的随从们"嘲笑他自己的思想"③。在这里,洛威尔已经显出后来在《尾声》一诗显示出的"拒绝崇高,虽然他的修辞常常进入这一领域,相反他寻找的是日常生活中低调的安慰"(P 99)。在这里,希尼准确地看到了洛威尔作为公共诗人依然有着不同的可能性,一种更加偏向政治的可能和一种更加坚持诗歌原则的可能。

　　与希尼自己一样,洛威尔同样面对着对诗歌的更高水准的坚持与社会的民主标准之间的矛盾。不过总体上,洛威尔更愿意让艺术适应快速变化的生活。与希尼相比,洛威尔更能为了生活的新鲜而接受艺术的不完美,这也是他为什么会把诗歌分为"熟的"(cooked)和"生的"(raw)两类:"熟的诗歌,极其专业,通常看上去煞费苦心地调制而成,好在研究生论坛上被品尝和消化。生的诗歌,一团巨大的滴着鲜血的没加调料的经验,被盛在盘子里拿给午夜的听众。有一种只供研究的诗歌,和一种只能被大声朗读的诗歌。

①　Robert Lowell. *Collected Poems*, p. 386.

②　Robert Lowell. *Collected Poems*, p. 385.

③　Robert Lowell. *Collected Poems*, p. 385.

一种卖弄学问的诗歌,和一种引起公愤的诗歌"①。前者如美国著名诗人路易斯·辛普森的诗,后者如金斯堡和其他垮掉派诗人的诗歌。但是洛威尔却更倾向于那种非学院化的"生的"诗,洛威尔认为它们充满力量。

希尼曾跟他谈论《海豚》以"我的海豚,你只以惊奇引领我"②开始,结果洛威尔"用一种自我否定的口吻说,'啊,老生常谈,老生常谈'"(P221)。希尼觉得洛威尔并不真的相信这一点,但至少在那一刻,"他是把生活放在艺术之上,暗中捍卫着整个诗歌体系中不那么充分完成的作品的体量和灵活性"(P 221)。换句话说,虽然洛威尔到了后期,更加注重用诗歌介入社会,这样做的时候也注重诗歌本身的规律,但是他依然反对把诗歌的艺术性放在第一位。洛威尔曾在一次访谈中说,"我确信文学不是技术,即你学习某种事的手艺,然后做出来。文学必须发自某个深处的冲动,深处的灵感"。③对洛威尔来说,诗歌最重要的是力量。

对于被视为"公众"诗人这一点,希尼觉得未必是坏事,希尼自己也积极地参加电台广播和各种社会活动。不过总体上希尼还是宁愿把这样的称呼留给其他人,更愿意留在诗歌的世界里。这不仅出于对艺术的坚持,而且公共诗人也会陷入更多的风波,因此作为公共诗人更需要洛威尔那样的勇往直前的胆量。洛威尔去世后,希尼和他的朋友们曾开玩笑地建议用"海豚"中的诗句"我的眼睛看到了我的手所做的"作为洛威尔的墓志铭,因为这首诗描写了诗人进行艺术创作时,一方面会完全释放自己,另一方面却也可能伤害自己和其他人,因此希尼认为在这句话中同时包含了诗人的骄傲和诗人的脆弱。

虽然洛威尔通过自白诗把自己的私人生活也纳入公共叙述空间,将自己彻底变成公众的诗人,但他这种完全取消私人空间的做法还是引起了很大的争议,其中最有名的就是他把与前妻伊丽莎白的通信放入诗集《海豚》中,而且还按照自己的需要(当然也可以说是诗歌的需要)做了改动。他的这一做法引起他的好友艾德利安·里奇的强烈反感,她直接在发表于《美国诗歌评论》的一篇媒体采访中批评《海豚》和洛威尔另一部记录他的第二次婚姻的诗集《为了莉齐和哈莉特》,称洛威尔在他的妻子和女儿尚且在世的时候就暴露他们的隐私是"残忍肤浅的"④。这件事让两个好朋友自此反目

①　Steven Gould Axelrod. *Robert Lowell: Life and Art*. Princeton: Princeton University Press, 1978, p. 253.

②　Robert Lowell. *Collected Poems*, p. 708.

③　Robert Lowell. "The Art of Poetry No. 3", Interviewed by Frederick Seidel, *The Paris Review*, Issue 25, (Winter-Spring 1961).

④　Paul Mariani. *Lost Puritan: A Life of Robert Lowell*. New York: W. W. Norton & Company, 1996, p. 423.

成仇。洛威尔的另外一位朋友伊丽莎白·毕晓普则比较谨慎温和,但她同样不赞成洛威尔的做法,反对洛威尔出版诗集《海豚》。不过她的这些意见都是在给洛威尔的私人信件中说的,而且在说的时候肯定了《海豚》的艺术性,这让批评相对温和。毕晓普的理由除了当事人依然在世,这样做会对她们的生活产生很大影响外,她特别指出洛威尔更改了两人的信件,因此《海豚》是事实和虚构的混合。这样做的时候,洛威尔破坏了前妻对他的信任,也违背了对两人真实关系的忠诚。对此毕晓普说了文学史上著名的一句话,"艺术实在不值得那么多"①。

希尼也强调诗歌的社会功用,但是他认为即便像洛威尔那样写个人的经历,诗歌自身的规律也会要求诗人接受和使用他的群体所用的语言,诗人与他的同行之间存在着相互理解和默契,这让诗人看似特立独行的创作行为最终依然是服务于传统的。因此洛威尔的诗歌创作一开始可能完全是个人独特感受的爆发,但是到了修改打磨阶段,他做的却不只是让自己的作品精益求精,而是寻找能够抓住他那个时代的语言,"洛威尔自觉地承担起——有时通过公开呼吁或斥责,有时通过内省或忏悔行为——诗人作为良心的角色,即唤醒大家意识到词语从起源上说意味着我们有能力对同一件事产生共同认识"(GT 130)。

希尼认为洛威尔直到中年才做到了将个人的声音与传统的声音融洽和谐,而这是通过发现那些已经根深蒂固的形式,并赋予了这些传统形式独特的张力和强度做到的。洛威尔以坚持为公众代言、对公众说话著称,不过希尼觉得最值得注意的是他是如何做到这一点的,他的诗歌如何既能够独特地掌控住文学传统,也掌控住那些未受过文学熏陶的人。希尼发现,在中年之后,洛威尔不再像早年那样一心只想写特立独行、别出心裁的诗歌,而是开始寻找那些可以更好地与听众直接沟通的传统诗歌形式。不过即便使用那些早已被确切无疑地接受了的诗歌形式,洛威尔也很少使用传统的叙述模式,而是借助意象或暗示的力量。这些传统的诗歌形式的一个重要作用,是让洛威尔的诗歌在内容无论如何未经加工,有如生肉时,都能在传统诗歌形式这一"安全网"(GT 131)中获得稳定性。

三、"松散的十四行诗"和"创造性翻译"

洛威尔所利用的传统诗歌形式之一就是十四行诗。希尼称是在洛威尔

---

① Thomas Travisano and Saskia Hamilton. eds. *Words in Air: the Complete Correspondence between Elizabeth Bishop and Robert Lowell*. New York: Farrar, Straus, and Giroux, 2008, p. 708.

1973 年出版《历史》《为了莉齐和哈莉特》和《海豚》,用无韵体十四行诗对当代诗歌产生重要影响之后,他的诗歌艺术才引起希尼的关注的(SS 147)。

在这三本无韵体十四行诗集中,《历史》《为了莉齐和哈莉特》都包含取自 1969—1970 年出版的《笔记》(Notebook)中的十四行诗,不过对它们做了修改和重排。《历史》中的诗歌主要是描写从古代到 20 世纪中叶的世界历史,但并不完全按照时间脉络编排,甚至没有一致的逻辑线索,里面包含不少写洛威尔自己的家人、朋友和同时代人的诗歌。《为了莉齐和哈莉特》主要记录了他第二次婚姻的破裂。莉齐是他第二任妻子伊丽莎白的昵称,哈莉特是他们女儿的名字,他用她们的视角来写这次婚姻。这三本诗集中只有《海豚》是完全原创的,海豚是他对新妻子卡罗琳·布莱克伍德的爱称。不过除了卡罗琳外,他也写了他的女儿和前妻。这部诗集获得 1974 年的普利策奖。

这三本诗集被称为"十四行诗三部曲",这里的"十四行诗/商籁体"(Sonnets)是一种现代用法。虽然三部曲中也有严格的十四行诗,但是更多的是无韵体的十四行诗,有的则更加松散,不但不押传统的十四行诗的尾韵,甚至不遵照五音步的规则。对此洛威尔的说法是:"我的韵律,十四行不押尾韵的无韵体部分,一开始以及在其他地方都是相当严格的,但是单个诗行常常坍塌进散文的自由之中。"①

比如 1964 年出版的诗集《献给联邦死难者》的第一首诗《水》本来是 8 节押韵松散的四行诗;但是到《笔记》中,洛威尔把这 32 行压缩为了无韵体的十四行诗,重新命名为《水 1948》,后来到了《历史》中,又放入书中的三部曲"给伊丽莎白·毕晓普(25 年)"中②:

> 斯托宁顿:每天早上都有一船船的劳工
> 坐着轮渡前往一个岛上的花岗岩采石场;
> 他们留下了一片片荒凉的白色框架房屋
> 像岩石山上的牡蛎壳一样卡住。记得吗?
> 我们坐在石板上。从这段遥远的时间,
> 它似乎是虹膜的颜色,腐烂了,变紫了,
> 但那只是常见的灰色岩石
> 被海水浸透后变成鲜绿色。

---

① Robert Lowell. *Notebook* 1967—1968. New York: Farrar, Straus, & Giroux. 1968, p. 160.

② Robert Lowell. *History*. New York: Farrar, Straus, & Giroux. 1973, p. 196.

> 海水拍打着我们脚下的岩石,不停地拍打着火柴般的木杆
> 鱼梁的迷宫,用来做诱饵的鱼被困在那里。
> 你梦见自己是一条美人鱼,紧紧地攀住码头。
> 想用你的手把藤壶拔下来。
> 我们希望我们的两个灵魂能像海鸥一样回到岩石上。
> 结果,水对我们来说太冷了。①

这首诗记载的是他们 1948 年在缅因州的斯托宁顿时的友谊。由于虽然都是回忆,但《水 1948》比《水》更晚,细节在更久远的时间中变得更加凝聚,因此诗体也就更加凝聚,就像《水 1948》的最后 4 行只是《水》的最后 8 行的压缩。这 8 行是:

> 一个晚上你梦见
> 你是一条美人鱼,紧紧地攀住码头。
> 想用你的手
> 把藤壶拔下来。
>
> 我们希望我们的两个灵魂
> 能像海鸥一样
> 回到岩石上。结果,
> 水对我们来说太冷了。②

有一种看法认为,洛威尔把其他形式的诗歌和散文压缩成十四行诗,纯粹出于他的"十四行诗热"(sonnet-mania)③。但与此同时,他又希望打破人们对传统的十四行诗的期待,用评论者的话说,"洛威尔希望我们在理所当然地期待十四行诗的形式'应该'如何的时候,被他的'十四行诗'抑制和阻挠"④。洛威尔这样做,至少与他一贯拒绝遵守传统认为合适之事的勇气有一定关系。

希尼同样使用过这一"松散的十四行诗"⑤的诗体策略,比如《电灯》中

---

① Robert Lowell. *Notebook*. New York：Farrar, Straus and Giroux, 1968, p. 234.

② Robert Lowell. *Collected Poems*. pp. 321—322.

③ Stephen Regan. *The Sonnet*. Oxford：Oxford University Press, 2019, p. 276.

④ Neil Corcoran. "Lowell Retiarius：Towards the Dolphin." *Agenda* Vol. 18, No. 3 (1980)：77.

⑤ Kathleen Spivack. *With Robert Lowell and His Circle：Sylvia Plath, Anne Sexton, Elizabeth Bishop, Stanley Kunitz, and Others*. Boston：Northeastern University Press, 2012, p. 28.

的组诗"来自古希腊的十四行诗"("Sonnets from Hellas")。这一组诗由六首十四行的诗组成。第一首《进入阿卡狄亚》("Into Arcadia")写"我们"开车从阿哥斯到阿卡狄亚内地，先是描写两边的风景，然后路上一辆装苹果的卡车忽然松了，苹果洒了一路，我们就开车从苹果上驶过，陶醉于碾碎苹果的声音和气味。然后又遇到一群羊和羊倌。这首诗看似在压十四行诗的尾韵，比如"road"和"load"，但是有些只能近似押韵，比如"farmer""water""border""father"，但是即便这样勉强，第10行的"them"也跟任何一行都无法押韵。至于每一行也只是大致控制在9到13个音节，而不是十四行诗的5音步10音节。不过整首诗依然有着诗歌的节奏感，除了近似的尾韵和多少一致的每行音节，诗中也使用了不少头韵和腹韵。第二首《板栗》("Conkers")写在斯巴达，"我们"总是踩上板栗。我收集它们的时候会想到马蹄，并闻到味道。板栗装了满满一包。这首诗依然以9到13个音节的诗行为主，尾韵相当松散，第二与第四句，第七和第八句押韵，但是一些句尾依然可以有呼应的效果。头韵和腹韵依然用得很多。第三首《皮洛斯》("Pylos")写"我"在晨光中透过窗户望向皮洛斯的沙滩，就像儿子寻找父亲。我想起了在哈佛的罗伯特·菲茨杰拉尔德，以及他上课时跟我说的一些话。这首诗每行以10到13个音节为主，在诗中间的第七和第八句使用跨行连续，尾韵主要用一些松散的腹韵构成呼应，比如"morning""warning""mast-bending""understanding""ceiling-staring""caring"和"Nestor""Homer"等，依然使用成对或成串的腹韵。第四首《奥吉斯国王的牛圈》("The Augean Stables")前半段描写赫拉克勒斯冲刷奥吉斯国王的牛圈的神话，下半段想起在北爱被保皇党杀死的61岁的肖恩·布朗。这首诗每行以10到12个音节为主，第一和第四句、第六和第七句押韵，第二和第三句、第九和第十句近似押韵，有一些成对的腹韵和头韵。第五首《卡斯塔利亚泉》("Castalian Spring")所写的卡斯塔利亚泉是从阿波罗与缪斯女神居住的帕尔那索斯山流出的泉水。到希腊的德尔菲的阿波罗神庙朝圣的人们都会用该泉水行净洗礼，因此在西方文学作品中常被用来比喻灵感的源泉。这首诗写"我"到那里时这个地方被用绳子拦住了，这让发誓要品尝灵感源泉的诗人非常愤怒，于是他越过绳子，不顾禁令俯身饮了泉水。这首诗的每行音节以9到10个为主，没有押尾韵，但是诗中有大量成对和成串的腹韵和头韵。第六首《德斯非纳》("Desfina")写我们在帕纳索斯山上发现了一些与爱尔兰语类似的词。我们吃着希腊点心，然后将向德斯非纳出发，去吃希腊式晚餐。这首诗的每行以9到12个音节为主，有一些松散的尾韵或呼应，比如"houmos"和"ouzos"，"Desfina"和"retsina"，"even"和"borean"，但是依然达不到十四行诗尾韵的格律，诗中同样有一些头韵和尾韵。由此可见，希尼比洛威尔更大胆地使用十四行诗的名称和行数，却既没有十四行诗的步格，也没有十四行诗的尾韵。

十四行诗原本有着严格的抑扬格五音步、尾韵和结构的要求，但是由于十四行诗的广泛运用，"无数变体（variations）不可避免，尽管很少能够得到传统的认可"①。事实上莎士比亚就在第 145 首十四行诗中用四音步取代了五音步，英国诗人菲利普·锡德尼也把五音步改成六音步，但这些都没有被广泛接受。

在影响了希尼的英语诗人中，霍普金斯可以说最早对十四行诗做了大规模的和系统性的改造。首先在步格上，霍普金斯大大增加了每行的音节数，同时又努力让每行有 5 个重音，以与传统的抑扬格 5 音步保持一致。结果就是每行有大量非重音的音节，从而带来霍普金斯著名的"跳韵"效果。同时在长度上，霍普金斯创作了被称为"短尾十四行诗"（curtal sonnet）的《斑驳的美》（"Pied Beauty"）和《安宁》（"Peace"），把十四行诗常见的前 8 行改为了 6 行，后 6 行改成了 4 行半，尾韵押 abcabc dbcdc。他也创作了被称为"附尾的十四行诗"（caudate sonnet）的诗歌作品，即在传统十四行诗后面再加上若干行"尾声"（coda），比如《自然是赫拉克利特之火，以及复活之安慰》（"That Nature of the Heraclitean Fire and of the comfort of the Resurrection"）。虽然这种"附尾的十四行诗"最早被追溯到 15 世纪的意大利诗人弗朗西斯科·贝尼，但是对这种十四行诗的扩展的可能性有意识地加以系统探索的还是霍普金斯。从这一点说，霍普金斯可以说是现代十四行诗改革的主要推动者，他的努力被认为"将十四行诗带向现代主义的碎片化，带向幽暗的心理学深度"②。

当代诗歌史上依然有不少诗人创作传统的十四行诗，或者只在原有规则上稍做变化。比如被视为"现代英语十四行诗"最早代表的英国诗人鲁伯特·布鲁克（Rupert Brooke），他久负盛名的以战争为主题的十四行诗组诗《一九一四年》大多采用严谨的十四行诗格式，如他最有名的诗歌《士兵》（"The Soldier"）。但是比如其中的《十四行诗：叛乱之际》（"Sonnet：in Time of Revolt"）的结尾句"无法忍受的血缘关系"（Intolerable consanguinity）虽然依然是抑扬格 5 音步，但是在视觉上与传统十四行诗差别较大。此外如《海滨》（"Seaside"），初看有 15 行，不符合十四行诗的要求，但

---

① Stephen Regan. *The Sonnet*. Oxford：Oxford University Press，2019，p. 125.

② Stephen Regan. *The Sonnet*，p. 157.

是如果把第 11 行和第 12 行合为一行，就依然是传统的十四行诗。这首诗写于 1908 年布鲁克决定加入费边社的时候。这是一种社会服务性的决定，致力于追求全人类的幸福，也因此对有着强烈个人意识的布鲁克来说是一次转折性的决定。有的研究者就看到了这首诗中暗含的焦虑情绪，因为诗歌从开始的友谊和团结转向了孤独和不确定。这一断裂性转折主题在形式上所做的把一行拆为两行，就是要表现"思想与世界的极度分裂"①，被认为是"以一种原始现代主义（proto-modernist）的方式，质疑这一抒情诗形式是否足以表达内心最深处的自我"②。这里布鲁克已经显示出十四行诗这一传统形式与现代主义的表现内容之间存在的矛盾。

因此当代诗人出于使十四行诗的形式与现代诗歌题材一致的目的，也越来越多地对十四行诗加以变形。当然变动的方式各不相同。比如英国诗人西格夫里·萨松的《两百年后》（"Two Hundred Years After"）是把十四行诗传统的 8＋6 模式改为 10＋4 模式；又如奥登在《特工人员》（"The Secret Agent"）中写的素体十四行诗。当然也有诗人坚定地写着传统的十四行诗，比如得到希尼赞美的威尔弗雷德·欧文。

在希尼之前，不仅洛威尔，奥登也是一个改革十四行诗的积极探索者。他的名诗《美术馆》（"Musée des Beaux Arts"）就是 21 行的"扩展的十四行诗"（extended sonnet）③。不过他不是一般地在传统的十四行诗后面再加上 7 行的尾声，而是使用 13＋8 的结构。该诗每行也不再采用抑扬格 5 音步，但是尾韵 abcadedbfgfge hhijkkij 可以看到对十四行诗表面形式的模仿，以及在结构上也可以看出对莎士比亚的转折结构的模仿。奥登对十四行诗的更激进的变革则是在组诗《追寻》（"The Quest"）中。组诗《追寻》包含 20 首十四行诗，一开始的时候这 20 首诗只用数字标示，到 1940 年才加上了标题。在这 20 首诗中，"奥登用十四行诗这一资源做实验，当他热诚地游戏着，在规则内发现自由，他对尾韵、句长、诗节模式和轻重音都做出不同的安排"。④ 约翰·亚当斯认为，奥登这样做，是因为"十四行诗的弹性使他可以行进到我们认识论前沿的最远端，而又不会坍塌进虚无和混沌"。⑤

事实上，随着现代生活的变化，以及社会思想和政治态度的变化，无论

① Stephen Regan. *The Sonnet*, p. 290.
② Stephen Regan. *The Sonnet*, p. 290.
③ Stephen Regan. *The Sonnet*, p. 327.
④ Stephen Regan. *The Sonnet*, p. 329.
⑤ John Adames. "The Frontiers of the Psyche and the Limits of Form in Auden's 'Quest' Sonnets." *Modern Language Review* 92 (1997): 574.

英国还是美国诗人都开始把十四行诗从少数几个人的权威模式，变成大众的工具，让这种经典的形式与变化了的现代生活和文学理念相契合。早在20世纪之前，弥尔顿、华兹华斯和雪莱都已经改变了十四行诗的内容传统，而19世纪末和20世纪的诗人则更进步，大胆地对十四行诗的形式加以变革。在这些变革者中，霍普金斯、奥登和洛威尔都是深深影响了希尼的诗人。不过希尼只有在评论洛威尔时才提到"松散的十四行诗"这个概念，可见他在这一点上所受的影响主要还是来自洛威尔。这可能因为洛威尔写了几百首十四行诗，同时又对"这种形式做着变形的游戏"①，从而带来震撼性的效果。洛威尔之所以既回归十四行诗又打破十四行诗，在希尼看来，是要用传统的形式有效地承载现代的生活，将传统与现代连接在一起，用希尼自己的话说，"洛威尔在《大洋附近》之后的年月里强迫似地使用十四行诗或素体十四行诗，是试图更走近生命中的活力，锁住那一刻"（P 221—222）。"松散的十四行诗"既有形式上的建构，又有快速的打破建构，既有对混乱的诚实处理，也有对形式的沉迷。这对在传统与变化之间寻找平衡点的希尼来说，无疑有着很大吸引力。

洛威尔连接当下与传统的努力还在他的"创造性翻译"（creative translation）②中体现出来。《人生研究》出版两年后，洛威尔又出版了诗集《仿制品》。这其实是对很多古代和现代欧洲诗人诗歌的翻译，但又不是严谨的翻译，洛威尔做了个人的改写。他自己说自己是按照这些诗人"如果现在在美国写他们的诗歌"③时会写出来的样子写的，因此他的翻译让不少从翻译角度来看这部诗集的人不满。

事实上，希尼的不少诗集中都包含这种洛威尔式的"创造性翻译"，他在《迷途的斯维尼》中对古代爱尔兰语诗歌《斯维尼之疯》的自由翻译和改写，以及对索福克勒斯的《菲罗克忒忒斯》和《安提戈涅》的自由翻译和改写，都有洛威尔的影子。希尼曾经通过比较《斯维尼之疯》的另外一个译者奥基夫的直译与自己的翻译，来阐述自己在翻译时的不同处理。奥基夫的翻译是：

> 尽管我就是今夜这个样子
>
> 但是曾经
>
> 我的力量并不虚弱

---

①　Stephen Regan. *The Sonnet*, p. 273.

②　Jeffrey Meyers. "Robert Lowell and the Classics." *The Kenyon Review*, Vol. 33, No. 4 (Fall 2011): 175.

③　Robert Lowell. *Imitations*. New York: Farrar, Straus, & Giroux, 1961.

在一块并未败坏的土地上。

骑着出色的战马，
生活无忧无虑，
在我神圣的王位上
我是一位优秀伟大的国王。
（Though I be as I am to-night，
there was a time
when my strength was not feeble
over a land that was not bad.

On splendid steeds，
in life without sorrow，
in my auspicious kingship
I was a good，great king.）①

1972年，希尼说他厌倦了原作的"单调乏味和过于古旧"②，于是把翻译变成了一次自我的表演：

尽管我是拉撒路，
但是曾经
那时我身披紫袍
他人靠我维生。

我是一位优秀的国王，
我的风流韵事如潮水般
翻腾，世界
是我马嘴里的嚼子。
（Though I am Lazarus，
there was a time
　when I dressed in purple

---

① Seamus Heaney. "Earning a Rhyme". *The Poetry Ireland Review*，No. 25（Spring，1989）: 98.

② Seamus Heaney. "Earning a Rhyme": 98.

and they fed from my hand.

I was a good king，
the tide of my affairs
　　was rising，the world
　　was the bit in my horse's mouth.)①

　　之后，在自身韵律感的要求下，希尼再次修改了这一段的翻译，这次呈现为：

与今晚差之千里，
与我的困境截然不同
那时用坚定的双手
我统治着一片美好的土地。

欣欣向荣，笑逐颜开，
勒住某匹骏马
我，高高地骑在，
好运和王位之上。
(Far other than to-night，
far different my plight
the times when with firm hand
I ruled over a good land.

Prospering，smiled upon，
curbing some great-steed，
I rode high，on the full tide
of good luck and kingship.)②

　　从这两次翻译来看，希尼大胆地加入了自己的韵律和比喻，加入了来自《圣经》和英格兰文学的传统，不再追求与原作的一一对应。希尼说他的这

①　Seamus Heaney. "Earning a Rhyme"：98.
②　Seamus Heaney. "Earning a Rhyme"：99.

种翻译方式受到了洛威尔的影响："洛威尔的例子在这里产生影响。他通过增加措辞的电量，并在电流中植入新的隐喻提高感觉，这种手法并非对我没有影响。同样影响我的还有他毫不害羞地使原作的他异性屈服于他自己的自传性需要。"①

　　除了在翻译时大胆地加入自己的风格外，希尼还像洛威尔1967年出版的诗集《大洋附近》那样，把自己的原创诗歌与"创造性翻译"放在一起组成诗集，把这类翻译视为自己的创作。洛威尔将这种改写称为"仿制品"（*Imitations*），希尼则用"一种版本"（a version）②来称呼。而且有趣的是，今天的研究者都把他的《特洛伊的治疗：索福克勒斯〈菲罗克忒忒斯〉改写》和《底比斯的葬礼：索福克勒斯〈安提戈涅〉改写》归入希尼的戏剧而非翻译。对于其中到底有多少改写，在何种程度上希尼有权称之为自己的作品，已经无人关心。

　　洛威尔在《大洋附近》中翻译的13世纪意大利诗人拉蒂尼的诗歌就被认为直接影响了希尼在《田野工作》中的《乌格里诺》（"Ugolino"）一诗。《乌格里诺》也是对但丁在《神曲·地狱篇》中描写的被活活饿死的乌格里诺父子的松散翻译。希尼也会把翻译作为自己的创作收入诗集中。比如诗集《电灯》中《他那些英国口音的作品》的最长的一节完全是《贝奥武甫》的翻译；诗集《看见》中，希尼甚至用翻译的维吉尔的《埃涅阿斯纪》的片段作为整部诗集的开始，用但丁《神曲·地狱篇》中的片段来结束诗集，显然将这种"创造性翻译"视为自己创作的有机组成部分。

　　不过，"松散的十四行诗"可以视为文体在文学史上自然流变的结果，有很多先例，"创造性翻译"则牵涉到更多的问题，并不那么容易被接受。虽然在《翻译、改写和文学名声的操控》一书中，勒菲弗尔指出欧洲中世纪存在过一大批"并不创作，而是改写"③的作品，勒菲弗尔尤其指出"翻译是最明显可辨识的改写形式"④，但勒菲弗尔这里所说的作为改写形式的翻译是把所有翻译都包含进去，而不只是希尼的"创造性翻译"这类有意识改写的作品。而且勒菲弗尔关心的是翻译作为改写带来的影响，而不是译者改写的权力到底有多大，或者译者是否可以把翻译视为自己的创作。勒菲弗尔之所以

---

　　①　Seamus Heaney. "Earning a Rhyme": 98.

　　②　这个词也可以是"译文"的含义，希尼这里巧妙利用了该词的多重含义。

　　③　Andre Lefevere. *Translation，Rewriting，and the Manipulation of Literary Fame*. London and New York：Loutledge，1992，p. 1.

　　④　Andre Lefevere. *Translation，Rewriting，and the Manipulation of Literary Fame*，p. 9.

提出给改写文本应有的关注和研究，一个重要原因是当代对"高等"（high）文学和"低等"（low）文学的划分，前者是供专业读者阅读和学习的文本，后者是供非专业读者享受的文本。而对于后者，勒菲弗尔说，"非专业读者越来越不阅读那些由作者创作的作品，而是阅读被改写者改写的作品"①。由此勒菲弗尔指出，这些改写作品塑造的作者形象、作品形象、文化形象反而被更多的读者接触到，也是更多读者阅读文学的方式，并产生了不容忽视的影响，因此有研究的必要。关于研究的目的，勒菲弗尔说，"对改写的研究不是告诉学生该做什么，而是能让他们明白如何不要让其他人告诉他们该做什么"②，因为对改写的研究可以让他们"看穿对各类媒体中的各类文本的操控"③。显然，勒菲弗尔对这种改写是警惕的，而不是提倡的。

"创造性翻译"实际上涉及两个问题：第一是翻译的忠实性问题；第二是作者身份中包含的原创性问题。根据劳伦斯·韦努蒂的定义，"翻译是译者通过阐释，用译入语中的一系列符号取代源语文本中的一系列符号的过程"④，所以翻译从定义上就存在着操作上的阐释性改写的可能与目的上的等值性替代（replace）⑤的矛盾，或者说在现实操作中不可避免地改变与目标上的不改变之间的矛盾。这个矛盾如何解决暂且不论，这个定义表明，至少与原文的相似是翻译的目标，而"创造性翻译"的有意识的偏离显然是对传统翻译观的背离。这样的有意识的背离应该视为失败的翻译、新型的翻译，还是作者的创造？显然洛威尔和希尼都更倾向于后者。

那么这里就涉及第二个问题，多大程度上的原创性可以视为书写者的作品。而这个问题，如果按照罗兰·巴特在《作者的死亡》中的说法，"文本是由各种引证组成的编织物，它们来自文化的成千上万个源点"⑥，那么"创造性翻译"倒正可以视为引证组成的编织物，有了存在的理由。但问题是罗兰·巴特的目的是否定作者身份和作者权威，而在洛威尔和希尼这里要做

---

① Andre Lefevere. *Translation*, *Rewriting*, *and the Manipulation of Literary Fame*, p. 2.

② Andre Lefevere. *Translation*, *Rewriting*, *and the Manipulation of Literary Fame*, p. 9.

③ Andre Lefevere. *Translation*, *Rewriting*, *and the Manipulation of Literary Fame*, p. 9.

④ Lawrence Venuti. "Invisibility（Ⅱ）", in *Selected Readings of Contemporary Western Translation Theories*. Eds. Ma Huijuan, et al. Beijing: Foreign Language Teaching and Research Press, 2009, p. 193.

⑤ 韦努蒂这里所用的"replace"一词，根据 OCD 的解释，最初的含义是"放回原处"，引申出来的含义是用一个替代品（substitute）或"等效物"（equivalent）来代替原物，等效而不是改变是"replace"的标准。

⑥ 罗兰·巴特：《罗兰·巴特随笔选》，怀宇译，百花文艺出版社，2005 年，第 305 页。

的，正是赋予罗兰·巴特所说的编织物以作者的身份。

事实上在《仿制品》的前言中，洛威尔也将书中的作品称为"翻译"，只是与此同时他又指出，他在翻译的时候根据诗歌韵律的需要，对诗歌做了增减："我丢掉一些行，移动一些行，移动诗节，更换意象，改变韵律和意图。"①从这一操作说，洛威尔的翻译属于更认可译者权力的翻译，而这样的翻译在翻译史上也并不鲜见。因此洛威尔的序言中真正值得注意的，是他说"我几乎像作者他们自己一样自由地寻找办法，使它们让我听起来不错"。②这里他强调了自己与作者相似的创造性。所以书中的一些诗歌，用他的话说，"我的最前面两首萨福的诗歌事实上是基于她的诗歌的新诗"③。也正因此，他提出应该把诗歌翻译称为"仿制"，因为译者必须像作者一样是诗歌的行家，有诗的灵感，诗歌翻译"至少有着跟原诗一样的技巧、运气和恰到好处的笔触"④。所有这些，事实上都在强调诗歌译者与原诗作者一样的能力和权力。

在《仿制品》中，洛威尔翻译了从荷马到苏联诗人帕斯捷尔纳克在内的18位诗人，其中象征主义诗人中的法国诗人波德莱尔、兰波、马拉美、瓦雷里，奥地利诗人里尔克都得到了翻译，但洛威尔却在序言中对象征主义的问题一字不提，有意弱化这些诗歌自身的特征。有趣的是，在对这部诗集的书评中，大多数人都不把它视为一部翻译作品，不关注洛威尔对原诗的忠实度，而是把这些诗歌视为对洛威尔自己的解读，是"向其他风格借取，把它们用于一个人自己想说的内容"⑤，或者"《仿制品》使我们看到洛威尔的主题和风格，从早期和晚期的重要提高和扩展"⑥。也有评论者称，"把他的新诗划为翻译，无论对这些诗人还是对洛威尔都不公平。它们被正确地命名为'模仿'——删节、改换，以及最重要的是，转换成洛威尔特有的习语。它们作为模仿是否抓住了原著的精神是应该怀疑的"。⑦

从这一点说，虽然庞德也大刀阔斧地改变他翻译的作品，但是庞德依然把《华夏集》称为"翻译"，洛威尔则明确通过用"仿制"概念取代"翻译"概念，

---

① Robert Lowell. *Imitations*. New York: The Noonday Press, 1958, p. xii.

② Robert Lowell. *Imitations*, p. xiii.

③ Robert Lowell. *Imitations*, p. xii.

④ Robert Lowell. *Imitations*, p. xii.

⑤ Richard Fein. "The Trying-out of Robert Lowell." *The Sewanee Review*. Vol. 72, No. 1 (1964): 132.

⑥ Richard Fein. "The Trying-out of Robert Lowell". p. 133.

⑦ Earl Rovit. "Review on Robert Lowell's *Imitations*." *Books Abroad*. Vol. 36, No. 4 (Autumn, 1962): 435.

试图由译者向作者转变,把译作变成译者自己思想的呈现。所以即便现在有不少人以新的翻译理论来为庞德的翻译辩护,却依然将《华夏集》纳入对中国文化的翻译、学习和借鉴这一译介方向。而洛威尔在《仿制品》中翻译这18位诗人时,并不谈论他们所来自的文化,甚至也不强调他们用这些诗歌表达的思想,洛威尔强调的是他自己在这些诗歌基础上所做的创作,因此走了与庞德相反的一条路,他希望把这种创造性翻译引向创作而不是引向翻译。

希尼显然接受的是洛威尔的这一方向,因此在《特洛伊的治疗:索福克勒斯的〈菲罗克忒忒斯〉改写》和《底比斯的葬礼:索福克勒斯的〈安提戈涅〉改写》中都出于现代表演的需要,以及表现北爱尔兰问题的需要,在细节和对话上做了较大的改写。而至于他收入诗集的那些几乎直译的诗歌,比如《看见》中取自《埃涅阿斯纪》和《神曲》的诗歌,也是用来表达希尼自己的思想的。

《看见》发表于1991年,受到1984年和1986年他母亲和父亲相继去世的很大影响,海伦·文德勒就说这部诗集是"在死亡的余波中重新审视现象世界"①。诗集的第一首《金枝》("The Golden Bough")译自维吉尔的《埃涅阿斯纪》,写埃涅阿斯希望进入冥府与已逝的父亲见一面,先知西比尔指点他先得到金枝,这样才可以从地府安然返回。最后一首《渡河》("The Crossing")译自但丁的《神曲·地狱篇》,描写但丁和维吉尔准备乘坐冥府渡神卡戎的船渡过冥河,下到地狱。卡戎一开始不愿意载渡仍然活着的但丁,但是维吉尔告诉卡戎这是神的意志。因此,这两首诗表达的是希尼希望通过逝去的父亲找到生命的意义,以及最终认识到诗歌就如渡船,可以超越现实中的不可能,将生与死的世界连接在一起。所以希尼在《看见》中放入这两首著名长诗的片段,主要不是向维吉尔和但丁致敬,而是因为他们诗中的片段合乎他的主题,可以给他的诗集起到画龙点睛的作用。因此在这个意义上,这两首译诗是他诗集主题的一个部分,希尼是把整部诗集《看见》视为一个整体,这两首翻译就如原创作品中的引用。希尼是这个艺术整体的作者,而不是要自诩为这两首译诗的作者。

不过不管怎样,不能否认,是洛威尔给了希尼重新处理与经典的关系的勇气。经典不是不可碰触和亵渎、只能顶礼膜拜的神龛,而是理解和表达现实需要的出发点。同样,也是洛威尔给了希尼大胆地要求诗人的权力的勇气。在希尼的眼中,洛威尔在对诗歌的特殊权力的运用上超出了其他人

---

① Helen Vendler. *Seamus Heaney*. Cambridge:Harvard University Press, 1998, p. 138.

（RP 167）。至于洛威尔式的通过改写将传统作品化为已有的做法是否合理，这依然是一个有待争议的问题，有待对作者和作品的概念进行具有时代性的辨析。不过，至少洛威尔帮助希尼敲开了看似不可动摇的概念，这些概念在后现代作家们的戏拟、拼贴、互文等尝试中已经出现了裂缝。

第四节 毕晓普

美国诗人伊丽莎白·毕晓普既是诗人，也以短篇小说闻名。希尼认为毕晓普在美国诗坛的地位，就像拉金在英国诗坛的地位，有着非常大的声望和影响力。她获得过普利策文学奖、美国国家图书奖。虽然没有获得过诺贝尔文学奖，却被普遍认为是 20 世纪最优秀的诗人之一。

其实毕晓普发表的诗歌并不多，生前只出版过五部诗集：《北方与南方》（North & South）、《诗集：北方与南方、春寒》（Poems：North & South. A Cold Spring）、《旅行的问题》（Questions of Travel）、《诗全集》（The Complete Poems）和《地理Ⅲ》（Geography Ⅲ），其中很多还是重复之前发表的内容。希尼称，毕晓普"她所创作的那类诗歌让我们想要欢呼赞叹，仰慕它在专业上的彻底，在技巧和形式上的完美，然而与此同时，她引导我们认为技巧和形式上的东西只是某种分心，因为诗歌是如此坦率直白地关于某事，全神贯注于它自己的观察世界和发现意义的任务"（RP 182）。希尼不仅对毕晓普的诗歌艺术高度称赞，而且从她的叙述方式中获益良多。

一、不止诗歌

1980 年，希尼在《泰晤士报·文学副刊》上发表了一首诗歌《一团毛线》（"A Hank of Wool"），献给伊丽莎白·毕晓普，不过这首诗希尼没有再在其他地方重新刊登过。之所以如此，希尼是觉得这首诗没有写对。希尼是在哈佛通过诗人弗兰克·比达特结识了毕晓普和她的伴侣阿利丝·麦斯费塞尔的。到了学期末，毕晓普也邀请希尼一家去她在缅因州的度假别墅，但希尼另有考虑没去，而是送了毕晓普自己的一些诗歌，同时也为她写了《一团毛线》一诗。后来希尼说，这首诗不过是自己当时激动之下的产物，是对毕晓普的邀请的答谢和对不能接受这一邀请的歉意。诗歌写了希尼怀里的孩子伸手拿着一团毛线，这样希尼的妻子玛丽就可以把它绕成团，诗歌结束时希尼站着，双手依旧伸出，手上没抱着孩子，但是面对着玛丽。希尼用这个姿势来表达对毕晓普的敬意。毕晓普收到后写信给希尼，说自己很喜欢他送来的其中的一些诗歌,并且告诉了希尼她的祖母如何在第一次世界大战期间教她织毛线,将浅色的小方块拼接在一起,送给士兵们,但是那年的10月她就突然去世了。过了一段时间,希尼把寄到缅因州的这些诗歌做了修改补充,作为"纪念诗"印出来。不过希尼觉得这些诗更适合作为个人之间的情意表达,却不适合印发出售。这应该主要是针对诗歌的艺术价值而言,而不是对毕晓普本人有任何不满。

希尼对毕晓普的性格有很高的赞扬,说她非常有魅力,有着干巴巴却快乐的智慧,是中规中矩与胆大越轨的美妙结合,既能幽默又能严厉,尺度正好。希尼到哈佛就是代替即将退休的毕晓普,不过这并没有影响他们的友谊。在毕晓普的生日派对上,他们互赠了礼物。一次在纽约的派对上,希尼读完诗后,毕晓普甚至为希尼夫妇唱了一首歌。不过毕晓普对自己的个人生活一直保密,这一点更因为毕晓普的突然去世而无法逾越。因此虽然两人彼此都抱有好感且有比较多的接触,希尼与毕晓普却称不上是亲密的朋友。

希尼说毕晓普在信中说喜欢他的诗歌中的一些句子,比如"诗歌的小鹿"站"在有着透明的声音的池边"。不过他也在其他访谈中说过,毕晓普"不是完全不同意我写的东西"。从希尼的这个说法来看,毕晓普对希尼的承认还是有所保留的,虽然在毕晓普写给希尼的信得以公布之前,毕晓普的真正看法还无从判定。

希尼认为毕晓普从性格上说谨慎寡言,不会夸夸其谈,总之就是那种典型的"行为得体"的人,在诗歌创作中也是那种会控制自己的情感,不让情感在冲动中自动流露,因此是一个"管住自己的嘴巴"(the government of the tongue)的诗人。事实上毕晓普的人生可谓充满戏剧性,她管住自己的嘴巴并不是因为无话可说,而是有意的选择。毕晓普的父亲在毕晓普出生8个月后就去世了,她的母亲因为精神问题离家出走,并在她5岁那年被送入精神病院,再未出来。所以毕晓普实质上是一个孤儿,跟外祖父母生活在加拿大新斯科细亚省。后来她父亲一方比较富有的亲戚获得了她的监护权,于是她离开外祖父母到了马萨诸塞省的伍斯特市。不过离开外公外婆让她感觉很孤单,而且她在这里患上了慢性哮喘。后来她父亲的家人注意到了她的不快乐,出钱让她跟姨妈住在一起。她因为身体不好,在15岁前几乎都没有接受过正规的学校教育,高中也不断转学。是姨妈把她带入了文学的世界,后来在美国女诗人玛丽安·穆尔的鼓励下成为职业诗人,并与洛威尔成了好朋友。

童年的这一创伤始终存在于毕晓普的内心深处,不过希尼认为,毕晓普的最大才华正在于"能够咽下失落并将其转化"(RP 165)。在这个过程中，她会把世界上的事物的名字一个个地数下来，数到一百，同时在这个过程中，这些事物也在她的记忆中打下了烙印。此外，对毕晓普来说，这些灾难也是对她的磨练，让她的内心可以冷静地面对环境，"让她本人和她的词语有能力与灾难棋逢对手"(RP 167)。

比如在毕晓普的《六节诗》("Sestina")一诗中，场景是家常的、普通的，甚至情感也是家常的、普通的，让读者几乎难以注意到毕晓普在诗歌技巧方面的精湛：

> 九月的雨落到房子上。
> 在消逝的光线中，老祖母
> 跟孩子坐在厨房里
> 在奇迹小火炉旁，
> 读着历书里的笑话，
> 笑着说着来掩藏她的眼泪。
>
> 她以为她那秋分时的泪
> 还有打在屋顶的雨
> 都在历书中早就预言了
> 只不过只有祖母知道。
> 铁壶在炉子上唱歌
> 她切下一些面包对孩子说。①

不但场景平常：外婆和孙女坐在厨房的火炉边读故事；而且语言也平淡无奇：没有大词，也没有诗歌中的倒装等句法。叙述都是客观的，没有用感情色彩浓烈的形容词或副词来修饰。然而正是在这种看似普通之中，在不知不觉间，毕晓普把父母缺失这一悲痛之情流注其中。但是却并不激动，而是服从着诗歌本身的创造意图，从而把悲痛控制在了诗歌的形式之中。然而这种叙述也正相当于回到了焦虑在现实中的真正存在状态：焦虑被困在无法表述之中，只能通过想象得到某种解决。

但是，毕晓普避免个人情感的宣泄，更加突出人的社会性状态，并没有

---

① Elizabeth Bishop. *The Complete Poems*. New York：Farrar, Straus and Giroux, 1933, p. 145.

因此让她成为希尼在《舌头的管辖》一文中所批评的那类让诗歌完全附属于社会需要的诗人，或者把自己的诗歌变成合乎社会规范的老生常谈。她那看起来力求平淡的叙述却有着与众不同的力量，不动声色却触目惊心。她之所以能够做到这一点，主要是因为她"让自己遵守观察这一习惯"（GT 102）。毕晓普的观察"满足于一种辅助性的存在，而不是专横地施压"，因此与艾略特早期主张的那种"通过使用主观性而取得压倒一切的效果"正相反，毕晓普是"通过对细节的持续关注、通过均衡的分类和不疾不徐的列举，来与世界建立起可靠的、绝不武断的联系"。（GT 102）毕晓普的观察将观察者和被观察者放在平等的位置上，但又通过对细节的持续关注，让这种联系变得坚韧无比，刻骨铭心。

此外，同样赢得希尼赞赏的，还有毕晓普在政治和艺术的双重选择面前，坚定地选择了艺术，这主要体现在毕晓普与当时如火如荼的女权主义保持的距离。当然毕晓普本性孤僻，但是作为一位成功的女性诗人，而且是一个女同性恋，在一个女性主义盛行的时代，要拒绝女权主义的召唤和诱惑也并不容易。毕晓普的疏离是有意识的选择，比如她明确拒绝将自己的作品收入只有女性作者的诗集中。哈佛大学学生凯瑟琳·斯皮瓦克就在回忆录中抱怨说，毕晓普不希望与任何女权运动发生联系，而是"从内心里接受了男性对女性的看法，比如女性应该性感、有吸引力，毕晓普从来不要求男女同工同酬，毕晓普自己非常敏感、脆弱，总是把个人生活藏得严严实实"①。不过对类似的指责毕晓普并不承认，她说自己实际上是一个女权主义者，她拒绝诗歌收入到带有女权色彩的选集之中，是因为她希望她的诗歌是因为艺术性而不是因为她的性别或政治立场而得到关注②。纵观女权运动到今天发展的历史，事实上凯瑟琳·斯皮瓦克所代表的观点已经因其偏激的政治立场而越来越被女权运动所摒弃，毕晓普倒代表了一种更客观也更自信的独立女性力量。不过这里更重要的，是如希尼指出的，毕晓普在一个可以靠政治而成为风云人物的时代，选择了坚持艺术本身的价值，这既是对艺术的坚守，也是对自身的自信。

在艺术史上，很多时候只有能力不足的人才会借助政治来掩盖自己的无能，毕晓普始终如一地疏离立场和遵守观察这一习惯，让她能够不被时代裹挟。希尼在肯定毕晓普在艺术和政治之间坚定、良知和智慧的选择时，同

---

① Kathleen Spivack. *With Robert Lowell and His Circle：Sylvia Plath，Anne Sexton，E-lizabeth Bishop，Stanley Kunitz，and Others*. Boston：Northeastern University Press，2012.

② David Kalstone and Robert Hemenway. *Becoming a Poet：Elizabeth Bishop with Mari-anne Moore and Robert Lowell*. Ann Arbor：University of Michigan Press，2003.

样也是在肯定自己在北爱政治和艺术创作之间的选择。事实上希尼同样经历着这样的环境诱惑，或者说环境的胁迫，只不过他的压力不是来自女权运动，而是北爱冲突中的天主教群体。1972 年英军枪杀 13 名天主教示威者，北爱形势急剧恶化，12 年后希尼专门撰文描述当年他如何在屋外的暴力冲突中放弃了录制自己的诗歌。希尼之所以一直无法忘掉这件事，是因为当时的选择可以说是在政治面前放弃了艺术，这让身为艺术家的希尼内心无法安宁，并最终选择移居爱尔兰共和国威克劳郡的格兰莫尔。希尼这一改换护照颜色的选择，有人欢呼为公开表明他的爱尔兰立场，但也有不少北爱天主教徒认为他背叛了处于水深火热之中的北爱同胞①。诗歌《苦路岛》中，一个被射杀的天主教徒的鬼魂突然出现在希尼身后，满面血污，这正是希尼内心责备的最严厉的化身。那时的希尼并不坚信自己的选择，反而请求鬼魂"宽恕我这种漠不关心的生活——/宽恕我胆怯和瞻前顾后的介入"（SI 80）。在这一艺术与政治的矛盾中，希尼确实不如毕晓普坚定，这或许也是他为什么尤其推崇毕晓普的艺术风格，因为这个风格不仅仅是一种艺术选择，也是人生的选择。

二、冷静地陈示

　　毕晓普的时代，自白诗风行，毕晓普的好友洛威尔尤其是这方面的翘楚和举大旗者。毕晓普有着相当坎坷的童年经历，也有同性恋这一在当时多少属于惊世骇俗的性趣，如果写自白诗也完全有话可说。但毕晓普却选择了即便在今天看来也极为冷静克制的叙述方式。毕晓普不是不写细节，她的作品以精细到极致的细节而著称，但是这些细节极少取自她的个人生活。她在一个主观感受大行其道的时代坚持与自己笔下的对象保持距离，并坚持一种客观的视角。即便在像《在村里》（"In the Village"）这样的自传小说中，叙述也是客观的、疏离的，仿佛在叙说着其他人的故事。小说家玛莉·麦卡锡曾说毕晓普的头脑"藏在词语之后，就像'我'一直数到一百"（RP 165）。

　　在结识毕晓普之前，希尼已经读过 1960 年代出版的毕晓普的《诗选》（*Selected Poems*），对里面的《公鸡》（"Roosters"）和《在鱼房》（"At the Fishhouses"）爱不释手，还有《弗罗里达》（"Florida"）、《矶鹬》（"The Sandpiper"）等。在女王大学的创作批评研讨会上，希尼就放入了毕晓普的《地图》（"The Map"）一诗。在希尼 1979 年去哈佛前，正好毕晓普出版了她的

① 　Blake Morrison. *Seamus Heaney*. London and New York：Methuen，1982，p. 72.

封笔作品《地理Ⅲ》，在诗人中广泛传阅。希尼同样非常推崇这部诗集，曾用毕晓普的《地理Ⅲ》这样几乎完全就事论事的诗歌，来证明毕晓普对艾略特的幻觉或乔伊斯的灵启的拒绝。

希尼认为毕晓普是一个讲究文体的艺术家，精心编织文本，同时也是一个自觉的艺术家，一个创造者。毕晓普坚持诗歌应该使用陈述式（indicative mood，SS 281），并与历史相连，就如同出自一口冷泉。希尼认为最能体现毕晓普这一独特风格的还是她的《在鱼房》，该诗前面三分之二的篇幅都是那种"克制的、抛开自我的、全神贯注的书写态度，让我们对世界的外表保持敏感"（GT 105）。《在鱼房》逐条记录了织网的老人、鱼房、海面、"我"和老人的谈话，以及渔船入港的坡道，语气既不急促也不冷漠，而是"完完全全装满的"（GT 105）。希尼这里所说的"完完全全装满的"指的就是对世界的细察达到了饱满自足的状态，同时也摆脱了"我"或者感伤传统对渔民生活可能怀有的先入之见。叙述者完全被自己的注视所吸引和淹没，由此，主体性放弃了对世界的主宰性强加，让位给对世界的接受性观察。

这是"一种有条不紊地仔细观察"（GT 105）。观察者安然稳坐，波澜不惊，叙述的声音也是"泰然自若却非自我中心的，充满谨慎且睿智的说明，以及精确见证的愿望"（GT 105）。这种克制和自控，与传统诗歌那种在灵感之下感情的自然流溢和语言的自我衍生截然不同，与艾略特主张的那种受到无意识和潜意识的支配的自我衍生和自我存在的诗歌也完全不同。然而，也就是在上半段的冷静自持的主观控制的叙述之后，由海豹象征的无意识深处突然浮现，并进入毕晓普的叙述。在这里，幻觉与精确、意识深处与世界表面、历史与现在以一种惊人的冷静融合在一起，再次证明了被艾略特以及之后很多诗人所强调的，"诗人于是成为捕捉世界的声音的天线，成为表达他自己的潜意识和集体无意识的媒介"（GT 107）。希尼认为当毕晓普的诗"超越了它的谦卑和服从，当它通过深入表层之下从而超越最高层面的时候"（GT 166），是最出色的。

大卫·卡尔斯顿撰写的《成为诗人：伊丽莎白·毕晓普与玛丽安娜·摩尔和罗伯特·洛威尔》（*Becoming a Poet：Elizabeth Bishop with Marianne Moore and Robert Lowell*）对毕晓普做了很好的分析，该书得到希尼的充分肯定。与吵闹好斗的洛威尔相比，毕晓普沉静得多，而这"赋予了她的作品迷人的稳定性"（RP 167）以及一种坚强。在毕晓普的笔下，事物显得尤其像它们自身。希尼认为正是毕晓普语言上的独到品质让她的诗歌得以进入一种原初状态。即便这种原初状态是一种幻觉，读者也会在不知不觉中被毕晓普带入这种新的、美好的状态。虽然现实在进入诗歌的时候其实已经被重新想象，读者却会觉得现实得到了前所未有的尊重。

毕晓普非常崇拜 19 世纪英国诗人乔治·赫伯特，因为两人都强调在诗歌的创作和灵魂的困扰之间存在联系，都把韵律作为一种自我控制的手段。这种自我控制在希尼看来是一种"得体、礼貌，让你不必不得不表示同情，把你从不得不找话说的尴尬境地中解脱出来"（RP 184）。毕晓普的《一种艺术》（"One Art"）被希尼视为这种自我控制的典范。

> 失去的艺术不难掌握；
> 这么多的事物都有消逝的可能
> 所以它们的失去也不是灾难。
> 每天都在失去一些事物。①

从失去钥匙到失去地方、名字、想要去旅行的地点，失去母亲的手表和心爱的房子，失去的东西越来越是生命中弥足珍贵的，直到最后

> ——甚至失去你（一种戏谑的语调，我爱的
> 姿态）我不会说谎。因为很显然
> 失去的艺术不难掌握
> 尽管它看起来（写下它！）确实像一场灾难。②

该诗写的是人生都会遗失一些东西，但是语气却始终是豁达克制的，甚至在诗歌达到"你"这个高潮时，毕晓普还特意加入"一种戏谑的语调"，将感伤化为轻松。然而，如果考虑到毕晓普自己一生中经历的巨大的失去亲人之痛，这种克制就有了海明威笔下的硬汉的品格。但是与海明威不同的是，毕晓普并不写灾难，而是写日常。如果说海明威式的硬汉是灾难面前的英雄，而对日常生活却像《太阳照样升起》的主人公一样不无迷茫，最终海明威自己也在平静的生活之中选择了自杀；那么毕晓普则更充满女性的坚韧，她明白灾难不常发生，日常中却处处存在着不弱于灾难的压力。因此相比之下毕晓普在诗歌中达到的自我克制更包含对生活的忍耐和接受。难怪希尼说毕晓普让诗歌"帮助我们对享受生活有了更加深刻的认同，以至也帮助我们忍受了生活"（RP 185）。

---

① R. S. Gwynn ed. *Poetry：A Pocket Anthology*. New York：Penguin Academics，2005，p. 273.

② R. S. Gwynn ed. *Poetry：A Pocket Anthology*. pp. 273—274.

　　但是这样的冷静并不意味着毕晓普缺少情感。在《在新斯科舍初遇死亡》("First Death in Nova Scotia")一诗中,毕晓普描写了她因表兄阿瑟的死而初次遭遇死亡。这首诗全部都是透过一个儿童的视角,以一个儿童的口吻讲述出来的。诗歌的叙述者虽然年轻无知,但是却有着对死亡的冲击的一种本能察觉,并通过对阿瑟制作的那些动物标本的描绘,隐约而不安地呈现出来。同时作为儿童,她把现实和想象混杂在一起,使她的叙述不时游走在天真与成熟之间。在这里,毕晓普虽然采用了传统的天真视角,却没有像很多叙述那样把儿童简单化,而是很好地把握住了儿童的天真与敏感之间的微妙组合。要做到这一点,必须要求已经成年的诗人有高度的同情心,才能真正站在儿童的高度写出这样的作品。事实上毕晓普不仅对各色人物有着惊人的"共情"(sympathy)能力,在观察物品的时候,她同样有着对事物的真正的"共情"。只有在这样的"共情"的基础上,她的诗才可能站在跟无论有生命还是无生命的事物同样的高度,以一种真正的洞察力使事物得到陈示。

　　这种陈示式诗歌对希尼也产生了深远的影响①。在创作初期,外界还只是希尼的既有观念的图示,正是在毕晓普的影响下,希尼不再只是用诗歌图证自己的想法,而是通过对世界的观察、思考和认识,与外部世界真正建立起精神上的联系,通过对外部世界的深入理解使自己的思想和情感得到深化和升华。这种陈示式诗歌一方面去除主观渲染,对事物做出一种观察和记录的"就事论事"式直陈式描述;另一方面客观事物所具有的暗示,又能指引诗人进入更大的历史和文化世界。在陈示式叙述中,诗人不是要求世界按照自己的意愿发展,而首先是谦逊地观察和理解世界,一改文艺复兴以来把人看作万物的尺度的人本主义世界观,努力去与世界建立起平等的关系;然后在这个基础上,通过超越自我获得超出常人的诗人之眼,进入并理解那个由深思的含义组成的新的世界。诺贝尔文学奖颁发给希尼的理由是"他的诗作既有优美的抒情,又有伦理思考的深度,能从日常生活中提炼出神奇的想象,并使历史复活"②,希尼的诗歌之所以能够从日常事物中提炼出神奇的想象,毕晓普式的陈示式观察和叙述起了很大作用。

---

① 戴从容:《诗意的注视——谢默斯·希尼诗歌中的陈示式叙述》,《当代外国文学》,2010年第4期,第41—50页。

② 吴德安:《序言》,西默斯·希尼:《希尼诗文集》,吴德安等译,北京:作家出版社,2001年,第2页。

三、专注与突破

　　希尼认为毕晓普的沉静的与众不同之处，也是让希尼感到最为可贵的，是毕晓普的诗到最后总会最终超越它一开始的谨慎戒备。毕晓普的诗歌以"观察"著称，但她并不只是在那里"看"，而是常常试图"走出去问候那些彼处之物，去向路易斯·麦克尼斯所谓的'事物千差万别造成的醉醺醺的感觉'致意"（RP 172）。这个突破，希尼认为是毕晓普在战胜自我，是在超越自己性格上的小心谨慎。从性格上说，毕晓普是疏离的、挑剔的，但是她在观看事物时的专注和精确达到了一种超乎寻常的强度，最终让她的疏离烟消云散。

　　希尼描述了毕晓普的这一认识过程。首先，"毕晓普做的是在给出自己的认同之前，仔细检查和拷问这些事物"（RP 172—173）。希尼认为，从来没有作家比毕晓普更注意到周围细节中存在的魅力，并将其记录下来；同时也从来没有作家比毕晓普更明白其中包含的危险，并在面对细节时小心谨慎。

　　然后，毕晓普的叙述会出现一种更加值得一提的变化，即诗中的人物从不合群到变为注意到其他的存在。在这个转换的过程中，那种苦乐参半的感觉以一种平静的方式得到表达。毕晓普是一个谨慎但不无同情心的观察者，虽然不会像浪漫主义诗人那样赋予笔下的事物光辉灿烂的形象，却会给予事物应得的称赞。她那扎根于世俗的现实感使得即便是天使在她的笔下也会进入凡俗的形象，化身为一个公园里的乞丐，这让毕晓普的诗歌"模糊了巨大和渺小之间的界限"（RP 177），使平凡的事物得到了在其他地方从未得到的关注和承认。而且，在毕晓普这里，对细节的不懈专注完全可以带来洞见，或者用希尼自己的话说，"全神贯注非但不会缩小我们的感受范围，反而会放大它"，甚至让那些否则会被忽视的突显出来。这种独特之处，与威廉·布莱克所说的一花一世界有着异曲同工之处，这也是为什么希尼称毕晓普为"布莱克的学生"。（RP 177）

　　拿毕晓普的《矶鹞》（"Sandpiper"）一诗来说，希尼认为这首诗"是一次完美的成功，让它自己和它的读者对这个世界的神秘异质性有重新的认识。它通过跟随它的鼻子——或者它的喙——穿过细节的旧碎石路和就事论事，到达那个门槛"（RP 178）。

　　　　对身边的咆哮它习以为常

世界总是注定要震动

它奔跑，跑向南方，苛求，笨拙

在可控的惶恐中，一个布莱克的门徒。①

在这里，一只精细到苛刻的水鸟与身后蕴含着巨大力量的神秘大海形成撞击性的对照，水鸟在海涛的咆哮震动中表现出的惶恐以及对这种惶恐的习以为常，被毕晓普准确地描绘了出来。正是在渺小的水鸟那惶恐的习以为常中，在它笨拙地纠缠于细节的奔跑中，背后大海的不可捉摸和神秘力量被烘托得更加鲜明。通过这样看似白描的语言，毕晓普赋予了现实以新的语言力量。这个新的力量希尼用塞尔维亚裔美国诗人查尔斯·西密克评论美国艺术家约瑟夫·康奈尔的话做了准确的解释。查尔斯·西密克说，艺术中的意象可以分为三种，一种是像现实主义那样睁眼看到的意象，一种是像超现实主义那样闭着眼睛看到的意象，第三种就是像约瑟夫·康奈尔的艺术画框里的意象，既是梦幻的又是现实的（RP 181）。而毕晓普的诗歌在希尼看来就是这种"既超出常情的亲近，又远隔千里的熟稔"（RP 181），细节上有着现实主义的真实，效果上有着超现实主义的梦幻，有着"无限的审慎和审慎的无限"（RP 178）。

希尼也用自己的诗歌描写过类似毕晓普的注视：

我记得这个经年枯坐的女子

身陷轮椅之中目光注视前方

窗外小巷尽头的那株陌上桑

年复一年树叶飘落复又生长。

她的目光径直掠过屋角电视，

掠过发育迟缓竦动的山楂丛，

掠过同样被雨遭风的小牛犊，

同样那座山岗和大片刘寄奴。

她的安稳坚固就像那扇大窗。

她的安位鲜明恰似轮椅铬钢。

―――――――――

① Elizabeth Bishop. *The Complete Poems*，p. 153.

　　她从来不曾抱怨也素未夹带
　　任何多余情感哪怕半两重量。①

　　与她面对面无疑是一种学习
　　就像领你跨过一道牢靠的门——
　　路边那种精实而洁净的铁门
　　立于两根白漆柱间,在那你能

　　看到比你指望更深远的国度
　　发现隐匿于树篱之后的秘境
　　执意凝立转而更加异乎寻常
　　直到某些遮挡牵聚你的目光。(ST 22)

这首题为《视野》("Field of Vision")的诗歌直接描绘了这种看。该诗描写一个坐在轮椅上无法行动的女人,数年来每天目光直直地注视着窗外,直到小巷的尽头,每次看到的都是同样的山楂树,同样的牛群,同样的草地和山峰,但她的目光中却"从未有一点点感情的痕迹"(ST 22)。这显然是典型的陈示式注视。而在经过一段时间对世界的陈述式注视之后,"你"就能够跨越原来将你封闭的心灵之门,看到比"你"预想的还要丰富的世界。而且只要"你"以一种接受的姿态全神贯注于看到的东西,就会在熟悉的东西中看到陌生。这些陌生的东西就如从内心深处涌现的无意识,让"你"超越自己的局限,进入一个新的境界。诗歌的标题描绘的就是这种毕晓普式的注视能够带来的新的视野。

　　不仅对世界的注视,希尼的诗歌和毕晓普的诗歌还有很多的相似之处。就像一位评论者指出的:

　　　　他(指希尼)称赞毕晓普带给这个世界的事物的"专注与精确的结合"。而且最引人注意的是,他赞颂毕晓普的诗歌《矶鹞》"是一次完美的成功,让它自己和它的读者对这个世界的神秘异质性有重新的认识"。只要稍作回想我们就能肯定,这些论断可以同样很好地用于希尼自己的许多诗歌。声音、主题和形式上的差异让两位诗人截然不同,但是一种潜在的对外部现实的亲密感,加入对这个世界那难以言说的奇

――――――――――

①　此三段借用张漱先生的翻译。

异性的暗示,显示出两人深层的相似。①

　　毕晓普的这一专注和突破的能力或许与毕晓普喜欢旅行有关。毕晓普虽然早年失怙,但是她的父亲留给她一小笔遗产,足够她节约着四处旅行。后来她甚至还拿到过美国布尔茅尔学院的旅游资助,这让她得以去世界的很多地方。其中待得最长的是巴西,一待 15 年,主要是因为她跟当地的建筑师和景观设计师马塞多・苏亚雷斯的洛塔(玛丽亚・卡洛塔)相爱并同居,可惜这段恋情还是以分手告终。毕晓普可以说从很早就把生活变成了观看和获得新的视野,而不是积累更多的财富。加上儿时寄居式的生活,也让她获得了超出常人的观察能力。毕晓普的诗歌其实就是她个人的经历的表达,是她对这个世界的复杂性的探索,以及她对知识的理解,描绘的是她知道的或者她认为自己知道的世界。不过经验对毕晓普来说并不只是结论,经验中还包含着感觉、情绪、记忆、梦幻、想象等主观认识。因此在毕晓普的诗歌中,她对世界的感知总是始于她的感官。她听到、看到、闻到、尝到、摸到的感觉,这些感觉又会与思考、猜测、质疑、界定、启示等以各种不同的方式结合在一起,产生各种不同的知识。

　　毕晓普的知识可以说是各种微知识,既涉及家庭、社会、历史、地理、自然、人文等各个领域,也渗入所有事物的各个细微层面,从有如巨大叶脉一般的河水的涟漪,到填满建筑物缝隙的碎裂的月光,毕晓普的知识如巨大又细密丛生的枝蔓,伸入世界的各个空间。而且每次深入都是一次探险,带来一次惊异。在一次采访中,亚历山大・约翰逊曾问毕晓普什么是她认为每一首诗都应该具有的,毕晓普回答说是惊奇。② 在毕晓普看来,诗歌应该能够带领读者进入一个新的世界,或者获得新的体验。每首诗都应该是一次探险,也是一次打破平静和平衡。因此冷静镇定并不是毕晓普的终极目的,打破沉静才是。

　　更值得注意的是,在打破沉静的追求中,毕晓普却赋予了每次的惊心动魄以反思和镇定的形式。其中之一就是维拉内拉诗(villanelle),“凭借它的重复、修改、辨微,它转换、改善和精心筛选着那些早已被精心筛选过的东西,维拉内拉诗堪称毕晓普的习惯手法的完美载体,即用小小的更新的尝试和探险来处理主题”(RP 183)。维拉内拉诗是一种十九行五音步诗,5 节三

----

① Ben Howard. "One of the Venerators Seamus Heaney 1939—2013." *Sewanee Review*, Vol. 122, No. 1, Winter 2014, Johns Hopkins University Press.

② Alexandra Johnson. "Geography of the Imagination". *Christian Science Monitor*, March 23, 1978, pp. 20—21.

行诗押"aba"韵,加上1节四行诗押"abaa"韵,而且第一节第一和第三行的押韵词必须交替用作下面四节三行诗的最后一行押韵词和最后一节四行诗的最后两行押韵词。维拉内拉诗可以说是一种非常严密的诗体,一开始被认为是一种古老的诗体,但后来发现,事实上只在16世纪有一首题为《维拉内拉》的诗,而在这首诗中"villanelle"的意思是庄园。是法国诗人特奥多罗·德·班维尔将其误作古诗体模仿,19世纪又通过法国传入英国,被哈代、王尔德、西奥多·罗特克、威廉·燕卜逊、狄伦·托马斯、毕晓普等诗人采用。不管是否存在误读,至少当毕晓普使用这一诗体的时候,以及从这一诗体的实际效果来看,都是给实际上动荡不安的诗歌内容提供一个稳定冷静的外部形式,从而让诗歌获得一种巨大的张力。

这或许也可以解释为什么希尼经常使用十四行诗等其他传统的有严格规则的诗歌形式,甚至会自己制造一些规则严密的诗歌形式。比如诗集《看见》中的组诗"方形"就是追求一种正方形的严谨规则的效果。本来希尼计划写144首诗,构成12组每组12首每首12行的诗,最后以48首结束。不过这样依然可以构成四个正方形。这组诗写父亲的去世带给希尼的伤痛,以及对人生和灵魂的思索。这是一组包含着巨大的情感伤痛的诗,是希尼人生中面临的一次困境,但是却要做到毕晓普式的镇定冷静。在第二首诗中希尼直接告诉自己要克制住感情,不要用说话来释放感情。于是他不动声色地重新盖房子。这跟毕晓普的《六行诗》一样,是在平静中包含一种巨大的伤痛。毕晓普用六行诗这种传统的规范诗体来容纳不安的情绪,希尼则是自己铸造了规则的诗体,来让自己不安的内心在规范中获得宁静。在访谈中希尼说,"这种12行的形式让人感觉专断,但是它似乎迅速让我找到了立足之所。所以我接受了它,一种无法预测的专断音乐,依然能够出人意料地起来抓住对事物的一瞥。我称之为'有意制造一次冲动':有意是指这12行,冲动是指自由、闪光和振翅飞翔"。[①] 在这里,对混乱的诚实和对形式的迷恋完美地取得了和解。

希尼认为,毕晓普的诗歌证明了诗歌本身能像公共建筑一样清楚地存在在那里,可以用来沉思,能够被理解,不会背叛自己,变得过于浅薄、欺骗或寻找虚假的安慰。希尼对毕晓普的这一评价,也正是对他自己的诗歌的一个卓越注释。

---

① Seamus Heaney, interview with Blake Morrison, 'Seamus Famous: Time to be Dazzled', *Independent*, Sunday, 19 May 1991.

第六章　融合传统与创新

在他自己著名的诗歌《公开的信》（"An Open Letter"，1983）中，希尼明确表明他的诗歌的目的是：

> 我的祖国，我的深层追求
> 是在家
> 在我自己的地方，
> 以合适的名义栖居。①

艾尔莫·肯尼迪-安德鲁斯认为，"就殖民地居民这个身份而言，希尼，与希望逃出家的牢笼的乔伊斯不同，宣布追求一种回收和回归的诗"②，因此代表着一种现代主义的对身份的寻找和渴望回归。从这一看法出发，艾尔莫·肯尼迪-安德鲁斯把希尼与北爱的年轻诗人马尔登对比，提出希尼的这种回归的立场已经逐渐被更年轻的爱尔兰诗人们放弃，马尔登代表的就是那种坚持身份的建构性，接受离散，接受不同文化融合的后现代立场。"希尼哀悼着在可见的日益衰败的殖民现状中古老的盖尔传统的离去，将诗歌视为一种找回在殖民历史时刻之前存在的本质文化的手段。相反，马尔登喜欢的理念是将不同、遥远的历史吸纳进一个由跨文化变体组成的复合融合的现在"③。但事实上，这一评论本身就是把希尼视为一个固定不变的人，没有看到希尼的观念在初期和后期已经发生了本质性的变化。希尼一开始确实希望找回传统，但是随着他越来越认识到这个传统本身也是被不断界定和解读的，随着他越来越走入国际文坛，他也越来越把文化视为变动的、建构的，诗歌同样

---

① Seamus Heaney. "An Open Letter."in *Field Day Pamphlet*, No. 2. Derry: Field Day Theater Co. , 1983, p. 10.

② Elmer Kennedy-Andrews. "Bringing It All Back Home: The Inflfluence of Robert Frost on Seamus Heaney and Paul Muldoon. " in *English*, Vol. 56, Summer, 2007, p. 188.

③ Ibid, p. 188.

"行走在空中"。只不过希尼在接受文化的建构性的同时，依然希望能在其中找到历史的连续性，而像马尔登那样的年轻一代可能更着眼于解决如何在当下之中应对身份和文化的一次次断裂。马尔登会彻底拒绝"身份""地域"和逝去的丰富历史这些概念，希尼则会不断思考这些概念。

越到后期，希尼越抛开了爱尔兰这一地域局限，坚持把英语诗歌放到更大的诗歌领域和诗歌传统中来看，对"民族"的界定也更加开放和包容。1982 年被英国诗人布莱克·莫里森和安德鲁·牟森收入《企鹅当代英语诗歌》①中时，希尼发表了一封《公开信》，对被当作英国诗人表示抗议。获得诺贝尔文学奖之后，丹尼斯·奥德里斯科尔问希尼他的想法是否像一些人认为的那样发生了改变。希尼的回答是，"时代变了，我变了，每个人都变了"（SS 418）。此时他还谈到在美国大学教学中，叶芝可能被归入英国诗人，他自己也可能被归入英国诗人，但他对此归类已经相当淡然："这个术语只不过是为了方便。"（SS 417）希尼也一再强调他对两位编者并无不满，其中布莱克·莫里森还在这一年出版了一部专著介绍希尼②，他们两人是朋友。希尼说当这些英国学者将他收为英国诗人时毫无恶意，只是"这些英国人他们自己几乎不会去想这个问题"（SS 417）。当然他也强调，在他写《公开信》的时候，在爱尔兰，在北爱，这一民族身份是个敏感的问题，英国人的这种做法对爱尔兰人来说意味着一种"强迫"（SS 417），因此对那个时候发表《公开信》，希尼并不后悔。而且他很高兴看到现在当英国学者再处理类似的爱尔兰问题时，总会停下来想一想了。希尼真正在意的，其实并不是要与英国对立，他反对的正是这种民族对立，以及作为这种民族对立的基础的狭隘的民族观。

第一节　文化之链

对于诸如北爱的天主教徒与新教徒、爱尔兰人与英国人、爱尔兰的爱尔兰人和美国的爱尔兰人等概念来说，用国家这个政治学范畴，乃至种族这个生物学范畴，都很难辨析和厘清其中复杂的群体关系。爱尔兰和英国曾经共同属于大不列颠及爱尔兰联合王国；北爱的各矛盾群体现在依然属于大不列颠及北爱尔兰联合王国；叶芝虽然出生在都柏林郊区山迪蒙，领导了爱

---

① 　Blake Morrison & Andrew Motion ed. *The Penguin Book of Contemporary English Poetry*. New York: Penguin, 1982.

② 　Blake Morrison. *Seamus Heaney*. London & New York: Methuen, 1982.

尔兰文艺复兴运动,但是从种族上说他有盎格鲁-诺曼血统;被希尼视为代表盎格鲁-萨克森民族的莫尤拉庄园,祖先却来自爱尔兰中南部的蒂珀雷里郡,非常可能有爱尔兰血统①。因此,在这个问题上,"文化"或许是一个更好地理解爱尔兰复杂历史问题的切入点。

一、希尼的文化观

文化这个概念源远流长,原本是农业上"种植"的意思,后来被古罗马修辞学家西塞罗用于"灵魂的培养"(cultura animi)②,之后这个词就在各种意义上被广泛地使用。英国人类学家泰勒将文化概括为"一个复合体,包含知识、信仰、艺术、道德、法律、风俗,以及一个人作为社会成员所获得的所有其他能力和习惯"③,换句话说,文化是一个社会范畴,强调的是通过实践、话语和物质表现来传递出社会共同拥有的对生存的认识。

对于"文化",希尼并没有做过专门的界定,不过在分析其他诗人和诗歌的时候,他从不同角度使用过这个概念。他使用过"爱尔兰文化"(PW 11)、"北爱文化"(P 35)、"区域文化"(regional culture,PW 7)、"母国文化"(mother culture,RP 197)、"亚文化"(P 116)这样比较宽泛的含义,也对照性地谈过"教区文化"与"民族文化"(P 127)、"地方的亚文化"与"学校培育的教育性文化"(P 212)、"凯尔特文化"与"欧洲其他地方的共同文化"(P 183)之间的复杂关系;他在论述中还使用过"共有但衰退了的文化"(P 141)、"理想的文化"(P 144)、"反主流文化"(P 101)。总之,希尼确实用"文化"这个概念辨析不同的群体和不同的意识形态观念,不但看到了爱尔兰文化内部存在的复杂的文化群体,也看到了不同文化在爱尔兰社会生活的不同阶段所起的不同作用。

德国学者扬·阿斯曼在《文化记忆》一书中指出,文化与人的社会性是直接相关的,景观、路标、历史遗迹、饮食等成为一种对人的共同性进行编码的符号,符号系统背后的象征意义所促成的综合体被称为"文化",因此文化是"一个集体的免疫系统和认同系统";通过文化,"集体的认同得以构建并且世代相传"。④ 因此文化这个概念本身就是集体认同的手段和标志,自身

---

① 戴从容:《"什么是我的民族"——谢默斯·希尼诗歌中的爱尔兰身份》,《外国文学评论》,2011 年第 2 期,第 74 页。

② Marcus Tullius Cicero. *Tusculanes*. Nismes: J. Gaude, 1812, p. 273.

③ E. B. Tylor. *Primitive Culture: Researches into the Development of Mythology, Philosophy, Religion, Art, and Custom*. New York: Gordon Press, 1974, p. 1.

④ 扬·阿斯曼:《文化记忆:早期高级文化中的文字、回忆和政治身份》,金寿福、黄晓晨译,北京:北京大学出版社,2018 年,第 145 页。

就包含着人类的群体性生存。即便独处的个人，只要生活在文化符号之中，比如穿着的服装，这些文化符号就会将他与特定的群体连接在一起。

从这个意义上说，文学传统自身就是文化。事实上希尼也使用过文学文化这个概念，比如在《地域感》一文中，他曾经把"有意识地熏陶的文学文化"与"分享而得的口头继承文化"（P 132）相对。希尼这里区分的两种文化也是爱尔兰文学的两个重要组成部分，即学校教育的文学传统与民间的文学传统，而这两个部分对希尼来说更代表着两个完全不同的认同群体，后者指向祖祖辈辈在爱尔兰岛上辛苦耕种却处于社会下层的爱尔兰农民，前者一般指几百年来统治着爱尔兰的英格兰人和接受世界文化教育的"西不列颠人"（West Briton）。"西不列颠人"一般被解释为亲英的爱尔兰人，但是在乔伊斯的《死者》中，对英国没有好感而是倾心欧洲大陆文化的主人公也被称为"西不列颠人"。从这一点看，希尼的"有意识地熏陶的文学文化"这个概念其实更能概括爱尔兰领土上那些接受了学校教育从而接受了世界文化熏陶的群体，这个群体在种族上可以有英格兰人、英爱混血儿，也可以是纯爱尔兰血统的人；在政治上可以主张爱尔兰独立，也可以主张与英国联合，也可以像乔伊斯那样持一种世界主义的立场；在宗教上可以是新教徒，也可以是天主教徒，也可以两种都不是。总之这是一个更加难以用已有概念界定的群体，但是在爱尔兰特定的历史环境中，尤其在 1980 年代爱尔兰经济腾飞之前，这种文化差异仍在爱尔兰突出地存在。这个群体与"分享而得的口头继承文化"的主要区别在于是否接受了爱尔兰学校教育所提供的超地域性文化体系，而后者则尤其指那些保存着爱尔兰更古老历史的神话传说、地名诗、民谣等。

这一划分不仅显示出爱尔兰文化群体的多样性和复杂性，而且对本课题来说，更重要的是显示出爱尔兰的"文学传统"本身也包含着不同的文化群体，希尼在讲述自己的教育时曾谈到过爱尔兰的元音与英格兰的辅音，但是从其所接受的文学影响中还包含美国文学和其他文学译本的影响来看，他所接受的文学传统更应该概括为"有意识地熏陶的文学文化"与"分享而得的口头继承文化"。

在这种种不同层面乃至相互冲突的文化中，希尼谈得最多的是世界文化。"世界文化的梦想，不管怎样，都是梦想着一个任何语言都不会被视为次等的世界，一个古老的乡村城邦维奥蒂娅（莱斯·穆雷把它塑造为一个代表着历史上所有内陆和方言文化的形象），将与城邦雅典有着平等地位的世界；那里不仅荷马获得应有的荣誉，赫西奥德也将获得应有的荣誉。"（RP 82）希尼这里所说的世界文化，以及世界文化同时包含的维奥蒂娅乡村文化和雅典城邦文化,正反映了希尼对"有意识地熏陶的文学文化"与"分享而得的口头继承文化"的态度。对希尼来说重要的不是它们的不同,而是应该让它们平等地处于同一个世界文化系统之内。在《苦路岛》中希尼曾经讲过一个关于爱尔兰中部克朗麦克诺伊斯修道院的传说。一天修道院的僧侣们看到天空中划过一艘船,船锚钩在了祭坛的栏杆上。修道院的僧侣们和船上的船员一起解开锚,帮助船顺利离开。希尼研究专家伯纳德·奥多诺休认为,"这个故事极其完美贴切地展示了两个文化和世界,不论如何不同,依然能够合作"。①

在创作初期,希尼强调对爱尔兰文化传统的挖掘和继承,但是中期通过对民族冲突的反思,希尼渐渐走出"原乡神话",把自我作为寻找传统的立足点②。通过自我的逐渐确立,以及与外部世界越来越多的接触,希尼渐渐转向文化融合的立场。希尼身上的爱尔兰诗歌传统与英国诗歌传统也从早期的冲突张力关系,转为后期的共存和转化的关系。而且事实上,即便在早期,希尼就对民族问题有了比较开放的视野,比如对约翰·巴雷尔和约翰·布尔编的《企鹅英国田园诗》,希尼就对该诗集中没有收录忒奥克里托斯、维吉尔、贺拉斯、曼图安和克莱门特·马洛特诗歌的英译表示不满。虽然他能理解编者为本民族的诗歌树立经典的出发点,但是认为这样的做法却遗憾地未能提供历史的和大陆的视野(P 175)。而通过对希尼的英语诗歌传统的梳理可以看到,希尼兼收并蓄,毫无偏颇地从爱尔兰诗歌传统、英国诗歌传统、美国诗歌传统中汲取养分,而且也没有对原语诗歌与翻译诗歌区别对待,而是积极借助翻译诗歌,向其他语言文化中的优秀诗歌学习。至少就希尼的英语诗歌传统来说,完全呈现出世界文化的情景。

希尼最推崇的俄国诗人曼德尔施塔姆所说的"对世界文化的乡愁"(RP 113)被希尼屡次引用。在这个方面,希尼倒是认为苏格兰诗人麦克迪尔米德的诗歌呈现出了对世界文化的追求。麦克迪尔米德不仅试图改造英语,创造他那融合古代与当代、地方性与国际化的拉兰语,而且他的诗歌还包含被后来研究者称为"创造性改写"(creative transcription)的内容,即把书籍和刊物上并不为人熟知的散文章节改写为诗歌,成为自己诗歌的一部分,这里就使得他的诗歌中有了法语和俄语的材料。麦克迪尔米德始终致力于超越地方局限,把全人类文化纳入共同的视野之中。比如在《纪念詹姆斯·乔伊斯》一诗中,麦克迪尔米德就谈到"整个世界文学领域对一个人的大脑的

---

① Bernard O'Donoghue ed. *The Cambridge Companion to Seamus Heaney*, Cambridge: cambridge university press, 2009, p. 12.

② 戴从容:《"什么是我的民族"——谢默斯·希尼诗歌中的爱尔兰身份》,第69—83页。

影响"①,而他要做的就是把"法语元音的特性,/莱茵河的文化意义,/巴黎作为'批评之都'的地位,/独裁的伦理,/托姆里的白葡萄"②都保存下来,因为这些都是可以让一个群体达成共识的文化,这些文化都是麦克迪尔米德这个苏格兰诗人心心念念要保护的,他要用诗歌"致力于对抗第一手知识成果的普遍衰落,不管范围多么有限"③。

不过世界文化并不一定要通过将其他文化元素纳入自身才能获得。拿曼德尔施塔姆来说,虽然他把"阿克梅主义"定义为"对世界文化的乡愁",但他并没有刻意把其他民族的文化纳入自己的文学版图,他笔下主要描写的还是俄罗斯的环境和生活。虽然他同样写到过巴黎圣母院、彼特拉克、阿里奥斯托、伦勃朗,并向古希腊寻求精神的答案,但是与麦克迪尔米德不同,纳入其他民族文化并不是曼德尔施塔姆的主要目的,不同的文化更是他探索生命和社会意义的材料。不过这并不影响希尼认为曼德尔施塔姆和他的妻子娜杰日达"他们的成就对他们所向往的'世界文化'做出了不可估量的贡献"(GT 88)。事实上,曼德尔施塔姆的世界文化成就正来自他对自己的俄罗斯文化的思考和书写,他对世界文化的贡献正是建立在他对地方文化的思考之上。从这一点说,世界文化与地区文化并不矛盾。再如希尼曾经谈论圣凯文故事的文化归属,他说虽然圣凯文的故事是爱尔兰的故事,但是它同样完全可以出自印度、非洲、美洲乃至北极洲。希尼这样说并不是要用一种多元文化的理念来质疑目前这个故事只属于某一个文化,相反,希尼提出"它的可信度和传播价值离不开它的地方背景"(CP 33),爱尔兰的背景并不妨碍圣凯文的故事被其他文化所接受。

由此可见,文化在希尼看来,首先属于某个特定的时空,而非抽象的、形而上的,因此当希尼谈到一个人的感性认知的时候,他说这一半来自于投射到头脑中的"一个地方、一个祖先、一个历史、一个文化,不管你想叫它什么"(P 35)。但是与传统田园诗赞美故乡生活的宁静不变不同,希尼知道甚至鼓励个人在成长过程中对自己成长的地方文化加以反思,用他的话说,"对自我的自觉和与自我的争吵是劳伦斯所谓的'我所受教育的声音'的结果"(P 35)。对希尼来说,学校教育能够将他带向爱尔兰之外的广大世界所发生的事情,当然学校里的爱尔兰语文学同样也强化了他对爱尔兰身份的认同。而由此产生的矛盾和对复杂性的认知,希尼非但不认为是应该解决的

---

①　Hugh Macdiarmid. *Selected Poetry*. Edited by Alan Riach and Michael Grieve. Manchester:Carcanet Press Ltd,2004,ebook edition,2012,p. 986.

②　Hugh Macdiarmid. *Selected Poetry*,pp. 984—985.

③　Hugh Macdiarmid. *Selected Poetry*,p. 985.

问题,反而是文化思维中值得提倡的"双调思维"(two-mindedness)。

"双调思维会带来的挑战并没有什么好奇怪的。"(RP 202)希尼说他作为少数群体在北爱长大,在英格兰文化中接受教育,但是英语教育并"没有什么毒害"(RP 202),不会影响他对爱尔兰的认同。他呼吁北爱尔兰的多数派同样"应该做出相应的努力,拥有双调思维"(RP 202),而且他认为这样"每件事、每个人都会从中受益"(RP 202)。显然,希尼认为普遍的"双调思维"是解决群体冲突,打破文化殖民,建立起和谐的世界文化的途径。民族文化之间的殖民与被殖民,控制与被控制,是希尼曾经面对的主要问题。对这种文化上的等级体系,对"天经地义地证明殖民势力的文化优于土著文化的殖民修辞"(RP 196)中的逻辑,希尼深有感触,这也是希尼向往一个"任何语言都不会被视为次等"的世界文化的重要原因。而这一目标的实现不是靠政治上的"平等原则",而是要使无论殖民文化的一方还是被殖民的一方都拥有"双调思维",只有这样才能真正打破萨伊德指出的"潜层的东方主义"①。

不过,这还只是空间上不同地域文化之间的关系,文化问题中时间上的传统文化与当代文化之间的关系同样是一直被思考和争论的话题。在这个方面,希尼不仅强调传统文化的保存和复兴,更强调与现代的融合。比如在谈到爱尔兰的托里岛、帕特里克山等那些深深浸润着爱尔兰古老文化的胜迹的时候,希尼说这些地方"除非对我们来说有一定意义,除非这些景色的风貌是与一种超出它们自身的某种东西相交流,与一种我们自己依然觉得我们可能属于的东西相交流的方式"(P 132),否则除了视觉愉悦,它们就对我们来说没有任何意义了。从这个原则来重新审视希尼的英语诗歌传统,也就明白为什么希尼虽然熟悉乔叟和莎士比亚这样的英语诗歌传统的奠基者,却没有文章专论乔叟和莎士比亚。相反,他会专论约翰·休伊特和保罗·马尔登这样鲜为人知的当代诗人,论述那些跟他有比较密切交往的或对他有比较大的影响的诗人。显然对希尼来说,文化传统并非崇高屹立在赫利孔山上等待后人朝拜的神圣殿堂,而是理解现代生活和阐释现代生活的支柱。人们需要做的不是去朝拜传统,而是把传统用于现代,希尼非常赞同叶芝等爱尔兰作家通过强调当下与过去之间的重要联系来定义和理解当下。传统和现代不是像未来主义所认为的那样应该割裂的,现代离不开传统,但不是现代走向传统,而是传统走向现代。

至于传统的现实作用,希尼认为就北爱问题来说,这一努力尤其"迫切

---

① Edward Said, *Orientalism*, London: Routledge & Kegan Paul, 1978, p. 206.

得必须被重新运用"(P 60)。希尼之所以强调这一点,从希尼自身的北爱经历来看会更容易理解,因为显然希尼认为北爱冲突并非只是两个政治团体或宗教团体的冲突,而是文化传统之间的冲突。在 20 世纪四五十年代,希尼年轻的时候,爱尔兰语和爱尔兰文化在他所生活的北爱地区属于禁忌,因此当主张与英国联合的北爱统一派承认爱尔兰语和爱尔兰文化的时候,希尼不只只将其视为一种政治上的进步,更标志着"将'遗产''传统'和'历史'概念等溶剂放入文化和政治等封闭场域中发挥作用"(GT XXI)。换句话说,在北爱尔兰,希尼所属的爱尔兰少数群体更希望占多数的统一派能够看到少数派文化在北爱长期存在的历史,看到爱尔兰文化在北爱的深厚传统,愿意接纳而不是像当时那样排斥爱尔兰传统文化。这或许也解释了为什么一些人会认为希尼是一个特别强调传统的人。贝尔法斯特小组的詹姆斯·西蒙斯就常说,"希尼在生活和哲学上并不适应进步和改革。他愿意沉溺其中,向后看"①。希尼强调传统,是因为在北爱,爱尔兰传统文化的价值可以让北爱的爱尔兰人获得群体认同和身份自信,这也是为什么希尼将叶芝对爱尔兰斯莱戈乡村的神话传说的认同称为"自觉的反主流文化行为,反抗维多利亚时代后期英格兰的唯理主义和唯物主义"(P 101)。叶芝触及的看起来是乡村和工业文明的对立,但他寻找的"凯尔特的黎明"(The Celtic Twilight)本质上是被殖民文化争取自身文化价值和身份价值的努力。

当然,跟贝尔法斯特小组的其他作家相比,希尼确实更强调对传统文化的发掘,他的《挖掘》一诗也被解读为对传统的挖掘。不过对希尼来说,传统不但是现代的重要组成部分,还可以起到对现代文明的纠偏的作用。传统能够为在唯物和唯理的道路上飞奔的现代世界提供不同的认识和反思维度,从而起到维持"某种超验的平衡"(RP 3)的"纠正"作用。在散文集《诗的纠正》中,希尼强调的主要是诗歌的纠正作用,但是希尼称诗人在一定程度上是文化的"最热切的代表"(PW 11),诗歌体现的是"民族文化的自觉功能"(PW 39),能够"让文化回归自身"(P 41),显然,在希尼眼中,诗歌是文化的精髓。未必所有的文化因素都具有纠正的能力,但是希尼无疑深信其中的诗歌传统具有纠正的功用。

对当代文化,希尼谈到过"印刷文化与电子媒介在塑造宣传文化英雄方面日益有效地联合在一起"(RP 124),谈到诗人们在共产主义思想的影响下,会接受大众文化,"在他们的诗歌中纳入现代技术世界的装饰"(GT

---

① James Simmons. "The Trouble with Seamus." in *Seamus Heaney: A Collection of Critical Essays* ed. Elmer Andrews, New York: St. Martin's Press, 1992, p. 48.

118），这些论述表明希尼也注意到了现代科技给文化带来的影响。不过也不能不承认，即便是描绘现代技术，希尼也会将其与传统文化联系在一起，这也是为什么他会被认为"向后看"的一个原因。比如他收于诗集《区与环》中的《萝卜切片机》一诗，希尼在描述这架大约 20 世纪中期的削片机的时候，不是向前展望技术的现代发展，而是先把叙述转到 19 世纪生铁时代的绞肉机和水泵，继而进一步向后把它视为全身铠甲的中世纪武士。而从这两个"向后的"对应我们可以看到，虽然绞肉机和水泵都是器具，但是希尼关注的并不是其中的机械原理，而是绞肉机象征的毁灭与水泵象征的生命之间的矛盾。再向后联想到中世纪武士的铠甲，希尼称其为"宽膛的胸甲"（a barrel-chested breast-plate，DC 4），在这两个复合词中，"桶"和"盆"像外壳一样将"胸"和"膛"包裹起来，就像铠甲将躯体包裹，铠甲在这里成了生命的保护者。但与此同时，这又是一副战争的铠甲，意味着杀戮和死亡。由此希尼从萝卜切片机上领悟的，不是飞速发展的现代机器，而是对生命同时包含着生存和死亡的领悟。

　　总的来说，生命和世界，时间和空间，都在希尼的文化中连为一体。希尼曾经借用叶芝的话称之为"文化的一体性"和"存在的一体性"（P 126）。交融和统一，而非断裂和对立，是希尼的文化信念，也是希尼所推崇的俄国诗人曼德尔施塔姆的信念。即便当时存在着苏联与美国的冷战，即便身处主张文化对立、大搞阶级斗争的环境之中，曼德尔施塔姆也依然坚信文化是一个连续的过程，苏联的亚美尼亚文化与古希腊罗马文化之间的联系在曼德尔施塔姆看来则正是世界文化一体性的标志①。

　　虽然希尼似乎是"向后看"的，但是传统对希尼来说不是去瞻仰的遗迹，而是去理解一体性的存在和文化下面的逻辑，从而理解当下发生的事情的基础。这正像希尼在《一次回顾》（"A Retrospect"）中说的：

> 仿佛我们在洪水的第一次涌动中向前
> 好记起，在一个地方，出自隐蔽的泉水的
> 深潭和水流变成了路上的一条河。（ST 42）

可见的地面河流其实来自地下的泉水，是不同空间的相互关联，而这泉水又与洪水的第一次涌动有关，是不同时间的相互关联。这样，如果要理解某一

---

① Nadezhda Mandelstam. *Hope against Hope*：*A Memoir*. tr. Max Hayward, London：Harvill, 1971, pp. 249—250.

时间空间所发生的现象的真正起因，就必须进入其他的空间和时间。不同的时间和空间相互影响。回顾不是为了回去，而是为了理解现在。而如果一味向前，就像诗中说的：

> 他们喜欢把山谷抛在身后的感觉，
> 就好像一架梯子斜搭在世界上
> 他们在爬梯子，但是可能向后
> 摔进他们肩膀上扛着的
> 全部空气和空虚。（ST 43）

一直向前，把过去彻底抛在身后，会让自己最终负载的只是空虚，在生命中不能承受之轻中跌回到过去。世界并不仅仅只在梯子前方，世界是一体的，文化也是一体的，只有拥有"双调思维"，同时把自我与他者、传统与现在、地区与世界放在心中，才可能真正地认识自己、现在和地域。

二、诗的文化融合

1985 年时，对北爱的困境，希尼觉得荣格的一个心理分析的病情处理方案对北爱诗人的处境具有特别的针对性。希尼引用安东尼·斯托尔对荣格的描述说：

> 荣格描绘了他的一些病人，面对看起来无法解决的矛盾，如何通过"超越"矛盾，通过发展出一种"新的意识层面"而得到解决。他写道："某些更高或更广泛的兴趣出现在病人的视野，通过这一视域的扩大，无法解决的问题不再那么急迫。这不是在问题自身的层面逻辑地解决的，而是当面临一个新的、更强大的生命欲望时淡出视野的。"[1]

也就是说，当下矛盾的解决有时并不是直接给出评判或答案，而是可以通过更高的或更广泛的视野，使得当下的问题不再变得那么迫切。希尼认为，对于北爱的诗人来说，这另一个视域可以是诗歌，"对诗人来说，唯一可靠的解脱是成功的诗歌带来的安慰"[2]。希尼说，当诗歌达到完满，语言和韵律所

---

[1]　Seamus Heaney. "The Peter Laver Memorial Lecture 'Place and Displacement': Recent Poetry from Northern Ireland (1985). "*The Wordsworth Circle*, Vol. 37, No. 3, Wordsworth Summer Conference: Special Issue (Summer, 2006): 148.

[2]　Ibid, p. 150.

带来的快乐充分实现,"在那些自我证实和自我抹除的时刻,诗人触及新的意识层面,那里他同时使自我得到强化,又离开了他的困境"。① 在这里,希尼在世界文化和双调思维之外,提出了文化的另外一个功用,即文化本身就可以超越现实,赋予现实新的含义和维度。

希尼举的一个例子就是爱尔兰现在几乎仅次于国庆节的"布鲁姆日",一个纪念爱尔兰作家詹姆斯·乔伊斯的虚构小说《尤利西斯》里的虚构故事的发生时间的节日。在每年的 6 月 16 日,不仅爱尔兰,而且在包括中国在内的其他国家都有乔伊斯的爱好者纪念这个虚构的节日。在这里,虚构对现实的影响可以说达到了世界的广度。希尼因此提出,"人类关于他们自己和他们的世界的神话,对他们的行为产生了更强烈更大的影响,其影响超过了任何对他们所居住的现实世界里相关处境的合理的、理性的、谨慎的估量"。②

对这一点,希尼还描述了自己在 20 世纪 60 年代曾经途经一首民谣《布拉伍格》("Boolavogue")中描绘的韦克斯福德郡的小村子布拉伍格。在1798 年托恩的爱尔兰人联合会领导的爱尔兰起义中,墨菲神父领导布拉伍格村的村民一度打败了英国军队,虽然最终在近一个月后失败了,墨菲神父也被处以绞刑。但是在民谣中,墨菲神父能够催动山石,让石楠燃烧,因此更近于神话而非现实。当希尼驱车前往这个神话般的村庄的时候,经过民谣中描写的道路,发现这条道路就叫"通往仙境之路"(The Road to Fairyland)。希尼说自己的这次探访获得的感受是,"我并不是驶向任何行政教区或者任何被称为布拉伍格的教会建筑。更应该说,我在驶向音乐旋律中那个永远向后退去的欲望中心"。③

希尼这里描写的文化赋予现实的新的光晕其实在现实中随处可见,而且这些光晕可以将不同的群体联结为一体。比如炎帝和黄帝的神话将中华民族聚集在炎黄子孙的共同体之中,或者古希腊罗马文化使欧洲分散的民族获得一定的凝聚力,后者用希尼自己的话说:"一个初次阅读《伊利亚特》或者《奥德赛》或者《埃涅阿斯纪》的英语读者可能至少已经听说过特洛伊和海伦了,或者听说过帕涅洛佩和独眼巨人了,或者迪多女王和金枝了。这些史诗可能是用希腊文或拉丁文书写的,然而这些经典传承深深浸入到英语的文化记忆中,使得它们的世界比第一部英国史诗的世界更让英国读者熟

---

① Ibid, p. 150.

② Seamus Heaney. "Varieties of Irishness: In the Element of His Genius." *Irish Pages*, 9 (1), 2015: 12.

③ Ibid, p. 13.

悉,即便后者的成书时间比它们还晚。"(B ix)

在很长一段历史时期,爱尔兰人都视爱尔兰文化为一种低于古希腊罗马的文化,即便叶芝也认为古希腊罗马是爱尔兰模仿的榜样。希尼也喜爱古希腊罗马文化,但是与他的祖辈们不同,他把爱尔兰塑造为"欧洲主要文化之一,直接源于古代的过去"。当然,希尼对爱尔兰文化的自信不是来自叶芝那样搜寻和重塑古老的爱尔兰神话和传说,而是充满自信地通过重写古希腊罗马的作品,将这些古典叙述与自己对爱尔兰的其他叙述不分彼此地交织在一起,从而让爱尔兰文化与作为所有欧洲文化源头的古希腊罗马文化自然地融合。比如在《北方》中,他把那些重写古希腊神话的诗歌,与描写爱尔兰早期的"沼泽女王"的诗歌不做区分地放在一起;在《看见》中,他把翻译的维吉尔的诗歌和但丁的诗歌,不做区分地与自己叙述爱尔兰生活的诗歌放在一起;在《电灯》中,他把翻译的维吉尔的田园诗,不做区分地与其他诗歌放在一起。这种种处理中显示出了强大的文化自信。

正是因为希尼坚信文化尤其是文学具有影响现实的力量,并且洞悉古代文化相互渗透的情况和当代文化的相互交融的可能性,因此他在诗歌中也将不同的文化自然而然地或者说不动声色地交织在一起。拿希尼改写的维吉尔写于公元前 42 年的牧歌第四首来看,这首诗首先在标题上被希尼改成了《班河河谷田园诗》("Bann Valley Eclogue"),然后在标题下希尼写道:"西西里的缪斯女神,让我们一起歌唱维吉尔的田园诗第四首",可是诗歌的正文却并不完全是维吉尔的原诗,爱尔兰的内容被不露声色地加入到古代叙述之中:

> 班河河谷的缪斯,给我们一首值得吟唱的歌,
> 某首歌像帘幕一样在那些词语中
> 升起的,它已经发生,或者正在开始。
> 让我取悦我的树篱学校校长维吉尔
> 还有那位应该到来的孩子。或许,诸天们,为了
> 她和她那一代而高歌更美好的时光。
> 维吉尔
> 这里是我的话,你将不得不为它找到栖居之地:
> 卡门、祷告历、胎儿、世纪、宗族。
> 你口中它们的要旨,省份应该清楚
> 即便在这个阶段。诗歌、命令、时代
> 民族、错误和更新,然后婴儿出生

以及所有旧的瘴气冲刷干净。

污染你的任何东西，你把它擦进你自己，

地球的标志、出生的标志，霉菌就像血污的霉菌

在罗穆洛斯的壕沟后面。但是当羊水破裂

班河的水流将溢出，旧标记

将不再能将东西两岸区分清楚。

河谷将向像新生的婴儿一样得到冲洗。

诗人

和平的世界：你的话太多了，几乎

就是自己绕着自己转。地球上什么能跟它相配？

然后，上个月，中午的日蚀，风也消歇。

千禧年的寒冷，鸟雀无踪，一片黑暗，准备好。

第一性沉稳坚定，最终性，出生宣告

随着名字被认识到：我看到了天体。

维吉尔

日蚀不会是因为这个孩子。她将明白凉意

将会是她处女头顶婴儿车的遮蓬。

巨大的犬雏菊将缠在辐条中

她会在夏夜躺着聆听

挤奶室里进行着的轧轧声和蠕动声

愿她永远不会听到近处的炮火和爆炸。

诗人

为什么我记得圣帕特里克的早晨，

被我妈妈送到铁路线

去采小小的三叶草，几乎不可碰触，三叶草

带着它那纠结、缠绕、爬行、坚韧、稀疏的根

各处都是，在枕木间的石头里。

鳞片般的露珠从叶子上摇落。泪腺洒落。

孩子已在路上，不会很久

你就降临到我们中间。你的母亲显示着预示，

她傍晚外出在大大的草捆间散步。

地球行星就像磨牙胶环般悬浮

挂在它的世界链条上。你的婴儿车等在角落。

牛放了出来。他们冲洗着牛奶房的地板。（EL 11—12）

　　这首完全可以说是希尼在读了维吉尔的田园诗后写的自己的田园诗，人物还是维吉尔，诗歌背景却换到了爱尔兰。主题也从歌颂新时代的到来，变成革旧更新中存在的困难。作为标题的班河河谷是希尼家乡边上的班河从离开内伊湖到注入大西洋的中间一段，因此隐喻着从爱尔兰的内地与进入更广阔的世界性区域之间的过渡空间。

　　维吉尔的第四首牧歌被认为预言着基督的降临，希尼这里的已在路上的婴儿如果离开了这个背景也是无法理解的。但另一方面，在维吉尔那里，世界陷入苦难，民众呼唤着救世主的到来，并预言随着他长大成人，大同世界也将到来。而希尼这里则将古罗马时代的这个古老的预言放到爱尔兰乡间的牛奶房的背景中，树篱学校和三叶草，乃至圣帕特里克日的清晨都强化了这一背景的爱尔兰性。古代世界与当代爱尔兰世界由此像三叶草的根一样纠缠交织在一起。而且在诗中，希尼尤其强调"省份应该清楚"，在这里他用的是"province"，因为北爱尔兰原来是爱尔兰的四省之一，而且北爱尔兰也就可以称为"the Province"。对省份的强调其实是对北爱过去的地域归属的强调。诗中提到的"炮火和爆炸"更是将北爱冲突纳入到诗歌的叙述之中。因此如果说维吉尔作为罗马帝国的公民，在这个条条大路通罗马的帝国里，罗马就等于天下，因此并没有明确的地域意识和地域指向的话，那么在希尼的诗歌中，地理空间则处处被突出出来。但与此同时，希尼诗歌的爱尔兰空间又与原来的罗马地理空间毫不别扭地交织在一起，比如"在罗穆洛斯的壕沟后面……班河的水流将溢出"，古罗马城的壕沟可以毫不违和地承载爱尔兰的河流。值得注意的是，这种融合的最终结果，则是"旧标记／将不再能将东西两岸区分清楚"，过去的地域划分将被消弭，希尼将用自己的诗歌的水流，将不同的文化纳入同一个空间。由此也就可以明白希尼在这里将"我"清晨去采三叶草放在诗中的意义。救世主的诞生与儿童去寻找民族的新生至此进入了同一个隐喻空间。这是一个世界性的空间，"地球行星就像磨牙胶环般悬浮／挂在它的世界链条上"。这个链条也是文化的链条，将地球上的不同文化连接在一起。

　　但与此同时，希尼又将原诗的单一视角换成了诗人与维吉尔的对话，从而使两种文化获得了平等对话共存的可能。这样，希尼赋予了古代文化与爱尔兰文化一种既平等又交织的共存模式，既没有哪个文化完全同化了另一个文化，也没有哪个文化对另一个文化亦步亦趋，同时两个文化又有交流交叉，而不是对立隔阂，从而形成了一种既交织又平等共存的连环模式。

　　事实上，正是在这部诗集中，希尼也翻译了维吉尔在公元前37年创作的牧歌第九首，但是在章节安排上并不与这首改写自维吉尔的田园诗放在一起，而是放在题为《红白蓝》("Red，White and Blue")的三联诗和题为《希腊田园诗》("Sonnets from Hellas")的组诗的中间。与其一起放在中间的还有《格兰莫尔田园诗》("Glanmore Eclogue")，即希尼最初移居爱尔兰共和国时的住所。《红白蓝》三联诗显然指英国的米字旗所用的红白蓝三种颜色。而在《希腊田园诗》中，希尼有意不称希腊为"Greek"，而是称为"Hellas"。前者是罗马征服希腊后对希腊的称谓，后者是希腊人对自己的称谓，显然希尼在这里希望追溯的是各个文化殖民前的本源。在这之间放入的是基本忠实于原作的维吉尔牧歌第九首的翻译，应该代表着希尼对作为古希腊文化和欧洲文化之间的过渡的罗马文化的看法，即罗马文化是一种翻译基础上的修改。这样，这四首诗分别代表着英国文化、罗马文化、爱尔兰文化、希腊文化。而它们被交织着而非历时地放在一起，本身就代表了希尼后期融合的文化观。

　　在希尼对维吉尔田园诗第九首的翻译中，韵律依然按照时代的审美趣味做了调整，比如加入了传自古英语的头韵和传自法语的谐元韵。此外在语气上也有所变化。在内容上，虽然结构和主要内容没有改变，但是一些古罗马的地名被隐去了。比如：

> 如果你有任何歌要唱，现在就唱吧
> 这样你的蜜蜂可以转过紫杉离开，
> 你悠游自在的奶牛一片兴旺
> 乳头鼓胀、乳房紧绷。（EL 32）

原文是：

> 就让你的蜜蜂离开科尔诺的紫杉树，
> 让你的奶牛吃饱了金雀草，乳房沉沉，
> 唱吧，哪首歌都行。①

　　对照可见，希尼在翻译时删除了罗马地名，删除了带有地域特征的草名。此外，希尼诗歌的情绪也比原诗更加急迫，呼吁诗人现在就把要唱的歌唱出来，而不要等待。显然与古人怀着忧伤等待救世主的降临不同，生活在现代的希尼更相信自我的力量，知道只能依靠自救，也因此更强调当下性和

---

① Virgil. *The Great Poems of Virgil*. Chicago：William Benton，Publisher，1952，p. 30.

行动性。

通过对古希腊罗马文化从翻译和改写等不同途径的挪用，通过将过去的文本与自己的创作相结合，希尼把现代文化与过去的文化以平行独立又相互交织的方式连接在了一起。

三、经典文化与文化英雄

在希尼创作的时期，经典文化其实面临着指责。最多的指责来自两个方面：一是女权运动。随着女权批评及其观念的涌入，女性在世界文化和政治中的位置被重置，必然带来对男权结构的质疑，于是众多批评家们指出过去是男权统治决定了文学经典及其被接受的方式。第二是解构主义和后殖民理论的兴起。它们在经典的构成中看出了霸权和统治权的运作，一些批评家抨击目前的经典结构将土著和少数群体放在边缘位置。在这种情况下，20世纪末批评界出现了大量经典重读的现象。但希尼的重读显然跟这种重读并不一样。希尼并不是把批判传统和修正传统作为主要目标，而是持一种更加开放和包容的态度，把让不同时代和不同地区的文化相互交流交织作为追求的主要目标。

对于女性主义本身，希尼关注不多，但是他在霍普金斯的影响下，常常用男性和女性来比喻诗歌艺术，比如前面提到的他在《燧石中的火：论杰拉尔德·曼利·霍普金斯的诗》中提出的诗歌的男性模式和女性模式。不过一般认为，"希尼的'女性原则'通常首先是在爱尔兰共和国这一传统和爱尔兰天主教的背景下谈的"。[①] 这句话的意思是，希尼按照爱尔兰的传统，把女性与爱尔兰相连，把男性与英国相连，就像他在描述自己的文学渊源的时候说的，"把爱尔兰的情感当作元音，把英语滋养的文学意识当作辅音"（P37）。既然一个是元音，一个是辅音，显然希尼是提倡两者相结合的，就像他同样提倡男性模式与女性模式相结合一样。但是有评论者批评说，虽然希尼摆出男性因素与女性因素结合的立场，但是在他的笔下，"始终是男性（或者男性诗人）外出工作"[②]，总是男性代表着理性、意志和力量。

作为一个没有专门关注过女权运动的男性作家，存在着这样潜在的男权思维虽然不能说合理，却也在情理之中。但更重要的是希尼对两性合作共存的提倡，这也可以说是他的"双调思维"的另一种模式。这种男性与女性的艺术比喻同样也可以运用于理解希尼对英国文化与爱尔兰文化，主流

---

① Berenard O'Donoghue，ed. *The Cambridge Companion to Seamus Heaney*. pp. 74—75.

② Ibid，p. 76.

文化与亚文化,强势文化与弱势文化之间的关系。像只有男性与女性结合才能繁衍后代一样,希尼同样强调不同文化的共存。他不但一视同仁地将爱尔兰诗歌传统和英国诗歌传统用作自己的养料,对于经典文化和大众文化、传统文化和当代文化,希尼同样积极展示它们融合的可能性。

　　比如希尼对古英语史诗《贝奥武甫》的翻译。虽然希尼翻译《贝奥武甫》是受《诺顿英语文学选集》的编辑的邀请,但希尼完全明白这一翻译本身就是一个从经典到经典的过程,而且他的译本现在也可以说已经登堂入室成为经典了,但是他并没有强调《贝奥武甫》的经典性,而是表明自己翻译的初衷就是因为这首诗如今"大多在中小学和大学的英语课"上读,而"这造成的印象是它是写在(就像曼德尔施塔姆描述《神曲》的时候说的)'官方的纸上'"(B Ⅶ),因此他要通过翻译让《贝奥武甫》进入到当下的生活现实,从官方进入民间。他坚信虽然它的语言属于过去,但是作为艺术作品,"它在自己延续不断的当下性中活着,与我们今天的现实知识不相上下"(B Ⅶ)。因此对《贝奥武甫》这部代表着英语文学几乎最古远的经典的作品,希尼持的依然是一种世界文学的眼光,认为应该"给这首诗一个新机会,让它横扫"盎格鲁-撒克逊的英格兰'荒野,穿越薄雾弥漫的地带',向前进入第三个千年的地球村"(B X)。这也是为什么比如希尼在翻译第24—25行的"受人尊敬的行为/在哪里都可以畅通无阻"(B 5)的时候,"我对我的原始方言的质感的关注,与对这些盎格鲁-撒克逊诗句的内容的关注一样多"(B ⅩⅫ),显然希尼的译本更注重给当代读者日常口语的感觉,而不是翻译成古雅的书面语。此外希尼还谈到,当他发现《贝奥武甫》中的动词"þolian"(遭受)就是"我长大的乡村里很少接受过教育的老人们使用的这个词"(B ⅩⅩ)时,"我的心再次提了起来,世界扩大了,有什么东西向外延展",这个延展的就是经典文学从少数人的殿堂向社会大众的延展。对希尼来说,让《贝奥武甫》从古英语的崇高殿堂进入甚至未受过高等教育之人的口语世界,不是降格而是扩展,是世界的扩大。希尼的译本今天确实也取得了这一效果,成为老少咸宜、广受欢迎的畅销书,其受欢迎程度甚至超出了希尼自己的预期。

　　在这种开放包容的态度下,对1960年代之后逐渐占统治地位的当代大众文化,希尼认为对于年轻一代来说,这些来自流行文化的语言风格不可避免更能引起他们感情上的共鸣,年轻一代更能够欣赏和接纳它们,将其内在化。在当代,影片名、唱片名、乐队名甚至可能比书名更能打动大多数人的心。"因此虽然我同意酒吧文化和媒体文化被粗俗和无聊所包裹,这一有害的现实我们所有人都得经受,但是这种看法依然可能是一种歧视,跟过去完全一模一样。"(SS 469)认为酒吧文化和媒体文化中不能产生优秀的作品,这完全可能是一种歧视。所以希尼说当代大众文化中同样可以产生好的诗歌,重要的不是它打着大众文化的标签还是经典文化的标签,重要的是作品本身。"我并不怀疑大众文化的广告牌里也可以产生好的诗歌,就像高雅文化的粘贴板同样产生了不少坏诗一样,不过如果它以优秀诗歌的身份存在,它就有能力不用借助大众文化这一安慰剂来大行其道。"(SS 469)

希尼评价当代大众文化的标准中有一点非常重要,那就是优秀的作品本身。这里面的深意在希尼对卡瓦纳的分析中得到更明确的呈现。希尼推许卡瓦纳在《大饥荒》和《泰里·弗林》中,"用他那不伺候的独特人格(original personality)超越了乡村天主教情感,将一个亚文化被压抑的能量提升为一个文化源泉的权能"(P 116)。这里包含着希尼的一个重要看法,即虽然文化意味着群体认同,但与众不同的个体却具有改变文化的力量。在卡瓦纳这里,一个诗人甚至可以提升自己的群体文化。由此可见,希尼虽然尊重传统和文化,但是希尼并不让个体彻底消殒在传统和文化的群体认同之中,他依然坚持个人的独创力量对文化具有的改造作用。而且正是个体的超越性力量打破了文化之间的等级障碍,通过优秀的个体,亚文化、大众文化同样可以拥有主流文化的力量,成为经典。

这种传统与个人的互补和张力,应该是希尼为文化之链指出的独到方向。文化的提升是一个群体随着时间慢慢地积累提高的过程,还是可以通过优秀的个体使整体获得改变,这两种现象在历史上都存在。但是 19 世纪之后,随着工业革命带来大众文明的崛起,精英与大众日益被割裂。利维斯在《大众文明与少数人文化》(*Mass Civilization and Minority Culture*)中将它们视为对立的两方,并用"文明"和"文化"将其区分开来,将文化放在更高的位置。不过在这里,利维斯关注的依然是群体,即便是少数群体。之后的文化研究基本把视线放到群体,具有原创性的个体的"文化英雄"基本退出了文化研究的视野。当希尼谈到"印刷文化与电子媒介在塑造宣传文化英雄(culture heroes)方面日益有效地联合在一起"(RP 124)时,他的立场似乎与利维斯正相反:文化英雄不是大众文明的对立面,反而正与大众文化联合在一起,互相推进。

希尼文中的文化英雄虽然是泛指,但是是在谈到狄兰·托马斯在声誉正隆时却猝然离世的时候谈到的,而且希尼认为狄兰·托马斯的声誉离不开新的媒介,即他的诗歌朗诵的录音,"那些狄兰·托马斯朗读他自己诗歌的录音,那些在全世界大学生公寓的书架上成排排列的录音,是非常重要的文化事件"（RP 124）。因为"它们在英语世界的中心和边缘之间架起了一条让人激动的路线"（RP 124），让当时处于爱尔兰乡村亚文化的青年希尼得以窥见狄兰·托马斯所代表的英国现代主义主流文化。因此虽然希尼笔下的"文化英雄"用的是复数，但是个体的英雄如狄兰·托马斯依然可以单枪匹马地改变文化等级。

"文化英雄"这个概念最早由德国历史学家布莱斯希提出，指那些属于某个特定群体的神话英雄，他们可以通过创造或发现改变世界。现在最多的研究是从文化原型批评入手，研究某一类型的文化英雄的行为模式，而对个体英雄的文化影响力却缺乏深入的研究。因为在当代，像卡莱尔那样提倡英雄崇拜，认为"世界历史是伟人们的传记"①的英雄观，已经越来越被视为一种"等级制度"的反映。在文化英雄越来越从单数变为复数的时代，希尼对个体诗人的文化影响力的提倡，虽然与现代社会的民主精神似有相悖，但却合乎希尼自己所主张的诗歌能够"对我们思想和本性的其他部分带来改变"（G 109）。

希尼最后一部诗集《人链》表达了人类一体，彼此相助，文化传承之意。不过虽然整部《人链》以群体的认同和传承为核心主题，但其中也有诗歌强调了文化传承中个体的重要贡献。组诗《隐士之歌》是献给美国文学评论家海伦·文德勒的。海伦·文德勒也是哈佛大学的讲座教授，也是美国著名文学奖项普利策文学奖和美国国家图书奖的评委，美国艺术与科学学院院士，美国哲学学会会员。后者虽然名为学会，作为美国第一个学术组织，地位相当于中国社科院，筛选非常严格，自 1743 年成立至今也只有不到 6000 名会员。如此高的社会头衔，海伦·文德勒无疑会有不少社会活动，希尼却用"隐士"来献给她，与其说是要描绘她远离大众社会，将身心完全奉献给书籍和学术的生命状态，不如说是强调她的独立于群体之外的个人贡献。就像希尼在组诗的序曲中说的，"在我书本的横格手稿的上方/ 我听到野鸟在欢唱"（HC 74）。其中"ruled paper"是方格纸，但是希尼将这个社会习语换为"ruled quires"，借助陌生化手法使"ruled"一词凸显出来，从而与后面的"wild birds"（野鸟）形成对照。"ruled"（受控制的）与"wild"（不受控制的）在诗中形成的张力，正是群体规训性与个人独创性（originality）的张力。

《隐士之歌》由 9 首诗歌组成。第一首描写诗人从图书馆借来的书，其

---

① 托马斯·卡莱尔：《论英雄、英雄崇拜和历史上的英雄业绩》，周祖达译，北京：商务印书馆，2007 年，第 13 页。

中一种是 20 世纪 40 年代左右出版的用布匹剩料做书封的线装书,一种是
50 年代左右用墙纸做书封,由玫瑰花压印的书。它们对诗人来说都是新的
(newness),但是被新闻纸包裹着。"任何可以遮住这一新颖的东西"一句
看似描写包书纸,值得注意的是希尼在概括这些旧书时却强调它们的"新",
并且强调对新异性的遮盖。虽然可以从表面上理解为这些书本知识对借阅
者来说都是新知识,这个"新"也可以根据后面理解为爱尔兰语文献少为人
知,这或许解释了借阅者为什么用报纸包住,不想让人知道他对爱尔兰语文
献的兴趣。不管何种可能性,在惜字如金的诗句中强调"新",使得传统显示
出新的一面。

第二首描写读书,提到的都是基督教的圣人,公元 7 世纪的爱尔兰
修士圣弗斯和 6 世纪的爱尔兰修士圣哥伦巴,前者对推动基督教在英格
兰的普及,后者对推动基督教在苏格兰和爱尔兰的普及都做出了重要贡
献。不过这里希尼写的都是他们的爱尔兰名字,而不是常用的英语拼
写,显然希尼这里强调了对爱尔兰文化的继承。整个读书的方式,"打
开、放好、闻闻、开始。/一次大声拼读,一次手指画读"(HC 74),这些都
是模仿中古修道院抄经僧侣的做法。希尼说,写下的文字的最好品格是
"坚定"(HC 75),是坚持不变。但是这种对群体的书写传统的坚守,却
是由诗中这些"隐士"(anchorites)完成的。在这里希尼巧妙地用"ancho-
rites"同时包含了"退出世界"和"锚定坚守"(anchor)两层含义,因此暗示
着圣弗斯和圣哥伦巴开创了文化传统,但他们做到这一点靠的不是群
体,而是个人的坚持。

第三首描写了小学学习的过程,其中同样包含传统的传递,比如教育方
式从过去路边牧人和路边智者传授知识,到现在学者在学校课堂传授知识。
知识的符号"就像来自伊甸园的印章'转移'到空白纸页上"(HC 75)。第四
首描写了刚上学时,儿时的希尼看着老师书架上堆放的种种文具,如同古代
凯尔特守灵坟墓出土的器具。他作为班长替老师拿取和整理这些文具,成
为文化传承中的一员。第五首先写牧人考问小学生一个发音有几种写法,
相当于孔乙己考问孩子们"茴"字有几种写法,并让不知道如何回答的孩子
们去问老师。接下来写了凯撒认为不应该把知道的事情写下来,而古爱尔
兰的《战书》则被认为可以保佑战争取胜。这里对书籍的不同态度显示了书
籍和教育链条的复杂性,而这一复杂态度又在当代牧人教育与老师教育的
对抗中体现出来。第六首希尼继续追溯到爱尔兰早期手抄本中记载的片
段,一个是爱尔兰 12 世纪手抄本《牛皮书》(Dun Cow scribe)中记载的诗人
布里西乌的大厅里,乌尔斯特勇士的宝剑撞击的火花如太阳般耀眼。布里

西乌的名字是出现在记述爱尔兰勇士库胡林的萨迦中的,因此第二个片段就是写库胡林把绣娘们的针扔到空中,首尾相接形成闪闪发光的针链。然后希尼描写在自己的梦中,老师书架上的笔尖溢出来,漂在空中形成炫目的日冕。这里与其说是勾勒人类行为的相似性,不如说是在向古代爱尔兰文献致敬。

　　第七首写自己在音乐课上被老师派出去打水,好把墨粉变成墨汁。这样,在"安静的操场"上,他一个人"出来在室外,大地和天空"。(HC 78)这是"一个学校场景,学校/不会理解,我也不很理解"(HC 78),但是这个场景却如此深刻,以至于成为他在回忆学校教育这一传统时,忍不住要写出来。这个场景的冲击力来自于群体传承的个体性分离:儿时是"我被免掉继续学习",年老后"却依然是离开世界"。(HC 78)显然这一首的旋律不是作为学生成为学校教育群体中的一员,而是离开,即便是短暂地离开。作为班长,同学中的杰出者,被单独派出去完成任务,这一内容在这首组诗中第二次出现,第一次是在第四首中,"享有特殊待遇,被派去/拿一盒粉笔"(HC 76)。年老的希尼或许回忆儿时经历的时候,忍不住对自己幼年的鹤立鸡群做出自夸,但是希尼两次夸耀的,不是自己如何作为班长,带领大家做事,而是自己被独自派出去,暂时离开教室。这里更值得注意的,是希尼对个体性的渴望。

　　第八首从对希尼的独立人格具有重要意义的墨水开始,但是过去常用的"Inkwell""inkhorn"(HC 78)这些词如今都失去了意义,墨水也打翻在地上。现代对传统的冲击就好像圣哥伦巴在爱奥纳岛的清静生活被吵闹的登陆者打扰一样,而圣哥伦巴的直接反应是:

> 这个在码头吵闹的人,大意如此,
> 手里拿着权杖,他会出现
> 打算亲吻和平之吻,
> 他会闯进来,
> 他的脚趾会踢翻
> 我的小墨壶,使墨洒出来。(HC 79)

这里的"他"对圣哥伦巴来说是指外部社会,对希尼来说也指现代世界。传统与现代的交融并非一帆风顺,即便后来者希望和平,仍然会不可避免地打翻传统的墨水壶。

　　至此我们看到,虽然描写以书籍和学习为代表的文化的创造和传递,但是希尼并未勾勒一个明晰一致的美好蓝图,或者一个朝着最终目标层层推进的文化发展脉络,相反,他的诗中存在着矛盾和张力,存在着向前向后的来来回回,存在着对相反发展的清醒认识。事实上,希尼所有看似简单的诗歌都充满这种复杂性和张力,充满着对现实的不同维度和不同侧面的全面考虑,在出人意料的同时却帮助读者走出封闭单一的思维圈。从这一点看,在提倡世界文化、双调思维、文化融合的同时,希尼同样不会把这些视为一个文化会自动实现的未来,他很清楚理想和现实之间的张力。

这样组诗来到第九首的终曲,在这里书籍、学者和学习汇聚到一起,文化的传承在这里达向核心。"一个伟人相信'意义'",这个伟人指的是美籍波兰诗人米沃什;"另一个相信'诗人的想象和对爱的记忆'",这另一个伟人是爱尔兰诗人叶芝。(HC 79)用两位"伟人"来总结文化的传承,这正是卡莱尔所说的"相信世上有一个最伟大的人……其智慧足以真正识别时代的需要,其胆略足以将时代引向正路"①。显然,希尼相信"文化英雄"在文化传承中有着不可或缺的重要作用。然后希尼说出了自己的信念,那就是:

> 目前我的信念,我相信
> 保存在书中的坚定笔触
> 让它不会消亡。
>
> 利斯莫尔书。凯尔斯书。阿尔马书。
> 莱肯书,它的伟大的黄色书。
> "战书",暗褐色,置于神龛。
> 硬化的羊皮。反复尝试的笔。(HC 79)

希尼列举了五本爱尔兰中古时期著名的手抄本。当然,这些手抄本并没有一个作者,它们大多是中世纪修道院的成果,即一群既是隐士又是学者的僧侣共同完成的杰作。中世纪的修道院制度是一种强调以群体的方式来体验精神生活的修行制度,既强调群体又强调远离世俗社会。作为终曲的第九首从文化英雄开始,以隐士群体结束,可以说正代表着希尼对文化之链的既个体又群体的复杂态度。与卡莱尔一样,希尼相信伟大个体的创造力可以

---

① 托马斯·卡莱尔:《论英雄、英雄崇拜和历史上的英雄业绩》,第5—25页。

推动文化的发展,但与卡莱尔不同,希尼并不认为文化只是伟大人物的传记,希尼认为与人链一样,文化同样要手手相握,相互传递,组成文化之链。诗集中的同名诗《人链》中"我"抓住麻袋的两角,与大家一起组成人链,传递救灾的粮食,"四目相对,一二,一二,向上甩进拖车"(HC 18),传递的不只是物质的粮食,也是精神的粮食。在这里我只是人链中的一员,对于传递来说,这个"链"最重要。

理查德·罗素认为,由于希尼刚开始诗歌创作时所在的贝尔法斯特小组包括来自天主教和新教等不同身份、年龄和背景的人,让希尼学会了如何理解和接纳不同的,甚至敌对的立场,也因此奠定了希尼诗歌超越政治派别,融合其他立场的基础,因为"尽管接受的是天主教传统,使用的是天主教的冥思技巧,希尼的诗歌总是向其他文化的影响敞开,因此更能向同时存在于当地的众多文化提供具有统一力量的意象和语言"[1]。

第二节　语言之链

希尼虽然出生于北爱天主教家庭,从小就学了爱尔兰语,但是他的主要生活和创作语言都是英语。他会在诗歌中放入一些爱尔兰词语,以及拉丁语、法语等其他语言,也会去追溯一些词语的词源,但是从始至终,他的创作都以英语为主。虽然他获得诺贝尔文学奖与他的北爱诗人身份不无关系,他尤其引起评论家们注意的也是他对爱尔兰乡村生活和北爱政治冲突的描写和思考,然而如果说希尼试图复兴爱尔兰语和爱尔兰语文学,却是对他的误解。

无论在爱尔兰还是在其他地方,都存在着一种关于纯粹的爱尔兰语的神话,而且"这个纯净语言的神话与另外一个神话,即长存神话联系在一起"[2]。这种观点认为:第一,在英国人入侵之前,爱尔兰存在着辉煌的、未受世界其他文化污染的爱尔兰语,爱尔兰语是爱尔兰原住民使用的唯一语言;第二,这种语言直到 19 世纪依然存在,但受到英语的压制,那些希望回到祖先的光辉历史的爱尔兰人,可以通过学习爱尔兰语实现理想。

---

① Richard Rankin Russell. *Poetry and Peace*: *Michael Longley*, *Seamus Heaney*, *and Northern Ireland*, Notre Dame, IN: University of Notre Dame Press, 2010, p. 178.

② Richard J. Watts. *Language myths and the history of English*. Oxford: Oxford University Press, 2011, p. 30.

一些完全使用爱尔兰语进行创作的爱尔兰作家就是这种原语神话的支持者。

事实上，这种被希尼称为"文化决定论"（cultural determinism）的原语神话一开始也影响着希尼，但"幸运的是，早在我在贝尔法斯特女王大学读艺术的第一年，我就看到了从这种文化决定论中解脱出来的可能性"（B xix）。希尼谈到他大学时一位叫约翰·布雷伍德的来自苏格兰的老师教英语史。这位老师对北爱英语的细微差别特别敏感，而且熟悉这些差别中包含的文化的、政治的、宗教的差异，因此他会给学生们讲述英语的历史，从一开始作为日耳曼侵略者的语言来到英国，一直到英语如何几乎成为世界通用的语言。希尼说，对自己语言的历史的了解"突然照亮了一切，在一些场合它们构成了艾米莉·迪金森可能会称为的'头脑的澄明'（a clearing in the mind）"[①]。

比如约翰·布雷伍德教授会告诉大家"威士忌"这个词在盖尔语（爱尔兰和苏格兰使用的盖尔语都如此）中是"uiscc"，因此英格兰的乌斯克（Usk）河在某种意义上也可以理解为"威士忌河"。

> 就这样，在我的脑海里，这条小溪突然变成了一条从伦敦区（Cockaigne）原始的凯尔特-不列颠土地出发的河流中的语言之河，一条从某个前政治的裂开的岩石中喷涌而出的芬尼根们醒来说话（Finnegans Wakespeak）之河……爱尔兰语-英语的二分法，凯尔特-撒克逊的对立瞬间崩塌了，在由此产生的词源学的漩涡中，我的神经突触闪过一丝醒悟的光，我瞥见了这一具有潜力的别处，与此同时这似乎也是一个被记住的某处。
>
> 语言地图上"Usk""uisce"和"whiskey"同时发生的地方绝对是一个灵魂能够发现洞口的地方，一条逃离约翰·蒙塔格所谓的"被分割开来的智力"（the partitioned intellect）的路线，从而逃到一个没有分裂语言的国家，在这里，一个人的语言不会是简单的种族标签，或者是一种文化优先权，或者是官方的强制，而是进入到更远的语言。（B xix-xx）

由此可见，要理解希尼熟悉爱尔兰语却为什么不用爱尔兰语写作，甚至作品中的爱尔兰词语占比很小，首先需要明白爱尔兰语是什么。对爱尔兰

---

① Seamus Heaney. "Further Language", *Studies in the Literary Imagination*, Fall 1997, 30，2；ProQuest. p. 10.

语史的了解不仅是我们理解希尼的语言观的基础,也是希尼理解爱尔兰语,并且最终形成自己的语言立场的基础。

一、爱尔兰语与英语

英语属于印欧语系日耳曼语的分支。在 5 世纪前,不列颠岛上的居民其实也是凯尔特人,说着凯尔特语和拉丁语,当然拉丁语是官方通用语言。5 世纪初,罗马人撤军,盎格鲁-撒克逊人占领了不列颠岛,于是朱特人、盎格鲁人、撒克逊人的三种不同的西日耳曼语汇集成古英语。凯尔特人则被驱赶到北部和西部的山区。所以直到今天,在苏格兰和威尔士一些地区还保留着凯尔特语。

9 世纪斯堪的纳维亚人的入侵又给古英语中添加了以古诺斯语为主的北日耳曼语。11 世纪诺曼人的入侵则使法语对英语产生了很大的影响,比如乔叟的创作除了日耳曼语基础上的英语外,还有半数是源于法语和其他罗曼语的英语,因此是日耳曼语和罗曼语相结合的产物。文艺复兴时期的学者更是"对语言抱着兼收并蓄的态度"①,大量借用希腊语、拉丁语、法语和其他语言。因此早期现代英语实际上是语言融合的产物。

到了 18 世纪现代英语成型时期,虽然英语自身已经具有强大的表现力,被广泛使用,但是在英国大殖民历史的影响下,现代英语依然"从世界各地吸收了数千个新词,英语词汇变得更加全世界化了"②。因此事实上英语自身就是一个在多种语言的基础上融合吸收而完善成熟的语言,将英语视为一个单数的纯正语言是错误的。

至于爱尔兰语,虽然早期有刻在石碑上的欧甘文字,但欧甘文以名字为主,因此爱尔兰人早期虽然在口语上同时使用爱尔兰语和拉丁语,但是书写方面基本只用拉丁文。而且中世纪的书写主要由修道院承担,修士们接受的都是拉丁语教育。不过从 7 世纪起,爱尔兰的僧侣们开始用拉丁文字母来书写爱尔兰语,由此也就有了爱尔兰语的书面记载。而且不同于欧洲其他地区,爱尔兰的僧侣很早就用爱尔兰语书写较长的作品,比如著名的爱尔兰史诗《夺牛长征记》(*Cattle Raid of Cooley*)或"芬尼亚系列"(*Fianaigecht*),由此形成古爱尔兰语,这些长篇著作也因此为了解古爱尔兰语法提供了便利。

9 世纪斯堪的纳维亚人在入侵英格兰的同时也侵入了爱尔兰,并在沿

---

① 李赋宁编著:《英语史》,北京:商务印书馆,2005 年,第 10 页。
② 李赋宁编著:《英语史》,第 13 页。

海修建了若干城市,其中之一就是都柏林。但是不同于英语,古诺斯语对属于印欧语系凯尔特语族的爱尔兰语影响不大,主要是一些战争词语被吸收进爱尔兰语中。9 到 12 世纪的爱尔兰语被称为中古爱尔兰语,此时的爱尔兰语虽然较古爱尔兰语在语法上发生了不少变化,但是不像中古英语与古英语的差别那么大,倒是古爱尔兰语和中古爱尔兰语与现代爱尔兰语的差别非常显著。

中古爱尔兰语与现代爱尔兰语之间的明显变化与 1169 年英格兰的盎格鲁-诺曼人侵占爱尔兰有很大关系,这次侵占不仅是政权的变化,整个之前循序发展的爱尔兰语言和文化都受到了前所未有的冲击。有人否认这次入侵带来的语言冲击,理由是后来很多被称为"高尔人"(Galls)的入侵者后代也转而使用爱尔兰语。但是,正像说法语的诺曼人征服英格兰后最终被英语同化,但法语对英语的影响不容低估一样,这些盎格鲁-诺曼人来到爱尔兰后也使用了一段时间的英语,虽然后来被爱尔兰语同化,但在这个过程中,英语对爱尔兰语产生了更加巨大的影响。这一影响不仅来自入驻军队中大量说英语的官兵与爱尔兰本土居民的交流融合,而且当时有大量英语文献被翻译成爱尔兰语,内容从亚瑟王传奇类的罗曼司到圣人传奇都有,甚至有描写马可波罗的中国行的《马可波罗游记》①。这些翻译也对爱尔兰语的语法和词汇产生了很大影响。事实上,现代爱尔兰语的历史就是从 13 世纪开始的。1200 年到 1500 年间的爱尔兰语被称为早期现代爱尔兰语,与今天的爱尔兰语,而不是与 13 世纪前的爱尔兰语更加接近,因为此时发生的转变是从综合性语言到分析性语言的本质性转变,词形变化逐渐消减。这段时期对应的是中古英语时期。中古英语也是英语发展史上词形变化逐渐消减的时期,由此也可以看到英语对爱尔兰语的影响。

12 世纪入侵爱尔兰的盎格鲁-诺曼人大多数最后都被爱尔兰同化了,用 17 世纪历史学家约翰·林奇的话说,"他们比爱尔兰人自己还像爱尔兰人"②。约翰·林奇这里说的就是那些说爱尔兰语、接受爱尔兰文化的高尔人。与他们相对的是被称为"盖尔人"的爱尔兰本土原住民。不过虽然两者依然存在着种族的和政治上的差别,但是在当时的很多诗歌作品中,"总体印象是他们属于同一个文化和语言环境"③。即便像芒斯特省重要的盎格鲁-诺曼领主德斯蒙德伯爵杰拉尔德那样的人,也留下记载用爱尔兰语创作

---

① 李赋宁编著:《英语史》,第 17 页。
② 李赋宁编著:《英语史》,第 15 页。
③ 李赋宁编著:《英语史》,第 16 页。

诗歌。而在杰拉尔德的一首诗中,他用"爱尔兰人"(Éireannach)这个词来称呼爱尔兰岛上的所有居民。这个词取消了"高尔人"和"盖尔人"这类称呼中的种族差别,将所有爱尔兰岛上的居民一视同仁,无疑显示出 1169 年那批殖民者对爱尔兰文化的认同。这些原本说英语的高尔人用爱尔兰语写作,至少使得"那个时候上百条内容进入爱尔兰语,其中许多至今仍在使用"①。当然不只英语,爱尔兰语那时同样也从拉丁语、法语和其他语言中借用了很多词汇。

事实上在都铎王朝和斯图亚特王朝时期,英格兰统治者都相对温和,爱尔兰的语言使用也呈现出"语言的马赛克"②的混杂面貌,有人只讲爱尔兰语,有人只讲英语,也有人是双语的。当然英国统治者也努力在爱尔兰推行英语,比如会要求爱尔兰领主至少送一个儿子进入英语学校学习。不过在双语被越来越多的人使用的同时,爱尔兰文化也越来越被这些爱尔兰的"高尔人"接受。17 世纪克伦威尔再次带兵征服爱尔兰,这次被称为"克伦威尔大屠杀"或者"克伦威尔征服"的清教战争将这些带着天主教的信仰来到爱尔兰的"高尔人"也推向了反英格兰的阵营。他们的反英立场不仅因为宗教分歧,而且克伦威尔将他们的土地大片没收分给自己的士兵,正是后者造成了北爱尔兰地区清教徒占据了主导地位。这次克伦威尔征服最终完成了英语在爱尔兰各地被普遍使用这一演变过程,"1700年后,所有人,甚至距爱尔兰西海岸最远的岛上的居民,都不能无视英语的存在了。"③

此时像麦克吉奥甘这样的"脚跨两个世界,爱尔兰土著但用英文书写"④的新爱尔兰地主越来越多。不过与此同时,爱尔兰语也没有完全消失,尤其在西部得到保存。而像《圣经·旧约》1638 年从英语翻译成爱尔兰语,1685 年出版,更说明了两种语言在爱尔兰都有广泛的市场。当然,即便在那些坚决反对英语的爱尔兰语诗歌和文学作品中,英语词汇的渗入也不可避免,"他们的作品大量点缀着对英语的借用"⑤。这种双语现象由此成为爱尔兰语实际使用的普遍现象。

---

① 李赋宁编著:《英语史》,第 33 页。
② 李赋宁编著:《英语史》,第 40 页。
③ 李赋宁编著:《英语史》,第 79 页。
④ Bernadette Cunningham and Raymond Gillespie. 'Cultural frontiers and the circulation of manuscripts in Ireland, 1625—1725'. In James Kelly and Ciarán Mac Murchaidh (eds.). *Irish and English: Essays on the Irish Linguistic and Cultural Frontier*, 1600 - 1900. Dublin: Four Courts, 2012, p. 70.
⑤ 李赋宁编著:《英语史》,第 77 页。

　　在 18 世纪,英语和爱尔兰语在爱尔兰的乡村被广泛同时使用,而那些代表着乡村文化核心的大地主,他的家人包括一些雇员都讲英语。当地爱尔兰教堂的牧师也大多讲英语,同样情况的还有紧邻城镇里的中产阶级。不过在爱尔兰的南部和西部,不少佃农依然讲爱尔兰语,而且他们中不少是根本不会英语的。可惜的是,对那个时期爱尔兰乡村的双语情况没有明确的文献记载。

　　这种平静从 18 世纪开始被打破,主要是爱尔兰民族解放运动的兴起。达尼尔·奥康纳率先在 19 世纪后期的爱尔兰掀起天主教解放运动(Catholic Emancipation),最终在 1829 年取得胜利,推出了《天主教解放法案》。不过"跟那时候爱尔兰的许多人一样,奥康纳理解的识文断字指的也只是英语。……极少有证据表明奥康纳这里有任何类型的有意识的语言政策"。[①] 语言上的觉醒事实上与整个欧洲在 19 世纪浪漫主义运动的鼓舞下掀起的民族主义运动是分不开的。19 世纪的民族主义者开始相信,"每个族群有着自己的地域、自己的文化和自己的语言,三者间存在着有机的联系。因被其他势力殖民而失去自己的语言,无异于失去自己的族群身份"。[②] 而这个立场正是"青年爱尔兰运动"(Young Ireland)的重要旗帜。由此,后来演变成"爱尔兰文艺复兴运动"的爱尔兰语言复兴运动(Gaelic Revival)就在 19 世纪中期开始了。

　　不过这个运动并没有产生预期的广泛影响,相反却出现了爱尔兰语在 19 世纪的衰落。这个变化一是由于英国强化了在爱尔兰的殖民统治,以及教会推广用英语宣教,二是 19 世纪中期的马铃薯大饥荒使得说爱尔兰语的人口锐减,因为因饥荒而饿死和流亡的主要是那些说爱尔兰语的农民。因此与其他民族语言的兴起不同,说爱尔兰语的人数在 19 世纪不是增加而是减少了。有一种说法是"爱尔兰人为了一碗羹汤而出卖了自己的权利"[③],不过事实上,爱尔兰语向英语的转换是一个缓慢的过程,是由几代人在不自觉中完成的,在转换的过程中并不存在有意的背叛和出卖。这种说法里的辛酸和失落感是 19 世纪末期才出现的。

　　面对爱尔兰语的衰落,1876 年一些人在都柏林成立了保护爱尔兰语协会(the Society for the Preservation of the Irish Language),1893 年成立了盖尔语联盟(Gaelic League),坚称"保护爱尔兰语的唯一方式是说爱尔兰语"[④]。不过事实上"在 1893 年,很少有爱尔兰人能够说爱尔兰语,而那些能够说的很少愿意说"。[⑤] 盖尔语联盟确实将爱尔兰语问题纳入很多人

① 　李赋宁编著:《英语史》,第 112 页。
② 　李赋宁编著:《英语史》,第 114 页。
③ 　李赋宁编著:《英语史》,第 132 页。
④ 　李赋宁编著:《英语史》,第 178 页。
⑤ 　李赋宁编著:《英语史》,第 178 页。

的视野,但是也把爱尔兰语从一个语言的和学校教育的问题,变成了一个政治的问题,"从语言复兴的时候起,爱尔兰语与英语的关系就被看成一种军事斗争,爱尔兰语发动了一场英勇的防御行为,反抗高高在上的英语势力"。① 虽然盖尔语联盟打出非政治的旗号,但是在具体的执行过程中,盖尔语教师已经不仅要教授语言,还需要通过爱尔兰的音乐、舞蹈、游戏等培养学生的民族自觉和对爱尔兰的热爱。语言在爱尔兰已经成为民族政治的重要组成部分。到了1916年复活节起义前后,即便盖尔语联盟的主席,后来成为爱尔兰自由邦第一任总统的道格拉斯·海德也被认为是爱尔兰民族主义运动的反对者了,因为他坚持把语言运动与政治运动分开。那时爱尔兰人要么支持完全脱离英国,要么支持加入英国,几乎没有了其他的可能选择:

> 盖尔语联盟依然声称它是非政治的,但是很少有人相信这个声明了。在1900—1920年这段时间,爱尔兰语被套上了特定的政治立场,一种极端民族主义的立场,用反英的话语来表现自己。爱尔兰语与分离派共和主义的这一关联在独立战争结束、爱尔兰获得独立之后依然存在了很久。②

1922年爱尔兰共和国独立,爱尔兰语终于成为了官方语言。爱尔兰语在爱尔兰学校里是必修课,也成为爱尔兰政府机关需要同时使用的语言。但是目前大多数爱尔兰人在日常生活中使用的实际依然是英语,爱尔兰语的政治意义远大于它的语言意义。会英语的爱尔兰人之间很少用爱尔兰语交流,遇到不会英语只会爱尔兰语的人的机会并不多,这使得"爱尔兰语事实上不过是一个装饰"③。

此外这里依然存在着需要解决的问题,即如何用英语字母来拼写爱尔兰语。在18世纪,出版商会用英文字母及其规则来在印刷时表现爱尔兰发音,或者混杂英语和爱尔兰语两种字母。一些爱尔兰书籍在印刷时使用盖尔字体和传统拼写,其他一些则用罗马字体,并按照英语书写规则来处理爱尔兰语的发音。但是即便是盖尔语字母也存在问题,就如都柏林大学教授奥斯本·伯根在1910年的一次讲演中说的,所谓的爱尔兰字母其实不过是拉丁字母,而且由于爱尔兰存在着很多方言,所以即便同一个词在爱尔兰也

---

① 李赋宁编著:《英语史》,第134页。
② 李赋宁编著:《英语史》,第209页。
③ 李赋宁编著:《英语史》,第211页。

存在着很多不同的拼写方式①。现在虽然学校里教授的爱尔兰语得到了统一，但是它跟人们在不同地方听到的爱尔兰语并不能完全对应，而且目前通用的书写的爱尔兰语大多是在学校学习的，真正说爱尔兰语的人被排除在外且日益减少，这使得目前被书写而不是真正使用的爱尔兰语只成为一种政治符号。

二、写上调号的多元主义

希尼出生于纯粹的爱尔兰天主教家庭，农村长大的他接触到很多说爱尔兰语的人；中学时在老师的引导下阅读达尼尔·科克里的《被遮蔽的爱尔兰》后，他开始"把自己视为这些小屋里的爱尔兰语诗人的继承者"(SS 41)；大学里他有意识地借阅爱尔兰语的书籍，在爱尔兰学会组织的爱尔兰语戏剧中扮演角色；成年后他也会翻译爱尔兰语的诗歌，如"斯维尼系列"和《午夜法庭》。总之，如果希尼真的有意用爱尔兰语进行创作，对他绝非难事。然而事实上，他更像卡瓦纳那样创造属于爱尔兰的爱尔兰英语，而不是像爱尔兰文艺复兴运动的支持者一样，主张恢复爱尔兰语。他会通过在诗歌中放入爱尔兰语，让爱尔兰语与英语自然而然地交织在一起。希尼的英语诗歌中并不很高的爱尔兰词语比例大多恰到好处，既不会阻碍读者的阅读，又会让读者心无芥蒂地认可和接受爱尔兰语。这一语言努力，或许比他推许的苏格兰诗人麦克迪尔米德创造自己的拉兰语更具有现实可行性。多语并存，多语混用，打破语言原教旨主义的壁垒，才是希尼真正追求的。

希尼早期的诗歌也描写过对英语的反感和对自己民族语言的呼唤。《羊毛生意》的叙述者哀叹自己只能说着外来的语言，就像"只能谈论苏格兰花呢，/ 僵硬的布料上是血一样的斑点"(WO 37)，甚至呼吁"我们的语言之河必须/ 从埋头舔舐本土栖息地中抬起身/ 变成汪洋洪水"(WO 33)。那时的希尼，同样赋予了爱尔兰语反殖民的政治功能，事实上，"出自爱尔兰民族主义的背景，在北爱天主教学校接受教育，我学了爱尔兰语，生活的文化和意识形态环境都把爱尔兰语视为我天生应该使用却被剥夺了的语言"(B xix)，在这样的环境中，不把语言政治化也是很难的。

但是这种看法后来发生了改变。他曾经描绘过当他在爱英字典中看到"lachtar"这个词的时候感到的惊喜，因为这个词她姑姑常用，指的是一群小鸡，这是一个主要在德里郡使用的爱尔兰词，而他自己家里几乎没有人说了。不过希尼说，这个问题不仅让他意识到语言和文化的丧失，更"促使我

---

① Osborn Bergin. *Irish spelling*. Dublin: Browne and Nolan 1911，p. 17.

从双重视角来思考语言"(B xix)。以前他总是把英语和爱尔兰语视为对立的,你死我活的语言,没有想过它们可以共存,而到后来他认识到,"这种态度很长时间阻碍了进一步以更自信和更具创造力的态度来处理整个难解的问题,即在爱尔兰的民族、语言、历史和文学传统之间的关系的问题"(B xix)。

在 1986 年的一次演讲中,希尼明确反对一些爱尔兰人呼吁的把1601—1602 年金塞尔之战之后的历史抛开,恢复纯粹的爱尔兰文化的原教旨主义。那些原教旨主义者之所以把金塞尔战役作为分水岭,因为这场战役可以说是英格兰征服盖尔人诸王朝的终极战役,西班牙对爱尔兰的帮助自此结束,甚至爱尔兰早期的抵抗也自此结束(虽然乌尔斯特反抗军的彻底投降还要等到 1603 年)。1607 年,爱尔兰反抗力量领袖蒂龙伯爵休·奥尼尔带领支持者流亡西班牙,这就是爱尔兰历史上著名的"伯爵逃亡"(Flight of the Earls)。之后大量清教徒地主来到北爱,取代了盖尔领主们离去后留下的权力真空,爱尔兰文化和生活模式自此崩溃,因此象征着旧的盖尔族秩序的终结。但是事实上,"伯爵逃亡"之前的爱尔兰语言和文化同样是爱尔兰文化与英国文化以及与其他文化融合的结果,将之视为正宗的爱尔兰文化的历史,本身就是对历史的误读。而更重要的是,用希尼的话说,之所以"忽略掉金塞尔战役之后的历史的建议是无法接受的,因为那就是塑造了我们的历史"[1],否认这段被殖民的历史,同样是在否认今天的爱尔兰文化。在这次演讲中尤其值得注意的是,希尼通过引用乔伊斯,对什么才是爱尔兰人的语言做了明确的说明:"斯蒂芬在日记条目中称为'我们自己的语言'的,事实上,是通过在爱尔兰的使用而被改良了的英语。"[2]在一次采访中希尼更加明确地说:"我们自己在爱尔兰说英语的自然方式就是我们应该采用的语言。奥斯汀·克拉克和复兴之后的人们,那代人,努力有意识地引入爱尔兰语的诗歌。这种事没问题,只不过我觉得它只能是我们所使用的英语的一种补充资源,而不是对所说英语的教条主义的排斥。"[3]

虽然痛苦却不得不承认,在当代,英语已经成为绝大多数爱尔兰人使用的语言。而且更重要的是,爱尔兰具有广泛影响的文化作品大部分都是用英语写的,19 世纪末 20 世纪初英语爱尔兰文学错时的繁荣尤其将英语深深烙印到爱尔兰文化之中。至于爱尔兰语文学,除了主要保留在口头文学中的一

---

[1]　Seamus Heaney. "Among Schoolchildren". Signal; Jan 1, 1986; 49, ProQuest p. 12.

[2]　Seamus Heaney. "Among Schoolchildren". Signal; Jan 1, 1986; 49, ProQuest p. 11.

[3]　Frank Kinahan and Seamus Heaney. "An Interview with Seamus Heaney". *Critical Inquiry*, Vol. 8, No. 3 (Spring, 1982): 406.

些凯尔特神话和传说外,很少有在力度和厚度上足以承载起一个民族文化传统的作品。在这种情况下,把英语排斥为殖民者的语言,等于对爱尔兰自身的传统文化的否定,同样是对历史的误读。希尼注意到乔伊斯不仅在《一个青年艺术家的画像》中质疑英语,更在结尾处对这个质疑本身进行了反思。在该书结尾处的日记中乔伊斯谈到,他发现英国教导主任称为爱尔兰语的"通盘"一词实际是古英语词,换句话说,其实词语的民族性随着历史的演进早已变得模糊不清,不同民族的词语早已相互融合。因此像英国教导主任那样强调词语的民族性,与其说是对历史的认识,不如说是一种制造他者的文化霸权行为。于是,乔伊斯最后说"不管这样还是那样,都见鬼去吧!"①然后,希尼借乔伊斯之口说出了他对只把爱尔兰语视为爱尔兰民族语言的反对:"谁还/ 在乎? 英语/ 属于我们。……人们贩卖的这个话题是一场骗局,/幼稚无知,就像你那乡村朝圣。"(SI 93)在诗中乔伊斯还向希尼建议,当人们把英语的领地越扩越大的时候,重要的是"按照你自己的频率/ 在这个东西上写上调号"(SI 94)。应该承认,诗中乔伊斯所说的那些话,现实中的乔伊斯并未说过,"写上调号"是希尼自己提出的化外来语言为民族语言的办法。希尼认为,没有必要把英语视为英国的专有财产,它同样可以属于爱尔兰。只要爱尔兰人充满自信地以自己的方式使用英语,在英语上打下自己的印记,那么就像美国人成功地用英语建立起独特的美国文化,爱尔兰人同样可以使人们对英语的想象不可避免地与对爱尔兰文化的接受联系在一起②。

对于"调号"是什么,希尼没有明确的阐释。从希尼在其他地方的叙述看,首先,虽然大多数爱尔兰人说的是英语,但其实直到 20 世纪 50 年代,爱尔兰说英语的人依然带着非常明显的地方口音,即便在学校里受过教育的人都如此,一开口就可以听出来自爱尔兰的哪个区域,"并不存在爱尔兰英语的标准发音"③。因此爱尔兰其实不仅存在爱尔兰语与英语交融和共存的现象,同样重要的是,爱尔兰还存在着另外一种"双语"现象,即两种方言或语言区的语言被同时使用,这种英语的方言化正是希尼关注的"调号"的一种表现。此外,希尼认为,正如隔墙听话,虽然听不见具体的内容,但可以感受到其中的情感和情绪,爱尔兰人的英语表达中也依然有着某种"内心的、私密的主旋律"④,能够把爱尔兰的情感、语调、感觉等等与英语结合在一起,从而将英语

---

① James Joyce, *A Portrait of the Artist as a Young Man*, p. 227.

② 这一段我在另一个地方谈到过,见戴从容:《"什么是我的民族"——谢默斯·希尼诗歌中的爱尔兰身份》,《外国文学评论》,2011 年第 2 期,第 69—83 页。

③ Aidan Doyle. *A History of the Irish Language: From the Norman Invasion to Independence*. Oxford: Oxford University Press, 2015, p. 2.

④ Frank Kinahan and Seamus Heaney. "An Interview with Seamus Heaney", p. 414.

爱尔兰化,这是希尼关注的"调号"的另一种表现。正是在此基础上,希尼提出,"我们应该忠实于的,是我们自己在爱尔兰自然形成的说英语的方式"。①

事实上希尼的这个观点并非他的独创。在 19 世纪末 20 世纪初爱尔兰文艺复兴运动中,大批作家在用英语描写爱尔兰社会生活时,就力求创作一种用英语写作的民族文学。他们使自己的文学作品具有鲜明的爱尔兰特征的一个办法是加入爱尔兰乡村的方言,这些方言取自爱尔兰乡村居民的日常用语,从而创造了一种后来被称为爱尔兰英语(Hiberno-English)的用语方式。像诗人叶芝、剧作家辛格等都是使用这种方言化了的英语来创造出一种新的文学语言,这使他们使用英语的方式与那时英语文学的主流语言风格有较大的不同。

那时也有作家希望洗掉自己语言中的这种爱尔兰调性的。据说生长于都柏林的王尔德去牛津大学读书时,就非常努力地抹掉他身上的爱尔兰色彩,尤其是他的爱尔兰口音,他自诩爱尔兰口音是"我在牛津忘掉的许多东西之一"。② 但是事实上他这种洗白并不成功。据艾尔曼在传记中记载,亨利·詹姆斯曾因为王尔德把波士顿(Boston)发音为波斯顿(Bossston),因此称他为"霍斯卡·王尔德"(Hoscar Wilde),甚至骂他为"一只不纯净的狗"(an unclean beast)。③ 与王尔德相反,希尼认为爱尔兰人非但不要对自己的爱尔兰口音感到羞愧,而且认为这正是爱尔兰文化的一部分。

当然,在现实生活中,爱尔兰语和爱尔兰人所用的英语都常常会被添加上政治色彩,从而使这个语言的转换问题变得不再简单。比如希尼注意到,如果一个讲英语但有着爱尔兰血统的人,比如他自己,把爱尔兰语的作品翻译成英语,就会自然地被附加上一层政治的、文化的、历史的含义,会被认为是在暗示"我才是这块土地的真正主人"。而英格兰译者把盎格鲁-撒克逊语翻译为现代英语时却不会有这种附加的含义。希尼认为一个原因就是从古英语到现代英语的翻译过程中发生的是"变化而不是消失",因此现在英国人翻译古英语只不过是"削弱而不是破坏"这种语言的存在。④ 在这样的翻译中,深层的文化结构并没有受到影响,英语在从古英语到现代英语的演进过程中发生的不是断裂,而是延续,是语言历史的向前扩展。而从爱尔兰

---

① Frank Kinahan and Seamus Heaney. "An Interview with Seamus Heaney", p. 6.

② Seamus Heaney. "Above Respectability", *The Atlantic*. Feb 1988; 261, 2; Business Premium Collection, p. 8.

③ Seamus Heaney. "Above Respectability", p. 8.

④ Seamus Heaney. "Earning a Rhyme." *The Poetry Ireland Review*, No. 25 (Spring, 1989): 95.

语转换为英语,则无法排除其中包含的向另一种文化传统的转变。

因此当霍普金斯使用跳韵和古英语词语来进行诗歌革新的时候,他的革新只不过是离开诺曼英语,回到盎格鲁-撒克逊英语,并没有本质性的变化,但是当爱尔兰剧作家辛格在游记和戏剧《阿伦岛》(The Aran Islands)中大量加入爱尔兰方言时,这一革新却是颠覆性的,是要唤醒另外一个语言传统。在这个意义上,当希尼翻译爱尔兰语诗歌《斯维尼之疯》("Buile Shuibhne")的时候,他的这一行为就变得敏感了。用他自己在1989年的话说,"翻译一个发疯的凯尔特人的故事与临时爱尔兰共和军这些新野人的破坏有什么联系呢?"①可是很多人却要把他的翻译视为一种类似爱尔兰共和军的反英行为。对此希尼反驳说:

> 我希望的是这本书(指他的《迷途的斯维尼》)让一个支持与英国统一的听众能更早接受乌尔斯特属于爱尔兰这个观念,同时又不会胁迫他们放弃他们自己更喜爱的看法,即乌尔斯特属于不列颠。此外,由于它追溯到殖民之前天主教修道院制度下的乌尔斯特和凯尔特王权,我希望这本书对于在占多数的清教徒中独断专行地形成的有权拥有这块土地的想法,能够使他们看到事情的复杂性。通过把他们的历史记忆的幅度扩大到不列颠之前的时期,有可能在英国统一派中激发起对爱尔兰民族主义少数派的一些同情,这些少数派觉得他们才拥有那片爱尔兰梦想之地的主权。②

从希尼这段话看,显然希尼反对把翻译爱尔兰语文学视为一次政治示威,或者是一次抛弃爱尔兰语的政治投降。但另一方面,希尼也深知这里不可能不包括政治性,只不过希尼所要追求的政治性,是通过翻译爱尔兰语文学使爱尔兰的各派读者都能认识到爱尔兰历史的复杂性,认识到语言和文化的共同存在,认识到这是大家共同的家园。

所以希尼并不反对爱尔兰政府在国内推广爱尔兰语,但同样并不反对爱尔兰人在现实中使用英语;他并不反对那些用爱尔兰语进行创作的诗人,也会在英语诗歌的世界游刃有余;他自己则创作着夹杂着爱尔兰语的英语诗歌。希尼认为:

---

① Seamus Heaney. "Earning a Rhyme": 97.

② Seamus Heaney. "Earning a Rhyme": 97.

　　　　爱尔兰语的有关北爱的内容出现在电台和电视台上——还有在政府公告和某些地方的街头标志中——应该被肯定为历史的积极发展；不应该被视为是爱尔兰民族主义者的接管行为，而是对事实的及时承认，目的是预示一个可行的未来，一个必须努力追求并实现的多元主义现在。使用爱尔兰语显示的是一些人所想象的社区如何得到反映，对这类象征性反映的渴望应该止于此，不是当作一种颠覆，或者试图贬低或排除其他人的象征性反映。①

　　希尼曾经借对英国诗人克莱尔的分析，提出一种世界文化的梦想："那里没有任何语言会被驱逐。"（BR 82）显然在希尼的理想国里，不会有什么是官方的或标准的，每个人都毫不犹豫地使用自己的方言，是一个"所有语言都拥有自尊的未来"（BR 82）。从这里可以清楚看到，希尼赞赏和拥抱的是多元的语言和文化。

　　即便希尼提倡的带着爱尔兰调号的爱尔兰方言，也并非是爱尔兰与众不同乃至与世隔绝的标志，相反，通过对语言历史的了解，希尼深知即便这些口音也是语言交流、迁徙和流变的结果，就其本质来说，体现的不是孤立，而是融合。在他著名的《贝奥武甫》的翻译本的序言中，希尼描述了语言的这种迁徙。他指出，古英语中的"þolian"（thole，忍耐）看上去是一种完全不同的语言，其中的"þ"尤其突出了这一点，但后来他在爱尔兰偏僻乡村里老人们的语言中发现了这一用法。这个语言迁徙的过程希尼将其描绘为：

　　　　向北进入苏格兰，然后跟着英格兰种植者跨海进入乌尔斯特，然后从英格兰种植者传给那些最初讲爱尔兰语的当地人，然后当讲爱尔兰语的苏格兰人在 18 世纪移民美国南部的时候，再一次向更远的地方传播。……我不断地在多文化漫游中遇到"thole"的这一经历，是一种曼德尔施塔姆曾经定义为世界文化的乡愁的感觉。我在这个小小的顿悟中体验了它的呈现前，我甚至不知道我忍受着这种乡愁。（B xx）

世界文化从来不是当代的发明，它一直都在那里，只是被语言原教旨主义者们有意地回避了。

　　希尼绝非原教旨主义者，他并不主张彻底回到过去的地方语言。希尼非常清楚："如今，每一座岛屿——不论是亚兰、奥克尼，还是爱尔兰或者特

---

① Seamus Heaney. "Further Language": 13.

立尼达——都充斥着广播的噪音,每只耳朵都塞满了媒体的语调和可消费的习语。"(RP 81)希尼深知如今孩子们学的不是父母的说话方式,而是电视里的语言。在这种情况下还试图回到过去是不可能的。因此希尼说,克莱尔对今天的启示不是对方言的复古式忠诚,或者对原始习俗的怀念,"克莱尔的做法的教育意义在于它显示了有必要永远做好准备,总是处于美好的语言状态,挥洒自如,能够智慧地在本能中前行"(RP 81)。希尼提倡的是一种在开放中的对品质的坚持,他称为"对语言的兼收并蓄的品鉴"(RP 82)。希尼始终反对固守于某一种立场,而是赞许那些打破固化的模式或界限的诗歌。

三、翻译的超语言作用

希尼继承的诗歌传统并不限于英语世界,他也深受欧洲大陆,尤其是东欧和俄罗斯诗人的影响。而对他们的了解,希尼主要是通过翻译。在这个方面,希尼更可以说摆脱了传统的诗歌语言"原教旨主义"的困扰,并不坚持诗歌是无法翻译的。相反他赋予译文与原文同样的重要性,并且也通过自己的翻译来融合不同的语言传统。

希尼做过不少翻译,尤其是后期,希尼渐渐喜欢上了翻译,因为在他看来,"翻译是一种通过替代来写作的方式:你可以获得结束某事的快感,而不必开始这件事"。(SS 427)因此在他的心目中,翻译同样是一种写作。他翻译了不少古代作品,仅翻译专著就有:译自爱尔兰中世纪长诗《斯维尼之疯》的《迷途的斯维尼》、译自古希腊戏剧家索福克勒斯的《菲罗克忒忒斯》的《特洛伊的治疗》、译自奥维德的《变形记》和布里安·麦里曼的爱尔兰语的《午夜裁决》、译自中世纪盎格鲁史诗的《贝奥武甫》、译自索福克勒斯的《安提戈涅》的《底比斯之葬》。值得注意的是,希尼翻译这些古代作品时基本都改换了标题。只有《贝奥武甫》未改,但是他翻译的《贝奥武甫》现在几乎取代了古英语的原著,成了普通英语民众阅读的标配,也被作为《贝奥武甫》收入了《诺顿英国文学选集》。换句话说,当希尼在翻译古代作品的时候,他不是把古代文化作为一个崇高而独特的,不可更改不可碰触的神圣语言和文化,战战兢兢地用尽可能接近原著的直译把原文从内容到形式都呈现出来。为了跨越语言的障碍,让爱尔兰读者看到一种完全不同的文化,希尼大胆地把古代文化移译过来,将其改造后,让它们与爱尔兰自身的语言融合。他做的不是增加不同语言的文化,而是打破语言的界限,超越时间和空间来融合文化。因为翻译在希尼看来,正是语言迁徙的一个途径。

希尼翻译的索福克勒斯的《菲罗克忒忒斯》和《安提戈涅》实际上是翻译

加改写,好让剧本适合现代的演出习惯。出版本的封底宣传明确提出,希尼的版本"尤其对希腊剧作家所理解的社会道德和个人道德之间的关系做出回应。《特洛伊的治疗》将个人的正直与政治的权宜之间的冲突戏剧化了,并且进一步探索了遭受不公正对待的受害者会致力于思考他们的创伤,就像作恶者致力于为他们的体系辩护一样"(CT 封底)。显然,希尼的改写有着他自己对社会问题的思考,用评论者的话说"希尼有着把古典神话人物吸收进他自己的世界的才华"①,而不是相反。比如在《特洛伊的治疗》中,"希尼的爱尔兰/英语词汇和说话韵律把这出剧放入了北爱冲突的背景之中,尤其指向双方群体所遭受的苦难"。② 比如希尼把原剧中水手们组成的合唱队改成了代表命运女神的合唱队,很多歌词都指向北爱冲突:

> 人类遭受困难,
>
> 他们彼此折磨,
>
> 他们受到伤害,变得强硬。
>
> 没有诗或剧或歌
>
> 能够完全纠正错误
>
> 被强加的和被忍受的错误。(CT 77)

　　希尼去世后,他翻译的《埃涅阿斯纪》第六章在 2016 年由费伯出版社出版,希尼生前对这一翻译工作的描述,强调的更是他自己的人生经历与这部古代作品的呼应,而不是把这部作品视为高高在上的神圣经典。希尼说他早在中学读书时,他的拉丁文老师就常感叹 A-level 考试选定的段落是《埃涅阿斯纪》的第九章而不是第六章,这让他不仅常记得这一章,而且把自己的翻译作为对 20 世纪 50 年代的那间教室里的活动的呼应。他父亲去世后,他开始特别关注这一章,因为这一章写的是埃涅阿斯在冥界与父亲相见。而最终让他在 2007 年开始翻译全章的,则是他的第一个孙女的出生。在 2010 年出版的诗集《人链》中,纪念孙女诞生的诗歌《110 路》就始于在旧书摊购买《埃涅阿斯纪》第六章,而且用希尼的话说,"一个公交车检票员指引乘客走向第 110 路公交车——我经常乘坐这路车从贝尔法斯特到我在德

---

① Berenard O'Donoghue ed. *The Cambridge Companion to Seamus Heaney*. Cambridge: Cambridge University Press, 2009, p. 106.

② Lorna Hardwick. "'Murmurs in the Cathedral': The Impact of Translations from Greek Poetry and Drama on Modern Work in English by Michael Longley and Seamus Heaney" *The Yearbook of English Studies*, Vol. 36, No. 1, Translation (2006): 211.

里的家——对应着卡融引导亡灵登上他的渡船穿越冥河；对一个淹死的邻居的记忆，这个邻居的尸体三天后才找到，影射着《埃涅阿斯纪》中淹死的没有落葬的舵手巴利纽拉斯"。① 显然，与其说希尼翻译《埃涅阿斯纪》是为了帮助爱尔兰读者熟悉这部伟大的古典作品——这是一般翻译的目标，不如说是为了让过去与自己的和当下的经历相呼应，埃涅阿斯的世界与希尼自己的世界不是存在于不相干的时空的两个世界，翻译让时间和空间产生了呼应。因此在翻译的时候，希尼称自己"脑海和耳中不仅只有字句的准确：押韵、音步和分行、声音和它的节奏、需要足够配得上维吉尔的高雅措辞，但也不会古雅到用一个更现代的成语就不合调了——所有那些折磨文学作品翻译者的转瞬而过的、断断续续的焦虑"②，这也是为什么希尼的翻译有的时候更应称之为改写，他并不让自己被这些普通翻译者的焦虑所束缚，他在意的是通过翻译与古代语言和世界的对话。

同样，在阅读时，希尼也不排斥翻译过来的诗歌，因为这些翻译过来的诗歌可以带来更加广阔的诗歌视野。当然相较而言，对非英美和爱尔兰的诗人，希尼的关注比较有限，而且关注的多是跟他自己的诗歌活动有一定联系的诗人。比如希尼在《区与环》中提到德语诗人里尔克、埃及裔希腊诗人卡瓦菲斯，以及希腊诗人塞菲里斯。表面看这几位诗人都与希尼没有现实交集，但是其实谈论里尔克是因为希尼恰好开始读爱德华·斯诺翻译的里尔克的《新诗集》。卡瓦菲斯是因为希尼不久前刚给他的译诗写了序言，于是想起他语气和思虑上"悲痛与理智"的无与伦比的结合。塞菲里斯则是因为 2000 年纪念他诞辰 100 周年，希尼在哈佛大学希腊文学系做了一次讲演，对他的诗歌有了更深刻的了解。之后希尼又读了关于塞菲里斯的传记，对他在 1967—1974 年希腊军政府时期的经历非常感兴趣。从这一点说，希尼的诗歌似乎有比较大的现实功用目的，即为正在出版流通之中的诗歌助威，争取一席之地。另一方面，分析身边诗人的诗歌，也可以让他更快捷准确地了解身边的诗人和他们的作品，帮助他更好地熟悉他所处身的现代诗歌世界。

俄国诗人奥西普·曼德尔施塔姆也是因为这样的原因进入希尼的视野

---

① Seamus Heaney. "Seamus Heaney's final work—'Death's dark door stands open …'; Heaney's last translation will be published posthumously in March. Here he introduces Virgil's Aeneid Book Ⅵ, a childhood favourite and the work he turned to after his father died and when his first grandchild was born." Guardian [London，England]，2 Mar. 2016. Academic OneFile，http://link. galegroup. com. ezproxy. is. ed. ac. uk/apps/doc/A444862529/AONE? u = ed _ itw&sid = AONE&xid = a6b0bf8e. accessed 21 Nov. 2018.

② Ibid.

的。1973 年就有朋友向希尼推荐曼德尔施塔姆，于是他买了曼德尔施塔姆的妻子娜杰日达·曼德尔施塔姆的《心存希望》。当然更重要的是克莱伦斯·布朗写的奥西普·曼德尔施塔姆传记出版，引起了诗歌界普遍的关注。此外他还阅读了美国诗人默温翻译的曼德尔施塔姆的诗歌。1974 年希尼应邀给曼德尔施塔姆的《诗歌选集》写评论，这让曼德尔施塔姆顺理成章地走入了希尼的视野，并留下了深刻的印象。希尼不但在自己的诗歌和论著中反复提起曼德尔施塔姆，还专门著文论述，给了曼德尔施塔姆与那些英语诗人不相上下的分量。当然希尼也承认，曼德尔施塔姆在西方声名鹊起，除了因为他的诗歌，更因为他代表的文学自觉，或者用希尼的话说，"曼德尔施塔姆所代表的，那时和现在，是作为见证的诗人，既是一个压迫国家的牺牲品，同时也是它的揭露人"。①

而希尼认为翻译诗歌能给英语诗歌带来补充的，正是这种文学的信仰。在《翻译的影响》一文中，希尼认为当下"在西方职业化的文学环境中，诗人易受自我轻视和怀疑论的影响"。② 而且由于英国在 1066 年以后就没有被入侵的历史，这使得他们没有经历过一些其他语言的诗歌所描述的悲剧生活，因此"我们在本土诗歌中完成信仰的行为能力已经被暗中损害"。③ 而翻译可以使得英语读者不必经受这种悲剧而获得认识。

希尼认为克拉伦斯·布朗的传记《曼德尔施塔姆》是曼德尔施塔姆的传记中最好的，不仅捕捉住了曼德尔施塔姆的精神和精髓，也把曼德尔施塔姆放到他的环境中去理解，并且用文学的尺度来评判。这不仅培养了读者的文学常识，也对曼德尔施塔姆的诗歌在技巧和语言上的成就做出了深刻的洞悉和优美的呈现。克拉伦斯·布朗还和默温一起编辑和翻译了《奥西普·曼德尔施塔姆诗选》，希尼就是通过这本诗选了解了曼德尔施塔姆的诗歌的。虽然曼德尔施塔姆的声音在翻译中不可避免地遗失了一部分，但是他丰富独特的想象却得到了很好的呈现，同时呈现的还有曼德尔施塔姆对自己的噩运和重回人间的预感，而这些更是希尼需要的。

当时希尼主要在 T. S. 艾略特的影响下，主张客观克制，而曼德尔施塔姆则把创作中的思想比作躲过河中乱七八糟地丢弃物的大逃亡，这深深触动了希尼；曼德尔施塔姆把词语比作一对向四面八方刺出的意义棍棒，这也让希尼感触颇深。希尼主张诗歌的产生具有一定的自发性，"艺术不是对某

---

① Seamus Heaney. "The Freedom Writer." *The Guardian*, Jun. 7, 1991；ProQuest Historical Newspapers：*The Guardian* and *The Observe*r, p. 27.

② 西默斯·希尼：《希尼诗文集》，吴德安等译，北京：作家出版社，2001 年，第 273 页。

③ 西默斯·希尼：《希尼诗文集》，第 277 页。

种命定的天国体系的低级反映；艺术不是追随那被给予的更好的现实的地图，而是在灵感启迪之下即兴创作出它的草图"(GT 94)。希尼认为，曼德尔施塔姆的《与但丁的对话》("A Converstaion about Dante")是这一诗歌创作观的很好代表。在多数人看来，但丁的《神曲》中完全对应神学理论的诗歌形式，是一种计算机般的精密规划的结果，比如诗歌的三行体、《地狱篇》《炼狱篇》《天堂篇》的三部曲，每篇 33 首歌等。数字 3 在《神曲》中的大量运用对应着神学中的三位一体，在神学中寓意着神圣，而地狱、炼狱和天堂在《神曲》中各 9 层，则寓意着神圣中的神圣。因此"但丁常常被作为受到正统教义或体系支配的诗人的典范来研究，他的自由表述受到规则世界的严格控制，从格律规则到教堂戒律"(GT 94)。但是曼德尔施塔姆却认为但丁的诗歌创作过程完全不是从外部规则出发的，相反是出自诗歌自身的需要，"它的撰写有着系列反应所具有的一切自发性，有着自然事件的一切自发性"(GT 94)，就像蜜蜂筑巢不是遵循几何原理，却严谨整饬一样。因此曼德尔施塔姆的诗歌似乎服从着乐队指挥的指挥棒，但其实指挥棒是随着向前流动的音符自然推进的。但丁的诗歌创作也是如此，出自"冲动和直觉"(GT 95)，只不过这一冲动会与诗歌的自觉规律相契合，相辅相成，呈现出规则的外形。曼德尔施塔姆对诗歌的自发性和形式的规则性的融合也为希尼提供了榜样，他的很多诗歌都体现出这种规整的形式与自然的表达之间的和谐。

此外，曼德尔施塔姆在苏联大清洗中用诗歌所做的讽刺，曼德尔施塔姆的选择，可以说在北爱冲突的那些岁月里一直成为希尼的榜样。曼德尔施塔姆一开始也是努力跟政府取得一致，虽然在内心中对此非常反感。正是在这种情况下他写了讽刺领导人的一首长诗，以及被称为"散文四"("Fourth Prose")的充满义愤的文章。希尼认为曼德尔施塔姆之所以虽然并不打算，却最终挑战了统治，正是一种"品位的力量"，"是源自诗歌和艺术的命令，而不是政治原则，把他不可阻挡地推进危险的深渊"。[1] 希尼自己也曾在北爱冲突中感到困惑，为自己不能跟其他天主教徒一样对英国政府剑拔弩张而感到内疚，但是他最终像曼德尔施塔姆一样跟着自己的"品位的力量"，做出了今天看来正确、当时遭到攻击的选择。

虽然曼德尔施塔姆并没有像洛威尔那样将诗歌和文章公开，但是曼德尔施塔姆很清楚这些文章意味着责任，会带来不是监禁就是死亡。

---

[1]　Seamus Heaney. "The Freedom Writer." p. 27.

　　但是这是他的真正声音和存在能够得以发声的唯一方式,是他的自我辩白能够实现的唯一方式。在这之后,纯诗歌创作的享乐主义和怡然自得,将进化出内在的道德维度。诗人既进行创造又讲述真理这一双重责任,由此将在一首诗的形式实现中一箭双雕地得到实现。(GT 135)

　　曼德尔施塔姆通过诗歌来坚持真理和道德的做法同样对处于北爱困境中的希尼是一种启示,让他明白自己的使命不是拿起武器走上街头,而是"通过锻造出与他内心的坚定捶打相应和的诗歌声音,他锻造着时代的良心"(GT 135)。他的枪是他的笔。希尼早在《挖掘》中就明白这一点,曼德尔施塔姆更给了他对诗歌力量的信心。

　　曼德尔施塔姆正印证了希尼在《翻译的影响》中所说的,随着英国文学界在 20 世纪中后期大力翻译其他语言的文学作品,"最近几十年来的翻译工作,不仅向我们介绍了新的文学传统,而且也将新的文学经验与一部记录勇气和牺牲,并博得我们衷心赞赏的现代殉教史联系了起来"[1]。曼德尔施塔姆的宗教性力量正是希尼提出这一点的基础。曼德尔施塔姆在 1938 年死在集中营前的 10 年里,就未能再出版作品;他死后 20 年,他的名字被彻底从苏联的文学史中抹去。他那些未曾出版的诗歌,完全靠他的遗孀藏在 3 本学校课本中保存了下来。但是即便如此,今天他的诗歌在全世界传扬,一出版就售空,正证明了诗歌具有超越时间和历史的力量。(P 217)

四、语言的未来

　　正是这些翻译作品让包括希尼在内的英语诗人"被迫改变他们对东方的看法,鼓足勇气勉强承认伟大的焦点正逐渐飘离他们的语言"。[2] 另一方面,希尼也正是通过翻译,将不同的语言传统引入自己的诗歌创作之中,探索着北爱尔兰的语言渊源中包含的混合性。比如希尼指出,爱尔兰语、伊丽莎白时代的英语和乌尔斯特的苏格兰语都是北爱语言在形成过程中继承和吸纳的重要成分。他曾经详细分析了自己的出生地摩斯浜(Mossbawn)混杂的语言传统:其中的"Moss"是苏格兰词,"bawn"是英语,当地口语中的"bann"则是爱尔兰语"bán"的变化,因此其实是不同语言融合的结果。

---

[1]　西默斯·希尼:《希尼诗文集》,第 272 页。
[2]　西默斯·希尼:《希尼诗文集》,第 272 页。

再如在诗集《在外过冬》中的《布罗格》(Broagh)一诗中,希尼也专门探讨了北爱尔兰语言的这种"混合语言遗产"。"Broagh"在爱尔兰语中意为"河岸",因此诗歌描写了北爱莫约拉(Moyola)河两岸的村庄风光。但正如其中看似北爱尔兰的方言不是纯粹的爱尔兰语,这块地貌也不是单一的:"河岸,长长的田垄",其中的田垄(rigs)一词实际上是苏格兰词,是由17世纪的苏格兰种植者带到北爱的;"尽头处是阔边野草",其中的阔边野草(docken)一词是苏格兰语和古英语;"以及有遮篷的小路",其中的小路(pad)一词是英语和苏格兰语中"道路"(path)一词的地方发音。

在第二段中,人类对自然施加的作用更加明显:

> 花园的霉菌
> 很容易被擦伤,阵雨
> 聚集在你的鞋印处
> 是一个黑色的O。(WO 27)

在这里,自然与词语结合在了一起,鞋跟在泥地里留下的坑里聚起的雨水,形成了"Broagh"一词中的字母"O",由此希尼也暗示了语言发展过程中自然与人类的共同作用。

第三段既继续描写雨水,也转向了这个词语:

> 在布罗格中,
> 它那低低的咚咚声
> 在多风的接骨木树
> 和大黄叶片中间(WO 27)

接骨木和大黄都是北爱特有的喜湿植物,其中的接骨木树(boortrees)是"bourtrees"的变体,而这个词是常用的"接骨木树"(elderberry)的古苏格兰语。

第四段继续这一自然与词语的关系:

> 几乎突然
> 结束,就像最后那个
> "格",外地人感到
> 很难发音。(WO 27)

这里的"格"（gh）指"Broagh"一词结尾的字母，是爱尔兰词语中常见的词素，但是发音跟英语不同，而是接近苏格兰语的"ch"和德语的"ich"，所以外地人很难发正确。

通过"Broagh"一词，希尼从词语内容所包含的自然景观与词语形式所包含的发音描述了爱尔兰语的混杂性，从而非常巧妙地把语言和它的地域，能指与它的所指联结在一起，并从这一结合中看到了语言的丰富性，指出看起来对立的语言来源其实早已在北爱尔兰融合在了一起。而这一点，被拉塞尔视为爱尔兰倾向于同化吸收不同语言的一个证明。

希尼在自己的英语诗中其实不只使用了爱尔兰盖尔语，还有很多不同语言：乌尔斯特的苏格兰语、盎格鲁-撒克逊的词语、北欧词语、拉丁语、法语、北爱乡村方言。在 1975 年出版的诗集《北方》中，虽然那时民族对立意识还比较强烈，希尼甚至在梦中将骨头掷向英国，但是他也不能不在诗中承认：

> 我通过语法
> 回溯，
> 伊丽莎白时代的床帐。
> 诺曼人的装置，
>
> 普罗旺斯的
> 色情的五月花
> 和牧师们
> 常春藤般的拉丁语
>
> 一直到吟游诗人的
> 弦声，辅音的
> 铁意铮铮
> 切开字行。（N 28）

这里希尼描述的就是北爱英语所具有的各种不同的语言渊源：首先是伊丽莎白时代的英语，其中的"床帐"指的是 16 世纪英格兰征服爱尔兰后，来到爱尔兰的上层英格兰人所用的一种床；其次是诺曼人 12 世纪入侵爱尔兰时留下的痕迹；之后诗人继续向后追溯到 11 世纪"典雅爱情"时期法国普卢旺斯地区的抒情诗对北爱英语的影响；至于教会所带来的拉丁文应该可以一直追溯到 5 世纪圣帕特里克让爱尔兰人皈依天主教的时候,拉丁文作为教会官方语言,在各种宗教仪式中向爱尔兰人渗入。而所有这些,都是在吟游诗人的口口相传中,以及与战争相伴的殖民统治中带来的。

不过也有人认为,希尼在诗歌中所用的语言过于规整、集中,是一种受过教育的加工了的语言,希尼对方言的使用和分析更像一个语言学家。不仅《布罗格》如此,他的其他地名诗都是如此。他对北爱方言的使用是一种有意的文化策略,"他一贯的诗歌声音是《变得陌生》(《苦路岛》)中'狡猾的中间声音',这种声音既'适应'又'地方',能够将'活的、没文化的、无意识的'和'习得的、受过教育的和有意识的'都容纳进去"。①

希尼自己也知道这一点,他承认自己无论翻译还是创作的时候,都很注意这种"介乎口语传统和书写要求之间的中间地带(B xxii)。在诗集《北方》中的"歌唱学校"系列组诗的第一首《恐怖部》("The Ministry of Fear")中,他也说"我试图描写悬铃木/ 创造一种德里南部的韵律"(N 63—64)。一方面,"混合语言遗产"原本就是北爱的历史现实,证明了并没有纯粹单一的语言,语言原本就既独立存在又相互交织,组成一条不可分割的语言之链;另一方面,希尼在诗歌创作中也更有意识地突出这一点,通过自己的努力,让这条语言之链不至于在派系对立的北爱尔兰被遮蔽,不至于在当代的政治冲突中断裂。因此希尼的有意识的努力可能是一种文化策略,是对历史的一种有意识的挪用,但也正体现了希尼在最后一部诗集《人链》中所表达的不分种族和派系,将人类联结在一起的愿望。

希尼曾在一次演讲中谈到中学时他在迪宁的《爱尔兰语词典》中遇到"lacbtar"这个词,意思是"一群小鸡"。不过让希尼注意到这个词的是它后面括号中写的"Doir",表明这是在说英语的北爱群体中只有爱尔兰人才会说的词,这让希尼突然认识到了科克里在他的《被遮蔽的爱尔兰》中所描绘的爱尔兰的本土文化已经被抢劫,已经丧失。诸如"lacbtar"这样原本被当作普通的英语词汇使用的词语,"现在我意识到它像毛细血管一样存在于我们的舌头上,伸向一个爱尔兰语在所有地方都是通用语的时代"②。不过那时,这一发现带给年轻希尼的,是"一种愤愤不平的民族主义"③,把他自己的天主教徒经历与一种身份观念融合在一起,最终让他把自己的文学教育与继承本地传统联系起来。

但是成熟之后,希尼认识到还有另外一类词语的存在,比如他举了一个

---

①　Elmer Kennedy-Andrews. "Bringing It All Back Home: The Inflluence of Robert Frost on Seamus Heaney and Paul Muldoon." p. 192.

②　Seamus Heaney. "Among Schoolchildren". *Signal*; Jan 1, 1986; 49, ProQuest p. 8.

③　Seamus Heaney. "Among Schoolchildren", p. 8.

也与小鸡有关但是更加现代的词语"incubator",意思是小鸡或其他生物的"孵化器"。这类词语因其现代性以及在现代世界的普遍使用,并没有"历史的深情和群体的纽带;它不包含种族的美德,不会发出文化的或部落的排外性的气味,它所立足的根基是那些先于反思的存在"①。由此,对于传统,希尼提出了更有见地的个人立场:

> 发现一个人的根是成长和扎根的一个阶段,是对祖先和忠诚的发现,是一个逆向的但是关键的发现。但是祖先和忠诚不是一切。身份神话只是现实的一个方面。生活的经历带来的事实同样重要,尽管非常奇怪的是,有时它们更难确立。②

"incubator"带给希尼的启示是,其实生活在前进,而且现代生活中有很多超越了那些文化界限,具有世界普遍性的东西,比如"孵化器"这种现代工具的名称只跟现实生活联系在一起,与历史无关。这带给希尼一个启发,传统固然不应该抛弃,但真正重要的并不是忠实于传统,而是"超越这个陈规的世界、意识形态的边界,以及历史所提供的条件"③,去创造一个可以共存的文化。当然,这个"incubator"所代表的文化并不等同于要"去肯定常规事实和日常生活事件",而是"肯定潜存于我们本性之中的内在可能性"④,或者说,不是未来主义那种彻底抛弃历史的现实实用主义,而是让生命的可能性得到实现,这才是最重要的,它高于传统,高于常规。

因此希尼认为,虽然詹姆斯·乔伊斯在《一个青年艺术家的画像》中描写了主人公斯蒂芬对英国有一个统一的文化和被人们共同使用的语言感到嫉妒,但是希尼觉得,"作为作者的乔伊斯,看待这种事却未必带着同样的嫉妒。……爱尔兰的世界有它自身的完整性和命运,不过需要与它们自己的结构和方言相应来加以界定和解决"⑤。乔伊斯是一个立足自身并向前看的作家,他关注的不是为爱尔兰过去的传统正名,他关注的是如何使爱尔兰文化获得新的生命力,从而以主人的姿态立足于世界文化的舞台。如果说斯蒂芬还会对爱尔兰在世界文化的盛宴中的客人而非主人的地位感到不安的话,那么"当斯蒂芬感受到了他所继承的这个世界的复杂现实,这种不安就褪去了"⑥。

---

① Seamus Heaney. "Among Schoolchildren", p. 13.
② Seamus Heaney. "Among Schoolchildren", p. 13.
③ Seamus Heaney. "Among Schoolchildren", p. 15.
④ Seamus Heaney. "Among Schoolchildren", p. 16.
⑤ Seamus Heaney. "Among Schoolchildren", p. 9.
⑥ Seamus Heaney. "Among Schoolchildren", p. 10.

因为正像斯蒂芬在《一个青年艺术家的画像》的末尾写在日记中的那段话：

> 那个通盘长时期来还一直扰乱着我的思想。我查了一查，发现它原是英语，而且是规规矩矩的古老的英语。让那个副教导主任和他的漏斗见鬼去吧！他到这儿干什么来了，是教我们他自己的语言，还是跟我们学习我们的语言？不管是哪一样，都让他见鬼去吧！①

对这一有不同解读的段落，希尼觉得乔伊斯要表达的是：

> 原本发现的似乎残缺的和地方性的东西其实是牢固的基础性的，并且有可能变为世界性的。属于爱尔兰，说它的方言，并不一定就得被从世界的宴席上割断，因为那个宴席是在人们自己生活的餐桌上进行的，是由人们自己说话的舌头品尝的。②

希尼认为此时斯蒂芬已获得了对自己民族文化和语言的自信，并带着这种自信走入生活，但这是一种带着爱尔兰自己的宗教和历史的不同于英国的生活。带着爱尔兰的宗教和历史并不意味着重建爱尔兰过去的宗教和历史，事实上斯蒂芬同样"拒绝用本土优越性的神话来取代外国优越性的神话。如果具有连贯性的英国文化是一场不会有结果的渴望，重建凯尔特秩序的梦想同样不会有结果"。③终于费尽力气地把自己的头脑从英语迷宫的牢笼中解放出来的斯蒂芬，同样不会钻进规约性的爱尔兰性神话，虽然这一神话是乔伊斯时代占据主流的文化声音。重要的不仅是做自己，重要的更是让"潜存于我们本性之中的内在可能性"得到实现。语言可能曾经是政治的工具，但未来更应该把语言作为实现人类的可能性的工具。

第三节　艺术之链

希尼的诗歌看起来自然平实，有天然去雕饰之感，但从前面希尼对其他诗人的评价和借鉴中，可以看到他其实对艺术技巧非常留心，只不过他的技巧已经臻于化境，达到他所追求的自然天成的技艺，从而使他的诗歌技巧反

---

① 詹姆斯·乔伊斯：《一个青年艺术家的画像》，黄雨石译，天津人民出版社，2020年，第321页。
② Seamus Heaney. "Among Schoolchildren", pp. 10—11.
③ Seamus Heaney. "Among Schoolchildren", p. 11.

而不太明显。美国诗歌评论家海伦·文德勒对此的评价是：

> 希尼的语言通常将丰富纳于简单之中，也纳于华丽之中，每个它适合的地方；他的句法不管是有一种严格的简洁还是不停地变动，都婉转并富于表现力；他那高度发达的内部结构感让他的诗歌展开时，有一种令人满意的音乐上的"贴切"。……他的读者，甚至在没有注意到任何明显手法中的技巧的时候，也被词语、被句法、被结构，以及被主题和象征带进诗歌之中。①

希尼不惧怕也不回避直白、平易、简单、朴素这些风格，因为这些风格的出现不是因为贫乏，而是因为"贴切"。他的简单是与复杂并存的。而这，其实正是希尼自己的诗歌艺术理念。

一、化入文字的情感

这种自然中的复杂、不动声色的深刻除了受到弗洛斯特、毕晓普等诗人的影响之外，还应该与希尼自身的经历有关。在评价中世纪史诗《贝奥武甫》的时候，希尼说过一段话：

> 我通常喜爱的是一种表达上的四四方方，一种居住于持续陈示语气之内的情感，总有理解存在，它假定你和大家一样都知道生存的危险性，然而却能冷静地，必要时冷峻地看待危险。创作《贝奥武甫》的诗人对世界的感知中有一种不轻信的品质，这使他的诗行具有极大的情感可信度，使他能够对生活进行总体观察，这种观察超常地建立在经验和缄默之上，无法称之为"说教"。这首诗中所谓的"格言"部分有着"吃一堑长一智"式的智慧的韵律和力量，它们的说服力与真实性的结合，重复着我年轻时从听到的下人厨房谈话中记住的一些东西。（B xxii）

这一段很容易被忽略过去的描述看似表达了希尼对具有稳定特征的陈示式叙述的青睐，在诗集《山楂灯》中的《来自希望之区》一诗中，希尼表达过自己对陈示式叙述的偏爱②。《来自希望之区》的内容是探讨解决北爱冲突的出路，而希尼写这首诗的时候，正是北爱冲突愈演愈烈之际，陈示式叙述带来

---

① Helen Vendler. *Seamus Heaney*. Cambridge：Harvard University Press, 1998, p. 3.
② 戴从容:《诗意的注视——谢默斯·希尼诗歌中的陈示式叙述》,《当代外国文学》,2010 年第 4 期,第 41—50 页。

的稳定感或许是希尼青睐这种叙述模式的一个原因。

在上面这段叙述中，陈示式叙述的对抗危险的功用更突出地体现出来。《贝奥武甫》是一首平静中潜存着危险的诗歌，除了描写主人公的英雄行为，更传递出"生存的危险性"，无论长诗的上部还是下部，都是在富裕的生活中潜藏着怪物或恶龙所象征的威胁。但是长诗的叙述却是冷静的、经验的，并且有着由此获得的智慧。而从希尼的叙述可以看到，这种不动声色的叙述打动他的是对生活中的危险的洞察，对各种社会力量的不轻信，冷静地乃至冷峻地看待危险。或者说，与那种激情外露、技巧张扬的叙述风格相比，简单平静更可以带给他安全感和稳定性，而这正是身处动荡的北爱冲突中的希尼需要的。

不过这也并不意味着希尼用艺术来逃避现实。希尼强调诗歌的现实功用，但这绝不是通过逃避或者虚幻的许诺来做到的。希尼曾援引英国戏剧和电影导演彼得·布鲁克的话说，艺术家的责任是尽可能地诚实。这里的诚实一方面意味着像世界之所是那样看世界，另一方面尽量不要给其他人一个关于世界的谎言。因此忠实于现实是希尼的艺术原则，让诗歌在现实生活中发挥作用更是希尼毕生的追求，他在很多讲座中都谈论诗歌的现实功用，为了让诗歌在社会上产生影响，他甚至提出要把对诗歌的信心提升到"傲慢自负和坚信必胜"（P 217）的程度。

希尼关注诗歌的现实功用①，但这个功用并不是常人所谓的现实中的成功。希尼自称是一个"有着文学兴趣，但没有一丝经济学的基础，没有任何有益的历史知识或政治洞察力"的人，所以 1989 年 6 月 24 日被邀请在"爱尔兰基金年会"（Annual Conference of the Ireland Funds）上做主旨发言的时候，希尼说他本应直接拒绝，因为这个会议主要关注"那些非常经济的、历史的和政治的事务"②。但是希尼最终决定以一个作家的身份发言，因为他说，他坚信，"发现方向的本能"（impulse discovering direction）、"发现结构的潜力"（potential discovering structure）和"变成目标的机会"（chance becoming intention），这些都是诗歌可以影响读者的，而且同样适用于其他的群体项目。希尼的这段叙述表明，艺术在他的眼中与其说是那些可以习得的技巧，更不如说是一种思考发现的能力，一种与自己对话的立场，一种深入现实的眼光。这也是为什么希尼对诗歌的论述大多是关注诗

---

① 戴从容：《诗歌何为——谢默斯·希尼的诗歌功用观》，《外国文学评论》，2010 年第 4 期，第 143—154 页。

② Seamus Heaney. "Varieties of Irishness: In the Element of His Genius." *Irish Pages*, 9 (1)，2015：9.

歌与现实的关系,诗歌在现实生活中可以起到怎样的辩证思考、纠正偏颇、提高个人生存能力的作用,而对具体的诗歌手法涉及不多,大多是在分析具体诗人的具体手法时涉及到的。比如希尼曾称赞马尔登的艺术形式,说"马尔登的诗歌很大程度上在象征的层面发挥作用,通过平行、暗示、词语的运作、影射和拐弯抹角这些手法"。① 不过,即便马尔登的这一手法在希尼看来,其价值依然是批判现实的力量和为北爱文化提供新视域的能力。

　　换句话说,诗歌在希尼看来与其说是用来欣赏的超凡脱俗的艺术品,不如说是用来交流的现实工具。希尼的这种功用性诗歌观使得希尼的研究者也更关注他对身份、历史、政治等现实问题的探索,而很少对他的诗歌技巧展开研究。即便像海伦·文德勒这样非常注重诗歌表现形式的批评家,在用专著分析希尼的时候,也是谈他的"匿名性""考古学""人类学""他异性和他我""寓言性"和"虚空性"。希尼自己也很少谈"技巧""艺术",而更多的是谈诗歌的现实功用。他对诗歌的定义也是从诗歌的现实功用这一角度来界定的:

　　　　诗歌作为占卜,诗歌作为自我对自我的启示,作为文化对自身的回复;诗篇作为延续性的元素,带着考古学的发现物那种光晕和本真性,也即被埋葬的碎片的重要性不会因为被埋葬的城市的重要性而减小;诗歌作为一种挖掘,为寻找发现物而进行的挖掘,那发现物竟然是暗藏之物。(P 41)

　　这是希尼在 1974 年伦敦皇家文学会上所作的报告《把感觉带入文字》中的定义,在这篇报告中,希尼通过对"技艺"(technique)和"技巧"(craft)的区分,明确阐述了自己的诗歌艺术理念。在这篇文章中,希尼提出诗歌创作中存在着技艺和技巧两个层面。技巧是:

　　　　你可以从其他诗歌那里学到的。技巧是制作的技能。它在《爱尔兰时报》或《新政治家》的比赛中获胜。它可以被运用,无需提及感觉或自我。它知道如何保持有力量的语词竞技表演;它可以满足于"除了声音什么也没有"。(P 47)

---

　　① Seamus Heaney. "The Peter Laver Memorial Lecture 'Place and Displacement': Recent Poetry from Northern Ireland (1985). " *The Wordsworth Circle*, Vol. 37, No. 3, Wordsworth Summer Conference: Special Issue (Summer, 2006): 154.

而技艺则：

> 不仅包含诗人处理文字的方式，他对格律、节奏和文字肌理的把握，还包含对他的生命态度的定义，他自己的现实的定义。它包含发现走出他正常的认知界限，并袭击那不可言说之物的途径；一种动态的警醒，它能够在记忆和经验中的感觉的本源与用来在艺术作品中表达这些本源的形式策略之间进行调停。技巧意味着给你的观念、声音和思想的根本形态打上水印，使它们变成你的诗行的触觉和肌理；它是那个在形式的权限内把经验的意义表达出来的心灵资源和肉体资源的全部创造力。（P 47）

当然，希尼追求的是技艺而不是技巧，因为前者是可习得的技术，后者是技巧与生命和生活的融合。在诗歌创作中，求技巧的诗人会沉迷于韵律、诗体、结构、修辞，乃至用词的"诗意"；而看重技艺的诗人有着对技巧的掌握，但是并不在意技巧的极致，不会让技巧束缚住自己；在技巧已经化身为自身的一部分的同时，他们更关注对生命和现实的理解，对常规认知的突破。他们会尊重"形式的权限"，但看重的是"把经验的意义表达出来"。由于关注点的不同，他们可以让自己的诗歌平白简单，只要这有益于经验的意义表达；也可以让自己的诗歌形式独特，只要这是意义所需要的。拿陈示式叙述来说，希尼偏爱它并不是因为它可以让自己获得独特而鲜明的风格，这个风格毕晓普早就将其发展到了极致。希尼选择这种叙述模式，是因为它表达了他为他所处的动荡世界找到的出路，可以说是他自己的本能选择。

不过，这种技艺看似来自作家的直觉，是作家自己对外部世界的个人体验的结果，但事实上就像技艺同样需要之前的技巧训练过程一样，诗人要找到技艺的感觉，同样需要对诗歌传统的继承。希尼在文中同样描绘了这个过程，称之为"感觉流入文字"。他说，在现实生活中，你会听到诗歌的声音，它一开始来自某个别的诗人，是另一位作家的声音里的某些东西流入你的耳朵，流进"你头脑的回音室"（P 44），让你感觉愉悦，让你感觉相逢恨晚。而这个过程，希尼说，"事实上，这另一位作家对你说了某个重要的东西，这个东西你凭直觉就认出来是你自己的诸方面和你的经验的真实发声"（P 44）。这在诗人成长的初期尤其重要，希尼就认为霍普金斯的声音就是这样流入自己的文字的。因此诗歌创作在希尼看来并非个人情感的完全独特的流溢，也不是个人在摒弃传统的状态下对生活的完全个人的体验，其实这是

"一种与早已存在在那里的,隐秘却真实的东西保持接触的才能,一种在潜在的源泉与想让这源泉浮现和释放的群体之间加以调停的才能"(P 47—48)。希尼将这个过程比喻为卜水,是一种个人与传统在直觉之上的神秘呼应。而且这个呼应与技巧不同,是无法习得的,因此希尼只能用神秘的看似迷信的古代卜水术来描述,后来希尼也试图用集体无意识来解释。不管怎样,希尼认为诗歌的艺术是无法量化和明确分析的,其中包含着直觉的成分。

2001 年,希尼赢得了"斯特拉瓜诗歌之夜"颁发的"诗歌金环"(Golden Wreath of Poetry),这是作为终身成就奖颁发给在世诗人的重要国际奖项。斯特拉瓜是北马其顿共和国西南角奥赫里德河边的一个小镇,斯特拉瓜诗歌之夜可以说是东欧最著名的文学庆典,每年都会颁奖给一位优秀的在世诗人,奥登、聂鲁达等都获得过这一奖项。活动持续一周,除了获奖诗人外,还有其他诗人朗读他们的作品。希尼 1978 年就曾经参加过这个艺术节,不过 2001 年 8 月希尼获奖时,科索沃阿尔巴尼亚族极端分子从 2 月起多次越过南斯拉夫与北马其顿边境,占领北马其顿村庄,与北马其顿边防军交火,斯拉夫人与阿尔巴尼亚人之间的战争大有全面爆发之势。包括斯特拉瓜在内的北马其顿也像当年的北爱一样处处有哨卡,街上时时可见武装军人。在获奖致辞中,希尼强调的依然是诗歌的力量。他通过古希腊的俄耳甫斯传说中俄耳甫斯用音乐感动冥界众生的故事,相信马其顿的诗人们一样会举起他们的里拉琴,"他们将做的是人们一直做的:他们会聆听现实正在发生之事的音乐,但是他们将用将会发生之事的音乐来回答"。①

不过这并不意味着希尼完全无视诗歌的外部形式,或者希尼的诗歌没有鲜明技巧的呈现。下面我将从希尼诗歌最为突出的几个方面,来分析希尼在诗歌艺术上的传承和探索。

二、意象与象征

在《把感觉带入文字》中,希尼说,当 1969 年北爱的武装冲突在贝尔法斯特再次爆发时,"诗歌的问题便从仅仅获取满意的文字表象,转向寻找足以表现我们困境的意象和象征"(P 56)。这句话表明,希尼认为诗歌在表现手法上与现实的呼应,主要体现在意象和象征的运用上,因此意象和象征也

---

① Seamus Heaney. "The Struga Address & Two Poems." *Irish Pages*, Vol. 1, No. 1, Inaugural Issue: Belfast in Europe (Spring, 2002): 115.

是希尼艺术手法的重要体现。希尼从早期让不同的文化意象在诗歌中以张力的形式存在,逐渐发展为让个别的意象承载人类的共同问题,最后到跨越时间、空间和文化差异,将不同的诗歌意象和谐地融会在一起,赋予诗歌丰富的文化内涵。

在创作初期,希尼用一种复杂的身份观对当时北爱政治中简单粗暴的派系做法进行质疑。这体现在他的诗歌艺术上,就是用具有不同文化含义的意象来造成叙述上的多义、矛盾,以此把对世界的理解复杂化而非简单化。但到了80年代后期,现实中真正发生的事情渐渐在希尼的眼中变得只有"微乎其微的重要性",相反,他认识到需要"将历史细节提升到具有象征力量"(PW 55)的层面。希尼将那种追求历史细节的作品和那种追求象征力量的作品分别命名为"丰饶角"和"空壳"。

拿1976年出版的诗集《野外工作》中的《三联画》("Triptych")组诗来看,希尼描写了冲突之后的北爱乡村,而这三幅画面的一个共同特点,就是都由相互矛盾冲突的对立性意象组成。第一幅《屠杀之后》("After a Killing")描写的是站在山上拿着来福枪处于战备状态的两个年轻人,与一个提着满满一篮新鲜土豆、白菜和胡萝卜回家的年轻少女。战争与家庭、枪械与蔬菜、战士与少女,形成了强烈的对比,给单一的政治画面添上不同的色彩,让生命呈现出多元的面貌。

第二幅《西比尔》("Sibyl")中,"我"询问西比尔我们的未来,西比尔说一切都会毁灭,除非"戴着头盔在流血的树/能够变绿,嫩芽绽放如婴儿的拳头,/粪污的岩浆孵出/明媚的仙女……"(FW 13)。虽然这是从肮脏、暴力的意象向明媚、充满生机的意象的转变,但诗歌并不是描写这一转变的完成,而是在一类意象中引入对另一类相对立的意象的想象,同样是通过在诗歌中放入不同的意象,来打破政治叙述的单一性。

第三幅《在水边》("At the Water's Edge")中,一边是修道院塔下的鹬和吟诵挽歌的声音,一边是军队巡逻的直升机螺旋桨的嗡嗡声。这个画面无疑又回到了与第一幅类似的两组对立意象,只不过如果说第一幅画面以人的意象为主,那么第三幅画中对立双方都隐蔽在物的后面了。不过,第三幅画中更值得注意的是作为结尾的诗句:

> 一把锤子和一只满是蛛网的破裂的罐子
> 躺在窗台上。我内心的每个部分
> 都想弯下腰,想拿出供奉,
> 想赤着脚,胎儿般忏悔,

> 在水边祈祷。
> 我们在行走之前一直爬行！我记起
> 直升机在我们的纽里游行中投下的影子，
> 那些受到惊吓的、无法挽回的脚步。（FW 14）

在这里，客观的矛盾意象转入到"我"内心的主观的矛盾状态。因此希尼不仅深刻地认识到外部世界的复杂性，也同样用充满张力的意象，来表现内心世界的复杂性。事实上，六七十年代的希尼困于北爱复杂的政治冲突之中，而这种复杂和矛盾只能够用相互对立的意象来呈现。

　　但是到了八十年代，随着希尼通过哈佛大学的讲座席位进入更大的世界，他逐渐超越了之前复杂的现实纠缠，生活空间和对社会的认识也进入了一种新的自由和广阔的境界。在 1987 年出版的诗集《山楂灯》的《来自写作的前线》（"From the Frontier of Writing"）一诗中，希尼描写了自己的这一"突然的"超越。诗歌先描写了一次过哨卡的经历：时间和地点并未交代，可能是 1972 年血腥星期日之后紧张时期的北爱，也可能是任何时间和任何地方。军人拿着枪走到车窗边质询，然后放行，虽然通过了，但是

> 有点儿更空虚，有点儿筋疲力尽
> 就像自己内心的颤抖总有的
> 被征服，是的，还有服从。（HL 6）

　　然后是写作的前线，同样的质询同样发生，同样有枪有军官。但是"突然你通过了，被挑剔但被放行了，/仿佛你从一道瀑布后面走了过来"（HL 6），于是那些士兵就像路边的树木一样，随着汽车的加速迅速向后倒去。这里描写的与其说是真实的现实经历，不如说是希尼的内心感受：突然间，外界的审判和压抑被超越了，外部的冲突被甩在身后，写作的心灵获得了前所未有的自由。

　　在这种不同的境界下，希尼诗歌中的意象也发生了变化，常常通过象征将不同的诗歌意象和谐地融会在一起。拿 1996 年出版的诗集《水平仪》中同样写艺术作品的《致爱尔兰的荷兰陶艺家》（"To a Dutch Potter in Ireland"）一诗为例。该诗是献给 1933 年出生于荷兰阿姆斯特丹的制陶艺术家索尼娅·兰德威尔的。兰德威尔在 1960 年代后期移居爱尔兰，除了制陶外，也制作珠宝和雕塑。她与希尼有几十年的交往，两人曾在基尔肯尼共同

举办题为"出神入化"(Out of the Marvellous)的展览。

　　这首诗由两部分组成。第一部分是希尼自己写的,颂美创造力、复活力和不可压制的人类灵魂;第二部分是译自荷兰诗人布卢姆的诗歌,这里再次体现了希尼对原创与翻译的界限的自由超越,以及对不同文体形式的界限的自由超越。

　　在希尼自己创作的部分,希尼同样把词语和陶器视为一类,用比喻将它们交织在一起:

> 当我进入词语的保险库
> 那里词语就像陶瓷经历了火的烧烤
> 在窑边上它们干燥的壁龛里站着(SL 4)

然后希尼描写了各种土,尤其是可以制陶的土,描写了艺术家索尼娅·兰德威尔,将她比喻为女神,描写了原本孩子们可以玩泥巴的日子却被第二次世界大战的轰炸取代,描写了兰德威尔的制陶:

> 如果上釉,就像你说的,是把阳光带下来,
> 你的陶工旋盘则正把泥土带上去。
> 和撒那。燃烧的墙。
>
> 和撒那在净砂和高岭土里
> "既然黑麦穗在废墟边摇摆",
> 在灰坑、氧化物、陶瓷碎片和叶绿素里。(SL 5)

在这里,希尼把北爱的动荡与荷兰在第二次世界大战遭受的轰炸都放入了诗歌的背景之中,甚至像早期那样对立的意象也在诗的中间出现过,那就是做游戏的儿童与杀人的轰炸机之间的张力。但是这些混乱和复杂在诗歌末尾都在融合了各种异质因素如"灰坑、氧化物、陶瓷碎片和叶绿素"的陶器里得到了升华,上帝的荣光在这里达到完满。而且陶器在这里显然不仅仅是一个调和异质的容器,它也有着将阳光/太阳与泥土/大地、超验与现实融合在一起的功效。因此陶器是希尼后期诗歌特有的融汇不同因素的意象之一。再结合开头的诗句,这里的陶器也是诗歌,因此象征着诗歌具有的通过象征链接异质因素的力量。

　　除了意象的整合之外,希尼也自如地在不同的诗体之间转换,或者自如

地改造传统的诗歌体裁,赋予传统新的生命力。在《区与环》中,希尼写过一
首题为《无与伦比》第三节《锯子音乐》("Saw Music")的诗来描写当代抽象
艺术,即他的朋友巴里·库克所画的一幅带有宗教含义的抽象画,希尼试图
通过文字将其呈现出来:

　　问:你放弃这个世界吗?
　　答:我放弃。

　　巴里·库克开始画《神光》,
　　喷涌的明亮让这天堂的光
　　看起来像一扇老式布商窗户里
　　拉开的一面面用笛子吹出的丝绸或罗缎。无线幻灯片,纱幕,

　　还有柔彩。过滤的光柱。但是他真正的色调
　　永远是泥泞和污点,仿佛一次淋浴
　　在灵魂的簸谷场上留下的烂泥。
　　它让我想起的是在贝尔法斯特

　　一个潮湿的夜晚,圣诞期间,当一个男人
　　在烂泥的门廊弹奏锯子
　　在一家市中心商店里,在金箔装饰展示的
　　光线中,雪橇铃铛闪烁的霓虹,

　　开始在锯锋上拉他的弓。
　　不锈钢涂了油或凡士林,
　　锯子下面朝上,他的左手
　　跟着旋律的需要或者轻压或者重按

　　嘈嘈摇晃的优美音符或高亢的女鬼哀嚎。
　　雨拍打着他磨破的工作服,
　　在他的帽子里,偶尔扔来的硬币
　　在潮湿的衬里上躺着,雨水闪烁

　　就像他的弓爱抚和穿过锯子那上了油的齿

毫发无伤地回来。"油画的艺术

——在画布上涂抹——

跟那些呼喊着要表达的相比微不足道"

诗人说,他在这个圣光照耀的日子躺在

克拉科夫的棺材里,现在已经在这个世界之外

就像这个锯子的并不超验的音乐

他可能在维尔纽斯或华沙听到过

并且不会放弃,不管多么微不足道。(DC 48—49)

　　在这里,希尼把巴里·库克的绘画、一个乞丐的锯子音乐、米沃什的诗歌,以及他自己的这首诗歌语言都结合在了一起,实现了绘画、音乐和诗歌的不断跨越。他用词语来描述绘画和音乐,也用音乐来描述绘画,然后用诗歌来理解这两种艺术。不同艺术载体之间的界限在希尼这里是不存在的。

　　这首诗其实是三联诗之一,全部三首诗题为《无与伦比》("Out of the-World"),字面意思是"在这个世界之外",是纪念已经离世的美籍波兰诗人米沃什的。前面两首主要描写宗教礼拜和朝圣之旅,第三首《锯子音乐》无疑也包含着宗教内涵,用教会礼拜时常说的两句话作为开头就体现了这一点。诗中的绘画和音乐都带有超物质的特性,作为诗歌代表的米沃什也是"在这个世界之外"的。但是希尼最后说,米沃什是不会放弃这个世界的,而这,正如街头艺人那接受施舍的帽子,诗歌和音乐都在向这个物质的世界提出要求。然后,回观希尼对巴里·库克的抽象绘画的描写,神的光线被他与雨后地上的泥点联系在一起,将世界之外的天堂之光拉回到了卑微的大地。因此,这三种艺术形式无论从外表的超世色彩和内在的入世品格来看,都存在着一致性和互通性。

三、折中的形式

　　希尼初入诗坛时被视为一个反田园诗人,或者说是一个从反面来表现田园生活的诗人。虽然希尼清楚田园这个词由于被广泛地使用,"它的原初含义已经被大大削弱了"(P 173)。同时田园诗由于建立在长期的文学传统之上,也无论对作者还是读者来说,都多少包含了一种自觉的文学表演。因此当代的田园诗很有可能被批评为缺少真情实感,而是变成了一种人为造

作的纯艺术作品,"成为一个被装饰的传统,而不是首次的发现"①。但是希尼认为,即便如此,田园诗这种文学体裁在今天依然"做着对生活和艺术的记录,人们能够严肃认真地对待它,从中人们能够得到严肃认真的快乐"②。

田园诗最早被称为牧歌,是由忒奥克里托斯和维吉尔建立起的诗歌传统,一般包含如下几个方面:

> 自然与人性之间的联系、现在与成为神话的过去之间的联系;描写变化;"感情误置"(pathetic fallacy)③;乡村居民,他被后来的诗人用来代替传统田园诗中的牧童。④

田园诗一般强调自然与人性的和谐,城市与乡村的对立,其下隐含的是文明与自然的对立。因此田园诗会从乡村生活中选取细节,通过对它们的重新加工,来"创造一个想象的世界,赋予城市对自然界中理想的简单生活的向往"⑤。但是燕卜逊在《田园诗的几种模式》中深刻地指出:

> 老式田园诗被觉得暗示了穷人与富人之间的美好关系,其关键的欺骗在于让质朴的人用博学而时尚的语言(以便用最好的方式呈现最好的主题)表达强烈的情感(被视为最普遍的主题,本质上每个人都如此的东西)。看到这两类人如此结合在一起,你对两者的好感都增加了:两者最好的部分都用上了。效果是在一定程度上在读者或作者心中把这两类的美德结合在一起:他被做成在自己身上更完整地反映出他所生活的社会的那些有效方面。⑥

燕卜逊不但一针见血地指出了田园诗本身存在的问题,更从社会政治的角度指出了其政治上的调和立场。但有趣的是,希尼在 1975 年给《企鹅版英

---

① Seamus Heaney. "Eclogues 'In Extremis': On the Staying Power of Pastoral." *Proceedings of the Royal Irish Academy: Archaeology, Culture, History, Literature*, Vol. 103C, No. 1 (2003): 1.

② Paul Alpers. *What is Pastoral*. Chicago & London: The University of Chicago Press. 1997, p. 161.

③ 指把自然界现象或无生命事物拟人化的文学手法。

④ Paul Alpers. *What is Pastoral*. p. xvii.

⑤ Sukanta Chaudhuri, *Renaissance Pastoral and Its English Developments*, Oxford: Clarendon Press, 1989, p. 1.

⑥ William Empson. *Some Versions of Pastoral: A Study of the Pastoral Form in Literature*. Harmondsworth: Penguin Books Ltd, 1966, p. 17.

语田园诗》写书评时,"暗示了仅仅从田园诗对阶级关系的处理这一角度来分析田园诗时存在的短见"①。在这篇题为《作为惯例的乡村》("In the Country of Convention")这篇文章中,希尼不但了解燕卜逊对田园诗的看法,而且正是在对这种看法的分析中,提出现实的重压越大,人们就越需要诗歌和音乐来让他们获得自由。希尼自己后来的创作非但没有抛弃田园诗,甚至就如前面章节已经分析过的,他会大胆地借用维吉尔的田园诗。不过,希尼自己的田园诗创作选择了与传统不同的方面,即乡村生活的残酷、弱肉强食和易于朽败堕落的现实特征,这一点被伯里斯等批评家视为受到特德·休斯的影响,其作用与燕卜逊批判田园诗的中产阶级的调和作用正相反,是"一种对英国的中产阶级文化的'反叛'"②。

　　希尼与田园诗的这一关系可以典型地代表希尼与艺术传统之间的关系:他不会因为传统艺术形式中存在的腐朽因素而将其抛弃,依然会向之学习、借鉴,乃至运用;但他也不会拘泥于传统的规则,而会根据自己的需要大胆地加以改造。田园诗如此,前面分析过的十四行体也如此。虽然这些对传统的改造性运用本身也有其他诗人的影响,比如在"松散的十四行体"上受到洛威尔的影响,但是这同样是希尼对待艺术传统的态度:学习但不泥古,创新但仍借鉴传统。

　　除了田园诗、十四行体这些最常见的诗体外,希尼在诗歌中也尝试着其他诗体,比如二行体、三行体、四行体、五行体、六行体等。我们以希尼的第一部诗集《一个自然主义者的死亡》来看一下希尼在开始创作诗歌时对传统诗歌形式的运用。

　　在传统诗体中希尼最爱使用的是四行体。第三首诗《谷仓》("The Barn")中就开始明确使用这种传统的诗歌形式,与前面两首的自由格律形成鲜明的对比。不过从一开始,希尼对诗歌传统的运用就是"希尼式的",学习但不泥古,创新但仍借鉴传统。《谷仓》总共 20 行,分成 5 个四行体,但是音步是自由的,尾韵则松散地压着类似"abab"的韵。说松散,不仅因为 5 个四行体的尾韵都不相同,而且在需要的地方,希尼会打破这种押韵要求,比如最后一节第一和第三行的"chaff"和"above"并不押韵。在读者已经通过前四节接受了对四行体尾韵的期待后,希尼却打破了它。至于每行的音步则根据诗中描写的人物进入幽暗的谷仓,心情时紧时松,音步也时短时长,时促时缓。

　　①　Donna L. Potts. *Contemporary Poet and the Pastoral Tradition*. Columbia and London: University of Missouri Press, 2011, p. 46.

　　②　Sidney Burris, *The Poetry of Resistance*, p. 53.

　　接下来的一首《认识的提高》("An Advancement of Learning")描写的同样是儿时的我遇到老鼠时的紧张心情。这次是在河边与两只老鼠相遇。一开始"我"兴致勃勃地在河边走着,甚至想去看河里的天鹅。然后我遇到一只老鼠,吓得赶快流着冷汗转进小路。结果小路上也有一只老鼠,"我"吓得呆在那里,几乎变成了桥头堡。我盯着老鼠的动作,想到也曾在家里因老鼠而恐惧。然后当老鼠后退时,我鼓起勇气走过了桥。老鼠应该给儿时的希尼造成了比较大的困扰,所以他连着两首诗写到老鼠。相比之下,这段面对老鼠时的心情更加复杂多变,因此每行的音步同样不断变化,并且有不少句中标点(caesura),造成一种支离破碎的效果,与诗歌主题所表现的孩子感觉的断断续续正相呼应。该诗同样使用了四行体,共9节,尾韵以"abab"模式为主,但有变化,而且变化比《谷仓》大:除了"abab",还有的诗节押"a-a-",有的押"-a-a",还有的押"-aa-",但却没有完全不押韵的诗节。这种介乎格律与自由体之间的诗体,是希尼最常见的诗体。

　　四行体中虽然也有英雄四行体和纪念诗体这些高雅诗体,但更多的是民谣体。或许正是四行诗的民谣体特点,使得四行体成为希尼的主要诗歌形式。仅在《一个自然主义者的死亡》中,除了《谷仓》和《认识的提高》,就还有《追随者》("Follower")、《卜水者》《被观察的火鸡》《鳟鱼》("Trout")、《码头工人》("Docker")、《重力》("Gravities")、《诗》("Poem")、《蜜月飞行》("Honeymoon Flight")、《游戏方式》("The Play Way")、《个人的赫利孔山》("Personal Helicon"),共12首,占了整部诗集34首诗歌的三分之一。事实上,整部诗集采用完全的自由体诗的只有10首,连三分之一都不到,显然,希尼虽然不拘泥于传统格律,但也不是自由体诗的倡导者。四行体这种介乎规则与自由、精英与民间的诗体,一种介乎包括传统与现代,民族与个人、英语与爱尔兰语等等的各种极端之间的中庸模式,或者从另外一个更积极的角度看,一种兼容并蓄、海纳百川,包容而非片面、接受而非排斥的态度,才不仅是希尼的诗体模式和诗歌观念,也是希尼的人生立场和思想本质。

　　希尼的四行体中也有完全遵守传统格律的,比如《重力》就是一首严格的英雄四行体诗,抑扬格五音步,押"abab"韵。这首诗主要分析他与妻子玛丽·德夫林的关系。第一节以风筝和鸽子做比,指出虽然风筝和鸽子看似可以自由飞翔,但是一个被线拴着,一个总会回家,因此自由与限制是共存的。第二节写恋人虽然会发生激烈的争吵,但其实对自己伤害更多,最后总会重新拥抱。第三节用了两个历史名人做比,一个是文学家詹姆斯·乔伊斯,他虽然流亡海外,却能说出家乡都柏林大街上的每家店铺;一个是宗教家圣哥伦巴,他流亡苏格兰的爱奥纳岛,却总穿着爱尔兰式样的鞋子。虽然结构鲜明,艺术手法凸显,这首诗中却有自由与限制、相斥与相吸、流亡与思乡的张力。乔伊斯和圣哥伦巴的加入也使得这首诗的主题不只是描写爱情,也增加了家乡的吸引力这另外一个主题层面,使得全诗在传统的格律中获得现代诗歌追求的复杂性。这首诗表明希尼完全有能力成功地驾驭古典格律。他在大多数诗歌中打破古典格律的规则,不是因为不能,而是因为这种介乎传统与现代之间的形式更加符合希尼自己的艺术观和人生观。

　　三行体也是希尼在一生诗歌创作中用得比较多的诗体。比如这部诗集中的《尽早清除》("The Early Purges")模仿诗体中著名的三行诗体(Terza Rima),同样是抑扬格五音步,同样每节三行,第一和第三行押韵,不过希尼放弃了三行诗体更严格的"aba bcb cdc …"的押韵格式,诗节之间不存在相同的尾韵。三行诗体由于最早用于意大利诗人但丁的《神曲》,因此在诗体中素来具有神圣庄重的特征。《尽早清除》写的是姑姑将三只猫仔刚出生就在水桶里淹死扔掉,诗中也提到乡村里司空见惯的捕鼠、套兔子、射鸟、杀鸡。诗歌的结论是,在农庄,为了控制小动物的数量,这些"防御性的残忍"(DN 23)是必需的,"生存代替了虚假的感伤"(DN 23)。这是生命的悲剧,也可以视为生存的悲壮。从这一点看,如果说《神曲》描写的是生命的获救,《尽早清除》描写的是生命的毁灭,那么《尽早清除》中三行诗体的运用可以解释为对《神曲》的戏仿,而希尼对三行诗体的违背则可以视为这种戏仿的结果。不过,从希尼的性格来说,他追求打破传统,但是同时也尊重传统,更不会嘲弄和抛弃传统。从这一点说,《尽早清除》的三行诗变体更应该视为变用传统诗歌格律的做法。希尼在这里之所以变用神圣的三行诗体,是要赋予看似残酷的乡村生活一种神圣的悲剧感。

　　同为三行体的《阿兰岛上的恋人》("Lovers on Aran")也采用的是这种变化了的三行诗体。《瀑布》("Waterfall")和《期中假期》的三行体则相对松散,无论在音步和尾韵上都更加自由。此外《期中假期》和另外一首三行体诗《圣人弗朗西斯与鸟》("Saint Francis and the Birds")都加了单独一句作为结尾。《期中假期》的结尾句"一只四英尺的盒子,一年一英尺"把"我"面对车祸夭折的弟弟的茫然收束到一起,并凝结为巨大的冲击力。如此直白却极具悲剧性的结尾句单列出来,打破格律却有着高度的诗歌效果。《圣人弗朗西斯与鸟》中的单独结尾句也是起着总结升华的作用,但与《期中假期》不同,这句诗其实可以与上一节组成对句,全诗的押韵模式是"axa byb cdc d",而且每行 8 个音节,格律性比较强,与全诗的天主教圣人主题相符。

　　《尽早清除》之后的《祖先照片》("Ancestral Photograph")则使用了六

行诗,每行的抑扬格五音步使其格律接近"维纳斯与阿多尼斯体",但是缺少
该诗体应有的"ababcc"尾韵。《祖先照片》的尾韵则可以看出希尼要押
"aabccb"的意图,这种尾韵的六行诗以乔叟的《托波斯爵士》为代表。只是
即便这个尾韵也不时会被一两个不押韵的行末词语破坏。这首诗的格律方
式同样可以看出希尼遵循规则,但是会灵活地混用规则,更会在主题需要时
毫不犹豫地放弃规则这——"希尼式的"诗歌格律原则。这首《祖先照片》中提
到了伯祖父,父亲向他学习了做农事生意,我能记得伯祖父和父亲在做生意
时的相似之处。但是墙上现在只留下挂过他的照片的痕迹,我将这位伯祖
父的照片拿到阁楼里。《祖先照片》在主题上完全不涉及莎士比亚的《维纳
斯与阿多尼斯》中的两性关系,显然希尼使用这个格律时,脑海中模仿的还
是乔叟的《托波斯爵士》。这是《坎特伯雷故事集》中被认为乔叟自己讲述的
一个骑士寻找仙后并大战巨人的故事,但是被旅店主以陈腐无聊为由打断
了,因此是一个中断了的骑士传统,正像《祖先照片》是一个中断了的家族
传统。

　　《在小镇》("In Small Townlands")每行 8 个音节,尾韵押"abcabc"的模
式,这一押韵模式与彼特拉克十四行诗中的六行诗的一种押韵模式相似,但
不是抑扬格五音步,因此是希尼自己创造的格律模式。这首诗描写希尼的
朋友,北爱风景画家科林·米德尔顿,他的画作虽然有一些被归入印象派,
但他认为自己是那个时代爱尔兰唯一的超现实主义画家,因此他的不少画
的线条和颜色都非常清晰,正如希尼在诗中所说的:

> 碎片化的光线像铁锹一样切下
> 剥光毛毛茸茸且斑斑点点的大地,
> 剥得如骨头般干净,如痛苦般残酷(DN 54)

从这一点看,诗歌严谨但又不同传统的格律模式,应该与科林·米德尔顿的
超现实主义绘画风格相呼应,而非希尼对格律规则的有意强调。

　　此外《一个自然主义者的死亡》中还有三首用了五行体,分别是《双重
害羞》("Twice Shy")、《民歌歌手》("The Folk Singers")和《城市教堂里的
穷女人们》("Poor Women in a City Church")。五行体在整部诗集中出现
较晚,最早是作为第 20 首的《城市教堂里的穷女人们》,已经超过了诗集的
一半,显然希尼并不想突出这种诗体。而且五行体在传统英语诗体中也不
属于非常流行的诗体,其中比较有名的是 19 世纪末 20 世纪初的美国诗人
阿德莱德·克拉普西受俳句等日本诗歌的启发,创造的一种无韵五行诗体,

每行分别有 2—4—6—8—2 个音节,后来在美国诗人中运用较多。希尼的三首五行体中,《城市教堂里的穷女人们》有 3 节五行诗,押的是"aabab"韵,且每行基本 8 个音节;《双重害羞》有 5 节五行诗,每行 6 或 7 个音节;《民歌歌手》有 3 节五行诗,每行 6 或 7 个音节,不押韵。

诗集中也有二行体。《脚手架》("Scaffolding")由 5 个押韵的两行诗组成,采用的是英雄双韵体,押抑扬格五音步"aa"韵式。这里的脚手架是一个隐喻,比喻与妻子玛丽的关系的初始层面,就像造房子的脚手架。当房子造好后,脚手架就会被拆除。所以即便他们的关系模式后来会发生什么变化都不必担心,因为他们之间的墙,他们从字面意义到心灵层面的家已经搭建了起来。这是一首非常精致工整、主题鲜明,艺术技巧凸显的诗。这些以及英雄双韵体的严格使用,都显示出这首诗属于希尼的早期诗歌,应该在1965 年 8 月与玛丽·德夫林结婚前后,相对来说更显示出希尼早期对规则的服从。那时自我的力量尚未完全成熟。当然在这首诗之前希尼也有优秀的诗歌产生,比如《期中假期》《认识的提高》《被观看的火鸡》都极具有震撼力。《脚手架》则是另外一类整饬的诗歌。这种主题单一的诗歌在希尼的后期诗歌中也有,但是往往会通过意象的选择和其他手法赋予诗歌更丰富的内涵。

而像诗集中的《一次挖土豆》("At a Potato Digging")总共四章,每个诗章都采用了不同的诗体。第一章使用的英雄四行体,并没有"希尼式的"改变。第二章模仿十四行体,但第一节只有 7 行而不是 8 行,且每行的音步不定。第三章由 5 节四行体组成,可以见出"abab"的押韵模式,但是存在这一规则被打破的情况。第四章由 2 节四行体组成,使用"abab"押韵的民谣体格式。该诗描写一群人跟在挖土豆机后面,盲目机械地捡着土豆,排成长长的一排,这是"几个世纪的对饥馑之神的恐惧和效忠"(DN 31)。土豆被堆成堆,带着土地和根茎的气息,就像死者的骨头。土豆在土坑里堆上三天就会腐烂,这给人们带来极大的伤痛。中午工人们停下来,喝着茶吃着面包,"感激地打破无尽的斋戒期",休息时把剩下的茶水和面包屑洒在地上,有如献祭。

如果把这首诗与造成爱尔兰历史重大转变的 19 世纪中期的土豆大饥荒联系起来看,可以感到从奴隶般地服从权威,到死亡,再到从大地获得重生这样一个爱尔兰历史转折过程。而与之相应,该诗从对传统格律英雄四行体的严格遵守开始,到传统格律十四行体的崩坏,到民谣体的逐渐形成,最终成型,这种从权威到权威的瓦解,再到民间规则的逐渐形成,直至民谣体这一民间自律的定型,可以看出希尼对现代历史的变化,以及与此相应,对现代诗歌格律规则的变化的看法。《一次挖土豆》可以视为对希尼诗歌艺术观的一次诗性概述，从中可以理解希尼打破规则与遵守规则这一双重模式背后的历史原因。

四、形式变化

海伦·文德勒说，希尼的每部诗集"都充满野心地给自己设定一个与之前的诗集不同的任务；每部都采用一种新的写作形式；正当人们觉得自己知道了希尼的所有可能风格的时候，他展示了一个新的风格"。[①] 不过希尼的这些新的风格并非为了展示自己对传统诗歌格律的更多运用，希尼风格的变化既是希尼对更不同的表现方式的探索，也是对不同时期不同主题的呼应，更是希尼自己的观念和思想发生变化的结果。如果说《一个自然主义者的死亡》中经典格律的借用和变化是他创作伊始的折中和包容立场的体现的话，那么通过对他的最后一部诗集《人链》做一次相似的梳理，通过对照，可以看到希尼的诗歌观念随着他人生和阅历的变化，发生了非常大的改变，他的自我意识和自我力量都较第一部诗集有了很大的增强。

《人链》发表于 2010 年，很多都是希尼个人经历的回顾和对最近生活的记载和感悟。希尼 2006 年经历了一次中风，这次用他自己的话说，他感到很害怕。因此虽然抢救康复后他依然以乐观的态度投入到工作之中，但他的关注点显然越来越集中于对自己一生的反思，以及对死亡的思考。诗集总共 29 首，不过其中有 3 首都分别包含着 3 组有标题的诗歌，因此有标题的为 35 首。此外还有很多首都是数字标题的组诗，因此整部诗集其实包含 97 首诗，虽然每首都很短。

在这部诗集的 29 首诗歌中，23 首使用了三行体，占诗集的 80%。还有 3 首四行体。此外《伍德路》（"The Wood Road"）由 6 组五行加一行的结构组成；《鳗鱼作坊》（"Eelworks"）是组诗，包括 6 首，3 首是三行体，2 首二行体，另一首由 2 个三行体加一行组成。整部诗集中从诗行的排列看，只有《草木纲目》（"A Herbal"）完全是自由体诗。

然而，如果因此认为希尼放弃了自由体，完全回归格律诗则完全是错觉。粗略一看，我们会对诗集工整的形式感动震惊，认为希尼已经基本抛弃了现代诗歌的自由精神，把遵循传统视为生命和社会的良方，或者把追慕前贤，熟稔地掌握前贤的技巧视为行业能力的最大成就；但仔细阅读，就会发现，《人链》表面的工整规范之下，自由度和创新度远远超过了《一个自然主

① Helen Vendler. *Seamus Heaney*, p. 3.

义者的死亡》。《一个自然主义者的死亡》对传统格律的使用与突破虽然同时存在,却无法摆脱戴着镣铐跳舞的沉重感和心理压力。《人链》29 首诗歌,除了屈指可数的几首外,几乎全部是自由体诗歌,无论音步还是押韵都彻底抛弃了传统格律的束缚,有一种在人生终途阅尽群山,豁然开朗,挣脱羁绊,挥洒自如的随意感和自主感,但与此同时却不是蒙昧无知、精神贫乏的自由。《人链》全书流淌着自然天成的旋律,就像大卫·福伯特说的:

> 总的来说在《人链》中,希尼拒绝把自己的心思放在正式的押韵格式中。他让自己的选择保持开放,在创作中通过提供一系列丰富且变化的声音链,来运用他对形式的掌控,从相同的元音词形,到那些包含着模糊的声音呼应的词语。希尼把腹韵排列得看似随意,但事实上相当自觉操控,有时并置,有时被其他符号分开。他有着创作出完美韵律的才华,并运用他的技艺游戏着语言的音乐性和词语次序,从而制造出音韵优美的诗节。[1]

希尼在取得这些诗歌的音韵效果的时候是否实际上殚精竭虑、反复推敲无法得知,但至少就阅读效果来说,《人链》全篇有着"游戏着语言的音乐性和词语次序"的挥洒自主的感觉。

那么希尼为什么不完全采用自由体,却采用如此工整的诗行排列? 希尼对此未做过解释,但是通过分析诗集中一些形式尤为工整的诗歌,多少可以见出一些端倪。23 首三行体中很少有严格的传统三行体诗,大多不仅押韵自由,而且音步也采用不规则变化。3 首四行诗《苍穹》("Canopy")、《隐士之歌》("Hermit Songs")、《教堂之鸽歌唱》("Colum Cille Cecinit")同样都是自由体诗。这一点与《一个自然主义者的死亡》有很大差别。

在三行体中,《分开》("Uncoupled")、《画家之死》("Death of a Painter")、《卢加努尔》("Loughanure")虽然不押尾韵,但大多 10 个音节一行,不过也存在一些调整。比如《卢加努尔》的第三首,每行的音节就在 6—12 之间变化,虽然以 10 个音节为主。这些诗歌音节上的相近不是出于形式的要求,而是出于主题的要求。

《卢加努尔》是纪念希尼的朋友画家科林·米德尔顿的,是一组挽歌,恰好在《一个自然主义者的死亡》中,希尼同样用《在小镇》一诗描写过他的绘画艺术。科林·米德尔顿是 1983 年去世的,但他的画一直挂在希尼家中。

---

[1]　https://fawbie.info/human-chain/album/. August 28，2022.

在最早描写他的绘画艺术的《在小镇》中,每行 8 个音节,尾韵押"abcabc",与彼特拉克十四行诗中的六行诗的押韵模式相似,显示出此时的希尼对传统的追慕,模仿和变化。而《卢加努尔》总共 5 首,每首都是十二行,由 4 个三行组成,每行以 10 个音节为主,正是希尼在诗集《看见》中的"方形"组诗所用的体裁。当然,"方形"为了形成正方形,每一组都是 12 首十二行的诗,《卢加努尔》只是呼应"方形",却并不想重复这种"正方形"的形式。不过,这种对自己之前创造的诗歌形式的呼应,显示出了希尼对自己创造传统的自信。

"方形"是在父亲去世后,希尼展开的对死后世界和灵魂存在的追问,这个问题在 2006 年他自己中风后,无疑会变得更加迫切。《卢加努尔》就是希尼面对米德尔顿的画,展开的对死后世界的思考。卢加努尔是画中的小镇,面对画中小镇院墙上方云朵汇聚的灰色天空,希尼问,"那么这就是死后世界会是的样子?"(HC 62)诗人思考了但丁和柏拉图相信的死后灵魂进入新的肉体,思考了奥德修斯最终选择一个人度过余生,思考了俄尔甫斯被疯狂的女子们撕碎后,选择变成天鹅。然后他问,"我寻找过那个王国吗? 那个王国/ 会到来吗?"(HC 63)之后通过想到米德尔顿会换一个独特的角度审视自己的画作,希尼也将视线收回到爱尔兰,想到爱尔兰神话中关于仙乡的传说,但诗歌最后却落回到了小时候在柜台上买到的冰焦糖。据说希尼临终前的最后一句话是对妻子说"别害怕",这与 2006 年中风时他害怕地喊着父亲已经判若两人。显然在这之间,希尼对死亡有了更深刻的领悟。《卢加努尔》并没有对死后世界是什么给出最后的答案,但是最终回到儿时小店的糖果,显然有着回家的甜蜜。

因此由于在主题上与"方形"的相似,《卢加努尔》使用了"方形"的诗歌形式,而不是模仿更早地描写同一位画家的《在小镇》。与《在小镇》的借用社会传统又试图打破传统的张力相比,《卢加努尔》呼应着希尼自己的传统,又通过 5 首而不是 12 首组诗,轻松地改变过去的自我传统。这显示出希尼后期日益强大的自信:建立自己的诗歌传统,并自如地呼应和改变这一传统。

《人链》中希尼在诗歌形式上的大胆和自信非常明显。他不受限制地使用跨行句(enjambement),《110 路》的第三节包含 9 个跨行句,标点大多在句内;而在《"舔铅笔"》("'Lick the Pencil'")中,第二首的 12 行诗句甚至只是一句话,挑战着对诗歌的传统看法;给诗歌标题加引号的也有 3 首;还有像《门开着,房内很黑》("'The door was open and the house was dark'")这样不具有诗意的标题等等。总之,在诗歌形式的运用上,与《一个自然主义者的死亡》相比，《人链》大胆了许多。

显然此时希尼已经超越了《一个自然主义者的死亡》中传统诗歌格律形式的束缚。那时传统的诗歌格律形式对年轻希尼的诗人身份依然有一定的影响，而现在，希尼的大诗人身份已经确定，中风对生命的更深领悟应该也让他更少了对社会制约的顾忌。在《人链》中，无论从主题还是形式来说，希尼的自我都更加突显，而且尤其值得注意的是，希尼在诗集中更加有意识地建立自己的传统。

《"门开着，房内很黑"》的自创格律就体现出希尼后期创造新的诗歌格律传统的意图。《"门开着，房内很黑"》是诗集中不多的押韵的诗歌。该诗总共 13 行，每行使用了英语诗歌最常见的 10 个音节形式，尾韵则使用了一种希尼自己设计的尾韵："-a- a-b bc- c-d d"。这种尾韵首先通过尾韵的跨节押韵，将每一节通过韵律连接起来；其次如果把两节视为一组，那么第二组与第一组的押韵方式其实是一致的，都是"-a- a-b"的形式。如此精巧的押韵模式，显然是有意设计的。

《"门开着，房内很黑"》是纪念希尼的朋友大卫·哈蒙德的，他在 2008 年去世。这首诗描写的是希尼的梦境：在一个深夏的午夜，诗人来到一处杂草丛生的飞机场里的飞机库前。大门敞开，屋内漆黑。他叫着大卫·哈蒙德的名字，但无人应答。诗人站着聆听的时候，视域倒回到大街上。街灯不亮，诗人感觉自己是个陌生人，想逃走。但是后来他感到没有危险，只是一种空虚，而且是一种并非不欢迎人的空虚。标题的"门开着，房内很黑"化用了维吉尔的《埃涅阿斯纪》中的诗句"死亡的黑色大门日夜敞开，但要迈步折返，重新回到上面的空气中"。因此这句话看似描写死亡，其实依然思考着这部诗集中希尼经常思考的问题，如何像埃涅阿斯、奥德修斯那样，进入地府而能重回人世。因此诗中的"take flight"不仅指"逃离"，更指"起飞"，像飞机一样飞回到上面的空气中，或者从地面飞向天堂。

从这一主题再重新审视这首诗的韵律模式，节与节之间的韵律连接显然是表达了对各个世界，冥府的、现世的、天国的、仙乡的等各个世界可以往返的愿望。而其中的隔行押韵，又呈现出生活的断裂，蕴含着死亡的阴影。但是这个阴影总是被接下来韵律的呼应改变，生之链被重新拉起。因此这是一个充满张力的格律，有断裂有连接，有重复有变化。这一格律模式即便没有其中的生死主题，也具有很好的适用性，因此并非不能建立起自己的传统。

希尼自创格律传统的特点同样在《伍德路》的 6 组五行加一行的结构中体现出来。与《"门开着，房内很黑"》相比，这是一个松散的格律，不存在对音步的押韵的限定,与诗集中的三行诗和四行诗本质上是一样的。只不过排列模式上的主观意图比三行和四行的诗句更明显。这首诗描写的是希尼的伍德住处外一条大路的几个场景,这条道路现实中的名字叫"巴里马考姆路"(Ballymacombs Road)。全诗的 6 组 5 + 1 结构共描述了 4 个场景,前两组描写一个场景,后面三组各描写一个场景,最后 1 组通过与开头一句的呼应,对伍德路的今昔做一次电影胶片式的总结。

　　第一个场景是 20 世纪 50 年代北爱冲突之前,北爱尔兰的兼职志愿警察全副武装地封锁道路。这个场景的第一组写一个叫比尔·皮克林的青年志愿者,第二组写他的同伴们,因此也可以视为两个电影场景,虽然时空没变,但是镜头里的人物发生了变化。第二个场景是希尼小时候坐在伯父运送草皮的车上,神气地看着路人。第三个场景是 1981 年邻居托马斯·麦克艾尔维死于绝食抗议,院里院外的紧张气氛。第四个场景是 1985 年,希尼 7 岁的侄女瑞秋·希尼在小巷骑车时被乱开的汽车撞死,留下地上的血迹和阳光下转动的自行车轱辘。最后一组是对伍德路的总结:

> 用深褐色将其拍摄,
> 用滴洒的鲜血把它画下,
> 伍德路的今世前生,
> 翻修了路面,从未拓宽,
> 搅乳台和这个标志
>
> 标示着长满野草的车站。(HC 23)

　　如果根据镜头中人物的变化,把第一和第二组也视为两个场景,那么前面 5 组就可以视为 5 个电影片段,最后一组视为总结,这样就正与该诗的 5 + 1 结构模式契合。显然,这首诗的工整结构其实出于呼应主题的需要。当然,这种有规则地重复也看出希尼对格式的自觉。

　　而且这首诗的格式自觉可以进一步用来解释整个诗集的三行和四行模式。在《一个自然主义者的死亡》中,希尼运用得更多的是四行体,因为四行体具有民谣色彩,与希尼摆脱经典格律的束缚,向民间寻求养分的需求一致。但是在《人链》中,希尼却主要采用三行体这种诗体模式。三行体因为但丁的《神曲》,即便在后代有很多变化,但大多带有一定的神圣性,比如雪莱的《西风颂》,是对大自然的力量的崇敬。选择更加崇高的三行体而不是更带有民间色彩的四行体,来建设自己的格律模式,这与希尼此处也不使用自由体的结构是一致的,显然,希尼更希望赋予自己的诗歌格律经典性,成为新的传统。

当然《人链》也没有彻底抛弃过去的传统,诗集中还有两首明确点出了自己对传统诗体的运用。一首是《奇游歌》("Chanson d'Aventure"),一首是《古老的叠歌》("An Old Refrain")。

"奇游歌"是一种在中世纪出现于法国的诗体,但在同时期的英语文学中产生了很大的影响。在这一体裁中,歌者/诗人游历到一个荒野或乡村,发生了一次偶遇,通常发生一段对话。有时也可能是偷听到一段对话,或者恋人的抱怨,不过都以偶遇为主。这一诗体的中世纪作品中不只有爱情主题,也常常会讨论道德主题或者信仰主题。这一诗体与叙梦寓言诗(dream vision)有很多相似之处。

希尼的《奇游歌》的副标题"灵魂中爱的奥秘增加/但躯体才是他的书"(HC 14)出自 17 世纪英国诗人约翰·邓恩的诗歌《迷狂》("Ecstacies"),该诗主要是描写恋人之爱,但和邓恩的众多诗歌一样,以一种玄学的方式思考了灵魂如何进入肉体,从而获得爱的感觉。希尼的《奇游歌》则记录了 2006 年他因中风被抢救的过程,在这个过程中他和妻子的爱如何更新。全诗由 3 首组成。第一首写星期天的早晨他躺在救护车上,妻子坐在身边。第二首写他想到"离去",想到以前教堂里的钟声和中学里他摇响的宣告下课的小钟,而在车上,他的妻子握着他没有感觉的手,他们迷狂的对视被滴管分开。第三首写他在医院的走廊上做恢复训练,样子像德尔菲的驭手雕像。这让他想起小时候父亲教他耕地,他希望他的感觉能够重新回到他麻木的四肢。

从主题上说,虽然可以把希尼坐救护车去医院视为一种游历,但是《奇游歌》与中世纪"奇游歌"的关系,远不如与邓恩的《迷狂》一诗的相近。因此选用"奇游歌"做标题,与其说是追随中世纪的诗歌传统,不如说暗示自己的这次"历险"有着中世纪的神学色彩。因此,虽然标题显示了希尼对历史和传统的呼唤,让现在与历史连接,但完全不是为了遵奉中世纪的诗歌形式,倒更可以说希尼在让中世纪的诗体获得现代的形式和精神。这同样是一种自我诗歌传统的创造。

同样情况的还有《古老的叠歌》("An Old Refrain")。"refrain"(叠句)是一首诗歌手法,尤其是民谣经常使用的一种手法,通过在诗节之间的不断重复来获得音乐性,爱尔兰民谣尤其喜欢采用叠句。至于"古老的叠歌"这个标题,也经常被诗人和歌手使用,用来称呼各种音乐感极强的民谣。希尼的这首叠歌则化自莎士比亚的《皆大欢喜》中侍童们合唱的伊丽莎白时代的小调,只不过希尼用其旋律向读者展示了他童年时代伍德路边生长的各种植物。

不过,诗中其实并不存在叠句,只不过诗节的韵律模式非常相近,似乎在不断重复。这一点在第二首尤其突出,4个诗节都用"in"与一个2音节的植物名字起句。此外全诗短小欢畅,每行的音节在2—5个之间,极具跳跃性。这种没有使用古代诗体的规则,却用标题引出古老传统的格律方式,同样显示出希尼在呼唤传统的同时对传统的超越。另一方面,叠歌传统的标示也不仅仅是向传统致敬,事实上,标题如同点睛之笔,使得原本单薄地对草木内容的列举有了历史感,使得希尼家乡这个平凡的爱尔兰乡村有了历史感。可以说,正是传统增加了现实的厚度。

《人链》用辨识度极高的规则结构来呼唤传统,但是却几乎不遵循传统诗歌规则,其对待传统的方式远比希尼开始诗歌创作时大胆,更加轻松自如地把传统化为己用。这种既不像未来主义那样敌视和抛弃传统,但是在召唤传统的同时又超越传统,创造自己的传统的境界,表明希尼最终进入了自我与传统之间的自由境界。

希尼的诗歌表面看起来淳朴单一,其实融合了不同诗人的影响。而到了最后一部诗集《人链》,他不仅接过人类传统的链接,更是制造了自己的传统,并把它传递下去。事实上,在伟大的诗人那里,都可以看到随着年龄的增加而呈现出越来越开放的认识,对远处彼岸可能在等待的一切有越来越深刻、越来越澄明,甚至越来越简单地接受,比如叶芝、莎士比亚、史蒂文斯、米沃什等,希尼同样如此。如果说希尼从分裂的北爱社会开始了他的诗歌创作,那么他正是用这样的人类传统的链条给他的诗歌、他的一生,以及他对人类的期许,链接出更广阔的文化、语言和艺术的空间。

谢默斯·希尼年表

1939	4 月 13 日出生于北爱尔兰德里郡的农场摩斯滨(Mossbawn),父亲帕特里克·希尼(Patrick Heaney),母亲玛格丽特(Margaret Heaney)。父母共生育 7 男 2 女,希尼是长子。
1945—1951	进入当地的安娜俄瑞什中学(Anahorish school),一所天主教和基督教学生混读的小学。一直参加圣马拉奇学院的爱尔兰足球比赛,直至 18 岁。
1951—1957	作为住读生在德里市的圣哥伦布中学(St Columb's College)读书。
1953	在弟弟克里斯多夫(Christopher)夭折后,全家从摩斯浜农场搬到位于教区另一端的伍德(The Wood),希尼在诗歌《期中假期》(Mid-Term Break)和《格兰莫尔的画眉鸟》(The Blackbird of Glanmore)中记载了这件事。
1957—1961	在贝尔法斯特的女王大学(Queen's University)读英语专业,以优等成绩毕业。第一批诗歌发表在大学的文学刊物上。
1961—1962	在贝尔法斯特的圣约瑟夫教育学院(St Joseph's College of Education)接受教师培训的硕士文凭学习。在此期间,在《北爱尔兰》文学杂志上发表了一篇文章,并被收入贝尔法斯特利嫩厅图书馆(Linen Hall Library)出版的选集中,该文是谈论北爱诗人休伊特和英国诗人休斯的。 夏天,在位于伦敦小法国街的签证处(Passport Office)打工。
1962	开始在圣托马斯中学(St Thomas's Intermediate School)教书,校长是短篇小说作家米歇尔·麦克拉弗蒂(Michael McLaverty),他向希尼介绍了爱尔兰诗人卡瓦纳的诗歌。 在女王大学注册为工读的研究生。
	11 月《贝尔法斯特电讯》(Belfast Telegraph)发表了《拖拉机》(Tractors)一诗,其他杂志,包括女王大学的《兴趣》(Interest)杂志不久出版了其他诗歌;《贝尔法斯特电讯》发表了《被观看的火鸡》(Turkey Observed)一诗。
1963	春,《基尔肯尼杂志》(Kilkenny Magazine)发表了《期中假期》;《爱尔兰时代周刊》(Irish Times)发表了《认识的提高》(An Advancement of Learning),之后又发表了《渔夫》(Fisher)。《都柏林人》(The Dubliner)发表了《穷人之死》(Poor Man's Death),但是这首诗未被希尼收入任何诗集。
	秋,离开中学的教职,回到圣约瑟夫教育学院任英文讲师。在女王大学遇到诗人菲利普·霍布斯鲍姆(Philip Hobsbaum),成为"贝尔法斯特小组"的成员。

（续表）

1964	在霍布斯鲍姆的帮助下，《新政治家》（*New Statesman*）发表了希尼的三首诗歌。
1965	玛丽·霍兰德（Mary Holland）在伦敦的《观察家》（*Observer*）杂志上宣传了"贝尔法斯特小组"，作为贝尔法斯特艺术节的一部分。
	8月与玛丽·德夫林（Marie Devlin）结婚，两人在1962年10月相识。
	11月贝尔法斯特艺术节出版了希尼的第一本微型诗集《诗十一首》（*Eleven Poems*）。
1966	在霍布斯鲍姆离开后，获得女王大学的讲师席位。 开始为《新政治家》和《聆听者》（*Listener*）写专栏，并为BBC广播电台和电视台录制节目。开始因为他在文化和政治领域的交往而得到关注。 曼切斯特出版社出版的"凤凰手册诗人卷"（Phoenix Pamphlet Poets）出版了"内伊湖组诗"（A Lough Neagh Sequence）。
	5月费伯出版社（Faber & Faber）正式出版了诗集《一个自然主义者的死亡》（*Death of a Naturalist*）。获格雷戈里年轻作家奖（Gregory Award for Young Writers）和杰弗里·费伯奖（Geoffrey Faber Prize）奖，此后他的诗集都获得各种奖项。
	7月儿子迈克尔（Michael）出生。 在《新政治家》的"离开伦敦"专栏中介绍贝尔法斯特，主要关注政治而非文化问题。
1968	2月第二个儿子出生。
	10月5日，德里市爆发市民游行。
	10月24日，在《聆听者》上发表一首题为《老德里的墙》（Old Derry's Walls）的诗，对示威者表示同情，还为爱尔兰电台（Radio Eireann）写了一首题为《克雷格的龙骑兵》（Craig's Dragoons）的讽刺歌谣。
1969	6月第二部诗集《通向黑暗之门》（*Door into the Dark*）出版，获毛姆文学奖（Somerset Maugham Award）。
	8月12日德里市爆发宗派冲突。
	8月14日英国军队入驻德里。
1970	1月正式爱尔兰共和军和临时爱尔兰共和军在都柏林成立。
1970—1971	在加利福尼亚大学伯克利分校访学一年，1971年9月回到北爱。
1971	爱尔兰共和军的武力行动升级。
1972	出版《声音种种》（*Soundings*）。
	1月30日"血腥的星期日"：13名市民在德里市被英国军队杀死。希尼为死者写了题为《通向德里的道路》（The Road to Derry）的悼词，并在《田野工作》中的《横祸》（Casualty）一诗中纪念此事。
	8月从女王大学辞职，全家在威克洛（Wicklow）郡的格兰莫尔（Glanmore）向安妮·萨都迈尔（Anne Saddlemyer）租住了一个小农舍，在这里希尼开始成为自由作家。
	11月出版《在外过冬》（*Wintering Out*）。

（续表）

1973—1977	在爱尔兰电台不连续地主持一档题为"痕迹"(Imprint)的节目。
1973	4月女儿凯瑟琳·安(Catherine Ann)出生。
	10月访问丹麦，在那里的锡尔克堡博物馆看到了沼泽人的尸体。
1975	贝尔法斯特/诚实的乌尔斯特人出版社(The Belfast/Honest Ulsterman Press)出版了散文诗系列《站点》(Stations)，这是在1974年五六月间作为一个小册子完成的。该书回顾了他的职业生涯中的重要时刻，认识到宗派主义对他诗歌的影响。英国诗人休斯的妹妹奥尔雯(Olwyn)在她的彩虹出版社(Rainbow Press)出版了沼泽诗全集的限量本，题为《沼泽诗》(Bog Poems)。
	6月出版《北方》(North)。
	夏天，在基尔肯尼艺术周(Kilkenny Arts Week)组织了诗歌朗诵系列，其中邀请了海伦·文德勒。
	10月入职卡里斯弗德学院(Carysfort)的英语系，一个位于都柏林的教师培训学校。
1976	春季，作为贝克曼讲席教授在美国斯坦福大学上课并做若干讲座。
	11月全家搬到都柏林的圣地蒙特(Sandymount)。
1976—1981	成为卡里斯弗德学院的英语系主任。
1979	作为1977年去世的美国诗人洛威尔的接替者，在哈佛大学开设了一个学期的诗歌工作坊。 出版《田野工作》(Field Work)。
1980	加入户外日剧院公司(Field Day Theater Company)董事会，该公司由他的好友编剧布赖恩·弗里尔(Brian Friel)和演员斯蒂芬·瑞亚(Stephen Rea)创办。 出版《1965—1975诗选》(Selected Poems，1965—1975)和《入神：1968—1978年散文选集》(Preoccupations: Selected Prose 1968—1978)。
1980—1981	10位爱尔兰共和国囚犯在北爱的绝食抗议中死去，包括希尼的来自德里郡贝拉希镇的邻居弗兰西斯·休斯(Francis Hughes)。
1981	辞去在卡里斯弗德学院的工作。
1982	1月开始与哈佛大学为期5年的合约，作为博伊尔斯顿教授(Boylston Professorship)，每年教授一个学期。
	与Ted Hughes联合主编《哐啷包》(The Rattle Bag)，一部给年纪较大的孩子编订的诗集，获得拜贝特奖(Bebbett Award)。
1983	在爱尔兰上演了《迷途的斯维尼》(Sweeney Astray: A version from the Irish，始于1973年)，取材于爱尔兰中世纪长诗《斯维尼之疯》(Buile Suibhne)。 出版诗体小册子《一封公开信》(An Open Letter)，拒绝被贴上"英国诗人"这一标签(Blake Morrison和Andrew Motion在他们1982年编辑的《企鹅当代英语诗歌》中收入了希尼的诗)。

（续表）

1984	当选哈佛大学的修辞与演说方向博尔斯顿教授（Boylston Chair of Rhetoric and Oratory），直到 1996 年。希尼把他的时间分在都柏林和美国，每年在哈佛大学主持 4 个月的诗歌工作坊。 母亲去世。 出版《冰雹》（*Hailstones*）。
	10 月在英国出版《苦路岛》（*Station Island*）和《迷途的斯维尼》。
1986	父亲去世。
1987	出版《山楂灯》（*The Haw Lantern*），获得惠特布莱德奖（Whitbread Award）。
1988	出版《舌头的管辖：1986 年 T. S. 艾略特纪念讲座及其他评论文章》（*The Government of the Tongue：The 1986 T. S. Eliot Memorial Lectures and Other Critical Writings*）。 买下了格兰莫尔的住处。
1989	出版《写作的位置》（*The Place of Writing*）。
1989—1994	接受牛津大学为期 5 年的诗歌教授的聘任，该系列讲座 1995 年以《诗歌的纠正：牛津讲座集》出版。
1990	出版《1966—1987 新诗选》（*New Selected Poems 1966—1987*）和《特洛伊的治疗：索福克勒斯的〈菲洛克特忒斯〉一种》（*The Cure at Troy：A Version of Sophocles's 'Philoctetes'*），后者由德里的户外日剧院公司上演。
1991	出版《看见》（*Seeing Things*）。
1992	出版《斯维尼的逃离》（*Sweeney's Flight*），并配有摄影师瑞秋·吉塞（Rachel Giese）为此拍摄的图片。
1993	出版《午夜裁决：译自布里安·麦里曼的爱尔兰语和奥维德的〈变形记〉》（*The Midnight Verdict*：Translations from the Irish of Brian Merriman and from the *Metamorphoses* of Ovid），获得意大利蒙代尔奖（Premio Mondale）。
1994	爱尔兰共和军停火。
1995	出版《诗歌的纠正：牛津讲座集》（*The Redress of Poetry：Oxford Lectures*）。 获得诺贝尔文学奖，发表获奖辞《归功于诗》（Crediting Poetry）。
1996	出版《水平仪》（*The Spirit Level*），获得共和国文学奖（Commonwealth Literature Award）和惠特布莱德年度图书奖。 作为爱默生驻校诗人（Ralph Waldo Emerson Poet-in-Residence）在哈佛大学一直做到 2007 年。
1997	正式成为皇家爱尔兰学院院士。 当选爱尔兰艺术家协会伊斯达纳大诗人（Saoi of Aosdána）。
1998	英国政府、爱尔兰政府以及大多数北爱政治组织在 4 月 10 日签署了《北爱和平协议》（Good Friday Agreement），将领导权归还给北爱政府，被视为官方结束动乱的标志，但 8 月 15 日发生了奥马爆炸案，29 人死亡。 出版《开放之地：1966—1996 诗选》（*Opened Ground：Poems 1966 - 1996*）。 成为爱尔兰三一学院的荣誉成员。

（续表）

1999	出版译著《贝奥武甫》，也获得惠特布莱德年度图书奖。
2000	获得美国宾夕法尼亚大学的荣誉博士学位并致辞。
2001	出版《电灯》(*Electric Light*)。
2002	出版《发现者守护者：1971—2001 散文选》(*Finders Keepers：Selected Prose 1971—2001*)。 获得南非罗德斯大学荣誉博士学位，并做公开演讲《喉音缪斯》。
2003	贝尔法斯特的女王大学设立谢默斯·希尼诗歌中心(Seamus Heaney Centre for Poetry)，收藏了希尼的所有文字作品，以及他在电台的广播和在电视上的录像。
2004	出版《底比斯之葬：索福克勒斯的〈安提戈涅〉一种》(*The Burial at Thebes：A version of Sophocles' Antigone*)，是索福克勒斯的《安提戈涅》的翻译，以作为都柏林的阿贝剧院的百年纪念。 创作《五朔节的灯塔》，纪念欧盟从原来的 15 国扩大为 25 国。
2006	出版《区与环》(*District and Circle*)，获得 T. S. 艾略特文学奖(T. S. Eliot Prize)。
2008	成为丹麦小镇 Østermarie 的荣誉艺术家，并有一条街被命名为谢默斯·希尼街。
2009	都柏林大学法学会授予希尼终身荣誉成员。 获得大卫·科恩英国文学奖。
2010	出版《人链》(*Human Chain*)，获得前进诗歌奖(Forward Poetry Prize)。
2011	12 月将文学笔记捐献给爱尔兰国家图书馆。
2012	6 月接受：格里芬卓越诗歌奖(Griffin Trust for Excellence in Poetry)的终身成就奖，并做获奖辞。
2013	去世。
2014	出版《1988—2013 新诗选》(*New Selected Poems 1988—2013*)。

参照 Berenard O'Donoghue 编选的 *The Cambridge Companion to Seamus Heaney*(Cambridge University Press, 2009)并根据其他材料修订。

参考文献

Heaney, Seamus. "Above Respectability."*The Atlantic*. Feb 1988: 261, 2; Business Premium Collection: 84—86.

——. "Above the Brim: On Robert Frost."*Salmagundi*. No. 88/89, 25th Anniversary Issue, (Fall 1990—Winter 1991): 275—294.

——. "Among Schoolchildren."*Signal*. Jan 1, 1986; 49, ProQuest 3—16.

——. "An Open Letter."*Field Day Pamphlet*, No. 2. Derry: Field Day Theater Co. , 1983:9—13.

——. "A New and Surprising Yeats."*The New York Times*. March 18, 1984:1.

——. "An Invocation: In Memoriam Hugh MacDiarmid."*Hermathena*, *A Literary Celebration* 1592—1992. Quatercentenary Issue 1992: 113—114.

——. "Bags of enlightenment." *The Guardian* (London, England). (Oct. 25, 2003): Arts and Entertainment: 4.

——. "Back to the future for Irish identity." *Sunday Times* (London, England). (May 12, 2013): 13.

——"Brodsky's Nobel: What the Applause Was Abou."*New York Times* (1923—Current file). Nov 8, 1987:1,63,65.

——. "Earning a Rhyme."*The Poetry Ireland Review*. No. 25 (Spring 1989):95—100.

——. "Eclogues 'In Extremis': On the Staying Power of Pastoral."*Proceedings of the Royal Irish Academy*: *Archaeology*, *Culture*, *History*, *Literature*. Vol. 103C, No. 1 (2003): 1—12.

——. "The Freedom Writer." *The Guardian*. Jun 7, 1991; ProQuest Historical Newspapers: The Guardian and The Observer. 27.

——. "Further Language",*Studies in the Literary Imagination*. Fall 1997: 30, 2; ProQuest 7—16. 希尼 1995 年 6 月 26 日在女王大学做的演讲。

——. "Genius on stilts." *The Observer* (1901—2003). Feb 23, 1986; ProQuest Historical Newspapers: The Guardian and The Observer: 28.

——. "Hedge-school."*New Blackfriars*. Vol. 56, No. 661 (June 1975): 265.

——. "Eclogues 'In Extremis': On the Staying Power of Pastoral. "*Proceedings of the Royal Irish Academy: Archaeology, Culture, History, Literature.* Vol. 103C, No. 1 (2003): 1—12.

——. "Introduction. "*Beowulf.* Trans. Seamus Heaney. New York, London: W. W. Norton & Company, 2008.

——. "Introduction. "*Sorley Maclean: Critical Essays.* Eds. RJ Ross and J Hendry. Edinburgh: Scottish Academic Press, 1986: 1—7.

——. "Introduction. "*The Testament of Cresseid & Seven Fables.* London: Faber and Faber, 2009: 7—16.

——. "Obituary: David Hammond: A 'natural force' for good in Irish life with a gift for television film-making and song. "*The Guardian* (London, England). (Aug. 28, 2008): Regional News: 36.

——. "Obituary: Michael McLaverty: Part of His Own Posterity. "*Fortnight.* No. 306 (May, 1992): 31.

——. "Orpheus in Ireland: on Brian Merriman's 'the Midnight Court. '"*The Southern Review.* 31,3 (Summer 1995) (A Special Issue: Contemporary Irish Poetry and Criticism): 786 +.

——. "Pass notes: No 2, 355. "*The Guardian* (1959—2003). Jul 2, 2003; ProQuest Historical Newspapers: The Guardian and The Observe: A3

——. "The Peter Laver Memorial Lecture 'Place and Displacement': Recent Poetry from Northern Ireland (1985). "*The Wordsworth Circle.* Vol. 37, No. 3, Wordsworth Summer Conference: Special Issue (Summer, 2006): 148—156.

——. "Place and Displacement: Recent Poetry of Northern Ireland. " *The Wordworth Circle.* Vol. XVI, Spring 1985: 48—56.

——. "Prefact. "*Norman MacCaig. L'Equilibrista: Poesiescelte* 1955 - 1990, ed. M Fazzini. Grottammare: Stamperiadell' Arancio, 1995.

——. "Revisiting an old friend; Seamus Heaney recalls how a tale of preserved prehistoric bodies-back in print at last-inspired his famous poem. "*The Times* (London, England). Aug. 14, 2010: News: 4.

——. "Saturday Review: Essay: Bags of enlightenment: Two decades ago, Seamus Heaney and Ted Hughes collaborated on a landmark poetry anthology. Six years ago-a year before Hughes died-they renewed their partnership. Together, Heaney says, they hoped to wake the sleeping poet in every reader, and to combine learning with pleasure. " *The Guardian.* Oct. 25, 2003: 4.

——. "Seamus Heaney's final work— 'Death's dark door stands open ...'; Heaney's last translation will be published posthumously in March. Here he introduces Virgil's Aeneid Book Ⅵ, a childhood favourite and the work he turned to after his father died and when his first grandchild was born." *The Guardian* (London, England). 2 Mar. 2016. Academic One File, Accessed 21 Nov. 2018. http://link. galegroup. com. ezproxy. is. ed. ac. uk/apps/doc/A444862529/AONE? u = ed _ itw&sid = AONE&xid = a6b0bf8e.

——. "The Struga Address & Two Poems." *Irish Pages*. Vol. 1, No. 1, Inaugural Issue: Belfast in Europe (Spring, 2002): 114—117.

——. "Unresting death." *The Observer* (1901— 2003). Oct 9, 1988, ProQuest Historical Newspapers: The Guardian and The Observer: 4.

——. "Varieties of Irishness: In the Element of His Genius." *Irish Pages*. 9(1), 2015: 9—20.

——. *Writer & Righter*. Dublin: Irish Human Rights Commission, 2010.

——.《希尼诗文集》,吴德安等译,北京:作家出版社,2001 年。

Heaney, Seamus and Pura López Colomé. "Heaney's Sonnets in Spanish". *Irish Pages*, Vol. 5, No. 1, Language and Languages (2008): 123—146.

Heaney, Seamus and Frank Kinahan. "An Interview with Seamus Heaney". *Critical Inquiry*, Vol. 8, No. 3 (Spring, 1982): 405—414.

Adames, John. "The Frontiers of the Psyche and the Limits of Form in Auden's "Quest" Sonnets." *Modern Language Review* 92 (1997): 573—580.

Allen, Michael. "Provincialism and Recent Irish Poetry: The Importance of Patrick Kavanagh." *Two Decades of Irish Writing: A Critical Survey*. Ed. Douglas Dunn. Manchester: Carcanet Press, 1976: 23—36.

Alpers, Paul. *What is Pastoral*. Chicago & London: The University of Chicago Press. 1997.

Alvarez, Alfred. *The New Poetry: Selected and Introduced by A. Alvarez*. The Penguin Poets, 1962.

Andrews, Elmer. *The Poetry of Seamus Heaney: All the Realms of Whisper*. Houndmills, Basingstoke, Hampshire: Macmillan Press, 1988.

Anluain, Clíodna Ní. *Reading the Future: Irish Writers in Conversation with Mike Murphy*. Dublin: Lilliput Press, 2000.

Annwn, David. *Inhabited Voices: Myth and History in the Poetry of Geoffrey Hill, Seamus Heaney and George Mackay Brown*. Frome: Bran's Head Books Limited, 1984.

Auden, Wystan Hugh. *The Collected Poetry of W. H. Auden*. New York: Random House, 1949.

Axelrod, Steven Gould. *Robert Lowell: Life and Art*. Princeton: Princeton University Press, 1978.

Barbara, Santa. *Ted Hughes: The Unaccommodated Universe*. Black Sparrow Press, 1980.

Barrell, John and John Bull. eds. *The Penguin Book of English Pastoral Verse*. New York: Penguin, 1974.

Baker, J. Robert. "Richard Rankin Russell, Poetry and Peace: Michael Longley, Seamus Heaney, and Northern Ireland."*Peace Review*. 24:3 2012: 387—391.

Bedient, Calvin. "The Music of What Happens." *Parnassus: Poetry in Review* 8, 1 (Fall/Winter, 1979): 108—122.

Bergin, Osborn. *Irish spelling*. Dublin: Browne and Nolan, 1911.

Bishop, Elizabeth. *The Complete Poems*. New York: Farrar, Straus and Giroux, 1933.

Brace, Keith. "Poet's View of Ulster." *Birmingham Post*. July 5, 1975: 10.

Bradley, Anthony G.. "Pastoral in Modern Irish Poetry."*Concerning Poetry* 14, 2 (Fall 1981): 79—96.

Brandes, Rand. "Seamus Heaney's Working Titles: From 'Advancements of Learning' to 'Midnight Anvils'."*The Cambridge Companion to Seamus Heaney*. ed. Berenard O'Donoghue, Cambridge: Cambridge University Press, 2009: 19—36.

Breslin, John B. 'Seeing Things: John Breslin Interview Seamus Heaney,'*Critic*. (Winter, 1991): 26—35.

Brown, John. *In the Chair: Interviews with Poets from the North of Ireland*. Cliffs of Moher, Co. Clare: Salmon, 2002.

Burris, Sidney. *The Poetry of Resistance: Seamus Heaney and the Pastoral Tradition*. Athens: Ohio University Press, 1990.

Buttel, Robert. "Hopkins and Heaney: Debt and Difference." *Hopkins Among the Poets: Studies in Modern Responses to Gerard Manley Hopkins*. eds. Richard F. Giles. Hamilton, Ontario: International Hopkins Association, 1985: 110—113.

——. *Seamus Heaney*, Lewisburg: Bucknell University Press, 1975.

Buxton, Rachel. *Robert Frost and Northern Irish Poetry*. Oxford: Oxford University Press, 2004.

Byron, Catherine. " 'Incertus' Takes the Helm." *Linen Hall Review*. 5, 3 (1988): 23.

Campbell, James. "The Mythmaker." *The Guadian*. 5 August, 2018.

Carney, James, ed. *Early Irish Poetry*. Cork: The Mercier Press, 1965.

Cavanagh, Michael. *Professing Poetry: Seamus Heaney's Poetics*. Washington: Catholic University of America Press, 2009.

Chandler, James. "Around 1980, Seamus Heaney in Chicago." *Critical Inquiry*. Vol 41, No. 2, Winter 2015: 472—483.

Clark, Heather. *The Ulster Renaissance: Poetry in Belfast* 1962—1972. Oxford: Oxford University Press, 2006.

Chaudhuri, Sukanta. *Renaissance Pastoral and Its English Developments*, Oxford: Clarendon Press, 1989.

Cicero, Marcus Tullius. *Tusculanes*. Nismes: J. Gaude, 1812.

Cole, Henri. "Seamus Heaney: The Art of Poetry LXXV. " *The Paris Review*. No. 144 (Fall 1997): 88—138.

Corcoran, Brendan W. *Ships of Death: The Elegiac Poetics of Seamus Heaney, Derek Mahon, and Michael Longley*. UMI Microform 3103784, Copyright 2003 by ProQuest Information and Learning Company.

Corcoran, Neil. "Heaney's Joyce, Eliot's Yeats. " *Agenda*. Vol. 27, No. 1 (Spring 1989): 37—47.

Corke, Hilary. "A Slight Case of Zenophilia?" *Spectator*. 266 (June 8, 1991): 36—37.

Corkery, Daniel. *The Hidden Ireland: A Study of Gaelic Munster in the Eighteenth Century*. Dublin: Gill and Macmillan, 1924, 1996 version.

Crotty, Patrick. "An Irishman Looks at Irish Poetry. " *Akros*. 14, 40: 21—32.

Crowder, Ashby Bland. "Seamus Heaney and the Belfast Group: Revising on His Own. " *Estudios Irlanderses*, 11 Number, 2016: 184—189.

Crystal, David. *The Cambridge Encyclopedia of the English Language*. Cambridge, UK: Cambridge University Press, 1995.

Cunningham, Bernadette and Raymond Gillespie. 'Cultural frontiers and the circulation of manuscripts in Ireland, 1625 - 1725. ' In James Kelly and Ciarán Mac Murchaidh (eds.). *Irish and English: Essays on the Irish Linguistic and Cultural Frontier*, 1600 - 1900. Dublin: Four Courts, 2012: 58—95.

Cusack, George. "A Cold Eye Cast Inward: Seamus Heaney's*Field Work*. " *New Hibernia Review*, 6,3 (2002): 53—72.

Deane, Seamus. "The Appetites of Gravity: Contemporary Irish Poetry. " *Sewanee Review*. 84, 1 (Winter 1976): 199—208.

——. "Seamus Heaney. "*Ireland Today*. 977 (June 1981): 2—5.

——. "Talk with Seamus Heaney. " *New York Times Book Review*. 84, 48 (December 2, 2017): 47—48.

Devitt, John. "Mischievous and Playful Elements in the Poetry of Robert Frost and Seamus Heaney. " *Irish Journal of American Studies*, Vol. 13/14 (2004/2005): 99—113.

Doyle, Aidan. *A History of the Irish Language:From the Norman Invasion to Independence*, Oxford: Oxford University Press, 2015.

Drummond, Gavin. "The Difficulty of We: The Epistolary Poems of Michael Longley and Derek Mahon. "*The Yearbook of English Studies*. Vol. 35 (2005): 31—42.

Dugdale, Norman, et al. "The Belfast Group: A Symposium. "*The Honest Ulsterman*. 53 (November/December 1976): 53—63.

Dwyer, Jim. "Rare Fuss for a Poet of the Everyday. "*The New York Times*. (June 2, 2001): N, Arts and Entertainment: B9.

Eliot, T. S. *The Use of Poetry and the Use of Criticism*. London:Faber & Faber, 1934.

Ellmann, Richard. "Heaney Agonistes,"*New York Review of Books*. 32, 4 (March 14, 1985): 19—21.

Empson, William. *Some Versions of Pastoral: A Study of the Pastoral Form in Literature*. Harmondsworth: Penguin Books Ltd, 1966.

Enniss, Stephen. "Seamus Heaney and the London Origins of the Belfast Group. " *Essays in Criticism*, Vol. 67, Issue 2 (2017): 195—209.

Entwistle, Alice. "Laureates on Frost. "*The Cambridge Quarterly*. Vol. 27, No. 3 (1998): 265—270.

Faas, Ekbert. *Ted Hughes: The Unaccommodated Universe*, ed. Santa Barbara, Black Sparrow Press, 1980.

Fazzini, Marco. "'At the Back of My Ear': A note on Seamus Heaney and Scottish poetry. "*Journal of European Studies*. Vol. 46(1), 2016: 51—59.

Fein, Richard. "The Trying-out of Robert Lowell. "*The Sewanee Review*. Vol. 72, No. 1 (1964):31—139.

Fennell, Desmond. *Whatever You Say, Say Nothing: Why Samus Heaney Is No. 1*. Dublin: ELO Publications, 1991.

Ferris, Paul ed. "Dylan Thomas to Charles Fisher. " *The collected letters of Dylan Thomas*. London : Dent, 1985.

Forman, Joan. "A Sense of Life. " *Eastern Daily Press*, Norwich: Norfolk (July 25, 1975): 10.

Fox, Margalit. "Seamus Heaney, 1939—2013; He Wove Irish Strife and Soil Into Silken Verse,"*The New York Times*, (Aug. 31, 2013): A1—B14.

Frost, Robert. *Complete Poems of Robert Frost*. London: Jonathan Cape, 1956.

Gifford, Terry and Neil Roberts. "Hughes and Two Contemporaries: Peter Redgrove and Seamus Heaney. " *The Achievement of Ted Hughes*. Ed. Keith Sagar. Athens: University of Georgia Press, 1983: 90—106.

Gill, Stephen ed. *William Wordsworth*. Oxford: Oxford University Press, 2010.

Glob, Peter Vilhelm. *The Bog People: Iron Age-Man Preserved*, London: Faber, 1969.

Gravil, Richard. "Wordsworth's Second Selves?" *Wordsworth Circle*. 14, 4 (Autumn 1983): 191—201.

Gupta, Suman & David Johnson eds. *A Twentieth-century Literature Reader: Texts and Debates*. Routledge, 2005.

Gwynn, R. S.. ed. *Poetry: A Pocket Anthology*. New York: Penguin Academics, 2005.

Haffenden, John. "Meeting Seamus Heaney: Interview." *London Magazine*. 19 (June, 1979): 5—28.

Hardwick, Lorna. "'Murmurs in the Cathedral': The Impact of Translations from Greek Poetry and Drama on Modern Work in English by Michael Longley and Seamus Heaney." *The Yearbook of English Studies*, Vol. 36, No. 1, Translation (2006): 204—215.

Harmon, Maurice. "Seamus Heaney: Overview."*Reference Guide to English Literature*, ed. D. L. Kirkpatrick, 2nd ed. , St. James Press, 1991.

Hart, Henry. "Heaney Among the Deconstructionists."*Journal of Modern Literature*. 16, 4 (Spring, 1990): 461—492.

——. "Crossing Divisions and Differences: Seamus Heaney's Prose Poems." *The Southern Review* 25, 4 (Autumn, 1989): 803—821.

——. "Seamus Heaney's Poetry of Meditation: Door into the Dark (Cowinner of the 1987 TCL Prize in Literary Criticism) ." *Twentieth Century Literature*, Vol. 33, No. 1 (Spring, 1987):1—17.

——. *Seamus Heaney: Poet of Contrary Progressions*. Syracuse: Syracuse University Press, 1992.

Hillan, Sophia. "Wintered into Wisdom: Michael McLaverty, Seamus Heaney, and the Northern Word-Hoard." *New Hibernia Review / Iris Éireannach Nua*, Vol. 9, No. 3 (Autumn, 2005): 86—106.

Hobsbaum, Philip. "Craft and Technique in*Wintering Out*." *The Art of Seamus Heaney*. Ed. Tony Curtis. Bridgend: Poetry Wales Press, 1982: 35—43.

Holland, Mary. "Poets in Bulk. " *Observer* "Weekend Review", November 21, 1966.

Howard, Ben. "One of the Venerators Seamus Heaney 1939 - 2013."*Sewanee Review*, Vol. 122, No. 1(Winter 2014): 164—167.

Hughes. Ted. *Collected Poems*. ed. Paul Keegan. New York: Farrar, Straus and Giroux, 2003.

Hulse, Michael. "Sweeney Heaney: Seamus Heaney's Station Island. " *Quadrant*. 30, 5 (May, 1986): 72—75.

Impens, Florence. *Classical Presences in Irish Poetry after 1960: The Answering Voice*. London: Macmillan, 2018.

Ingersoll, Earl G. & Stan Sanvel Rubin. "The Invention of the I: A Conversation with Paul Muldoon." *Michigan Quarterly Review*, Vol. XXXVII, Issue 1 (Winter 1998): 63—73.

James, Stephen. *Shades of Authority: The Poetry of Lowell, Hill and Heaney*. Liverpool: Liverpool University Press, 2007.

John, Brian. "Contemporary Irish Poetry and the Matter of Ireland: Thomas Kinsella, John Montague and Seamus Heaney." *Medieval and Modern Ireland*, ed. Richard Wall. Totowa, NJ: Barnes & Noble, 1988:34—59.

Johnson, Alexandra. "Geography of the Imagination." *Christian Science Monitor*, March 23, 1978:20—21.

Johnston, Dillon. *Irish Poetry after Joyce*. Notre Dame: University of Notre Dame Press, 1985.

Joyce, James. *Finnegans Wake*, New York: The Viking Press, 1964.

——. *A Portrait of the Artist as a Young Man*, ed, Richard Ellmann. New York: Viking Press, 1964.

Kalstone, David and Robert Hemenway. *Becoming a Poet: Elizabeth Bishop with Marianne Moore and Robert Lowell*. Ann Arbor: University of Michigan Press, 2003.

Kavanagh, Patrick. *Collected Poems*. London: Martin Brian & O'Keeffe, 1972.

Kelly, Mary Pat. "The Sovereign Woman: Her Image in Irish Literature from Medb to Anna Livia Plurabelle." Ph. D. dissertation, City University of New York, 1982.

Kennedy-Andrews, Elmer. "Bringing It All Back Home: The Influence of Robert Frost on Seamus Heaney and Paul Muldoon." *English*, Vol 56, (Summer 2007): 187—207.

Kiely, Benedict. "A Raid into Dark Corners: The Poems of Seamus Heaney." *Hollins Critic*. 7,4 (October 1970): 1—12.

Kinahan, Frank. "An Interview with Seamus Heaney." *Critical Inquiry*. 8, 3 (Spring 1982):405—414.

Kinnell, Galway. "Galway Kinnell Introduces Seamus Heaney." *Envoy*. 47 (April, 1985): 1.

Kirchdorfer, Ulf. "Animals and Animal Imagery in the Poetry of Elizabeth Bishop and Seamus Heaney." Ph. D dissertation, Texas Christian Univesity, 1992.

Lakin, Philip. *The Collected Poems of Philip Lakin*. ed. Archie Burnett. London: Faber & Faber, 2015.

Lanchester, John. "Book Review." *Oxford Poetry*. 3, 1985:58—61.

Lask, Thomas. "The Hold of Ireland on One of Its Poets." *New York Times*. (April 22, 1979): 63.

Lawson, Mark. "Turning Time Up and Over." *The Guardian* . (April 30,

1996）：T2.

Lefevere, André. *Translation, Rewriting, and the Manipulation of Literary Fame*. London and New York: Loutledge, 1992.

Leland, Mary. "Holy Ghosts, Early Voices." *Irish Times*. (July 7, 1975): 3.

Logan, William. "A Letter from Britain." *Poetry Review*. 81, 2 (Summer 1991): 12—14.

Longley, Michael. *Collected Poems*. London: Jonathan Cape, 2006.

——. "Being 77 and Three-quarters Is the Best Time of My Life." *The Irish Times*. 17 June 2017. 〈https://www. irishtimes. com/culture/books/michael-longley-being-77-and-three-quarters-is-the-best-time-of-my-life-1. 3097831〉

Lowell, Robert. Interviewed by Frederick Seidel. "The Art of Poetry No. 3."*The Paris Review*. Issue 25, Winter-Spring 1961.

——. *Imitations*. New York: The Noonday Press, 1958.

——. *Notebook* 1967—1968. Farrar, Straus, & Giroux. 1968.

——. *History*. New York: Farrar, Straus, & Giroux. 1973.

——. *Collected Poems*. ed. Frank Bidart & David Gewanter. London: Faber and Faber, 2003.

MacDiarmid, Hugh. *Collected Poems of Hugh MacDiarmid: Revised Edition with Enlarged Glossary Prepared by John C. Weston*. New York: The Macmillan Company, London: Collier-Macmillan Limited, 1967.

MacLean, Sorley. "MacDiarmid 1933—1944."*The Age of MacDiarmid: Essays on Hugh MacDiarmid and His Influence on Contemporary Scotland*. Eds. P. H. Scott & A. C. Daviseds. Edinburgh: Mainstream, 1980.

Mahon, Derek. "Poetry in Northern Ireland."*20th Century Studies*. 4 (1970):89—93.

Mandelstam, Nadezhda. *Hope against Hope: A Memoir*. tr. Max Hayward. London: Harvill, 1971.

Mason, David. "Robert Frost, Seamus Heaney, and the Wellsprings of Poetry." *The Sewanee Review*. Vol. 108, No. 1 (Winter, 2000): 41—57.

Mathias, Roland. "Death of a Naturalist."*The Art of Seamus Heaney*. ed. Tony Curtis. Bridgend: Poetry Wales Press, 1982: 11—26.

Martin, Graham. "John Montague, Seamus Heaney and the Irish Past." *The New Pelican Guide to English Literature*. Vol. 8. ed. Boris Ford. Harmonsworth: Penguin Books, 1983: 380—395.

Matthews, Steven. " 'When Centres Cease to Hold': 'Locale' and 'Utterance' in Some Modern British and Irish Poets. " Ph. D. dissertation, University of York, 1989.

McCrum, Robert. "As English as Irish Can Be: Michael Longley's Remarkable

'Britannic' Voice Sings Out through 40 Years of Poetry." *The Guardian*, 29 October, 2006.

McGuinness, Arthur E. "John Nemo, 'Patrick Kavanagh' (Book Review)." *The Yearbook of English Studies*. Vol. 12, 1982: 358—359.

Mendelson, Edward ed. *W. H. Auden: Selected Poems*. New York: Vintage Books, 1979.

Meyers, Jeffrey. "Robert Lowell and the Classics." *The Kenyon Review*, Vol. 33, No. 4 (Fall 2011):173—200.

Molino, Michael R. *Questioning Tradition, Language and Myth: The Poetry of Seamus Heaney*. Washington: The Catholic University of America Press, 1994.

Montague, John. "Order in Donnybrook Fair." *Times Literary Supplement*. (March 17, 1972): 313.

Montague, John et al. *Chosen Light: Poets on Poems by John Montague*. Loughcrew: The Gallery Press, 2009.

Moore, George. *Hail and Farewell*. New York: D. Appleton and Company, 1914.

Morrison, Blake. *Seamus Heaney*. London and New York: Methuen, 1982.

Morrison, Blake & Andrew Motion eds. *The Penguin Book of Contemporary English Poetry*. New York: Penguin, 1982.

Murphy, James, Lucy MacDiarmid & Michael Durkan. "Q and A with Derek Mahon." *Irish Literary Supplement*, 10. 2 (Fall 1991): 27—28.

Nunes, Don. "Who Is Seamus Heaney?" *Virginian Pilot*. (January 27, 1974): 8.

O'Brien, Conor Cruise. "A Slow North-East Wind." *The Listener*. (September 25, 1975): 404—405.

O'Brien, Darcy. "Seamus Heaney and Wordsworth: A Correspondent Breeze." *The Nature of Identity: Essays Presented to Donald D. Haydon by the Graduate Faculty of Modern Letters, the University of Tulsa*, ed. William Weathers. Tulsa: University of Tulsa, 1981: 37—46.

——. "Piety and Modernism: Seamus Heaney's Station Island." *James Joyce Quarterly* 26, 1(Fall 1988): 51—65.

O'Brien, Sean. "Love's Favours Lost: Seamus Heaney's Translation of Robert Henryson's Testament of Cresseid Brings to Life the Full Horror and Humanity of the Original." *Sunday Times*. (June 14, 2009): News: 47.

O'Callaghan, Kate. "Seamus Heaney: A Poet of His People." *Irish America* (May 1986): 24—30.

O'Connell, Shaun. "Tracing the Growth of a Poet's Mind." *Boston Sunday Globe* (January 25, 1981): 23.

O'Donoghue, Berenard ed. *The Cambridge Companion to Seamus Heaney*. Cambridge University Press, 2009.

——. *Seamus Heaney and the Language of Poetry*. London and New York: Routledge, 1994.

O'Grady, Thomas B. "At a Potato Digging: Seamus Heaney's Great Hunger. " *Canadian Journal of Irish Studies*. 16, 1 (July 1990): 48—58.

O'Kane, Daniel Finbar. "The Myth of Irish Identity. " Ph. D. dissertation, Drew University, 1982.

Ormsby, Frank. ed. *Poets from the North of Ireland*. Belfast: Blackstaff Press, 1979.

O'Toole, Fintan. "Public v. Private Property. " *Sunday Tribune*. Dublin, (June 12, 1988): 21.

Parkin, Andrew T. "Public and Private Voices in the Poetry of Yeats, Montague and Heaney. " *AAA: Arbeiten aus Anglistik und Amerikanistik*. 13, 1,1988: 29—38.

Parker, Michael. *Seamus Heaney: The Making of the Poet*. Iowa: University of Iowa Press, 1993.

Parker, Michael &. Seamus Heaney. *The Making of the Poet*. Basingstoke: Macmillan, 1993.

Pascoe, David. "A Source for the 'Auditory Imagination'?" *Notes and Queries*, Vol. 41, No. 3, 1994:374.

Paulin, Tom ed. *The Faber Book of Vernacular Verse*. London: Faber and Faber, 1990.

Potts, Donna L. . *Contemporary Poet and the Pastoral Tradition*. Columbia and London: University of Missouri Press, 2011.

Pratt, Fletcher. "Patrick Kavanagh. "*Saturday Review of Literature*. 7 June 2018. Web. ⟨https://www. poetryfoundation. org/poets/patrick-kavanagh⟩

Pritchard, William. "More Poetry Matters. " *Hudson Review* . 29 (Autumn, 1976): 457—458.

Redshaw, Thomas D. "'Ri' as in Regional: Three Ulster Poets. " *Eire-Ireland*. 9, 2 (Summer 1974): 41—64.

Regan, Stephen. *The Sonnet*. Oxford: Oxford University Press, 2019.

Roberts, Neil. *Ted Hughes: A Literary Life*. London: Palgrave Macmillan, 1996.

Rovit, Earl. "Review on Robert Lowell's Imitations. " *Books Abroad*. Vol. 36, No. 4 (Autumn 1962): 435—436.

Russell, Richard Rankin. *Poetry and Peace: Michael Longley, Seamus Heaney, and Northern Ireland*. Notre Dame: University of Notre Dame Press, 2010.

——. "The Keats and Hopkins Dialectic in Seamus Heaney's Early Poetry: 'The

Forge'" *ANQ: A Quarterly Journal of Short Articles, Notes and Reviews.* Vol. 25, No. 1 (Winter 2012): 44—50.

Said, Edward. *Orientalism.* Routledge & Kegan Paul, 1978.

Saunders, Chris. "Hughes and Haney Saxon and Celt?" *The English Review.* 12. 2 (Nov. 2001): 16+.

Scott, P. H. & A. C. Daviseds. *The Age of MacDiarmid: Essays on Hugh Mac-Diarmid and His Influence on Contemporary Scotland.* Edinburgh: Mainstream, 1980.

Sealy, Douglas. "Irish Poets of the Sixties - 2." *Irish Times.* (January 26, 1966): 8.

Simmons, James. "The Trouble with Seamus." in *Seamus Heaney: A Collection of Critical Essays.* ed. Elmer Andrews, New York: St. Martin's Press, 1992:39—66.

Sleigh, Tom. "In Rough Waters." *Boston Review.* 14, 4 (August, 1989): 16—17.

Smith, Dave. "Trimmers, Rounders and Myths: Some Recent Poetry from English Speaking Cousins." *American Poetry Review.* 9 (September-Octoer, 1980): 30—33.

Smith, Egerton. *The Principles of English Verse.* Oxford: Oxford University Press, 1923.

Spender, Stephen "Hello, Sailor!" *Sunday Telegraph.* (August 24, 1975): 10.

Spivack, Kathleen. *With Robert Lowell and His Circle: Sylvia Plath, Anne Sexton, Elizabeth Bishop, Stanley Kunitz, and Others.* Boston: Northeastern University Press, 2012.

Stallworthy, Jon. "The Poet as Archaeologist: W. B. Yeats and Seamus Heaney." *Review of English Studies.* 33, 130 (May 1983): 158—174.

Stevenson, Anne. "The Recognition of the Savage God: Poetry in Britain Today." *New England Review.* 2(Winter, 1979): 315—326.

Symons, Julian. "Smartening Up." *Spectator.* (10 May 1963): 18.

Tapscott, Stephen. "Poetry and Trouble: Seamus Heaney's Purgatorio." *Southwest Review.* 71 (Autumn 1986): 519—535.

Thomas, Dylan. *Collected Poems: 1934—1952.* London: J. M. Dent & Sons LTD. 1952.

Toibin, Colm. "Seamus Heaney's Books Were Events in Our Lives." *The Guardian.* 30 August 2013.

Thwaite, Anthony. "Country Matters." *New Statesman.* (June 27, 1969): 914.

Travisano, Thomas and Saskia Hamilton. eds. *Words in Air: the Complete Correspondence between Elizabeth Bishop and Robert Lowell.* New York: Farrar, Straus, and Giroux, 2008.

Twiddy, Iain. "Visions of Reconciliation: Longley, Heaney and the Greeks." *Irish Studies Review,* Vol. 21, No. 4, (Nov. 2013): 425—443.

Tylor, Edward Burnett. *Primitive Culture: Researches into the Development of Mythology, Philosophy, Religion, Art, and Custom*. New York: Gordon Press, 1974.

Vars, Gordon John de la. 'A Nation Found: The Work and Vision of John Hewitt.' Ph. D. dissertation, Ohio State University, 1985.

Vendler, Helen. *Seamus Heaney*. Cambridge: Harvard University Press, 1998.

——. *The Breaking of Style: Hopkins, Heaney, Graham*. Cambridge & London: Harvard University Press, 1995.

Virgil. *The Great Poems of Virgil*. Chicago: William Benton, Publisher, 1952.

Waterman, Andrew. "Ulsterectomy."*Best of the Poetry Year 6*. ed. Dannie Abse. London: Robson, 1979: 42—57.

Watts, Richard J.. *Language myths and the history of English*. Oxford: Oxford University Press, 2011.

Wilson, Sir James, K. C. S. I. Lowland. *Scotch as Spoken in the Lower Strathearn District of Perthshire*. Oxford University Press, 1915.

Wordsworth, William. *William Wordsworth: Selected Poems*. ed. Stephen Gill. New York: Penguin Group USA, Inc. , 2004.

Wroe, Nicholas. "Review: A life in Poetry: A Sense of Place."*The Guardian*. (22 July, 2006): 13.

Yeats William Butler. *The Collected Poems of W. B. Yeats*. Southern Pines: Scribner, 1996.

——. *Writings on Irish Folklore, Legend and Myth*. ed. Robert Welch Penguin Books, 1993.

扬·阿斯曼:《文化记忆:早期高级文化中的文字、回忆和政治身份》,金寿福、黄晓晨译,北京:北京大学出版社,2018 年。

托·斯·艾略特:《艾略特文学论文集》,李赋宁译注,南昌:百花洲文艺出版社,1994 年,第 7 页。

巴什拉:《空间的诗学》,张逸婧译,上海:上海译文出版社,2013 年。

陈恒:《挖掘的召唤——谢默斯·希尼的爱尔兰文化探寻与自我回归》,复旦大学硕士论文,2011 年 4 月 13 日。

程建锋:《论希尼诗歌人物身上爱尔兰文化的混杂性》,《河南科技大学学报(社会科学版)》,第 56—61 页。

——.《论希尼诗歌中人物形象所体现的文化混杂性》,东北师范大学硕士论文,2010 年 12 月 1 日。

戴从容:《诗歌何为——谢默斯·希尼的诗歌功用观》,《外国文学评论》,2010 年第 4 期,第 143—154 页。

——.《诗意的注视——谢默斯·希尼诗歌中的陈示式叙述》,《当代外国文学》,2010

年第 4 期,第 41—50 页。

——.《"什么是我的民族"——谢默斯·希尼诗歌中的爱尔兰身份》,《外国文学评论》,2011 年第 2 期,第 69—83 页。

——.《从"丰饶角"到"空壳"——谢默思·希尼诗歌艺术的转变》,《山东社会科学》,2014 年第 8 期,第 59—67 页。

定阳:《解读译本〈提贝的埋葬〉中的改写策略》,《剑南文学(经典教苑)》,第 16 页。

——.《安提戈涅与爱尔兰——以谢默斯·希尼译本〈安提戈涅〉为例》,《北方文学(下半月)》,第 143 页。

丁振祺:《融谐中爱尔兰魂灿耀——希尼诗集〈一个生物学家之死〉评析》,《国外文学》,1996 年第 3 期,第 86—91 页。

董洪川:《希尼与爱尔兰诗歌传统》,《当代外国文学》,1999 年第 4 期,第 61—67 页。

杜心源:《乡土与反乡土——论谢默斯·希尼的诗歌对"原乡神话"的超越》,《思想战线》,2008 年第 6 期,第 112—116 页。

——:《翻译的他性——谢默斯·希尼的〈贝奥武甫〉与爱尔兰语境中的后殖民翻译》,《中国比较文学》,第 109—120 页。

傅浩:《他从泥土中来》,《外国文学动态》,1995 年第 4 期,第 3—5 页。

安东尼奥·葛兰西:《狱中札记》,葆熙译,北京:人民出版社,1983 年。

何宁:《希尼与叶芝》,《当代外国文学》,2010 年第 1 期,第 12—20 页。

罗伯特·基 :《爱尔兰史》,上海:东方出版中心,2010 年。

托马斯·卡莱尔:《论英雄、英雄崇拜和历史上的英雄业绩》,周祖达译,北京:商务印书馆,2007 年。

拉金:《高窗:菲利普·拉金诗集》,舒丹丹译,上海人民出版社,2016 年。

李成坚:《作家的责任与承担——论谢默斯·希尼诗歌的人文意义》,载《当代外国文学》,2007 年第 1 期,第 126—133 页。

——.《国内外希尼翻译研究述评》,《四川师范大学学报(社会科学版)》,第 100—104 页。

——.《爱尔兰-英国诗人谢默斯·希尼及其文化平衡策略》,成都:四川人民出版社,2006 年。

李赋宁编著:《英语史》,北京:商务印书馆,2005 年。

刘炅:《诗的恩典:希尼与霍普金斯诗歌之比较》,《外国文学评论》,2010 年第 2 期,第 57—75 页。

——.《人性的链条:谢默斯·希尼的诗歌与霍普金斯、叶芝、拉金的影响》,北京:北京大学出版社,2000 年。

刘晓春:《卡文纳长诗〈大饥荒〉中的反田园》,《当代外国文学》,2017 年第 3 期,第 98—103 页。

欧震:《重负与纠正——谢默斯·希尼诗歌与当代北爱尔兰社会文化矛盾》,北京:中国社会科学出版社,2011 年。

詹姆斯·乔伊斯:《一个青年艺术家的画像》,黄雨石译,天津人民出版社,2020 年。

叶芝:《丽达与天鹅》,裘小龙译,桂林:漓江出版社,1987 年。

袁曦:《希腊神话与谢默斯·希尼的诗歌创作》,《文学界(理论版)》,第 114—115 页。

王佐良:《读诗随笔之七:麦克尼斯·司各特·麦克迪尔米德》,《读书》,1987 年第 4 期,第 62—69 页。

张鑫、胡亦丹:《"苏格兰文艺复兴"与麦克迪尔米德的诗歌创作》,《浙江外国语学院学报》,2012 年 3 月第 2 期,第 47—51 页。

人名对照

（按姓氏拼音排列）

阿尔瓦雷茨，阿尔弗雷德（Alfred Alvarez）

阿兰，迈克尔（Michael Allen）

阿灵汉姆，威廉（William Allingham）

阿默金（Amergin Glúingel）

阿姆斯特朗，希恩（Sean Armstrong）

阿诺德，马修（Matthew Arnold）

阿什伯里，约翰（John Ashbery）

阿斯马尔，卡德（Kader Asmal）

埃文斯（E. Estyn Evans）

艾贝尔（Aoibheall）

艾尔曼（Richard Ellmann）

艾克，扬·凡（Jan Van Eyck）

艾略特（T. S. Eliot）

艾默（Emer）

艾维安（Aibhin）

奥布莱恩，康诺（Conor Cruise O'Brien）

奥布莱恩（Darcy O'Brien）

奥布里恩，阿特（Art Ó Briain）

奥布里恩，考纳·克鲁斯（Cornor Cruise O'Brien）

奥德里斯科尔，丹尼斯（Dennis O'Driscoll）

奥登，威斯坦（Wystan Hugh Auden）

奥多诺休，伯纳德（Bernard O'Donoghue）

奥多诺休，格雷戈里（Gregory O'Donoghue）、

奥弗莱恩，利亚姆（Liam O'Flynn）

奥格雷迪（Thomas B. O'Grady）

布莱斯希（Kurt Breysig）

布朗，E·马丁（E. Martin Browne）

布朗，狄（Dee Brown）

布朗，加奇（Garech Browne）

布朗，克莱伦斯（Clarence Brown）

布朗，乔治·麦克凯（George Mackay Brown）

布雷斯林（John B. Breslin）

布雷伍德，约翰（John Braidwood）

布里西乌（Bricriu）

布林克，安德烈（André Brink）

布林宁，约翰·马尔科姆（John Malcolm Brinnin）

布卢姆（J. C. Bloem）

布鲁，布里安（Brian Boru）（Brian Bóraime）

布鲁顿，约翰（John Bruton）

布鲁克，彼得（Peter Brook）

布鲁克，鲁伯特（Rupert Brooke）

布鲁克-布洛多，路丝（Lucie Brock-Broido）

布鲁姆，哈罗德（Harold Bloom）

布伦丹（Saint Brendan the Navigator）

布罗茨基，约瑟夫·亚历山德罗维奇（Iosif Aleksandrovich Brodsky）

达戈达（Dagda）

达克，斯蒂芬（Stephen Duck）

达文，丹（Dan Davin）

戴维，唐纳德（Donald Davie）

戴维斯，托尼（Tony Davis）

道格拉斯，基思（Keith Douglas）

德夫林，巴内（Barney Devlin）

德夫林，玛丽（Marie Devlin）

邓巴，威廉（William Dunbar）

邓洛普（Daniel Nicol Dunlop）

邓萨尼爵士（Lord Dunsany）

狄金森，艾米丽（Emily Dickinson）

迪恩，谢默斯（Seamus Deane）

迪宁（Dineen）

马耶,布洛尼斯劳(Bronislaw Maj)

玛丽(Máire Mhac an tSaoi)

迈尔斯,约瑟芬(Josephine Miles)

迈克尔斯,伦尼(Lennie Michaels)

麦戈纳格尔(William Topaz McGonagall)

麦古今(Medbh McGuckian)

麦加亨,约翰(John McGahern)

麦卡锡,玛莉(Mary McCarthy)

麦可多纳,托马斯(Thomas Stanislaus MacDonagh)

麦克埃弗蒂,伯纳德(Bernard McEveety)

麦克艾尔维,托马斯(Thomas McElwee)

麦克迪尔米德,休(Hugh MacDiarmid)

麦克吉奥甘(MacGeoghegan)

麦克吉尼斯,马丁(Martin McGuinness)

麦克凯格,诺曼(Norman MacCaig)

麦克拉弗蒂,伯纳德(Bernard MacLaverty)

麦克拉弗蒂,米歇尔(Michael McLaverty)

麦克拉姆,罗伯特(Robert McCrum)

麦克里恩,索利(Sorley MacLean)

麦克马洪,特雷弗(Trevor McMahon)

麦克尼斯,路易斯(Louis MacNeice)

曼德尔施塔姆(Osip Mandelstam)

曼根,詹姆斯·克拉伦斯(James Clarence Mangan)

曼图安(Baptista Spagnuoli Mantuanus)

梅里曼,布赖恩(Brian Merriman)

蒙塔格,约翰(John Montague)

蒙太斯,查尔斯(Charles Monteith)

米德尔顿,科林(Colin Middleton)

米勒,卡尔(Karl Miller)

米特福德,杰西卡(Jessica Mitford)

米沃什(Czesław Miłosz)

米歇尔,伦纳德(Leonard Michaels)

摩尔,玛丽安娜(Marianne Moore)

摩尔,托马斯·史特格(Thomas Sturge Moore)

莫尔,布赖恩(Brian Moore)

莫尔,梅里尔(Merrill Moore)

莫尔,乔治(George Moore)

莫菲,理查(Richard Murphy)

莫里森,布莱克(Blake Morrison)

莫里斯,尼尔(Neil Morris)

莫丝,简(Jane Moss)

默温(William Stanley Merwin)

牟森,安德鲁(Andrew Motion)

缪尔,埃德文(Edwin Muir)

慕因泽尔,路易丝(Louis Muinzer)

穆雷,莱斯利(Les Murray)

穆鲁(Mael Muru)

纳山,伦纳德(Leonard Nathan)

耐莫,约翰(John Nemo)

尼古拉斯,贝弗里(Beverley Nichols)

努内斯,邓(Don Nunes)

欧文,威尔弗雷德(Wilfred Owen)

帕克,斯图尔特(Stewart Parker)

帕涅尔,查尔斯(Charles Stewart Parnell)

帕特,瓦尔特(Walter Pater)

庞德(Ezra Pound)

佩斯里,伊安(Ian Paisley)

朋斯顿,安娜(Anna Bunston)

皮克林,比尔(Bill Pickering)

品斯基,罗伯特(Robert Pinsky)

普拉斯,西尔维娅(Sylvia Plath)

普勒斯,约翰(John Press)

普伦基特,詹姆斯(James Plunkett)

钱博斯,哈利(Harry Chambers)

瑞亚,斯蒂芬(Stephen Rea)

萨都迈尔,安妮(Anne Saddlemyer)

萨斯菲尔德(Patrick Sarsfield)

萨松,西格夫里(Siegfried Sassoon)

托马斯，R. S.（Ronald Stuart Thomas）

托马斯，爱德华（Edward Thomas）

托马斯，狄兰（Dylan Thomas）

瓦斯，德·拉（Gordon John de la Vars）

王尔德，奥斯卡（Oscar Wilde）

威尔逊爵士，詹姆斯（Sir James Wilson）

威廉姆逊，阿兰（Alan Williamson）

韦伯斯特，约翰（John Webster）

韦尔兹利，多萝西（Dorothy Wellesley）

维吉尔（Virgil）

魏尔伯，理查德（Richard Wilbur）

魏斯伯特，达尼尔（Daniel Weissbort）

魏亚特爵士，托马斯（Sir Thomas Wyatt）

沃顿，琼（Joan Watton）

沃尔科特，德里克（Derek Walcott）

沃尔什，莫里斯（Maurice Walsh）

西蒙斯，詹姆斯（James Simmons）

西米奇，查尔斯（Charles Simic）

希尔，杰弗里（Geoffrey Hill）

希汉，坎农（Canon Sheehan）

希金斯，弗雷德里克（Frederick Robert Higgins）

希金斯，迈克尔（Michael D Higgins）

希利，德莫（Dermot Healy）

希尼，凯瑟琳（Catherine Heaney）

希尼，克里斯托弗（Christopher Heaney）

希尼，玛丽（Mary Heaney）

希尼，迈克尔（ Michael Heaney）

希尼，瑞秋（Richel Heaney）

锡德尼，菲利普（Philip Sidney）

肖尔，马克（Mark Schorer）

辛波丝卡，维斯拉瓦（Wislawa Szynborska）

辛格（John Millington Synge）

辛普森，路易斯（Louis Simpson）

休姆，约翰（John Hume）

附录：《北方》翻译和赏析

谢默斯·希尼

1975 年出版

摩斯浜:两首献礼诗

致玛丽·希尼

I. 日光

日耀下的恍惚。
戴着头盔的水泵像士兵立在院子里
加热着它铁铸的身躯,
水色如蜜

在吊桶里
而太阳伫立着
在每一个漫长的午后
像一个冷却的錾子

倚墙靠着。
就这样,她的双手
在案板上快速地噼啪挥动,
烧红的炉子

它的热气传送
扑向窗户边上
沾满面粉的围裙里
她站立的地方。

现在用鹅的翅膀,
她掸拂案板上的粉尘
现在她坐下,粗壮的大腿,

被面粉染白的指甲,

生出斑的小腿:
再一次,随着两个时钟的滴答声
得到一个间隙
烤饼膨胀发起。

这就是爱
诸如铁皮匠的汤匙
将它闪烁的微光
沉没入面粉的粉箱。

II. 切种子的人

似是几百年那么久远以前。在勃鲁盖尔画里,
如果我能准确地描绘,你就将知道是他们。
他们跪身在树篱下缩成一个半圆
防风林后防不住的风肆虐吹过。
他们是切种子的人。抽出的新芽
像褶皱匍匐在马铃薯种上
埋在那稻草下面。有的是时间可以打发,
他们可以慢慢来。每把锋利的刀子
懒洋洋地将块茎拦腰切开,崩裂
在手掌心里:一抹乳白的微光,
还有,在中心,黑色的水印。
噢,历法的习俗! 金雀花在头上
泛出黄色,下面他们有如饰带
我们全都在那,我们这些匿名者。

（周欣宁译）

赏　析

　　此组诗名为《摩斯浜》(Mossbawn),是希尼写给故乡,写给姑姑玛丽·希尼(Mary Heany)的两首献礼诗。1939 年,希尼出生于北爱尔兰德里郡,

姑姑玛丽·希尼在这个远离城市与现代化的农场摩斯浜,陪伴希尼度过了温暖宁静的童年。

第一首诗歌《日光》(Sunlight),首句"日耀下的恍惚"(a sunlit absence)将现实与往昔的时空链接,太阳照耀下的温暖让注意力涣散,诗歌呈现出怀旧的色彩,诗人的思绪飘至童年农场的静谧时光。"阳光"在本诗中发挥着至关重要的作用,从外景院子里被阳光加热的铁制水泵,到内景厨房里烤炉散发的热度,诗歌的场景始终处于阳光热力的包裹之中,但同时太阳却是远的,挂在天空中像墙上冷却的錾子,这矛盾的阳光正是在提醒,温暖时光已逝,诗人沉浸在回忆之中。同时,包含在诗题(Sunlight)中的两个元音/aɪ/和/ʌ/在多行诗句中重复使用,单双元音交叉出现,贯穿全文八个诗节,呈现出"两端密中间疏"的分布特点,通过韵律的编织暗示诗歌的怀旧特征。诗歌第三、四节,描绘姑姑在厨房中制作烤饼的情景,此两节中/aɪ/和/ʌ/韵减少,代之以深沉的/aʊ/,舌位后缩,展现出诗人对这一场景的沉浸。在诗歌结尾,"这就是爱",将"爱"总结为姑姑用勺子从箱子中舀出面粉的过程,也是将童年温暖安宁的记忆浓缩在了姑姑这一充满了味道和温度的动作中。《日光》中充满了乡村生活的典型意象,如水泵、吊桶、烤炉、案板、鹅翅等,但希尼拒绝浪漫化这些农场的日常,他在第一节中跟随"水泵"出现的,是"头盔"和"铁"这两个具有冷兵器时代特点的意象,"吊桶"中的水也不是那些带有幻想色彩的田园诗中所描绘的清澈透明的样子,相反,希尼笔下的水是更具真实性的"蜜色",是古旧的水泵压水时不小心连带出的泥沙,点染了甘甜地下水的如蜜底色,他带着对田园的经验和记忆,将甜蜜又充满劳作的真实生活付诸笔端,构筑出一个与家庭和记忆相关的真实场域。

第二首诗歌《切种子的人》(The Seed Cutters),采用了莎士比亚十四行诗的结构,由三个四行诗节和一个双行对句构成,描绘了春播时农民们切割种子的场景。诗歌第一行就展示了这种传统农业习俗的由来之久:"勃鲁盖尔"指的是16世纪荷兰以农村生活为创作题材的画家彼得·勃鲁盖尔(Bruegel Pieter),他是欧洲美术史上第一位"农民画家",希尼笔下的形象与活动在他古老的版画作品中就已经有所涉及。农民们将马铃薯种切成两半,希望来年获得更丰厚的收成,他们在透风的树篱后围成半圆形,跪坐在土地上劳作着。劳作者的身份在第二诗节的开头再次得到了强调,"切种子的人",呼应结尾对句中的"匿名者",作为被这项古老的重复性劳作所定义的群体,他们融入了这幅更大的劳作的整体性场景之中,而让其作为个体的声音静默。整首诗的视角非常低矮,上层的背景是呼啸穿透的风和开出黄花的树林,下层的前景则是矮身劳作的人和他们手中被切割开的土豆块茎,乳白色水光和黑色圈印构成明暗的对比,锋利的工具和懒洋洋的姿态也形成一种反差质感,诗歌以细腻笔触描绘的画面如勃鲁盖尔的画作般呈上下分布,矛盾感的塑造构筑了根据历法耕作的传统中集体事件的生动性,"我们"这些"匿名者"包裹住个体的属性而共同构成了更大的叙事主体,成为延续了上百年的农事传统中一处最真实而鲜活的注脚。

(周欣宁)

安泰俄斯

当我在大地之上躺卧
起身时脸如清晨的玫瑰红胀。
战斗中设计坠落在角斗场上。
让我身躯与砾砂摩挲。

那重要无比
是灵丹妙药。我不能被分隔,
与大地轮廓,流作静脉的江河。
这里,我的洞穴里。

树根与岩石环绕身畔,
如同子宫的黑暗将我拥环
滋养着,我根根动脉血管。
置身其中如小小山峦。

让所有初来乍到的勇士
寻找金苹果和阿特拉斯。
他必须,同我摔跤比试
才可声名鹊起

比肩皇室与神祇。
他可以将我抛掷,使我永续再生。

但勿设计，举我，远离大地苍生。

躯体离地之日，生命陨落之时。

（郑梦怀　译）

赏　析

　　《安泰俄斯》是《北方》中第一部分的开篇之作，它也与第一部分的尾篇《赫拉克勒斯与安泰俄斯》共同组成一个完整的叙事。在诗中，希尼借用了希腊神话中安泰俄斯被赫拉克勒斯打败的故事来进行主题表达：安泰俄斯是大地女神盖亚与海神波塞冬的儿子，居住在北非。他力大无比，而他能量的来源就是自己的大地母亲。只要能与大地保持接触，他就会被自动治愈，并获得源源不断的力量战胜对手。这一点被赫拉克勒斯发现，于是他将安泰俄斯举离地面，最后将其扼杀。希尼借用希腊神话所传达的意涵还要从"北方"这一题目中找寻突破。在爱尔兰的文化语境中，爱尔兰岛北部的阿尔斯特地区（Ulster）的历史涉及爱尔兰所经受的一系列殖民遭遇，以及民族、文化，和政治的冲突与悲剧。而造成这一切的根源便是英国的殖民入侵。希尼以"北方"这一指向明确，又略显渺茫无力的词语传达对爱尔兰被殖民历史的伤怀，同时亦有来自于"北方"内部的精神反思与批判。

　　在诗中，安泰俄斯显然象征着被英国殖民者所掠夺走的阿尔斯特。他与大地的血脉亲缘被一系列具有"双重指向"的词语巧妙地表达。如，wean off 既有切割、分离之意，也有"断奶"的含义；womb 在诗中本意应为黑暗对安泰俄斯的"包裹"，但黑暗环拥安泰俄斯躯体的场景又被"子宫"的含义形象地传达；river-veins 补齐了诗句的音韵和步格，同时生发出"河流—脉络—静脉—滋养"的具象化的意蕴。通过这些词语及其意义的延展，希尼巧妙地形塑了自然的本体存在，以及其神话化了的母亲的双重形象，也进一步强化了阿尔斯特被殖民，如被劫掠的孩子与母亲分离这一主题表达。

　　全诗共分为五节，每节由四行构成，基本遵照着首尾两行尾部押韵，中间两行尾部押韵的韵律规则。而步格的使用相对自由，这关涉叙事的需求。安泰俄斯作为大力神，挣扎于胜利和失败之间的内心涤荡通过诗句节律的变化得到呈现。以全诗末尾两行为例，plan 与 lifting 之间逗号的使用牺牲了语法，但同时获得了意想不到的美学效果：全诗中，安泰俄斯与挑战者（根据《赫拉克勒斯与安泰俄斯》可知，挑战者 hero 即为赫拉克勒斯）的战斗片段被高度浓缩为末尾两行。安泰俄斯从前文中的踌躇满志到被击败时的不甘心与绝望，表现在逗号使用后所带来的叙述节奏的停顿与紊乱。由此可见，此为希尼的有意为之。而最后一句中，my 与 my 所构成的头韵增强了 elevation 与 fall 的因果表意，深化主旨，短促的节奏又产生叙事戛然而止的效果，产生了空渺、无力、伤逝的美学意蕴。

（郑梦怀）

贝尔德格①

"他们层出叠见
畴昔只作异客"——
独眼但是良善
四散于男主人的居所，
乃原乎沼泽的石磨。

揭开泥炭草甸的封盖
探见石磨的孔眼朝思暮念
新石器时代的小麦！
当他剥离泥沼的障掩
松软层累的世纪舒展

倾倒出一切：
原初犁地的印记，
石器时代的原野，以及墓穴
梁托拱顶，草皮覆上，屋室分定，
丛丛干草铺却。

景观凝刻，

---

① 贝尔德格(Belderg)：贝尔德格定居点考古遗址，位于梅奥郡(County Mayo)的贝尔德里格(Belderrig)。20 世纪 30 年代，当地人帕特里克·考尔菲尔德(Patrick Caulfield)在沼泽深处首次发现大量形状规则的石块——新石器时代中心单孔的圆形石磨。本诗正围绕这一文物而展开。几年后，其子考古学家西莫·考尔菲尔德教授，又发现了犁地、房屋和坟墓的文明遗迹。

以石壁的图案
复现于我们眼前
在梅奥①的石墙之上。
在我转身离开之际

他讲述恒久不变，
此处生命的世代一贯，
拔除、清除了石块，
是他的家宅如何盘生了一圈圈
铁的、燧石的和青铜的时代。

于是我谈起摩斯浜②，
沼泽之地因沼泽得名。"可它叫苔藓?"
他将我故土的音读关联
更古老的挪威株系。
我说，其词源有迁流

正如其语音之流变
我说，我怎样从
它那宿土里得到一体而分岔的根节
让"bawn"成为一座英格兰的堡垒，
一丘殖民者裹挟的冢堆，

又或是躲进避难所
尽归之爱尔兰，
词虽陈旧，便终古相沿。
"可彼树且悬着北欧的指环?"
我从石磨的孔眼里穿过，

古老的磨坊磋磨出真知，
我亦从我的心灵之眼看到

---

① 梅奥(Mayo)：梅奥郡，位于爱尔兰西北部，该地区历史悠久，拥有丰富的考古遗产。
② 摩斯浜(Mossbawn)：希尼故乡，多次提及该地及其地名的词源研究。

一棵世界树①,由石磨码放

节节椎骨般堆砌,

骨髓舂碎了,浑然糅入土壤。

(刘怡君 译)

赏　析

　　1974 年,希尼到访帕特里克·考尔菲尔德的家宅,见到贝尔德格定居点爱尔兰古文明的遗存,并于次年写下此诗,与感谢信一同送交。

　　《贝尔德格》共 9 组诗节,诗行由 6 或 7 个音步组成。开篇由当地人讲述古老的"石磨"如何从泥沼里重见天日,以其中心碾磨谷物的眼孔昭示古爱尔兰文明之悠远。弭除草甸的遮蔽,历史的景观迸涌而出:犁地的标记、石器时代的原野、坟墓及居所,此地文明如是相沿至今。但当"我"试以家乡"摩斯浜"(Mossbawn)这一地名的爱尔兰性回应时,对话者则惊觉"moss"突兀的读音,思绪流向北欧的"苔藓"。"摩斯浜"的词源,在英语"围墙"(bawn)和爱尔兰语"泥沼"(moss)的交会之外,现下又与更古老的北欧文明攀连,而苔藓更是遥遥领先于所有人类文明的拓荒者。从现代殖民到农业文明,再回溯史前的植物和远久的神话,尽头是一棵"世界树"。希尼在此给出了他的北方神话模型:节节椎骨集成枝干,生命之血的骨髓替代滋养根系的泉水,化为相融的根脉。正如诗歌内部交错编织的丰富韵律,带来通体的聚生与跃动。

　　希尼由贝尔德格的石磨,引出对文明、语言、民族及世界的透视——文物的孔眼、"我们"的肉眼、人类应怀有的心灵之眼,个体在民族或政治力量的挤压之下,穿过磋磨的痛苦寻找真理,观照到更博大、浑然的宇宙。

(刘怡君)

葬礼仪式

壹

我肩负着一种成年人的责任,

---

　　①　世界树(world-tree):北欧神话中支撑整个世界的巨木树木,音译为"尤克特拉希尔"(Yggdrasil)。世界之树连接着九个不同维度的世界,并通过彩虹桥联结成一个模糊的聚合体;其根系则分别扎入三个世界的泉水——阿斯加德、尼福尔海姆、约顿海姆。

走进来抬起
死去亲人们的棺材。
他们曾被停放在

被污染过的房间里，
他们的眼里闪着光，
他们像面粉一样白的双手
被铐在天主教的念珠中。

他们肿胀的指关节
已经皱褶全无，指甲
变暗，手腕
顺从地耷拉着。

那红褐色的裹尸布，
缎面的棺材内衬：
我毕恭毕敬地跪下，
赞美这一切，

此时烛泪融化滴落
在蜡烛上形成纹理，
烛火摇曳
那些女人在我身后

徘徊着。
而且往往，在角落里
那棺材盖，
它的钉头上装饰有

闪闪发光的小十字架。
亲爱者的皂石假面，
亲亲他们冰屋般的额头
惟此以慰

在钉子被钉下之前
在每一场葬礼的
那黑色冰川
被推开之前。

贰

现在每当睦邻凶杀的
消息传来
我们渴望葬礼仪式，
传统的韵律：

一支送葬队有节制的
步伐，蜿蜒走过
一个个窗帘紧遮的家。
我愿意修复

波茵河边伟大的古墓，
在那有着杯环印记的石头之下
准备一处坟墓。
从小巷和偏路驶出

咕隆作响的家庭汽车
小心地排成一列，
整个国家调谐到
一万台引擎

那低沉的轰鸣。
梦游似的女人们
落在后面，踱来踱去
在空荡的厨房里

想象着我们缓慢的胜利
朝着土丘行进。
像蛇一般安静

在它绿油油的林荫大道上，

送葬队拖着它的尾巴
出了北峡谷的隘口
而它的头已经进入了
石器时代的门。

叁

当他们已然把石头
放回它的入口
我们将再次开车北去
经过斯特兰和卡林河谷，

记忆的反刍
平静过一次，对世仇的
仲裁已经平息，
想象那些安葬在小山下的人

像古纳尔一般
优美地躺在
埋葬他的土丘里，
尽管死于暴力
而且并未复仇。
人们曾说看到他在朗读
关于荣誉的诗歌
四道烛光燃起

在古墓的各个角落：
那时墓门开启，他转过身
一张高兴的脸
望向月亮。

（窦文欣　译）

赏　析

在 1962 年的一篇评论中，希尼将《葬礼仪式》称为一个关于宽恕的梦想，梦想着对于暴行加以宽恕的可能。这一组诗关注与死亡和埋葬相关的内容，从个体、家庭延展到神话传说，阐释不可控的暴力引发的问题，渴望找到解决凶杀与复仇这一牢不可破的循环的方法。从某种意义上说，希尼的愿景是有预见性的，历史将要且在不断证明，通往和平与和解的道路必然要求一些行为不被报复，不可调和的派系之间必须进行对话。

在第一首诗中，希尼回忆起参加传统爱尔兰天主教家庭葬礼的经历。作为抬棺人的身份赋予了他一种男子气概，他所肩负着的棺材的重量，同时也象征着个人的责任。诗中忆及葬礼上的种种细节，天主教从摇篮到坟墓的影响在遗体的摆放方式上表现得格外明显，希尼以"被拷在""顺从地耷拉"等表达暗示了对教会主导地位的不满。摇曳的烛火、冠盖的十字，如是种种细节都是对于离别即将来临的提醒，"惟此以慰"不仅说明了天人两隔的事实，而且还暗示着逝者的死因并非自然所致，而是由内乱导致的谋杀。

在第二首诗中，传统而体面的悼亡词被报道北爱尔兰骚乱造成暴力死亡激增的新闻所取代。希尼以"睦邻凶杀"这一尖锐讽刺的矛盾修辞浓缩了对立宗派之间彼此敌视的愤怒与对血腥复仇的渴望，这种暴力冲突造成的死亡剥夺了受害者应得的仪式，每个因之悲痛的家庭都被剥夺了举办庄重葬礼的权利。在对墓室的描写中，希尼有意选择了在政治和宗教派系上均处"中立"的古代巨石墓室，梦想着以此治愈裂痕、实现人类的团结。在希尼的想象中，加入丧葬行列的普通民众们乘坐的汽车发动机发出的低沉声音仿若战鼓，按照传统，这一队列以男性为主，女性留守在家，但也同样分享了这一缓慢的胜利。在这首诗的结尾，希尼充分描绘了送葬队列之长，诗中提及的"北峡谷的隘口"是连接这个分裂的岛屿极具战略意义的一处地理位置，弥合分裂、治愈创伤的主题隐于其中。

第二首诗的末尾提及的"石器时代"在第三首诗的开头再次得到了强调，希尼以对石器时代葬礼仪式的想象揭示了他对变革的渴望。当墓地被巨石重新封死，车队穿过斯特兰和卡林河谷，这里的古代部落之间曾长期结仇争斗，希尼以这两个地名引起读者对于十三世纪奈欧所著的冰岛史诗《北欧海盗》(Njinl's Sagn) 著名情节及海盗传统的联想，且令人想到大海和跨海而来的外国入侵者。在这首诗中,给希尼造成困扰的社会问题暂时得到了缓和,宗派纷争、政治对抗和社会分裂的烦乱喧嚣也得以停止——带来这缕和解的希望曙光的是北欧英雄古纳尔,他是冰岛史诗中一位"勇敢而朴实"的青年。在北欧传说里,复仇是维持荣誉的唯一手段,但是在希尼笔下,古纳尔"优美地"躺在墓中,尽管死于暴力却未曾复仇,希尼以此祈愿那些在动乱中死去的人可以在死后获得如斯安详与宁静。在诗歌末尾,当墓门打开时,古纳尔"高兴的脸"转向月亮,后者作为这一柔和而永恒的女性象征,暗示着宽恕带来暴力循环的结束与这位英雄的重生。

(窦文欣)

北　方

我回到一条悠长的海滨
港湾被锤成马蹄铁般的弧形
却只寻见大西洋雷霆般
咆哮的世俗力量

我面对平乏无奇的邀请
来自冰岛,
与格陵兰那可怜的
殖民地,而突然间

那些传说中的劫掠者
那些躺在奥克尼和都柏林的人
与他们生锈的长剑
较短比长

那些人置身于石船
坚固的舱底
那些被砍死的人
在溪水解冻的砂砾间闪耀

都是海洋般振聋发聩的声响

在警告着我,又一次

于暴力与顿悟中升起。

长船游动的舌头

浮夸地谈论着后见之明——

它说索尔的锤子挥向

地理与贸易,

迟钝的性交与复仇,

阿尔庭①的仇恨

与流言,谎言和女人,

精疲力竭才提倡的和平,

潜伏着喋血的记忆。

它说:"躺倒

在文字的宝库里,深挖

你大脑田垄里的

沟回与微光。

在黑暗中创作。

劫掠之旅漫长

期待北极光的抚慰

而非瀑布般的流光。

保持你目光的澄澈

一如垂冰中的气泡,

信任你的双手对宝藏

结节般熟悉的触觉。"

(王启文　译)

------

① 　阿尔庭,冰岛的国民议会,也是世界上最古老的议会。

<h1 style="text-align:center">赏　析</h1>

　　1976 年(《北方》结集出版后的第二年),希尼发表了题为《心灵的诸英格兰》的演讲,他在听觉想象力的脉络中讨论了休斯的诗歌,这位对希尼创作影响深远的诗人以对荒野的原始感知和辅音的出色运用而闻名,正如休斯在《思想狐狸》著名的第一行以"m""d""t"的压制性传达午夜时刻森林的寂静,希尼的《北方》中精心潜藏于词语的秘密是辅音"th"——north, thundering, Thor, those, their, the, pathetic, thawed, thick, althing——清浊发音的交替模拟着大西洋起伏涨落的潮声,亘古及今地漫漶于整首诗歌,响彻着海洋振聋发聩的警告。希尼从最原始与被遗忘之处出发,重返"北方"的本源并诱发了这个词语内部的神秘能量,古老的冲动和当前的现实通过一个辅音的召唤无远弗届地结合起来,历史与神话的古老元素也因此成为当代个人意识与政治生活的悠远回声。

　　《北方》似乎开篇就在唤神,港湾被锤出的弧线提示着索尔的神迹,诗人从一开始便在寻找他,却只找到大西洋雷霆般的世俗力量,"北方"(North)声音的结束其实自然地衔接着"索尔"(Thor)音节的开始,但神明的出现却在诗行中被有意延宕了,如果说雷霆(thunder)只是一个擦肩而过的遗憾,那么这种遗憾在诗中并不少见,从 those 到 pathetic,从 their 到 thawed,神明消匿了他的踪迹,最终由饶舌的船长近乎亵渎般地道出了索尔的名姓,这意味着诗人的身份不再是白日里的寻神者,而成为黑暗中的猎宝人,他以双手作为感知的根茎,探入意识的尘垢,深入休斯诗中那般的北方沉积物,在荒野中探索深挖,以此来直面这个时代的种种恐怖与忧惧。

(王启文)

<h1 style="text-align:center">维京人的都柏林:样品</h1>

I

这可能是一块颌骨
或一根肋骨或是一部分
斫自更坚实的某物:

无论如何，一个小轮廓

被雕凿而成，一个笼龛
或一个格间用以起咒招魂。
像孩童的嘴唇
循着他的书写

嘟嘟囔囔，
像一条鳗鱼被吞噬
在一篮子鳗鱼之中，
这线条令它自己惊愕，

逃避那只
喂养它的手，
一张飞翔的鸟喙，
一个游泳的鼻孔。

II

这些是样品，
技艺的奥秘
在骨头上挥洒：
植物纹叶饰，动物寓言集，

精巧的交织
一如网状的脉络
追溯着世系与贸易。
那必须

在展览上放大
于是那鼻孔
成为流动的船首
低嗅着利菲河，

天鹅般的柔颈伸向浅滩，

掩饰它自身
于鹿角梳、骨头针、
硬币、砝码、秤盘。

III

像是一把长剑
覆裹在它潮湿的
墓土里，
那龙骨紧紧插入

在河岸的滑坡中，
它那重叠搭造的船体
有脊柱和爆破音，
正如都柏林①。
而现在我们伸手
向着这头脊椎动物的残片，
围栏的肋骨，
母亲河守护的秘藏——

向着这件样品
由孩童雕凿而成
一艘长船，一缕
浮动的流线

IV

它进入了我的手迹，
变得潦草，拨开
一道兽形的尾流，
一只思想的蠕虫

我跟随它进入泥土。
我是丹麦的哈姆雷特，

---

　① "都柏林"一词的原意为"围栏浅滩之城"。

头颅搬运家,寓言传述人
腐烂嗅闻者

在国家之中,被注入了
它的毒性,
受缚于鬼影
和深情,

凶杀和虔敬,
在坟墓里跳跃
而恢复知觉,
犹疑不定,絮叨不停。

V

来跟我飞吧
来吸入风
以维京人的
专长——

比邻而居、睚眦必报的
杀人犯,偏执狂
议价人,贵利佬
怨恨和利益的囤积者

以屠夫的沉着
他们摊开你的肺叶
来为你的双肩缔造
温暖的翅膀

老父们,与我们同在吧。
古老而灵巧的仲裁人
深谙世仇与选址
他们策划伏击,他们建造城镇。

VI

"你可曾听说过,"
吉米·法雷尔说,
"他们在都柏林市陈列
头颅的故事?

白头颅和黑头颅
还有黄头颅,有些
牙齿完整,有些
就只剩下一颗,"

混杂的历史存于头盖骨中
属于"一个年老的丹麦人,
也许吧,被淹死在
这场洪水之灾。"

我的词语舔舐着
铺鹅卵石的河畔,在覆盖着
头颅的地面上追迹
轻蹑如潘普提①。

（王启文 译）

赏　析

　　都柏林的国家博物馆曾办过一次"维京人的都柏林"展览,现场陈列的考古挖掘提供给希尼创作此诗的灵感,诗歌开头描绘了一幅绘在骨片上的画,而所有的奇迹都围绕着这个小轮廓得以展开,诗人通过占卜师的技术将刻画的线条放大为意味深长的形状,信马由缰的想象力将维京人的过去与爱尔兰的都柏林联结到了一起:
　　流动的船首将天鹅般的柔颈伸向浅滩,围栏遗存的肋骨诉说着昔日的

————————

①　一种在古爱尔兰曾流行的皮鞋。

荣耀，维京人建造了这座"围栏浅滩之城"①，并为都柏林带来移民与贸易；来自维京人的船体设计与都柏林分享着词语内在声音的相似性；维京人的刻痕侵入了诗人关于都柏林的书写，投下死亡与腐朽的阴影；维京人专长的杀戮与发生在都柏林的暴力比邻而居……维京人古老的历史与都柏林如今的现实在感觉的交融中难分彼此，以致河畔的鹅卵石仿佛竟由遍地的头颅掩饰而成。

希尼的《把感觉带入文字》为解读此诗提供了更多线索，诗人在文末追问，若是要在充满政治铁腕与暴力杀戮的世界中写诗——

"美该如何与这暴力抗辩？"

他给出的回答是"通过提供适用于逆境的象征"，于是诗歌的问题便从仅仅获取满意的文字指谓，转向为寻找适用于我们所处困境的意象和象征，希尼在此诗中给出了不少这样的意象，从食其同类的鳗鱼到脊椎动物的残片，从双肺缔造的翅膀到头颅伪饰的卵石……从而维京人的野蛮仪式成为爱尔兰政治斗争的一种原型，古老的暴力与现代的杀戮交织，正如血溶于血中，而希尼的诗歌作为一种对暗藏之物的挖掘，由维京人的遗物追溯回爱尔兰民族根性与历史记忆的深处，探寻现实的诸种暴力与灾难的源头。

全诗最后的意象无疑带着一种战栗的恐惧，这种感觉由诗人传递给读者，如希尼所言，"它是一种继续朝圣的誓言……除非我对我正在说的东西怀有深沉的热诚，否则我只会给自己招来危险"。无需更多言语，在那满是头颅的河畔，一双轻蹑前行的潘普提便足够说明。

（王启文）

掘土的瘦骨

拟波德莱尔

I

沿着这些积满灰尘的河岸
你找到埋藏的人体解剖图
在泛黄如木乃伊的书堆里
沉眠于被遗忘的板条箱中

---

① "都柏林"的原意。

图纸带有一种古怪的美感
好像绘图者曾经
对解剖学的纪念品
作过严肃而悲悯的回应

神秘而坦诚的研究
关于骨骼周围赤红的津泥①
例如这一张：无皮的尸骸
如苦工般挖掘着泥土

II

一群悲惨的幽灵，
你们剥去皮的肌肉如同莎草的合瓣
而你们环曲的脊柱绕向铁锹的沉缘
我忍从的老农，

告诉我，你们劳作得那样艰苦
以便开垦这冷酷的土壤
究竟是要去充实谁的粮仓？
哪个地主将你们从墓地里拖出？

或许你们是想现身说法
死亡的楚囚，被拖自狭窄的牢房
连裹尸布都被剥夺而赤裸地道出真相：
"这便是信仰的报答

许你在永恒中休憩。然而虚无
欺诈，甚至死神也在说谎。
我们并不如秋叶般凋亡
安然地坠入长眠。毁约者的吁呼

———————————

① 原文 slobland，这是希尼创造的新词，通过拼合 muddy land 与 slobber，形象地传达出解剖图中软组织如泥泞与唾液般令人不悦的样态。

复苏我们的肉身,将我们逐出坟包

然后我们被榨干所有的汗水于此

赢得了我们的死亡;我们唯一的休息

仅是当流血的赤脚觅得它的铁锹。"

(王启文 译)

赏　析

　　《掘土的瘦骨》是对波德莱尔《恶之花》中《骸骨农民》[①]一诗的改编,希尼在保留原诗基本的情节与意象的同时,也加入了一些凯尔特元素,从而与《北方》诗集中的其他诗歌保持风格上的一致:剥去皮的躯体肌肉状如编成辫子的莎草,解剖图中附着于骨骼的肌腱如赤红的津泥,秋叶般凋零入坠的此生,从墓地拖出尸骨来充当劳力的地主……最为大刀阔斧的改编发生在本诗的第二部分,其中整个富有动态的第三、五段都出自希尼的改写,波德莱尔原诗的意思只停留在"农民死去后还要前往陌生之地替地主卖命耕地",希尼却将这种来世无望的苦刑深化为现世悲惨的轮回,希尼笔下的老农像是一块被反复踩躏的海绵,没有体面的来生,甚至无法入土为安,他们被地主从狭窄的坟茔中赤身裸体地拖出,被剥削得连裹尸布都不剩,他们在现世艰苦地劳作,又一次体验生前的诸种痛苦,直至流干最后一滴汗水,才算赢得了又一次死亡,然而这一切都远非终结,死亡不过是另一段辛劳的开始,一具尸骸方才累毙入土,很快便又被从坟墓中驱逐,赶去挖掘泥土,因而唯一的休息只是当老农用流血的赤脚将铁锹踩入硬土的时刻。

　　值得一提的是波德莱尔的原诗发表于 1857 年,十年前爱尔兰发生了严重的大饥荒,马铃薯枯萎病使得上万的人死去,英国对爱尔兰的暴政和剥削加剧了这场灾难的严重性,这段历史使得希尼此诗中"被剥削至无皮的尸骸"与"苦工挖掘的泥土"有了更丰富的解读空间,泥土和尸骸因此都成为贫瘠的符号,而如希尼所说,挖掘出土地中的马铃薯隐喻着作诗[②],在这个意义上诗歌得以成为丰饶的某种象征。

　　此诗对于波德莱尔原作在形式上亦有继承和改进,两者都以四句为一节,第一、四句和第二、三句分别押韵,希尼独特的创造性体现在诗作的第二

---

① 'Le Squelette Laboureur'(44 of Les Fleurs du Mal),这里借用了钱春绮翻译的诗名。

② 详见《把感觉带入文字》中对《挖掘》一诗的论述。

部分,最后三段的韵脚呈现为"abba、acca、dccd",让人想起意大利的三行体①,韵脚的轮替产生了流动性,如同复沓的轮舞,老农死生无休的交替正如诗歌的韵脚般轮回,在声音构成的轮替之中,尘世的虚无与历史的循环如潮水般涌来,由此瘦骨嶙峋的老农成为了现代的西西弗斯,都柏林历史的贫穷与饥荒也成为纠缠于当下挥之不去的诅咒。

(王启文)

骨　梦

I

白骨
在草场上被发现:
这粗糙、多孔的
触觉语言

和它在草丛里
泛黄、带棱纹的压痕——
一场小型的船葬。
像石头那样死寂,

这出自白垩层的珍品,
如同精心挑拣的燧石,
我再次触摸它,
我把它缠绕在

心灵的弹弓里
将它射向英格兰
再循着它的落点
前往陌生的田野

---

①　一种源自意大利的诗体,诗歌总长度任意,但每段均为三行,且韵脚轮替出现,即第一段韵脚为"aba",则第二段为"bcb",第三段为"cdc",以此类推。

II

骨屋：
一副骨架
藏于舌头的
古旧地牢里

我转身回溯
穿过各种措辞，
伊丽莎白时代的华榻。
诺曼人的纹章，

普罗旺斯的
催情五月花
和牧师们
长满常春藤的拉丁字母

抵达吟游诗人的
弦语，辅音的
刀光剑影
劈开诗行。

III

在那尘封已久的
语法和变位的
藏宝箱里
我找到了骨屋①

它的篝火、木凳、
篱笆和房椽，
弥留的灵魂

---

　　① 原文 ban-bus 是 bone-house 的古英语发音。其意思并不是藏骸骨的地方，而是指活生生的人类身体。

在那屋顶的空间

稍作盘旋。
那里有一个安放脑仁的
小瓦罐，
还有一口维系世代的

大锅
在中央摇晃：
爱之穴，血之窝，
梦之荫。

IV

回身掠过
语文学和隐喻词，
重新进入记忆
那里的骨窟

是草丛中的
一个爱巢。
我托住我情人的头
如同一块水晶

并通过凝视
使我自身硬化：我是
她陡坡上的碎石堆，
一个白垩巨人[①]

雕刻在她丘陵的草地上。
我的双手搁在
她脊柱的凹陷沟渠上
很快向着道口移动。

———————————

① 这里指的是英格兰南部多塞特郡的塞那阿巴斯巨人像。

V

而我们最终
在一座土方工事的
双唇之间
彼此搂抱在一起。

当我为了消遣
而去估摸
她指关节的路面,
那双肘的

过墙梯架,
那额头的壁垒
和锁骨的
细长边门

我已经开始在她
肩膀的哈德良长城上
来回踱步,思慕着
梅登城堡的倩影。

VI

在德文郡的一个清晨
我发现一只死鼹鼠
身上还缀有露珠
我本以为那鼹鼠

是一把大骨犁刀
但它在那里显得
瘦小而僵冷
如一把凿子的厚柄

有人告诉我:"吹吧,

向后吹它头上的软毛。
那对小点
曾是它的眼睛。

然后触摸那肩膀。"
我摸到渺远的奔宁山脉，
一片青草和纹理的毛皮
绵亘向南。

（王启文　译）

赏　析

　　《心灵的诸英格兰》①道出了《骨梦》的一些秘密，与希尼提到的三位诗人相仿，他也以英语诗歌成果的隆肉为食，而借着开头"心灵的弹弓射向英格兰的白骨"，希尼也回到了他的本源，并带回了他的东西——一块白骨——作为审视英格兰的契机。

　　正如他在文末提到的那样："我的媒介则是英格兰无论好坏都给我们大家留下压痕的东西，也即英语本身。"第一首诗中草场上发现的两样事物——白骨与它的压痕——预示着接下来诗歌要关注的两种对象：语言和土地。第二、三首诗中"骨屋"的词源追溯关乎英语的语言，第四、五首诗中白骨的情色想象关乎英格兰的土地；而第六首诗揭示着更隐秘的脉络，结尾那只德文郡的死鼹鼠让人想起同在诗集《北方》中的《安泰俄斯》一诗，与希腊神话中那位力大无比的巨人不同，希尼笔下安泰俄斯的形象更接近于一只鼹鼠，他深藏于洞穴之中，如同婴孩抗拒断奶那般迷恋着哺育他的泥土；《安泰俄斯》以离开土地的抬升宣告了他的殒落，而《骨梦》第六首中的鼹鼠之所以死亡，也正是因为第五首中的叙述者"我"登上了哈德良长城，离开了与土地的接触，其实"鼹鼠"和"我"相仿，都是诗人声音的某种化身，鼹鼠用爪子来挖土，而希尼写诗则是用笔来挖掘。

　　《安泰俄斯》与《骨梦》情节的共通提示着两诗之间内在的更多相似性，如果说"土地"在《安泰俄斯》中是贯穿全诗的"主题"，那么联结《骨梦》中六首小诗的则是"身体"的意象：第一首诗中的白骨本身便是残骸，人类的身体

---

　　①　希尼在 1976 年 5 月于加州大学贝克曼的讲座。

是第二、三首诗中"骨屋"的含义，而在塞那阿巴斯巨人像的见证下，情人肉欲的身体得以成为第四、五首诗中与风景同构的隐喻，到第六首诗结尾，死鼹鼠的肩膀又呼唤着奔宁山脉的想象。

"身体性"成了《骨梦》中诗人所依赖的安泰俄斯之土地，希尼无法离开身体讲述，相反他借着一块偶然发现的白骨的刺激，要在"身体"的源泉中不断挖掘灵感：从"bone-house"到"ban-bus"，"语文学和隐喻词"的研究显示了挖掘时间的深邃；从巨人山到梅登城堡，"地理和风景"的联想则呈现出挖掘空间的宽广。

在第五首诗结尾，在情欲中迷途的诗人登上了哈德良长城，近两千年过去了，这座抵御皮克特人的防御工事依旧宣扬着罗马人昔日开疆拓土的威名，但罗马帝国早已土崩瓦解，而眼前的日不落帝国同样拥有辉煌的过往，却也无可挽回地走向衰败的宿命。希尼内心复杂的情绪凝为德文郡鼹鼠的尸体，这具缀有晨露的尸体既作为一类批评，也充当一种占卜，遵循诗人想象力的引导，它指向了北方的奔宁山脉，它似乎放弃了德文郡、梅登城堡与哈德良长城，放弃了繁荣富庶、历史悠久的南方，将未来的希冀放在了奔宁山脉所象征的北方，与民众的身体、脚下的土地联结更为紧密的北方。

伊丽莎白的华榻和诺曼人的纹章已成过往，这一次不再是南方对北方的征服，而是自北方向南方的奔赴，面对历史感的痛苦与现实性的困境，希尼笔下的"北方"成为一种可能的出路。

（王启文）

呼来闺房

我伸手，触碰
被那缭绕野豌豆和甜菊，
掠过贮藏钱币
的爆裂之肫①

伸向幽暗的闺中女王，
我为她解除束缚，
在久候之地。从削尖的柳棘

---

① 肫，动物胃部鼓起的袋装部分。

从泥炭的黑肚里，

我轻轻收手。
我掀开表皮
看颅骨的罐子里，
每一处潮湿褶皱的卷曲

发赤如红尾狐狸，
她喉咙的肉里
护肩布①的印记
她周围的泉水开始涨起。

我翻越
河床上
被冲刷的黄金梦
到达她维纳斯之骨的金银身躯。

（杨娅雯　译）

赏　析

　　这首诗是诗集《北方》里六首被称作"沼泽诗"的第一首。"我"作为探索者，发现了在沼泽地表下的女性木乃伊。沼泽边的花触动了"我"的手，也触动了"我"的感官。"我"甚至忽略了那些可能是被装入袋中作为皇家埋葬品的贵重硬币，到达泥炭变色的地方，在那里黑暗的女王正躺着等待"我"解救。削尖的柳树枝将沼泽身体保持在水中，我用手把包裹女尸的那层皮肤向后折叠，露出了她的头盖骨和被沼泽染成各种细节的头发，还有喉咙里的印记，希尼以一种"法医"式的解剖手法深入铁器时代的文明。有人认为这个沼泽女尸的复原揭示了男性诗人在凝视女性死者时感受到的性的诱惑力，也有人认为，诗歌标题与一首19世纪初的爱尔兰爱国歌曲《你会来到闺房吗》有关，以闺房代表爱尔兰，呼吁流亡欧美的爱尔兰人返回故土为爱尔

---

　　① 　gorget 来自法语 gorge，最初是中世纪时期缠在妇女脖子上的一条亚麻布带，可能是指一个装饰性的项圈，也可能是作为高等级的标志而佩戴的。

兰从英国独立而战，增添了希尼赋予当代政治维度的可能性。无论是哪种解读都无法忽视希尼对凯尔特文明更深层次的兴趣，当沼泽里的水开始上升时，"我"的注意力越过了珍贵的文物，停留在与生育有关的木乃伊身体的私人区域——她的维纳斯之骨，停留在了铁器文明对再生的重视，他在下一部作品《沼泽女王》中再次提及时间对再生的影响。

（杨娅雯）

沼泽女王

我躺在
草皮墙和领地墙之间，
在石南层和玻璃碴般的石头之间
等待。

我的身体化成盲文
因这潜移默化的影响：
黎明的阳光在我头顶上摩挲
在我脚底下冷却，

透过织物和皮肤
冬天的细流将我
吞噬，
不识字的根

在肠胃和关节窝
的凹陷里
沉思和死去。
我躺着等待

在砾石底部，
我的大脑变得昏沉，
一罐菌种
在地下发酵

发酵出波罗的海琥珀①的梦。
我指甲下的浆果瘀伤，
在骨盆的底部
生命的储备正在减少。

我的王冠变得斑驳，
宝石掉入
沼泽的泥炭流
如历史的轴承。

我的肩带是一道黑色的冰川褶皱，
染色的织品
和腓尼基人的针线活
浸泡在我乳房
柔软的冰碛②上。

我知道冬天的凛冽
冷如峡湾枕卧
在我大腿内侧——

湿透的幼羽雏鸟，
厚重的兽皮褪裤。
我的头骨蛰伏
在头发的湿巢里。

那是他们掠夺去的。
我在一个割草者的铁锹下
被理了头发
被剥去衣物

---

① 指来自波罗的海的树脂化石，淡黄色半透明，用于珠宝装饰。
② 由冰川携带并最终沉积的泥土和石头的堆积物。

他再次将我盖上
在我头顶和脚底
在石柱之间
轻柔地包上软枝。

直到贵族的妻子收买他。
我的发辫,
一条黏稠的沼泽生出的
脐带,被剪掉了

而我从黑暗中站了起来,
被乱砍的骨头,头骨器皿,
被磨损的缝线,绒毛簇簇,
岸边的微弱光芒

(杨娅雯　译)

赏　析

　　这首诗的背景是 1780 年代初,当时盎格鲁-苏格兰人占领着庄园,北爱尔兰莫伊拉庄园边缘挖掘出一具斯堪纳维亚妇女的木乃伊,希尼描述了沼泽身体的埋葬和腐烂。她的身体躺在泥炭沼泽"草皮墙"和盎格鲁-苏格兰占领者"领地墙"之间,下面是爱尔兰泥炭沉积物的"石南层",上面是占领者标记着禁止入内的"玻璃齿石",在两对交界处,她躺着等待。她的身体带有大自然入侵的印记,同时也体现了古生物的保存和时间的流逝,例如"阳光"带来的温度变化、"冬天渗水"的恶劣天气、"不识字的根"植物的肆意生长,这些攻击着她的身体,将她"咀嚼"然后"死亡"。虽然大脑被泥炭染色变黑,但"一罐菌种"在她维京人波罗的海的记忆里孵化、发酵着地下梦。指甲里的淤青浆果展示了她的饮食,骨盆里生命储备的减少,表明了时间对她再生的不利影响。王冠腐烂、珠宝消失,王室象征分崩离析,仍然保留的肩带、"腓尼基人的针线活"这些维京商人从地中海带回异国货物的证据、"峡湾"的枕卧,由于这些来自斯堪的纳维亚的慰藉,她蛰伏度过了冬天。接下来,沼泽女王讲述了她被发现的过程:先是在一个不知情的爱尔兰割草者手中被破坏了头发,割草者用重新"蒙面"、收拾"棺材"来赎罪重新埋葬她,但是种植园主的妻子收买了他,付钱让他从尸体沼泽中割出来,希尼用一条黏稠的脐带将被埋葬的女人与沼泽相连,而离开沼泽、见光的木乃伊不再是沼泽女王,她是残缺破烂的,"被乱砍的骨头,头骨器皿","磨损的缝线,簇簇绒毛",成为了"岸边的微弱光芒"。这个在爱尔兰被发现的身体被认作是维京人,因此希尼在两种文化中建立起古今联系,让这个具有政治牺牲意味的女王在等待中与爱尔兰这片沼泽土地、与她的苦难合二为一,被挖掘后,她得到的是大地赋予的既不活也不死的永恒。

（杨娅雯）

格劳巴勒人

仿佛被浇注了
焦油,他躺在
草皮的枕头上
看起来像在哭泣

为自己的黑水河①。
他手腕上的纹理
像沼泽橡树②,
他圆圆的脚后跟

像玄武岩蛋。
他的脚背因为寒冷而缩着
像天鹅的脚
或潮湿的沼泽根。

他的臀部是贻贝③
的脊和囊,
他的脊椎是一条鳗鱼

---

①　都柏林在原居民盖尔特语中意为"黑水河",因为流经市区的利费伊河带下威克洛山的泥炭使河水呈黑色。
②　保存在泥炭中的古树,颜色为黑色。
③　一种海洋双壳类软体动物,通常具有黑色细长的外壳。

困在反光的泥浆下。

头部抬起，
下巴是面罩
在他被割开的喉咙的
排气口上方翘起

已经晒黑已经变硬。
愈合的伤口
向内打开通往黑暗的
接骨木①之所在

谁会
对着他栩栩如生的铸型说"尸体"？
谁会
对着他那不透光的睡眠说"身体"？

还有他生锈的头发，
缠结一簇
不似胎儿的。
我第一次在一张照片上，
看到他扭曲的脸，
头和肩膀
从泥炭中露出，
瘀伤得像一个产钳②下的婴儿

但现在他完美地
躺在我的记忆里，
一直到他指甲
的红角③，

―――――――――

①　接骨木果实的红色、蓝黑色。
②　用来夹住婴儿头部以帮助分娩的钳子。
③　形容手指甲的硬角质生长,类似动物的角。

在天平上
挂上美与暴行：
垂死的高卢人①
被过于彻底的禁锢

在他的盾牌上，
每个蒙面受害者的
实际重量，
被砍掉和倾倒。

（杨娅雯 译）

赏　析

"格劳巴勒人"是 1952 年从丹麦日德兰中部的泥炭沼泽中拉出的一具有着 2200 年历史的男子尸体。希尼借这具木乃伊遗体受到的野蛮待遇，描述了格劳巴勒人的命运与北爱尔兰当代内部暴力之间的联系。在诗的开头，希尼展示了公众对沼泽尸体的描述，以及他自己最初的非人化观点，"他自己的黑水河"希尼在这里把格劳巴勒人比为一条没有生命的、肮脏而恶心尸体，再比作植物、矿物、动物，最后比作胎儿。接着，希尼写了格劳巴勒人被割断的喉咙，用诗歌技巧进一步表达人们在战争时期完全被忽视和不尊重。格劳巴勒人的尸体在美与暴行之间平衡，这个遭受暴行的受害者拥有这样的美，垂死的高卢人也拥有这样的美。在结尾"每个蒙面受害者的/实际重量，被砍掉和倾倒"。同时，希尼将沼泽身体的非人化与动乱中受害的爱尔兰公民的非人化相提并论。英国军队在德米特里乌斯行动中，将十四名男子蒙面带上直升机，告知他们在离地面很远的地方（实际上他们离地面只有几英尺高）以吓唬他们，然后把他们扔下直升机。这十四个人就像格劳巴勒人一样被视为纯粹的尸体，而不是真正的人。无论是作为一个沼泽人、"垂死的高卢人"还是蒙面受害者，通过"格劳巴勒人"，希尼引导读者逐步提高对人类因社会暴力而遭受的痛苦的认识，以及读者自己对暴力的认识。

（杨娅雯）

---

① 罗马卡皮托林博物馆中的半卧式角斗士大理石雕像，写实地雕刻出一名受伤高卢战士俯伏在盾牌上的赤裸身体。

惩　罚

我能感觉到
她的脖子上
绞索的拉扯，风儿
拂过她赤裸的前胸。

将她的乳头
吹成琥珀色的珠子，
摇荡她的肋骨
那脆弱的索具。

我能看到她溺亡
在沼泽里的身体，
那让她沉没的石头，
飘浮的木杆和树枝：

起初在沼泽下
她是被剥皮的小树苗，
挖出后
骨头如橡木，脑子如小桶①：

她被剃过的头
像黑玉米谷地的残茬，
她的眼罩是块污秽的绷带，
她的绞索是戒指

储藏
爱的记忆。

————————

　　① 盛液体、黄油、鱼等的小桶。这里指女尸在水下几个世纪后被发现时的头骨依然是一个耐用的容器。

小淫妇，
在他们惩罚你之前

你有一头亚麻色的头发，
营养不良，
你那焦黑的脸庞曾美丽。
我可怜的代罪羔羊，

我几乎爱上了你
但我知道，那时我也只会
投下沉默的石头。
我是狡猾的偷窥者

窥视你外露的大脑
和发黑的沟回，
你网状的肌肉
和你所有带编号的骨头：

我曾无言地伫立
当你背叛的姐妹们，
涂着焦油①，
靠着栏杆哭泣，

我纵容着
文明的愤怒
还谅解了这严酷的
部落的、私密的报复。

（杨娅雯 译）

赏　析

　　《惩罚》是希尼写给一具在德国北部被发现的沼泽尸体，这首诗想象

---

　　①　中世纪欧洲出现的惩罚方式，热焦油被倒在人的皮肤或头皮上，再倒上羽毛。一旦变冷，焦油和羽毛就变得非常难以清除，暴露在公众视野中以此作为惩罚。

尸体是铁器时代被指控通奸的年轻女子。诗的前半部分是第一人称的
"我"观看女子处决,寒风折磨着她赤裸的上身并使她虚弱的身体颤抖。
接下来的画面说明了她是如何被淹死的。第四节描写尸体被考古挖出
的样子和女孩的死亡场景,"被剥皮的小树苗"强调了女孩的可怕命运,
"橡木-骨头""脑子-小桶"作为比喻描述了女孩死后的身体和骨骼。第
五、六节重点描述女尸因犯的特征和通奸的话题,头被剃得像"黑玉米谷
地的残茬"作为对通奸的惩罚,她套着的绞索隐喻着让她被定罪的、储存
着爱情记忆的戒指。第七、八节呈现了抒情立场的转变,第十节把女尸
的无助与现代社会中的爱尔兰天主教女孩联系起来,后者因为与英国士
兵交往而被爱尔兰民族主义者判为"背叛的姐妹"并被公开羞辱涂上柏
油。希尼的内心冲突起源他在平衡作为一个文明人的愤怒与人的原始
本能时遇到的困难,他是女孩接受"惩罚"的"偷窥者",当他目睹眼前的
暴行时,他只是看着。同样,当他看到人民受到自己人民的惩罚时,他也
"无言地伫立"。希尼用这种冲突来审视北爱尔兰问题时期人与人之间
的关系。这是一个爱与恨,和平与战争的问题,身处其中的每个人都受
到或施予了惩罚。

(杨娅雯)

怪　果

一位少女的头颅,宛若出土的葫芦。
椭圆的脸,肤皱若梅干,齿浊如梅核。
她发如蕨草,被人们层层剥离
又将它弄圈作环,以便来者观瞻
让空气抚弄她风干的美丽。
尸蜡裹颅,易腐的珍奇:
破损的鼻梁,如土块般黑黢,
空荡荡,她的眼眶,似矿虚中的水汪。
连西西里的狄奥多罗斯也坦陈
他也只能慢慢接受这景象:
被屠戮,被遗忘,芳名无存,凄惨异常
被枭首的女孩,神色超然,凝视着斧头
和宣福,凝视着

那带有几分崇敬的闲言碎语。

（郑梦怀 译）

赏　析

《怪果》是希尼创作的一首十四行诗。相较于莎士比亚等人以极为规整的节律音韵传达浪漫的激情，希尼的十四行诗格调阴冷，没有显著的押韵格式，一定程度上抑制了叙述者的情感的表达。这自然与希尼在诗中所预设的身份视角有关。在诗中，叙述者同众多人类学家、考古学家一道，细细观瞻一颗刚刚出土的少女头颅，进而试图进行更为深度的有关时间、历史等主题的思考。

也正因此，将图像静态的逼真与历史的厚重并置，在某种程度上实现现在时与过去时彼此的互照，通过这些相对概念之间所生发的张力传达主题便成为了希尼非常重要的任务。首先，作为对图像的处理，诗歌中众多具有现在时意义的画面都辅以具有历史维度的意象加以说明，体现着时空的流动性。例如，肌肤与果干的关联一方面是其形态的生动诠释，另一方面果干与果核相对于新鲜水果更能引发出岁月流逝的联想；风干的肌肤用"皮革质（leathery）"形容，既形象展现皮肤的性状，皮革本身又生发出历史与时间在少女身上刻下纹理的意蕴。其次，古希腊历史学家西西里的狄奥多罗斯出现也使得图像得以贯穿今古。狄奥多罗斯曾经作为战地医生救死扶伤，他在回忆录中曾经表示，面对死亡他早已习以为常，变得冷漠。然而希尼却写道，眼前的残忍景象即便对于狄奥多罗斯来说也需要时间去消化和接受。狄奥多罗斯的"坦陈"意味着希尼强行将其拉入对现在时的见证，并"越俎代庖"地将眼前这一景象记录进狄奥多罗斯的史书当中。被枭首的女孩也在此时被希尼"赋予"了生命，她"凝视"着过去——斧头和宣福礼，也对作为现在时的来自周遭的赞美与欣赏"表示"超然的"漠视"，时间与空间在两个历史维度之间发生断裂，而少女以静默的姿态处于裂缝之中，成为过去与当下的双重见证。

这也传达出希尼对时间、历史等问题的思考，即每一个个体均处在历史与当代的交合之处，它们永远处在两种时间的拉扯当中。少女头颅似乎代表着过去，但也不可避免被具有现在与将来时态意义的"观瞻"和"研究"带入现代性的语境当中。而在这种拉扯与交锋之中，少女表现出的，作为主体的姿态是一种被叙述者，或者说外部观察者"赋予"的"超然"的态度。显然，这种"超然"亦是一种"沉默"，她自始至终无法言说自身，无论是斩首前被定夺罪名，还是出土后被后世平添与自己毫不相关的欣赏和崇敬。为能指赋值的权力似乎从来都不被少女自身所掌握。由此，希尼亦传达出每个个体在时间与历史的长河之中真实的命运——个体的生命似乎是鲜活可感的，但真正决定其身前与身后之命运的，是被外部话语霸权所掌控的对其"阐释"的权力。

（郑梦怀）

亲　缘

I

晒泥地上象形文字般的
泥煤让我与被绞死的
牺牲者血脉相连，
蕨草中的爱巢，

我迈步走过起源之地
就像狗
在厨房草垫上翻弄
它对荒野的记忆

沼泽在颤动
水泽在作响
当我走过
芦苇和石楠

我爱这草皮的地面
它黢黑的切口，
被幽禁的
关于过程和仪式的秘密

我爱这

地面的弹起
每个泥滩是绞架的落板
每个敞开的水潭

一坛深瓮，一个吞月者
无餍的巨口
肉眼
无法测量。

II

泥泞，泥淖，泥潭：
烂泥的王国，
主宰这里的，是冷血动物，
还有泥垫和死卵。

但是，沼泽
意味着轻柔的，
无风细雨的痴缠，
琥珀色的瞳孔。

反刍的大地，
消化软体生物
和种荚，
还有深深的花粉罐。

大地的储室，骸骨的存库，
暖阳的蓄池，使祭品
和被残害的流难者
免于腐烂。

贪婪的新娘。
利剑吞噬者，
棺椁，肥堆，
历史的浮冰。

大地将揭开
它晦暗的那面，
鸟儿筑巢育雏之所，
我心灵的腹地。

III

在蕨丛之下
我寻得一柄草铲，
它静静平躺，杂草蔓生
好似青雾弥朦。

当我举起它时
蕨丛柔软的嘴唇
喃喃低语，然后显出
一道黄褐的车辙

在我脚下绽开
像蜕掉的死皮，
当我把铲子竖立沉没
它如潮湿的阳具

然后，它开始
在阳光下散发热气。
现在，它们已然成双
那块方尖碑

杵在乱石中，
在幽草丛生的石冢下，
一个爱巢被扰动，
柳絮和羊胡子草在颤抖

当它们举起
分叉的橡树枝条。

我站在世纪末的边缘
面向一位女神。

IV

这个中心时而静默
时而延展，
坑洼和苗床，
一袋甘泉

和一个正在溶解的坟墓。
秋天的母亲们
酸涩，入土，
发酵的果皮和叶子

它们渐深的赭色。
苔藓已过鼎盛，
石楠绝嗣，
蕨草沉积着

古铜色的色素。
这是大地的元音
梦想着在繁花与雪皑中，
埋下它的根，

天气与季节
骤然变幻，
意外的恩典
变作满地糜烂。

我在这一切中成长
像抽噎的垂柳
向往那
重力的快感。

V

一轮手工轮辋
来自一辆草皮车的车轮
没于一片
霉变的草堆之下，

车的尾板，
如丘比特的弓
车的秣槽
如嵌孔的嘴唇：

我神化了那个男人
他在那儿骑行，
他是马车之神，
为人们送去泥炭。

我是他的首席侍从，
一个搬运工
为他带去面包与烈酒，
巡南走北，我来侍奉。

当盛夏终焉
妇女们离开田园
我们巡游域外，
她们让开路，向我们致敬。

看看我们这一路
沿着山楂满溢的树篱，
我的男儿豪气高涨
当他与我攀谈。

VI

还有你，塔西佗，

且看我把我的树林
栽于一方由亡者堆累的
陈腐的小岛：

一片死寂。
我们神圣的故地
被她忠勇战士的血
浸润后散发酸臭，

当军团在壁垒上
向他们张望。
在她的圣心中
他们躺倒，喉中血淌。

请回来，来到这里
"海洋之岛"
这里没有什么能阻止灾祸。
看看这些被埋葬的面孔

那些伤者和亡者；
他们言之凿凿，
我们如何为了共同的信条
彼此屠戮

我们还把一些人剃头
据说他们臭名又昭著，
女神啊，你何以吞下
我们的爱，我们的怕。

（郑梦怀 译）

赏　析

　　《亲缘》是希尼"沼泽诗歌"中的一首长组诗。在这组诗中，希尼以沼泽这一爱尔兰自然景观为中心,组织了一系列文化与自然想象,各类与爱尔兰民族、宗教、自然风光相关的意象糅杂其中,并不断进行拼接与跳跃。在纷繁复杂的意象堆叠中,叙述者的情感与思考却在稳步递进,从触发其联想宗教仪式献祭者的泥煤开始,到随后的草铲、车辆、车夫、一系列意象在叙述者的想象中绵延不绝,最终引发的是叙述者对爱尔兰民族历史文化的认同与反思,直至最后一首诗以近乎情感宣泄地强烈表达思想。

在这一过程中可以看出的是,叙述者与意象的牵涉,对文化与历史的血脉相连始终处在不断的强化当中,为强烈情感的表达积蓄能量:在头两首诗中,叙述者与“泥煤”等意象之间建立灵魂感应,但更多是站在一个外在于某一特定的器物或景观的观察者的位置对意象性的事物进行多向度的阐发,希尼的目的在于将沼泽这一景观建构为可供其操纵的文本符号,沼泽蕴纳的不为人知的历史被诸如“仪式”“绞架”“吞月者”“棺椁”意象的堆叠所揭示。在第三首中,草铲的形象在叙述者的想象视野中发生着不可阻拦的形变,而其引发的是整个沼泽的拟人化。铲子成为沼泽的阳具,它的情欲被发泄向荒芜的石冢。在由此引发的有关淫乱与禁忌的联想中,所谓的异教徒的命运被再次提起。而显然,希尼并不满足在此戛然而止并开启宗教纷争的主题抒发。在随后的诗篇中,叙述者与历史的勾连时而和风细雨,时而又跌宕震颤。更为重要的是,我们再也看不到他把玩意象,赋予其意义时的自如,叙述者本身也成为了脚下这片土地的一部分,成为了爱尔兰历史与自然循环过程中一个附庸的部件:在第四首中,希尼将自己纳入了自然的循环,秋天万物凋敝的景象使他感到自己也如柳树一般在地球重力的作用下被随机的命运所支配,一切都将尘归尘土归土;在第五首诗中,叙述者将一位车夫想象为神,并甘愿做他虔诚的仆人,与车夫的交流涤荡他的心灵,激发他的自豪感,这是叙述者对爱尔兰生活方式与历史的认同。由此可见,一系列意象开启的,是叙述者对自己民族的自然与历史的归附。

然而,希尼带给我们的惊喜却不止于此。在实现了归附之后,叙述者以惊为天人的决然又与之分离,从与承载着无限历史的意象的痴缠中挣脱而出,化身历史的评述者。这一决然打破了此前诗歌所营造的凄美、梦幻、静谧而又蕴藏能量的神性世界,重复着希尼的创作世界中经久不衰的主题:宗教与民族的仇恨制造着源源不断的纷争与流血,跨越民族与宗教的普泛之爱难以浸润爱尔兰这片保守的土地。希尼亲自打造了一个世界,当你认为他已如陷入沼泽一般沉入其中时,又以坚决、冷峻的评述从泥潭中挣出,与它保持了距离。其间的过渡毫无疑问是缺乏的,这种顷刻的裂变似乎没有文本上的解释。但这似乎就是希尼所希望传达的他作为个人在面对民族过往时的姿态,即在与民族文化和历史的缠绵中保持一个清醒独立的主体存在,以极高的道德理性面向民族心灵的幽暗之地。

(郑梦怀)

大洋对爱尔兰之爱

壹

带着明显的德文郡口音,
罗利把少女推到了树上
正如爱尔兰被英格兰强逼

乃至被侵入内陆
直到她的每一寸缕都感到窒息:
"先——生!是——水!先——生!是——水!"

他是水,他是海,扬起
她的伊丽莎白裙撑如海藻扬起
在那海浪潮涌之前。

贰

然而他那傲慢的羽冠俯向辛西娅
即使它正在李河与黑水间
奔驰转身。

在那些潮湿的水洼之中他可以放
他的斗篷于她脚前。在伦敦,他的名字
将在水面上升起,在这些深黑的渗水之上:

斯默威克种上六百具
教皇派那默语的尸体,"古往今来
英勇优秀之人。"

叁

被毁的少女用爱尔兰语抱怨，
海洋驱散了她关于舰队的梦，
西班牙王子弄洒了他的金子

辜负了她。抑扬格的鼓声
来自英格兰，拍打着树林，在那里她的诗人们
像俄南一样沉沦。灯芯草蜡烛，蘑菇-鲜肉，

她从他们昏昏欲睡的怀抱中消失
化作卷发——呼吸与露珠，
那被占有又被收回的土地。

　　　　　　　　　　　　　　（窦文欣　译）

赏　析

　　这组诗歌以寓言式的写法描绘了爱尔兰历史上的一个重要事件，即伊丽莎白时期英国军队对于爱尔兰领土反叛的血腥镇压与侵略。在诗歌标题中，希尼以"大洋"作为跨海而来的罗利爵士及其所代表的英格兰的隐喻，在介词的运用上选择"to"而非"of"或"for"，以此暗示一种疏远客观的情感状态，即这里所谓的"爱"实则是对于英格兰帝国主义行径的一种反讽与指斥。

　　在第一首诗中，以罗利爵士为代表的英格兰被刻画为男性征服者，爱尔兰被描绘为遭到蹂躏的少女，英格兰对爱尔兰的侵占则被描绘为残暴的强奸。希尼使用大量多义词汇，融海洋意象与性的隐喻于一处，巧妙地将地理学意喻与爱欲的肢体动作相混合，使得历史性的事件在私人化的行动比拟中得到生动呈现。在凶蛮的侵犯之下，少女愤怒的抗议变成了哀求与喘息，仿佛无法抵抗浪潮卷涌的海藻——爱尔兰领土遭到侵略、文化传统遭到侵蚀的无助及英军铁拳之下其反抗的无力之态均蕴于其间。

　　第二首诗中，应伊丽莎白女王的命令来到爱尔兰的罗利爵士高傲而强硬，将压榨爱尔兰而得的获利作为自己追求政治地位的砝码，他对爱尔兰的强暴掳夺与其特意把斗篷垫在水洼里以免弄湿女王双脚的细心谄媚形成了讽刺性的对比，诗中对于后一场景的描绘亦暗喻着罗利爵士将多雨的爱尔

兰置于女王统治之下的历史事实。此外,诗末提及了1580年英国军队对爱尔兰人的屠杀事件,此事让罗利爵士的名声染上了永久的污点,希尼将格雷勋爵对爱尔兰战败的无情嘲讽直接引于诗中,无疑是在以此传达爱尔兰民众的难言怒火。

希尼敏锐地意识到,自罗利爵士带军入侵爱尔兰以来,爱尔兰的诗歌节奏与文学传统便渐有被英语取代之势,这种文化的逐渐消亡在他看来是令人难以忍受的。西班牙舰队的战败进一步陷爱尔兰于无望境地,随着英语文化的强势入侵,旧日爱尔兰传统生活中简单的感官诉求在爱尔兰语中逐渐变得难以寻觅,爱尔兰本土的诗人与文学家也渐渐弃爱尔兰语而选用英语,如《圣经》中的俄南一般难堪族群传承的重任。在第三首诗中,希尼以拟人化的手法对这一现象加以呈现,爱尔兰由试图反抗而不能的受辱少女形象转变成一种温顺甜美的女性气质,暗喻着其对英国不断重演的占领逆来顺受的驯服,诗人的痛心、忧虑与呼吁之意蕴于字里行间。

颇具讽刺意味的是,在希尼这首表达了对英国军事及文化入侵爱尔兰的反抗与不满的诗歌中,所用的语言媒介却同样是英语,在爱尔兰语式微的背景下,这是向主流国际社会发声的无奈之举与必然之选。这一组诗因而是充满深刻讽刺的政治性寓言,十五组腹韵或间隔重复,或贯穿全文,交织成希尼特有的严谨诗风,英格兰的侵略带给爱尔兰的创痛在其语言艺术中得到了清晰的展示和精妙的表达。

(窦文欣)

幻景诗

他向她求爱
以一种堕落甜蜜的艺术
仿若风的元音
吹过榛树:

"你是戴安娜吗……?"
而他曾是阿克特翁吗,
他高亢地哀叹
牡鹿气竭将亡的悲鸣?

(窦文欣 译)

赏　析

　　幻景诗(aisling)是一种发源于 17 世纪晚期的爱尔兰诗歌体裁,此类诗歌往往同古典寓言相关,基调哀伤,通常将爱尔兰描绘成一位女子,哀叹着爱尔兰的命运,祈愿着更好的未来。在前诗《大洋对爱尔兰之爱》中,希尼以罗利爵士对爱尔兰女仆的强奸喻指他给爱尔兰社会造成的混乱与灾难,而在这首简洁的爱尔兰幻景诗中,他得到了应得的报应。这首短诗充分体现了希尼精湛的用词艺术,元音和辅音的组合恰到好处,十一组腹韵交织在文本中,或贯穿全文,或间隔性地重复,以特定的组合创造出内部韵律,形成了极强的音乐性。

　　这首幻景诗涉及一个希腊神话故事:阿里斯塔俄斯和奥托诺耶的儿子阿克特翁,是维奥蒂亚的英雄和猎人,在奥维德的《变形记》中,他在基塞龙山上偶然看到女神阿耳忒弥斯沐浴,愤怒的女神将他变成了一只牡鹿,被他自己的 50 只猎犬追逐并撕成了碎块。与前诗中罗利爵士强奸爱尔兰女仆的行径不同,阿克特翁对于女神阿耳忒弥斯的追求出自爱慕之心,但他对神的亵渎同样遭到了惩罚,他的偷窥行为被大自然的风声出卖了,而他轻声发出的禁忌之问则决定了他的悲剧命运。与之类似的,一度尽享荣华风光的罗利爵士为国王詹姆斯一世所不喜,被指控谋反,囚禁于伦敦塔十三年,后被派去寻找传说中的"黄金国"(El Dorado),这次探险以失败告终,他于 1618 年被判处死刑。希尼以这首幻景诗警告所有曾对爱尔兰施虐的人,如同古典神话中的阿克特翁和历史故事中的罗利爵士一般,他们终要为自己的罪行付出代价。

(窦文欣)

联合法案

I

今夜,初动的一颤,脉搏的一动,
仿佛沼泽之地的雨水汇涌
冲决、漫灌;泥沼裂出沟壑,

一道切口破开蕨类的温床。
你的后背是顽硬的东海岸线
手臂与双腿向西伸展
越过和缓的山丘。我抚拥
北部隆起的一隅，我们联合的过去所挈长的地区。
我是你肩头之上的高大王国
你不媚悦也不能烟视。
征服是一个谎言。现我年岁渐长
容许你半独立的海岸
海岸的边界之内我的所有
已不可避免地走向终结。

II

我依然是帝国般的
雄威，留给你痛苦，
殖民地中的撕坼，
攻城槌的猛击，体内升腾起的轰鸣。
结合催生了一支执拗的内应
胎位渐渐转向了朝外的一边。
他在你心脏之下的心跳是战鼓
集结着力量。他寄生于你的
懵懂的小拳头早就
捶击着你的边界，我知道它们在对岸

向我扣动扳机。我望不见
有什么条约可以拯救你那被履带和妊娠纹
标记的身体，还有那巨大的分娩的痛苦
又一次，予你如处女地被开垦般的痛彻。

（刘怡君 译）

赏　析

诗名"联合法案"（Act of Union）一语双关，一方面指涉历史上的《1800

年联合法案》,爱尔兰王国和大不列颠王国于 1801 年合并为"大不列颠和爱尔兰联合王国";另一方面,爱尔兰岛和不列颠岛的轮廓与分布,使二者在希尼笔下化身躺卧在一起的怨偶,因《联合法案》而发生"结合的行为",也即诗名的字面义。

诗以第一人称叙述,"我"即作为丈夫的不列颠岛。诗的开头,"我"惊觉身边人腹中胎儿的"初动""脉搏",它们指向女性的妊娠反应,破开的"切口"则暗示分娩的临近。然而因被迫结合而承受怀孕后果的爱尔兰岛,以抗拒的姿态背对着自己的丈夫。"我"爱抚着隆起的孕肚,但同时也自觉"我"是高大凌人的王国。年岁渐长的"我"承认海岸的半独立性,即英国与爱尔兰联合治理北爱;由此,英国在爱尔兰的统治将不可避免地面临终结,使"我"意识到征服的徒劳。

第二首诗紧接着讲述英格兰作为帝国般的男性在性交中对爱尔兰施加的痛苦,以及痛苦的产物——作为胎儿的北爱——与双亲相对峙的反抗力量;分娩将是新一次的剧痛,而这次痛苦并不意味着一切的落幕。"pain""again"的眼韵,在诗末昭示爱尔兰解脱的无望,在历史的长河中仍将经受一次又一次的催折。

本诗是希尼对"联合体"历史的反思,以"性"的寓言将帝国施加给殖民地的恐惧与痛苦赤裸裸地宣明:侵犯时的装聋作哑、对联合成果的独断臆测、暴力只结出新的暴力以及伤痕累累的爱尔兰那苦难的历史命运。

(刘怡君)

卡夫希尔①的订婚

枪炮轰鸣着它对卡夫希尔的质问
玄武石山的轮廓则持守着
它对贝尔法斯特南部的凝视:骄傲的,新教的,北方的,男性的。
亚当无知无觉,直到异性的冲荡。

为了新郎的好运,他们仍在此地射击。
那天清晨我驱车,使自己能安卧于

---

① 卡夫希尔(Cavehill),位于北爱尔兰首府贝尔法斯特市;洞穴山(Cave Hill),玄武岩,位于北部安特里姆高原的东南边界,可以俯瞰贝尔法斯特。

我爱人的所在,她的豆荚和金雀花,①

他们向我的车子上方鸣放着礼炮。

(刘怡君 译)

赏　析

　　20世纪60年代,北爱尔兰天主教与新教的教派对峙在英国政府的挑拨下愈演愈烈,贝尔法斯特内进行着教派对主导权的尖锐争夺;对于希尼和未婚妻而言,尽管此时的北爱内部正处于激烈的分裂状态,但在这种历史的不适下,他们仍然完成了自己的订婚仪式。

　　诗歌以"订婚"为题,而以隆隆的炮火开篇,意象的失谐引向张力的开头。"卡夫希尔的订婚"一语双关,既是"我"与未婚妻的订婚典礼,又兼有现实政治的所指。卡夫希尔以拿破仑般的侧脸,睥睨着南部的天主教选区。骄傲的,新教的,北方的,男性的——他的凝视彻彻底底地充满了联合主义的色彩——展现对当下联合状态的自足,显示自己与爱尔兰天主教的迥别,他将自己归属于英国的北方,使自己沾染上帝国的雄威。但希尼突然提到亚当,这世界上的第一个男人在与夏娃同房,即完完全全地"认识"夏娃以前,他是天真无知的,因为此前他从未如此深刻地遭遇一个异质性存在,也就必然不解自己的存在。卡夫希尔们将联合想得过于简单,也或许并不清楚自己做了什么。

　　新的诗节转向了另一位截然不同的新郎。出生于北爱尔兰德里郡一个天主教家庭的希尼,他也是一个天真的亚当,在一个清晨选择出发,直面异质的存在、直面婚姻的联结并以此消除联结的沉重,在此中安然入睡,诗歌内的冲突于是从对峙的枪炮抵达更温和的自然(豆荚丛和金雀花),于是在诗人耳中,枪声的轰鸣也变为对新人祝福的礼炮。

(刘怡君)

赫拉克勒斯和安泰俄斯

他生于天上,有皇室血统,

---

　　①　玛丽家乡泰隆郡内的自然风物。

曾扼死毒蛇，肩挑粪便，
凭借智慧的头脑攫取金苹果，
他的未来充满着奖赏，

赫拉克勒斯有办法对付
对手的抵抗和
从土地中汲取的黑色力量。
安泰俄斯，这腐殖质与霉菌的拥护者，

终于断奶了：
跌倒对他而言本是重生
但如今他被高高举起——
挑战者的智慧

是一束光，
一支蓝色的尖叉刺中了他
使他脱离自己的生存环境
陷入一场迷失的梦境

而他的起源——怀抱般的黑暗，
静脉般的河流，积聚他力量的
秘密沟壑，山洞和地下洞穴中

的孵化之地，
他把这一切都遗赠给了
挽歌的作者。巴罗尔①会死去
然后是伯诺特②和酋长坐牛③。

---

①　巴罗尔(Balor)：凯尔特神话中的弗莫尔族之王，他领导下的弗莫尔族曾与爱尔兰的达努神族展开过激烈斗争，但最终战败。巴罗尔的独眼能杀死看到的一切人与神，但他最终却被自己的孙子所杀。

②　伯诺特(Byrthnoth)：盎格鲁·撒克逊时代的一位埃塞克斯国王，此人在公元991年的埃塞克斯海岸的莫尔登战役中率众抵抗维京海盗，但被入侵的维京人击败并杀死。

③　酋长坐牛(Sitting Bull)：一位北美印第安人首领，曾领导印第安人反抗白人入侵部落，在1876年的大小角战役中一举击败美联邦卡斯特将军的部队，但随后被俘并遇害。

赫拉克勒斯举起双臂
比出一个冷酷无情的"V"字，
他的胜利毫发无伤
当他撼动强敌，

然后把安泰俄斯高高托起
使他倾斜凸起得像一条异形山脊，
一个沉睡中的巨人
为无依无靠者提供流食。

（崔瑞琪 译）

赏　析

　　《赫拉克勒斯和安泰俄斯》（Herclues and Antaeus）取材自古希腊神话故事，赫拉克勒斯是宙斯和阿尔克墨涅之子，遭到赫拉诅咒失手杀子，后来为了赎罪完成十二项任务，包括杀死九头蛇海德拉（"曾扼死毒蛇"）、清洗奥革阿斯的牛厩（"肩挑粪便"）、摘取金苹果等。安泰俄斯是海神波塞冬与地神该亚所生的巨人儿子，传说他从大地中汲取能量，力大无穷。文艺复兴时期的艺术家安东尼奥·波拉约洛曾用雕塑再现了两位英雄决斗的最后时刻——赫拉克勒斯将安泰俄斯举在半空中，用强有力的臂膀将其杀死。

　　在谢默斯·希尼的诗歌中，安泰俄斯被视作爱尔兰的"冠军"形象，然而他注定无法战胜兼具智慧和力量的赫拉克勒斯。诗中同时提到了三个人物——巴罗尔、比斯诺特和酋长坐牛，他们都曾领导自己的民族抵挡异族入侵，却被入侵者所杀害。和安泰俄斯一样，他们变成"沉睡中的巨人"，但因战败而流离失所的民族依然可以从他们身上汲取到微薄的力量。自古凯尔特时代起，无数爱尔兰英雄在对抗异族的斗争中牺牲，但其英勇气质和无畏精神依然在无数民众身上显现。

　　谢默斯·希尼在 2009 年的生日演讲中提到安泰俄斯："我认为安泰俄斯是某种守护神，是我可能拥有的任何诗意天赋的象征……但他最终会被强大的赫拉克勒斯打败。"他赞许赫拉克勒斯的智慧，"打败一个人的方法是把他举在高处，而非将其捶倒"，因此这个故事的寓意也在于，"我们应该脚踏实地，同时抬眼四望"。

（崔瑞琪）

未经公认的立法者之梦

阿基米德认为他能撬动整个地球,如果他能
找到合适的支点放置杠杆。比利·亨特
说人猿泰山震撼了整个世界,当他从树上一跃而下时。

我把我的撬棍插进一个我知道的裂缝里,在
国家和法规的砖石之下,我借助秘密的藤条
荡进巴士底狱。
我那受了冤屈的人们在监狱里欢呼。警卫
犬的嘴套被解开,一个士兵将枪口顶在
我的耳后,我蒙着眼睛站在那里,双手
举过头顶,直到看起来摇摆得
像被处以吊刑。

司令官示意我坐下。
"我很荣幸能在我们的名单上增加一位诗人。"他
风趣又真诚,"无论如何,你在这儿更安全。"

在牢房里,我伸出并高举双臂,将自己
楔在角落里,我跃上混凝土制的石板以
检验它们。刚才出现在牢房窗口的那双眼睛是你的吗?

(崔瑞琪 译)

赏　析

　　"未经公认的立法者"(the unacknowledged legislator)这一譬喻出自英
国诗人雪莱的《为诗辩护》(A Defense of Poetry)中"诗人是世间未经公认
的立法者"一句,雪莱认为,诗人独特的观察力、判断力和精练的表达能力,
使他们得以成为促进社会发展与改善的理想立法者,"在一个伟大民族觉醒
起来为实现思想上或制度上的有益改革而奋斗当中,诗人是最可靠的先驱、

伙伴和追随者"。

　　而在希尼的这首诗中,作为立法者的诗人同样视政治为自己的使命,却被秘密警察所监禁。他意识到国家法规制度存在根本上的弱点和裂隙,于是借助阿基米德的杠杆撬动体制的砖石,并想象自己像人猿泰山那样,凭借藤条荡入拘押犯人的秘密监狱(巴士底狱)。他接受蒙冤者的欢呼,却不曾料想到统治政权对他施加暴力(警犬、枪口),使他经受肉体和精神上的双重折磨。司令官的谐谑淡化了诗人的严肃性,并将诗人纳入被拘禁的政治犯名单中。

　　牢狱中的诗人决心行使自由权利,尝试了一切手段拆除上层建筑,这一卡夫卡式的场景中最终导致了诗人的偏执症状,使他产生了自己被窥视的幻象,而这正印证了雪莱所说,"诗人比别人在感觉上更加细致,对于自己的及别人的痛苦与快乐更加敏感"。在当代的诗人之梦里,不再有无尽想象力、美的秩序和各种艺术的综合,对社会改革怀有责任感的诗人只能沦为极权政治和政权暴力的受害者。

(崔瑞琪)

无论你说什么,什么也别说

一

我在下笔之前偶遇
一位英国记者来采访"如何看待
爱尔兰问题"。我归来时是冬日
一个当坏消息不再是新闻的时节,

当媒体人和特约记者四处嗅闻指点,
变焦镜头、录音机和电话线圈
在酒店散落一地。时代乱了套
但我仍信赖念珠

就像政客和新闻记者
信赖他们在笔记和分析中
胡乱写下的漫长战役一样,从催泪瓦斯
和抗议,到炸药和机关枪,

他们证明了自己的冲动"升级",
"反弹"和"镇压","临时翼",
"两极分化"和"积怨已深"。
然而我住在这里,也生活在这里,我歌唱,

娴熟地与文明邻居进行文雅的交谈
在第一批无线电报的高空电线上,
从那些那些被准许的、古老的、精心编造的反驳中
吮吸着虚假的味道,石头般的滋味:

"噢,这真可耻,当然,我同意",
"到底要走到哪一步?""越来越糟。"
"他们是凶手,""拘留,可以理解……"
"理智的声音"日渐嘶哑。

二

人们在眼前死去。在破败的街道和家中
炸药声是常见的音效:
就像凯尔特人胜利时那人说的,"罗马教皇
今晚很高兴。"他的信众

从内心深处怀疑这个异教徒
最终屈服并被钉上火刑柱。
我们在火焰旁颤抖但不想要
真正开火的卡车。我们一直

都在努力。长期吮吸着的末端乳头
冰冷如女巫的,难以下咽
仍然让我们在小小的边境线上言此及彼:①
自由派天主教徒的论调听来空洞

---

① "小小的边境线"指的是北爱尔兰和爱尔兰共和国之间的边境线,"言此即彼"(fork-tongued)指嘴上说一件事,其实指的是另一件事,一种虚伪迂回的表达方式。

当被扩音并与巨响混为一体
日夜震动着所有的心灵和窗户。
（这里忍不住和"分娩阵痛"押韵①
诊断为我们困境中的重生
并在我们的困境中诊断重生

但这将忽略其他症状。
昨晚你不需要一个听诊器
去聆听橙带党②的鼓发出的打嗝声
对皮尔斯③和蒲柏④同样过敏。）

"小分队"从四面八方正在集结——
这句话是克鲁斯·奥布赖恩⑤说的，通过
强烈抵制，伯克⑥——而我却坐在这里被人纠缠
对文字的渴求既是鱼叉又是诱饵

引诱一众鱼群服从警句
和秩序。我相信我们所有人
都能将偏执和虚伪勾销，
只要画对界限，就能永垂不朽。

三

"你们这里从不提宗教"，当然。
"你能从眼睛中认出他们"，然后闭嘴。
"两方同样差劲"，糟糕透顶。
天啊，那些小裂缝是时候爆裂了

---

① "分娩阵痛"（labour pangs）和"巨响"（bangs）押韵。
② 橙带党（the Orange Order），北爱尔兰新教政治团体，旨在维护新教及其王位继承权。
③ 帕特里克·皮尔斯（Patrick Henry Pearse），爱尔兰民族主义领袖、诗人，1918 年反对英国统治的都柏林复活节起义的领导人之一。
④ 亚历山大·蒲柏（Alexander Pope），18 世纪英国古典主义诗人。
⑤ 康纳·克鲁斯·奥布赖恩（Conor Cruise O'Brien，1917—2008），爱尔兰政客、作家、历史学家和学者。
⑥ 埃德蒙·伯克（Edmund Burke，1729—1797），蒙斯特罗马天主教的圣公会教徒，政治理论家、作家和哲学家。伯克（Burke）在这里代表着前文的"great Backlash"（强烈抵制），意在影射伯克其人的保守主义倾向。

那些荷兰人建造的大堤
再也无法阻挡追随谢默斯的危险潮水。
然而对于所有这些艺术和久坐的工作
我无能为力。著名的

北方的缄默,对地方和时间的
言论自由限制:是的,是的。我歌唱的"小六郡"①
你唯一能挽回的就是颜面
无论你说什么,什么也别说。

与我们相比,烽烟信号的嗓门很大:
种种伎俩去弄清名字和学校,
地址之间的微妙差别
几乎没有超出规则的例外

诺曼、肯、锡德尼标志的新教徒,
而谢默斯(叫我肖恩)是铁打的教皇派。
哦,暗语、把柄、眼色和点头之地,
思维开放得如同敞开的陷阱,

这里舌头盘绕,就像火苗下的灯芯,
这里我们的一半人马如同藏身木马
像狡猾的希腊人一样封闭和局促着,
被包围在围城中,窃窃私语着摩斯电码。

(崔瑞琪 译)

赏　析

　　谢默斯·希尼的这首诗名源自于北爱冲突(the Troubles)期间张贴的
一张海报,海报上画着一位穿着制服、拿着刺刀的军人,旁边写着:"……在

---

　　①　"小六郡"(wee six)是北爱六郡的别称。

任何地方,无论你说什么,什么也别说。"这幅海报虽然拙劣,但是透露出威胁性的信息,即警告社会民众不要随意发表有关政治或宗教的言论,以免引起暴力事件。在北爱争端期间,发生在这片土地上的暴力事件层出不穷,无怪性情温和的谢默斯·希尼并未保持中立,而是无条件地反对暴力,对威胁言论自由的暴力者表示愤怒和嘲讽。

当极端愤懑与失望的希尼,接受怀有猎奇与轻蔑心态的英国记者采访时,他认为被对方肤浅和麻木不仁的提问方式("如何看待爱尔兰问题")所刺痛,因此写下这首诗。诗中充满各种声音意象:炸弹的巨响、自由派天主教徒的论调、"橘色鼓发出的打嗝声"、诗人的歌唱、日渐嘶哑的"理智的声音",种种声音混杂在一起,被诗人谱成一曲铿锵的诗作。全诗的韵律规则极其明显:整首诗共三部分,每部分被平均分为6—7小节,每小节的奇数和偶数行分别押尾韵,如第一节中第一行的"偶遇"(encounter)和第三行的"冬日"(winter)、第二行的"看待"(view)和第四行的"新闻"(news)。在第二部分的第四小节中,诗人甚至直接提到了押韵的存在,炸弹的"巨响"(bangs)和"分娩阵痛"(labour pangs)不仅存在押尾韵的关系,也有着某种语义上的关联,诗人将暴力事件层出不穷的艰难时期视作分娩期,炸弹的巨响好似阵痛,以期在剧烈的阵痛过去后,北爱尔兰民族可以获得某种意义上的重生。

相比其他以神话典故(如《赫拉克勒斯和安泰俄斯》)和历史故事(如《自由民》)来隐喻现实政治与宗教问题的诗作,《无论你说什么,什么也别说》无疑更为直白和赤裸,诗中罗列了多位政坛人物的姓名、政治派别、宗教信仰,以及北爱尔兰在这一时期内所经历的各种困局和口号,诗中反复交替出现的对话体不仅丰富了全诗的层次,更是对当时百家争鸣的现状的戏仿。然而无论是哪种政治或宗教派别,所动用的手段无非暴力、限制言论自由和打击性的负面措施,最终受到炸弹和刑罚威胁的都是民众。希尼并不奢求给出任何解决方法,而是巧妙地用韵律将民众愤怒的尖叫、祈求式的低吟黏合在一起,并且给出先知式的预言:在荷兰人建造的大堤上,"天啊,那些小裂缝是时候爆裂了"。

(崔瑞琪)

自由民

事实上,罗马帝国早期的奴隶制有着最近乎正当的依据:因为一个来自

"落后"种族的人有机会被带入文明社会,接受一门手艺或职业的教育和训练,并成为社会中有用的一员。

——R. H. 巴洛《罗马人》

每年都臣服于拱门之下,
羊皮纸和学位的控制,
我的螺粉色是大斋节的紫色染料
日历上满是斋戒和禁食日。

"记住,你必归于尘土。"
我会跪下来被尘土所打动,
一片丝绸的摩擦,一小粒尘埃——
我也像我所有的种姓那样受人摆布。

地球上受命运支配的居民之一,不可磨灭地,
我徒劳地在穿戴整齐的上等人身上寻找记号:
他们擅长评估和普查的眼睛
像七鳃鳗一样牢牢地盯着我发霉的额头。

然后诗歌来到了那个城市——
我要摒弃一切虚伪和自怜——
诗歌抚拭着我的额头,加快我的脚步。
现在他们会说我恩将仇报。

(崔瑞琪 译)

赏　析

谢默斯·希尼在一开始便点名了标题"自由民"(Freedman)的来源:历史学家 R. H. 巴洛的《罗马人》中有对古罗马奴隶制度的描述:来自落后种族的人被古罗马人所奴役,但这些奴隶如果在文明社会中习得技能,则有可能获得罗马公民的身份,成为获得自由解放的"自由民"。

在诗歌正文中,希尼将自己视作曾被宗教、学校和政治权力等所统治,最终在诗歌中重获自由的自由民。"羊皮纸和学位的控制"使人联想到诗人

在贝尔法斯特读书时寻求学术认可的经历。此外,诗歌中出现大量暗示天主教会的意象:拱门、大斋节的紫色染料、日历上的斋戒和禁食日、出席的教堂活动、神职人员拂拭而过的衣角("一片丝绸的摩擦")等,构筑出被强大的天主教会权威笼罩下的北爱尔兰社会生活。

然而,尽管臣服于一系列宗教仪式和戒律,诗人却时刻对一切抱有反思和怀疑的心态——当例行公事般参与宗教活动时,他会想到"本是尘土,必归于尘土"的箴言,进而反思普通公民和神职人员("穿戴整齐的上等人")之间的巨大差别,最后得出徒劳的结论:包括诗人在内的天主教信众宛如古罗马时期被奴役的落后种族,只能接受统治阶级(天主教神职人员)的精神镇压。

最终,诗人在诗歌中获得自由超脱,摆脱了宗教的繁文缛节和自怜自矜的心态,并最终借助诗歌为工具,向笼罩在北爱尔兰的天主教势力发出了诘问的第一枪,他也由此必将面对恩将仇报的指控。

(崔瑞琪)

歌唱学校

合宜的播种期造就我的灵魂,而我长大成才
同样地受到美与恐惧的栽培;
我在出生之地受宠有加,也在不久后迁至去往的
那个可爱的溪谷中得到毫不逊色的呵护……

——威廉·华兹华斯《序曲》

他(那个小马倌)有一本奥兰治兄弟会①政治宣传的押韵诗集,我们一起在干草棚读诗的那些日子,让我第一次领略了押韵诗的乐趣。后来我记得有人告诉我,在听说芬尼亚起义②的传闻时,步枪被分发给奥兰治兄弟会成员;那时,当我开始梦想我的未来生活,我想我愿意与芬尼亚人作战至死。

——W. B. 叶芝《自传》

---

① 奥兰治兄弟会反对爱尔兰民族主义和天主教,企图使新教占统治地位。
② 芬尼亚起义是芬尼亚兄弟会争取爱尔兰独立和建立爱尔兰共和国的武装运动。

1. 恐怖部

致谢默斯·迪恩

唔，如卡瓦纳①所言，我们一直生活在
重要的地方。圣哥伦布学院
所在的偏僻荒丘，我在那里寄宿了
六年，俯瞰着你的博格赛德②。
我凝望那些新世界：布兰迪维尔的
红肿的喉咙，它红光普照的赛狗场，
电兔的油门。在第一个星期
我是如此想家，以至于吃不下
那些留待减轻我漂泊之苦的饼干。
在一九五一年九月的某个晚上
我把它们扔到了围栏外面
那时莱基路上的房子在浓雾中
流淌出琥珀色的灯光。这是一次
秘密行动。
之后是贝尔法斯特，再然后是伯克利。
你我二人由此历练老成，
浸润于诗歌直到它们已然成为
一种生活：从厚重的信封到单薄的诗集
前者在假期时抵达
后者在寄出时总题写着"作者敬赠"
那些从你练习簿的线脊上撕下的
手写诗稿令我迷醉——
元音和观念自由地抛来掷去
如同从我们的西卡莫树上吹落的荚果。
我试图写到西卡莫树
并发明了一种南德里的韵脚

---

① 爱尔兰著名诗人。
② 迪恩的出生地。

用"谧与眠"同"挤与拽"笨拙地相押。
天可怜见，那些来自山沟里的

平头钉靴正在教授演讲的
精致草坪上到处踩踏。
我们的口音
变了吗？"天主教徒，总的来说，口齿
不如来自新教学校的学生那样好。"
还记得那玩意儿吗？自卑
情结，梦境在那上面滋生。
"你叫什么名字，希尼？"
"叫希尼，神父。"
"真是好
极了。"
在我上学的第一天，皮鞭
就在"大书房"中爆发癫痫，
它的回声激溅在我们低垂的头颅上方，
但我依然给家里写信道寄宿生活
并不算太糟，一如既往那样羞于表达。

接着，在漫长的假期，我在一辆
停在三角墙边的奥斯汀 16 型的
情侣椅上苏醒过来，引擎轰鸣，
我的手指紧贴在她的肩膀上如常春藤，
厨房里留着一盏为她而点的灯。
然后就回了老家，夏天的
自由一夜夜缩小，空气中
全是月光和一种干草的清香，警察
晃动他们深红色的闪光灯，像一群
黑牛簇拥着汽车，一边嗅着一边
在我眼前比画斯登冲锋枪的枪口
"你叫什么名字，司机？"
"谢默斯……"
谢默斯？

有一次他们在路障旁翻读我的信件
还拿他们的手电筒照你的象形文字
出自绚丽非常之手笔的"苗条的文辞"

英国掌控阿尔斯特①,但无权染指
英语抒情诗:我们身边无处不在,尽管
我们尚未说出它的名字,恐怖部。

(王启文 译)

赏　析

　　《恐怖部》的标题取自英国作家格雷厄姆·格林的同名小说,故事主人公阿瑟·罗是一个身不由己的小人物,他被一个恐怖组织穷追不舍,栽赃陷害的重重伎俩使他麻烦不断,直到一场爆炸让他失去记忆,失忆后的罗被恐怖组织改名换姓,软禁在一所精神病医院中……

　　小说情节在诗歌中有相当多的回响,例如希尼在学校遭到神父不公的歧视与野蛮的鞭打,假期时遭到警察的粗暴对待与隐私侵犯,学校与政府在希尼的青少年时期合谋扮演了类似"恐怖部"的暴力角色,无孔不入地压抑着诗人渴望独立的灵魂;而小说在诗歌中最耐人寻味的一处互文应当是神父与警察对希尼姓名的提问——

　　神父问:"你叫什么名字,希尼?""叫希尼,神父。"诗人故意答非所问因而遭到了鞭打;警察问:"你叫什么名字,司机?""谢默斯……"之后诗人便陷入了自我质问的沉默。两处反常的举止有着一个共同的答案,那便是"谢默斯"。

　　此诗题献的对象恰好也叫"谢默斯·迪恩",他是一位著名的爱尔兰诗人,也是希尼的挚友,如诗所述,他们相互陪伴,共同经历了多年的求学时光,此外,他们同样的名字也分享了共同的身份和记忆——谢默斯——这是一个天主教徒的名字。在诗中也提到,来自天主教学校的孩子会受到低人一等的歧视,而天主教徒在英国统治的北爱尔兰长期受到迫害。如果说面对神父的答非所问出于诗人的自尊和抗争,那么面对警察的沉默则意味着

---

　　① 北爱尔兰的旧称。

暴力恐慑下的明哲保身。新教对天主教的宗教压迫和英国对北爱尔兰的殖民统治在诗歌的沉默中成为浑然一体的暴力，就像"恐怖部"一样无孔不入，使得北爱尔兰口音成为一种羞耻，南德里的韵脚带上自卑感，在公然的歧视与枪口的威逼下诗人似乎失去了关于名姓的记忆，信件与手书在手电筒的照射下被公开凌辱，"苗条的文辞"构成一种粗鲁的戏谑……

　　因此希尼在诗歌末尾呼喊，英国无权染指英语抒情诗，即使我们被剥夺得一无所有，也至少可以用语言控诉——"恐怖部"。

（王启文）

2. 警察来访

他的自行车停靠在窗边，
防泥罩如同橡胶斗篷般
裹住前轮的挡泥板，
它肥厚的黑色车把手

在阳光中加热，"马铃薯"状的
发电机隐微闪烁而蓄势待发，
空悬着的脚踏板解脱了
法律的皮靴[①]。

他的帽子倒过来
搁在地板上，挨着他的椅子。
在他汗水微沁的头发上
帽子的压痕跑成一条斜边。

他已经解开了
沉重的账簿，而我的父亲
正在回应有关耕种的问题

---

　　①　与爱尔兰习语"法律的长臂"互文，后者意味着法网恢恢，疏而不漏，而希尼自造的"法律的皮靴"则是对政府当局暴力镇压、滥用职权的讽刺。

以英亩、路德①和杆②为单位。

算术和恐惧。
我坐在那里盯着擦亮的枪套
袋盖紧扣,穗带的细绳
穿结在左轮的枪柄上。

"还有其他根茎类作物吗?
甜菜? 甘蓝? 诸如此类?"
"没有。"可是在马铃薯的田里
种子不够播撒的地方

不是还种了一排芜菁吗? 我产生了
小小的负罪感,坐着
想象军营里的黑牢。
他站起来,挪了挪

他皮带上的警棍套子,
合上那本土地清查簿③,
用双手把帽子返戴好,
一边看着我一边说再见。

一道阴影在窗口一晃而过。
他啪嗒一声把账簿
扣在后座的扳簧下。他的皮靴一蹬
自行车嘀嗒、嘀嗒、嘀嗒。

（王启文 译）

---

① 英国的长度和面积单位。
② 用来测量土地长度的单位。
③ 原文为"domesday book",另一层双关之意为"最后的审判"。

赏　析

《警察来访》容易让人想起希尼的第一部诗集《一个自然主义者之死》，一方面，两者在主题上都涉及到童真的失去、朝着成年以及成长所意味的一切前进，另一方面，它们在诗歌特色上分享着同一种孩童视角的丰富性，诗人早年农村经验中通过观察和回忆获得的诸种事实，以一种直接愉悦感官的语言传达出来。

从自行车如橡胶斗篷般的防泥罩到肥厚的黑色车把手，从马铃薯状的发电机到空悬的脚踏板，再从擦亮的枪套到枪柄上穗带的细绳，诗人的眼睛如同摄像机般，出于童年的好奇贪婪地捕捉着这位不速之客的所有细节，随着推进、摇移、升降，镜头呈现的画面趋向低沉与压抑，帽子倒翻在地，沉重的账簿打开，如同潘多拉魔盒般释放出算术和恐惧，谎言与欺诈，手枪与警棍的暴力，军营里黑牢的奴役，还有审判的目光下紧张的负罪感……

如果说《一个自然主义者之死》中，孩童对自然的热情被负罪感转变为一场可怕的噩梦，那么在《警察来访》中，男孩的纯真则在成人世界暴力与欺诈的暗斗中成为恐惧和困惑的累赘。每个人的童年都终将逝去，但对这个北爱尔兰天主教农民家庭的男孩来说，童年的记忆并非天边温婉浪漫的晚霞残照，而是窗边一闪而过的黢黑阴影和自行车远去的嘀嗒声响。

（王启文）

3. 奥兰治①鼓，蒂龙②，1966

林贝鼓③在他的肚皮上隆起，重重地
压回他腰上的赘肉，在他的下巴
与双膝之间粗暴地储纳雷霆。
他被压垮自身之物高高抬起。

---

①　全称为"奥兰治兄弟会"，该组织反对爱尔兰民族主义和天主教，企图使新教占统治地位。
②　蒂龙是爱尔兰阿尔斯特省的一个郡，位于北爱尔兰中西部。
③　林贝鼓是一种北爱尔兰流行的大型鼓，鼓面由山羊皮制成，主要由北爱尔兰联合派和奥兰治兄弟会在夏日游行时使用。

两根娴熟的鼓槌延展自双臂,

他在它后面招摇过市。尽管人群

频频点头,为鼓手们让出一条通道,

但掌管局面的是鼓,像巨大的肿瘤。

对于每一只竖翘的耳朵,欲壑终究难填,

他破碎的标志性节拍意味着“不要教皇”。

那山羊骨皮有时沾染上了他的血。

周遭空气如听诊器般隆隆作响。

（王启文　译）

赏　析

　　十六世纪末,爱尔兰北部爆发了蒂龙伯爵领导的北方首领大起义,经过九年旷日持久的战争,交战双方都付出了惨痛的代价,死伤均上万计,英军在爱尔兰土地上实施焦土政策,烧毁田野,破坏农庄,屠杀百姓,制造了一场空前的人为大饥荒。这场残酷的战争虽然最后以金塞尔之围宣告了英军镇压的胜利,但也使得爱尔兰人对英国仇恨与敌对的民族记忆延续至今。

　　三百多年后,在每年夏天七月十二日前后的蒂龙街头,都会有奥兰治党人敲奏着硕大的林贝鼓当街游行,将反对天主教、支持新教和反对爱尔兰民族主义、拥护英国统治的宣传示威作为一种节日传统。喧天震响的鼓声和节拍背后的意义显然引起了作为天主教徒的诗人的厌恶,希尼以漫画式的笔法将林贝鼓比作鼓手肚皮上一颗硕大的肿瘤,它压垮了鼓手的身躯,掌管局面,统治一切,以一种粗暴的方式化身权威,分配荣誉,驱散人群,获得默许。

　　林贝鼓在街头的耀武扬威如同英国政府在北爱尔兰存在的一种隐喻,英国的统治像是附着在北爱尔兰的一颗肿瘤,压在爱尔兰人头上作威作福,横征暴敛,吸食鲜血。正如林贝鼓震天的喧响无法满足贪婪的耳朵那样,通过野蛮的暴行获得的欢愉也终究不能满足无厌的欲望,山羊鼓皮上沾染的鲜血是一种来自诗歌的寓言,暴力也终将使得暴力的施加者遭受痛苦。

　　“这场残暴的欢愉,终将以残暴终结”,爱尔兰的血泪史为莎翁的诗句增添了新的注脚,残暴本身远非历史的句点,林贝鼓的喧响激荡在天宇,正如同三百年前那场屠杀的回声,也预兆着这片土地上随踵将至的暴力与灾难,而下一首诗《1969 年夏》就是一种应验。

（王启文）

4. 1969 年夏

当警察瞄准暴民
在福尔斯区①开火，我正在忍受的
不过是马德里暴虐的烈日。
每天午后，在公寓那焙烤似的
酷热中，我的汗水流经
乔伊斯的一生，鱼市的腥气
如亚麻池的恶臭般扑鼻而来。
在阳台上入夜，葡萄酒的醉红，
感觉像是孩童躲在黑暗的角落里，
披着黑巾的老妪靠在敞开的窗边，
峡谷间的河流用西班牙口音涓涓细语。
我们在星光照耀的平原上一路闲谈回家，
国民警卫队的漆革闪烁
如同被亚麻污染的水中的死鱼肚皮。

"回去吧，"一个人说，"尽力去接触人民。"
另一个人从他的山中召唤来洛尔迦的亡魂。
我们枯坐着看电视上的死亡人数
和斗牛报道，各界名流
从这真实事件仍在发生的现场赶来。

我退避到普拉多美术馆的阴凉里。
墙上挂着戈雅的
《五月三日的枪杀》——反抗者高举的双手
和痉挛的尸体，戴帽

---

① 福尔斯路(the Falls Road)是北爱尔兰贝尔法斯特的重要道路，在当地它的名字和天主教社区同义，而原文"the Falls"则指代福尔斯路周围的区域，故译为"福尔斯区"。

而背包的军人，高效的
排枪齐射。在隔壁房间，
他的梦魇，被嫁接到宫墙——
黑暗的气旋，聚集，爆发；农神

以自己孩子的鲜血为首饰；
巨神卡俄斯①将他赤裸的屁股
转向世界。还有，那场荒岛上的决斗
两个狂怒的人用棍棒决一死战
为了荣誉，不惜身陷泥沼，缓慢下沉。

他用拳头和手肘作画，当历史迎面冲来时
挥舞着他以心脏染色的斗篷。

（王启文　译）

赏　析

　　1808 年，拿破仑发动了入侵西班牙的半岛战争，长达六年的战争为西班牙带来了一场空前的浩劫，时任宫廷画师的戈雅于此期间留在马德里，他从未公开发表对时局的看法，而是以《五月三日的枪杀》等反映当时社会现实的油画间接地表达了他愤怒的良心，这段历史时期的灾难与动荡深刻影响了他晚年"黑色绘画"的系列创作，这些画在马德里郊外"聋人别墅"墙上的十四幅画作，包括了著名的《农神食子》《用棍棒战斗》。

　　上述三幅画也是希尼在此诗第三、四小节集中提到的作品，这两节中有一句诗颇为例外——"巨神卡俄斯将它赤裸的屁股转向世界"，与之对应的是戈雅的画作《巨人》，没有其他资料表明戈雅画中赤裸的巨人是代表混沌的古希腊神祇卡俄斯，因而此处的"Chaos"是希尼观画时的心象，给予诗人内心混乱感的不只是画中巨人与大地失调的比例，更是贝尔法斯特混乱的暴动局面，有趣的是全诗直接提到这场暴乱的只有四行，诗人似乎有意对此避而不谈，他先后退避到马德里的公寓和美术馆的阴凉中寻求安宁，他在《1971 年圣诞节》一文中提到了原因之一：

---

　　①　希腊神话中的混沌之神。

> "我已经倦于不断在创痛与不公之间作出裁决,一会儿被种族与愤怒的长尾巴摆弄,一会儿被那些比较可接受的怜悯和恐怖的情感摆弄。我们生活在电视屏幕那病态的光中,用一块自私的玻璃板隔在我们自己和我们的苦难之间。我们逃过了爆炸和葬礼,继续跟那些被炸碎或坐牢的受害者的家人们一起活着。"

　　这几乎让人直接想起本诗第二节的"电视上的死亡人数和斗牛报道"与"从现场赶来的各界名流",除了疲倦之外,第二个原因来自洛尔迦亡魂的提醒,这位诗人在希尼看来"天生带着自由之灵",过于"冲动地展现与人民的团结一致",因而"被认定为党派的敌人",洛尔迦直接的政治表达使他最终惨遭国家主义者的枪杀;希尼无意于步洛尔迦的后尘,他更倾向于成为像是戈雅那样的艺术家,当历史如奔牛般迎面冲来时,他也将如戈雅那样挥舞着以心脏染色的斗篷,用热诚的勇气直视苦难与暴力那愤怒的眼睛,并以斗牛士般的非凡优雅与这头暴怒的公牛擦身而过,在死亡的威胁下保全自身。

　　另一个更为重要的原因来自于希尼对 1966 年写就的《献给短发党人的安魂曲》的反思①,该诗结束于一个复活的意象:在叛乱分子被埋在集体坟墓之后的某个时候,坟墓里开始抽出幼麦,这些幼麦是由"短发党人"口袋里的麦粒长出来的。希尼想以此来暗示"解放年种下的暴力反抗的种子在叶芝所称的 1916 年正确的玫瑰树中开花",但出乎他意料的是这诗意的祝佑竟在 1969 年夏天成为另一场流血暴力的预言,诗人在苦痛中反思道:"从这一刻起,诗歌的问题便从仅仅获取满意的文字指谓,转向寻找适用于我们的困境的意象和象征。"诗歌不能成为暴力的帮凶和野蛮的推手,因此希尼在《1969 年夏》中谨慎地避开了对这场流血冲突的文字指谓,而是在马德里的午夜和戈雅的黑暗绘画中寻找适用于当下社会困境的象征。

　　从这一角度来说,本诗结尾的斗牛士开始意味着希尼此后诗歌的某种迂回。

(王启文)

5. 领养

致迈克尔·麦克拉弗蒂

"描写即揭示!"皇家

---

① 　见于 1974 年《把感觉带入文字》一文。

大道,贝尔法斯特,1962,

一个星期六的下午,很高兴见到

我,致力于语言的初生牛犊,他抓住

我的手肘。"听着。走你自己的道路。

做你自己的工作。记住

凯瑟琳·曼斯菲尔德①——我将讲述

洗衣篮是如何嘎吱作响的……那种流亡之音。"

但是让言过其实见鬼去吧:

"不要让你圆珠笔里的静脉膨胀。"

然后,"可怜的霍普金斯!"我有他给我的

《日记》,划有标线,他压弯的自我

顺从于字里行间的痛楚。他随处

洞察忍耐的轮廓,

领养我并把我送出去,将言语

如银币般施加在我的舌头上。

(王启文　译)

赏　析

　　"领养"指的是一种古老的爱尔兰习俗,父母会把年幼的孩子送到另一个家庭去生活,并由那个家庭负责教授寄养儿各种所需的知识,直至度过整个童年。希尼在本诗中用"领养"的古老习俗来比喻他的启蒙恩师迈克尔·麦克拉弗蒂(此诗的题献者)对他的谆谆教诲,感念之情溢于言表。

　　麦克拉弗蒂是希尼在圣托马斯中学教书时的校长,这也解释了对话中为什么会有那么多祈使句;"皇家大道,贝尔法斯特,1962",希尼精确地回忆起他和这位校长相遇的场景,那时他刚以第一名的成绩从英国女王大学的英语系毕业不久,校长本人作为爱尔兰杰出的短篇小说家,坦诚地给了希尼不少关于写作的宝贵建议。

　　华莱士·斯蒂文斯的诗句"描写即揭示";专注于"走自己的道路,做自己的事";凯瑟琳·曼斯菲尔德的"我将讲述洗衣篮是如何嘎吱作响的";诚

---

　　①　著名的新西兰短篇小说家,下文"我将讲述/洗衣篮是如何嘎吱作响",出自她 1916 年 1 月 22 日的日记。

恳地写作,切忌言过其实,"不要让你圆珠笔里的静脉膨胀"……

　　援引的诗句无疑展现着这位校长的博览群书和艳逸才藻,而最让希尼动容的应该是恩师给他的霍普金斯的《日记》,有研究者认为"划有标线"是希尼在收到此书后进一步的阅读注释,我以为此说不确,因为下文中"他随处洞察忍耐的轮廓"应当是"划有标线"的隐喻,而这里的"他"显然指向校长,满是笔记的赠书通常是感动与心意的另一个代名词。

　　其中凯瑟琳·曼斯菲尔德与霍普金斯构成一组有趣的对照,一位是来自新西兰远赴伦敦求学的"波西米亚人",另一位是出生在新教家庭的天主教耶稣会牧师,一位是来自他国的旅者,另一位是身在故乡的异客,正如麦克拉弗蒂所说的"那种流亡之音",他似乎在向年轻的希尼揭示,诗人作为异类,永远处于流浪。

（王启文）

6. 暴露

那是威克洛①的十二月：
桤木滴淋,白桦
继承最后一抹余光,
灰桴看上去很冷。

一颗失落的彗星
应该在日落时分可见,
那些百万吨级的光芒
像是山楂和玫果的微亮,

我有时还看见一颗陨星。
假若我能乘着流星而来！
可我却徒步穿过潮湿的树叶,
果皮,秋季废死的吸虫,

想象一个英雄

---

　　①　位于爱尔兰共和国内,在都柏林以南。

在某个泥泞的围场，
他的天赋飞如投石
为绝望者急旋。

我怎么会变成这样？
我时常想起我朋友们的
多彩如棱镜般的美妙建议
和一些憎恶我的人的铁砧脑袋

当我坐下来权衡再权衡
我心底的哀歌。
为了什么？为耳朵？为人民？
为背后的流言蜚语？

雨穿过桤木滴下来，
它凝集的低语
嘀咕着失落和侵蚀
然而每一滴都让人想起

钻石的绝对。
我既非拘留犯也不是告密人；
一个内心的流亡者，长发荣姿
思绪万千；一名绿林好汉

逃过了大屠杀，
利用树干和木皮
作保护色，感受
每一道吹来的风；

他，吹起这些火花
为他们取来微暖，却错失了
此生仅有的预兆，
彗星那脉动的玫瑰色。

（王启文 译）

赏　析

　　1972 年,迫于北爱尔兰日渐严峻的政治暴乱,也为了开拓自己诗歌的疆域,希尼举家离开贝尔法斯特,往南迁居至爱尔兰威克洛。在一次采访①中,希尼谈到这首揭示自我的小诗作为《北方》诗集终曲的重要意义:

　　　　"……离开北方并没有使我心碎,孤独令我神清气爽,焦虑毕竟是可以与决心共存的。像《暴露》这样的诗中的焦虑在于,从这次搬迁中所产生的作品是否足够。这首诗在问自己,这里是否有足够的力量来抵御那里正在发生的残暴的事情(北爱尔兰发生的暴乱)。诗人在说,我能做什么呢,我只能碰出些许火花,而那场合要求的却是彗星?"

　　本诗开篇确实给人一种神清气爽的孤独感,无论是滴淋的桤木,白桦的余光,冷肃的灰桉,还是如山楂和玫果般释放微光的彗星,都诉说着威克洛崭新的环境带给诗人的启示,然而一种贯穿全诗的焦虑催促着诗人步行穿过潮湿的树叶,使他渴望乘着流星而来,成为手持弹弓的大卫或是制服恶犬的库·丘林,为当下的北爱尔兰的暴乱带来安定与拯救。可是他毕竟不是神话里的英雄,他对此无能为力,另一方面,为了从这雨水般人言的压力中保护他的诗歌,希尼坐下来权衡反思:"我怎么会变成这样? 我究竟为何而写诗?"

　　此时,叶芝的那段话一定拂过他的心扉:"如果我们理解我们自己的心灵,理解那些努力要通过我们的心灵来把自己表达出来的事物,我们就能够打动别人,不是因为我们理解或考虑到别人,而是因为一切生命本就同根。"雨水透过桤木滴落下来,象征着希尼背后凝集的低语和议论,他们带着"失落的姿态"和"钻石的绝对"指责,带给诗人巨大的心理焦虑,正如一名爱尔兰共和军的同情者曾要求希尼写政治介入诗那样:"看在他妈的老天分上,你什么时候愿意为我们写点什么?"

　　希尼对此的回答是叶芝式的:"如果我写了点什么,不管那是什么,我只为自己而写。"在雨中沉思的诗人想起朋友们多彩如棱镜般的美妙建议,正如贝尔法斯特小组的诗人认为他们不需要直接介入政治问题那样,因为"他

────────────

①　亨利·科尔代表《巴黎评论》在哈佛大学对希尼的采访。

们艺术的微妙性和宽容恰恰是他们所能向公众生活的粗鄙和不宽容贡献的东西",同时铁砧脑袋继续发泄着憎恨与埋怨,对于铁砧来说,只是刀剑才是有意义的,不够尖锐是诗歌和玫瑰共有的缺陷,它渴望将诗歌磨成与刀剑相仿的造物,或许正是出于对此的警惕,希尼离开了北爱尔兰,以一个内心的流亡者的身份,他深知在那里诗歌所能给予的仅仅是无济于事的些许火花,诗人期待在威克洛能找到那彗星般脉动的预兆,天边的玫瑰色喻示着诗人艺术创作的最佳时期。

　　火花与彗星的隐喻代表了诗人对诗歌功用的两种认知:一方面,正如他在《舌头的管辖》中所写,"在某种意义上,诗歌的功效等于零——从来没有一首诗阻止过一辆坦克";另一方面,希尼随后写到《约翰福音》中的有关耶稣写字的记载,当时一群暴民抓来一个通奸的妇人,准备用石头把她砸死,当他们征求耶稣的意见时,耶稣用手指在地面上写字,过了很长时间后才站起来说,你们当中谁是没有罪的,就先站起来拿出石头砸她,暴民们扪心自问有罪,就一个接一个离开了。希尼继续解释道,"诗歌就像写字一样,是任意的和真正意义上的消磨时间……它不提议说自己是有帮助的或是有作用的。诗歌反而是在将要发生的事之间的裂缝中注意到一个空间……"

　　希尼也借此解释了自己离开北爱尔兰的原因,当诗歌放弃成为直接取暖的火花时,它才能成为划过天宇的彗星,照亮一个漆黑动荡的时代,他像是一个逃过大屠杀的绿林好汉那样,在树干和木皮之间巧妙地躲藏自身,无视粗鲁的指责和人言的压力,用他那玫瑰色炉火纯青的诗歌开辟出一个空间,从而"感受每一道吹来的风",以管辖的力量赋予每个事物自然存在的理由。

(王启文)

图书在版编目(CIP)数据

谢默斯·希尼与英语诗歌传统/戴从容著.
--上海:华东师范大学出版社,2023

ISBN 978-7-5760-4504-8

Ⅰ.①谢… Ⅱ.①戴… Ⅲ.①谢默斯·希尼一诗歌研究
Ⅳ.①I562.072

中国国家版本馆 CIP 数据核字(2023)第 255493 号

华东师范大学出版社六点分社
企划人 倪为国

谢默斯·希尼与英语诗歌传统

著　　者　戴从容
责任编辑　朱妙津　古　冈
责任校对　彭文曼
特约审读　卢　荻
装帧设计　卢晓红

出版发行　华东师范大学出版社
社　　址　上海市中山北路 3663 号　邮编　200062
网　　址　www.ecnupress.com.cn
电　　话　021 - 60821666　行政传真　021 - 62572105
客服电话　021 - 62865537　门市(邮购)电话　021 - 62869887
地　　址　上海市中山北路 3663 号华东师范大学校内先锋路口
网　　店　http://hdsdcbs.tmall.com

印 刷 者　上海盛隆印务有限公司
开　　本　700×1000　1/16
插　　页　1
印　　张　28
字　　数　480 千字
版　　次　2024 年 4 月第 1 版
印　　次　2024 年 4 月第 1 次
书　　号　ISBN 978-7-5760-4504-8
定　　价　98.00 元

出 版 人　王　焰